Richard Llewellyn

Der Judas tag

Roman

Wilhelm Goldmann Verlag

Titel der Originalausgabe: Sweet Morning of Judas' Day
Aus dem Englischen von Günter und Käthe Leupold

Made in Germany · 9/81 · 1. Auflage · 1112
Genehmigte Taschenbuchausgabe
© 1966 by Diana Verlag, Zürich
Umschlagentwurf: Atelier Adolf & Angelika Bachmann
Titelillustration: Dell Books, New York / Günter Haibl, München
Druck: Presse-Druck Augsburg
Verlagsnummer: 3870
Lektorat: Peter Wilfert · Herstellung: Sebastian Strohmaier
ISBN 3-442-03870-7

1.

Es war solch ein Morgen, von dem man beinahe annehmen konnte, daß Sich der Himmlische Vater in eine Ecke zurückzieht, an Seinem Werk zu zweifeln beginnt und mit den Händen im Schoß nur noch abwartet – möge Ihm der Himmel gewogen sein und Er Sich in Seiner Langmut unser erbarmen.

Arquimed Rohan O'Dancy Boys – er genoß jeden Augenblick seines Lebens wie einen Schluck von Großvater Connors Sekt – blinzelte vorsichtig mit einem Auge durch den roten Staub zu Democritas Pereira hinüber und grinste, den Mund fest zugekniffen, damit er nichts von dem Sand zwischen die Zähne bekam, der ihn seinerseits von Kindheit auf angewidert hatte, im Essen oder im Wasser, beim Kauen oder beim Trinken, auch wenn jedes Korn ein Teil Des Erbes war.

Democritas, der arme Kerl, war leider nicht mehr imstande, sich wie andere Menschen fortzubewegen, sondern er schob die gewaltige Wölbung seines Bauches voran, indem er die Hände hinter dem Rücken in die karmesinrote Schärpe zwängte, und die Ärmel seiner weißen Jacke ringelten sich in zahllosen Falten, der tief in die Augen gezogene Panama wippte bis auf die Schnurrbartspitzen hinunter, und die Füße, die er selbst niemals mehr zu sehen bekam, trippelten unter ihm einher und vollführten ein Dutzend Schritte, wo andere nur einen einzigen machten.

Ein paar Stunden des Judastages hatten sie schon hinter sich, und keiner rechtschaffenen Mutter Sohn erwartete für sich etwas Besseres als köstliches Ungemach, nicht mehr, als den anderen auch zuteil wurde, und das war ohnehin reichlich genug, womöglich geradewegs aus den Krallen Ischariots selbst, der den Einen küßte, ja, der Schutzheilige aller Sünder, der fluchwürdige Selbstmörder vom Abend zuvor, dem am Stricke baumelnd noch die Fersen zuckten.

Doch auch wenn all der Staub und die Erde unter seinen Füßen ein Teil seiner selbst waren, wurde es leicht des Guten zuviel, und Der O'Dancy – er nannte sich so, weil sich Der Vater und auch der Großvater und Urgroßvater vor ihm so genannt hatten –, er, ach ja, er, mit beiden Füßen bis zu den Knöcheln in der heißen roten Erde, wünschte sich gemach und kühl zurück in Das Haus oder ein paar Stufen tiefer in Giuseppes Bar bei gutem Whisky und O'Dancy-Kaffee in einem hohen Glas. Lieber noch wäre er allerdings in der Rua Augusta, dieser Schlagader, wo das mischblütige Leben pulsierte, bei Maexsa, wo überall Fischernetze herunterhingen und Seemuscheln, rosig-nackt mit Licht dahinter, auf ein oder zwei Flaschen ihres eiskalten Sektes und etwas Musik, dazu höchstwahrscheinlich wieder eine Schlägerei und vielleicht, aber wirklich nur vielleicht, bekam er die Antwort auf eine brennende Frage, eine, die ihm an den Nerven zerrte.

Der Gedanke daran lohnte sich schon, wenn Maexsa, dieses echte Mysterium, der er erst letzte Nacht begegnet war und nie zuvor, mit ihm spräche, ihm zuhörte statt nur zu lachen und wieder ihre herrlich schlanken Beine zeigte, die – wie sie sagte – nie in etwas anderem steckten als in scharlachroten Seidenstrümpfen mit schwarzen Strumpfbändern und darüber vielleicht eine gute Handbreit ihres milchig-weißen Fleisches und ihr knapper scharlachroter Rüschenschlüpfer, der Das Geheimnis barg, um das nur die Mädchen wußten, welch ein Jammer, denn Maexsa hatte ihm gesagt, daß sie für Männer nichts übrig habe, und die Barthaare sträubten sich ihm, als er daran dachte, wie sie mit einem Satz über die Bar hinüberhechtete, die Machete aus dem Regal unter dem Tresen riß, sie um ihre langen Zöpfe wirbelte und wie eine Verrückte schrie, daß sich alles zu den Türen drängte, hinaus und weg und zur Hölle mit allem.

Doch der arme Democritas konnte nicht so schnell und bekam von irgendwoher ein blaues Auge verpaßt und eine tiefe Schnittwunde in die rechte Schulter, wenn auch nicht von Maexsa. Im Gedränge und im trüben Schein der Kerzen wußte keiner, was der andere tat. Hinaus an die frische Luft und in das weiße Zimmer des Doktors – die Wunde brauchte nicht genäht zu werden, und das nur, so beteuerte Democritas hoch und heilig, weil seine Frau, mit dem Rosenkranz in der Hand, die ganze Nacht auf den Knien liege und darauf warte, daß er aus der Stadt zu ihr und ihrem Bett zurückkomme.

Und dann hockte der arme funkelnagelneue Lastwagen nur ein paar Zoll über dem Boden, die Räder weg, das ganze Innere ausgeschlachtet, die Vorräte für den gesamten Monat verschwunden, die Kisten mit den Flaschen und alles unter der Kühlerhaube, dazu Reserverad, Scheinwerfer, Radio, gewissermaßen abgenagt bis auf das Skelett, und keine barmherzige Seele in Sicht. Da schoben sie ihn vom Hof hinunter und ratterten – ein wahres Wunder einer scheppernden Melodie von Stahl auf Stein – die Avenida Rio Branco entlang bis zu dem Haus des Händlers, doch der hatte noch geschlossen und war völlig verschlafen, als er ans Telephon kam, aber sogleich beflissen, begreiflicherweise und eigentlich eine Selbstverständlichkeit bei Dem O'Dancy, der es sich derweil in der Eckbar bequem machte und alle dort freihielt, bis der Händler kam.

Doch da erst merkte Der O'Dancy, daß die Innentasche seines Jacketts geplündert worden war, die Brieftasche war weg und die Hüfttasche aufgeschlitzt, ein ansehnliches Bündel Scheine war wem anders zugeflattert, und nichts war zwischen seinem Hintern und der Luft außer dem Hemdzipfel.

Democritas besaß noch einiges Kleingeld, aber die beiden anderen hatten alles vertrunken. Doch bei dem Wirt in der Nachtbar an der Ecke hatten sie Kredit, und warum auch nicht, alle Welt kannte Den O'Dancy, zumindest dem Namen nach, und es war schon eine Ehre, ihn überhaupt an der Theke zu haben, zusammen mit seinem Verwalter und zweien seiner Viehtreiber, stockbetrunken, nüchtern oder wie immer sie wollten.

Und als sie dort so standen, nachdem sie der Form Genüge getan hatten und die Gläser nachpoliert worden waren, explodierte die Kaffeemaschine.

«Um des heiligen Jesuskindes willen», sagte Der O'Dancy, während Dampf zischte und Stimmen durcheinanderbrüllten, und er stützte sich auf den Ellbogen unter einem Tisch, worunter er Deckung gesucht hatte oder geschleudert worden war. «Ist nicht der einzig sichere Ort auf dieser ganzen unseligen Welt Giuseppes Bar? Sollten wir nicht dahin zurückgehen und warten, bis es Tag wird? Padre Miklos sagt, daß die Sünde um sich greift und überhandnimmt, wie er's in seinem ganzen Leben noch nicht erlebt hat, wo er doch dreimal in Rom war und zwanzig Jahre mehr Erfahrung hat als ich. Wollen wir etwa an den Worten des ehrwürdigen Mannes zweifeln?»

«Wenn diese Mißgeburt von Händler seinen armseligen Kadaver hier blicken läßt, können wir binnen einer Stunde fertig und auf dem Weg sein», sagte Democritas. «So früh ist wenig Verkehr, und wir könnten mittags schon schlafen, fragt sich natürlich, was wir noch trinken, nicht wahr? Und zwar da, wo das Rasiermesser geschwungen wird, bei Giuseppe. Nicht bei Maexsa. Weiber sind keine geschickten Taschendiebe. Die verdienen sich ihr Geld leichter auf einem Kissen.»

«Ich würde ihr jeden Preis zahlen», sagte Der O'Dancy.

«Ein trockener Schlauch, glauben Sie mir», sagte Democritas, und alle drei mußten zupacken, um ihn auf die Füße zu ziehen. «Die Mädchen zahlen ihr besser. Und von der Sorte gibt's genug.»

«Ich werd's nie begreifen», sagte Der O'Dancy und betrachtete den über das dampfende Durcheinander fluchenden Wirt. «Nie. Ich hab's auch noch nie versucht. Was kann eine Frau schon mit einer anderen machen, wenn sie das nicht hat, was ich habe? Ich muß gestehen, das ist mir schleierhaft. Wie ist's, kriegen wir noch was zu trinken? Steht der Kerl da und wärmt sich die Filzläuse oder was?»

«Das Wasser läuft nicht mehr», sagte Democritas mit einem Blick zur Theke hinüber. «Das Gasrohr ist eingeseift und dicht. Es ist ganz schön viel kaputtgegangen. Ischariot erhängt sich schließlich nicht jeden Tag.»

«Ehre sei Gott», sagte Der O'Dancy, bekreuzigte sich und küßte seine Fingerspitzen. «Der Jahrestag allen Unglücks und aller Not, und bewahre uns vor dem Übel. Warum bin ich jetzt bloß nicht zu Hause, hinter zugesperrten Türen und heruntergelassenen Jalousien? Ach, das wäre tröstlich.»

«Wir könnten ja fliegen», sagte Democritas und hielt ein Stück Eis an die purpurrote Schwellung. «Der Klub hat einen Hubschrauber. Und außerdem die kleine Zweimotorige. Vierzig Minuten, und wir schlafen wie die Nuckelkinder.»

«Ausgerechnet heute fliegen?» sagte Der O'Dancy. «Willst du etwa zu Dem Verdammten flehen, sich unser anzunehmen? Haben wir nicht vorhin erst vor dem Altar gekniet, um das zu vermeiden? Laß uns lieber noch einen trinken und uns auf vier Rädern davonmachen, freudig und ohne Hast, wie es sich für Christenmenschen geziemt.»

Clovis, der Aufseher, ging hinter die Theke, ergriff die Flasche, knallte vier Gläser zu einem wackligen Turm ineinander und kam zurück. Der Mann war noch soweit bei Verstand, daß er wußte, was er tat. Ohne einen Tropfen Whisky zu verschütten, schenkte er randvoll ein, nahm den Hut ab und verneigte sich gegen Den O'Dancy, verneigte sich gegen den Verwalter Democritas Pereira und streckte João, dem Viehtreiber, blökend die Zunge heraus.

Der O'Dancy tat zwei tiefe Schlucke und setzte das Glas ab.

«Etwas Besseres gibt's nicht», sagte er. «Das habe ich immer schon behauptet. Etwas Besseres als *uisge beatha* gibt's nicht. Die Schieberei die Avenida entlang spüre ich noch in allen Knochen. Nur gut, daß der Laster nicht beladen war. Meine Schultern sind völlig zerschunden. Werd' ich etwa alt?»

«Ich bin sieben Jahre älter», sagte Democritas. «Letztes Jahr kam mein elfter Sohn. Dann eine Tochter.»

«Was das angeht, so fühle ich mich noch nicht alt», sagte Der O'Dancy. «Wieviel würde Maexsa wohl verlangen?»

Democritas strich mit dem Handrücken den Schnurrbart hoch, daß er ausgebreiteten Fledermausflügeln glich, und zwinkerte den beiden anderen zu.

«Sie würde sie schon ranlassen», sagte er. «Fragen Sie sie doch. Wie könnte sie Dem O'Dancy etwas abschlagen.»

«Aber ich habe sie ja gefragt, ja, genau das habe ich getan, da kenne ich nichts, bei Frauen und überhaupt nehme ich nämlich kein Blatt vor den Mund», sagte Der O'Dancy speichelsprühend, und der Whisky kam ihm hoch. «Und was hat sie gemacht? Hat mich in die Titten gezwickt. Nicht zu fassen. ‚Schaff mir so was ran', sagt sie. ‚Titten?' sage ich. ‚Titten', sagt sie. ‚Ich habe doch nur Männertitten', sage ich. ‚Dann mach Luft rein', sagt sie. ‚Pust sie auf.' Und so was mir mit meinen sechzig Jahren.»

«Sechzig, fünfzig, vierzig, dreißig», sagte Democritas. «Das spielt doch bei Ihnen gar keine Rolle.»

«Wenn ich mir meine weißen Haare betrachte», sagte Der O'Dancy, für seine Verhältnisse leise. «Mein ganzes Innenleben kommt mir hoch. Und wenn ich's täte und damit rumliefe, was kann eine Frau schon damit machen, außer anschauen? Höchstens noch reinzwicken.»

«Sonst hat sie nirgendswo hingezwickt?» fragte Democritas. «Die weiß, was sie will. Warum haben Sie sie nicht gezwickt?»

«Was glaubst du wohl, was ich den ganzen Abend lang getan habe, wenn die Gelegenheit günstig war?» sagte Der O'Dancy. «Wüßte ich sonst, was sie drunter hatte? War mordsaufregend, wie jeder Millimeter ihres Körpers unter meinen Fingern vibrierte. Dabei hatte sie noch alles an. Irgend so'n dickes Zeug. Dieser grobe Seidenstoff. Schantung, nicht? Aber sie hat 'nen sagenhaften Bart, bei Gott, der geht bis zu den Knien runter. Ich würde jeden Preis zahlen, den mal zu sehen. Ach, was würde ich drum geben.»

«Ihre Krallen würde die Ihnen zeigen», sagte Democritas.

«Krallen und Blut», sagte Der O'Dancy. «Blut so oder so.»

«Zu Hause haben Sie ja die Auswahl unter mehr als siebzig ungestutzten und unrasierten Jungfrauen», sagte Democritas.

«Von mir aus kannst du sie haben», sagte Der O'Dancy. «Und das ist auch wieder so was, was mir früher nie über die Lippen gekommen wäre.»

Er lehnte sich auf dem kleinen eisernen Stuhl zurück und brach in das dröhnende O'Dancy-Gelächter aus – Ha-Ha-Ha-Ho-Ho –, und sie hörten, wie drüben auf der anderen Straßenseite das Echo in dem emporstrebenden Gerippe des Wolkenkratzers Haschen spielte und dann im leichten Morgenwind zwischen den Reklamewänden davonwehte.

«Ich bin alt», rief er, und seine Faust schmetterte mit weitausholendem Schwung das Glas in Scherben. «Alt. Jungfrauen die Fülle. Kannst sie haben. Wie sich das anhört. Ich bin alt. Das ist es eben. Der Gedanke an sie reizt mich nicht mehr. Alt.»

«Jungfrauen sind reizlos», sagte Democritas und füllte Clovis' Glas, bedeutete ihm, mit João zusammen aus einem zu trinken, und setzte es behutsam vor Den O'Dancy hin. «Ein Stoß, der weh tut, wenn's einem nicht gar die Haut runterfetzt, der warme Strom und was sonst noch? Großer Gott, mir ist das mal passiert, bis auf den Muskel, das langt mir.

Die Offene verströmt ihren eigenen Wein, ja. Ein reines, seliges Vergnügen. Doch was versprechen Sie sich von Maexsa? Sie ist wie ein Stück Bambus.»

«Ich will sie, das ist's», sagte Der O'Dancy, nun ein wenig ruhiger. «Das Sanfte in ihr.»

«Ein Stück Bambus und am Ende eine faustgroße Kürbisflasche», sagte Democritas. «Und so was soll für die Liebe gut sein, und dann der Strahl, was hat man davon? Holz bleibt Holz. Teurer Patron, Sie machen sich blauen Dunst vor.»

«Aber sie ist doch so sanft», sagte Der O'Dancy und versuchte, eine Inschrift auf der anderen Straßenseite zu entziffern. «Ich bin schon zu alt zum Süßholzraspeln. Das ist's. Und sie will sich's nicht bezahlen lassen. Doch wenn's mit Süßholzraspeln und Geld nichts ist, wie soll ich je ihre Sanftheit erleben?»

«Wer bei Maexsa Sanftheit feststellt, der sieht auch in einer Tigerin die eigene Mutter», sagte Democritas, und ohne die Faust von der Tischplatte zu heben, deutete er mit zwei Fingern auf die dösenden Treiber. «Ich schicke die beiden los, damit sie sie aus dem Bett holen, und es liegt dann an Ihnen, wann Sie sie wieder nach Hause gehen lassen. Genau das würde Ihr Vater getan haben. Und er hat es oft getan.»

«Doch wo bliebe dann ihre Sanftheit?» fragte Der O'Dancy und griff nach seinem Glas. «Und außerdem herrscht ja jetzt Gesetz und Ordnung. Ein rundes Dutzend Senatoren, Abgeordnete und Richter und dazu noch was weiß ich wie viele Anwälte und Zeitungsschreiber in der Familie – Polizisten und Soldaten, wohin man blickt –, was soll's also?»

«Was soll's überhaupt – so ein Apparat», sagte Democritas. «Ob mit oder ohne Bart.»

«Ich würde jeden Preis zahlen», sagte Der O'Dancy und trank.

Unten im Glas schimmerte schon der Boden durch, doch plötzlich war es in blauem Blitz und roter Flamme verschwunden, und eine Explosion ließ sie ernüchtert zu Boden gehen, und sie hörten Wasser spritzen und Stöhnen.

«Ob's hier wohl nicht möglich ist, in Ruhe etwas zu trinken?» fragte Der O'Dancy sanft hinter dem umgestürzten Tisch hervor. «Was mag uns sonst noch blühen? Beim Schuh Des Verdammten, ich könnte einen Eid darauf leisten, daß hier 'ne Verschwörung im Gange ist.»

«Die andere Kaffeemaschine ist in die Luft gegangen», sagte Democritas und preßte das Taschentuch gegen sein Auge. «An einem Morgen wie heute sollte man auf alles gefaßt sein.»

«Mußten sie sich gerade den Tag aussuchen, an dem ich hier bin?» fragte Der O'Dancy, und ein Strom Wasser rauschte an ihm vorüber. «Gibt's hier noch mehr Maschinen, die hochgehen könnten?»

«Das war die letzte», sagte Democritas. «Wenn mir keiner hilft, er-
sauf' ich hier, und meine Frau hat umsonst gebetet. Sollte sie gerade
beten. Oder in diesem Augenblick aufhören zu beten. Merken Sie sich
die Zeit? Die Hauptwasserleitung ist geplatzt.»

Der O'Dancy sah zu, wie sich ein Glas schwankend um seine Achse
im Kreise drehte, dann zur Ruhe kam und im Wasser hin und her
schwappte.

«Es war guter Whisky», sagte er seinerseits. «Und ein gutes Gespräch.
Wenn ich mich nur noch an ein Wort erinnerte, worum es ging.»

«Ums Altwerden», sagte Democritas. «Ich bin naß bis auf die Knochen.»

«Ich war in meinem ganzen Leben noch nicht alt», sagte Der O'Dancy,
stützte sich auf Händen und Knien hoch und wollte sich am Rand der
Tischplatte festhalten, doch sie rollte davon und kippte ihn in die Was-
serflut. Auf den Ellbogen richtete er sich auf. «Siehst du, wie's hier zu-
geht? Ein halbes Glas Whisky, und mein Hut ist futsch.»

Der Klang der Sirenen in dem höllischen Durcheinander draußen
schien sich auf sie zu stürzen, und der Boden erbebte unter stampfenden
Füßen, und Hände griffen nach ihnen, hoben sie auf und trugen sie hinaus und legten sie an die Hauswand zwischen die Beine der Neugierigen.
Es waren zwar noch nicht sehr viele, aber schon genug, daß sie Staub
aufwirbelten.

«Bloß weg hier», sagte Der O'Dancy und stemmte sich an der Mauer
auf die Füße empor. «Nie habe ich mich mehr zum Heiligen Atem des
Allmächtigen Gottes Höchstpersönlich hingezogen gefühlt, und das ist
die klare, ruhige Luft.»

Neben ihm zerrten ein paar Leute Democritas auf die Beine. Clovis lag
zusammengerollt und verzückt in einem Türeingang, und João schlief
mit dem Rücken gegen die Hauswand gelehnt, die Beine ausgestreckt,
Hut über den Augen, Hände im Schoß.

«Die sind glücklich», sagte Der O'Dancy. «Glücklich sein, das ist eine
sehr ernst zu nehmende Sache.»

«Wie kann man das Glücklichsein ernst nehmen?» fragte Democritas
und neigte die Nase, um über die Schwellung hinweg etwas sehen zu
können. «Ist das nicht vielleicht ein Widerspruch?»

«Es gibt Leute, denen man von Geburt an beigebracht hat, immer hinter dem Glück her zu sein», sagte Der O'Dancy. «Und wenn man hinter
etwas her ist, so ist das doch auch eine ernst zu nehmende Sache, nicht
wahr? Es genügt denen nicht, Glück zu haben oder zu wissen, daß es das
gibt. Nein, sie müssen immer hinter dem Glück her sein. Wenn das nicht
ernst zu nehmen ist, was sonst?»

Mehr und mehr Menschen drängten sich an der Ecke, und Feuerwehrmänner entrollten Schläuche die Seitenstraße hinunter, wo sich die Mauern röteten und einige Fenster purpurn gleißten.

«Wir werden doch nicht ein interessantes Feuer verpassen?» sagte Der O'Dancy. «Los, komm schon. Dies hier kostet uns nichts. Keine hundertachtundzwanzigtausend Sack Kaffee.»

«Hundertachtundzwanzigtausendvierhundertsechzehn», sagte Democritas und trippelte neben ihm her. «Dazu das Lagerhaus und die Fuhrwerke. Wie werde ich je so eine Nacht vergessen?»

«Hör jetzt auf davon», sagte Der O'Dancy. «Die Wunde ist immer noch offen, und du willst darin herumwühlen? Nichts war versichert. Totalverlust. Aber wir haben's wieder wettgemacht, o ja, das haben wir. Haben wir's ihnen nicht gezeigt, wozu wir imstande waren? Hundert und noch mehr Säcke für jeden einzelnen, der verlorenging, und fünfzehn Lagerhäuser statt des einen, und wie viele Lastwagen?»

«Vierundvierzig mit diesem da», sagte Democritas und deutete auf das Wrack vor dem Haus des Händlers. «Da, sehen Sie? Er ist da. Sie arbeiten daran.»

«Ob ich wohl den Brandmeister kenne, dann könnte er uns gute Plätze verschaffen», sagte Der O'Dancy.

Sie schoben sich durch die Menge, Democritas immer voraus, denn er war groß und gewichtig, und Der O'Dancy, um zwei Hosenweiten schlanker, drängte mit seiner heilen Schulter hinterher. Löschwagen versperrten die enge Straße, und die Pumpen saugten zischend Luft. In jedem Fenster auf der anderen Seite nisteten drei oder mehr Köpfe, mit Ausnahme der Häuser, wo bereits die Flammen hinschlugen, und die Feuerwehrleute standen gruppenweise zusammen und hielten schimmernde Kupferdüsen mit langgestrecktem sprühendem weißem Wasserstrahl.

«Das Spiel haben wir früher auch gespielt», sagte Der O'Dancy. «Ich pisse höher als du. Oder länger. Oder weiter. Hast du das damals auch gekonnt?»

«Als ich nicht mehr Hundertkilosäcke mit Kaffee schleppen und Ananas und Bananen ernten mußte, da nahm ich zu», sagte Democritas. «Sie waren zu jung für mich. Sieben Jahre ist zwar nichts mehr, wenn man älter ist. Doch wenn man jung ist, sind sieben Jahre schon ein ganzes Stück Geschichte. Zu meiner Zeit war ich recht gut. Nicht überragend, doch angemessen. Haben Sie je Amaria Curupaiti gekannt?»

«Noch wenn man mich ins Grab legt, werde ich bedauern, daß ich niemals das Vergnügen hatte», sagte Der O'Dancy, riß vor Erstaunen den Hut herunter und starrte ihn mit seinen blaßblaugrauen Augen an – nach den Worten seines Vaters waren sie das Merkmal der besten Männer, die Leinster je hervorgebracht hatte, worauf er sich seit dem Tage nicht wenig zugute tat. «Nun erzähl schon. Womit konnte sich die Dame brüsten?»

«Sie war ein wenig kleiner als Sie», sagte Democritas, während jemand ihnen wild gestikulierend zu verstehen gab, daß das Haus neben ihnen jeden Augenblick zusammenstürzen konnte. «Sie war imstande, eine Fontäne über ihren Kopf hinwegzupissen. Sie pflegte ihren Rock hochzuheben und auf dem Strahl wie auf einer Klarinette zu spielen. Es mußte nur genügend Druck dahintersitzen. Auf die Richtung kam es ihr dabei nicht an. Ob es einem ins Auge ging oder in die Tasche, das war ihr gleich. Sie war eine Meisterin.»

«Wenn man sich das vorstellt», sagte Der O'Dancy vor Begeisterung flüsternd. «Amaria, du wirst mir von heute an pissend im Kopf herumgeistern.»

Unter ihren Füßen drangen Schreie empor. Die Roste vor den Geschäften waren offen, und die Schläuche ringelten sich über die Kanten hinweg und versteckten ihre Düsen in den Kellern.

«Da unten sind Frauen», sagte Der O'Dancy – oder fragte er es, oder beides –, und das Licht der aufgehenden Sonne erfüllte das Ende der langen Straße, strahlte auf seinem Gesicht, schimmerte in seinem Haar und rötete das Rot, den Rest von Rot in den Bartstoppeln auf Kinn und Wangen. «Hilft denn denen keiner? Frauen?»

Er sprang in den nächsten Fensterschacht, fiel zwischen Wasser und Schläuche, rollte durch ein Fenster auf einen Steinfußboden und erhob sich in dickem Qualm, den der Schein einer elektrischen Lampe auf einem Feuerwehrhelm silbern beizte. Den Kopf nach unten gesenkt, wo die Luft besser war, lief er den Schreien nach und stolperte über eine Schwelle. Der Qualm lichtete sich, ein Lüfter blies über ihn hinweg, und eine Glühbirne verbreitete weißes Licht von der Decke.

Drei Frauen hockten vor einem Tisch mit einer Reihe Kerzen und schrien sich heiser, und eine sah er, als sie sich bewegte, seitlich mit dem Gesicht zur Wand knien.

«Mal los», sagte er. «Gebt mir eure Händchen, und wir ziehen hinaus an die frische Luft, während Die Muttergottes über uns wacht und unsere Schritte zählt.»

«Ich bin Mutter Maria», sagte die eine schnell und gab ihm die Hand, klein wie die eines Kindes, zartknochig und fügsam. «Ich habe um Führung gebetet, und hier sind Sie. Die fromme Mutter *iemanja* wird uns folgen. Sie spricht mit höheren Wesen.»

Die beiden anderen standen neben ihm. Sie, die so geschrien hatten, waren jetzt ganz ruhig, nicht eine Träne, nicht ein verstörter Blick, nicht eine Spur von Angst. Die Mutter *iemanja* kniete noch immer mit dem Gesicht zur Wand, obwohl irgend etwas in der verhaltenen Wendung ihrer Schultern, in der steifen Neigung des verhüllten Kopfes verriet – in lauter Vernehmlichkeit, die ganz Teil der Schwaden und des Schweigens war –, daß sie zu ihm herübersah, und nicht nur sah, sondern sie kannte ihn, möglicherweise oder nicht bloß möglicherweise, Name und Herkunft, ganz genau, ebenso gut wie die eigene Mutter ihn je in und außerhalb der Wiege gekannt hatte, und sie – ein blütenreiches Gedenken gelte ihr – ruhte verloren im Gram grauen Marmors, eisenumgittert, mit dem Familienzeichen versehen, aber ach, schäme dich jetzt, mehr als fünfzig Jahre ist es her, und bald bist du doch auch eines schönen Tages soweit, und kehre dem allen den Rücken, solange du es noch kannst.

«Los jetzt», sagte er. «Der Feuertod ist nicht gerade der kürzeste. In der Hölle, da schmoren sie immer noch.»

«Lassen Sie sie hier», sagte Mutter Maria und versuchte die lauten Rufe der Löschmannschaften auf der Straße zu übertönen. «Die höheren Wesen sprechen leise, und sie muß zuhören.»

Doch er seinerseits hatte gesehen, wie draußen die Häusermauern schwankten, er spürte den Boden unter seinen Füßen beben, er hörte den warnenden Ton in den Rufen und riß sich von den Kinderhänden los, ging zu der knienden Frau hinüber und faßte sie unter den Ellbogen.

«Betet in der Sonne weiter», sagte er. «Dort draußen sind Die Strahlenden – er, der Ihm den Schuhriemen auflöste, und Er, der den Schuh trug, und sie, das liebliche Geschöpf, das Ihn salbte und in uns allen den Geist der Liebe erweckte. Kommt jetzt, solange noch Die Erleuchtung in uns ist.»

Sie erhob sich, ging voraus, vorbei an den drei anderen, und sie alle schritten durch die Tür, und ein Feuerwehrmann mit Rauchmaske zog sie zu dem Fensterschacht, und dort warteten bereits Hände, sie durch den Qualm zur Straße hinaufzuziehen, und Polizisten brüllten, faßten sie um den Rücken und brachten sie halb laufend zu der Ecke, wo sich die Menschen drängten, wo Schwestern und Ärzte und Krankenwagen waren und was sonst noch außer allem Lärm.

«Endlich», sagte Democritas, und die Erleichterung in seiner Stimme glich einer Umarmung. «Der Lastwagen ist fertig. Die beiden anderen werden Sie stützen. Mußten Sie unbedingt ein Bethaus der Heiden betreten? Mußten Sie sich noch Der Berührung aussetzen? An einem Tag wie heute? Genügte Ihnen nicht schon der Geruch?»

Nur naßkalter Rauch tief in den schmerzenden Lungen und kaum eines klaren Atemzugs fähig, doch eine Erinnerung an Weihrauch. Er war auch müde, nicht wegen der Anstrengung und des Durcheinanders, sondern weil er um die Kniende dort unten wußte, die Mutter *iemanja,* die in Weiß, niemand anders – und davon war er überzeugt – als sie mit dem scharlachroten knappen Rüschenschlüpfer, der sich über Dem Geheimnis spannte, um das nur die Mädchen wußten.

Sie war's, kein Zweifel, weder bei ihm noch bei ihr, niemand anders als Maexsa, die eine, die ihn verrückt machte, daß sich ihm die Barthaare sträubten.

«Ich würde ihr jeden Preis zahlen», sagte er.

Sie hoben ihn auf den Lastwagen, und – lag es am Whisky oder woran – er sah nichts mehr, bis der Reifen platzte, und erst dann öffnete er die Augen und erblickte Democritas, wie er an dem Lenkrad zerrte, als ob er mit einem jungen Hengst kämpfte, aber sie waren bereits quer über der Straße und kippten in einem Wirbel trockenen Staubes um.

So gingen sie zu Fuß weiter, alle mit heilen Knochen – die paar blauen Flecke waren kaum der Rede wert –, mit dem wehenden Wind dem Tor Des Erbes entgegen, und als sie es durchschritten hatten, schlug Clovis das Eisengitter zu, daß es erzitterte, und jeder dachte, daß es über ihm zusammenstürzen würde, und Der O'Dancy blinzelte mit einem Auge zu Democritas Pereira hinüber und grinste, den Mund fest zusammengekniffen, denn der Sand schlug ihm an die Lippen, und eigentlich wollte er fragen, was ihnen wohl noch bevorstehe, um den frühen Morgenstunden des Judastages Ehre zu machen, wo doch das köstliche Ungemach für die Dauer einer langen Rundreise des Uhrzeigers kaum erst begonnen hatte.

Gar zu gern hätte er die Lippen geöffnet und gefragt, ob es Maexsa gewesen sei, die er gesehen hatte, doch er fürchtete sich, nicht so sehr vor dem Sand, den er haßte, wenn er ihn zwischen die Zähne bekam, sondern vor der Antwort, die er über allen Zweifel hinaus kannte.

2

Das, was uns Der Erhängte heute morgen angetan hat, dient mir zur Warnung, für etwas zu sorgen, was ohnehin längst fällig war», sagte Der O'Dancy, als er atemlos auf der Anhöhe ankam. «Bringt am Tor ein Funksprechgerät an, und von heute ab soll sich dort eine Wache ablösen. Früher stand da einmal ein Stall, bis Urgroßvater Shaun in einem Anfall von Großmannssucht die Lastwagen anschaffte. Er behauptete, daß Pferde nicht mehr als zusätzliche Beine genügten wie einst – man stelle sich das vor. Warum sollen wir zu Fuß gehen, wo doch all die Fahrzeuge oben herumstehen, und es gibt keine Möglichkeit, eins davon heranzuholen, es sei denn durch Rauchsignale. Man könnte fast meinen, wir sind um ein Jahrhundert zurück.»

Das Erbe bot sich, wie immer, unermeßlich und prächtig dem Auge dar. Kilometerweit erstreckte es sich, gedüngt mit dem Schweiß von fünf Generationen, Welle auf Welle grünen Laubes und ziegelroter Erde, mal hierhin und mal dorthin sich krümmend und windend, und vorn das Dunkelgrün der Terrassen mit den Kaffeebäumen, die stahlblauen Speere der Ananasstauden und die hellen Flächen der Weiden unten am Fluß, und im Hintergrund die Woge der Bananen, alle in geraden Reihen, und die rote Erde zwischen den Plantagen in Zeilen für das Zuckerrohr gepflügt, und hier und dort das Auf und Ab und die Kurven der Fahrwege, und über allem nicht ein Laut, und die Sonne wie perlendes Quecksilber auf dem Blattwerk der gestuften Böschungen und darunter stets die rote Erde – alles sein eigen, jede Krume und jede Handbreit, Blatt und Baum, alles gehörte ihm und niemandem anders, ihm allein, einhundertzehn Kilometer weit nach beiden Seiten und unendlich weiter noch bis zu den Bergen und dahinter.

Auf der höchsten Erhebung im flachen Land, noch ehe die Berge begannen, bezeichneten fünf aus grünem Granit gehauene keltische Kreuze die Stelle, wo der erste der fünf Generationen von O'Dancys mit den anderen zusammen die Lange Wache hielt.

Leitrim O'Dancy – Der Herr war ihm lange Jahre wohlgesonnen gewesen – hatte 1811 das Land durchmessen und lag dort oben auf der Anhöhe, angesichts des nahezu einen Tagesmarsch entfernten Hauses, das er gebaut hatte. Hinter ihm an dem schmalen Pfad ruhte Phineas, sein Sohn – glücklich rauschten seine Bäume, die noch Schatten spendeten –, und er sah auf die Scheuer, die er gebaut und den Garten, den er gepflanzt hatte. Shaun – bewundernd sei seiner gedacht – war der nächste; er entschlief im hundertunddritten Lebensjahr, die wachen Augen auf die Einfriedungen gerichtet, die er zeit seines Jahrhunderts geschaffen hatte, und auf die Plantagen von Kaffeebäumen, sein ganzer Stolz und Connors – gepriesen sei sein Name –, des nächstfolgenden, der ein Jahr später verschied, als ein Fohlen auf ihn fiel. Der fünfte, Cahir, ach ja, Der Vater, der sanft dachte und noch sanfter sprach, starb mit vierundvierzig bei einer Messerstecherei – Satan mußte sich wohl auf Zehenspitzen über schlafende Schutzengel geschlichen haben –, doch er nahm drei mit sich, Namenlose, Diebe, die in einem harten Winter auf Fleisch aus waren, das er ihnen darbot, als er des Abends auf ihren Lagerplatz stieß. Aber er sah bei ihnen eine preisgekrönte Kuh an ihren Hintervierteln hängen, die Haut noch auf dem Leib, und Kummer über Kummer, der beste Vater, den je einer hatte, stürzte sich auf sie, und mit seinem letzten Atemzug bat er noch, die drei Hungrigen mit ihm zusammen zu begraben, gewaschen und gekämmt, gekleidet wie er selbst, dazu die Glieder der Kuh, die Asche des Lagerfeuers in der blutgetränkten Erde, sie alle zusammen, *boys* – Brüder, einer wie der andere, Der Herr möge uns allen gnädig sein und uns die schlimmen Reden und die blutigen Hände nachsehen, einer wie der andere, *boys,* alle vereint jetzt, vergib mir, vergib Dem O'Dancy, *boys.*

O'Dancy Boys – so nannte man sie von dem Tage an, denn keiner, der es miterlebt hatte, konnte so schnell jene Stimme vergessen, die hoch wie die eines Weibes und sprudelnd von scharlachrotem Schaum in der Betkapelle und über Hof und Patio hinweg zu hören gewesen war, oder das Schreien seiner Frau, der Liebsten, *mavrone,* der vergötterten Mutter, die sich noch am gleichen Abend die Pulsadern aufschnitt und die Reise mit ihm gemeinsam antrat. Aber niemand konnte einfach *boys* sagen, außer Dem O'Dancy und Bruder Mihaul und den Söhnen und Töchtern, denn nur sie sprachen die *andere* Sprache.

Doch alle Frauen der O'Dancys und alle, mit Ausnahme der ältesten Söhne, wurden unten im Garten beigesetzt. Nur die Erstgeborenen der Geschlechter kamen hier nach oben.

Clovis setzte einen Stapel Farnwedel mit einem Streichholz in Brand und blies, daß sein Gesicht dunkel anlief.

«Heute vor einem Jahr brach meine Stute ein Bein, und ein Mutterschaf warf eine Mißgeburt mit drei Augen», sagte er. «Dieser Tag beginnt gut. Wir sind immer noch am Leben.»

«Kümmere dich lieber um die Ställe und beruf's nicht», sagte Democritas. «Ich gehe mit dem Herrn zum Fluß und in den Schatten. Hol uns, wenn jemand kommt.»

Eine flache Steintreppe, die noch Der Vater gebaut hatte, führte sensenförmig hinunter, zwischen großen Ziersträuchern, die alle nach ihren Anweisungen gepflanzt worden waren – und seht, o seht, die zarteste, liebste Tochter, Hilariana, seht die lächelnde Leidenschaft, das seltsame Licht – könnten diese Augen etruskisch sein? ... oder attisch-griechisch? ... nun, keltisch, ja, von Maeve oder Boadicea vielleicht, ja sogar von Theodora ... und seht ihr Lächeln im blühenden Blau und Weiß, im Rot, Malvenfarbenen und Gold, längs des Reitwegs, der für den Abendgalopp Der Mama am Fluß geebnet worden war. Ringsumher gab es vieles, was ein O'Dancy für einen anderen Menschen geschaffen hatte, fast immer für die Frau oder Tochter oder manchmal, wie die Brücke zu der einzigen Insel dort draußen, für einen erstgeborenen Sohn. Die Frauen der O'Dancys waren entweder Portugiesinnen gewesen oder Mischlinge oder Eingeborene der einen oder anderen Rasse, und niemand nahm daran Anstoß, solange sie nur schön waren, und das waren sie immer, denn darauf konnte man sich bei einem O'Dancy schon verlassen. Anfangs hatten sie viel zu weit von allem entfernt gewohnt, als daß sie sich groß hätten vermischen können, doch sobald die Welt dem Kaffee auf den Geschmack kam und der ganze Handel über Santos ging und die Schiffskapitäne sich auf die Hochebene nach São Paulo begaben, um ihre Ladung einzuhandeln, da zogen sich die Frauen der O'Dancys mit den Kindern in ihren eigenen Teil des Hauses zurück und ließen die Männer ihre Angelegenheiten bei einer Flasche beratschlagen, und später, als aus dem Dorf eine Stadt wurde und die Aufkäufer im Wagen herausgefahren kamen, da wohnten die Männer und ihre Söhne mit den Gästen zusammen. Und so gab es bei den O'Dancys zwei Häuser, und jeder kannte den Unterschied mit Ausnahme derer, die dort nicht hingehörten.

Und so war es immer noch, und das war der eine Grund, warum Der O'Dancy kaum Hoffnung hatte, vor Beginn des nächsten Tages eine Decke um den Leib zu bekommen, weil niemand in dem von den Frauen bewohnten Teil auf dieser Seite hinaussehen und weder Rauchsignale noch irgend etwas anderes bemerken konnte, und der zweite war, daß sich jedermann für den Rest des Tages davongemacht hatte, um dem Unglück aus dem Wege zu gehen, und er seinerseits hatte die finstere Gewißheit, daß das schicksalhafte Unglück des Judastages, so wie er begonnen hatte, weder für ihn noch für die um ihn durchaus nicht vorüber war.

Es gab niemanden, der ihm das gesagt hätte, und auch kein Anzeichen dafür ringsum, weder am klaren Sonnenhimmel noch in der roten Erde, noch am schilfgrünen Fluß, doch er seinerseits war sich seiner Sache so sicher, wie jemand mit trefflichen Zahnschmerzen weiß, daß er einen Kopf hat.

Sie kletterten zu dem Pavillon hinunter, der für Urgroßmutter Aracý gebaut worden war von Tomagatsu, dem ersten Japaner, der nach Santos kam, um sich Arbeit zu suchen, und – er war keines Wortes der neuen Sprache mächtig – wegen seines Lächelns von Urgroßvater Shaun in Dienst genommen wurde, zuerst als Gärtner und später dank seiner Intelligenz und seinem freundlichen Wesen als Aufseher für die Kaffeeplantagen, bis ihm schließlich der Urgroßvater ein Stück Land schenkte und er nach einer ganzen Reihe guter Jahre erhobenen Hauptes der Aufgehenden Sonne entgegentrat mit einer regelrechten Dynastie japanischer Familien um sich herum, dazu kilometerweite Flächen schnurgerader Furchen, wo vorher Sumpf gewesen war, und Millionen auf der eigenen Bank und eine Stadt, die seinen Namen trug.

Der Pavillon war handgeschnitzt, geschaffen als ein Geschenk der Liebe, damit Urgroßmutter Aracý dort der Ruhe pflegen, den Tee oder Kaffee bereiten oder mit den Kindern Picknicks abhalten konnte. Soweit so gut, doch wurde dies übel vermerkt von Puxe, seinerzeit Zimmermann der O'Dancys, und er gelobte, dem Heiden eine Lektion zu erteilen, wie man ein Dach baut, und er wählte dazu eine Stelle etwas weiter unterhalb aus, und dort errichtete er ein Plätzchen, so anmutig man es sich nur denken kann, mit einer Betkapelle, die gerade groß genug war, daß vier Frauen hineinpaßten und niederknien konnten, ohne daß sich dabei ihre Röcke berührten, und da man zu jener Zeit Krinolinen trug, bot sich reichlich Platz für ein Dutzend in heutiger Kleidung, und für ihre Männer dazu. Und dabei blieb es, bis ein Fohlen auf Connor fiel, und Tomagatsu, der ihm fast ein zweiter Vater gewesen war, hielt fünf Tage und Nächte Wache an seinem Lager und mußte schließlich zu Bett getragen werden, selbst dem Tode nahe und das gefurchte Gesicht voll schimmernder Tränen, und Großmutter Xatina gab Weisung, daß er fortan mit am Familientisch esse, solange sie lebe, und als es ihm wieder besser ging, war er plötzlich verschwunden, bis er eines Morgens ganz in der Frühe zurückkam und sie am Fluß entlang zu einem Pavillon führte, den er für sie erbaut hatte, aus scharlachrot und schwarz gelacktem Holz, mit goldenem Blattwerk verziert, und er überreichte ihr einen Schlüssel und sagte, daß dieser eine Tür zu einer Stätte des Herzens öffne, wo sie den Gedanken an ihren einzigen Mann nachhängen könne. Zu dieser Zeit lag der alte Puxe bereits hinter der ehernen Einfriedung, doch sein Sohn Manoel, der seines Vaters Stelle als Zimmermeister eingenommen hatte, empfand es als persönliche Kränkung, daß an irgendeiner Stelle auf Dem Erbe gezimmert wurde, ohne ihm etwas davon zu sagen oder das Wort zu gönnen. Und er machte sich an die Arbeit, eine Stunde hier, ein paar Minuten da, ohne dabei seine eigentlichen Aufgaben zu vernachlässigen, und schuf ein Häuschen, ein Gedicht mit Ziegeldach, ein kleiner Raum, geschnitzt aus verschiedenfarbigen Hölzern mit Sträußen all der Blumen, die Connors Grab schmückten, und einen Sessel, der zweien Platz geboten hätte, wo Großmutter Xatina sitzen konnte, die Ringhand auf der Lehne, in Erwartung, daß jemand käme und sie nähme und küßte, so wie Connor es immer getan hatte, denn die Liebe zwischen den beiden war groß gewesen, und ohne ihn war sie nichts. Manoel erhielt fortan manch Zeichen ihrer Gunst bis zu dem Morgen, wo sie sich Connor zugesellte, aber die echte Genugtuung erhielt er nicht, denn die Anweisung, neben Tomagatsu bei Tisch zu sitzen, erging nie, und das, wie sie sagte, nur aus dem einen Grund, daß es – obwohl Manoel in seiner freien Zeit wie ein Pferd gearbeitet und mit seinen geschickten Händen ein Wunderwerk geschaffen hatte – doch nur geschehen war, weil er mit einer Belohnung für seine Mühe rechnete, wohingegen Tomagatsu mit dem Herzen, aus Liebe gebaut hatte.

In das Häuschen von Urgroßmutter Aracý trat jetzt Der O'Dancy ein und zog seine Stiefel draußen aus, damit er den Fußboden nicht beschmutzte. Der Duft nach Zedernholz lag in der Luft, und Matten aus Peddigrohr hielten den Zug ab und ließen die im Sprühregen der Quelle belebten Winde herein.

Democritas nahm den Panama ab, glitt mit dem fettgepolsterten Rücken langsam am Türpfosten hinunter und setzte sich schließlich mit einem Plumps auf die Treppe des Pavillons nieder.

«Wir könnten weitergehen», sagte er und meinte dabei Clovis oder João. «Sie würden bis morgen brauchen. So bleibt uns die Hoffnung, daß jemand den Rauch sieht. Keine Frau wird am Judastag ein Pferd besteigen. Kein Mann würde es auch nur versuchen.»

«Ein Mann und ein Funksprechgerät kommen ans Tor», sagte Der O'Dancy. «Diese Lektion hat mir auf die Sprünge geholfen. Sind wir denn alle noch von gestern? Wie sollen wir heute und morgen das Leben meistern?»

«Ein elektrisches Sägewerk, um in Revier Einundzwanzig das Holz zu schneiden», sagte Democritas. «Äxte und Handsägen sind heutzutage die kostspieligsten Werkzeuge. Viel Zeit wird damit vergeudet.»

«Dann spar sie ein», sagte Der O'Dancy. «Schaff das Sägewerk an.»

«Und Wasserkraft für Elektrizität», sagte Democritas. «Wir haben den Fluß. Kerzen und Brennöl gehören in das Grabgewölbe dort oben.»

«Dann tu's doch», sagte Der O'Dancy. «Und weil wir gerade dabei sind, was noch?»

«Betonstraßen», sagte Democritas. «Anständige Straßen mit Abfluß für das Wasser. Von hier aus könnten wir dann Das Haus bequem in zwölf Stunden zu Fuß erreichen, ohne Staub. Oder in vierzehn. Doch auf diesen Wegen? Mindestens einen Tag oder länger.»

«Bau sie», sagte Der O'Dancy. «Heute rede ich mehr von der Arbeit als je zuvor.»

«Hier müssen Sie stillsitzen und zuhören», sagte Democritas.

«Und du profitierst davon», sagte Der O'Dancy.

«Weniger als viele andere», sagte Democritas. «Und solange ich's tu, kann's kein anderer tun. Zumindest wird alles tadellos erledigt.»

«Das muß man dir schon lassen», sagte Der O'Dancy. «Ich habe noch keinen Finger gerührt, aber bereits Millionen ausgegeben. An diesen Judastag werde ich zeit meines Lebens denken. Doch sag mir, war es Maexsa?»

Democritas blickte auf, über die Blumen und die weiße Schaumkrone der Quelle hinweg, das Flußufer entlang zu einem Zypressengehölz hinüber, wo Urgroßvater Shaun einen Jaguar erlegt, gehäutet und zusammen mit einem Dutzend zerrissener Hunde begraben hatte.

«Der Fluch des heutigen Tages lastet mit seinem ganzen Gewicht auf dieser Frage», sagte er. «Wenn wir Gewißheit haben wollen, so müßten wir zurückgehen und sie fragen. Sie sah jedenfalls aus wie Maexsa.»

«Und sie fühlte sich genauso an», sagte Der O'Dancy. «Dieses dünne Zeug, das weiße Leinen.»

«Frauen gleicher Statur fühlen sich auch gleich an», sagte Democritas. «Hände sind blind.»

«Ihr Becken», sagte Der O'Dancy. «Ein Meßkelch strahlender Edelsteine. Sie war's, kein Zweifel. Die Feuerwehrleute nahmen sie mir ab in einem Augenblick durchsichtiger Leere, wie ich ihn noch nie erlebt habe. Sie nur zu fühlen, hat mich schon völlig hinschmelzen lassen. Ich muß es herausbekommen.»

«Aber nicht heute», sagte Democritas. «Und wenn's nun nicht Maexsa war? Was dann?»

«Noch heute, nicht morgen, werde ich beiden ins Auge sehen», sagte Der O'Dancy. «Verlaß dich drauf, die beiden sind ein und dieselbe.»

«Mit aller Rücksicht und aller Delikatesse möchte ich auf etwas anderes hinweisen», sagte Democritas. «Dona Serena und Dona Hilariana. Ich bin auch ihnen ergeben. Und in geringerem Maße auch Dona Divininha und Dona Belisaria. Und ihnen gegenüber verantwortlich. Ich habe keine Lust, mit dünnen Stöcken geprügelt zu werden, bis ich die Farbe einer reifen Pflaume annehme.»

«Das wird nicht wieder vorkommen, solange ich da bin», sagte Der O'Dancy. «Meine Mutter hatte zum Teil Tupinambablut. Und ich nur den Teil dieses Teils. Deshalb habe ich auch nicht Indiomentalität. Meine Frau tut, was ich ihr sage. Meine Kinder ebenso. Wenn ihnen etwas nicht paßt, dann können sie jederzeit Das Haus verlassen. Haben sie das begriffen, so geht alles glatt.»

«Noch einmal mit Delikatesse», sagte Democritas. «Wie soll ich mich verhalten, sobald der Skandal an die Öffentlichkeit dringt? Ich sage sobald, nicht wenn. Ich höre den Tonfall in Ihrer Stimme, verehrter Patron. Ich sage Skandal, weil er nicht zu unterdrücken ist. Der Schimpf verpestet die Luft. Dona Hilariana wird ganz gewiß nicht irgendein böses Geklatsch hinnehmen. Nichts bleibt verborgen. Ein Wort im Mund eines Bahianas heute ist gleichbedeutend mit zweien im Mund eines Cariocas morgen und mit fünfen im Mund eines Paulistanas übermorgen. Tausende von Kilometern liegen zwischen ihnen und alle nur möglichen Naturhindernisse. Doch ein Wort besitzt seine eigene Atomkraft. Es tötet ebenso sinnlos wie der Blitz. Maexsa könnte Dona Serena Kummer bereiten. Und Dona Hilariana. Wer ist denn schon Maexsa?»

Democritas schob sich weiter in den Raum hinein, aber sein massiger Körper verklemmte sich in dem engen Durchgang, und es war bequemer, den Rücken anzulehnen und über die Quelle hinwegzuschauen, den Panama auf den Knien.

«Jetzt was zu trinken, das wäre ein Hochgenuß», sagte Der O'Dancy. «Der Fluß schleppt sich nur träge dahin, und die Quelle tut bloß so als ob. Nicht ein Tropfen davon ist trinkbar.»

«Man könnte ein Schilfrohr abschneiden und den Nektar trinken», sagte Democritas. «Oder sich nach einem Stock wilder Bienen umsehen. Eine Wabe mit dünnflüssigem Honig ist Essen und Trinken zugleich.»

«Ich würde vieles drum geben, wenn ich wüßte, wer sie ist», sagte Der O'Dancy. «Sie hat eine Bar? Ob sie ihr gehört oder nicht, ist ganz belanglos. Ist sie zwanzig? Auf keinen Fall älter als fünfunddreißig, darauf wette ich einen Sack Gold. Nach der Art, wie sie spricht, hat sie eine gute Erziehung genossen. Ihr Englisch ist besser als meins. Das war auch nicht gerade eine angenehme Überraschung für mich. Französisch und Italienisch habe ich sie auch sprechen hören.»

«João hat sich mit ihr auf Guaraní unterhalten», sagte Democritas. «Er fühlte sich wie daheim in seinem Dorf. Ihr Mund kam mir wahrhaft aristokratisch vor. Warum hat eine solche Frau eine Bar? Oder führt sie? Oder hütet eine Herde Weiber?»

«In der Industrie wäre sie bestimmt Direktionssekretärin», sagte Der O'Dancy. «Sie würde ein anständiges Gehalt beziehen. Doch nur ein Zehntel von dem, was sie in ihrem Klub hat. Oder in ihrer Bar. Oder Hurenstall. Was immer es ist.»

«Ein Weiberstall», sagte Democritas. «João ist ihr dorthin nachgegangen. Und wir sind ihm nachgegangen. Wieviel Dutzend Flaschen Sekt haben Sie eigentlich bezahlt? Dann fingen die Mädchen an, sich gegenseitig auszuziehen. Und dann? Dann hat man uns hinausgebeten. Höchst diplomatisch. Mit einer Machete? Der viele Wein hatte uns wohl den Verstand vermauert, als daß wir das noch wüßten.»

«Wenn ich mal sterbe, sieh zu, daß man mich in Wein einmauert», sagte Der O'Dancy. «Das muß angenehm gluckern. Wo war eigentlich dieser Ausschank?»

Democritas spreizte die Finger in die Höhe und stemmte sie auf den Panama.

«Irgendwo in der Rua Augusta», sagte Democritas. «Die Dinger sehen alle gleich aus. Wo haben wir den Laster stehenlassen? Oh, dabei fällt mir ein: Für den Schaden müssen Clovis und João aufkommen. Wir haben sie nur aus dem Grund mitgenommen, daß sie das Fahrzeug bewachen. Spielt es etwa eine Rolle, daß ich betrunken war? Gilt das für die beiden als Entschuldigung? Doch wie dem auch sei. Wir kamen die Avenida Rio Branco herunter.»

«Such lieber die Feuerwehrleute», sagte Der O'Dancy. «Frag sie, wo das Feuer war. Dann finden wir auch diese *iemanja*. Ich möchte bloß wissen, wie sich eine Mutter der Mysterien soweit erniedrigen kann. Eine Bar für Weiber?»

«Der Kult ist für die, die daran glauben», sagte Democritas. «Andere arbeiten in Wäschereien, als Näherinnen, Hausmädchen. Sie alle verdienen sich ihr täglich Brot, ob sie nun gläubig sind oder nicht.»

«Ein feiner hebräischer Brauch», sagte Der O'Dancy. «Im Schweiße deines Angesichts. Christus war allerdings voll und ganz für die Lilien auf dem Felde. Ich weiß kaum etwas über diese Flüsterer und Plärrer. Aber ich schnuppere brennende Knochen. Ja, das ist es.»

«Sie sind weder Hebräer noch sind sie christlich», sagte Democritas. «Ihr Vater ist Exú. Er trägt den Dreizack Satans. Jede *mãe-de-santo* ist ihm Weib und Mutter und Schwester.»

Democritas wandte sich ganz zu ihm herum, wobei der Türpfosten unter dem gewaltigen Druck knarrte, und blickte zu ihm auf, und sein Gesicht war voller Tränen, und man hörte keinen Laut, nicht einen.

«Wenn es nun Ihre Knochen sind, die brennen, verehrter Patron, was dann?» sagte er. «Sollen wir Überlebenden dafür dann rachedürstend deren Knochen verbrennen? Wenn nun ein teuflisches Verlangen Ihre Sinne nur noch auf die Mutter Oberin vom Heiligen Herzen gerichtet hätte, was würden Sie tun? Wollen Sie Hand an sie legen, den Rosenkranz zerbrechen, ihr die Kleider vom Leibe reißen? Mit Gebeten oder Geld? Verzeihen Sie, wenn ich hier derartige Gedanken äußere. Aber sie hat Schenkel. Ein Becken. Ein Meßkelch strahlender Edelsteine? Strahlender als die meisten, wie es noch kein Mann je erblickt oder befühlt hat oder je befühlen wird, außer im Dornengestrüpp seiner Gedanken, wo eine Strähne des Bartes sich verfangen oder entfalten könnte, wenn sie nicht rasiert ist oder nur gestutzt. Schändung? Gotteslästerung? Auf jeden Fall unziemlich. Doch abgesehen von gewissen Verschrobenheiten ist die Ehrwürdige Mutter sicher in ihrer Heiligkeit. Warum nicht diese Mutter *iemanja?* Und wenn Mutter *iemanja,* warum nicht Maexsa? Ein Stück Bambus, alle. Trockene Schläuche. Gedeiht ein Traum im Gestank brennender Knochen?»

«Aber die Sanftheit», sagte Der O'Dancy. «Trockene Schläuche und Gestank existieren doch nur in unserer Einbildung, wo sonst? Was außerhalb liegt, ist jenseits davon und unberührt. Es bietet allen Gedanken Trotz und allem Gerede. Es ist die sanfte, willige Frau. Das ist's. Ich würde jeden Preis zahlen. Mein Erdenleben oder das andere.»

Democritas ließ den Türpfosten knarren und krachen.

«Wollen wir jetzt einmal von den unwägbaren Dingen absehen», sagte er. «Ich frage mich, wie soll ich mich gegenüber Dona Serena verhalten? Und Dona Hilariana? Ich könnte schweigen und damit ein halber Feind sein. Ich könnte gegen Sie sprechen und damit Ihr ganzer Feind sein. Oder ich trete für Sie ein und bin der Feind der Damen. Es gibt viele Möglichkeiten, und eine Sau kann man schließlich auch mit Daumen und Zeigefinger befriedigen, nicht wahr?»

«Das ist kein Geschlechtsverkehr nach meinem Geschmack», sagte Der O'Dancy. «Ich hab' einmal gesehen, wie sich ein junger Kerl an einer Gans vergriff, doch ich kann mir einfach nicht vorstellen, daß er etwas davon gehabt hat. Federn und Flöhe sind meines Erachtens keine rechte Belohnung für männliches Bemühen. Esel, Kälber, Ziegen, Schafe und sonstige Säugetiere, was sind sie denn? Notbehelf für Hütejungen. Aber die sind anders und leben anders. Ja. Der Gedanke an Serena und Hilariana ist ein bißchen quälend, nicht wahr?»

«Man darf ihnen nicht weh tun», sagte Democritas. «Niemandem soll man weh tun.»

«Du liebst die beiden», sagte Der O'Dancy.

«Nein», sagte Democritas. «Ich liebe meine Liebe zu ihnen. Das ist wertvoller. Außerdem würde ich mir dadurch Sie zum Feinde machen.»

«Gott verdamm uns», sagte Der O'Dancy. «Ich würde jeden Preis zahlen.»

«Dann bin ich Ihr Feind», sagte Democritas.

«Tomagatsu, du hast dieses Haus nur als Käfig gebaut, um den häßlichen Schwarm solcher Worte einzufangen», sagte Der O'Dancy und blickte zum Dach hinauf. «Ich frage mich, ob es wohl in irgendeiner anderen Sprache eine noch scheußlichere Eröffnung gibt. Nur weil du nicht mit deinem Gewissen in Konflikt kommen willst, bist du also mein Feind?»

«Würde ich etwas für Sie tun, dann nur um ihretwillen, weil sie es so wünschen», sagte Democritas. «Wie könnte ich es gutheißen, wenn der, den ich achte, sich unmöglich aufführt? Oder es nachsehen bei dem, den ich liebe? Nicht wie ich meine Frau liebe. Wie ich den Tagesanbruch liebe oder den Durst, ehe ich Limonensaft trinke.»

«Augenblick mal», sagte Der O'Dancy. Er stand auf und blickte den Fluß entlang. «Warte. Was ist denn dort bei der Brücke los? Steigt das Wasser, oder ist das Ufer in Bewegung geraten?»

Democritas stemmte die Absätze in die Erde und schob den Rücken am Türpfosten hoch, bis er stand, mit hängenden Schultern und steifen Gliedern, und blickte zwischen dem schäumenden Quell und den Myrtenzweigen hindurch.

«Eine Heimsuchung», sagte er. «Ausgerechnet diesen Tag haben sie sich ausgewählt. Den Tag Des Verdammten. *Latrodectes mactans* hat es sich in den Kopf gesetzt, auf Wanderschaft zu gehen. Zuerst habe ich geglaubt, es sei die Quelle. Aber jetzt, was hören Sie?»

Der Sturz des sprühenden Wassers hielt die Stille auf Armeslänge ab.

Da war, ganz ohne Zweifel, noch ein anderes Geräusch. Kein Raunen oder ähnlich deutlich Wahrnehmbares. Und kein leises Rascheln der Blätter. Kein geduldiges Rauschen schwerer Zweige. Oder die Flügelschläge vorüberhuschender Vögel, das eilige Trippeln von zwei Beinen oder vier oder das Plätschern des Wassers. Nicht irgendeine kleine Melodie, die ein Ohr erfassen, oder ein Wort, das es einfangen und an seinen gebührenden Platz stellen konnte.

Hier war die Präzision von Millionen mit dem Vorsatz des sechsbeinigen Vorangleitens, ohne daß jemand die Absicht hätte deuten können oder ihnen ins Gehirn sehen oder von so vielen Augen ablesen oder sie hätte lenken oder anweisen können. Doch sie alle folgten dem gleichen Weg. Irgend jemand, ja, dieser gewisse Jemand mußte unter diesen Gehirnschalen hausen, ein gewisser Jemand besorgte das Denken hinter dem Gefunkel all jener Augen, schimmernd im schwarzen Pelz, sehend und wissend, daß sie geführt wurden, daß sie angesprochen wurden und sprachen. Es gab keinen Grund, warum es nicht so sein sollte. Der Weg war zielstrebig, von der Insel her über die Brücke und auf den Pfad zum Haus des Tomagatsu und weiter die Anhöhe hinauf, ohne Rast und ohne Hast, ohne nach rechts oder links auszubrechen, herannahend in schnurgerader Front, vielleicht zehn Schritt breit, eng zusammengeschlossen und tief gegliedert, ohne Lücke oder Zwischenraum, bis weit hinunter zum Ufer und über die Brücke, die – wie es dem Auge erschien – längs ihrer Bahn wogte, schwarz wogte, mit leisem Brausen wogte, wogte und wimmelte, und das Wogen war die Bewegung von Leibern, alle gehorchend, alle geführt und alle, eine jede ohne Ausnahme, fähig, mit einem Schnalz des gezackten Kiefers Mensch oder Tier zu töten.

«Das hat uns an einem Tag wie heute gerade noch gefehlt», sagte Der O'Dancy. «Ich glaube, daß wir hier drinnen ziemlich sicher sind, wenn wir Tür und Fenster schließen. Doch was ist mit den beiden Männern dort oben?»

«Die Kolonne wird um das Haus herumziehen, falls es ihr nicht einfällt, hinaufzuklettern», sagte Democritas, vor lähmendem Entsetzen fahl um Kinn und Nase und pechschwarz um die Augen. «Keine unnötige Bewegung und keinen Laut. Vielleicht dauert's einen ganzen Tag, bis alles vorüber ist. Vielleicht auch länger.»

Er steckte vier Finger in den Mund und stieß schwellende Pfiffe aus, die sich in den Bäumen brachen, und João kam zum Rand der Anhöhe und fing das Echo mit den Armen auf.

«Komm runter», schrie er. «Runter mit dir und Clovis. Runter mit euch. Schnell.»

João hob fragend die Hände an die Ohren.

Democritas wies zur Insel hinüber, beschrieb einen Bogen bis zur Brücke und zeigte den Reitweg entlang.

«Der Kuß Des Ungeliebten», kreischte er. «Die Spinnen sind auf dem Marsch.»

«Von der Schwarzen Witwe bekommt man die gedunsene, aufgetriebene Spielart des Todes verpaßt», sagte Der O'Dancy. «Und nicht einen Tropfen *uisge beatha* zum Zeitvertreib. Warum sind wir bloß nicht bei Giuseppe geblieben? Oder irgendwo sonst in Anbetracht des Tages?»

3

Die beiden Männer kamen hereingestürzt, zähneklappernd und augenzuckend vor Angst, atemlos keuchend mit trockenen Lippen, und Democritas schloß leise die Tür hinter ihnen, und dann hörten sie Stebs Stimme, ob vom Himmel oder vom Fluß her, war jetzt nicht wichtig. Sie hoben den Kopf und blickten einander an, einen Augenblick lang wie erstarrt vor Glück, während das kratzende Scharren näher kam, und Der O'Dancy stieß den Fensterladen zum Fluß hin auf.

«Das sieht uns armen Teufeln ähnlich, ausgepumpt wie wir sind, daß wir nicht an das Wasser gedacht haben, das Element des Lebens schlechthin», sagte er, als ob er zu sich selbst spräche. «Da kommt Steb mit dem Boot. Los, nichts wie raus hier, und lobpreist Den Gebenedeiten, der noch nicht ans Kreuz genagelt und gestorben ist und deshalb auch nicht will, daß wir vor ihm gehen.»

Er trat beiseite und half den schweißnassen Männern hinaus und danach Democritas, der erst ein Bein hinüberstreckte, dann rittlings auf dem Fensterbrett saß und mit dem Fuß draußen nach Halt angelte, und die beiden zerrten an seinem linken Arm, um sein Fett durch den Fensterrahmen zu locken, und Der O'Dancy stemmte von hinten, bis Democritas mit dumpfem Platsch hinausfiel, und seine schwabbernden Innereien blubberten wie Wasser in einem Gummibeutel. Sie stellten ihn auf die Beine, zogen ihn zu der niedrigen Mauer, wuchteten ihn hinüber und hinunter zum Schilf, und Steb legte mit dem Heck an, und ohne große Umstände stiegen sie einer nach dem anderen ein. Der O'Dancy als letzter, ehe daß er seinerseits auch nur eins der schwarzen Scheusale gesehen hätte.

«Gepriesen sei Gott mit all Seinen Heerscharen», sagte er. «Also waren's letztlich doch nicht irgendwelche brennenden Knochen, die ich gerochen habe. Es war der pikante Duft jener pechschwarzen Damen, das heißt, die Hälfte davon sind vermutlich Kavaliere, nicht wahr?»

«Spinnengeruch», sagte Democritas. «Man muß sie vernichten.»

«Der heutige Tag ist wie geschaffen dafür», sagte Der O'Dancy. «Mit Benzin wird's zu machen sein.»

«Wir müssen alle Leute einsetzen», sagte Democritas. «Zwei Faß und eine Pumpe pro Lastwagen. Man müßte sie einkreisen, besprühen und dann anzünden.»

«Die armen arglosen Dinger», sagte Der O'Dancy. «Tun nichts Böses, solange man ihnen nicht in den Weg kommt. Ob wohl etwas, was größer ist als ich, je auf den Gedanken kommt, mich anzuzünden? Ich frage mich unwillkürlich, was wohl unser Aller Vater dazu sagen würde. Oder tun würde. Ob Er uns zerquetscht wie wir eine Fliege zerquetschen? Warum, um alles in der Welt, müssen wir immerzu töten? Und uns damit erschöpfen? Und uns mit der Zeit selbst umbringen. Warum ist uns das bloß auferlegt?»

«Ihr Vater gab Ihnen die Gesundheit, und Ihre Mutter schenkte Ihnen den freien Willen», sagte Democritas. «Mich schaudert's bei dem Gedanken, an einer Schwarzen Witwe zu sterben.»

«Jede Todesart reicht mir», sagte Der O'Dancy. «Der Tod ist keine angenehme Sache.»

«Wir müssen sie ausrotten», sagte Democritas. «Die Insel ist seit fünf Jahren eine Freistatt des Todes für jedes Lebewesen. Nun haben sie dort alles niedergemacht und wenden sich dem Festland zu. Womöglich müssen wir sogar Tomagatsus Haus niederbrennen.»

«Niemals», sagte Der O'Dancy. «Schlag dir das schnell wieder aus dem Kopf. Ich warne dich. Gift, ohne daß dem Haus etwas passiert, ja. Feuer und Vernichtung, nein.»

«Kein Gift kann denen was anhaben», sagte Democritas. «Die vertragen mehr als Ratten.»

«Dann lassen wir sie leben und ebenso das Liebeswerk Tomagatsus», sagte Der O'Dancy. «Wenn es an Prinzipien rührt, zum Teufel mit allem Ausrotten.»

Das Boot schimmerte makellos, und der Motor ließ nur eben das Sodawasser in den Gläsern erzittern und rauhte kaum die seidige Wasserfläche des Flusses, doch sie schafften etwa fünfzehn Kilometer in der Stunde, und in drei Stunden würden sie am Steg vor Dem Haus festgemacht haben, alle gesund an Leib und Seele und kein Grund mehr zur Besorgnis.

«Vielleicht hat uns Der Erhängte jetzt nur noch einmal davonkommen lassen, weil er Schlimmeres mit uns vorhat», sagte Der O'Dancy. «Auf welches der Natur dieses Tages angemessene Unheil müssen wir uns jetzt wohl gefaßt machen? Oder ist es Sache des Gläubigen, danach zu trachten, es nicht vorherwissen zu wollen? Mir wird nichts mangeln, Dein Stecken und Stab und so weiter.»

«Alter Herr», rief Steb vom Ruder aus.

«Nun», rief Der O'Dancy zurück und erblickte sein Ebenbild, oder fast sein Ebenbild, in seinem jüngsten Sohn, o Gott, es ging ihm ans Herz und marterte ihn beinahe schmerzhaft, doch nicht ernstlich, denn es war ihm immer eine große Freude, sein eigenes Ich zu sehen, ihm nahe zu sein, ihm, der ihm äußerlich und – nach Meinung der meisten – auch im Wesen so ähnelte, seinem Stephen, wie er in der *anderen* Sprache hieß, und Estevão auf Portugiesisch und Steb bei allen auf Dem Erbe und natürlich bei den Mädchen. «Gott schütze dich – und mich auch –, was gibt's?»

«Hil-oh ist im Institut an der Arbeit», sagte Steb über die Schulter hinweg. «Könnten wir sie nicht herausrufen und zum Mittagessen mitnehmen, sonst bekommt sie heute nichts?»

«Rufen wir unser Goldkind, warum auch nicht?» sagte Der O'Dancy. «Wieso arbeitet meine Augenweide überhaupt an einem solchen Tag wie heute? Etwa aus Trotz? Gegen ihren Vater – Gott schütze ihn – und alle anderen?»

«Trotz und Hingabe, beides», sagte Steb. «Die Orchideen sind soweit. Der Kaffee setzt Knospen an. Die Bananen sind wie leuchtende Flammen und können es kaum erwarten. Die Ananas beginnen zu blühen. Und sie ist in den letzten drei Wochen Tag und Nacht dort gewesen. Und sie wird weiter dort sein, bis sie die schöne Befriedigung verspürt, alles getan zu haben, was sie für ihre Pflicht hält. So ist sie erzogen worden, und so hat es sie ihr Schulmeister gelehrt. Und deshalb folgt sie der Stimme des eigenen Gewissens, worauf es letztlich ankommt. Pflanzen warten auf niemanden.»

Ein blühender Mann in den Zwanzigern, ein begabter Arzt, wie man allerorts sagte, ja, und reif, daß man meinen könnte, er sei bereits volle vierzig Jahre alt, und warum auch nicht, in Anbetracht seiner Erziehung durch Bruder Mihaul, Ordensangehöriger der Jesuiten, dem zweiten Sohn der Familie, dem leiblichen Bruder Des O'Dancy höchstpersönlich, aus dem Blut und durch das Bemühen des teuren Vaters Cahir und der leidgeprüften Mama, allerdings ganz anders geartet, ein kleiner grauäugiger Unruhegeist, aber stets treu sich selbst als unbeirrte rechte Hand Des Herrn, Des Allmächtigen – seid auf der Hut.

«Und wie viele Sklaven hat sie, die unter den Peitschenhieben ihrer Schönheit schuften – die drei Weisen aus dem Morgenlande mögen ihr diese prächtige Gabe erhalten –?» fragte Der O'Dancy. «Taugen sie denn was, die Leute?»

«Fünf haben letzten Monat gerade wieder ihre Ausbildung abgeschlossen», sagte Democritas und blickte über die Plantagen, die tiefgrün glänzend auf ziegelroter Erde vorüberzogen. «Insgesamt zweiundachtzig Männer und sechzehn Frauen. Dreiundzwanzig der Männer arbeiten in der Versuchsstation. Die anderen in den Gärten. Sieben Männer und sämtliche Frauen schaffen bei Dona Hilariana in den Glaskammern. Sie haben Ihr Geld für das nützlichste botanische Institut Südamerikas ausgegeben, verehrter Patron.»

«Wenn's das Geld wert ist, was es gekostet hat, so soll's mir recht sein», sagte Der O'Dancy. «Ich kenne mich da nicht aus.»

«Es ist eine Bereicherung für Das Erbe», sagte Democritas. «Keine einzige kränkliche Pflanze.»

«Sprich mit mir über Kaffee oder Bananen oder Ananas oder irgendwelche Pflanzen in den Gärten, dann kann ich durchaus mit», sagte Der O'Dancy. «Doch wenn's um eins von den Wunderdingen geht, mit denen sie da drinnen herumgeheimnißt, nun, da kann ich noch nicht mal mit Namen aufwarten. Mir ist's auch völlig egal, was damit los ist. Das erinnert mich übrigens an Urgroßvater Shaun – Gott habe ihn selig –, der mit fast hundert Jahren ein Flugzeug erblickte. Er konnte es sehen und er konnte es hören. Aber konnte er es erfassen? ‚Bleibt mir mit so was vom Leibe', hat er gesagt, und genauso ist meine Einstellung zu diesem Pflanzenzeug. Geld dafür geben, schön, und die Leute bezahlen, auch schön, aber ich persönlich will nichts damit zu tun haben. Bleibt mir mit so was vom Leibe.»

Plötzlich waren sie mitten in reißenden Strudeln, und Steb handhabte das Boot wie ein Seefahrer aus alter Zeit, und es war auch nötig, denn das Wasser war nicht sehr tief hier und die Felsen so groß, daß man Königreiche darauf hätte gründen können, und überall Schaum und Gischt. Clovis und João saßen reglos da und starrten auf die Decksplanken, und wenn das Boot schlingerte und dabei ein wenig aus der Richtung kam, gerade soviel, daß sich ihr Gewicht von der einen Backe auf die andere verlagerte, dann irrten ihre Augen zum Steuerrad hinüber oder zu dem kleinen Flaggenstock am Heck und schnell wieder zurück zu ihren Fußspitzen, und man vermeinte fast ihre Gebete zu hören, wie sie sich wegwünschten, nur weg hier, von ihnen aus auch auf den Rücken eines ungebändigten zottigen Gauls, der alles daransetzte, ihnen das bißchen Verstand aus der Gehirnschale zu keilen, lieber jedenfalls, als das Schlingern und Stampfen eines neuen Bootes zu ertragen, das von einem Motor mit hundert Pferdestärken vorangetrieben wurde, ohne auch nur einen Kratzer auf seiner makellosen Außenhaut, sicher in den Händen eines der besten Angler und Bootsführer, die man auf der ganzen westlichen Hemisphäre finden konnte, das bestimmt, aber sonst taugte er zu nichts anderem als zu seiner Heilkunst und dazu, anderen Leuten den Bauch aufzuschneiden.

«Was fährst du überhaupt an einem Tag wie heute hier herum?» fragte Der O'Dancy. «Wäre es nicht deine Pflicht gewesen, deiner Mutter zur Seite zu stehen?»

«Sie sind spät zurückgekommen und schliefen noch», sagte Steb, ohne den Blick vom Fluß zu wenden. «Ich habe Yoshi und seine Schwestern noch nach Hause gebracht.»

«Das heißt, daß du Koioko heimgefahren hast und die anderen mitgekommen sind», sagte Der O'Dancy. «Und in deinen Augen waren sie gewiß aus den drei Ecken der Hölle geschickt, und du hast sie in die vierte gewünscht, um mit Koioko allein auf dem Wasser sein zu können, und nichts zwischen euch und dem innigsten Kuß deines Lebens als dein Gewissen, falls du überhaupt eins hast, was ich bezweifle, trotz Bruder Mihaul und all seiner Breviere. Ist's nicht genauso gewesen?»

Selbst an Stebs Hinterkopf konnte man es ihm ansehen, daß er lachte.

«Sie wird auf mich warten, verlaß dich drauf», sagte er, ohne sich umzudrehen, und ein Windstoß riß die Stimme des liebsten Sohnes nach vorn – genauso hätte auch jemand anders sprechen können, vor vielen, vielen Jahren. «Wenn ich mit akademischen Würden heimkomme, dann heiraten wir. Willst du ihren Vater aufsuchen und alles mit ihm besprechen?»

«Wie ich feststellen muß, werde ich gar nicht erst vorher gefragt», sagte Der O'Dancy. «Hat denn deine Mutter nicht ein Wörtchen dabei mitzureden? Oder ist schon alles zwischen euch beiden abgesprochen, und ihr schert euch den Teufel um uns?»

«Aber keinesfalls», sagte Steb und hätte sich fast umgewandt. «Mãe schenkte ihr Großmutter Xatinas Ring und Armband. Da gab es nicht mehr viel zu fragen.»

«Also ist alles schon beschlossen und besiegelt», sagte Der O'Dancy. «Nun, eine Bessere hättest du dir nicht aussuchen können. Nichts dran auszusetzen. Ja, ich werde mit ihm reden und zusehen, daß sie auch das Entsprechende mitbekommt.»

Eine Stimme drang dünn über das Wasser, und Efram stand zwischen den Bäumen und schwenkte den Hut. Kein kräftiger Mann, aber der beste Arbeiter auf Dem Erbe, wenn er auch nicht die Geduld aufbrachte, die Sprache zu lernen, und unfähig war, andere zu beaufsichtigen, ein Kopfhänger, Irregeleiteter, und mochten auch die brasilianischen Burschen arm an irdischen Gütern sein und öfter barfuß als mit Schuhen herumlaufen, so waren sie doch alle fröhlicher und selbstbewußter, und über eine laute Stimme oder eine geballte Faust mußten sie nur lachen und gingen unbekümmert ihres Weges. Und da stand nun Efram, unbeweibt, ungeliebt, in dem blauen Baumwollzeug, das er selber wusch und flickte, die Füße in Sandalen, und auf dem Kopf den breiten Strohhut, und er lachte mit klaffenden Zahnlücken, als er sah, daß das Boot auf ihn zuhielt, und er sprang von Wurzel zu Wurzel, um die Leine zu fangen, ein guter, gewissenhafter Mann mit einem Herzen voller Liebe für das Land und die Tiere, doch wenig oder überhaupt nicht für seine Mitmenschen, außer für Leute, die es zu etwas gebracht hatten.

«Na, du», sagte Der O'Dancy. «Warum arbeitest du an einem Tag wie heute?»

«Dieser Tag hat keine Bedeutung», sagte Efram. «Ihr macht euch eure eigenen Regeln, ihr Katholiken. Wir haben das Gesetz. Wir arbeiten bis zum siebten Tag, und dann ruhen wir uns aus.»

«Sehr schön», sagte Der O'Dancy. «Aber war nicht Judas Ischariot auch durch und durch Hebräer?»

«Mehr ein Römer, genau wie euer Jesus», sagte Efram, und das Boot neigte sich zur Seite, als er an Bord sprang. «Alle beide bedeuten uns gar nichts.»

«So sprichst du vom Sohn Gottes?» sagte Der O'Dancy. «An deiner Stelle würde ich heute sehr vorsichtig sein.»

«Zweitausend Jahre Vorsicht und viele Kriege haben nichts geändert», sagte Efram und ergriff mit dankbarer Verneigung das Glas, das Steb ihm reichte. «Ischariot hat sich erhängt. Christus ließ Sich ans Kreuz schlagen. Worin liegt da der Unterschied, außer daß Ischariot seine Entscheidung selbst getroffen hat und Christus den Römern die Schuld überließ. Und die Römer haben die Schuld auf uns abgewälzt. Da ist uns Ischariot schon lieber. Er hat wenigstens zugegeben, daß er einen Fehler gemacht hat. Er war aufrichtig. Er hat sich selbst gerichtet. Ganz still für sich allein. Der andere mußte unbedingt ein Schauspiel für die Öffentlichkeit daraus machen. Er wußte von der Wirkung des Leids auf die Menschen. Es erweckt Mitleid. Und gleich daneben liegt Zuneigung. Ein paar Tränen, ein, zwei Wundertaten, und der Erfolg bleibt nicht aus.»

«Bruder Mihaul, jetzt solltest du hier sein», sagte Der O'Dancy zum Fluß. «Dieser Ketzer hier hat einen schönen hohen Scheiterhaufen aus knochentrockenem Holz verdient.»

«Immer nur vernichten, wenn man keine Abhilfe mehr weiß», sagte Efram und hob sein Glas. «Auf Den O'Dancy Boys, den besten Menschen, dem ich je begegnet bin.»

«Hör du ihm lieber weiter zu», sagte Der O'Dancy zu seinem Sohn. «Er ist auf eine Lohnerhöhung aus. Er, der Antichrist.»

«Nicht so», sagte Efram. «Ein viel zu großes Wort wird für eine Sache von so untergeordneter Bedeutung vergeudet. Und was die Lohnerhöhung angeht? Auch nicht. Was ich möchte, sind noch ein paar Japse. Wir müssen in zehn Tagen mit dem Pflanzen anfangen.»

«Democritas, kümmere du dich darum», sagte Der O'Dancy. «Ein jeder denkt vermutlich auf seine Weise. Ich möchte bloß wissen, warum. Mir stellen sich die Dinge höchst unkompliziert dar. Möchtest du nicht auch ein Stück Land haben, das dir allein gehört? Wäre es nicht an der Zeit?»

Efram schüttelte den grauen Stutzkopf.

«Noch zwei Jahre, und ich habe genug, um zu meinem Volk zu fahren», sagte er. «Davon träume ich. Wenn ich hier Kaffee anbauen kann, so kann ich es auch dort. Und Baumwolle. Und Trauben. Und noch so vieles andere. Ich werde mit Leuten zusammenarbeiten, mit denen ich reden kann. Anstelle dieser Bohnenfresser hier.»

«Was hast du denn an Bohnen auszusetzen?» fragte der O'Dancy.

«Verboten», sagte Efram. «Schweinefleisch auch. Blutiges Fleisch – verboten.»

«Dein Leben ist mit Verbotstafeln verbaut», sagte Der O'Dancy. «Ich beneide dich nicht darum.»

«Wenn man ein Kaiser ist wie Sie, warum sollten Sie auch?» fragte Efram und schluckte glucksend den Zitronensaft hinunter. «Bald werde ich in meiner Sprache mit Leuten meines Volkes sprechen. Ich werde ein eigenes Haus haben und einen Wagen. Was könnte ich mir mehr wünschen? Nur ein Brasilianer könnte noch glücklicher sein. Doch das ist mir nicht möglich.»

«Yamoto und seine Leute kommen morgen, mit zwei Traktoren», sagte Democritas. «Sag ihnen, was zu tun ist. Du wirst keine Schwierigkeiten haben.»

«Ich habe mit niemandem Schwierigkeiten außer mit diesen Bohnenfressern», sagte Efram. «Die haben dieses Land nicht verdient.»

«Ich selbst esse mit Vorliebe Bohnen», sagte Der O'Dancy, und sein Blick ging dabei über eine weite Fläche mit jungem Zuckerrohr. «In jeder Form. Gut zubereitet, da gibt's nichts Besseres. Ein oder zwei Stück Speck, frisch oder geräuchert, oder eine Scheibe Schinken, weißt du etwas Besseres, wenn man Hunger hat? Und was dieses Land betrifft, so zweifle ich nicht daran, daß wir eines Tages aus dem rechten Tor hervorkommen werden. Wenn jeder, der möchte, nach wohin auch immer zurückgegangen ist. Soll ich dir das Geld leihen, damit du schon jetzt fahren kannst?»

«Ich muß noch zwei Jahre für den Wagen arbeiten», sagte Efram und reichte Clovis das Glas hinüber. «Ich borge niemals Geld.»

«Verboten», sagte Der O'Dancy.

«Was ich habe, gehört mir», sagte Efram. «Niemand kann es mir wegnehmen.»

«Niemand», sagte Der O'Dancy. «Doch warte, bis du bei deinem Volk bist. Dort gibt's Steuern. Hier hast du noch nie einen roten Heller zahlen müssen.»

«Mit den Steuern wird wenigstens ein leistungsfähiges Staatswesen unterhalten», sagte Efram. «Das Geld ist für Straßen, Elektrizität und Schulen da. Hier herrschen ja immer noch Zustände wie in Afrika.

Opfern Ziegen und Hühner. Trinken warmes Blut. Verehren Satanas.»

«Wo soll denn das vor sich gehen?» fragte Der O'Dancy und erhob sich. «Ich hoffe, du weißt, was du da redest. Um gleich bei Dem Erbe anzufangen, hier gibt's so was nicht.»

«Auf Dem Erbe», sagte Efram, zeigte zu einem Dach hinüber, das gut einen Kilometer entfernt über Feigenbäumen hervorragte. «Dort, in Romulos Haus. Das Singen und Trommeln geht die ganze Nacht. Und das ist nicht der einzige *candomblé*. Aber gerade der raubt mir den Schlaf.»

Der O'Dancy blickte zu Democritas hinüber, der den Kopf niedergebeugt hatte und über die Ausbuchtung seiner Hose hinwegzusehen versuchte.

«Nun, Herr Verwalter, was hast du dazu zu sagen?» fragte er. «Soll ich Bruder Mihaul mit Glocke, Kerze und Kreuz hinschicken? Wie kann denn so was passieren? Warum weiß ich nichts davon?»

«Die Leute kommen von außerhalb», sagte Democritas, den Blick immer noch gesenkt. «Es ist nie lange. Sobald ich davon erfahre, gehen sie wieder.»

«Sie kommen nicht, und sie gehen nicht, und Romulo ist hier geboren», sagte Efram, die Augen musternd auf Democritas' gebeugte Stirn gerichtet. «Und bei den anderen ist's genauso. Keiner kommt von außerhalb. Die *macumba* hier stinkt zum Himmel. Keine Einwände jetzt, bitte. Oder so tun, als ob ich Unsinn redete. Sie dürfen es mir nicht übelnehmen, wenn ich Ihnen etwas erzähle, was Sie zeit Ihres Lebens gewußt haben. Zweimal die Woche findet es hier statt. In anderen Nächten woanders. Alles Ihre Leute. Und am Morgen sind sie nicht imstande zu arbeiten, oder? Natürlich nicht. Ich komme nicht mit ihnen zurecht? Selbstverständlich nicht. Ich will mit ihnen nichts zu tun haben? Nein. Und warum nicht? Sie sind des Teufels. Von Satanas besessen. Darum. Guten Tag, bester Freund. Kommen Sie nur und überzeugen Sie sich, was ich mit den Japanern auf die Beine stelle. Saubere Leute. Anständig. Gesund. Mit denen habe ich gern zu tun.»

«Geh mit Gott», sagte Der O'Dancy und nickte Steb zu. «Los, zum Institut hinüber.»

Democritas suchte mit den Absätzen Halt, während das Boot wendete, und die feinen Stadtschuhe mit den spitzen Kappen und der modischen Zierstepperei gaben ihm mit einemmal etwas Unzuverlässiges, Unaufrichtiges, als ob die elegante Aufmachung seiner Füße, liebevoll ausgewählt und mit sorgsam gehütetem Geld bezahlt, sich vielleicht anderswo wiederholen könnte, in seinem Charakter und in seinem ganzen Tun.

«Du hast mir nie davon erzählt, daß es hier *macumba* gibt», sagte Der O'Dancy.

«*Macumba* hat es hier immer gegeben», sagte Democritas und sah Clovis und João an, und die beiden nickten ausdruckslos. «Es steckt in den Leuten drin. Die Familien gehen außerdem zur Kirche.»

«Kirche ist das Richtige», sagte Der O'Dancy. «*Macumba* ist in sämtlichen Erscheinungsformen für solche, die des Teufels sind. In dieser Beziehung hat Efram recht.»

«Nein, verehrter Patron», sagte Democritas mit leisem Lächeln. «In jeder Kirche ist der Teufel viel eher zu Hause als in echter *macumba*. Wir treiben die Teufel aus.»

«Wir?» fragte Der O'Dancy.

«Wir», sagte Democritas und richtete sich auf, wobei er seine Schuhe zu verbergen trachtete. «Warum sollte ich es abstreiten? Sie würden nach diesem Gespräch selbst drauf gekommen sein. Da kann ich's Ihnen ebensogut gleich sagen. Die meisten von uns auf Dem Erbe gehören zu *Umbanda*. Es ist stärker als jede Kirche.»

«Kein Wort mehr», sagte Der O'Dancy. «An einem solchen Tag will ich über so etwas nicht sprechen. Bruder Mihaul soll sich darum kümmern.»

Democritas lachte – haha – in die Luft, mit gebleckten Zähnen und geschlossenen Augen, aber dann senkte er den Kopf, und das Lachen erstarb. Doch die beiden anderen bebten in den Schultern und hielten das Gesicht unter den Treiberhüten verborgen.

«Bruder Mihaul wird es sicher interessieren, was ihr an ihm so komisch findet», sagte Der O'Dancy. «Weder ich noch mein Vater vor mir haben ihn je lächeln sehen.»

«Mein besseres Ich ist von der Trinkerei ziemlich mitgenommen», sagte Democritas. «Ich bin müde. Und die Spinnen haben mir zugesetzt. Was sollen wir mit ihnen machen?»

«Hilariana wird es dir mitteilen», sagte Steb, ohne die Hände vom Steuerrad zu nehmen, und er sprach mit fester, klarer Stimme, ja, achtunggebietend, eine erlesene Gabe. «Sie hat schon allerhand davon gefangen. Sie tun nichts, wenn man sie in Ruhe läßt.»

«Ich auch nicht», sagte Der O'Dancy. «Doch wenn man mich nicht in Ruhe läßt? Was dann?»

«Es steht hier eben Ansicht gegen Ansicht», sagte Steb. «Sie machen keine Zugeständnisse. Sie sind keine Diplomaten. Sie können ihre Sache nicht überzeugend vertreten. Oder Gründe für ihr Verhalten anführen. Oder lauthals die Welt über sich aufklären. Sie tun eben genau das, was ihnen bestimmt ist.»

«Von wem?» fragte Der O'Dancy.

«Von Gott, Dem Allmächtigen», sagte sein jüngster Sohn, sehr weise.

«Kein tröstlicher Gedanke», sagte Der O'Dancy. «Er hat auch Seine schlechten Einfälle gehabt. Oder warum stockte mir fast der Herzschlag?»

«Das ist ganz offensichtlich deine Auffassung, nicht die Gottes», sagte Steb. «Sie leben und sterben genauso wie du. Laß sie in Ruhe, und sie werden auch dich in Ruhe lassen.»

«Sie machen sich im Grabgewölbe breit», sagte Der O'Dancy. «Wie soll ich ruhig schlafen, wo ich das weiß?»

«Dort hausen sie geschützt und haben ihr auskömmliches Dasein», sagte Steb. «Sie können zufrieden sein. Oder möchtest du ihnen aus irgendeinem Grund den Platz streitig machen?»

«Den Teufel will ich», sagte Der O'Dancy und spie einen schaumigen Kreis in das grüne Wasser. «Nur der Gedanke an unsere Altvorderen stört mich.»

«Sie waren vor unseren Altvorderen hier», sagte Steb. «Sie sind ein Teil Des Erbes. Ich würde es nie zulassen, daß man ihnen etwas antut, es sei denn, sie vergreifen sich an etwas Lebendigem. Und auch dann würde ich sie nur davon abbringen, nicht umbringen.»

«Deine Ansichten gefallen mir, mein Junge», sagte Der O'Dancy. «Schlechte Einfälle haben doch immer wieder gute im Gefolge, nicht wahr? Wie sich erweist. Ohne das eine, gäbe es da das andere? Ist das anfechtbar? Weck mich, wenn wir da sind.»

Der O'Dancy legte sich auf die Bank, die Füße auf das Bord, schob den Hut in die Stirn und tat, als ob er einschliefe, doch er, Arquimed, ja er seinerseits, war empört und entsetzt, und die anderen, verschwommen sichtbar zwischen halb geschlossenen Lidern, bereiteten sich seelisch darauf vor – er fühlte es genau –, daß ihre Welt zusammenbrechen würde.

Macumba auf Dem Erbe, gebenedeiter Erlöser mit der Dornenkrone und den blutigen Nägeln, das hatte nichts anderes zu bedeuten, als daß er seinerseits und niemand sonst gegenüber den Vorvätern versagt hatte, und der Glaube war nicht nur in Zweifel gezogen, nicht nur in Gefahr, sondern von seelenlosen Barbaren – und das in aller Heimlichkeit und Stille! – aus den Fundamenten gerissen.

Der Antichrist, bis heute nur ein Schlagwort, ein Witz für gewisse Geister, ein billiger Begriff ohne jeden Gehalt, war Wirklichkeit geworden, er war nahe, er war sogar ein Teil seiner selbst mit jedem Sandkorn, mit jedem Blatt, mit allem, was er besaß.

«Sieh mal», rief Steb, und Der O'Dancy richtete sich auf. «Ist das nicht Jair dort drüben in dem Lastwagen? Er kann dich doch mitnehmen, dann bist du schneller zu Hause.»

Er ließ ein rotes Licht aufblitzen, und das Fahrzeug kam heran, es rumpelte vom Weg herunter und über das Weideland, zwischen den

Ameisenhaufen hindurch, daß die Kühe davonstoben. Clovis stellte sich wie ein Akrobat in Positur, eine abgenutzte Leine in der Hand, und beobachtete, wie sich der Bug dem kiesigen Ufer entgegenschob. Zu viert halfen sie Democritas von Bord, doch unter seinem Gewicht gingen sie alle fluchend in die Knie, und er lag obenauf, ein Krake in Kleidern und aus vollem Halse lachend, doch als er schließlich soweit war, daß er Dem O'Dancy behilflich sein konnte, da kräuselte sich Entsetzen um seine Augen, und sein Mund formte sich zu einem kleinen O.

«Jair ist verletzt», sagte er. «Quinto ist hinten auf dem Wagen. Auch verletzt?»

«Drei von uns», sagte Jair und öffnete den Schlag. «Zwei kamen gestern abend von Mouras Bentos hierher. Sie blieben da, tranken Wein und spielten Domino. Sie verloren. Da zogen sie das Messer. Sie haben es nicht wieder eingesteckt.»

«Tot», sagte Der O'Dancy. «Hätte man sich das nicht denken können an so einem verdammten, nochmals verdammten und dreimal verdammten Tag? Und wie hat es Dona Serena aufgenommen?»

«Sie weiß nichts davon», sagte Jair. «Es ist alles im Männerquartier passiert.»

«Hat Bruder Mihaul ihnen Absolution erteilt?» sagte Der O'Dancy.

«Dafür war's schon zu spät», sagte Jair. «Außerdem war er gar nicht da. Dona Hilariana hat unsere Wunden behandelt. Wenn wir durchkommen, legen wir unser Leben zu ihren engelgleichen Füßen.»

«Wieso war sie überhaupt da?» fragte Der O'Dancy.

«Wir haben angerufen, Herr», sagte Jair. «Es ist soviel Blut geflossen.»

«Und da hast du's mit der Angst bekommen», sagte Der O'Dancy.

Jair nickte.

«Wieso konntet ihr nur zu dritt mit zweien fertig werden?» fragte Clovis.

«Zuerst stachen sie auf Jacinto ein», sagte Jair. «Dann kam ich mit Quinto. Sie haben uns auch zugerichtet. Doch auf mein Rufen hin kam Julião. Er hat sie beide aufgeschlitzt.»

«Und ihm ist nichts passiert», sagte Der O'Dancy.

«Nicht ein Kratzer», sagte Jair und hielt sich die Schulter. «Das tut weh. Er hat's ihnen heimgezahlt.»

«Und das nur wegen Domino», sagte Der O'Dancy und wartete, bis man Democritas hinten auf das Fahrzeug hochgestemmt hatte.

«Es ging noch um andere Dinge», sagte Jair und zog sich mit dem anderen Arm hinauf.

«Weiber natürlich», sagte Der O'Dancy, ehe er die Tür zuschlug.

«Ich bin erst am Schluß der Auseinandersetzung dazugekommen», schrie Jair. «Quinto auch.»

Der O'Dancy nickte Clovis zu, und der Lastwagen polterte über das Weideland, zwischen den Ameisenhügeln hindurch, und wieder stoben die Kühe davon. Zwanzigtausend Stück Charolais, Zebus, schwarze Angus und Holsteiner lieferten Fleisch, Häute, Talg, Milch, Butter und den noch weitaus wichtigeren Dünger für die Plantagen, und von jedem Hügel aus sah man, wie sich in schachbrettartiger, mustergültiger Gleichförmigkeit Weiden von fünf Kilometern im Quadrat mit den grünen Anbaugebieten von Kaffee, Baumwolle, Zitrusfrüchten, Zuckerrohr, Ananas und Bananen abwechselten.

«Wer waren die beiden aus Mouras Bentos?» fragte Der O'Dancy. «Ein dreckiges Dorf, das nicht mal die Pferdeäpfel wert ist, die mein Gaul dort fallen läßt. Was hatten die den ganzen Abend bei euch im Quartier zu suchen?»

Clovis schüttelte den Kopf. Er stand zwar noch immer ziemlich unter Alkohol, aber mit einem Lenkrad konnte er umgehen, und obwohl der Lastwagen fünfzigmal mehr schaukelte als das Boot, so liefen doch die vier Räder auf festem Boden, und er fühlte sich erleichtert.

«Lieber würde ich es ja zwischen den Zähnen zermalmen, aber ich muß es sagen», meinte er. «Die beiden Männer gestern abend, die Toten, die sind zum *candomblé* gekommen.»

«Hab keine Angst», sagte Der O'Dancy. «Ich dachte's mir schon. Und warum wollten sie kommen?»

«Der eine von ihnen opfert die Tiere», sagte Clovis und hielt auf einen weißen Pfahl zu, bei dem der Drahtzaun niedergelegt werden konnte, um einen Durchlaß zu schaffen. «Ziegen, Hunde, Hühner. Der andere war ein *pai-de-santo,* ein Heiligenvater.»

«Du beleidigst meine Ohren», sagte Der O'Dancy. «Der Mann ist tot. Seine Heiligkeit steht seit ein paar Stunden erheblich in Zweifel – Gott allein hält Gericht.»

«Sein Geist wird unter uns sein», sagte Clovis und schwieg dann, während er das Fahrzeug zum Stehen brachte. «Jetzt oder bald oder vielleicht erst in Jahren. Doch sein Geist kommt. Julião. Was passiert mit Julião?»

«Zuerst einmal bekommt er den Lohn von drei Monaten geschenkt», sagte Der O'Dancy. «Wenn es sich herausstellt, daß er jeden mit nur einem sauberen Stoß erledigt hat, kriegt er den Lohn von einem halben Jahr. Falls er denen aber die Kaldaunen kreuzweise aufgeschlitzt hat, nach altherkömmlichem Brauch, dann erhält er auf der Stelle den Lohn eines vollen Jahres.»

«Man muß die Tiere beobachten», sagte Clovis. «Ihnen sieht man Die Berührung immer zuerst an.»

«Mach lieber den Zaun auf und halte den Mund», sagte Der O'Dancy.

«Dafür haben wir ja Veterinäre, daß sie sich um alles Vierbeinige kümmern.»

Clovis sah aus, als ob er noch eine ganze Menge zu sagen hätte, und als er zum Zaun vorging, wandte er Oberkörper und Kopf halb zurück, wie wenn er noch etwas erwidern wollte, aber dann bekam er wohl von jemandem auf dem Lastwagen einen Wink, denn er nickte, drehte sich um und hob den Zaun aus der Halterung.

Der O'Dancy blickte zum Fenster des Fahrerhauses hinaus. Democritas hatte sich erhoben und stützte sich mit einer Hand auf Joãos Schulter. Er deutete mit ausgestrecktem Zeigefinger auf Clovis, und der finstere Blick unter der gerunzelten Stirn war mehr als ein gebrüllter Befehl.

«Man sollte es nicht für möglich halten», sagte Der O'Dancy. «Bisher habe ich auch nie den geringsten Falsch an dir gefunden. Muß ich an diesem Tag aller Tage etwas anderes feststellen?»

Democritas nahm den Panama mit beiden Händen ab und hielt ihn über die Schärpe gegen den Leib, denn seine Arme reichten nicht weiter, und er lehnte sich gegen den Stapel Säcke, ein Bußfertiger, gemessen an den Tränen in seinen Augen, und bereits auf dem Weg ins Fegefeuer.

«An einem Tag wie heute mußte ich ja auf so etwas gefaßt sein», sagte er. «Doch wenn morgen die Sonne aufgeht, bricht ein reinerer Tag an, mit besseren Gedanken.»

«Ich kann warten», sagte Der O'Dancy. «Wohin wollte Jair eigentlich mit diesem Lastwagen?»

«Bohnen und Reis holen», sagte Democritas. «Für die Trauergäste.»

«Natürlich werden die Burschen auch noch auf meine Kosten beerdigt», rief Der O'Dancy, bevor Clovis die Tür zuschlug.

«Verehrter Patron», sagte Democritas. «Es gibt eben noch andere alte Bräuche außer dem Gebrauch des Messers.»

Der O'Dancy seufzte, tief unten in der dunklen Gruft seines Selbst.

«Zum Institut», befahl er Clovis. «Ich muß Trost suchen im Lächeln Hilarianas, Gott lege schützend den Arm um sie.»

4

Tief unten in der dunklen Gruft seines Selbst, wo Priesterstimmen murmelten und eine Schar nackter Frauen nur für ihn tanzte und gemeinsam mit ihm träumte, wenn er es wünschte, und unsichtbare Menschenmassen unterwürfig gehorchten, wo Feinde vernichtet und Freunde gepriesen wurden, wo Selbstsucht grobe Fäden spann und den Altar verhüllte, wo Pflicht nie mit dem im Einklang stand, wonach es ihn gelüstete, und wo Liebe ein Duft der unbekannten Eva war oder lediglich ein hinausgeschrienes Wort, dort traf Der O'Dancy sein anderes Ich, das er allgegenwärtig wußte, das selten offenbar wurde, doch wenn, dann fürchterlich, das sich nur selten vernehmen ließ, und dann war es hassenswert, und dort, wo die Schatten weinten, dort begegneten sie einander.

Nicht von Angesicht zu Angesicht oder mit gebührendem Abstand oder in der tröstlichen Gegenwart von Worten.

Die beiden wurden eins – und aufrichtig.

Zuviel Besitz und Macht, und beides mißbrauchte er, wenn man einmal von den Taten späterer Jahre absah, ja, und niemals würde er seiner inneren Stimme entrinnen, der Anklägerin, auch wenn die Versuchung noch so stichhaltige Argumente vorbrachte. Aber wenn er alles wiederum durchmachen müßte, so war er sich nicht klar darüber, ob und wie er sein Leben ändern sollte. Urgroßvater Shaun – sie fuhren beide in der alten Kutsche, und seine Stimme klang wie knarrendes Leder – verwünschte Onkel Bohun, der lieber in der Welt umherreiste statt das Geld, das er ausgab, durch Arbeit zu verdienen, und derart gute Ratschläge nicht beachtete, nun ja, das war schon so etwas wie eine Lektion gewesen.

«Der Mann hat seine Arbeit hier, und er soll sich dranmachen, oder er bekommt nichts von dem, was mein ist», sagte die Stimme aus dem Schattenreich. «Denn warum muß dieser Mensch in die Welt hinausfahren – um zu sehen, was es zu sehen gibt, so sagte er, einen ganzen Stall voller Flüche über ihn, und so etwas ist nun mein eigener Bruder? Soll ich noch mit hundert Jahren arbeiten und er mein Geld verprassen? Ich denke nicht daran. Keinen roten Heller soll er von mir bekommen. Bring deine Reisen früh hinter dich so wie ich. Bin ich etwa nicht in Rio de Janeiro gewesen und hab' die reizenden schwarzen Luder dort kennengelernt? Genau das hab' ich getan. Und bin ich etwa nicht in die alte

Heimat gefahren, hab' aber nicht viel davon gehalten, außer von Dublin, und war einen Monat lang berauscht von dunklem Bier und Whisky und einem herrlichen Weib mit flammend roten Haaren. Und wenn ich ihren Namen bis heute noch nicht vergessen habe, was ist schon dabei? Später war London an der Reihe, eine Stadt voller Zylinderhüte und trotz aller Lichter ein eiskaltes Nest. Paris, ja, da bin ich ein dutzendmal gewesen. Gibt's jemand, der noch nicht in diesem Schlafzimmer war? Hast du noch nie Frauenbrüste in einer Badewanne voll Sekt liebkost? Erst dann bist du ein echter O'Dancy, wenn du das gemacht hast. Dafür geb' ich gern mein Geld. Aber dieser Bohun, großer Christus im Grabe, wieso nimmt er sich das Recht heraus, in der Welt umherzureisen und mit Geld um sich zu schmeißen, wo doch seine Beine auch nicht viel jünger sind als meine?»

Onkel Bohun war damals schon zwanzig Jahre tot gewesen, aber es schien sinnlos, darauf hinzuweisen, und als Urgroßvater Shauns Letzter Wille verlesen wurde, da hatte er Bohuns Familie übergangen, und obwohl jeder half, wo er konnte, wurde es doch nie wieder, wie es hätte sein sollen, und Tante Gloria trank täglich drei Flaschen und starb in einer Hütte.

. Als Junge konnte er nicht das Ende ermessen, aber es war doch gewissermaßen eine Lektion gewesen, und wenn er überhaupt etwas daraus gelernt oder danach gehandelt hatte, so gab es doch keine Beweise dafür, wie es sich am Beispiel Mr. Claypoles erwies, und doch, wenn der Mann zugehört hätte, wäre alles vielleicht noch anders gekommen. Der Vater und er saßen im Dunklen Zimmer zusammen, die Gläser schimmerten im Licht der Lampe, und Mr. Claypole sprach über DaSouza-Kaffee und seinen Kurswert in Milreis im Vergleich zu Goldsovereigns, und er seinerseits war hinter der Schulter Des Vaters hervorgekommen und hatte gesagt, daß der Kaffee nicht die Säcke wert sei, in die er gefüllt wurde.

«Halt den Mund», sagte Mr. Claypole und blickte in sein Glas.

«Raus», sagte Der Vater, und der Riemen klatschte bereits drohend in seiner Stimme, Gott hab ihn selig.

«Vater», hatte er seinerseits gesagt und dabei Mr. Claypoles rotes Gesicht, die glänzende, blatternarbige Nase und den langen Bart betrachtet. «Habe ich etwa nicht gehört, was Silva dem Tomi erzählt hat?»

Weiter kam er nicht, denn die Hand gab ihm eine schallende Ohrfeige.

«Raus, und ich möchte nie wieder hören, daß du Senhor Tomagatsu jemals anders nennst als bei seinem Namen», sprach die Stimme Des Vaters, jetzt wieder gleichmütig. «Was Mr. Claypole von uns denken soll, weiß ich nicht.»

«In dem Alter sind sie alle gleich», sagte Mr. Claypole und trank das Glas leer, ja, leer bis zum letzten Tropfen, und dann holte er tief Luft – man konnte es hören, denn er schnaufte heftig dabei. «Eine verdammte Plage, bis sie einundzwanzig sind, und dann werden sie vollends verrückt. Ich habe auch zwei von der Sorte.»

Mit dem Kaffee hatte er ebenfalls Pech, doch hätte er die richtigen Fragen gestellt, würde er wahrscheinlich auch zu hören bekommen haben, daß Silva die Kaffeebohnen muffig fand und das Risiko zu groß, sie zu kaufen, und als das erwies es sich dann auch, und Mr. Claypole kam niemals wieder, und Der Vater sah niemals nur einen einzigen Real für seine Ernte.

«Man hätte es mir sagen sollen», sagte Der Vater.

«Du schlägst dem Kind beinahe den Kopf ab», sagte Die Mama, und das nicht im Scherz. «Warum sollte er den Mund auftun? Damit du ihn umbringst?»

«Rede doch nicht», sagte Der Vater. «Es war doch nur ein Knuff.»

«Ein Knuff?» sagte Die Mama. «Deine Knüffe kenn' ich.»

«Bekomme ich jetzt noch eine Tasse von deinem ausgezeichneten Tee?» fragte Der Vater. «Und du, mein Junge, sprich du nur immer frei von der Leber weg. Sag stets, was du zu sagen hast.»

«Aber sei vor Knüffen auf der Hut», sagte Die Mama.

War es der Knuff, der ihn zum Heuchler gemacht hatte, daß er nie das aussprach, was er dachte, es sei denn hinterher, wenn es ohnehin zu spät war, oder entsprang es – wie Bruder Mihaul sagte – einfach nur seiner Gutmütigkeit und dem Wunsch, niemandem wehe zu tun? Ach ja, aber beides unterschied sich grundsätzlich voneinander, denn das eine war von Feigheit diktiert, und er wußte, welches. Diese Geschichte mit dem *candomblé* jetzt, mit *macumba* und *khimbanda* – selbstverständlich wußte er davon und sprach auch darüber oder hörte andere darüber reden, wenngleich niemals im Ernst, sondern mehr nebenbei, so wie man sich über schlechte Angewohnheiten unterhält. Davon zu sprechen brachte keinen Nutzen, und es kam auch nichts dabei heraus, denn niemand wußte wirklich etwas Näheres darüber, so daß man das Thema stets gleich wieder fallenließ.

Wahrhaftig, es war Des Teufels.

Doch horch nur, die Schatten, sie weinen um die vergeudeten, die sinnlos vertanen Jahre.

Wenn er sich eines Tages noch genau erinnerte, so war es der Tag, an dem Der Vater zu Grabe getragen wurde und Die Mama mit ihm, der Tag, an dem er seinerseits Der O'Dancy wurde, und der alte Senhor Carvalhos Ramos verlas ein langes Schriftstück von Anfang bis Ende, und

eigenen, Argentiniens und Uruguays –, um endlich nach jahrelangen Kämpfen das winzige, allgewaltige Paraguay zu besiegen. Das widerte ihn an, und von Geschichte hatte er die Nase voll. Um in die Kunst eingeführt zu werden, trottete er mit Mr. Corriss durch Museen und Gemäldegalerien, und er war der einzige, an den er sich noch erinnerte, weil der Mann aussprach, was er dachte.

«Ich mache das, weil ich dafür bezahlt werde, denn ich will nach Hause und spare für die Schiffspassage», sagte er eines Vormittags in der drückenden Schwüle einer Bildergalerie, als selbst die weiblichen Akte zu schwitzen schienen. «Wenn du einen guten Rat von mir haben willst, so sperr wenigstens ein Ohr auf und hör dir die Hälfte von dem an, was ich dir erzähle, denn wenn's ins Examen geht und deine Zensur nicht so gut ist, daß man mich in Arbeit und Brot beläßt, dann schlage ich dir den Schädel ein. Und das gilt solange, bis ich genug Geld für die Überfahrt zusammenhabe.»

«Und dann, was ist dann?» fragte er, denn der Mann gefiel ihm.

«Dann könnt ihr euch alle in den Hut scheißen», sagte Mr. Corriss.

Diese Antwort schien ihm seinerseits der Mühe wert zu sein, sie Sergio zu übersetzen. Des Vaters Diener, der damals für ihn sorgte, doch Sergio mußte wohl anderer Meinung darüber gewesen sein, denn er berichtete Senhor Carvalhos Ramos bei seinem monatlichen Besuch davon.

Mr. Corriss wurde zusammen mit den beiden anderen entlassen, und keiner der drei sagte ihm Lebewohl, und er seinerseits hatte hinterher immer wieder überlegt, ob der Mann jemals auf sein Schiff gekommen war, doch dafür bestand wohl kaum Aussicht, denn Sergio sagte, auf dem ehemaligen Inhalt der leeren Flaschen, die man in seinem Zimmer gefunden habe, hätte ganz gut ein Schiff schwimmen können.

Die Schatten weinten auch um andere.

Mr. Corriss, der den Schnupftabak wie Kaneel in den Nasenlöchern trug, der seine Alkoholfahne stets mit dem süßen Duft von Katechupillen zu übertönen versuchte, der sich fortwährend den Fransenbart kratzte und einen Boudin schräg von der Seite zu betrachten pflegte, hatte doch – ob nun bewußt oder unbewußt – ein paar Spuren hinterlassen, die von Dauer waren.

«Dies ist einer der Meister, die Raum, Maß und Farbe beherrschen», sagte er. «Er ist ein solcher Könner, daß er selbst das Licht in die Luft über dem Meer hineinzeichnet. Wenn Maler nicht zeichnen können, dann lohnt es sich nicht. Der Bleistift ist viel wichtiger als all die Farbe. Der Rest ist leeres Geschwätz der Kunstkritiker.»

*

Er begegnete Morenne, ja, es war an dem Morgen, als er zum erstenmal allein an den Strand durfte. Er erblickte sie im Schatten eines rosa Zeltes, und sie trug einen Badeanzug, der unterhalb des Knies und am Hals Rüschen hatte, mit langen Ärmeln, und knapp über den Augen saß eine Badehaube, alles aus Leinen und in Rosa, ihrer Lieblingsfarbe, und wie eine Bananenschale den genauen Umriß des Inhalts erkennen läßt, so verkündete ihr Körper ein wahres Wunder an Schönheit in glänzendem Gold mit funkelnden Wassertropfen. Sie bot das Gesicht der Sonne dar und schickte die Hausdiener, die das Zelt aufgestellt hatten, mit einem Schnipsen ihrer Finger davon, und er beobachtete sie eine Zeitlang, betrachtete die Brüste, deren Spitzen sich deutlich unter dem nassen Stoff abzeichneten, den durch eine dunkle Stelle angedeuteten Nabel, die Hüften, den Venushügel, bis sie die Augen öffnete und ihn ein paar Schritte entfernt stehen sah.

Vielleicht schon in diesem Augenblick, und ohne es zu wissen, tief unten, wo die kleinen Schatten weinten, begann er Creonice zu verfluchen. Er wußte zuviel und verstand zuwenig. Er mußte bei sich selbst nachsehen, um herauszufinden, was er verspürte oder dachte. Alle Frauen waren nicht Creonice, das stand fest. Er sah Tausende vorübergehen, und keine Erinnerung wurde wach. Doch wenn eine von ihnen Creonices Teint hatte oder ihr Haar, ihr Lächeln oder ihre Art, die Arme, Beine und Hüften zu bewegen, dann fühlte er, wie ihm die Glut in die Augen stieg und wie ihm das Glied schwoll, und er konnte an nichts anderes mehr denken als an sie oder an jemanden wie sie und daran, in sie einzudringen.

Morenne war ungefähr so alt wie Creonice, besaß das gleiche üppige Wunder eines Körpers und annähernd ihren Teint, und die Form ihres Mundes beim Lachen war echt Creonice. Doch an ihren Augen und wie sie ihn ansah, erkannte er, daß sie nicht die Frau war, die ihn in sich hineinlassen würde. Nichts von Herzlichkeit oder Interesse konnte er entdecken, nur Belustigung, denn Sergio hatte ihm eine Badehose geliehen, die ihm fast bis zu den Knöcheln reichte, und in der Taille war sie so zusammengeschnürt, daß der überschüssige Stoff weit über den Bund herausquoll.

Sie waren allein. Die Diener hatten sich in die Grünanlagen hinter dem Strand verzogen. Ein paar Leute gingen winzig klein den Weg an der Kaffeestube hinunter, ein paar andere weiter entfernt in umgekehrter Richtung. Weißer Sand, der zu hell war, als daß man ohne Blinzeln darauf blicken konnte, die Sonne fast senkrecht über ihren Häuptern, die grüne Wölbung des Ozeans, ein schaumgekrönter Wall, der herniederstürzte und den Sand leise erzittern ließ, und gleich darauf der nächste, nach eines Atemzuges Länge. Und er stand da, reglos, und schaute auf sie hinunter, rosig und tiefgolden gegen den weißen Sand und einen malvenfarbenen Himmel.

Sie erzählte ihm später, daß noch nie jemand sie so angesehen habe, und er dachte sofort an Tomagatsu und erkannte, daß er durch Erfahrung ein gewisses Maß an Urteilskraft geborgt hatte, wenngleich sich all seine Erfahrung zu jener Zeit noch auf Creonice beschränkte.

«Warum schaust du mich so an?» fragte sie. «Geh weg.»

«Ich bin Der O'Dancy», sagte er. «Ich gehe, wenn es mir paßt.»

Die weiße Haut, das dunkelrote vom Seewind zerzauste Haar und die befehlsgewohnte Stimme, so erzählte sie ihm hernach, ebenso wie sein seltsam klingender Name und ein unbestimmbarer Akzent veranlaßten sie schließlich zu lächeln, statt ihm zu drohen, daß sie nach den Dienern rufen werde.

«Hoffentlich paßt es dir jetzt», sagte sie. «Ich möchte mich umziehen.»

«Sie sind so schön», sagte er. «Wären Sie es nicht, hätte ich kein Wort verloren.»

Sie wandte den Kopf zur Seite und musterte ihn aus den Augenwinkeln.

«Du bist doch noch ein kleiner Junge», sagte sie. «Wo hast du gelernt, so zu reden?»

«Auf meinem eigenen Grund und Boden», sagte er. «Und außerdem bin ich kein kleiner Junge mehr.»

Er riß die Schnur um seine Taille auf, und die Badehose glitt herunter, und dann ging er auf sie zu. Sie kreuzte die Hände über den Rüschen an der Kehle, doch sie empfand keine Furcht, denn in seinen Augen und in seinem Verhalten lag nichts Drohendes, sondern es war nur der Schock bei dem plötzlichen Anblick seiner nackten Männlichkeit, und sie konnte sich eines Lächelns nicht erwehren.

«Ich muß von Sinnen gewesen sein», sagte sie ihm später.

«Aber warum denn?» fragte er. «Ich wollte in dir sein. In dem Augenblick, wo ich dich lächeln sah, wußte ich, daß ich es durfte.»

«Ich habe Todesängste ausgestanden, daß uns jemand beobachten würde», sagte sie.

«Jemand», sagte er. «Wir fürchten uns vor Gott-weiß-was, immer aus demselben Grund. Dann müßten wir uns ja ewig in den Ecken herumdrücken. Doch wir waren dort in der Sonne. Ich liebe dich bis an mein Lebensende.»

Sie hatte es sich angewöhnt, seinen Kopf gegen ihre Schulter zu drükken, denn sie fühlte sich immer so ein wenig als seine Beschützerin, doch er haßte es, weil er dann stets an Die Mama denken mußte. Creonice war völlig anders gewesen. Sobald sie ihn bereit wußte, überfiel sie ihn mit wütender Leidenschaft. Nicht so Morenne. Niemals berührte sie ihn, außer um ihn zu küssen, und das auch nur zärtlich, flüchtig und bloß auf die Wange. Er nahm sie, wann immer es ihm gefiel, und sie war wie ein Stein, bis er sie mit einemmal tiefer atmen hörte und einen geöffneten Mund küßte, und ihre Schenkel bewegten sich zitternd, und sie stöhnte leise, als wenn sie in tiefer Ohnmacht läge, und ihre Arme klammerten sich an ihn und fielen dann kraftlos zurück, aber ihr Körper zuckte einige Augenblicke lang, und dann weinte sie, was Creonice nie getan hatte.

Am ersten Sonntag lief er nach der Kirche zum Strand hinaus, aber er kam zu spät. Handtücher und Matten in dem Zelt waren noch feucht, und da lag eine halbvolle Flasche Mineralwasser, das er mit tieferer Inbrunst trank als den Wein bei der Messe, ihn verlangte nach ihr, er flehte sie herbei, aus seiner Kehle drangen Laute wie das Winseln eines Hundes, und er preßte seinen Leib in den Sand, wo sie gelegen hatte, und mühte sich zu spüren, wo ihre Schenkel gewesen sein mochten, er malte sich aus, wie er ihr die Knöpfe öffnete, wie der Stoff über den Brüsten raschelte, wie weich die Brustwarzen zwischen seinen Lippen waren, wie sie im ersten Augenblick nach Salz schmeckten, doch gleich darauf nach ihr, was er nie wieder vergessen hatte. Aber dann – halb noch im Wahn – merkte er, wie Sergio ihn mit einem Auge um die Zeltklappe herum ansah, und er wußte, daß man ihn zum Mittagessen mit Padre Miklos und Senhor Carvalhos Ramos holte.

Die ganze nächste Woche streifte er am Strand umher, aber nie sah er sie oder ihre Diener, doch das Zelt stand da, und wenn er sich nur in seinen Schatten setzte, so war es wie Balsam, obschon ihm die Kehle wie zugeschnürt war und er Essen und Trinken verweigerte und noch lange nach dem Mitternachtsschlagen wachlag, von nichts anderem sinnend und träumend als von ihr, bis ihn der Schlaf umfing.

Sergio beachtete seinen Schmerz nicht, doch Senhor Carvalhos Ramos kam in jener Woche zweimal, um ihn zu Polospielen mitzunehmen, und Padre Miklos fuhr mit ihm hinaus, damit er sah, wie ein Mensch in einem hölzernen Insekt flog, das er ein Flugzeug nannte. Doch nichts konnte längere Zeit Morenne aus seinen Gedanken bannen. Er erzählte niemandem davon. Und er erinnerte sich auch nicht, daß ihn jemand gefragt hätte.

Am Montag früh, die Sonne war noch wolkenverhangen, sah er sie um eine Ecke gehen, einen Strohhut, ein malvenfarbenes Kostüm, und er lief, lief, lief. Sie hob eine Hand, um ihm Einhalt zu gebieten, aber sie hätte ebensogut den Wolken befehlen können, vom Himmel zu verschwinden. Er ergriff sie, schluchzend, tränenlos, fiel vor ihr auf die Knie, umklammerte sie mit beiden Armen und spürte ihr Fleisch unter dem Seidensatin und der Leinenwäsche. Sie zog ihn an den Haaren empor und blickte sich um.

«Hast du denn überhaupt keine Hemmungen wegen der Leute?» flüsterte sie mit Augen groß und feucht, lächelnd, erschrocken, atemlos und dennoch befriedigt. «Hättest du nicht dort stehenbleiben und auf mich warten können? Denkst du denn gar nicht daran, daß uns die Leute beobachten könnten?»

«Ich habe eine Woche gewartet, und sie kam mir wie fünfzig Jahre vor», sagte er. «Der Teufel soll die Leute holen.»

«Du bist Der O'Dancy», sagte sie und nahm seine Hand, während sie weitergingen. «Ich habe viel über dich gehört.»

«Los», sagte er. «Erzähl schon. Wo bist du gewesen?»

«Zu Hause», sagte sie. «Ich habe allen von dir erzählt. Eine ganze Menge Leute wußten, wer du bist.»

«Solange du's nur weißt», sagte er und drängte sie in den Schatten des Zeltes, doch sie schob ihn von sich.

«Morais kommt gleich mit Handtüchern und Decken», sagte sie. «Wenn wir gebadet haben, wird er sich wieder verziehen.»

«Morais ist ein ganz gemeiner Störenfried», sagte er und tastete nach ihren Knöpfen, doch die waren heute woanders als sonst. «Nanu?» sagte er.

Sie lachte, küßte ihn auf die Wange und lief zum Wasser, warf den Strohhut und die Sandalen von sich, und hinein in die Gischt, und sie schwammen in dem ruhigeren flachen Wasser oder tauchten durch die gewölbten, glitzernden Wälle, verloren einander, trieben mit einer heranrollenden Woge in die Höhe, um in ein Wellental hinunterzublicken, tauchten wieder, um sich an der Hand oder am Fuß zu packen, bis sie müde war und auf den Sand hinaufkroch, und die Zofe kam mit Bademantel und Handtuch herbei und sagte, daß es Zeit sei, zu gehen. Morenne warf ihm einen Blick des Bedauerns zu, lächelte und klopfte sich den verhüllten Körper ab, was ihn rasend machte, und er vergaß es niemals mehr.

«Es war nett, Sie wiederzusehen», sagte sie für das Ohr der Zofe bestimmt. «Vielleicht komme ich morgen auch her. Bis dann?»

Im Beisein der Zofe durfte er nichts sagen. Soviel wenigstens wußte er.

«Ich begleite Sie nach Hause», sagte er.

«Das ist nicht nötig», sagte sie und wandte sich zum Gehen. «Mein Vater hat bereits für Begleitung gesorgt, wie Sie sehen.»

Er machte eine Verbeugung – er erinnerte sich noch genau, wie er mit dem Kopf heruntergefahren war, daß er sich bald das Genick gebrochen hätte –, und ließ sie gehen. Er sah ihr nach, bis sie oben am Strand angekommen war, und folgte ihr dann. Als sie in die Grünanlagen einbog, winkte sie noch einmal, und er wedelte mit beiden Armen hoch in der Luft. Er stellte fest, wo sie wohnte, und wartete, und sie winkte ihm aus einem Fenster des ersten Stocks zu. An jenem Abend kaufte er einen Armvoll Nelken, band sie sich wie ein Cape um die Schultern, kletterte über die niedrige Mauer, auf eine Terrasse und die Fassade hinauf, tastete mit ausgebreiteten Armen an der Mauer entlang bis zu dem Fenster und dann über den Balkon hinein. Ein längliches Zimmer, nicht breit, ein Bett, groß genug für eine ganze Familie, mit blauen Seidenvolants, blaue Teppiche, ein Wandschirm, ein Waschtisch, ein Tisch mit Kristallflaschen. Er legte die Nelken auf dem Fußboden vor dem Bett nieder und hörte, wie im Nebenzimmer die Zofe mit jemandem sprach.

«In den großen Korb», sagte sie jetzt etwas lauter, und der Lichtschimmer unter der Tür wurde heller. «Wir haben keine Zeit, erst lange auszusuchen.»

Er verschwand hinter den Wandschirm und zog den Seitenflügel nah zu sich heran, und die Tür ging auf, und Kerzenschein hüpfte über die Trauben und Putten an der Decke. Bettwäsche raschelte. Sie summte ein Lied, das er kannte, Kissen wurden aufgeschüttelt und glattgestrichen, Laken wurden ausgebreitet.

«Alles, was hier drinnen ist, auch», rief sie, eine gutmütige Stimme, die von knirschendem Zucker überquoll.

«Warum nicht jetzt gleich?» rief die Frau aus dem Nebenzimmer. «Das spart uns Zeit. Er kommt heute abend doch nicht zurück.»

«Beim heiligen Kreuz, er würde uns prügeln, daß uns die Augen übergehen», sagte die Zofe und lachte. «Es bleibt alles so bis fünf. Wenn er bis dahin nicht zurück ist, packen wir. Wenn Morais hilft, dauert's nicht lange.»

Zucker knirschte, ein Zahn wurde schnalzend saubergelutscht, Lichtschein tanzte, der Fußboden knarrte, und die Tür schloß sich wieder.

Er sog schnuppernd die Luft in der Nähe des Tischs mit den Kristallflaschen ein.

Nichts dort erinnerte an Morenne. Doch er war davon überzeugt, daß er sich in dem richtigen Haus befand. Er ging zur Tür, öffnete sie vorsichtig und blickte auf den Flur. Aus einer Tür schimmerte Licht. Er schlich sich hin, leise auf dem Läufer, und sah hinein, in ein Damenzimmer, ganz in Weiß und Rosa. Die Zofe dort kannte er. Sie erkannte ihn ebenfalls, riß Mund und Augen auf, holte Luft und wollte schreien, doch er hielt ihr Geld hin.

«Sagen Sie, wo sie ist», flüsterte er.

«Weg», formte ihr Mund lautlos.

«Wo?» fragte er, und sie nahm das Geld.

«Recife», sagte sie mehr mit den Lippen als mit der Stimme. «Gehen Sie. Drei Wächter unten im Haus. Gehen Sie.»

Ihr Gesicht und das Übermaß an Furcht, als sie ihm mit einer Handbewegung den sicheren Tod für sie beide zu verstehen gab, trugen ihr den Rest seines Geldes ein. Den Tod einer Zofe konnte er nicht auf sein Gewissen laden. Er blickte auf das abgezogene Bett, halbvolle Reiseladen, sterbende Blumen in Töpfen und Vasen, roch den schwachen süßen Duft, den er so gut kannte, der ihm die Kehle zuschnürte und die Lichter zu funkelnden Diamanten verschwimmen ließ, und er nickte und ging zu dem Balkon zurück, schwang sich hinüber, tastete sich an der Mauer entlang, kletterte die Fassade hinab, und Nelken prasselten auf ihn herunter, und der dunkle Umriß der Zofe schleuderte noch ein paar hinterher, dann ging sie hinein, knallte die Läden zu, und die Straße wurde zu einem offenen Grab des Schweigens, des Verlustes, des Jammers. Er ging davon, dachte an dunkles Haar, an Schenkel, die sich wie eine Schale aus Atlasseide anfühlten, an Augen, in denen das Bedauern stand, an eine flehentliche Stimme, inbrünstig, angstvoll, ach ja, Morenne. Vielleicht war es in jenen Stunden, als ihm der Verlust das Herz abdrückte, wo er in Erinnerung an ihre Liebe die Nacht durchwachte, in den Gassen der Stadt umherwanderte, zwischen Marktbuden und den Händlern, die neben ihren Körben am Boden hockten, im Licht von blauen Gasflammen, Fackeln und Kerzen, in der langen Nacht, wo er wie ein Jüngling nach dem Ritterschlag in der Rüstung vor dem Heiligenschrein niederkniete, auf den Schild gestützt, und vielleicht da, ja, da erst wurde die Gruft seines Innern geöffnet, und die Erinnerung häufte die ersten welken Blätter, raschelnd in dunkler Reue.

5.

Aber du weißt ja, daß du's dir sehr gut überlegen mußt, wenn du zu heiraten gedenkst», sagte Senhor Carvalhos Ramos in dem weißen Hemd, das an Kragen und Manschetten mit Spitzen besetzt war. «Dein Vater war ein Jahr älter, als er heiratete. Es dauerte ziemlich lange, bis du kamst. Er hat diese Heirat nie bereut. Und nun hör mir gut zu. Willst du das Mädchen heiraten, falls ich es finde?»

«Ja», sagte er seinerseits, einfach ja, nur ja, ohne sich zu besinnen.

«Nun gut», sagte Senhor Carvalhos Ramos. «Wir werden herausfinden, wer sie ist und welches Vermögen wir mit dem Ehevertrag erwarten können. Du hast, wie du wohl weißt, die Möglichkeit, gar manch duftende Blume zu pflücken. Daurina Oliveira de Santos zum Beispiel. Sie ist zwei Jahre älter als du, was aber in den nächsten zwanzig Jahren durchaus von Vorteil sein kann, und sie würde das gesamte Gebiet südlich des Flusses einbringen. Alles voll mit Reis, Baumwolle und Kaffee.»

«Morenne», hatte er gesagt, und er erinnerte sich noch genau, wie er es gesagt hatte. «Keine andere als Morenne.»

«Du weißt, was du willst», sagte Senhor Carvalhos Ramos. «Unterdessen wirst du im Kontor von Senhor Heitor Delmonico anfangen, und zwar gleich morgen früh um acht. Dort lernst du die Grundbegriffe der weltumspannenden Spedition kennen. Wohnen wirst du in Santos im Haus seines Hauptagenten Senhor Leandro da Cunha, und Sergio wird sich um dich kümmern. Alles Gute.»

Das Dach des langen Schuppens am Kai in Santos schimmerte in seiner Erinnerung immer noch silbern, und sein Gesicht brannte immer noch von der Gluthitze, die dort herrschte, und sein Hemd klebte ihm in der großen Kontorstube am Leibe, und ein Ventilator brachte Kühlung im Privatkontor und in Senhor Delmonicos Büro, im Empfangsraum, in der Buchhaltung und in Senhor da Cunhas Zimmer, wo sich die Frachtbriefe stapelten, die natürlich stets brandeilig waren. Er seinerseits hatte einen Tisch in dem großen Kontor, neben Senhorinha Kazakians Schreibtisch, der beim Maschinenschreiben wackelte, bis er alle vier Beine mit Korkscheibchen unterlegte, und sie lächelte, was ihn überraschte, da es bei ihr durchaus nicht üblich war. Sie war die erste, die ihn lehrte, daß nicht alle Frauen gleich sind, daß ein Lächeln noch lange keine Aufforderung bedeutet, daß Dummheit unweigerlich Reue im Gefolge hat.

Senhorinha Kazakian mußte wohl eine der ersten Frauen gewesen sein, die mit einer Schreibmaschine umzugehen gelernt hatte, eine der ganz wenigen Frauen, die in einem Kontor unmittelbar am Hafen arbeiteten, und offensichtlich hatte sie sehr viel Mut, denn Morgen für Morgen schritt sie in weißer Bluse und langem Rock mit einem weißen Schleier um den weißen Hut durch Tausende von halbnackten Hafenarbeitern, von denen ihr jeder einzelne mühelos mit einer Hand das Rückgrat hätte brechen können, und unterband allein durch ihre Haltung all die Bemerkungen, die durch die geringste Vertraulichkeit hervorgerufen worden wären. Nur einmal passierte es, daß ein Mann ihr eine Anzüglichkeit nachrief, aber er wurde augenblicklich so zu Brei geschlagen, daß es der Polizei nicht mehr gelang, seine Identität festzustellen. Auch Schauerleute hatten ihren Stolz.

Er seinerseits bekam einen gründlichen Anschauungsunterricht durch ihr Verhalten, charakterfest, gewissenhaft und gelassen. Sie war fleißig, von acht Uhr morgens bis acht Uhr abends, und ihre Arbeit war ebensoviel wert wie die von drei Männern, wie Senhor da Cunha sagte. Sie überwachte alle konsularischen und juristischen Angelegenheiten und bereitete sämtliche Dokumente zur Unterschrift für die Makler, Kapitäne und die Firma vor. An dem Schreibtisch im Hauptkontor erledigte sie ihre Arbeiten auf der Schreibmaschine, und wenn sie darauf herumhämmerte, wackelte der ganze Schuppen, als ob eine Rinderherde draußen vorbeigaloppierte. Sie hatte noch einen zweiten Schreibtisch in Senhor Delmonicos Büro, wo die Dokumente geprüft und gestempelt wurden, und einen dritten in der Buchhaltung. Wo man ging und stand, sah man Senhorinha Kazakian oder hörte ihre gestärkten Unterröcke rascheln, wenn sie in ihren Schnürstiefelchen vorüberging, die Arme stets mit Dokumenten beladen, die sie in Höhe ihrer gegürteten Taille hielt, in einigem Abstand von ihrer bis zum Hals zugeknöpften weißen Bluse, erhobenen Hauptes, die Augen immer halb geschlossen, den Blick stets nach unten gerichtet, um nicht über holprige Dielenbretter zu stolpern, mit braunem Haar, das in der Sonne rötlich schimmerte und zu einer Hochfrisur aufgetürmt und mit Nadeln festgesteckt war, und meistens trug sie darin eine Orchidee, die sie in Büchsen auf einem Regal in der Buchhaltung zog.

Er seinerseits wußte nicht viel von ihr und nahm sich auch nicht die Mühe, über sie nachzudenken. Er brachte ihr Kaffee, wenn der Bürovorsteher nicht da war, und wurde mit einem Kopfnicken belohnt, oder er spitzte ihr die Bleistifte oder half ihr tragen, was sie wiederum mit einem Nicken quittierte, manchmal sogar mit einem Lächeln, das aber nur auf die unmittelbare Umgebung des Mundes beschränkt blieb. Sie sprach selten mit jemandem, und wer sich mit ihr unterhalten wollte, bekam nicht mehr als ja oder nein zur Antwort. Und was sie sonst noch äußerte, war rein geschäftlich. Sie schien nicht mehr Gefühl zu haben als ihre Schreibmaschine. Er seinerseits hatte sie nie auch nur ein privates Wort mit jemandem reden hören, nicht einmal mit Senhor Delmonico, und das war ein flotter Lebemann, der selbst mit Seeleuten umzugehen und zu trinken verstand; zwar redete er sie stets mit Senhorinha Kazakian an, aber gegenüber Senhor da Cunha sprach er nur von «dem armenischen Sorbett».

Er seinerseits war unterdessen überall herumgekommen, mit den Boten, den Kontrolleuren, den Spediteuren und den Maklern. Die Kaianlagen zogen sich kilometerweit mit hölzernen Schuppen zu beiden Seiten des Ufers hin, und die meisten Frachtschiffe lagen draußen im Fahrwasser vor Anker. Nach ein paar Wochen kannte er die Küstenschiffahrt vom Kiel bis zur Mastspitze, alle Flaggen, Signale, Frachtsorten, Lösch- und Ladeverfahren. Aus freien Stücken war er schon morgens um vier auf den Beinen, weil dann die erste Schicht der Schauerleute mit Leichtern hinausfuhr, um die Schiffe zu entladen, und die Stewards an Bord tischten dem Makler und ihm ein Frühstück auf, ein Festessen mit vielerlei fremdartiger Hafergrütze, Fisch aus allen Weltmeeren, Eier, Wurst, Speck, Schinken, Aufschnitt, Steaks, Marmelade, Gelee und ein Dutzend Brotsorten, und es war, als ob er die ganze Welt von Tellern kostete. Ihm seinerseits fiel die Arbeit nicht schwer. Nach einer gewissen Zeit war er in der Lage, daß er auf jedem Gebiet die Aufsicht übernehmen konnte, und er tat es oft, und der Agent ging früh nach Hause, weil er wußte, daß der Name O'Dancy gleichbedeutend mit Zuverlässigkeit war. Manchmal streifte er seinerseits des Abends noch durch die Stadt, aber in den engen Gassen gab es wenig zu sehen, außer Betrunkenen haufenweise und Schlägereien, und wenig zu hören, außer schimpfenden Matrosen und kreischenden Weibern. Jeden Sonntag ging er zur Messe, wenn nicht gerade eine Frühschicht fällig war, und hinterher wanderte er am Strand entlang nach São Vicente, badete oder besuchte Senhor Delmonico und seine Familie, wenn nicht Senhor Carvalhos Ramos von São Paulo herunterkam und sie den Nachmittag spazierengingen, früh zu Abend aßen und sich früh zur Ruhe begaben, um früh wieder auf den Beinen zu sein. Er konnte sich später nicht mehr erinnern, ob ihn in dieser Zeit je der Gedanke an Frauen geplagt hatte. Harte Arbeit und ausgefüllte Stunden sind am besten dazu angetan, Hirngespinste im Keim zu ersticken. Er hätte es noch monatelang bei Senhor Delmonico ausgehalten, wenn nicht am Nachmittag des letzten heißen Tages ein Bleistift unter Senhorinha Kazakians Schreibtisch gerollt wäre.

In Santos herrschten in jenem Sommer wahrhaft höllische Temperaturen. Das hölzerne Kontorgebäude zitterte in der Glut. Schweiß trocknete zu salzigen Flocken auf der Haut. Die Schauerleute brieten sich auf dem Blechdach halbe Hähnchen. Senhorinha Kazakian saß am Schreibtisch mit Löschpapier unter den Ellbogen und rechnete Zahlen zusammen. Ihre weiße Bluse hatte dunkle Flecken, wo der dünne Stoff festgeklebt war. Schweiß glitzerte unter ihren Augen. Ihre Lippen bewegten sich beim Addieren. Als sie sich daranmachte, die Gegenprobe vorzunehmen, glitt ihr der Bleistift aus der Hand und rollte unter das grüne Friestuch, das den Tisch bedeckte und an den Seiten fast bis zum Boden herunterhing. Sie saß, die linke Schulter von ihm weggewandt, nahezu verborgen hinter hohen Stapeln von Papieren. Er hob das herabhängende Friestuch auf und kroch unter den Schreibtisch. Das Tageslicht flutete durch den fingerbreiten Spalt zwischen dem mit Quasten verzierten Saum des Tuches und dem Fußboden. Der Bleistift schimmerte, und er griff danach, doch dann setzte er sich auf die Hacken und spürte plötzlich, wie sein Herz gegen die Rippen schlug.

Senhorinha Kazakians Rock war hochgezogen, und ihre vielen Unterröcke lagen auf den Knien und den von Spitzen eingerahmten weißen Schenkeln, wo eine hauchzarte blaue Ader auf der Innenseite des rechten Beins herunterlief. Während sein Blick wie gebannt daran hing, erschien mit einemmal ihre Hand unter dem Tisch, und fast verstohlen begann der Mittelfinger unter dem Knie zu reiben, wo Schweiß rann oder vielleicht ein Juckreiz störte, strich dann glättend über den Teil des Schenkels, den er sehen konnte, tupfte ihn mit dem Zipfel eines Unterrocks ab, schob den Unterrock wieder hoch, und die Hand verschwand, und die Schenkel öffneten sich, die Schnürstiefelchen bewegten sich weiter auseinander, und sie rückte auf ihrem Stuhl ein wenig nach vorn. Er seinerseits war fest davon überzeugt, daß sie keine Ahnung hatte, wie nah er ihr war. Er kroch noch weiter heran, wobei er achtgab, ihre Stiefel nicht zu berühren, und reckte das Gesicht vor, um ihren Schenkel zu küssen, und er spürte die Wärme an seinen Wangen, setzte die Lippen gegen das Fleisch, und in dem Augenblick, wo er seine Zunge bewegte, spürte er die plötzliche Erstarrung, roch den Duft der Frau, der myriadenmal köstlicher war als der einer guten Zigarre, und mit einemmal wurde es licht über ihm, ein furchtbarer Krach, der Tisch kippte um, und sie stand einen Augenblick lang reglos, während ihr Stuhl zu Boden fiel, doch dann wollte sie ihm einen Fußtritt versetzen, er aber duckte sich, und der gestiefelte Fuß stieß über seinen Kopf hinweg ins Leere. Er war bereits auf den Beinen und außer Reichweite, ehe sie zum zweitenmal nach ihm treten konnte, und dann rannte sie zur Tür und hinaus und in Senhor da Cunhas Büro, und die Tür schloß sich ziemlich geräuschvoll hinter ihr.

Er hörte keine Stimmen, aber dann öffnete sich die Tür wieder, und der schlurfende Schritt der Pantoffeln und das Klappern ihrer Absätze kam den Gang herauf.

Hemdsärmelig, eine Zigarre im Mund, stand Senhor da Cunha da und sah ihn über dicke Gläser hinweg an.

«Geh nach Hause», sagte er. «Und komm nicht wieder. Für dich ist hier kein Platz mehr. Verstanden?»

Er seinerseits beachtete ihn nicht, sondern sah nur sie an, aber sie blickte durch die Tür hinaus.

«Ich habe es nicht böse gemeint», sagte er. «Ich habe entdeckt, wie schön Sie sind. So etwas bekommt man sonst nicht zu sehen. Kein Geschenk, das man mir machen könnte, würde ich höher zu schätzen wissen. Sie sind schön. Warum sollte ich nicht sagen, wie es ist?»

«Geh», sagte Senhor da Cunha. «Rede nicht. Geh.»

Er seinerseits bemerkte, daß Senhorinha Kazakians Augen auffunkelten, wie Diamanten, ehe sie sich abwandte, und er lächelte.

«So geht es nun mal im Leben», sagte er. «Auf Wiedersehen, Senhor da Cunha. Sie waren die Güte selbst. Ich habe viel bei Ihnen gelernt. Senhor Delmonico spreche ich mein Bedauern und meine Hochachtung aus. Ich bin ohnehin schon viel zu lange hier. Senhorinha Kazakian, ich versuche erst gar nicht, mich zu entschuldigen. Sie sind ein warmes, weißes Wunder. Gott segne Sie. Leben Sie wohl.»

Auch wenn Senhor Carvalhos Ramos davon erfahren haben sollte, er sagte nichts, außer daß er Sergio Anweisung gab, zu packen.

«Morgen früh fängst du bei mir im Büro an und beschäftigst dich dort ein wenig mit den Gesetzen, die den Grundbesitz betreffen», sagte er. «Ein paar Monate werden dafür genügen. Dann solltest du dich meiner Ansicht nach eine Zeitlang in einer Kaffee-Exportfirma umsehen und etwas über Qualität, Preise und Anbaugebiete lernen. Später gehst du zur Kaffeebörse und befreundest dich ein bißchen mit Verkauf und Termingeschäften. Danach bist du meines Erachtens soweit, daß du reisen kannst. Es wird dir guttun, dich ein wenig in der Welt umzusehen. Und nun zu dieser Morenne.»

Nicht einen Augenblick lang war ihr Bild in seiner Erinnerung verblaßt. Irgendwie schienen sie und Creonice eins geworden zu sein. Wenn er an die eine dachte, war auch gleich der Gedanke an die andere da. Doch in dieser Beziehung ließ Senhor Carvalhos Ramos nicht mit sich reden. Er würde Das Erbe nicht eher wiedersehen, bis er das Tor als Der O'Dancy durchschreiten konnte, der bereit war, sowohl die Verantwortung wie auch die Pflichten des Namens zu übernehmen.

«Wir haben getan, was in unseren Kräften stand», sagte Senhor Carvalhos Ramos. «Sie ist nicht aufzufinden. Das Haus war nur für die Saison gemietet. Du behauptest, sie sind nach Recife gefahren. Aber alle Nachforschungen dort oben sind ohne Ergebnis geblieben. Der Familienname ist nicht bekannt. Vielleicht sind sie nach Europa gereist. Oder sonstwohin.»

Nie wäre er seinerseits auf den Gedanken gekommen, ein Anwalt könnte herausbekommen haben, daß sie bereits verheiratet war, und ihn deshalb eine Weile hinhielt, bis er seine Weltreise antrat, und ganz darauf baute, daß dieses Erlebnis sie aus seinen Gedanken vertreiben würde.

«Wenn ich bei Ihnen wohnen soll, könnte dann nicht Creonice herkommen und für mich kochen?» fragte er seinerseits, ach ja, und in der Kehle wurde es ihm heiß, und es war wie ein Ausbruch der Verzweiflung.

«Creonice ist anständig verheiratet und ist jetzt bei einer von Tomagatsus Töchtern in Dienst», sagte Senhor Carvalhos Ramos. «Wie könnte sie ihren Mann im Stich lassen? Und denk daran, daß die ‚Rechte' eines Brotherrn nicht im Gesetz verankert sind. Es gilt nun, verantwortungsbewußter zu werden. Dieses lächerliche baumelnde Ding hat lange genug das Sagen gehabt. Es wird langsam Zeit, daß wir mit dem anderen Ende unseres Körpers das Denken anfangen. Wirkliche Männer lassen den Verstand sprechen statt ihre Schwellkörper.»

«Ich bin gespannt, ob Sie mir eine Frage beantworten werden», sagte Der O'Dancy. «Wenn man den Verstand sprechen lassen soll, was könnte man derweil den Schwellkörpern sagen? Werden sie darauf hören?»

Senhor Carvalhos Ramos setzte das Glas mit Portwein ab, lehnte sich zurück und lachte.

«Na schön», sagte er, «aber wenn du Reisen machst, dann nur in Begleitung von Privatlehrern. Das laß dir gesagt sein. Ich halte es für unbedingt nötig, daß du dich ernsthaft mit dem Gedanken vertraut machst, später auch auf die Universität zu gehen. Bei deinem gegenwärtigen Bildungsstand heißt das harte Arbeit. Aber du hast die Intelligenz dazu. Willst du's versuchen? Es wird dir bei weitem mehr Befriedigung geben als dieser ganze Schwellkörperunsinn.»

Er seinerseits konnte nichts dazu sagen, weder in der einen Richtung noch in der anderen. Und wie sich herausstellte, waren die neuen Privatlehrer weitaus besser als die früheren. Latein hatte er schon von Kind auf bei Padre Miklos gelernt, und sie hatten miteinander so gut wie nichts anderes gesprochen. Französisch hatte er von Der Mama. Englisch von Dem Vater. Portugiesisch sprach er ohnehin den ganzen Tag lang, vielleicht ein wenig nach O'Dancy-Art, aber der Lehrer war hochzufrieden und konnte es auch sein, denn Die Mama hatte sich in erster Linie darum gekümmert. In Mathematik war er in mancher Beziehung schwach, in anderer wieder glänzend. In Physik mußte er ganz von vorn anfangen. In Geschichte und Geographie waren seine Kenntnisse lückenhaft, doch keineswegs hoffnungslos. Aber er hatte ja Zeit.

«Alles in allem ganz famos», sagte Professor Riskind bei der ersten Zusammenkunft. «Wir werden den Unterricht am Vormittag abhalten. Nachmittags widmest du dich der Arbeit im Büro, und abends machen wir noch einmal eine kurze Stunde Unterricht. Der Weg auf die Universität steht dir offen, hab keine Bange.»

Professor Riskind war gebürtiger Pole, sprach zehn Sprachen und schien in seinem kleinen, kahlen Kopf, den er sich jeden Morgen rasieren ließ, alles Wissenswerte der weiten Welt gespeichert zu haben. Er trug cremefarbene Leinenanzüge, weiße Schuhe und hohe steife Kragen mit einer breiten schwarzseidenen Krawatte, und schon bald nach Aufnahme des Unterrichts erschienen die anderen Privatlehrer in der gleichen Aufmachung, und als Krönung des ganzen trug jeder einen breitkrempigen Panama. Und seltsamerweise sahen sie sich im Lauf der Monate immer ähnlicher, weil sich jeder von ihnen dazu auch einen Kneifer mit einer schwarzen Schnur angeschafft hatte.

Natürlich war es ihm immer noch möglich, ihnen von Zeit zu Zeit zu entwischen und in das eine oder andere Hotel zu gehen, wo Sergio für ihn ein Mädchen einquartiert hatte, und wenn es ihm auch für den Augenblick eine gewisse Erleichterung verschaffte, so bedeutete es ihm nicht mehr, als daß sein Bedürfnis wieder einmal für eine Weile gestillt war. Das Verlangen war allgegenwärtig, eine Art Verlangen, das in dem Augenblick am unerträglichsten wurde, wenn der Samen aus seinem Flammendorn herausspritzte, und darum erinnerte er sich auch an keine einzige mehr, Chinesin, Japanerin, Araberin oder welchen Leckerbissen Sergio auch immer für ihn ausgesucht hatte, denn sobald es vorüber war, wünschte er sich nichts anderes mehr, als den Mund auszuspülen und ein Bad zu nehmen, sich anzuziehen und wegzulaufen, ja, weg, weg, weg, wobei er für das Mädchen, das er zurückließ, ebensoviel Mitleid empfand wie Ekel vor sich selbst.

Dieses Gefühl des Ekels war eine Qual, denn die Mädchen waren schön und gut im Bett.

Und dennoch.

Die Geschichten, die er in Senhor Carvalhos Ramos' Büro zu hören bekommen hatte, waren manchmal äußerst komisch gewesen, obwohl er sich auf keine mehr besinnen konnte. Er schien kein Gedächtnis dafür zu haben. Doch die Erzählungen, das Gehabe des Erzählers und die Gesichter der Zuhörer, das alles empfand er im Vergleich zu dem Thema, von dem die Rede war, viel zu übertrieben, und jetzt wußte er, daß es dem gleichen Verlangen entsprang, genau dem gleichen Verlangen nach mehr, nach etwas überhaupt, etwas Greifbarem, etwas, was man festhalten konnte, um dieses Gefühl des Ekels vor sich selbst zu bemänteln. Und da ihnen das nicht gelang, lachten sie über das Erlebnis, über das Mädchen und über sich selbst, um eine Erklärung zu finden oder einen Grund oder eine Rechtfertigung für die Qual, daß sie unwissentlich ihre Kraft vertan hatten, der Schmerz um die Unbekannten, die Verlorenen, die Trauer in der Wildnis des Fleisches um die Liebe eines Sohnes oder einer Tochter, träge, in falscher Ergriffenheit und verlogener Rührung, die man verschwitzt von sich abwirft.

Doch da war noch das andere gottverlassene Verlangen nach der Frau selbst, vor dem Verströmen, vor dem Schweiß, das Verlangen, das den Meßknaben dazu treibt, verschwommene Stunden im Dunst des Weihrauchs zu verbringen, den Geist aus dem Morast zu erheben, um zu erinnern, wachzurufen, zurückzurufen. Doch er seinerseits war kein Meßknabe. Er liebte den Traum, genoß das Verlangen, bewunderte den steifen Stecken, Dein Stecken, Dein Stab, ach, und dann, einen Augenblick später, verfluchte er sich selbst, die Frau, das Verlangen, und fragte sich, ob es überhaupt lohnte. Spaß nannte man es, und Sport, ja, sehr vergnüglich, und weg und weiter zur nächsten. Doch jetzt lastet die Zahl der Jahre auf einem, und der Herr sei barmherzig, denn der Muskel versagt, und – Süßer Jesus mit der Dornenkrone – was bleibt einem noch als der Traum von Maexsa oder der *iemanja,* jener mit dem sagenhaften Bart, und der Allmächtige Gott sei barmherzig, denn sie und nur sie, o Erbarmen, sie war alles.

Und ein sechstes Kreuz, bereits fertig aus Stein gehauen, wartete.

«Herr», sagte Clovis und schaltete herunter. «Dona Hilariana erlaubt nicht, daß wir mit dem Lastwagen hineinfahren. Wir machen die Wege kaputt.»

«Da hat sie völlig recht», sagte Der O'Dancy. «Höchste Zeit, daß wir feste Straßen bekommen. Halt hier an. Ich gehe das letzte Stück zu Fuß.»

6

In einem kirschroten Leinenkleid war Hilariana vor Jahren zu ihm ins Büro gekommen, hatte ein Stück zusammengerolltes Zeichenpapier auf seinen Schreibtisch gelegt, ihn mit einem strahlenden Lächeln ihrer grauen Augen beglückt und sich dann heruntergebeugt, um ihn zu küssen, und seine Liebe zu ihr wurde beflügelt durch ihren Duft, der ihm zu Kopfe stieg wie immer, Gott sei gepriesen, und er seinerseits wußte, was das höchste Gut eines gesegneten Mannes war.

«Das hier wünsche ich mir zum Geburtstag in diesem Jahr und im nächsten, und Senhor Lacerda meint, der Bau macht keine Schwierigkeiten», sagte sie und breitete den Bogen auseinander, wobei sie das Schreibzeug, die Photographie ihrer Mama, ihre eigene und eine Schale mit Rosen beiseite setzte. «Die Baukosten gehen zwar in die Millionen, aber das verdiene ich in ein paar Jahren wieder herein. Es ist dringend notwendig. Ich brauche und möchte es, und São Paulo braucht es auch.»

«Und warum bezahlt São Paulo nicht dafür?» fragte er und sah sie an – vielleicht, so dachte er in einem weit entfernten Winkel seines Hirns, war sie die schönste Frau, die er je gesehen hatte, und womöglich entwuchs der Gedanke nur einem Gefühl des Stolzes, einem frohlockenden Staunen, daß er seinerseits der Vater war, der unbestreitbare Erzeuger und Beschützer und Anbeter, der schwelgte, wenn sie nahe war, und sich nach ihr verzehrte, wenn sie fern war.

In heftiger Ungeduld verschränkte sie die Hände und verlagerte ihr Gewicht auf einen Hacken, den sie nach vorn verkantet hatte.

«Die haben Institute und jede Art Laboratorien und Gärten», sagte sie. «Aber das ist es eigentlich nicht, was ich mir vorstelle. Ich habe einfach keine Lust dazu, alles in seine Bestandteile zu zerlegen. Ich möchte nur so allerlei herausfinden.»

«Und ich muß herausfinden, wie ich das Geld auftreibe», sagte Der O'Dancy. «Was willst du denn herausfinden?»

«Schau dir das hier doch einmal an», bat sie und breitete die Hände über die Zeichnung wie eine Mutter über ein Kinderbett. «Laß mich dir erklären, was mir vorschwebt.»

Doch er seinerseits griff über den Schreibtisch und nahm das als Briefbeschwerer dienende Segelschiff von einer Ecke des Bogens, so daß dieser zu einer Rolle zusammenschnellte und bis zum Aschenbecher zurücksprang.

«Alles, was du dir wünschst, ist mir Befehl», sagte Der O'Dancy. «Ich will gar nichts davon wissen. Es gehört dir. Gib deine Anweisungen.»

«Paps, du bist hoffnungslos», sagte sie in der *anderen* Sprache, in seinen Ohren kostbare Musik von Vokalen und Aspirata, mit einer Stimme, die das Herz der ganzen Menschheit erfreut hätte. «Komm bitte einmal her, nimm meine Hand und laß mich dir erklären, was ich vorhabe, und dann sag mir, ob es vernünftig ist. Vielleicht bin ich verrückt mit dem, was ich mir da vorgenommen habe.»

«Würden sonst Tränen fließen?» sagte Der O'Dancy, kam aus dem Sessel hoch, ging darum herum und nahm eine Seligkeit in den Arm, ach ja, die Schönheit selbst an Wärme und Süße und Zärtlichkeit, und küßte die Hand, die plötzlich seine Finger ergriff und sie an die Lippen führte. «Nein, nein, Gott bewahre, keine Tränen, doch hör mir jetzt einmal zu.

«Paps, du kennst unser Brasilien», sagte sie mit solcher Leidenschaft, daß ihre Heftigkeit beinahe erschreckte. «Du kennst São Paulo. Du weißt, daß unmittelbar hinter der Stadt, einen knappen Kilometer von der letzten Cocktailparty entfernt, die Wildnis beginnt. Unkultur. Auf jeder Straßenseite nur einen Meter breit Zivilisation. Und der Rest?»

«Wir müssen eben zusehen, daß wir uns weiterentwickeln», sagte er seinerseits. «Alle anderen haben es auch gemußt. Und sie haben sich lange Zeit damit gelassen.»

«Dies hier ist mein Beitrag», sagte sie und wies auf die Zeichnung. «Zuerst möchte ich herausfinden, wie das Aroma in den Kaffee kommt.»

«Hat es nicht zunächst einmal Der Allmächtige hineingetan?» fragte er seinerseits. «Hast du je welchen ohne Aroma getrunken?»

«Oft riecht er besser als er schmeckt», sagte sie. «Warum? Was macht den einen Kaffee bitter, und wieso erscheinen uns andere Sorten mit mehr Aroma erst als richtiger Kaffee? Wenn ich das ergründe und das, was noch fehlt, unserem Kaffee beigebe, glaubst du nicht, daß sich das lohnt? Es mag vielleicht Jahre dauern. Bin ich deswegen verrückt?»

«Geld, das dafür ausgegeben wird, ist gut angelegt», sagte er. «Sag mir, wer dich deswegen für verrückt hält, und ich werde ihn mir vorknöpfen. Geht es nur um Kaffee?»

«O nein», sagte sie, wobei sie einen Zipfel seines Taschentuchs herauszupfte und sich – geliebte Last – auf seine Schulter lehnte. «Ananas sind manchmal wie ein Stück süßliches Holz. Zuckerrohr ist oft wie süße Baumwolle, Bananen schmecken wie was? Wie irgendeine breiige Masse. Und Orangen? Die einen sind süß, die anderen strohig. Zitronen und Limonen sind immer bitter. Warum bloß? Was trägt dazu bei, daß sie diese zusammenziehende Kraft besitzen? Wenn man es herausfände, ob man es dann wohl auch den Orangen beigeben könnte? Oder irgendeiner anderen Frucht, um die Süße zu bewahren? Wenn es uns gelänge zu ergründen, was genau die Süße verursacht? Ob es sich züchten ließe? Bananen von Ceylon sind die herrlichsten, die ich je gekostet habe. Ich möchte sie auch hier anbauen und ihre Eigenschaften denen der unsrigen hinzufügen. Orangen von überallher, besonders aus Indien. Und Pampelmusen. Das ist eine Frucht aus dem Paradies. Hier ist sie noch völlig unbekannt. Aber wir könnten sie hier anbauen. Ich möchte Kaffee aus Columbien und El Salvador und Erde von dort tonnenweise. Es ist ein herrlicher Kaffee, und mach nicht so ein Gesicht, Paps, denn du weißt genau, daß es stimmt. Und dann denke ich noch an Reis. Und Baumwolle. Und Bohnen. Und Blumen aller Art.»

Er seinerseits spürte, wie sie sich bei diesem Traum ein wenig stärker auf ihn lehnte, und er wußte, daß sie mit ihren Gedanken, ihrer Phantasie, daß dieses vollkommene Wunder einer unverfälschten Frau weit, weit entfernt war auf einer berückenden Lichtung, wo alle Farben und tausend lautere Zauberdüfte in weihevollem Rausch miteinander verschmolzen.

«Blumen», sagte er seinerseits, leise, um sie nicht zu wecken, denn ihre Last war ihm kostbar. «Cahirs Blumen unten an der Treppe waren ein Gedicht. Werden wir auch jemals solche im Garten haben? Es ist schon lange her, nicht wahr?»

Sie trat einen Schritt zurück, faltete das Taschentuch in genaue Quadrate und steckte es ihm wieder in die Tasche.

«Diesen Monat noch nicht», sagte sie und rollte die Zeichnung zusammen. «Nächsten Monat könnte sein. Doch nächstes Jahr brauchst du nicht mehr zu fragen, mein Paps. Und dann niemals mehr. Das verspreche ich dir.»

«Das ist besser als irgendein hundertjähriger Vertrag, den die Edelsten der Edlen unterzeichnet haben», sagte Der O'Dancy. «Wo willst du denn diese Anlage hinbauen?»

«Ans Flußufer, da haben wir dann gleich Wasser und Elektrizität», sagte sie. «An der Biegung.»

«Weißt du nicht», sagte er, «daß das genau oberhalb von Shauns Anleger ist?»

«Ja», sagte sie und rollte die Zeichnung noch fester zusammen. «Bei Daniels Aufgang, dort wird gebaut.»

Und dort stand es jetzt, ein langer Kasten aus grünem und blauem Glas auf dünnen Beinen aus Beton und Stahl, umgeben von so vielen verschiedenartigen Bäumen, wie sie nur hatte auftreiben können, inmitten eines Gartens, der seit ein paar Jahren eine einzige Blütenpracht war und den Eindruck erweckte, als ob das schon Jahrhunderte so währte. Weiter hinten lagen die Beete im Nebel gesprühter Wasserschleier, und darüber wölbte sich ein Regenbogen. In der Nähe waren ein paar Männer dabei, Büsche zu beschneiden. Unter dem Gebäude pflanzten andere in langer Reihe Setzlinge in Töpfe, schlugen mit den Füßen den Takt und sangen leise eine alte Sklavenweise, die er seinerseits gehört haben mußte, als er kaum aus der Wiege heraus war.

Versuch nur, kleiner Kerl in dem Umschlagtuch, dich an die Worte zu erinnern. Luisa, ja, Des O'Dancys Amme, der Herr erbarme Sich ihrer und ihresgleichen, eine Freigelassene, hatte diese Melodie immerzu leise vor sich hingesungen, selbst noch, als man sie wegschaffte, nachdem sie dem Wäschermädchen den Bauch aufgeschlitzt, die Nieren herausgerissen, sie in ihre Schürze gewickelt und sie nach ein paar Kilometern Fußmarsch in der Kirche niedergelegt hatte, wobei sie den Rand des Taufbeckens mit Blut besudelte. Keiner bekam jemals zu erfahren, warum, da der Bruder des Mädchens am gleichen Nachmittag in ihre Hütte gestürmt war, Luisa bei den Haaren ergriffen und in Stücke gehackt hatte.

Jemand im Institut drückte auf eine Klingel, um oben den Besucher anzukündigen.

Alle möglichen Leute erschienen fortwährend dort, nach dem was er las und hörte, sich aber den Teufel darum scherte. Es kamen bedeutende Leute von der Regierung und den Vereinten Nationen, und Gelehrte von den Universitäten waren immer dort anzutreffen. Er seinerseits war einmal da gewesen, zur Eröffnung, aber das ganze Getue und die Aufmachung waren einfach nicht mehr seiner Zeit gemäß, und dann der Geruch, all die neuen Sprüh- und Insektenvertilgungsmittel, die Räume mit Pflanzen, die nur im Dunkeln wuchsen, und andere in rotem Licht und wieder andere in schwarzem, wie ihm berichtet worden war, doch er hatte es nicht für nötig gehalten, der Sache auf den Grund zu gehen. Wenn er ehrlich Farbe bekennen sollte, so war ihm die ganze Einrichtung von Anfang bis Ende vollkommen gleichgültig. Nicht etwa, daß sie ihm unheimlich war oder daß er Hemmungen hatte.

Der Grund war ganz einfach der, daß er seinerseits darin ein Brasilien der Zukunft erblickte, wo ein anderer Der O'Dancy sein würde. Arquimed würde tot sein, und Haß wallte in ihm auf bei diesem Gedanken, wenn auch seine Gefühle weit mehr von Neid oder Eifersucht bestimmt waren. Er hatte volles Verständnis dafür, warum man Urgroßvater Shaun «mit so etwas vom Leibe bleiben» sollte.

Dieser Wunsch, sich die Dinge vom Leibe zu halten, war schicksalhaftes Wissen um das wartende Grab.

Ach, aber die wahre Sorge betraf niemanden anders als Hilariana, die nun schon Ende Zwanzig war und noch keinen Mann hatte, auch keinen in Aussicht. Das übliche Gedränge von Verehrern – Brüder von Schulfreundinnen, Ärzte, Chemiker, Politiker und andere Dummköpfe, die sie im Rahmen ihrer Arbeit kennenlernte oder auf Empfängen oder auf Reisen hierhin und dorthin –, doch keiner, nicht ein einziger an ihrer Seite, und er seinerseits kannte einige sehr ansehnliche Vermögen, die noch frei waren. Kürzlich hatte sich einer eingefunden, aber offensichtlich war auch der nicht imstande gewesen, sie zu einer sonntäglichen Spazierfahrt zu bewegen.

«Paps, du bist ja so altmodisch», hatte sie gesagt. «Wer fährt denn sonntags noch spazieren?»

«Bei Gott, wenn ich ein paar Jahre jünger wäre und du halbwegs im passenden Alter, dann würden wir mal sehen, wer hier altmodisch ist», sagte Der O'Dancy. «Was hast du eigentlich gegen eine Spazierfahrt und ein Picknick am Sonntag? Sich draußen in der frischen Luft ein bißchen Bewegung machen.»

«Ich habe bei meinen täglichen Gängen hier Bewegung genug», sagte sie. «Wohl keiner ist mehr an der frischen Luft als ich. Und picknicken tun wir auch jeden Tag, denn für regelrechte Mahlzeiten ist gar keine Zeit.»

«Du wirst dir deine Gesundheit ruinieren», sagte er. «Du solltest mehr essen.»

«Und als Schweinsfisch herumlaufen wie Vanina oder die Oberarme mit Fett gepolstert haben wie so viele andere», sagte Hilariana und schüttelte einmal energisch den Kopf, eine Angewohnheit, die sie von ihm übernommen hatte, so daß er wußte, was es zu bedeuten hatte. «Ich habe für niemanden Zeit außer für die Leute, mit denen ich arbeite. Manchmal, da komme ich mir vor wie jedermanns Mutter und Großmutter zugleich.»

«Du solltest allen Ernstes Mutter sein», sagte er. «Ich hoffe auf Den O'Dancy. Ich hätte ganz gern noch ein paar Worte mit ihm geredet, ehe es zu spät ist.»

«Du hast doch Stephen», sagte sie, und ihre Augen füllten sich mit großen Tränen.

«Er wird seinen Weg gehen», sagte Der O'Dancy in einer Wolke von Kummer. «Er wird zwar einmal an meine Stelle treten, doch er wird nicht Der O'Dancy sein. Das könnte nur dein Sohn.»

«Dann werde ich mir bei der Wahl seines Vaters große Mühe geben», sagte sie. «Sollte ich da gleich den ersten besten Bullen nehmen?»

«Ich werde dir nicht dreinreden, wenn er nur das richtige Blut hat», sagte Der O'Dancy. «Den Verstand wird dein Sohn ja wohl von dir bekommen, nicht wahr?»

Das war nun gut ein Jahr her, und kürzlich war dieser Jemand auf der Bildfläche erschienen. Er seinerseits hatte den jungen Mann bisher dreimal gesehen, einmal im Büro, einmal im Stadthaus in São Paulo und einmal des Sonntags beim Mittagessen auf Dem Erbe. Er war nicht unbedingt der Typ, den er für sie ausgewählt hätte. Aber sie mußte schließlich mit ihm leben, niemand anders, und wenn sie sich etwas in den Kopf gesetzt hatte, dann konnte ihr das keiner ausreden. Er war ganz ansehnlich, gewiß, und als Juniorchef an den chemischen Werken seines Vaters beteiligt, so daß es vom Vermögen her stimmte. Trotz alledem wirkte er empfindungslos wie eine Winterkartoffel, und ohne daß er seinerseits etwas sagte oder sie auch nur ansah, wußte Hilariana, was er über ihn dachte, doch sie erwähnte ihn mit keinem Wort, und dabei blieb es. Sie erhielt von allen Seiten Preise, und ihr Name stand fortwährend in der Zeitung, als Botanikerin oder Wissenschaftlerin oder was auch immer, und sie kam jedesmal zu ihm mit den Urkunden und Ehrengaben und zeigte sie ihm, keineswegs voller Stolz, sondern so, als ob sie anerkannte, daß sie eigentlich ihm gebührten, weil er die Arbeit der O'Dancy-Stiftung, wie der Name lautete, finanzierte. Und wenn er sich je eine davon näher ansah, so bloß deshalb, um ihr eine Freude zu machen. Er seinerseits war nur zu stolz auf sie und ihre Erfolge. Was ihre Arbeit selbst anging, so brachte er es nicht fertig, Interesse zu bekunden. Sie hatte eine Wohnung im obersten Stockwerk eines neuen Wolkenkratzers in São Paulo, eine zweite im O'Dancy-Gebäude in Rio de Janeiro und außerdem ihre eigenen vier Wände auf Dem Erbe. Ihre alte Kinderfrau war immer noch bei ihr, außerdem ihre Erzieherin und mehrere Dienstmädchen. Niemand störte sie, und in ihrem Leben gab es keine Vorschriften, außer denen, die sie selbst für sich aufgestellt hatte.

Oft genug überlegte er, was wohl eine Frau, die nun in die Dreißiger kam, für ihr Triebleben tat, obgleich ihm bei derartigen Gedanken nicht ganz wohl zumute war und ein Vater eigentlich nicht mißtrauisch sein sollte. Ihrer Veranlagung nach war sie eine echte O'Dancy, aber sie hatte auch viel von ihrer Mutter, ach ja, der Nonne, diesem Born unwahrscheinlicher Erinnerungen. An dem Abend, als sie aus dem Leben schied, hatte er sich das Whiskytrinken angewöhnt.

Daniel, richtig, Daniel hatte ihn davon geheilt. Für kurze Zeit jedenfalls.

Der Junge mußte damals neun Jahre alt gewesen sein, Daniel Leitrim Arquimed O'Dancy Boys, und er war zu ihm ins Zimmer gekommen, hatte sich auf die Lehne seines Sessels gesetzt und ihn mit seiner kräftigen kleinen Rechten so an der Schulter gepackt, daß er seinerseits es heute noch spürte.

«Dr. Moise sagt, ich hätte jetzt eine Schwester, und ich soll mich gut um sie kümmern, weil du zu arbeiten hast», sagte Daniel – hört euch bloß diese Stimme an. «Und daß es für dich nicht gut ist, im Dunkeln herumzusitzen, und daß ich dich wenigstens einmal am Tag in den Garten mitnehmen soll.»

«Was sollen wir denn im Garten?» hatte er seinerseits gefragt, und es klang wie ein Raunen aus einer Leichenhalle.

«Wir sollen miteinander reden», sagte Daniel. «Dr. Moise sagt, Der O'Dancy redet bestimmt mit dem, der sein Nachfolger ist.»

«Na schön», sagte Der O'Dancy. «Auf in den Garten, reden wir also.»

Und immer wieder seit diesem Nachmittag, wenn es nichts zu tun gab, oder wenn Daniel nicht zur Schule mußte, gingen sie im Garten spazieren und unterhielten sich über die Ereignisse des Tages.

Doch an einem sonnigen Morgen, dessen strahlende Wärme er noch immer erinnernd spürte, kam Daniel in seinem weißen Anzug zu ihm, das rote Haar dunkel vom Baden, und sagte, daß er den Krieg mitmachen wolle.

«Dich geht doch diese Auseinandersetzung gar nichts an», hatte er seinerseits gesagt.

«Jeder muß sich damit auseinandersetzen, meine ich», sagte Daniel. «Die Brutalität dieser Leute kennt keine Grenzen mehr. Ist es nicht durchaus möglich, daß sie es später einmal mit uns ebenso machen?»

«Jetzt siehst du ein wenig zu tief in die Kristallkugel», sagte er seinerseits. «Du hast wohl ganz vergessen, wer du bist?»

«Gerade weil ich's nicht vergessen habe, gehe ich», sagte Daniel. «Ich bin alt genug.»

«Stimmt», sagte Der O'Dancy. «Ich kann dich nicht aufhalten. Aber angenommen, du verlierst deine Staatsbürgerschaft?»

«Oh», sagte Daniel. «Dann bin ich in guter Gesellschaft. Es sind übrigens alles Mordskerle, die mitgehen.»

«Du wirst vermutlich etwas Kleingeld brauchen», sagte Der O'Dancy. «Dafür sorge ich schon. Wohin willst du dich denn melden?»

«Wo ich gebraucht werde», sagte Daniel. «Bei der Marine könnte ich mich am besten nützlich machen.»

Die nächste Nachricht, die kam, war eine schöne Photographie des Leutnants Daniel O'Dancy Boys mit einem Absender, der aus Zahlen und Buchstaben bestand, und danach kamen drei Briefe, die dreimal gar nichts besagten, außer daß es ihm gut ging und daß alles ganz prima war. Und dann die lange Ungewißheit und die Wochen, wo er jeden Abend zu Hilariana ins Zimmer kam, um ihre Hand zu halten und zuzuhören, wenn Madame Briault ihr eine Geschichte vorlas, und dann ihre Gebete, die er immer noch im Ohr hatte, und er sich abwenden mußte, um nicht die Beherrschung zu verlieren.

Und dann jener Morgen im Büro, als das Telegramm vom Konsulat eintraf.

Mit dem tiefsten Bedauern Seiner Majestät.

Nie wieder setzte er seinerseits den Fuß in das alte Büro der O'Dancys, nie wieder wollte er das ganze Gebäude sehen. Es wurde abgerissen und neu errichtet.

Zurück zu Dem Erbe, blind vom Staub, und eine Leere im Kopf, ohne Kraft in Händen und Beinen, in Großmutter Xatinas Zimmer hinein und zum Klavier hinüber, und die Photographie in den Arm gerissen, dort, wo der Junge, o heiliger Jesus, gib ihm Frieden, der allerbeste, zuletzt gestanden hatte, um auf Wiedersehen zu sagen, und blind, blind, hinaus und den steinernen Weg hinunter, den Ahn Phineas gehauen hatte – «soll ich etwa nicht trockenen Fußes in mein eigenes Haus gehen können? O ja, das werde ich» – und hinüber in das Dunkel von Urgroßmutter Aracýs Jakarandabaum und dort sich in den Schatten werfen und blutige Tränen weinen.

Das hätte ihm seinerseits viele Jahre zuvor auch geschehen können.

Doch statt dessen bat der Konsul unten in Santos um seine Papiere, und damit war bereits alles zu Ende, denn der Finger tippte auf das Geburtsdatum.

«Ich fürchte, du bist noch ein wenig zu klein, um hier einen Hebel ansetzen zu können, weißt du», sagte er und blätterte die Bogen durch.

«Was für einen Hebel?» hatte er seinerseits gefragt.

«Arquimed ist eigentlich Archimedes, das weißt du doch, nicht wahr?» sagte der Konsul. «Er hat herausbekommen, wie man ohne großen Kraftaufwand mit Hilfe eines Hebels einen Stein bewegt, stimmt's?»

«Vermutlich war's so», hatte er seinerseits gesagt. «Er hatte schließlich Köpfchen.»

«Klar», sagte der Konsul. «Komm in ein paar Jahren wieder. Du hast noch viel Zeit.»

Der Mann sah gut aus mit seinem Schnauzbart, der von einem Ohr die Wange hinunterkroch, sich quer über die Oberlippe zog und über die andere Wange wieder zum Ohr hinaufführte, doch sein Schädel war kahl. Heutzutage würde kein Friseur jemanden so herumlaufen lassen.

«Dann werden mich eben die Deutschen nehmen», hatte er seinerseits gesagt.

«Natürlich nur, wenn ihnen die Royal Navy Gelegenheit dazu gibt, dich hinüberzuschaffen, was ich mir noch sehr anzuzweifeln gestatte», hatte der Mann gesagt und zu dem Bild seines Königs hinaufgelacht. «Seine Majestät wird außerordentlich erfreut sein, dich zu nehmen, wenn du noch ein paar Zentimeter gewachsen bist, verstehst du? Man muß eben ein bißchen größer sein als die anderen, wenn man bei der Irischen Garde Dienst tun will.»

«Könnte ich denn nicht einfach irgendwo anders Dienst tun?» fragte er, und sein ganzes Leben schien mit einemmal in nichts zu zerrinnen.

Der Mann tippte auf die Papiere.

«Nicht, wenn man so einen Namen trägt», sagte er. «Vielen Dank, daß du an uns gedacht hast, und komm bitte noch einmal wieder.»

Vielleicht war es diese kleine Episode, so oft zum besten gegeben, die viele Jahre später Daniel auf den Gedanken gebracht hatte. Doch dann kam der Morgen, nicht lange nach dem Beileidsschreiben, an dem das Konsulat einen Brief heraufschickte und darin seinen Besuch auf dem Kreuzer, der in Santos Öl bunkerte, erbat. Er machte sich in dem Cadillac sofort auf den Weg, und fraglos ist nie ein Mensch diese Straße schneller hinuntergefahren, getrieben von der ungestümen, schluchzenden, aberwitzigen Hoffnung, daß der Junge noch am Leben sein könnte, daß alles nur ein Irrtum sei. Vielleicht geschahen noch Wunder. Aber nein. Das Schiff war voll von Leinen und Stroppen, riesige Löcher klafften, hier und da waren Bordwand und Aufbauten zerrissen, an vielen Stellen schon wieder ausgebessert, und Hunderte von Männern waren im Lärm der Hämmer an der Arbeit. Er seinerseits hatte nie wieder den Geruch an Bord vergessen, nach Schmierseife und Leinöl, Farbe, Jod und neuen Jutetrossen, und den sengenden Dunst, wenn Stahl an Stahl geschweißt wird, der in die Nase sticht und unter der Schädeldecke brennt, und die herrlich reine Luft jenseits der Pinsel und Scheuersteine auf dem Schiff, über allen Gestank erhaben, der ursprüngliche Geruch nach der Besatzung kampfbereiter Männer, dem gesunden Geruch von Helden.

Seit jenem Tag, dank sei Dem Allmächtigen in Seiner Güte, vermochte er seinerseits den Gedanken an Daniel zu ertragen, ja, standhaft, als an einen unter Den Strahlenden.

Er wurde zu einem kleinen Raum hinaufgeführt und ging durch eine Tür, die so eng war wie die bei Alice im Wunderland, wovon er Hilariana vorgelesen hatte, und ein hochgewachsener Mann in einer weißen Uniform, die weder gut gewaschen noch gebügelt aussah, an der Mütze eine Stickerei, die schwarz statt golden war und Grünspan angesetzt hatte, blickte ihm entgegen und wies lächelnd auf einen Stuhl.

Er stellte eine Flasche und zwei Blechbecher auf den Tisch.

«Ihr Sohn hat mit mir zusammen Dienst getan», sagte er. «Nicht auf diesem Schiff hier. Ich habe versprochen, Ihnen das hier zu übergeben, wenn ich je Gelegenheit dazu habe.» Er hielt den Becher hoch. «Genug?» fragte er.

Er seinerseits nickte.

Das kleine Paket auf dem Tisch enthielt alles, was von ihm übriggeblieben war. «Ihre Gesundheit, Sir», sagte der Offizier und trank.

Er seinerseits schmeckte jenen Whisky immer noch.

«Ich habe zur gleichen Zeit auch meinen Sohn verloren», sagte der Offizier, und er hätte ebensogut vom Wetter sprechen können. «Daniel war ein feiner Kerl. Sehr beliebt an Bord. Und sehr tapfer.»

«Freut mich zu hören», hatte er seinerseits gesagt, und es hätte auch so geklungen, wenn die Rede von einem günstigen Kaffeegeschäft gewesen wäre. «Ist das alles hier? Keine Uniform? Oder seine Mütze? Oder sonst etwas?»

«Das ist sein gesamter persönlicher Nachlaß», sagte der Offizier und trank noch einen Schluck. «Wie ich Ihnen bereits zu erklären versuchte, er ist vor dem Feind gefallen.»

«Also auch kein Kranz», hatte er seinerseits gesagt und war dem Whisky dankbar.

Vielleicht lächelte der Offizier, doch vielleicht war es auch nur, weil er den Becher hob.

«Nein», sagte er. «Kein Kranz.»

Der O'Dancy appellierte an seine Vorväter, daß er den richtigen Ton träfe oder überhaupt Stimme fände zu sprechen, und – Der Herr sei ihnen gewogen – sie erfüllten seinen Wunsch.

«Würden Sie mir die Ehre erweisen, Sir, und mit mir dorthin fahren, wo Daniel zu Hause war, Sie und die gesamte Besatzung dieses Schiffes, nun ja, und sich ansehen, wo er aufgewachsen ist?» fragte er seinerseits, und vernahm seine Worte, die leisesten, die je aus seinem Munde gekommen waren, doch er wußte, was er sagte. «Es ist Platz genug für alle, solange es beliebt, und ich bringe einen jeden von Ihnen wieder zurück, wie es mein Sohn getan hätte, erholt an Leib und Seele, wann immer Sie es befehlen. Die Leute unten haben schwer zu arbeiten. Es wird noch einige Zeit dauern, bis Sie fertig sind, nicht wahr?»

Der Offizier blickte auf die kleine Uhr, die in der stählernen Wand eingelassen war.

«In achtundzwanzig Minuten laufen wir aus, ob wir fertig sind oder nicht», sagte er und stand auf, wobei er nach der Flasche griff. «Noch einen kleinen Schluck?»

«Nur ein bißchen, damit ich besser die Niedergänge hinunterkomme», sagte er seinerseits. «Sie trinken doch einen mit?»

Der Offizier lächelte und schenkte ihnen beiden ein.

«Ich weiß, was das heißt», sagte er. «Ich habe jetzt nur noch eine Tochter. Doch der Name ist tot. Es sei denn, es gibt noch irgendein junges Füllen, das mich nimmt.»

Er seinerseits hob den Becher aus dünnem Weißblech.

«Auf das junge Füllen», sagte er. «Ich sehe es bereits vor mir. Sie breiten die Decke darüber und hören nichts mehr als das Wiehern. Das wär' doch was, nicht wahr?»

«Ich lasse mich überraschen», sagte der Offizier und trank. «Vielen Dank, daß Sie sich herbemüht haben.»

Er hielt ihm das Päckchen hin, und von irgendwoher erschien ein Matrose, und sie gingen die engen, scheppernden Eisenstufen hinunter, kein auf Wiedersehen oder Alles Gute oder Händeschütteln, nur der Geruch und das kleine Päckchen und jemand, der ein Pfeifensignal gab.

Er seinerseits stellte niemals fest, was in der Papierhülle war. Hilariana nahm das Päckchen, doch sie verlor kein Wort darüber. Und er seinerseits stellte auch keine Fragen.

Am ersten Jahrestag wurde der Platz um Daniels Photographie mit Blumen geschmückt, ach ja, und er seinerseits betrank sich sinnlos und schlug alle Vasen entzwei und warf die Blumen bis auf das letzte Blatt hinaus und zertrampelte alle Blumen im Garten, setzte sich dann ins Gewächshaus und weinte seinen Rausch aus.

Seit diesem Tag bemühte sich keiner mehr Blumen hinzustellen, und der Garten wurde dem Unkraut überlassen.

Jene Sklavenweise ging ihm bis ins Herz, und die Trommeln und Rasseln fuhren ihm in die Beine, und wieder saß er auf Luisas Schenkel, spürte ihre Stimme durch die Rippen vibrieren, und wieder fühlte er den harten Griff Der Mama, die ihn den behutsamen braunen Händen entriß, die plötzlich zu Klauen geworden waren und an seiner Kleidung zerrten.

«Bist du des Teufels», schrie Die Mama sie an. «Unterstehst dich, meinen Sohn in einen solchen Sündenpfuhl mitzunehmen? Unterstehst dich, ihn Der Berührung auszusetzen.»

«Oxalá hält seine Hand über ihn», kreischte Luisa wie ein Vogel mit gespreizten Flügeln, den weit aufgerissenen Mund voller Zahnstummel. «Ihm wird kein Leid geschehen. Ich habe den Preis gezahlt.»

«Du hast für nichts gezahlt», sagte Die Mama. «Geh in deine Hütte zurück. Laß dich hier nie wieder blicken.»

Er seinerseits schrie nach Luisa, und all die Frauen heulten und schlugen klagend die Hände zusammen, und ihr verrückter Gesang gellte ihm heute noch in den Ohren.

Natürlich konnte man sich im tiefsten Innern des Herzens nicht vor der Tatsache verschließen, daß es *macumba* gab. Es ging vom Vater auf den Sohn über, von der Mutter auf die Tochter. Wie das geschah, wußte niemand, es war so, wie man sich eben die Nase genauso putzt, wie es

Vater und Mutter getan haben. Es mußte einen bestimmten Ort dafür geben, aber es konnte unmöglich – und schon gar nicht mit seiner Zustimmung – auf Dem Erbe oder in der unmittelbaren Umgebung sein, und es war allgemein auch nicht die Rede davon, und ganz gewiß nicht in den letzten zwanzig Jahren, daß die Leute der *macumba* anhingen. Er seinerseits kannte sie alle, Männer, Frauen und Kinder, all die vielen Hunderte, und wenn er an sie dachte und ihre Namen und Gesichter in schneller Folge vor seinem geistigen Auge vorüberziehen ließ, so lag doch bei keinem ein Raunen in der Luft.

Besonders nicht bei Democritas Pereira, aber wenn er doch etwas damit zu tun hatte, dann auch Ephemia, seine zweite Frau, und unfraglich auch Creonice, die zwar nie nur ein Wort davon erwähnt hatte, doch als sie starb, war der *macumba*-Leichenzug weitaus größer als jener, der ihr aus der Kirche heraus das Geleit zum Friedhof gab, und Padre Miklos weigerte sich, weiterzugehen.

«Aber die Frau muß doch ein anständiges Begräbnis bekommen», sagte Senhor Carvalhos Ramos, während er sich aus der Kutsche hinauslehnte und die Trommeln zu übertönen versuchte. «Wir können ja warten, bis all der Lärm vorbei ist.»

«Da können wir lange warten», sagte Padre Miklos. «Ich darf und will es nicht zulassen, daß die feierliche Handlung so entweiht wird. Ich gehe in meine Kirche zurück. Wenn die damit fertig sind, komme ich wieder.»

Doch es dauerte vier Tage, bevor jemand ihn holen ging, und als er zum Grab kam, war es von Fleischopfern umgeben, und der geistliche Herr wandte sich ab. Democritas verwünschte ihn, aber was konnte ihm das schon ausmachen.

«Dieser Mensch ist nicht getauft und war nie Mitglied der Kirche», sagte er. «Doch Creonice war es. Ihretwegen habe ich die beiden getraut. Und weil Tomagatsu darauf bestanden hat. Der Mann war nämlich für alles Zeremonielle außerordentlich zu haben. Es war die schönste Trauung, die ich je gehalten habe. Und dennoch schloß sich drei Tage lang eine *macumba* an, von der Tomagatsu nie etwas erfahren hat.»

«Und Sie haben es ihm nicht gesagt?» fragte er seinerseits.

«Ich habe erst im Beichtstuhl davon erfahren», sagte Padre Miklos. «Was erwarten Sie unter diesen Umständen von mir?»

«Und was, in drei Teufels Namen, ist eigentlich *macumba*?» fragte Der O'Dancy, und in seiner Stimme lag befremdlicherweise ein Unterton von Furcht, die er selbst bisher keinen Augenblick lang gespürt hatte, die ihm jedoch unbewußt schon zugesetzt haben mußte. «Es ist etwas ganz Infames, dessen bin ich gewiß. Und was noch?»

«Ich hasse es, mich mit Dingen zu befassen, die zum Himmel stinken», sagte Padre Miklos und ergriff das Kreuz an seinem Rosenkranz. «Es ist eine Mischung von afrikanischem Fetischismus, indianischem Ritual und was sonst noch an Teufeleien aus der Zeit vor der Bekehrung zum Christentum übriggeblieben ist. Damals, ehe noch die Botschaft des Heilands in den Höfen Einzug hielt und sich über die Länder verbreitete. Als noch die römischen Götter allmächtig waren. Die Sklaven kamen mit ihren eigenen Greueln aus Afrika herüber. Und sie fanden hier, wo Seefahrer seit Jahren die Küstenstriche befuhren, die Erscheinungsformen der alten europäischen Religionen und natürlich auch die Blutzeremonien der indianischen Eingeborenen. Die Sklavenquartiere wurden zu Brutstätten der Hölle. Nichts hinderte die Fetischpriester daran, die Namen von Heiligen aus dem Ritual unserer Heiligen Kirche zu entlehnen und sie und das Ritual zur Anbetung ihrer eigenen Götter zu mißbrauchen. Und das alles ganz im Geheimen. Wer sollte auch Verdacht hegen? Und genau das tun sie nun seit Generationen. Denken Sie nur an die geistige Verödung unserer eigenen Zeit. Warum sollen wir überhaupt darüber Worte verlieren? Wir haben es mit Seelen und Dem Geist zu tun. Doch es gibt noch andere Geister. Wir wissen davon. Hüten Sie sich vor ihnen. Gehen Sie mit Gott.»

«Amen», hatte er seinerseits gesagt und sich damit beschieden.

Die Sklavenweise war plötzlich in einen anderen Gesang hinübergewechselt, als er nahe genug heran war, daß sie ihn bemerkten, und die Männer gingen mit doppeltem Eifer daran, die Töpfe in Reih und Glied zu schieben und die Zwischenräume mit Moos auszufüllen.

Unschuldig, ach ja, mit gekrümmtem Rücken, wie Hunde, die wissen, daß sie etwas Unrechtes getan haben.

«Warum plärrt ihr da diesen Unsinn?» rief er seinerseits und ging über das kurze Gras auf sie zu. «Wißt ihr nicht, daß ihr freie Menschen seid? Hat euch das noch niemand erzählt? Oder muß ich erst ein paar von euch kräftig hinten reintreten?»

«Aber, aber, Paps», rief Hilariana, über das Geländer des Balkons gelehnt. «So schlechter Laune an einem solch schönen Tag? Du siehst ein bißchen ramponiert aus. War die Reise so beschwerlich, oder ist die Flasche zu oft herumgegangen, oder waren es die Spinnen? Steb hat vom Anleger aus telephoniert. Komm, wir lassen uns etwas zu essen bringen. Und dazu einen anständigen Schluck Whisky, versteht sich.»

«Hilariana», sagte er seinerseits und sah zu dem schönsten Lächeln der ganzen Welt hinauf. «Dein Name ist wie Musik. Und was du da vorschlägst, klingt wie eine Hymne. Bin ich nicht eben deshalb hergekommen? Der Herr sei gepriesen und mit Ihm die Himmlischen Heerscharen.»

7

Wie ist es möglich, daß es hier ein paar Tote gegeben hat?» fragte er sie, während die Männer die Glastüren zu den mit grünen Pflanzenkulturen angefüllten Dunkelräumen unter leisem Donnerrollen zuschoben. «Mußte es von allen Tagen im Jahr ausgerechnet heute passieren?»

Sie sah ihn an, und in ihren Augen schien ein seltsames Licht zu schimmern, so daß sie manchmal dunkel, manchmal blaßgrau und dann auch wieder blau wirkten, wie gerade jetzt, unter den wunderlichen Lampen in den Pflanzenkammern, die alles in Grünlicht tauchten, das aufschreckte und ihm beinahe das Gefühl gab, es sei gar nicht sie selbst, sondern jemand anders, der ihn nicht bloß ansah, sondern lauernd beobachtete. Die Augen waren in den Winkeln durch Striche mit einem schwarzen Stift nach oben verlängert, und die Lider waren blau getönt.

«Ich habe dir Zehntausende der seltensten Pflanzen gezeigt, die es auf der Welt gibt», sagte sie halb lachend, halb ein Weinen vortäuschend. «Und das ist dann der Dank? Kaffee, der sich womöglich einmal von selbst süßt. Kaffee mit dem ganzen Aroma der afrikanischen Sorten und doch von weitaus besserem Geschmack. Ananas durch und durch mit festem Fruchtfleisch und doch zart wie ein *filet mignon*. Trauben so groß wie dein Daumen, doch ohne einen einzigen Kern, kaum zehn Gramm Abfall bei einem ganzen Pfund Obst. Und da redest du von Toten?»

«Ja, warum denn nicht?» sagte er. «Seit der Revolution ist hier niemand auf diese Art ums Leben gekommen. Und das ist schon ein paar Jahre her. Warum geht es jetzt wieder los? Haben sie sich diesen Tag besonders dafür ausgesucht?»

«Arme Kerle», sagte sie. «Ich habe getan, was ich konnte. Es war nicht viel.»

«Du bist nicht in der Kirche gewesen», sagte er. «Wir haben uns die Augen nach dir ausgesehen.»

«Noch mindestens drei Wochen kann ich hier nicht weg», sagte sie. «Wir verfolgen die Entwicklung Schritt für Schritt. Und in dem Moment, wo ich weggehe, würde bestimmt jemand nicht mehr auf die Thermostaten achten und damit die Arbeit von Jahren ruinieren.»

«Ich wünschte, dir würde ein Kind ebenso am Herzen liegen», sagte er. «Es wäre schön, wenn eins da wäre.»

«Dafür ist immer noch Zeit», sagte sie ein wenig ungeduldig. «Pupi ist übrigens in Dem Haus. Er kümmert sich um die Gewächshäuser.»

«Hat denn dieser Mensch keinen anderen Namen als Pupi?» fragte er. «Der Klang allein geht mir auf die Nerven. Pupi, um Himmels willen! Wie konnte sich deine Zunge bloß daran gewöhnen?»

Sie lachte ihr lautloses, bestrickendes Lachen, daß es sie wie von einem Krampf geschüttelt auf den Diwan zurückwarf, tonlos, nur der Atem vernehmbar, ihr berühmtes Lachen, das ihre Freunde um den Verstand brachte.

«Aristedes Lhme da Silva», sagte sie. «Seine Mama nannte ihn Pupi. Sagt dir das nicht zu?»

«Nein», sagte er. «Vielleicht klingt es auf Portugiesisch ganz angenehm. Doch für meine Begriffe ist das ein Name für ein Schoßhündchen. Es juckt mich, dir zu sagen, was ich von ihm halte. Doch ich verkneif's mir lieber.»

«Keine Angst, hier kommt er dir nicht in die Quere», sagte sie und nahm ihn beim Arm. «Wie wär's mit einer Kleinigkeit zu essen? Es gibt Fisch . . .»

«Pfui Teufel», sagte er seinerseits.

«Oder ein kleines Steak?»

«Nichts zu machen.»

«Oder eine Scheibe frischen Schinken?»

«Einverstanden. Ohne Fett. Und zwei Eier dazu. Und einen Toast. Warum schmierst du dir eigentlich das Blau auf die Augen? Sind sie denn nicht schon blau genug?»

Sie rief die Bestellung durch den Aufzugschacht, und er sah zu, wie sie Gläser auf ein Tablett stellte. Etwas schien sie heute besonders nachdenklich zu stimmen. Er überlegte, was es wohl sein könnte, ob es die zunehmende Reife der berufstätigen Frau war oder nur ein vorübergehender Kopfschmerz oder die leidigen Tage des Monats.

«Du weißt vermutlich, weshalb jene Männer hergekommen sind, nicht wahr?» sagte sie leise, rasch, als ob sie froh wäre, daß die Worte heraus waren.

«Nein, ich weiß es nicht», sagte er. «Aber ich werde es, verdammt noch mal, herauskriegen. Es hat mit *macumba* zu tun, nicht wahr? Und was hat *macumba* auf meinem Grund und Boden zu suchen?»

«Es war nicht *macumba*», sagte sie und tat Eiswürfel in sein Glas. «Es war *khimbanda*. Das ist weitaus schlimmer.»

«*Khimbanda*», sagte er. «Das Wort habe ich schon einmal gehört. Was bedeutet es? Ist es afrikanischen Ursprungs? Wie kann es schlimmer sein als *macumba*? Ist der Teufel schlimmer als der Satan?»

«*Macumba* wendet sich an die niederen Geister», sagte sie, ohne ihn anzusehen, und wieder sagte sie es so schnell, als ob sie es von der Seele haben wollte. «*Khimbanda* ist schwarz. Schwarzer Kult. Schwarzer Meßhymnus. Die Messe des Satans.»

«Hör lieber auf», sagte er. «Man könnte fast denken, du seiest angesteckt.»

«Du glaubst nicht daran», sagte sie. «Das macht nichts. Zumindest bist du davor geschützt. Durch deinen christlichen Glauben bist du dagegen gefeit.»

«Du redest Unsinn», sagte er. «Tu mir den Gefallen und rede vernünftig. Diese *khimbanda*. Wo hast du davon gehört, wer hat dir davon erzählt, wo treiben diese Leute ihr Unwesen? Doch nicht hier auf Dem Erbe?»

Sie nickte.

«Das könnte durchaus der Fall sein», sagte sie. «Es ist hart, aber ich kann es leider nicht leugnen. Doch ich weiß genug, um eins ganz genau zu wissen. Wo es *macumba* gibt, dort gibt es zwangsläufig auch *khimbanda*. Das eine bringt das andere mit sich. Eins kann ohne das andere nicht existieren.»

«Um Himmels willen, Kind», sagte er und betrachtete ihren langen, schlanken Rücken in dem frisch gewaschenen Nylonkittel und das hochfrisierte Haar, alles grünschillernd in diesem seltsamen Licht. «Wie kommt's, daß du soviel davon weißt, und ich so gut wie gar nichts?»

«Ich war dem allen zeit meines Lebens ein wenig näher als du», sagte sie. «Und das eine weiß ich genau. *Khimbanda* ist gefährlich, und es wird ausgeübt, und zwar hier.»

«Nenn mir Namen», sagte Der O'Dancy. «Red nicht immerzu drum herum. Sag mir wer und wo, und ich unternehme etwas. Dann machen's die nur noch solange, bis ich sie zwischen die Finger bekomme. Warum hast du mir nicht bereits früher davon erzählt? Wie lange weißt du denn schon darüber Bescheid?»

«Seit dem Abend, als du die Nachricht über Daniel bekamst», sagte sie. «In der Nacht versammelten sie sich zu *khimbanda.*»

«Du hast mir nie etwas davon erzählt», sagte er seinerseits, weiter nichts.

«In deinem Zustand damals?» fragte sie mit Unschuldsmiene, als ob es völlig bedeutungslos wäre. «Damals oder die Wochen danach? Mein Gott, ich war wie alt? – zehn? – und hatte vor vielen Dingen Angst. Wenn seinerzeit Bri-Bro nicht gewesen wäre, ich weiß nicht, was ich getan hätte.»

«Hat die liebe Bri-Bro etwas damit zu tun gehabt, daß du von *khimbanda* erfuhrst?» fragte er.

«Überhaupt nichts», sagte sie. «Ich ging nach unten, um Daniels Photographie zu holen, die du unter dem Jakarandabaum hattest liegenlassen. Dann hörte ich die Musik und ging hin.»

«Mit Daniels Photographie», sagte er bekümmert.

«Sie stellten das Bild auf den *khimbanda*-Altar», sagte sie. «Wahrscheinlich bin ich gleich darauf eingeschlafen. Als ich am nächsten Morgen aufwachte, stand das Bild unten auf dem Flügel. Das ist alles.»

«Es ist nie durch eine Weihe wieder gereinigt worden», sagte er. «Ich muß Padre Miklos veranlassen, daß er das nachholt.»

«Aber, Paps», sagte sie. «Hör doch. Das ist doch schon viele Jahre her. Und schließlich besteht ja ein meilenweiter Unterschied zwischen Religion und Aberglaube. Das eine kann man tolerieren. Das andere würde ich nicht zulassen.»

«Augenblick mal», sagte er und stand auf. «Deine Toleranz in allen Ehren, mein Stern. Doch erwartest du von mir, daß ich zugunsten des einen oder des anderen meine Meinung ändere? Eins laß dir gesagt sein. Ich bin hier der Herr. Und was ich bestimme, geschieht.»

Sie lachte ihn an, mit dem stummen, ihr eigenen, bestrickenden Lachen, hilflos nach Atem ringend, und zeigte ihre makellosen Zähne, die rosige Zunge und hielt sich vor Lachen die Hüften. Doch mit einemmal war es nicht mehr kindisch, nicht mehr lustig. Die Hilflosigkeit war nicht mehr komisch.

Hilariana hatte ihren Namen zu Recht bekommen, denn schon bei ihrer Geburt hatte sie so gelacht.

In diesem dunklen Augenblick wußte er seinerseits, daß er sich vor ihrem Lachen in acht nehmen mußte.

«Sehe ich die Dinge mit anderen Augen?» fragte er sie. «Sind meine Gedanken darüber so abwegig?»

«Wir haben von *khimbanda* gesprochen», sagte sie eisig, eisig kalt. «Die Geister sind ständig um uns. Sie kommen, wenn man sie ruft. Du mußt vorsichtig sein.»

«Ich denke gar nicht daran», sagte er. «Zum Teufel mit dem ganzen Zeug.»

«Aber du glaubst an den Heiligen Geist», sagte sie, stand auf und reckte sich, und noch nie hatte er eine anmutigere Katze in weißem seidig glänzendem Gewebe gesehen, katzenhaft selbst noch im Beben ihrer Wangenmuskeln. «Der Heilige Geist ist Geist. Und wenn's den gibt, gibt's auch andere Geister. Wenn's andere gibt, gibt's auch viele. Wie viele?»

Er blickte auf ihre bemalten Augen, und, innerlich frierend, spürte er ihre Verachtung.

«Ich sehe dich in all den vergangenen Jahren zum erstenmal», sagte er. «Ich glaube, ich sehe jemanden, den ich nie zuvor gesehen habe.»

«Aber Paps», sagte sie mit der neuen überlegenen Ungeduld.

«Hör um Himmels willen mit diesem Paps-Gesage auf», sagte er und erhob sich. «Spar dir dein Essen. Ich muß an die frische Luft. Hier komm' ich mir vor wie in einem Krankenzimmer, in dem alle Fenster verrammelt sind. Geht's dir nicht genauso an einem Tag wie heute? Ja, an dem Tag, wo sich Der O'Dancy mehr vorsehen muß als an irgendeinem anderen.»

«Das ist eben dein Aberglaube», sagte sie, und sie sprach mit ihm wie mit einem ihrer Leute unten. «Ich begreife nicht, warum du immer noch so hartnäckig an diesem O'Dancy-Unsinn festhältst. Du mußt doch allmählich gemerkt haben, daß alle darüber lachen. Es ist nicht mehr zeitgemäß, Paps. Wirklich, es ist gut, daß Steb da ist. Er wird hier weitermachen. Ich nicht. Ich gehöre in eine andere Welt. Ich bin es ein wenig müde, mich verstellen zu müssen.»

Ach ja, es war doch ganz etwas anderes, nur davon zu reden, daß man alt sei, als sich urplötzlich alt zu fühlen, mit bleischweren Beinen und schmerzenden Armen, und dann diese Leichtigkeit in den Nervenenden, als ob man an einem Ballon emporschwebte, doch immer mit der Angst, man könnte abstürzen. Er hatte nicht mehr die Kraft, das eine oder das andere zu verhindern.

«Ich möchte nur wissen, wieso du die Güte hast, mir das an den Kopf zu werfen», sagte er.

«Ach, Paps, werde jetzt bitte nicht sentimental», sagte sie in dem gleichen überheblichen oder — wenn es das war — überlegenen Tonfall, der ihm so fremd an ihr erschien, und der doch ganz offensichtlich zu dem grünen und blauen Glas und zu dem seltsamen Treiben hier paßte. «Die Wirklichkeit sieht völlig anders aus. Heutzutage gilt es, sich mit den Realitäten abzufinden.»

«Aha», sagte er. «Und wo wir gerade von Realitäten sprechen, was hat es mit den Geistern auf sich, von denen die Rede war?»

«Das sind auch Realitäten», sagte sie, und sie schleuderte es ihm entgegen, diese schlanke Frau, die er bisher nur in ihrer Schönheit kannte, doch jetzt war sie hart, mit funkelnden Augen, die im Licht des blauen Fensters grauer waren als seine eigenen. «Was zur Debatte stand, war dieser ganze O'Dancy-Unsinn. Es ist schon seit langem peinlich. Das ganze eitle Getue paßt nicht mehr in unsere Zeit. Der Name wird nur deshalb in den Himmel gehoben, weil der gute alte Leitrim ein Spitzbube war. Er hat die Indios mit Feuer und Schwert von ihrem eigenen Land vertrieben, und seine Söhne sind diesem Beispiel gefolgt und kamen durch ihre verbrecherischen Machenschaften zu hohem Ansehen. So wurden sie Herren über einen sehr ansehnlichen Teil dieses Landes. Der O'Dancy? Es ist eine Anklage, kein Ehrentitel. Raub, Plünderung und Gewalttaten, die aber nie jemand zur Kenntnis nahm. Die stets in der widerwärtigsten Form von Heuchelei entschuldigt wurden. Was ich hier tue, macht das alles wenigstens zu einem gewissen Grade wieder wett. Steb wird auf seine Weise sogar noch weitergehen. Er macht von diesem Namen nur Gebrauch, um dir einen Gefallen zu erweisen. Doch er wird ihn eines Tages ablegen. Es wird keinen Träger dieses Namens mehr geben. Darauf kannst du dich verlassen. Sobald wir hier das Sagen haben, geht dieser Besitz an seine ursprünglichen Eigentümer zurück. Und wenn wir sie nicht ermitteln können, dann suchen wir uns welche. In dieser Beziehung sind wir uns einig.»

«Da bin ich aber froh», sagte er. «Es geht doch nichts über friedliche Eintracht. Besonders, wenn niemand da ist, der euch die Pläne durchkreuzen kann. Ich werde mir deinen Hinweis zu Herzen nehmen. Wenn ihr hier das Sagen habt? Das heißt also, wenn ich tot bin, nicht wahr?»

Am liebsten hätte er getobt und geflucht, aber damit würde er auch nichts ausrichten. Was sie da gesagt hatte, und wie sie es gesagt hatte, das war die Sprache ihres Verstandes. Sie meinte jedes Wort genauso. Er überlegte, wann sie wohl auf diesen Gedanken gekommen sein mochte oder was wohl die Ursache dafür gewesen sein könnte, daß sie sich von der Tochter so vieler sonnenheller Tage zu dem kaltherzigen Wesen dort vor ihm verwandelt hatte, das jetzt in irgendeiner verwünschten Zeitschrift herumblätterte, als ob nichts gewesen wäre.

«Wenn ich tot bin», wiederholte er. «Durchaus möglich, daß das nicht mehr lange dauert.»

«Das gilt für jeden von uns», sagte sie und warf eine Seite herum. «Doch bei dir dürfte es wirklich bald soweit sein, so wie du dich im Augenblick aufführst.»

«Würdest du mir das vielleicht einmal näher erklären?» fragte er, und sein Interesse war hellwach.

«Sieh dich doch bloß mal an», sagte sie, ohne aufzuschauen. «Der O'Dancy. Jahrelang hast du dich hier nicht blicken lassen, und jetzt, wo du kommst, ist dein Äußeres einfach abstoßend. Was sollen die Leute hier von meinem Vater denken, von dem sie bereits soviel gehört haben? Hast dich wohl in allen Gossen der Stadt gewälzt? Konntest vom Fusel wieder nicht genug kriegen?»

«Nun ja, aus irgendwelchen Gründen habe ich mir ein paar genehmigt», sagte er. «Und außerdem gerieten wir in einen Brand. Vielleicht ist es besser, wenn ich erst mal nach Hause fahre, mir ein Bad und eine Rasur gestatte, mich in Schale werfe und wiederkomme. Mal sehen, was sie dann von mir halten.»

«Die vergessen nicht, was sie gesehen haben», sagte Hilariana und legte die Zeitschrift neben sich auf den Diwan. «Sie vergessen nicht, daß angesichts der im Lande herrschenden Verhältnisse einer der hiesigen Milliardäre schlimmer herumläuft als irgendeiner seiner Stallknechte, und ich möchte mich dafür verbürgen, daß du keine Ahnung hast, wie viele du davon beschäftigst. Aber wie viele von deinen verhätschelten Rennpferden du hast, das weißt du garantiert ganz genau. Und wann kümmerst du dich mal um sie? Betreute sie nicht der alte Fazelli, du würdest keinen Finger dafür krumm machen. Eine Nische im Jockey-Club, ein bißchen Pferdefachsimpelei mit Bekannten, die ebenso nutzlos sind wie du selbst, und was hast du davon? Du fühlst dich als Besitzer. Und wofür zahlst du? Damit man dir schöntut. Für eine Spielerei? Dein Besitz . . .»

«Das Erbe», flüsterte er, und es wurde ihm allmählich ungemütlich.

«Du weißt doch gar nichts davon», sagte sie. «Es geht seinen Gang, trotz allem, was du unterläßt. Andere Leute haben ein weitaus größeres Anrecht auf den Ertrag des Bodens, als du es hast. Oder je gehabt hast. Wann hast du überhaupt etwas für dein Land getan? Als Offizier vielleicht? Höchstens als Vergnügungsreisender. Du schimpfst über die Politiker, nicht wahr? Aber ist es dir je auch nur im Traum eingefallen, dich einer Wahl zu stellen oder deine Stimme dort zu erheben, wo es wichtig wäre? In Bars, in Nachtklubs, im Stall und auf den Viehhöfen, ja, da bist du zu finden. Unter deinesgleichen, was?»

«Ich habe mich bemüht, alles zusammenzuhalten», sagte er. «Ich habe gemehrt, was mir einst gegeben wurde. Und der Ertrag ist gestiegen, tausendfach.»

«Dank der Arbeit anderer Leute, nicht dank deiner», sagte sie.

«Dafür zahle ich ja schließlich auch», sagte er. «Zum Beispiel für diesen Betrieb hier. Ich halte ihn für den schlimmsten Frevel, an dem ich je beteiligt war, aber das geschieht mir ganz recht. Ich habe dir deinen Willen gelassen. Und das war ein Fehler.»

«Es ist immer alles nur nach deinem Kopf gegangen», sagte sie. «War das immer ohne Fehl?»

«Das habe schließlich ich zu verantworten», sagte er. «Ich habe getan, was ich für richtig hielt. Aber ich habe noch nie dergleichen zu hören bekommen, was du mir hier gesagt hast. Es ist genau der richtige Ort dafür. Wo arme Pflanzen gezwungen werden, etwas zu tun, was niemals von der Natur vorgesehen war. Werden hierhin gedreht und dorthin gezwirbelt, festgebunden, geimpft. Werden fürchterlichem Licht ausgesetzt, das sie noch nie zuvor erlebt haben. Arme Dinger. Und so wehrlos.»

Wieder lachte sie, lautlos, nur ihr Atem war zu hören und das Rascheln von Nylon auf dem Stoff des Diwans. Der untere Knopf ihres Kittels war offen. Die nackten Beine lagen unbewußt gespreizt, weiß und vollendet schön, das mußte er ihr zugestehen, wenn schon mit einigen Gewissensbissen, doch der Pferdekenner war gleichzeitig auch Frauenkenner, und eine Tochter war vor seinen prüfenden Blicken nicht tabu. Wieder fragte er sich, warum niemand bisher ihretwegen zu ihm gekommen war, irgendein Anwalt oder ein Freund der Familie, um mit ihm im Namen eines schüchternen jungen Mannes das Geschäftliche zu besprechen, damit alles geklärt wäre, ehe der Bewerber selbst sein Glück bei ihr versuchte. Nicht einmal war es geschehen. Doch wenn jemand ihr Lachen erlebte, besonders wenn er gerade dabei war, etwas für seine Begriffe außerordentlich Ernstes zu sagen, dann bedeutete das zweifellos das Ende. Es überraschte ihn und stimmte ihn seinerseits nachdenklich, warum ihr bisher noch niemand eine Tracht Prügel verpaßt hatte. Ihre Kinderschwestern und ihre Gouvernante Briault hatten sie aufgezogen. Und er seinerseits war Tag für Tag bei ihr gewesen, um nach ihr zu sehen, und an jedem Abend, wo er daheim gewesen war, hatte er ihr ein paar Stunden gewidmet. Nie war sie ihm anders erschienen als ein wohlerzogenes, hübsches kleines Mädchen. Nie hatte er in ihrer Schulzeit etwas anderes erlebt als Belobigungen und Auszeichnungen. In den Ferien durchstreifte er mit ihr das Land oder fuhr hinunter an die Küste. Nie hatte sie seines Wissens geweint, außer einmal, als ihr Lieblingstier starb. Es war eine richtige Tragödie gewesen. Drei Jahre hatte sie in Paris zugebracht, und in dieser Zeit war er achtmal hinübergefahren, um sie zu besuchen. Abgesehen davon, daß sie größer geworden war und dabei schöner, als er es sich jemals erträumt hatte, schien sie sich nie verändert zu haben. Stets war sie sein einziger Stern gewesen, und er seinerseits das einzige Licht an ihrem Himmel.

So, ja, so war es ihm immer vorgekommen.

«Was hat dich plötzlich derartig verändert?» fragte er. «Kannst du mir das erklären?»

«Es ist gar nicht so plötzlich gewesen», sagte sie und legte sich zurück, wobei sich ihr langer schlanker Schenkel unter dem von grünem Schimmer übergossenen Nylon abhob. «Dein Trinken. Ich habe es immer gehaßt. Die Art, wie du Vanina behandelt hast. Und dann, wie du diesen Straßenmädchen nachgelaufen bist.»

«Man hat mich mit einigen Filmsternchen photographiert», sagte er. «Nun hör aber mal auf.»

«Wie immer sie sich auch heutzutage nennen mögen, um in die Zeitung zu kommen», sagte sie. «War nicht Iralia geradezu ein Musterbeispiel dafür?»

8

Es war eine genau eingeteilte, festgefügte Welt, wo alles seinen Platz hatte und auch alles an seinem Platz war, und es hatte gar keinen Sinn zu versuchen, ihr etwas zu erklären, besonders weil er schon aufgestanden war, im Begriff zu gehen, und sie noch dalag und so gelassen sprach, so überlegen, jeder Zoll die weltberühmte Leiterin der O'Dancy-Stiftung. Erklärt zur Frau des Jahres, von Gottes Gnaden und von irgend jemandem finanziert. Er konnte nicht umhin, wieder Platz zu nehmen, selbst wenn es nur bei einer Kanne Kaffee war – denn der Whisky schien ausgegangen zu sein –, und ihr von Anfang an alles zu erzählen, von dem Blumenmarkt an jenem Abend und von dem Mädchen, das still von Stand zu Stand ging, ihre Seele tief in all die Farben tauchte und das Gesicht zu dem Eimer mit Rosen hinunterbeugte und schließlich, nach dem fünften Rundgang, ein Sträußchen bunter Maßliebchen kaufte, und von ihm seinerseits, wie er gerade das Restaurant verließ, um sich auf den einsamen Heimweg zu dem hallenden Haus zu machen, ihr dann aber auf den Fersen folgte, weil ihm der selbstlose Schimmer ihrer Augen gefiel.

«Warten Sie doch», sagte er und wies auf die Rosen. «Haben Sie irgend etwas zu Hause, um sie hineinzustellen?»

«Ich würd' schon was finden», sagte sie, ohne überrascht zu sein.

«Geben Sie mir alle», sagte er zu dem Mann und sah sie dabei an. «Wo wohnen Sie?»

«Nicht weit von hier», sagte sie.

«Wir nehmen ein Taxi», sagte er, ohne zu überlegen.

«Rausgeworfenes Geld», sagte sie und nahm die Rosen wie eine riesige Seidenpapierfackel, die bald größer war als sie selbst. «Möchten Sie nicht noch etwas Sekt kaufen? Der einheimische ist gut genug.»

Er bezahlte den Mann und starrte sie an. Er hatte nichts anderes im Sinn gehabt, als einer Blumenfreundin einen Strauß zu schenken und in dem Gefühl, ein gutes Werk getan zu haben, nach Hause zu gehen. Weit zurück in ihrer Ahnenreihe mußte ein Afrikaner gewesen sein. Sie hatte die großen dunklen, verschwommenen Augen jener, deren Tränen Generationen lang geflossen waren, bis sie eines Tages endlich versiegten. Ein kleiner Kopf mit enganliegendem, gepflegtem bronzefarbenem Haar, ein gut geschnittenes Gesicht, eine volle geschwungene Unterlippe, keinerlei Schmuck, und die Haut und den Gang eines Mädchens vom Lande, strahlend vor Gesundheit.

«Wie viele Flaschen?» fragte er.

«Zwei genügen wohl», sagte sie gleichmütig. «Wenn Sie sich aber drei leisten können, reicht es länger.»

Sie gingen die abschüssige Straße hinunter zu einer Bar, wo er sechs Flaschen kaufte und sie in einen Karton packen ließ, doch die Flaschen waren schwer und der Bindfaden dünn. Er setzte den Karton ab, um die Finger zu massieren, und da gab sie ihm die Rosen, hob mit einem Schwung den Karton hoch und legte ihn sich auf die Schulter.

«Ein Taxi würde uns das alles ersparen», sagte er.

Doch weit gefehlt. Sie lief ein paar Stufen hinauf, setzte die Handtasche ab und tastete nach dem Schlüssel. Sie standen in einer finstern Gasse mit kleinen Häusern, alle mit verschlossenen Fensterläden. Die Tür öffnete sich in das Dunkel, und sie trat ein. Bisher hatten sie kaum ein paar Sätze miteinander gesprochen, aber sie schien sich bereits über ihn klargeworden zu sein. Er seinerseits war jedoch noch im Zweifel, was er machen sollte. Unter seiner Hirnschale wollte ihm nichts Besseres einfallen, als sein Taschentuch herauszuziehen. Aber es war wenigstens etwas, und als sie zurückkam und ihn bei der Hand nahm, ging er wortlos mit ihr hinein, den Flur entlang bis zu einem Hinterzimmer. Drei Kerzen brannten in Konservenbüchsen auf einem Bord. Nie wieder würde er die drei Kerzen über dem schmalen Bett vergessen, den Tisch und den Stuhl, die scharlachroten Rosen im Toiletteneimer, in einer Speiseöldose und der Rest auf dem Fußboden vor dem Bett verstreut.

«Schenken Sie Sekt ein», sagte sie und zog ihr Kleid aus, und sie trug nichts darunter, ein schönes, noch sehr junges Mädchen, und ihr Körper war ohne Makel und Spuren von Mißhandlung. «Bin gleich wieder da.»

«Verstehen Sie mich recht», sagte er, um die Dinge in die Hand zu nehmen. «So habe ich's nicht gemeint, wissen Sie?»

«Sie haben ein gutes Herz», sagte sie. «Und Sie sind einsam, und das bin ich auch. Könnten wir nicht eine Weile hier zusammensitzen, Sekt trinken, uns unterhalten und uns an den Rosen freuen?»

«Woher wollen Sie wissen, daß ich einsam bin?» fragte er, und ihre nüchterne Art brachte ihn um die Fassung.

«Dann sehen Sie doch mal in den Spiegel», sagte sie und ging hinaus.

Es konnte gar nicht die Rede davon sein, daß er sich in sie verliebte, oder daß ein alter Narr sich nur noch mehr zum Narren machte, und die Tränen, die ihm mit einemmal in den Augen standen, hatten gar nichts zu bedeuten. In jenen sechs Wochen oder mehr taten sie kaum anderes als Sekt und Rosen kaufen. Sie liebte es, nackt auf den scharlachroten Blüten zu liegen und Sekt zu trinken, wobei sie jedesmal ein paar Tropfen über ihren Leib verspritzte und lachte, wenn es kitzelte, und ihm gefiel es, einfach nur dazusitzen und sie anzusehen und mit ihr zu reden, und allein die Vorstellung, daß etwas so Wunderbares in einem schmutzigen Hintergäßchen von São Paulo möglich war, erschien ihm wie ein neues Leben, besonders in Gesellschaft eines Mädchens, das knapp aus der Schule war, und dessen unverfälschte Instinkte geradewegs bis zu den Königinnen der Ptolemäer zurückführten. Sie stammte aus Minas Gerais und war in einer *boutique* angestellt. Ihr Vater war Aufseher in einem Steinbruch, und sie hatte zwei Brüder, einer war Polizist, der andere Busfahrer, die sie beide heiß liebte, und das sagte sie schlicht und unzweideutig, ohne dabei die Stimme zu verändern oder das Gesicht zu verziehen. Ihre Mutter hatte zeitlebens noch kein Wort gesprochen, und sie hatten sich mit Zeichen verständigt. Irgendwann einmal hatte sie in einem Buch von den Rosen und dem Sekt gelesen. Bevor sie ihn kennenlernte, hatte sie es schon einmal ausprobiert, aber die Flasche Sekt hatte bereits die Hälfte der Kohlensäure eingebüßt, und außerdem waren nicht genug Rosen dagewesen. Er führte sie in Bars und *boîtes* aus, und sie tanzten miteinander. Sie redete, und er war sich nicht immer ganz im klaren, wovon sie sprach, aber sie war vollkommen glücklich. Er wollte ihr eine Wohnung mieten. Doch sie schlug sein Angebot aus. Für ein Dienstmädchen hatte sie keine Verwendung. Er kaufte ihr Kleider, keine teuren, denn sonst würde es bei den anderen Mädchen doch nur Klatsch geben, sagte sie. Aber mit der Zeit begann man von ihnen Notiz zu nehmen, und sie wurden ein paarmal photographiert, und Bilder erschienen auf den Titelseiten, und im Text darunter war die Rede von dem «Multimillionär-Playboy, der niemals alt oder kalt wird». In der Folgezeit verbrachte er mit ihr die Wochenenden in Rio de Janeiro, und sie stiegen in demselben Hotel ab. Das war ein Fehler. Eines Abends ging er hinunter, um einen Anruf aus São Paulo entgegenzunehmen, und als er wieder hinaufkam, fand er die Zimmerflucht gedrängt voll von Jazzmusikern, die mit ihrem Lärm den Geschäftsführer auf den Plan brachten, und Iralia sang für die Menschenmenge, die sich unten auf der Straße versammelt hatte. Er versuchte, ihr Einhalt zu gebieten, doch die Musiker übertönten ihn mit ihrem Spiel, immerhin, es war sehr ergötzlich, bis die Polizei erschien. Die Zimmer leerten sich von Lärm, Leuten und Zigarettenqualm, und Iralia war zusammen mit den Musikern verschwunden und ebenso all seine Kleider, Toilettengegenstände und Schmucksachen. Am nächsten Tag waren die Zeitungen voll von ihm, von ihr, den Jazzmusikern, und auf der Titelseite erschien er wie Mephisto grinsend beim Betrachten zweier Photographien von Iralia, auf der einen trug sie ein weißes Kommunionskleid mit Rosenkranz und auf dem anderen nur zwei Stückchen Spitze, und in dem Bildtext wurde er im Verein mit anderen, nicht näher Genannten als Verführer der Unschuld und unersättlicher, sittenverderbender Würger Minderjähriger angeprangert.

Der junge Carvalhos Ramos rettete die Situation, indem er bei der Zeitung eine langfristige Anzeigenserie für O'Dancy-Produkte aufgab, und es war gut, daß er es getan hatte, denn die Polizei machte Jagd auf Iralia wegen der vermißten Schmucksachen, einiger Uhren, Manschettenknöpfe und einer Summe Geldes, die er liebend gern abgeschrieben hätte. Doch er wurde in São Paulo um fünf Uhr morgens durch den Polizeichef geweckt und davon unterrichtet, daß man sie beim Kokainhandel erwischt und festgenommen habe. Das kleine Zimmer in der Straße hinter dem Blumenmarkt war das Auslieferungslager für die Schieber. Sie besaß eine Wohnung unweit seines eigenen Hauses, einen Wagen mit Chauffeur, ein Appartement an der Küste unten in São Vicente, und auf ihren Reisen nach Rio beförderte sie im Werte von vielen Millionen Cruzeiro Kokain, das Matrosen der in Santos liegenden Schiffe ins Land gebracht hatten. Während er aufrecht im Bett saß und sich alles anhörte, saß sie im städtischen Gefängnis hinter Gittern und verlangte, daß man ihn als Zeugen vorführe.

Der junge Carvalhos Ramos beschwor ihn, nicht zu gehen.

«Sie müssen an Ihre Familie denken, Senhor, und an alle anderen, die mit hineingezogen werden würden», sagte das Ebenbild seines Vaters, noch ganz schlafgedunsen, einen Mantel über dem Pyjama, in der Hand einen Regenschirm, der einen silbrigen Streifen auf dem Parkett hinterließ. «Denken Sie doch an Ihre Verwandten. Sie gehen immerhin in die Hunderte. Und an Ihre Geschäftsverbindungen. Und das sind Tausende. Ihre Banken. Ihre Reederei. Die Fluglinie. Die Bauunternehmen. Alles würde in höchstem Maße in Mitleidenschaft gezogen, und der Schaden wäre unermeßlich. Leider ist es nicht das erstemal. Doch diesmal wird man nicht mit einem Achselzucken darüber hinweggehen. Schließlich handelt es sich hier nicht um einen Dummenjungenstreich.»

Damit wollte er sagen, daß sich Der O'Dancy wie ein Irrer aufgeführt habe. Zumindest lief es darauf hinaus, und das schlimmste von allem war, daß er seinerseits gar nicht mehr anders konnte, als ihm hundertprozentig recht geben.

Dennoch.

Und dennoch.

Iralia war seit langer Zeit die erste Frau gewesen, die ihm wieder und wieder versichert hatte, wie gern sie ihm beweise, daß er immer noch ein kerngesunder, völlig normaler Mann sei. Die Erinnerung an sie war übermächtig, und alles in ihm drängte zu ihr zurück, und beides gepaart mit dem Gefühl, daß nur Charakterlose ihre Freunde im Stich lassen, trieben ihn zu seinem Entschluß.

«Wenn Sie mich begleiten wollen, so soll's mir recht sein», sagte er. «Wenn nicht, schicken Sie einen anderen Anwalt dorthin. Das Mädchen braucht Hilfe.»

«Das Mädchen ist Ihr Ruin», sagte der junge Carvalhos Ramos ihm ins Gesicht, und er stützte sich dabei auf den Regenschirm, und die Schnur seiner Pyjamahose baumelte unter dem Regenmantel hervor. «Um Ihretwillen und im Namen Ihrer Familie appelliere ich an Ihr Verantwortungsbewußtsein.»

«Ich bin ein paar Monate mit diesem Mädchen zusammengewesen», sagte Der O'Dancy. «Noch nie habe ich mich bei einem Menschen so wohl gefühlt. Nie habe ich auch nur den Schimmer eines Verdachtes gehabt. Wenn man ihr etwas vorwirft, so ist mir der größere Vorwurf zu machen. Ich hätte es durchschauen sollen. Aber ich habe nicht das Geringste bemerkt.»

«Die Ratten wühlen unter der Erde und zwischen den Wänden», sagte der junge Carvalhos Ramos. «Ich habe das Strafregister dieser Frau eingesehen.»

«In ihrem Alter kann sie noch gar kein Strafregister haben», sagte er seinerseits und ging hinaus.

«Sie ist achtundzwanzig, wirkt aber wie siebzehn, und sie ist unter dem Namen ‚Freibillett' bekannt», sagte der junge Carvalhos Ramos, schon im Fahrstuhl nach unten. «Sie gestattet alles. Umsonst.»

«Sie können noch so viel reden, Sie werden mich nicht davon abhalten, zu ihr ins Gefängnis zu gehen», sagte er. «So, und wenn Sie jetzt fertig sind, steigen Sie in den Wagen ein.»

Die Hälfte aller Wolkenkratzer, an denen sie vorüberfuhren, waren von seinen Bauunternehmen errichtet oder von seiner Bank finanziert worden, und der junge Carvalhos Ramos mühte sich vergebens, wenn er all die Gebäude bei Namen nannte, und die vielen Firmen, die ihm gehörten, und zur Leuchtschrift über der Bank hinaufwies, die die Uhrzeit und die neuesten Nachrichten verkündete, und von dem Unternehmungsgeist sprach, der eine ganze Stadt aus dem Boden stampft, und vom unüberlegten Tun, das alles wieder vernichten kann.

«Würde ich die Bitte dieses Mädchens einfach ignorieren, dann verdiente ich es wirklich», sagte er seinerseits. «Sie sind Anwalt. Nun gut. Dann kümmern Sie sich um Ihre Praxis. Sie haben nicht das Format Ihres Vaters. Sie reden zuviel. Hätten Sie weniger geredet, hätte ich es dabei bewenden lassen. Aber ich weiß genau, was Sie mit diesem Mädchen machen würden. Doch wir haben schon vor langer Zeit damit aufgehört, Menschen den Löwen zum Fraß vorzuwerfen.»

«Aber Hündinnen werden auch heute zum Mond hinaufgeschossen», sagte der junge Carvalhos Ramos.

Sie war immer noch halb betrunken, als die Polizistin die Zellentür öffnete, um sie herauszulassen, und all die anderen Frauen drinnen kreischten und heulten und stampften. Der Raum war dunkel, eine finstere Treppe hinunter, dämmerige Korridore entlang, nur eine nackte Glühbirne an der Decke, ein zerkratzter Tisch, wackelige Stühle, vergitterte Fenster und ein Geruch nach Unrat und Elend. Die Polizistin, munter, Anfang zwanzig, das dunkle Haar unter der niedrigen Schirmmütze zu einem Knoten geschlungen, wirkte wie eine Vision – und nicht weniger – von gestärktem blauem Leinen, gebügelter Serge und sie duftete nach einer Badeessenz, die das Gespräch beherrschte.

«Ich wußte ja, daß man Sie rufen würde», sagte Iralia, älter und zum erstenmal schlampig, ohne den Glanz der Gesundheit oder den Schimmer in den Augen. «Ich will Sie nicht hier haben. Ich brauche keine Hilfe. Das Zeug ist mir untergeschoben worden. Jacob hat es mir erzählt. Man wollte Sie erpressen.»

«Wie denn?» fragte der junge Carvalhos Ramos, und in seinem Gesicht stand deutlich zu lesen, daß er jetzt lieber gewaschen und angezogen wäre, als dem kühl musternden Blick der Polizistin in einem purpur und grau gestreiften Pyjama ausgesetzt zu sein. «Die ganze Bande ist verhaftet worden. Was gab es da noch zu erpressen?»

Sie saß seitwärts auf dem scheußlichen kleinen Stuhl, der vermutlich von Ungeziefer nur so wimmelte, und sah ihn an. O ja, er kannte diesen Blick. Sie wünschte sich jetzt, die Kleider ablegen und auf Rosen liegen zu können.

«Das Zimmer war billig», sagte sie, nunmehr etwas lauter, denn die Polizistin sah sie prüfend an. «Ich hatte keine Ahnung, daß das Haus ein Umschlagplatz war. Ich machte auf, wenn es klingelte, und nahm Mitteilungen, Päckchen und was sonst kam, entgegen. Nur aus diesem Grund habe ich das Zimmer so billig bekommen. Nie habe ich jemanden dort wohnen sehen mit Ausnahme der Frau im oberen Stockwerk. Aber ich hatte ein paar Bekanntschaften gemacht, bevor ich Sie kennenlernte. Ich ging in Klubs und sang zur Musik der Kapelle. Auf diese Weise verdiente ich mir etwas Geld und hatte einige Stunden Unterhaltung. Und in Rio sah ich zufällig ein paar von den Musikern wieder. Ich konnte sie nicht davon abhalten, heraufzukommen.»

Sie betrachtete ihre schmutzigen Hände, tat sie wieder herunter, hielt sich am Sitz des Stuhls fest, ließ einen schwarzen Seidenpantoffel baumeln, versuchte, ein paar Flecken aus dem Satin herauszureiben, und sah kopfschüttelnd zu der Polizistin hinüber.

«Ich kann doch hoffentlich hier bald ein Bad nehmen», sagte sie. «Diese Zelle. Ich gehe ein dort. Selbst der Fußboden bewegt sich.»

«Ich kümmere mich darum», sagte die Polizistin.

«Und ich komme für die Kosten auf», sagte Der O'Dancy.

«Tun Sie nicht mehr als nötig ist», sagte Iralia laut und schrill. «Es ist meine Schuld. Nie war jemand gut zu mir. Nie hat sich jemand um mich gekümmert. Ich glaubte an jenem Abend, daß Gott Sie geschickt hat. Ich wünschte mir Rosen. Rosen. Nur Rosen. Ich wünschte sie mir. Ich betete darum. Und dann standen Sie plötzlich hinter mir. Es war die Stimme, auf die ich gehofft hatte.»

Tränen rannen ihr jetzt die Wangen hinunter, schimmernd, kullernd, und sie fing sie mit der Zunge auf.

«Nachdem wir das erstemal in Rio gewesen waren, kam ein Mann mit der Frau, die oben wohnt, zu mir», sagte sie mit zitternder Stimme. «Er nickte nur. Die Frau erzählte mir alles. Der Mann hörte bloß zu. Die Frau zeigte mir dann den Draht unter dem Bett. Sie wußte, wer Sie waren.»

Die Polizistin berührte sie am Arm und sah auf die Uhr.

«In fünf Minuten beginnt die Sitzung des Nachtrichters», sagte sie. «Bis dahin muß sie fertig sein.»

«Hinterlegen Sie Kaution oder unternehmen Sie sonst etwas», sagte Der O'Dancy. «Holen Sie sie hier heraus. Schaffen Sie sie zu mir nach Hause.»

«Nein», sagte Iralia. «Niemals. Sie sollen meinetwegen keine Unannehmlichkeiten haben. Nie war jemand gut zu mir. Nie hat jemand in mir solche Gefühle geweckt. Es ist schön, etwas empfinden zu können.»

Sie stand da, die Hände zu Fäusten geballt, auf den Zehenspitzen, den Kopf in den Nacken gelegt, die Zähne zu einem verzerrten Lächeln entblößt, und die Polizistin nahm sie beim Arm, und sie ließ sich wieder auf die Hacken hinunter und blinzelte.

«Bis zum nächstenmal», sagte sie dann und folgte der Polizistin, und ihr Kleid aus schwarzem Satin zeichnete ihre Anmut mit silbrigen Strichen im Dunkeln.

«Sie haben's gehört», sagte Der O'Dancy. «Tun Sie, was in Ihren Kräften steht.»

«Wenn der Richter Sie sehen will, gebe ich Ihnen Bescheid», sagte der junge Carvalhos Ramos. «Falls die Zeitungsleute von der ganzen Sache Wind bekommen, halten Sie sich die ja vom Leibe. Sagen Sie nichts.»

Er wartete oben in dem geräumigen, glasgedeckten Saal mit der abblätternden weißen Farbe, der einst in den Tagen der Samtgewänder und Federhüte ein Salon für Diplomatenempfänge gewesen war, doch selbst die Zigarre schmeckte nach dem muffigen Geruch. Der junge Carvalhos Ramos ließ lange auf sich warten, und hinter den Türen war bereits helles Tageslicht, doch dann kam er munteren Schrittes, seine Silhouette zeigte schon von weitem den ungekämmten Kopf und den Regenmantel, und er schwang seinen Schirm, und die Pyjamahose saß ihm jetzt fest um die Hüften und zeigte seine bloßen Waden.

«Sie ist wieder draußen», sagte er. «Ich habe sie zu einem Hotel geschickt, und sie hat mir das Versprechen abgenommen, daß Sie nicht erfahren, wo.»

«Das haben Sie aber nur so gesagt», entgegnete Der O'Dancy.

«Ich hab's versprochen», sagte der junge Carvalhos Ramos ihm ins Gesicht, Auge in Auge, mit dem Blick seines Vaters.

«Großartig», sagte er seinerseits mit einer Handbewegung. «Das haben Sie gut gemacht. Wann muß sie vor Gericht erscheinen?»

«Ich werde sie verteidigen», sagte der junge Carvalhos Ramos. «Etwas daran gefällt mir allerdings nicht. Ich bezweifle, daß das alles stimmt, was man ihr vorwirft. Das Strafregister, das ich eingesehen habe, war nicht das ihre. Denken Sie nicht mehr daran.»

«Sehen Sie, wie es sich gelohnt hat, hinzufahren?» sagte er seinerseits. «Wir haben Licht in die Angelegenheit gebracht. Machen die dort eigentlich nie sauber? Oder ist das Gefängnis von den Gebeten so vieler verlorener Seelen so besudelt, daß es sich nicht mehr abwischen läßt? Ist das der Grund?»

«Würde Der O'Dancy dafür zahlen, daß alles abgekratzt und neu gemalt wird?» fragte der junge Carvalhos Ramos. «Der Staat hat dafür kein Geld.»

«Dieser Gedanke ist Ihres Vaters würdig, und Gott segne ihn deswegen», sagte Der O'Dancy. «Ich kümmere mich darum.»

Und jetzt stand er da, in grünem Licht aus dem einen Fenster und in blauem aus dem anderen, im Empfangszimmer. Nun, es war zwar mit goldenen Lettern an die Glastüren gemalt, obgleich sich keiner des Empfangs sicher sein konnte, den er eigentlich erwartete, besonders nicht der Vater, der alles finanzierte und der vor allem das Farbengekleckse irgendeines Idioten an der Wand verabscheute – es hing wohl waagerecht, aber doch ein wenig irr, und genauso war der Preis, was immer es gekostet haben mochte, irr, gemalt von einem irren Geist, einer irren Seele, und zum Teufel damit, nur ein irrer Käufer konnte sein gutes Geld dafür zum Fenster hinausschmeißen.

«Wer hat denn diesen Greuel da ausgesucht?» fragte er und musterte die Spritzer fahler Farben, die Kleckse und verlogenen Tupfen.

«Alles in diesem Gebäude habe ich ausgesucht», sagte Hilariana und nahm die Zeitschrift wieder zur Hand. «Das ist ein Tamish. Vielleicht der beste Maler nach Picasso. Interessierst du dich dafür?»

«Es ekelt mich an», sagte er. «Apostel der Häßlichkeit, alle beide.»

«Sie offenbaren dir das Grauen deiner Welt», sagte sie und betrachtete ein paar Photographien. «Du hast dazu beigetragen, das Grauen zu schaffen. Und du machst beharrlich weiter. Du tust nichts dagegen.»

«Ich hänge so ein Zeug nicht an die Wand», sagte er. «Keinen roten Heller würde ich für so etwas ausgeben.»

«Dir ist der Mitbesitz an einer Prostituierten lieber», sagte sie.

«Was sind sie denn anderes als Prostituierte, die bezahlte Studien des Abscheus liefern?» wetterte er. «Gibt es eine einzige Zeile oder ein paar Noten Musik, die dir einen behaglichen Augenblick verschaffen können? Meine Prostituierten stillen zumindest einen Hunger.»

«Hunger», sagte sie, wieder lautlos lachend, und zeigte dabei etwas mehr von ihrem langen Schenkel.

«Hunger», sagte er bekümmert und kaum vernehmbar. «Ach, lieber Gott, solch ein Hunger.»

Er dachte an das schmale weiße Bett im goldenen Schimmer der drei Kerzen und an die wohlige, lichte, blumenblättrige Wärme scharlachroter Rosen. Zärtliche Hände, ein süßer Mund, die Zunge und eine kühle, samtweiche Haut und ihr Fleisch, oh, und, der Herr sei gepriesen, das Leben, Wunder eines mächtigen Pulsschlags, und die liebevollen Hände einer Frau, leises Flüstern, die Sanftheit, die engelsüße Sanftheit einer Frau, die liebt, hingebungsvoll, ein Geschöpf der Liebe, das Liebe verströmt.

«Hol's der Teufel», sagte er und dachte dabei an zwei beisammenliegende Leiber. «Du hast nie die Liebe zwischen Mann und Frau erfahren. Du hast ja keine Ahnung, was Liebe zwischen Mann und Frau ist. Oder Hunger. Nicht nach Brot. Oder nach Geschenken. Oder nach sonst etwas. Nicht nach Geld oder Geldeswert.»

«Schlicht und einfach nach einem anderen Körper», sagte Hilariana, als ob sie mit sich selber spräche, und sie blätterte in den Seiten und strich sich mit der Hand über den Leib, der in der engen Nylonhülle steckte, von grünlichem Licht überflutet. «Selbstverständlich habe ich eine Ahnung. Ganz ohne Frage. Doch wo soll ich die Liebe suchen?»

«O Senhor», sagte der junge Carvalhos Ramos über das Telephon. «Gerade hat man sie gefunden. In dem erst halbfertigen Haus neben der Bank. Sie ist erdrosselt worden. Die Polizei wird ihr möglichstes tun. Ich auch, das verspreche ich. Sie war völlig unschuldig.»

«Aber wer konnte so etwas machen?» sagte er, den Blick auf das Kruzifix geheftet und nicht gewillt, auch nur ein Wort davon zu glauben.

«Senhor», sagte der junge Carvalhos Ramos. «In unserem Land gibt es eine Menge Leute, die so etwas machen würden, für Geld. Leider.»

«Finden Sie den oder die Betreffenden», hatte er seinerseits gesagt. «Geld spielt keine Rolle. Ich zahle alles.»

«Die Schuldigen brauchen Ihr Geld nicht», sagte der junge Carvalhos Ramos. «Es würde sie nur belasten. Das Mädchen ist tot. Ein Mund, der nicht mehr reden kann. Lassen Sie am besten alles auf sich beruhen. Ein Toter mehr. Was soll schon dabei herauskommen?»

Nichts kam dabei heraus. Alle Ermittlungen und alles Bemühen der Anwälte war vergebens. Kein einziger Verwandter meldete sich. Kein Bruder, ob Polizist oder Busfahrer, ob geliebt oder nicht.

«Wir können nichts anderes tun als sie beerdigen lassen», sagte der Polizeichef, Mitgefühl in der Stimme. «Legt der erlauchte Senhor Wert darauf, sie zu identifizieren?»

«Ich würde davon abraten», sagte die Polizistin. «Ich habe sie bereits auf Grund ihrer Hände und Füße identifiziert. Es scheint ihr ein großes Bedürfnis gewesen zu sein, sich zu pflegen.»

«Ich werde in der Kathedrale eine Messe lesen lassen», sagte er seinerseits. «Kommen viele auf diese Weise ums Leben?»

Der Polizeichef verzog den Mund, und die Beamten um ihn herum scharrten verlegen mit den Füßen.

«Sie ist nicht die erste», sagte er.

«Was wird gegen ihre Hintermänner unternommen?» fragte er seinerseits.

«Wir haben ein paar von denen verhaftet, die am Rande damit zu tun haben. Das ist alles», sagte der Polizeichef, rückte die Krawatte gerade und zog die Aufschläge seines grauen Seidenjacketts zurecht. «Die großen Fische werden wir niemals fangen. Die schwimmen zu tief im Meer.»

Er rieb Daumen und Zeigefinger gegeneinander.

«Damit ist doch wohl alles zu machen», meinte er und bedeutete ihnen mit einer Handbewegung zu gehen.

«Setzen Sie zehn Millionen Cruzeiro als Belohnung aus», sagte er seinerseits zu dem jungen Carvalhos Ramos. «Ich lasse Ihnen das Geld anweisen.»

«Und wenn es hundert Millionen wären, sie würden auch nicht genügen», sagte der junge Carvalhos Ramos. «Wo sollen die Zeugen herkommen? Tot oder lebendig? Falls die in der Öffentlichkeit auftreten, wie lange würden die dann wohl noch zu leben haben?»

«So schlimm steht es also?» hatte er seinerseits gesagt.

«Schlimmer noch», sagte der junge Carvalhos Ramos. «Die Richter, die Polizei, die Anwälte, meine Amtsbrüder – wem von ihnen könnten Sie noch trauen?»

«Aber Ihnen doch», hatte er seinerseits gesagt.

«Vielleicht», sagte der junge Carvalhos Ramos. «Vielleicht. Nur vielleicht.»

«Dieser Hunger, von dem du sprichst», sagte Hilariana verhalten, als ob sie mit einer süßen Frucht in der Kehle spräche, und ach, da war sie ein paar Augenblicke lang wie das Wunder ihrer Mutter. «Ist es deiner Meinung nach für eine Frau leichter? Reden wir eigentlich noch von derselben Sache?»

«Es geht um das Gefühl, wenn es einen nach einem anderen Körper verlangt», sagte er. «Das ist es, und der Herr möge mir vergeben, daß ich das ausspreche. Nie hätte ich mir träumen lassen, daß ich je mit meiner eigenen Tochter darüber reden würde.»

Sie legte sich zurück und lachte, und dabei warf sie die Beine zur Seite, und die Zeitschrift fiel zu Boden.

«Ich möchte nur wissen, was wohl dein überkritisches Personal dazu sagen würde, wenn jetzt jemand von denen hereinkäme und dich so sähe», sagte er seinerseits. «Du bist ja halbnackt. Hast du eigentlich überhaupt etwas drunter an?»

«Nicht viel», sagte sie und blickte zur Seite durch das Fenster. «Ich beneide die Männer. Die können sich alles herausnehmen. Wir nicht. Wofern wir uns nicht auch zu Prostituierten erniedrigen wollen. Das ist nichts für mich. Selbst wenn ich es fertigbrächte, ich würde es nicht wollen. Ich könnte es nicht. Ist das das irische Blut?»

«Du könntest ja heiraten», sagte er seinerseits, und mit einemmal überkam ihn ein Gefühl der Trauer, denn aus ihrer Stimme klang die junge Hilariana, und die Frau, die dort vor ihm lag, war in diesem Augenblick alles andere als lebenstüchtig, sie war hilflos und verlangte nach Schutz. «Gott verzeih mir, wenn ich vermutlich manchmal ein schlechter Vater gewesen bin. Ich weiß zwar nicht, was ich hätte tun können. Doch eins steht jedenfalls fest, daß ich immer stolz auf dein Aussehen gewesen bin. Stolz auf das, was du leistest. Dieser Betrieb ist mir zwar gründlich zuwider, doch andere finden ihn wunderbar. Vielleicht sollte ich das auch. Was habe ich bloß falsch gemacht? Habe ich alles getan, oder habe ich etwas versäumt?»

Und wie er dort stand in der Kathedrale, ein Geringer vor dem Hochaltar, und der Chor schrillte, da fragte er sich, ob es ihm möglich gewesen wäre, Iralia zu retten. Aber er hatte den bequemeren Weg gewählt, denn seine Tage waren beherrscht gewesen von den Gedanken an ein nacktes Mädchen, das weiß auf roten Rosen lag, und an Sekt, der golden im Kerzenschimmer auf sie herabtröpfelte, und an Glück und Gelächter, wenn auch Worte längst vergessen waren, und das alles in einem winzigen Zimmer eines elenden Hauses, und er seinerseits befangen in einem unbekümmerten, selbstsüchtigen Traum.

An der Stimme des Priesters, nur frommes Gemurmel auf die Entfernung, ermaß er das Verwerfliche seines Tuns. Er fragte sich, was wohl die wenigen Menschen um ihn herum denken würden, wenn er jetzt aufstände und sich als des Mordes mitschuldig bekannte.

Ein bärtiger Mann in der vorderen Sitzreihe betete, den Rosenkranz in den Händen, kniend, und folgte dem Gottesdienst des Priesters Wort für Wort. Ein zerlumpter Mann, ein Bettler, in einem alten Regenmantel, der unter den Armen und an den vollgestopften Taschen zerrissen war, in zerfetzten, viel zu großen Schuhen, die nur durch Schnur zusammengehalten wurden. Doch sein Hinterkopf, struppig und eisgrau, erregte seine Aufmerksamkeit. Diesen Hinterkopf kannte er. Er überlegte, ob der Mann wohl einmal für ihn gearbeitet hatte oder als Bettler ans Tor gekommen war. Doch wie der Kelch heruntergereicht wurde, und er an der Chorschranke niederkniete, da sah er den Bärtigen von der Seite, und sein Herz begann zu hämmern, denn nun gab es keinen Zweifel mehr: Der Bettler war Horacyr.

Horacyr, der an der Chorschranke kniete wie ein Fürst, der mit königlicher Gebärde Hoffnung empfing, und dann zurückging, in den zerschlissenen Schuhen, mit schleifenden Schnüren, und er schritt wie ein Herrscher, der sich zum Thron begibt, kniete wieder nieder, und in seinem Gesicht stand die Erhabenheit des Priesteramtes.

Nach dem Segen gingen sie hintereinander zu den Blumen, die dort aufgehäuft waren, wo ihr Leib hätte liegen sollen, und ergriffen der Reihe nach stumm die silberne Kelle, versprühten Wasser im Namen Des Herrn, und er seinerseits blickte auf die Tropfen, die golden im Kerzenlicht schimmerten, und betete im Herzen, still und ohne Worte, um Frieden, ach, Frieden, für ein geliebtes Mädchen, das keine andere Schuld traf, als daß sie empfunden hatte, ja, daß sie den wundersamen Höhenflug ihrer Gefühle empfunden hatte und ihren Schöpfer im Zauber Seiner höchsten Wollust, im Fanfarengeschmetter neuer Seelen, in der Zeugung neuen Lebens angebetet hatte.

Der Bettler kniete, die Arme über dem Katafalk verschränkt, und starrte in das Kerzenlicht.

«Horacyr», hatte er seinerseits gesagt, als alle anderen hinausgegangen waren.

Ohne den Kopf zu bewegen, blickte er ihn an.

«Fürstin und Bettlerin», sagte Horacyr. «Wollen Sie nicht für ein Gebet des Bettlers Ihre Börse erleichtern?»

«Selbstverständlich», hatte er seinerseits gesagt und ihm die Geldscheine gereicht. «Erinnerst du dich nicht mehr an mich? Arquimed?»

«Arquimed», sagte Horacyr und schob die Scheine in den Regenmantel, wobei darunter verborgene Blechtöpfe rasselten. «Ich erinnere mich an niemanden mehr außer an meine große Liebe.»

Er sprach laut, und das Echo stieg hinauf, vorbei an den Statuen der Heiligen, hinweg über den karmesinroten Baldachin des Bischofs, und die Lilien auf dem Altar schienen leise zu erzittern.

«Bist du nicht früher selbst einmal zum Priester geweiht worden?» fragte Der O'Dancy, denn der junge Priester in seinem Meßgewand stand ganz nahe und beobachtete sie. «Natürlich, und du bist nach Rom aufs Seminar gefahren, nicht wahr?»

«Sonja ist meine Kirche und meine Liebe», sagte Horacyr. «Ich bete eine Jungfrau an.»

«Sonja», sagte Der O'Dancy.

9

Zwei Jungen und ein Mädchen in einem Segelboot und grüne Tage im Schatten der Mangroven am Amazonas. Stille im Dunkel der Nächte, flimmernd vom eisigen Gefunkel der Sterne, das Treiben der Fische, und die drei lagen bäuchlings, blickten in das geheimnisvoll leuchtende Wasser und beobachteten die Schwärme schillernder Schemen, die einander jagten und bekämpften. Der Tag brach an, aufs neue blaßgrün, zartrosa und malvenfarben, und ein nacktes Mädchen, das erste weiße Mädchen, das er je nackt in der freien Luft gesehen hatte, spielte am Bug mit den Zehen im Wasser, und die Morgennebel schmiegten sich liebkosend um sie, und die aufgehende Sonne setzte ihr blondes Haar — einer zweiten Sonne gleich — in Flammen, und die Hände spielten mit dem goldenen Schaum auf den Schenkeln. Und für die beiden war und blieb sie eine Jungfrau.

«Ich habe nie erfahren können, was aus dir geworden ist», sagte er seinerseits, doch Horacyr kehrte ihm den Rücken und ging davon. «Sprichst du nicht mehr mit mir? Warum willst du dir nicht helfen lassen? Keine Widerrede. Wir nehmen jetzt meinen Wagen und fahren zu mir nach Hause. Meine Anzüge passen dir bestimmt.»

«Dies hier ist mein Gotteshaus», sagte Horacyr und wandte sich am Portal noch einmal um. «Jedes Kind, jeder Bettler in São Paulo half es bauen. Das Scherflein der Witwe, der Rahmbonbon des Schulkindes, das Reiskorn des Bettlers — und die Frauen. Ohne die Frauen wäre das hier ein leerer Raum. Vier Wände, weiter nichts. An dem Abend, an dem ich sie fand, habe ich hier gebetet. Ich zelebrierte gerade den Dankgottesdienst. Ich gebe ein wenig von allem, was ich bekomme. Der Bettler und der Fürst oder die Fürstin? Sterben sie? Ich bete.»

Abgesehen von seiner entrückten Friedfertigkeit, deutete nichts darauf hin, daß er noch bei Verstand war.

Der O'Dancy versuchte, eine plötzliche Trockenheit im Mund zu überwinden. Der junge Priester machte ein Zeichen, daß er eingreifen wolle, doch er seinerseits schüttelte bekümmert den Kopf.

«Der Herr sei dir gnädig», sagte er seinerseits. «Was ist mit Sonja? Wie ich gehört habe, ist sie ins Kloster gegangen.»

«Sie ist hier, bei mir», sagte Horacyr, schon draußen auf den Stufen, und deutete mit einem Kopfnicken über die enge Straße hinweg. «Wir leben zusammen. Es hat seine Zeit gedauert. Doch Gebete und Liebe, was kann dem widerstehen?»

«Dein Vater hatte Millionen», sagte er seinerseits, verzweifelt, denn der arme Kerl zeigte die nackten Fersen, als er die Straße überquerte. «Wie bist du so heruntergekommen?»

«Die Reichen werden leer ausgehen», sagte Horacyr mitten auf der Straße, hob die Arme und schwenkte den Rosenkranz. «Ich gab alles für Sonja.»

Er ging zu der Gestalt, die in einem dunklen Torbogen hockte, kniete neben ihr nieder, sprach mit ihr und nahm ihre Hand.

Er seinerseits kam näher, langsam, voll neuer Hoffnung.

Doch bei jenen Augen gab es keinen Zweifel mehr, diese blauen Augen, blauer noch im geisterhaften Licht der Bar ein paar Schritte die Straße hinunter, und die Augen sahen ihn an, doch sie erkannten ihn nicht, sie erkannten nichts mehr, ohne Aussicht, je zu erkennen, nur herzzerreißend, beseligt, wahnsinnig, das Kinn auf die Faust gestützt, sah sie an ihm vorbei, und lebe wohl Sonja, lebe wohl Erinnerung, lebe wohl – es gab kein entsetzlicheres Wort.

«Ich muß euch helfen», sagte er. «Bitte, um Christi willen, laßt mich euch helfen.»

«Jetzt beginnt gleich der Abendgottesdienst, dann werden die Kerzen gelöscht, und dann genehmige ich mir einen», sagte Horacyr und führte zwischen Daumen und Zeigefinger ein unsichtbares Glas an den Mund. «Das gibt eine wunderbare Helligkeit, und dann waschen wir uns und sprechen unsere Gebete. Heute abend koche ich einen guten Reis.»

«Hör mich an, Horacyr», sagte er seinerseits. «Um alter Zeiten willen. Bitte, laß mich euch im Wagen mitnehmen und für euch sorgen. Willst du mir diese einfachste Menschenpflicht verwehren? Wir könnten uns aussprechen und ergründen, was du gern tun möchtest. Laß mich euch helfen.»

«Ja», sagte Horacyr, legte die Hand an die Wange und sah zu ihr hinüber, doch sie blickte mit dem beseligten Lächeln die Straße entlang. «In ein paar Tagen gehen wir zum See. Der Friede Gottes, der höher ist denn alle Vernunft, weißt du? Meine Liebste ist eine gesegnete Frau. Wer könnte schöner sein als meine Liebste?»

Der O'Dancy wartete, bis der Verkehr vorüber war, und ging auf die andere Seite zu den Stufen. Der junge Priester stand im Portal und sprach mit Bulhões.

«Ich möchte etwas für die beiden tun», sagte er seinerseits. «Es sind Freunde von mir. Vierzig Jahre ist es her, stellen Sie sich das vor.»

Der junge Priester nickte.

«Dieser Mensch könnte durchaus ein öffentliches Ärgernis sein, aber er ist es nicht, niemals», sagte er. «Die Leute mögen es zwar nicht, wenn jemand ungewaschen herumläuft. Doch wir können ihn nicht vor den Kopf stoßen. Hat nicht Christus selbst dem Bettler die Füße gewaschen? Man sagt, daß er einmal Priester gewesen ist. Er scheint allerhand davon zu verstehen. Natürlich sind die beiden verrückt.»

«Da ist nichts zu machen», sagte er seinerseits. «Es waren zwei so schöne Menschen. Doch wenn Sie wissen, daß sie verrückt sind, warum lassen Sie sie herein?»

Der junge Priester klopfte mit dem Fingerknöchel gegen das dicke Holz.

«Diese Tore sind weit genug, um allen Seelen jederzeit Einlaß zu gewähren», sagte er. «Die beiden sind vollkommen gutartig. Sie haben vergessen, daß es Trübsal auf dieser Welt gibt. Ist das nicht auch etwas wert?»

Doch wie er dastand, im Licht des blauen Fensters, und zu Hilariana hinüberblickte, die ganz in Grün getaucht war, da fragte er sich, ob er wohl je daran gedacht hatte, daß es Trübsal auf der Welt gab, oder ob er je im Leben irgendeines Menschen einen Augenblick der Trübsal zur Kenntnis genommen hatte, außer in seinem eigenen, bis es natürlich zu spät war.

«Du kannst mir darauf keine Antwort geben, nicht wahr?» sagte Hilariana. «Es gibt keine Richtschnur für uns.»

«Warum stellst du nicht eine Liste deiner männlichen Bekannten auf?» sagte er. «Oder laß mich es tun. Eine lange Liste. Nur mit den Besten, die ich auftreiben kann. Und dann fährst du mit einer Nadel daran herunter und stichst irgendwo zu. Und ich gehe dann zu ihm und rede mit ihm. Ein Mann im Bett, und du wirst glücklicher sein.»

«Wie viele Frauen hast du im Bett gehabt?» fragte sie. «Und wann warst du glücklich?»

«Bei einem Mann ist das anders», sagte er seinerseits, doch er glaubte selbst nicht daran, zu oft war er gleichgültig und unerfüllt geblieben.

Sie setzte sich auf, schwenkte die Beine herum und steckte die Füße in die Sandalen.

«Dein Essen müßte jetzt eigentlich fertig sein», sagte sie. «Mich entschuldigst du bitte.»

«Ich esse lieber in Dem Haus», sagte er. «Ein Bissen hier würde mir wie Gift vorkommen.»

«Du hättest mich Hiroki heiraten lassen sollen», sagte sie.

«Damals warst du doch erst vierzehn», schrie er. «Barmherziger Gott, wie soll man wissen, ob man das Richtige tut?»

«Damals war ich alt genug und schon genauso entwickelt wie heute», sagte sie. «Da fing es vermutlich damit an, daß ich dich haßte. Obwohl es mir nicht bewußt wurde. Haß, ehrlicher Haß braucht seine Zeit.»

«O Judas», betete er, die Augen himmelwärts gerichtet, und ihm war fast, als sähe er Den Schatten. «Hörst du mich? Hast du je einen größeren Triumph an solch einem prächtigen Tag erfahren?»

«Da kommt gerade Padre Miklos», sagte sie und hob die Hände, um sich die Haarnadeln festzustecken. «Wahrscheinlich wegen der beiden von gestern abend. Bestimmt wird es ihm ein Vergnügen sein, sich mit dir über den teuren Judas zu unterhalten und all den anderen zum Himmel stinkenden Unsinn. Es ist Ketzerei, das weißt du.»

«Was ist Ketzerei?» fragte er seinerseits.

«Dieser Unsinn mit dem Judastag», sagte sie und schüttelte sich vor lautlosem Gelächter. «Das gehört nicht zur Liturgie. Die aus Afrika haben ganz schön dazu beigetragen, solche seltsame Ideen einzuführen. Und die Iren halfen nach, nicht wahr? Bestimmt hat da der alte Leitrim wieder seine Hand im Spiel gehabt. Dieser Gauner. Er muß ein fürchterlicher Kerl gewesen sein.»

«Ich bezweifle, daß er auch nur halb so fürchterlich war wie du in diesem Augenblick», sagte Der O'Dancy.

Er stieß die Glastür auf, und noch während er die Treppe hinunterging, spürte er, wie sie über ihn lachte.

Lautlos.

10

Gleißendes Sonnenlicht ließ Padre Miklos strahlend jung erscheinen, in dem makellos weißen Habit, um das Haupt die schimmernde Korona, wie er den Kranz der kurzen weißen Haare über den Ohren nannte, der fast einem Heiligenschein glich, einem wohlverdienten. Sein gebräuntes Gesicht wirkte gegen Democritas' dunkle Haut geradezu blaß, und seine Augen waren von hellem Braun, etwa ein lichtes Madeira, und das Weiße war reinweiß, doch Democritas' Augen waren tiefdunkel und sehr bekümmert oder auf jeden Fall geschwollen umflort.

«Unser aller Patron», sagte Padre Miklos. «Wovon soll man an einem Tag wie heute zuerst sprechen?»

«Von nichts als der Lobpreisung Gottes und Seiner Himmlischen Heerscharen, daß wir noch am Leben sind», sagte Der O'Dancy, küßte das hingehaltene Kruzifix und bekreuzigte sich knicksend. «Hätte man sich's nicht denken können, daß als Auftakt zu diesem Tag irgendeine Teufelei passieren würde? Gleich zwei auf einmal. Wo will man die beiden begraben?»

«Es gibt niemanden zu begraben», sagte Padre Miklos. «Sie sind beide nach Hause gegangen.»

«Aber hat Hilariana nicht gemeint, daß beide tot sind?» sagte er seinerseits betroffen. «Sollte sie sich so geirrt haben?»

«Offensichtlich», sagte Padre Miklos beinahe gleichgültig. «Ich bin hergekommen, um mir für die Kapelle ein paar Pflanzen zu leihen. Sind Sie morgen früh auch da?»

«Ja», sagte Der O'Dancy, wandte sich um und blickte zu dem grünen Fenster hinauf. Er sah sie dort stehen. «Hilariana, würdest du die Güte haben und herunterkommen?»

«Aber nicht doch», sagte Padre Miklos. «Es war keineswegs meine Absicht, sie zu stören. Sie ist eine sehr beschäftigte Frau. Und ich fürchte, sie mischt sich da in etwas ein, wovon sie lieber die Finger lassen sollte.»

«Es gibt nichts, worin sie sich nicht einmischen dürfte, wenn es ihr in den Sinn kommt», sagte Der O'Dancy. «Wenn ich nicht hier bin, dann hat sie das Sagen. Das wollen wir doch gleich einmal festhalten, nicht wahr?»

Hilariana kam die Treppe herunter und zog dabei den Nylonkittel ein wenig fester um sich. Sie wirkte fast groß, sie war frisch und bewunderungswürdig, sein einziger Stern.

«Die beiden, um die du dich gestern abend bemüht hast», sagte er seinerseits, «waren die überhaupt verletzt?»

«Verletzt?» sagte sie, blieb stehen und lächelte, vielleicht weil sie den anderen etwas Freundliches antun wollte, doch mit fragendem Blick und gerunzelter Stirn. «Von verletzt kann gar nicht die Rede sein. Tot waren sie.»

«Beide sind wieder zu Hause», sagte er seinerseits. «Zu Hause in Mouras Bentos.»

Hilariana sah sie der Reihe nach an, dann ging ihr Blick zu dem Regenbogen über den sprühenden Wassern und zurück zu ihm über ein Meer von rosa und herrlich blauen Hortensien.

«Das glaube ich nicht», sagte sie und schüttelte nachdenklich den Kopf. «Bei keinem war noch Puls oder Körperwärme festzustellen. Und es hat ja auch wenig Zweck, eine dreißig Zentimeter lange Wunde zu verbinden, nicht wahr? Der andere hatte einen Messerstich genau durch die Leber.»

Padre Miklos sah Democritas an, und Democritas schielte auf seinen Bauch hinunter, über seine geschwollene Wange hinweg.

«Ich weiß schon, wie wir die Angelegenheit klären», sagte er seinerseits. «Steigt auf den Lastwagen. Wir fahren hin und sehen selbst nach, was los ist.»

«Ich komme mit», sagte Hilariana. «Ich möchte wissen, wer mich da zum besten gehalten hat. Schließlich verstehe ich zufällig etwas von Krankenpflege.»

Es war zwar eine ganze Tagesreise zu Pferde, aber nur knapp eine Stunde mit dem Wagen, und die Fahrt war nicht anstrengend, quer durch Kaffeeplantagen und über Viehweiden, und nach altem Brauch hupte Clovis dreimal, wenn immer sie an einem der wenigen Häuser vorbeifuhren, damit die Leute herauskamen und Dem O'Dancy zuwinkten, dann den Fluß entlang und über die hölzerne Brücke, und in das Dorf hinein, das nicht mehr zu Dem Erbe gehörte, wo sich freigelassene Sklaven einst Hütten gebaut und Araber Läden eröffnet hatten. Die Siedlung war nie größer geworden, weil es weit und breit keine Straße gab, und das Land gehörte dem Staat, eine karge Gegend, für die sich wohl nie ein Käufer finden würde. Etwa fünfzig Menschen lebten dort und verdienten sich ab und zu ein wenig Geld, indem sie beim Pflanzen und Ernten halfen oder sich bei den Rinderherden nützlich machten, doch im wesentlichen lebten sie vom Anbau von Zuckerrohr, das sie zu Schnaps verarbeiteten, den sie dann weiter unten am Fluß flaschenweise verkauften.

Der einzige Fahrweg war vom Regen ausgehöhlt, und seit Generationen war der getrocknete Schlamm immer wieder durchfurcht worden. Ein Dutzend Häuser und einige Kramläden standen dort auf Fundamenten aus Stein, damit die Fußböden bei Überschwemmungen trocken blieben, die Lehmwände hatten Bambusverstrebungen und waren weiß getüncht, mit breiten bunten Streifen um Türen und Fensterrahmen, ein jedes Haus in einer anderen Farbe. An einem schönen Sonnentag hatte das Dorf sogar einen ganz eigenen Reiz, wie Der O'Dancy zugeben mußte, aber er seinerseits wußte um die Finsternis von Leib und Seele hinter der stillen Beschaulichkeit und den bunten Farben.

Clovis brachte das Fahrzeug am Ende des Weges in den tiefen Furchen zum Stehen und ging auf eine geschlossene Tür zu. Nicht einmal ein Kind war zu sehen. Die Ladenbesitzer hielten sich im Dunkel hinter den Perlvorhängen, die Hühner scharrten auf den Abfallhaufen, doch die lebendigsten Kreaturen ringsum waren die Fliegen.

Die Tür knarrte einen Spaltbreit auf, und das Licht traf die blinzelnden Augen einer alten, Pfeife rauchenden Frau. Sie sah von einem zum anderen, nur für eines Gedanken Länge, dann öffnete sie die Tür weiter und forderte sie mit einem Nicken auf, einzutreten. Der Lehmfußboden war sauber gefegt, und in einer Ecke glühte ein Feuer. Auf dem Tisch lagen Wäschestücke und Flickarbeit, auf den Rohrstühlen Hüte. Ein Duft nach Kaffee hing im Raum und übertönte den Geruch jahrzehntelangen Wohnens, der den rauchgeschwärzten Wänden und den von Spinnengeweben bedeckten Dachsparren anhaftete.

Mit Ausnahme von Padre Miklos gingen sie bis zum nächsten Raum durch, wo Kleider an Wandhaken hingen und ein Sattel, Stiefel und Pantoffeln am Boden herumlagen, wo in den Ritzen der geschlossenen Fensterläden Sonnenstäubchen tanzten, und aus einer Hängematte im tiefsten Schatten sah ihnen ein dunkles Gesicht entgegen, ohne Scheu oder Anzeichen von Krankheit.

«Glicerio», sagte Democritas. «Du warst gestern abend auf Dem Erbe?»

Glicerio nickte.

«Du hast Domino gespielt und dann dein Messer gezogen, du und Alfonso», sagte Democritas. «Du hast drei Leute verletzt, und Julião hat mit euch beiden abgerechnet. Ja?»

Glicerio verneinte nur mit den Augen, langsam, aber nachdrücklich ablehnend.

«Warte», sagte Der O'Dancy und sah Hilariana an. «Ist das hier einer der beiden?»

Sie starrte den Mann an, als ob sie in tiefster Seele getroffen worden wäre.

«Ich habe Anweisung gegeben, daß man ihn in eine Decke einnäht und zu seiner Familie zurückbringt», sagte sie langsam, daß alle sie hörten. «Den anderen auch. Dieser hier hatte die Wunde quer über den ganzen Leib. Er war nicht mehr am Leben.»

«Stell dir bloß vor, du hättest ihn begraben lassen», sagte Der O'Dancy.

«Er War Nicht Mehr Am Leben», sagte sie und verlieh jedem Wort mit einem Wippen der Knie Nachdruck.

«Er scheint aber ganz in Ordnung zu sein», sagte Der O'Dancy und wandte sich der alten Frau zu. «Nimm das Laken weg. Ich möchte mir die Wunde ansehen.»

«Ich habe ihm einen Kräuterbrei aufgelegt», sagte die alte Frau, ohne die Pfeife aus dem Mund zu nehmen. «Doch das Schlimmste ist überstanden. Er wird nichts nachbehalten.»

Sie zog das Laken herunter und nahm einen Lappen ab, an dem eine grüne Masse klebte. Unter den zerkleinerten Blättern und Stengeln kam die breite Wunde zum Vorschein.

Hilariana straffte sich, den Blick auf die Wand gerichtet.

«Na schön», sagte sie resignierend. «Ich glaub's. Jetzt, wo ich's gesehen habe, glaube ich's.»

Sie ging hinaus und rief nach Padre Miklos.

«Wo ist der andere?» fragte Der O'Dancy.

«Er wohnt hinter dem Tümpel, im Sumpf», sagte Clovis und drehte den Hut zwischen den Fingern. «Sie können aber nur zu Fuß dorthin, Herr. Es ist ein weiter Weg.»

«Ich habe genug gesehen», sagte Der O'Dancy und fixierte Glicerio. «Warum bist du da gewesen? Warum hast du das Messer gezogen?»

«Wir wollten zu Bruder Mihaul», sagte Glicerio mit Unschuldsmiene. «Wir spielten Domino und tranken Kaffee, und dann fielen die anderen über uns her. Ich habe nicht angefangen.»

«Du sprichst die Wahrheit», sagte Der O'Dancy, denn er glaubte ihm.

Glicerio hob die rechte Hand. «Sie soll verbrennen», sagte er.

«Was wolltet ihr von Bruder Mihaul?» fragte er seinerseits.

«Wir wollten Kerzen und noch ein paar andere Dinge holen», sagte Glicerio.

«Hättest du sie nicht ebensogut hier kaufen können?» fragte er seinerseits.

«Wir zünden nicht die Kerzen des Teufels an», sagte Glicerio und richtete den Blick auf die alte Frau. «Komm, Mutter. Raus jetzt. Kein Wort mehr, laß dich auf nichts ein.»

Die alte Frau schien zu erschauern, und ihre Arme waren um den Hals verkrampft, die zu Fäusten geballten Hände gegeneinandergepreßt, doch als sie dann die Augen öffnete, nahm sie die Pfeife aus dem Mund und lächelte sie an.

Der O'Dancy ging hinaus auf den Fahrweg.

Hilariana saß im Lastwagen, zurückgelehnt, die Augen geschlossen. Padre Miklos stand vor einem der Kramläden und sprach mit einem kleinen Mädchen. Der O'Dancy ging zu ihm, nahm ihn beim Arm und wandte sich zu Democritas um, der, einer gewaltigen Kugel gleich, fast den halben Fahrweg einnahm.

«Die Frau war gerade im Begriff, in Trance zu fallen, nicht wahr?» rief er seinerseits.

Democritas nickte und starrte über ihn hinweg.

«Also *macumba*?» fragte Der O'Dancy.

Democritas runzelte die Stirn und schien sich von irgendwoher Kraft nehmen zu wollen.

«Das nicht, Herr», sagte er, sehr laut, vielleicht für horchende Ohren. «*Umbanda*.»

«*Umbanda*», sagte Der O'Dancy, voller Ungeduld. «*Macumba, khimbanda, Umbanda* – was ist da schon für ein Unterschied?»

«Ein weitaus größerer als zwischen Hinduismus, Buddhismus und Christentum», sagte Padre Miklos. «Diese drei sind rein. Doch die drei, die Sie nannten, die sind des Satans.»

Er hob das Kruzifix in die Höhe.

«Ich verbiete dir, davon zu sprechen», sagte er zu Democritas. «Kein Wort. Warte, bis ich nicht mehr zugegen bin.»

Der O'Dancy preßte den Arm des frommen Mannes.

«Wenn Sie's so genau wissen, warum erzählen Sie's mir denn nicht?» sagte er seinerseits. «Warum soll ich mir darüber den Kopf zerbrechen, wenn es etwas gibt, was ich tun kann? Doch was kann ich schon tun, wenn ich nichts darüber weiß?»

Padre Miklos blickte die Radspuren entlang, die in den von Bäumen gesäumten Sumpf einbogen.

«Heute sind schon viele Besucher hiergewesen», sagte er und deutete mit einem Stock auf die Furchen. «Das waren nicht Ihre Fahrzeuge. Es waren Privatwagen, und wie oft mögen solche Wagen wohl herkommen?»

«Stell fest, wem sie gehören», sagte er seinerseits zu Clovis und zeigte auf die Reifenspuren. Dann wandte er sich wieder Padre Miklos zu. «Haben Sie mir sonst nichts zu sagen?»

Der geistliche Herr ging plötzlich mit langen Schritten nach links zwischen zwei Häusern hindurch, einen steinigen Ablaufgraben für das Regenwasser hinauf, entlang an den zerbrochenen Zäunen wuchernder Gärten, durch den Gestank von Kehricht und Kot, doch dann einen sauberen Pfad hinauf zu einer niedrigen Steinmauer und blickte durch eine Gruppe von Bananenstauden auf ein kleines Haus, das wie eine Kapelle mit einem Glockenturm aussah. Plumpe Säulen standen zu beiden Seiten einer Doppeltür in gotischem Stil, die Wände waren weiß, die Türflügel rot und die Säulen blau, und am Giebel hingen Mengen von Blumen und Früchten, und in der Luft stand ein Geruch von Verwesung. Federn und schwärzlich faulende Fleischstücke lagen über die drei Stufen verstreut, die zum Eingang hinaufführten, und außerdem Blut auf schwarzer Seide und Felle von Katzen, von einer Ziege und einem Schaf.

«Blutopfer», sagte er, und seine Augen bekamen den gleichen starren Ausdruck, den sie annahmen, wenn er die Messe las. «*Khimbanda*. Alles wird davon überschwemmt und verschlungen. Sie sehen also, wie sehr Sie und Ihre Leute der Katastrophe nahe sind?»

«Noch heute lasse ich diese Stätte hier niederbrennen», sagte Der O'Dancy, nachdrücklich. «Ich habe keine Ahnung davon gehabt. Clovis, du und Basilio, holt die Benzinkanister. Beeilt euch.»

Democritas hob die Hand, doch Clovis rührte sich nicht vom Fleck.

«Herr», sagte er und nahm den Hut ab. «Bitte, ersparen Sie uns das. Das hier ist fremdes Eigentum.»

«Ich werde an dieser Stelle eine schöne Kapelle bauen lassen», sagte Der O'Dancy. «Niemand soll Schaden erleiden. Aber diese Pestbeule hier wird ausgebrannt, und zwar sofort.»

«Das ist einfacher gesagt als getan», sagte Padre Miklos. «Sie verbrennen das Gemäuer, doch das Böse bleibt bestehen. Man muß wissen, wo die Wurzel des Übels ist. Wem der Boden hier gehört.»

«Nun gut», sagte Der O'Dancy. «Wem also?»

«Bruder Mihaul», sagte Padre Miklos. «Und er hat dies hier gebaut.»

Der O'Dancy machte einen Schritt zurück. Er seinerseits starrte auf das sonnengebräunte runde Priestergesicht mit dem silbernen Haarkranz, und das weiße Habit reflektierte das Licht in den Runzeln und Falten und schimmerte in den friedlichen braunen Augen.

«Großer Gott», sagte er seinerseits. «Was sagen Sie da? Mein eigener Bruder auch? Ist das der Grund, warum Hilariana geweint hat? Um seinetwillen? Die Pestbeule. Er würde es nicht wagen, mir etwas davon zu sagen. Oder mit seinem Unrat in meine Nähe zu kommen. Heimlich mußte er sich hierher schleichen. In den Sumpf. Nun gut. Noch heute muß er gehen. Mit Sack und Pack. Reinigen Sie sein Haus. Dann lasse ich es durch eine Planierraupe dem Erdboden gleichmachen. Und was das hier anbetrifft: Was sein ist, ist auch mein. Clovis, hol das Benzin.»

«Clovis ist bereits weg, Herr», sagte Democritas mit zitternder Stimme. «Aber er holt kein Benzin. Niemand von uns holt es. Wir setzen uns Der Berührung aus. Der Berührung, Herr. Dem Geheul der dunklen Stätten.»

Padre Miklos erhob das Kruzifix.

«Friede sei mit dir», sagte er. «Hier hast du nichts zu fürchten. Gar nichts. Laßt uns zurückgehen. Arquimed, ich schlage vor, daß Sie mit Bruder Mihaul sprechen. Zumindest nähern wir uns einem Tiefpunkt. Doch das hier geht nun schon so seit über dreißig Jahren. Seitdem er den Orden verlassen hat.»

Hilariana war fort und mit ihr Democritas, João und Basilio. Der Fahrweg lag verlassen da.

«Macht nichts», sagte Padre Miklos. «Sie können später mit ihr reden. Doch denken Sie daran. Es waren Besucher hier.»

«Ich werde ihn mir vorknöpfen», sagte er seinerseits. «Bei Gott, das werde ich.»

«Augenblick noch», sagte Padre Miklos. «Lassen Sie mich erklären.»

«Nichts da», sagte Der O'Dancy. «Die Erklärung soll er mir selbst geben. Ich sorge inzwischen dafür, daß das Feuer sein Werk tut.»

11.

Jenseits der Brücke war es unverkennbar, daß sie sich wieder auf Dem Erbe befanden. Weideland und Plantagen erstreckten sich kilometerweit in grüner gleichmäßiger Folge. In der Ferne lagen in klarer, tiefer, leuchtender Bläue – ein Zeichen guten Wetters – die Berge, vielversprechend, aber noch vielversprechender in ihrer Ergiebigkeit, wurden doch die Steinbrüche dort immer größer, je weiter die breiten Autostraßen ins Land wuchsen, und es gab reichlich Holz für die Papierherstellung, und die Stapelplätze für Nutzholz wiesen eine weitaus größere Vielfalt seltener Arten auf, als alle anderen Länder der Welt je hervorbringen würden, und die Erzvorkommen waren so mannigfach, daß die Fahrzeuge des Lastwagenparks für jede Erzart eine andere Farbe hatten.

Zog er seinerseits Bilanz über die Unternehmen, die den Namen O'Dancy trugen, so gab es eigentlich kaum eine andere Antwort als tief empfundene Zufriedenheit. Niemand verkaufte mehr Kaffee, Obst, Zukker, Wein, Erdnüsse oder Baumwolle und erzielte dabei höhere Preise oder transportierte soviel Fracht auf eigenen Schiffen. Kein Viehzüchter des Kontinents hatte gesündere Herden, und zu keiner Zeit hatte ihm jemand auf dem Markt den Rang abzulaufen vermocht. Sobald einmal die elektrische Eisenbahn von den Bergen bis nach São Paulo fertiggestellt worden war, würde der Holzeinschlag um ein Fünfzigfaches oder mehr erhöht und die Transportkosten für alle Güter erheblich gesenkt werden können. Es gab dort oben Mineralien in ungeahnten Mengen, an deren Erschließung man erst gehen würde, wenn sich die Regierung bereit erklärte, eine Anleihe für ein drittes Stahlwerk aufzulegen. Die beiden anderen hatten die O'Dancy-Unternehmen keinen einzigen Cruzeiro gekostet, und beide arbeiteten mit gutem Profit, wenngleich sie ihre Leistung leicht hätten verdoppeln oder verdreifachen können, würde die Armee nicht den Aufsichtsrat so eisern am Gängelband führen. Den Generälen selbst schien es durchaus nicht an Intelligenz zu fehlen, doch ihre Philosophie setzte Industrie und Handel brutale Grenzen, vermutlich weil optimale Erträge eine blühende Wirtschaft und eine glücklichere Bevölkerung zur Folge haben würden und damit wahrscheinlich auch eine weniger sorgenvolle Einstellung zu der Frage der nationalen Sicherheit, was sehr leicht seinen Niederschlag in einer Beschneidung des Wehretats finden könnte, und das hieße weniger Befugnisse, Militär und Waffen einzusetzen, und weniger Respekt vor goldenen

Tressen und weniger Fettwänste, die sich ordengeschmücktem Müßiggang widmen könnten.

Weiter nördlich, noch nahezu unerschlossen, gab es ergiebige Adern von Edelmetallen. Und allein die Ölfelder auf halbem Wege dorthin würden ausreichen, ihn zu einem Prinzen aus Tausendundeiner Nacht zu machen, allerdings nur, wenn die Regierung gewillt wäre, zu helfen statt zu hemmen. Zahlte man ihm den richtigen Preis für Grund und Boden sowie einen angemessenen Anteil für jedes Faß Öl, so würde er keine Schwierigkeiten machen. Doch sollte irgendein Politiker auf die Idee kommen, sein Land enteignen oder ihm seine Anteile verweigern zu wollen, dann würde er ihm den Krieg erklären, über Presse, Rundfunk und Fernsehen oder einfach dadurch, daß er in dem betreffenden Wahlkreis alle Betriebe und Fabriken schloß. Die meisten Gesetzgeber taten, was man von ihnen wollte, weil sie genau wußten, was sie sonst erwartete, entweder sofort oder spätestens bei der nächsten Wahl. Eine Flasche Wein, Freibier und ein paar Cruzeiros im Wahllokal wirkten Wunder, und genauso war auch Hiroki, ein Abkömmling des alten Tomagatsu in der dritten Generation, in die Schranken gewiesen worden.

Wie ein streitbarer Samurai, der die Welt erneuern will, trat dieser junge Mann auf und stellte beharrlich und lauthals seine Forderungen: Neuverteilung des Landes, Gründung von landwirtschaftlichen Produktionsgenossenschaften, stabile Preise und Löhne, sozialer Wohnungsbau mit lächerlich niedrigen Mieten, neue Schulen, technische Lehranstalten, Universitäten für die Söhne und Töchter der «Armen», ach ja, der junge Mann ging überall mit seinem Unsinn hausieren, wußte jedoch auf die Frage, woher das ganze Geld für seine hochtrabenden Pläne kommen sollte, auch keine andere Antwort, als daß es durch Besteuerung von Kapital oder sonstige billige Tricks aufgebracht werden müsse.

«Was ist eigentlich aus dem jungen Hiroki Tomagatsu geworden?» fragte er seinerseits, während sie über Weideland rumpelten. «Ist er in die Bank zurückgegangen?»

«Er hat sich mit jemandem an der Küste zusammengetan», sagte Padre Miklos. «Sie pflanzen jetzt Kampferbäume. Ein sehr einträgliches Geschäft. Er ist dabei viel glücklicher als in der Politik.»

«Das will ich hoffen», sagte er seinerseits. «Vermutlich ist er mit der Zeit auch ein bißchen vernünftiger geworden.»

«Ein ausgezeichneter Mann», sagte Padre Miklos, den Blick auf den Weg geheftet. «Leute wie ihn könnten wir gut gebrauchen.»

«Je mehr davon, desto schneller machen wir Pleite», sagte er seinerseits.

«Wir sind sowieso auf dem besten Wege, auch ohne daß er etwas dazu tut», sagte Padre Miklos.

«Haben Sie eigentlich eine Ahnung, was uns das letzte Jahr eingebracht hat?» fragte er seinerseits.

«Von Ihnen ist gar nicht die Rede, sondern von unserem Land», sagte
Padre Miklos. «Sie und Leute Ihres Schlages haben hier die ganze Zeit
das Zepter geschwungen. Und der Weg führte nirgendwohin als bergab.
Und weiter bergab. Wie steht denn der Cruzeiro augenblicklich?»

«Das interessiert mich nicht», sagte Der O'Dancy. «Das ist Sache der
Regierung. Ich kümmere mich um meine Unternehmen, und die, das
können Sie mir glauben, sind kerngesund. Viel zu viel Leute stecken
ihre Nase in Dinge, die sie nichts angehen. Das ist ein Fehler. Doch den
Schaden, den unsere Politiker bei Tage anrichten, macht Mutter Brasilien
bei Nacht wieder gut. Das zu wissen, ist recht tröstlich.»

«Wir schaffen uns in der Welt einen Namen als Land der Streiks»,
sagte Padre Miklos.

«Die Armee sollte damit aufräumen», sagte er seinerseits. «Dafür bezahlen wir schließlich unsere Steuern.»

«Würden Sie mich bitte bei der Kapelle absetzen», sagte Padre Miklos.
«Ich muß noch mal zurück, um mir die Pflanzen zu holen.»

«Ich schicke sie Ihnen», sagte er seinerseits. «Ich komme mit Ihnen
hinein. Sie können ja ein kleines Gebet sprechen. Ich will nicht, daß
diese Gedankenwelt des Satans über mir hängt. Der heutige Tag ist bald
um. Bis jetzt hielt sich der Verdruß noch in Grenzen. Mir langt's zwar
bereits. Aber es ist noch zu ertragen.»

Padre Miklos rieb sich das Kinn und lehnte den Ellbogen auf seinen
Stock, bis Clovis an dem Kapellengarten vorfuhr, der ein Wunder an
Farbenpracht war, selbstverständlich angelegt und betreut von Hila-
riana, deren Lächeln aus jeder Blume leuchtete.

Sie stiegen aus, mitten in den warmen Duft hinein, und gingen zur
Kapelle. Padre Miklos schritt durch die Tür des Glockenturms zum Altar, während er seinerseits auf dem Familiengestühl Platz nahm und
ganz still saß, plötzlich wieder ein kleiner Junge, und Die Mama und Der
Vater neben ihm und Urgroßvater Shaun in dem Ledersessel, die Füße
hochgelegt, und Bobo, sein Diener, seitwärts am Geländer hockend, und
die Familie und alle anderen dahinter.

Die Täfelung war von irgendwoher aus dem Norden gekommen, auf
Karren von Ururgroßvater Phineas, und es verlautete, daß das Holz ganz
schwarz gewesen sei, als es eintraf, doch nach dem Polieren hatte es
einen weichen Glanz bekommen und ihn bis auf den heutigen Tag behalten. Ringsum standen bis zu doppelter Mannshöhe Darstellungen in sil-
bernem Basrelief von Der Geburt Christi in der Krippe, sodann Die Ankunft der Drei Weisen, Die Flucht nach Ägypten, Der Unterricht im
Tempel, Die Austreibung der Wechsler und Händler, Die Seelenqual im

Garten Gethsemane, Das Urteil des Pontius Pilatus, Der Kreuzesweg und hinter dem Altar Die Auferstehung. Die Decke schimmerte in Gold und Silber, geschaffen von Künstlern, die Urgroßvater Shaun in seinen jungen Jahren eigens von Rom hatte herüberkommen lassen, ein Geburtstagsgeschenk für Großmutter Xatina. Die Kanzel bestand aus schwarzem und weißem Marmor, und den Taufstein hatte Die Mama von einer ihrer Auslandsreisen aus einer Kirche in Serbien mitgebracht.

Hier wohnte der Friede, und alles war dem Andenken derer geweiht, die bereits die ewige Ruhe gefunden hatten, so Gott will, und fleht für ihre teuren Seelen.

Weihrauch hing in der Luft, schon ein Gebet für sich, und mischte sich mit dem Duft der Blumen.

Padre Miklos saß auf seinem Stuhl neben dem Altar, in tiefem Schatten.

«O Gott», betete Der O'Dancy und blieb dabei sitzen, denn er war müde. «Hilf mir jetzt. Hilf mir, ich bin ein solcher Tor gewesen. Aber ich habe wenigstens den Versuch gemacht.»

Er seinerseits fragte sich, ob er sich wirklich je so sehr bemüht hatte wie Urgroßvater Shaun oder die anderen. Von ihnen wußte er nicht viel, aber Urgroßvater Shaun war nahezu sein ganzes Leben lang hinter dem Ochsengespann und dem hölzernen Pflug hergegangen bis zu dem Tag, als die stählerne Pflugschar aufkam, und Tausende stellten sich aus allen Teilen des Landes ein, um die Gespanne Furche um Furche ziehen zu sehen, und Urgroßvater Shaun ging allen voran. Selbst noch als gebrechlicher Greis war seine Hand fest und glatt wie Holz. Urgroßmutter Aracý betete für ihn. Sie saß in der ersten Reihe, und an ihrer weißen Mantilla steckte eine Blume. Als sie die Kapelle verließ, nahm ihr die alte Tunta, ihre Dienerin von Kindesbeinen an, die Mantilla ab und legte ihr die schwarze über, wieder mit einer Blume daran, frisch aus Großmutter Xatinas Garten, wo Pflanzen und Knollengewächse aus aller Welt blühten, ein Geschenk von Urgroßvater Shaun. Sein Sohn, Großvater Connor, war von ganz anderer Art, ein hochgewachsener, breitschultriger Mann, der dunkle Anzüge trug und lieber mit dem Verstand als mit dem Pflug arbeitete. Er führte neue Viehrassen ein und kaufte Zuchttiere, lange bevor irgend jemand anders auf diesen Gedanken gekommen wäre. Er versorgte als erster die Stadt in großem Umfang mit Butter, Sahne und Käse, und sobald die anderen ihm Konkurrenz zu machen begannen, verkaufte er als erster Butter, Sahne und Käse in Dosen und dann auch noch Obst und Gemüse. Später suchte er sich Schiffsköche, damit sie für ihn Suppen und Fleischgerichte aller Art als Dosenkost zubereiteten. Von dort bis zur Konservenindustrie war es kein weiter Weg. Sie war eine der stärksten Säulen der O'Dancy-Unternehmen, besonders nachdem er seinerseits auch noch einen Vertrag mit der Fischerei gemacht hatte. Die Welt verlangte nach Fischmehl. Er seinerseits wußte nicht viel davon, aber es sollte gut für den Organismus sein, und die O'Dancy-Konserven- und Fischmehlfabriken vermochten jeden Bedarf zu decken, denn Mutter Brasilien hatte eine lange Küste, und alle Fische der Welt schienen geradezu versessen darauf zu sein, dorthin zu schwimmen. Und es war noch lange kein Ende abzusehen.

Doch wenn Steb unbedingt Arzt werden wollte, Gott schütze den Jungen, dann war da niemand mehr, der einmal seinen Platz einnehmen würde. Hilariana hatte ihre Arbeit, und es sah ganz so aus, als ob sie sich alle Heiratsgedanken aus dem Kopf geschlagen hätte. Und ein Sohn von ihr könnte sowieso niemals ein echter O'Dancy sein. Steb, als Sohn seiner zweiten Frau, war nur bis zu einem gewissen Grade ein O'Dancy.

Paul war der rechtmäßige Erbe, aber er seinerseits hatte jede Hoffnung auf diesen Nachfolger aufgegeben und auf ihn selbst, ein schmutziges, betrunkenes Tier, nichts anderes, und ohne Anspruch auf den Namen. Doch nichtsdestoweniger sein zweiter leiblicher Sohn, und von Rechts wegen, falls er vor Gericht ging, sein Erbe, da gab's nichts zu deuteln. Über vierzig mußte er jetzt sein, ohne je auch nur einen Tag gearbeitet zu haben, und keinen anderen Gedanken im Kopf als den an die Flasche und die Frauen. Nicht irgendwelche beliebigen Frauen. Nur die schwarzen, und je schwärzer, desto willkommener, und das ganze Haus wimmelte von seiner Brut, und er saß mitten darin und lachte.

Hilariana lachte zwar auch, aber Paul lachte ganz anders, lauthals und glücklich, und seine Frauen hielten ihn für den lieben Gott, und die Kinder – sie waren im allgemeinen kaffeebraun, doch einige hatten rotes Haar und graue Augen – krabbelten überall auf ihm herum, und er liebte sie, und sie liebten ihn. In wohl keiner Familie hatte es je soviel Liebe gegeben. Doch dieser Mensch war bestimmt noch nie bereit gewesen, auch nur einen Cruzeiro zu verdienen, er hatte es nie im Sinn gehabt und dachte auch in Zukunft nicht daran, das sagte er ganz offen.

«Ich bin als Mann geboren, und das hier sind Frauen, und wir leben in Brasilien», sagte er. «Warum sollte ich für dich oder irgend jemanden anders arbeiten? Du hast diesen Unsinn aus Europa mitgebracht. Schaff ihn wieder dorthin zurück. Wir hier können Bohnen und Reis und Jukka anbauen. Wenn wir's nicht können oder wollen, dann gibt's Bananen und Nüsse, Wild und Fisch. Die Menschheit lebte auch schon, lange bevor du zur Welt gekommen bist, O'Dancy. Noch ehe deine Vorväter geboren wurden. Was hat denn der alte Leitrim gegessen? Jaguarsteak? Affenfleisch? Es gibt Vögel die Menge. Du bist's, der verrückt ist, O'Dancy. Baust diese Wolkenkratzer? Menschen leben dort drinnen, Stockwerk über Stockwerk, und rings um sie herum rauscht der Kot durch die Wände herunter. Wären die aus Glas, oder könntest du riechen, was da wenige Meter von deiner Nase entfernt herunterfällt, würdest du dort noch leben wollen? Was man nicht weiß, macht einen nicht heiß. Ein feines Leben zwischen Kaskaden dieser Art. Und das soll ich erstrebenswert finden? Zum Teufel damit, Mensch. Ich lebe zu ebener Erde. Wir sind gesund und glücklich, und wo du hinsiehst, ist Liebe.»

Die Wahrheit, nicht weniger, und kaum Spielraum für Argumente oder Appelle an die Vernunft, jedenfalls nicht unter seinen Bedingungen.

Aber es war merkwürdig, daß ein Mensch, der sich derart gegen alles Zweckmäßige stemmte, sich genauso unerfreulich gegen Bruder Mihaul aufführte, der im Grunde genommen doch ebenfalls pflichtvergessen und verantwortungslos war und für keinen in der Familie Zuneigung empfand, nicht einmal für Steb, zur Zeit wenigstens nicht, vielleicht für Hilariana, doch auch sie bekam von ihm kaum mehr als ein Grunzen zu hören, wenn sich ihre Wege einmal kreuzten. Mihaul war zwei Jahre jünger als er seinerseits, und das war die Wurzel alles Übels, denn dieser Mann war unersättlich, gewissenlos und über seine Gaben und seinen Stand hinaus ehrgeizig. Schon als Junge hatte er alle Preise eingesteckt. Niemals hatte er die Schule wechseln müssen und war stets Primus gewesen. Auf der Universität studierte er Altphilologie und ging im Anschluß an die Promotion nach Rom. Doch was immer dort oder anderwärts geschah, bekam nie jemand zu erfahren, und auch die Kirche hüllte sich in Schweigen, aber es kam der Tag, wo er plötzlich wieder auf Dem Erbe erschien, zu Fuß, eine ausgemergelte, hohläugige, wortkarge Vogelscheuche, in geflicktem Habit und Schuhen, die ihm fast von den Füßen fielen. Er wollte nichts weiter als ein Dach über dem Kopf, fließend Wasser und etwas zu essen. Nie machte er Gebrauch von seinem Bankkonto, wo sich im Laufe der Jahre sein Anteil an den Erträgen Des Erbes mit Zins und Zinseszins zu einer gewaltigen Summe angesammelt hatte, und er entfernte sich auch niemals mehr als nur ein paar Kilometer, meistens zu Fuß, wenn er sich nicht von einem Fuhrwerk oder einem Lastwagen ein Stück des Weges mitnehmen ließ. Was er eigentlich tat, außer lesen, brachte wohl keiner in Erfahrung, da niemals eine Frau in seine nähere Umgebung kam. Die täglichen Arbeiten in seiner Behausung aus Bambus und getrocknetem Lehm und im Garten gehörten zu seinen üblichen Verrichtungen, und manchmal hing auch Wäsche auf der Leine. Nie aß er Fleisch, sein Gemüse zog er zum größten Teil selbst, und Obst, Salz, Kaffee, Reis und Bohnen erhielt er aus den Vorräten auf Dem Erbe.

Einzig Stephen war ihm je nähergekommen.

Wenn immer er sich als Kind von seiner Gouvernante wegstehlen konnte, saß er bei Bruder Mihaul, und – Wunder über Wunder – der

Onkel begann den Neffen zu unterrichten. Er seinerseits hatte nichts dagegen. Stephen zeigte ihm seine lateinischen und griechischen Aufgaben und sagte Gedichte auf, und Padre Miklos meinte ebenfalls, daß sich der Junge zu einem ganz leidlichen Schüler entwickle, was Grund genug war, ihm zu erlauben, täglich ein paar Stunden hinüberzugehen. Es machte sich bezahlt, als er später zur Schule kam und spielend alle Preise einheimste. In Mathematik, Griechisch, Latein, Französisch und Portugiesisch konnte ihm kein Mitschüler das Wasser reichen, und an der Universität promovierte er als weitaus Jüngster und mit mehr Auszeichnungen, als je einer seit der Gründung bekommen hatte.

Doch anstatt eine kaufmännische Laufbahn einzuschlagen, um dereinst die rechte Hand Des O'Dancy zu werden, entschied sich der Junge für die Medizin.

Wie er so dastand und seinen Entschluß verkündete, ach ja, da war es ihm seinerseits, als ob man ihm ein Messer ins Herz stieße, und er mußte an Daniel denken.

Er empfand keine Enttäuschung, nur tiefe Erschütterung, und die Wunde würde nie heilen. Er seinerseits hatte bereits ein Büro für den Jungen entwerfen lassen und als Teil der Ausstattung drei bildschöne Mädchen engagiert, und die Tür trug schon die Inschrift «Der O'Dancy und Sohn» und darunter in kleineren Buchstaben «Estevão Leitrim O'Dancy Boys». An dem Abend, als er Stebs Entschluß vernahm, betrank er sich und verbrannte die Entwürfe des Architekten, und die Feuerwehrleute kamen durch das Fenster herein und brachten ihn nach Hause, und dort ließ er eine Kiste Whisky öffnen und begoß sich mit ihnen gemeinsam die Nase. Es waren gutherzige Leute.

Steb und Koioko, nun ja, die beiden paßten zusammen, ganz ohne Zweifel, ein guter Junge und ein liebes kleines Ding, das er seit der Taufe kannte. Die Familie war buddhistisch, obwohl in späteren Generationen viele und vor allem die jungen Mädchen in Die Kirche gegangen waren, schließlich konnten sie sich beim Besuch von Klosterschulen kaum außerhalb der Gemeinschaft stellen, und überdies würde – wie der alte Tomagatsu einst gesagt hatte – ein Segen zweimal am Tag niemandem schaden, Satan ausgenommen.

Der alte Mann war vor Satan stets sehr auf der Hut gewesen. Wenn etwas schiefging, so war es ihm bereits ein Beweis, daß Satan zugegen war, mit Forke, Schweif und Schwefel, begierig, weiteres Unheil zu stiften. Weihrauch brannte, wo er auch arbeitete, und bei Tagesanbruch wurden sämtliche Zimmer geräuchert, und die Räucherkerzen glommen im Haus zu jeder Stunde.

«Alle anständigen Menschen beten Gott an statt sich selbst, und ihre sterbliche Hülle muß vergehen», sagte der alte Mann an jenem Tag drüben in seinem Büro, das ganz in japanischem Stil gehalten war, so daß selbst die Stühle fehlten. «Die Menschen vergessen Satan. Doch wo es einen Gott gibt, muß es auch Satan geben. Ohne Gott kein Satan. Gott erschafft in Liebe, Satan zerstört im Haß. Das alles sind unsere armseligen menschlichen Gedankengänge. Das sind unsere religiösen Anschauungen. Glaubst du an Gott? Dann sei vor Satan auf der Hut.»

Damals kam ihm das alles ziemlich unsinnig vor, und es war gut, wieder in den Sonnenschein hinauszuziehen und eine Zigarette anzuzünden, zum Flugzeug zu schlendern und hinaufzufliegen, über den See und die künstlichen Teiche, über die Kaffeeplantagen, nach Hause.

Doch wie er dort saß, den matten Schimmer der silbernen Reliefs rings um sich herum, und der arme Jesus schleppte sich unter der Last des Kreuzes den Berg hinan, da kamen ihm seinerseits doch Fragen. Allein in seinem eigenen Leben war bereits genug geschehen, daß er eine ganz hübsche Rechnung mit Dem Anderen aufstellen konnte. Er verspürte ein Jucken, wenn er daran dachte, und er hatte nicht vergessen, daß ein Jucken die Berührung des Teufels bedeutete, doch schließlich war auch vieles Aberglaube, wie Hilariana gesagt hatte. Aberglaube war ein gefälliges Wort, ein herablassendes Wort und eine vorzügliche Verpackung für das Wissen um ein Vakuum an Unwissenheit. Er seinerseits hatte niemals die Verpackung aus hübschem Papier und bunten Schleifen um einen Karton vergessen, der nur zwei Steine und eine verfaulte Banane enthielt, ein Weihnachtsgeschenk von Vanina, weil er sich geweigert hatte, sie allein nach Paris fahren zu lassen.

Sie fuhr trotzdem. Er seinerseits fuhr ihr nach, sobald er gemerkt hatte, daß sie abgereist war, und dort fand er sie auch – sie ließ sich das Gesicht liften, die Brust liften und alles andere liften mit Ausnahme ihrer Launenhaftigkeit, jener miserablen Eigenschaft, die sie von weiß-der-Himmel-woher hatte, die sie für ein paar Stunden zum strahlenden Mittelpunkt der Gesellschaft machte und zu Hause zu einer tödlichen Heimsuchung. Nach Stebs Geburt kamen keine Kinder mehr, weil sie eine Kappe in dem reizvollsten Teil ihres schönen, sinnenerregenden Körpers trug, und als er seinerseits es entdeckte, versicherte er ihr, daß er ihr nie wieder nahe kommen würde, damit nicht das Beste, was er zu geben hatte, im Abfluß landete. Damals begann er, auszugehen und sich Mädchen zu suchen, so viele, daß er sich an keines mehr erinnerte. Worin nun der Unterschied lag, wenn er es in sie hineinschoß und sie es anschließend auswuschen, oder in Vanina, die hinterher die Frauendusche benutzte, darüber war er sich selbst nie ganz klargeworden, aber es war ohnehin eine leidige Zeit gewesen, und er kehrte der Erinnerung den Rücken.

Vanina besaß genug eigenes Geld, so daß sie tun konnte, was ihr beliebte, doch soweit er damals orientiert war, hatte sie es nie mit jemandem anders gehabt als mit ihm, vielleicht weil er ihr einmal in aller Deutlichkeit gesagt hatte, daß ein Seitensprung, bei dem er sie erwischte, für sie und den anderen Mann eine Kugel bedeutete. Sie hätte sich ja scheiden lassen oder zumindest eine *brasileiro*-Scheidung erreichen können, was eine Beendigung der Ehe bedeutete, jedoch ohne das Recht auf Wiederheirat. Nicht einmal hatte sie solch einen Vorschlag gemacht, und er glaubte zu wissen, warum. Es wäre das Ende ihrer Rolle als Herrin auf Dem Erbe gewesen, ein Ende ihrer Rolle als Königin der Gesellschaft, und sie hätte nie wieder über ein Privatflugzeug verfügen oder auf den Namen O'Dancy ein Festessen für ein paar Hundert Leute oder etwas anderes bestellen können. Sie liebte die Macht und hatte keineswegs die Absicht, darauf zu verzichten. Unter diesen Umständen gab es nichts, was er seinerseits hätte tun können. Vor dem Gesetz war sie ohne Tadel. Als der junge Carvalhos Ramos sie aufsuchte, um mit ihr die Möglichkeit einer Trennung zu besprechen, erklärte sie ihm, daß sie nichts anderes sein wolle als die Frau Des O'Dancy, und daß in jedem seiner Häuser, in dem sie sich aufhalte, das Bett für ihn bereitet sei und sie mitten darin liege, nackt, und auf ihn warte, und daß es immer so gewesen sei und immer so sein werde, bis an ihr Lebensende.

Darüber gab es keine Worte mehr zu verlieren, und ein Unterton von Endgültigkeit lag in der Stimme des jungen Carvalhos Ramos, als er seine Papiere zusammenpackte, er war zwar verheiratet, aber nicht unempfänglich für andere Frauen und offensichtlich beeindruckt von ihrer Schönheit und ihren Tränen, wenngleich er seinerseits auch wußte, daß es nur Lügen waren, die dort aus dem salzigen Grund ihres Herzens heraufquollen.

Der O'Dancy hatte es nicht eilig gehabt, sie zu heiraten. Als er nach Fransiscas Tod aus dem Schatten seiner Trauer hervorkam, war er betroffen wie jemand, der an einem Sonntagnachmittag aufwacht und sich fragt, was für ein Tag es sei. Es stand für ihn außer Frage, daß er sich nunmehr seinen Kindern widmen mußte. In jenen Jahren existierte für ihn keine Frau länger als eine oder zwei Wochen, zumeist Tänzerinnen oder Sängerinnen, die er in irgendwelchen Nachtlokalen kennenlernte. Doch mit der Zeit wurde er des ewig gleichen Körpers, des gleichen Geplappers und der gleichen Rastlosigkeit müde. Das waren keine Frauen, die ihm Ruhe schenkten. In ihrem Dasein gab es keine Ruhe. Sie wußten, wer er war, wußten seine Geschenke zu würdigen und mühten sich ab, ihm Liebe zu vermitteln – ungefähr wie Dienstmädchen sich daranbegeben, ein Haus zu säubern –, das heißt, auch nur die Frauen, die überhaupt eine Ahnung davon hatten, was sie taten. Er erinnerte sich an einige, die kaum einen Hehl daraus machten, wie lustlos sie die Launen eines alternden Mannes über sich ergehen ließen. Aber er hatte keine Launen. Alles, was er wollte, war eine Frau, eine Frau in ihrer Natürlichkeit und Schönheit, von Liebe um der Liebe willen getrieben, nicht nur in Leidenschaft, sondern auch voller Barmherzigkeit für einen, der ebenso bereit war zu heucheln wie sie. Sofern sie nicht eigens dazu abgerichtet worden waren, gab es unter den Frauen nur sehr wenige gute Schauspielerinnen, und schon gar nicht im Bett.

Kein Zweifel, er, seinerseits, er ganz allein, wußte nicht mehr weiter. Er schlenderte durch London, Paris und Rom, durch Tunis, Madrid und Kairo. Gesichter waren schön bei Nacht und abstoßend am Morgen. Körper waren köstlich im Dunkel, doch im Sonnenlicht ihrer Verdammnis von Adern verunstaltet, rotfleckig und von anderen Händen, anderen Mündern mit Schrunden gezeichnet. Parfüm umgab sie in den wachen Stunden der Nacht, doch nichts vermochte den Geruch zu übertäuben, wenn ein neuer Tag anbrach. Fransisca, die Unfehlbare, die *brasileira* in höchster Vollendung, war der Maßstab, und keine konnte ihr auch nur annähernd das Wasser reichen, und alle, die es versuchten, scheiterten. Nicht eins der Mädchen, die sich ihm hingaben, hatte im entferntesten ihr Format, und jeder Vergleich wäre töricht gewesen. Doch mit der Nase über dem Bettlaken fiel es ihm schwer, nicht zu vergleichen, und weitaus schwerer, höflich zu sein oder freundlich oder gar auf das bedacht, wozu er seinerseits letztlich hergekommen war, und wenn seine Bettgenossinnen wegen seines Alters und seiner Potenz geheime Vorbehalte machten, nun gut, er konnte sie verstehen und hatte Mitleid mit ihnen, wenn sie so dalagen, diesen besonderen Ausdruck auf dem Gesicht, und schließlich einschliefen. Im allgemeinen wartete er, bis es soweit war, stand dann auf und legte ihnen zehnmal soviel auf den Nachttisch, wie sie gefordert hatten, was ohnehin schon das Zehnfache von dem war, was sie einem jüngeren Mann abzuverlangen gewagt hätten, und ging hinaus in die nachtblauen Straßen, wo immer es auch war, und suchte angestrengt nach einer Möglichkeit, eine Zeitlang den Schmerz zu stillen oder zu ersticken, der gar kein Schmerz war, zumindest nicht körperlich oder nervlich, sondern nur in der Erinnerung.

Allmählich, vielleicht auf Grund seiner geschäftlichen Verpflichtungen, Konferenzen und Festessen, geriet er wieder an Frauen von Fransiscas Art und gesellschaftlichem Niveau. Zwischen São Paulo und Rio de Janeiro, Mexico City und New York, Caracas und Buenos Aires, London und Paris, wohin er auch fliegen mochte, überall standen ihm die Häuser offen, die Einladungen lagen auf dem Kaminsims oder steckten am Spiegel, oder eine Sekretärin erschien um sieben Uhr bei ihm, um ihm zu sagen, daß er irgendwo in zwanzig Minuten erwartet werde. So ging es Tag für Tag, wie in einem rastlosen Rausch, und er seinerseits wußte nie genau, wo er die nächsten Stunden verbringen würde, aber es verdroß ihn nicht, schließlich hatte er die Gewißheit, daß er mit seinen O'Dancy-Unternehmen alle vierundzwanzig Stunden um wenigstens zweihunderttausend Dollar reicher wurde, an manchen Tagen sogar noch um weit mehr. Er war sich nicht ganz schlüssig, ob ihm der Gedanke an das viele Geld eine Genugtuung bedeutete. Und ganz und gar nicht schlüssig war er sich bei der Frage, ob ihm das Bewußtsein, ein Multimillionär zu sein, ein Gefühl der Sorglosigkeit gab.

Er war eben er, und daran ließ sich nichts ändern.

In seiner Familie hatte man den Kindern von klein auf beigebracht, niemals von Geld zu sprechen und nie in einer Unterhaltung auf Themen zu kommen, die mit Reichtum oder Besitz zu tun hatten.

Was ihn seinerseits betraf, so erblickte er im Geld nichts weiter als eine durchaus nützliche Sache.

Es war in Paris, und er ging eines Abends die Rue de Rivoli entlang auf das Ritz zu. Es dunkelte bereits, die Lampen schimmerten wie Schnüre echter Perlen, und unter den Arkaden eilte eine Frau vor ihm her, eine dunkle Silhouette mit einer Schachtel unter dem Arm, und plötzlich, ohne Warnung überfiel es ihn, hüllte ihn ein und verursachte ihm ein Stechen im Unterleib – Fransiscas Parfüm. Augenblicklich fühlte er sich in die *souks* von Marrakesch zurückversetzt, und er wußte, daß diese Frau auch dort gewesen sein mußte, denn der alte Araber mischte das Parfüm nur für die Hand, auf der es ausprobiert wurde, nie für eine andere. Und gerade, als er dort wie angewurzelt stand, lief jemand in sie hinein, und die Schachtel fiel zu Boden und platzte auf, und während sie Schuhe auflas und Seidenpapier zusammenraffte, fluchte sie laut und herzerfrischend, ein paar der saftigsten Flüche, die es gab, doch mit dem Akzent von Rio de Janeiro.

«Oh», sagte er. «Carioca. Wo hab' ich denn bloß meine Rumbakugeln?»

Natürlich war sie nicht wie Fransisca, aber während er ihr half, die Schachtel wieder einzupacken, stellte er fest, daß sie auf ihre Art immerhin außergewöhnlich war, mit den riesigen hellbraunen, fast bernsteinfarbenen Augen, die es nur unter der brasilianischen Sonne geben kann. Im Ton einem reifen Pfirsich gleich – ach, Fransisca! –, war ihre Haut das einzige, was einen Vergleich aushielt, bis auf den heutigen Tag, nicht weiß oder elfenbeinfarben, kein Hauch von Gold, Weizen oder Mais, das alles hatte er gehabt und dazu noch schwarz oder blauschwarz und schokoladenfarben und wie Milchschokolade und gefleckt, wie es manchmal bei Kreuzungen zwischen Schwarz und Hellbraun vorkommt, Bronze und Kupfer und eine malvenfarbene blutlose Blässe, nichts von alledem, nichts als der Schimmer eines reifen Pfirsichs. Eine Flut von Haaren in der Farbe junger Kaffeekirschen, mit Henna gewaschen, fiel ihr bis auf die Hüften, und wenn auch ihre Figur ein wenig kräftiger war als die Fransiscas, so entsprach sie immer noch dem Ideal des klassischen Griechenlands, die wohlgerundete, marmorne Pracht von Fleisch und Gliedern, die aussah, als sei sie von Künstlerhand gemeißelt und geglättet worden, kaum vorstellbar, daß sie je schwitzte oder die Schlakken von Essen und Trinken in sich barg oder etwas anderes als der Tempel einer Göttin war. Diesen Körper auch nur anzufühlen, müßte einem Rausch gleichkommen. Zumindest anfangs.

Sie trug die Schachtel die Stufen der Métro hinunter zur Damentoilette, kam lachend wieder zurück und hakte sich bei ihm ein.

«Die Sachen sind für meine Nichte und ihre Freundin, die hier im Internat leben», erzählte sie ihm. «Sie pfeifen auf die Hausordnung und wollen sich heute abend einmal amüsieren. Um halb zwölf treffen wir uns wieder hier, sie ziehen sich um und gehen zurück in das Internat. So haben sie's schon ein paarmal gemacht. Die armen Dinger. Sind den ganzen Tag eingesperrt. Mädchen in ihrem Alter müssen ab und zu ein bißchen was vom Leben haben.»

«Ist das nicht gefährlich?» fragte er.

«Vielleicht für Sie», sagte sie. «Sie sind Vater, nicht wahr? Dann ist es natürlich gefährlich für Sie. Für die beiden und für mich, nein. Ich weiß ja, wohin sie gehen, und sorge dafür, daß sie wieder ins Internat zurückkommen.»

«Warum ziehen sie sich denn nicht an einem etwas bequemeren Ort um?» fragte er.

«Bequemer geht's doch kaum. Sie klettern aus einem Fenster, laufen fünfzig Meter zu einer Métrostation, steigen hier aus, ziehen sich ein Abendkleid an, springen in ein Taxi und *voilà*», sagte sie. «Höchst einfach, nicht wahr? Und außerdem sind die beiden schrecklich häßlich und werden es später einmal schwer haben. Deshalb sollen sie jetzt ruhig ihr Leben genießen, so gut es geht.»

Sie schlenderten zusammen zum Ritz, und sie erzählte ihm, daß sie in Belém zu Hause sei und zum Geburtstag ihrer Mutter nach Brasilien zurückfahre, daß aber Europa ihr zehn Jahre lang Leben und Liebe bedeutet habe. Sie schob ihn durch das Gedränge ihrer Bekannten von Botschaften und Bankhäusern, auch einige Hotelgäste waren darunter, die er seinerseits von Ansehen oder geschäftlich kannte, und im Handumdrehen wußte er allerlei über ihre Herkunft und ihr Leben. Die Familie besaß weite Ländereien mit reichen Erzvorkommen, Schiffe und Eisenbahnaktien, Telephon- und Baufirmen. Sie bewohnte die Zimmerflucht ihrer Mutter und besaß ein Haus in Antibes, eine Jacht, ihren eigenen Rennstall, und sie finanzierte eine Mannschaft für das Autorennen von Monte Carlo. Die Gesellschaft fand zu Ehren der Rennfahrer statt, die in ihren Augen Halbgötter waren, wogegen er seinerseits nicht viel von ihnen hielt oder dem Lärm, den sie vollführten. Seines Erachtens war Traktorfahren hundertmal anstrengender, und sie hüpfte beleidigt davon und verschwand in der Menge. Er seinerseits lud eine der anwesenden jungen Damen zum Essen ein und fuhr anschließend mit ihr zu der Métrostation, wo sie bis nach Mitternacht warteten, ohne Vanina oder ihre beiden Schützlinge zu sehen. Schließlich ging seine Begleiterin hinein, um die Toilettenfrau zu fragen, und kam lachend wieder zurück und erzählte, daß die beiden im Marietta seien, einem Nachtlokal, das mehr von Frauen als von Männern besucht werde.

«Die spinnt wohl», sagte er. «Die beiden sind doch noch Schulmädchen.»

«Ich wette um einen Tausender bar auf den Tisch, daß Vanina mit den beiden dort gewesen ist», sagte Dirah, dunkel und elegant, ein Mannequin von Tezé, im Begriff, einen arabischen Autohändler zu heiraten und nach Philippeville überzusiedeln. «Sie kommt öfter mal auf solch ausgefallene Ideen. Aber sie selbst ist nicht so, zumindest soweit ich orientiert bin. Schließlich ist sie noch unverheiratet. Ich könnte mich ja mal erkundigen.»

«Uninteressant», sagte er. «Wenigstens für mich. Viel lieber würde ich etwas mehr über Sie erfahren.»

«Das Thema ist bereits durch», sagte sie sehr leise. «Ich habe Ihnen doch erzählt. Ich bin sozusagen schon ausgebucht. Eigentlich hätte ich Ihnen gleich einen Korb geben sollen. Schon dafür, daß ich mich erdreistet habe, mit Ihnen in aller Öffentlichkeit zu speisen, würde mich mein kostbarer Araber umbringen.»

«Dein kostbarer Araber ist in Algerien», sagte er. «Und du bist noch keine Gefangene des Harems oder wie man das dort nennt. Außerdem wäre eine kleine Zugabe zu deiner Aussteuer doch viel sinnvoller, als allein nach Hause zu gehen, nicht wahr?»

«Viel interessanter, weiß Gott», sagte sie und hängte sich ein wenig fester bei ihm ein. «Ich habe da bei Van Cleef & Arpels eine Nadel gesehen.»

«Die du natürlich tragen sollst, ab morgen früh», sagte er und ging auf das Hotel zu.

«Ah», sagte sie, glich ihr Tempo dem seinen an und war darauf bedacht, daß sich ihrer beider Schenkel bei jedem zweiten Schritt berührten. «Doch Versprechen, die des Abends vom Begehren beflügelt werden, verflüchtigen sich mit dem Tau des Morgens, sagt man. Kann ich wissen, ob ich auch genau diese Nadel bekomme?»

Er seinerseits hatte Verständnis für ihre Bedenken und bedauerte in diesem Augenblick zutiefst seine Geschlechtsgenossen, die sich ein solches Versprechen nicht leisten konnten oder, noch schlimmer, die in so einem Fall gar nicht die Absicht hatten, es zu halten.

«Ich werd's dir beweisen», sagte er, und sie überquerten im hallenden Echo ihrer Schritte den Place Vendôme, wobei sie sich über eine Diät für Mannequins unterhielten, die nur aus Steaks und schwarzem Kaffee zu bestehen schien, und dann klopfte er gegen das Türgitter, bis der Nachtwächter herauskam, und gab dem Mann seine Karte, während sie zum Schaufenster zeigte.

«Sorgen Sie dafür, daß morgen früh alle Nadeln, die dort ausgestellt sind, zum Hotel herübergeschickt werden», sagte er seinerseits. «Und lassen Sie gleich noch ein paar Armbänder dazulegen.»

«Eine Uhr wäre auch nicht schlecht», sagte sie.

«Damit du die Minuten zählen kannst, bis du zu deinem kostbaren Araber kommst», sagte er.

«Nein», sagte sie. «Ich habe mir schon immer gewünscht, einen richtigen Mann kennenzulernen, keinen Europäer, weil ich die verabscheue, und keinen Araber, weil ich in Zukunft mit einem verheiratet bin, nur mit dem einen, für den Rest meines Daseins. Am liebsten hätte ich einen ganz Fremden, jemanden, der ein völlig anderes Leben führt, unter anderen Menschen, in einer anderen Welt. Bisher ist mir das noch nie gelungen. Ich mußte in erster Linie an meine Figur denken. Ich brachte es nicht fertig, mich mit jemandem zusammenzutun, weil ich mein eigenes Leben führen wollte. Ich mußte immer Vorsichtsmaßnahmen treffen, und ich hasse Gummis und verabscheue Verhütungssalben. Und ich halte es nicht für richtig, mit einem Mann zusammenzuleben, wenn man nicht ein Teil seiner selbst sein will. Nur für ein flüchtiges Wochenende, das ist doch bloß ein Notbehelf. Man kann zwar eine Menge dabei loswerden. Doch es bedeutet weder einem selbst noch ihm etwas. Es sei denn, daß man ein Narr ist. Wenn er dominiert, ist man selbst erledigt. Dominiert man selbst, was hat man gegeben? Und dann diese Europäer, sie glauben, sie wissen alles. Was sind das für Scheusale, finden Sie nicht auch? Kleine Schuljungen, die vorgeben, Bescheid zu wissen und die Weisheit mit Löffeln gefressen zu haben. Kaffeehausfatzken.»

«Ich halte nicht besonders viel von deren Existentialismus», sagte er seinerseits. «Woher weißt du denn, daß ich nicht dazu gehöre?»

Sie gingen durch die Drehtür, und die Schönheit ihres lachenden Gesichtes im Halbdunkel des kreisenden, funkelnden Glases blieb ihm unvergeßlich.

«Abwarten», sagte sie in der Stille des Foyers, das ein Teil einer Kathedrale hätte sein können. «Ich habe nichts anzuziehen, nichts, um mich zurechtzumachen.»

Er führte sie zu den Glasvitrinen, die mit den hübschesten Dingen der Welt angefüllt waren, und sie wählte dieses und jenes aus, und jemand brachte die Sachen nach oben, während sie noch in der Bar Sekt tranken. Es waren wohl mehrere Wochen, die sie zusammen verbracht hatten, berauschende Tage, die ineinander verschmolzen, und eines Nachmittags, als er aus dem Büro zurückkam, fand er einen riesigen Strauß weißer Rosen auf seinem Kopfkissen und ein Brautbukett auf dem ihren, und auf dem Toilettentisch teilte sie ihm mit, daß sie von ihrem kostbaren Araber abgerufen worden sei und sie natürlich habe gehen müssen. «Denk an die Liebe, wenn du an mich denkst», hatte sie in Druckbuchstaben mit Lippenstift auf Löschpapier geschrieben, «und wenn du an mich denkst, so küsse mich genauso, wie wir uns geküßt haben, und ich werde mit diesem Kuß immer bei dir sein. Lebe wohl, mein Herz. Und siehst du, ich habe doch recht gehabt.»

Er saß auf dem Bett, während Taxis in den blauen Abend hupten, und ach, lieber Heiland, sieh doch nur, ob ihm jetzt die Tränen die Wangen herunterliefen oder nicht, wen – abgesehen vom Teufel – kümmerte es. Die Blumen waren nur die Geister derer, die auf Fransiscas Bahrtuch lagen, damals, und sie, in einer Hülle von Blei, wie ein schimmernder Grabfund, vielleicht aus Ägypten, doch die Falten ließen nur die stille Verklärung ihres unversehrten Gesichtes frei, tausend Dankeshymnen für diese Gnade, denn ihr Körper war von Typhus verheert, nur kurz nach Hilarianas Geburt, und er seinerseits war nicht bei ihr gewesen.

Doch das geschah an einem Judastag vor langer, langer Zeit.

12.

Padre Miklos betete in dem weichen Latein, das auch er seinerseits bevorzugte, um sich gleichsam wie auf Schwingen zu anderen, reineren Gedanken zu erheben. So hatte er gebetet an dem Tag, als man Fransisca nach Hause brachte, die äußere Hülle, mehr nicht, und schimmernd in dem Silbersarg, schimmernd zwischen schimmernden Wänden und jeder einzelnen weißen Blume, und eine Welt in Tränen.

Doch damals hatte er seinerseits keine Tränen mehr, leergeweint war er und in unendlicher Ferne, weit, weit weggerückt von allem, und er seinerseits wußte wie weit und war betrübt darüber, doch er hatte weder den Wunsch noch den Willen, mehr zu tun als nur zuzuhören, ja, und sich in seiner Verachtung in Geduld zu fassen. Alle bekundeten Schmerz, doch keiner wußte um den Schmerz, der nicht mehr bekundet, nicht empfindet, nicht sieht, nicht hört und nichts weiter will als Schweigen und Dunkel, wenn das Ich nur fortlebt, und das Sein nur beharrt, weil es nicht sterben kann.

Deshalb, Hilariana.

Doch es gab so viele Fragen, Kleinigkeiten, die er selbst nie ganz verstanden hatte, die er seinerzeit ganz unwichtig fand, und dennoch, wann immer sie ihm wieder einfielen, erschienen sie ihm von Mal zu Mal beunruhigender. Sofern es um Vanina ging, war ihm schon seit langem alles ziemlich klar gewesen. Andere hatten ihm berichtet, was sie verschwieg, oder er war von selbst darauf gekommen. Zweifellos war sie auf ihre Weise durchaus aufrichtig gewesen. Doch es war eine unaufrichtige Aufrichtigkeit, etwa nach Art eines Trinkers, der zugibt, daß er trinkt, wenn er betrunken aufgefunden wird.

«Komm», hatte er seinerseits gesagt, unter den Zitronenbäumen, an jenem Abend, und das Tiefgrün der Blätter schien im Flackern der Öldochte vergoldet, und die Früchte machten große Augen wie tausend jungfräuliche Brüste, und über allem der herrliche Duft. «Bist du nicht endlich genug herumgejagt? Wie ist es bloß möglich, daß du diese Leute länger als einen oder zwei Abende erträgst?»

«Jahre», sagte sie. «Aber ich gebe es zu. Es ist ein leeres Dasein.»

Soviel Verstand hatte sie schon. In ihr steckte wahrhaftig ein guter Kern, und ein harter. Sie hatte weder einen Bissen gegessen noch das

Glas angerührt. Das Telegramm mit der Nachricht vom Tode ihres Vaters lag auf ihrem Teller, zwei Zeilen und eine Unterschrift.

«Ich verstehe nichts von Geschäften und dergleichen», sagte sie. «Aber da er und die Familie soviel Arbeit hineingesteckt haben, wäre es verkehrt, wenn jetzt irgend ein Fremder käme und alles übernähme. Doch mit Anwälten zu tun zu haben ist mir ein Greuel. Und von seinen Mitarbeitern kenne ich nicht einen einzigen. Ich habe keine Ahnung, was er alles getan hat. Wenn wir heiraten, würdest du dich dann um seine Unternehmen kümmern wie um deine eigenen? Denn wie du das schaffst, verdient meine volle Hochachtung. Und genauso denken alle anderen auch.»

«Komm, komm», sagte er. «Ich habe bereits genug Unternehmen am Hals. Ich heirate kein Unternehmen. Ich heirate dich. Ich wünsche mir Kinder. Was hältst du davon?»

Unschlüssig zuckte sie mit den Achseln. Sie trug ein schwarzes Kleid ohne jeglichen Schmuck. Das Haar fiel ihr über die Schultern. Ihr Gesicht war ohne jede Farbe, ohne Schminke, ihre Wangen schimmerten, und ihr Mund war schön, blaß.

«Ich habe Angst, oder es ist so eine Art seelischer Riegel», sagte sie. «Denk doch daran, daß deine Frau nach der Entbindung gestorben ist. Ich habe keine besondere Lust, ebenso zu enden.»

«Du mußt wissen, was du willst», sagte er und stand auf. «Doch du hättest es mir sagen sollen. Was meine Frau umgebracht hat, war nicht die Entbindung, sondern das teuflische Gelüst einer Frau im Nebenzimmer, das Fenster zu öffnen, um sich mit ihrem Liebhaber unterhalten zu können, und es die ganze Nacht offenzulassen.»

«Was immer es gewesen sein mag, sie ist gestorben, und ich will nicht sterben», sagte sie, ein kleines, ängstliches Mädchen. «Ich glaube kaum, daß ich eine gute Mutter abgeben würde. Ich mag Kinder nicht.»

«Überleg es dir noch mal», sagte er und sah auf die Fischerboote hinunter, die tief unten im Glanz der wie Pailletten funkelnden Hafenlichter vertäut lagen. «Wie wär's, wollen wir baden gehen?»

«Du bist aber romantisch», sagte sie, griff nach dem Telegramm und wollte in ihr Zimmer hinüber. «Wenigstens beim Heiratsantrag sollte man eine gewisse Form wahren, findest du nicht?»

«Den habe ich bereits vor zwei Jahren gemacht, im Zug von Monte Carlo nach Rom», rief er. «Du lagst auf mir und appelliertest an den lieben Gott, weißt du noch? Bei der Gelegenheit habe ich dich gefragt.»

«Was für ein Augenblick für einen Heiratsantrag», sagte sie, verschwand in ihrem Zimmer und schloß die Tür.

Früh am nächsten Morgen reiste er ab, auf einem Fischerboot nach Athen, und zwei Monate oder mehr vergingen, bis sie eines Tages in sein

Londoner Büro hereinspazierte und ein Lederkästchen auf den Schreibtisch stellte. Sie zeigte ihm einen Verlobungsring mit einem Brillanten, groß wie ein Ei, und die Sekretärin sagte Oh!

«Ich will keinen Ring, den vielleicht schon wer anders getragen hat», sagte sie. «Deshalb habe ich mir meinen selbst gekauft. Ich habe auch gleich einen Ehering mit besorgt, für den Fall, daß du mich heiraten willst. Also wann?»

«In Rio, nächste Woche», sagte er. «Ich muß dort einen Vertrag über Weizenlieferungen abschließen, und dann begleitest du mich nach New York.»

«Du fährst allein», sagte sie. «Ich bleibe zu Hause. Mein bisheriges Leben ist vorbei. Von nun an verlasse ich Brasilien nur noch, wenn wir zu unserem Vergnügen reisen.»

Nie war er seinerseits glücklicher gewesen als an jenem Tag, obwohl er die Ringe lieber selbst besorgt hätte. Statt dessen kaufte er ihr Brillanten und Smaragde. Der Gedanke, so etwas Schönes und Anmutiges zur Frau zu haben, mit ihr Stunden glückseliger Zweisamkeit zu verbringen, einem klugen Menschen vertrauen zu dürfen, ihre Meinung zu erforschen und auf sie zu hören wie auf sich selbst, und nicht mehr des Nachts umherzuirren und einem verlaufenen Hunde gleich nach jemandem zu suchen, der nicht an der Leine lag – das alles schien zu schön zu sein, als daß es wahr sein konnte.

Und so war es auch.

Sie heiratete ihn, weil ihre Freundin irgend jemanden geheiratet hatte.

Mit dem Mann und mit der Heirat hatte schon alles seine Richtigkeit, aber die Freundin hatte die Neuigkeit bis zur Veröffentlichung in der Zeitung für sich behalten. Das hatte Vanina nicht ruhen lassen. Das Ganze erinnerte ihn an eine Skulptur aus Metall, tot, häßlich, ohne Würde oder harmonische Form, ohne jede Spur von lebensprühender Schönheit, ohne auch nur den Anschein von Achtung vor dem Leben.

«Aber ist das nicht ein sehr ungewöhnlicher Grund zum Heiraten?» fragte er sie, kalt wie das Eis im Sektkühler.

Sie stürzte den Wein hinunter, leckte sich die Lippen und blickte schweigend auf ihr leeres Glas.

Es war das erstemal, daß er sie morgens betrunken erlebt hatte. Danach begriff er, warum ein Cocktail des Mittags sie benommen machte, und noch besser, warum ein paar davon vor dem Abendessen eine gewisse Widerspenstigkeit bei ihr auslösten, obwohl sie sich zusammennehmen konnte und im Nachtklub das erste halbe Dutzend Tänze durchstand, selbst wenn man ihr hinterher in den Wagen helfen mußte und später zu Hause ins Bett, alles in bestrickender, hilfloser, beinahe ballettähnlicher Anmut mit gelösten Gliedern und wiegendem Kopf. Sie ließ sich in ihrem Äußeren nicht gehen, wenn sie trank, aber sie konnte laut werden, und dann zeigte es sich, daß sie in Gesellschaft von Fachleuten die niederen Bereiche der Sprache erforscht hatte, und nicht nur die ihrer Muttersprache.

Er fuhr an jenem Morgen nur in der Absicht nach Hause, sich seine Tasche für eine Reise nach Recife zusammenpacken zu lassen und sie persönlich einzuladen, ihn zu begleiten, anstatt einfach zu telephonieren. Sie war im Schlafzimmer, nur ein kirschrotes Nachthemd auf dem Leib, und ein junger Lakai saß bei ihr auf dem Bettrand und rauchte eine Zigarette. Er war zwar vollständig angezogen, aber seine Krawatte hing schief, und eine Schulter war bestäubt von ihrem Körperpuder, Nebensächlichkeiten, aber sie berührten ihn schmerzlich, und mit einer einzigen Bewegung brach soviel mörderische Wut aus ihm heraus, daß der junge Bursche Hals über Kopf zur Tür floh.

Ein Lächeln im Blick, streichelte sie liebevoll ihr Bein und erzählte ihm – so als ob sie jedes Wort einzeln genösse –, was sie von ihm dachte, wobei sie sich Zeit ließ und auf Einzelheiten einging, und er seinerseits hatte es nie wieder vergessen und ihr weder verziehen noch sie von Stund an je wieder berührt.

«Zum Teufel mit dir», hatte er seinerseits gesagt, aber seine Stimme wollte ihm nicht gehorchen. «Von heute an ist dies deine Wohnung. Ich nehme mir eine andere. Doch wenn ich je wieder einen Mann in deiner Nähe erwische, solange du vor der Welt noch meinen Namen trägst, bringe ich euch beide um. Du bist also gewarnt. Und zum Teufel mit dir.»

Der Rest war ein Gesellschaftsspiel bis zu dem Tag, etwa eine Woche nach Daniels Abreise, als Leonor Alameida da Cunha, seine Jugendfreundin – hochgewachsen, schlank und genau das Mädchen, das er für den Jungen ausgesucht haben würde –, mit ihrer Mutter zu ihm ins Büro kam und ihm dort in dem roten Sessel eröffnete, daß Vanina versucht habe, mit Daniel ins Bett zu gehen, und daß er aus diesem Grunde lieber auf und davon gegangen sei, um seinem Vater keinen Kummer zu machen.»

«Wieso Kummer?» sagte er seinerseits. «Warum ist er damit nicht zu mir gekommen?»

«Er war ganz einfach in Versuchung», sagte Leonor. «Er hat es mir erklärt. Wir haben uns verlobt. Am Vorabend seiner Abreise sagte er mir, ich solle mich vor ihr in acht nehmen. Sie war sehr zutunlich und wollte ihn überreden, Sie zu beeinflussen, daß Sie wieder zu ihr zurückkämen.»

«Zutunlich ist ein sonderbares Wort», sagte er seinerseits.

«Daniel hat sie nicht geliebt», sagte Leonor. «Sie wußte es und hat sich lange Zeit große Mühe gegeben. Sie hat ihm Geschenke auf die Universität geschickt. Eine ganze Menge. Wissen Sie denn nichts davon?»

Er seinerseits schüttelte den müden Kopf.

«Ich habe mich schon gewundert, warum er so plötzlich wegging», sagte er.

Leonor stiegen die Tränen in die Augen. Sie unterdrückte das Schluchzen, suchte nach einem Taschentuch und nahm dann das ihrer Mutter.

«Sie wartete oben im Haus in seiner Wohnung auf ihn», sagte sie. «Er hatte Angst, heimzugehen. Er hätte bei Ihnen in Verdacht geraten können. Denn sie tat doch immer so unschuldig, diese . . . diese Hexe.»

«Immer», sagte er. «Hexe? Für sie gibt es ein passenderes Wort. Warum sind Sie hergekommen und erzählen mir das?»

«Weil sie mir jetzt Blumen schickt und ‚mich besser kennenlernen' möchte», sagte Leonor mit großen, feuchten Augen.

«Gehen Sie nicht hin», sagte er. «Bedeuten Sie ihr, daß ich es nicht wünsche. Sehen Sie zu, daß Sie nichts mit ihr zu schaffen haben. Hure. Das paßt besser auf sie.»

Und dann kam die Nachricht vom Konsul, daß Seine Majestät bedauere, und er räumte das Stadthaus, ließ es abreißen und an derselben Stelle einen Wolkenkratzer errichten. Vanina schien genau zu wissen, warum, und erhob keinen Einspruch. Die gesamte Einrichtung des Hauses wurde auf Das Erbe hinausgeschafft, und sie wohnte eine Zeitlang in Urgroßmutter Aracýs Haus, während ihr Sommerhaus gebaut wurde, und bis auf gelegentliche Reisen zu Bekannten, von denen er keine Notiz nahm, blieb sie auf Dem Erbe. Er seinerseits interessierte sich für nichts mehr, was sie tat, es sei denn, daß sie nach Europa fahren wollte, was er ihr untersagte, weil er immer befürchten mußte, sie würde einmal einen furchtbaren Skandal heraufbeschwören. Und genauso kam es auch, weil es einfach kommen mußte.

Es war nichts weiter dabei, daß sie nach Lissabon fuhr, um Hilariana vom Internat abzuholen, mit ihr nach Paris flog, um ein, zwei Tage lang Besorgungen zu machen, und daß sich die beiden dann mit ihm in New York treffen und alle gemeinsam nach Hause fliegen wollten. Doch er wartete vergeblich auf Nachricht, bis schließlich Pinheiro aus dem Pariser Büro anrief und ihm mitteilte, daß Hilariana noch immer mit der sie begleitenden Gouvernante in Paris sei und um Erlaubnis bitte, zu Vanina nach Rom zu fahren.

«Richten Sie der jungen Dame aus, sie soll bleiben, wo sie ist, bis ich hinkomme», sagte er seinerseits. «Warum haben Sie mich nicht schon eher angerufen?»

«Ich durfte nicht», sagte Pinheiro, und seine Stimme klang unglücklich. «Madame hat ein Flugzeug für sechzig Gäste gechartert. Eine Düsenmaschine. Mir hat man gesagt, Sie hätten Ihre Einwilligung dazu gegeben.»

«Ich werde mich darum kümmern», sagte er. «Sorgen Sie dafür, daß Dona Hilariana keinen Augenblick ohne Schutz ist, wohin sie auch geht. Ich wünsche ausführlichen Bericht. Und stellen Sie fest, wo Madame in Rom abgestiegen ist. Und zwar bis zu meiner Ankunft.»

«In Paris, Senhor?» fragte Pinheiro. «Das wäre schön.»

«In Mailand», sagte er seinerseits. «Nach Paris kommen wir später.»

Er flog noch am gleichen Abend, aber von ihr fehlte jede Spur. Torresiani, der Leiter des Mailänder Büros, hatte Nachforschungen angestellt, doch selbst mit Hilfe der Polizei nicht mehr in Erfahrung bringen können, als daß Madame und sechzig Fluggäste in Rom eingetroffen, in Autos gestiegen und verschwunden seien.

«Aber bis Sie dort sind, sollten wir eigentlich in allen Einzelheiten Bescheid wissen», sagte Torresiani. «Hätte man mich nur vorher verständigt, daß sie kommt, so würde ich selbstverständlich persönlich am Flughafen gewesen sein. Der arme Morillarto ist schon ganz durchgedreht. Zuerst hat er bei allen Hotels in ganz Italien angerufen und dann mich heute früh um drei aus dem Bett geholt.»

«Zu der Zeit war ich schon über dem Atlantik», sagte er seinerseits. «Wir strapazieren uns da für eine schöne Sache. Wahrscheinlich ist Madame bei Bekannten abgestiegen. Aber mit sechzig Leuten?»

Morillarto hatte einen vollständigen Bericht über ihre Ankunft vorliegen, aber keine Ahnung, wo sie sich im Augenblick aufhielt und wer ihre Gäste waren, außer daß die meisten von ihnen nach Künstlern ausgesehen haben sollten, doch die Polizei tue ihr Bestes und werde sicherlich bis zum Abend mehr wissen.

Er seinerseits war von Rom nie besonders begeistert gewesen, seitdem er erlebt hatte, wie sich Schwarzhemden im Parademarsch versuchten und die Massen Beifall brüllten. Doch ganz abgesehen davon, schien allen Mauern über die Jahrhunderte hinweg der Dunst verbrecherischer Taten anzuhaften, und die Straßen waren immer noch erfüllt von den Schreien und den Gebeten jener frühen Christen, die in Pech getunkt und aufgehängt wurden, um den Weg des teuren Cäsars zu beleuchten. Selbst wenn er aus dem Hotelzimmer hinausblickte, vermeinte er, meilenweit die Pfähle und Flammen zu sehen, und in den Dünsten der Garküchen roch er brennendes Märtyrerfleisch, und aus jedem Getränk schmeckte er ihr Blut heraus.

«Sie sind ziemlich herunter», sagte der Arzt, ein Jüngling noch, der aber wußte, wie er ihn anzupacken hatte. «Nehmen Sie B_{12} und Calcium und Vitamin C. Lassen Sie den Zucker weg. Süßen Sie nur mit Honig, wo Sie können, oder mit Saccharin. Es ist nichts Schlimmes. Sie tun einfach zuviel. Machen Sie etwas langsamer. Eine Stunde Schlaf am Nachmittag. Und als eiserne Regel, spätestens um elf ins Bett. Geht das einmal nicht, schlafen Sie desto länger. Was essen Sie?»

«Alles, was man mir vorsetzt», sagte er seinerseits, immer noch den Thermometergeschmack im Mund. «Obzwar ich eigentlich nie viel esse. Dazu fehlt mir die Geduld.»

«Vermutlich hat Ihnen das bislang das Leben gerettet», sagte der junge Mann. «Zum Frühstück Obst, Kaffee und Milch. Obst, verstehen Sie? Vergiften Sie sich nicht mit Fruchtsäften. Sie kommen auch ohne Säure und Fett aus. Kein Brot. Keine Spaghetti oder ähnliche Magenfüller.»

«Und ausgerechnet Spaghetti mag ich besonders gern», stöhnte er.

«Sie haben sie einmal besonders gern gemocht», sagte der junge Mann. «So wie es jetzt steht, haben Sie noch nie davon gehört. Schon beim Anblick wird Ihnen schlecht davon. Zum Abendessen . . .»

«Halt», sagte er seinerseits. «Sind wir mit dem Mittagessen schon durch?»

«Nun ja, dazu gehört noch, daß Sie sich hinlegen, nachdem Sie einen, nur einen Teller Fleisch oder Fisch mit Reis gegessen haben», sagte der junge Mann und notierte etwas. «Ab und zu auch ein Omelett. Oder verlorene Eier und Frikadellen. Gekochtes Gemüse. Suppe. Kein Brot. Und immer nur einen Teller.»

«Hoffentlich überlebe ich das», sagte er seinerseits.

«Ich gebe Ihnen noch dreißig Jahre bei guter Gesundheit», sagte der Jüngling, als ob er es genau wüßte. «Das Röntgenbild ist ohne Befund. Blut und alles andere könnte gar nicht besser sein. Wann essen Sie zu Abend?»

«Wenn ich mit der Arbeit fertig bin, oder wenn ich eben zu Tisch komme», sagte er seinerseits. «Kriege ich des Abends überhaupt noch etwas zu essen? Vielleicht einen schönen Knochen zum Abnagen oder dergleichen?»

«Fleisch aller Art, nicht zu roh und nicht zu sehr durchgebraten», sagte der junge Mann. «Leber, entweder leicht gegrillt oder gehackt und kurz gekocht, wenigstens einmal die Woche. Drücken Sie über Fisch oder Fleisch eine halbe Zitrone aus. Dazu jegliches grünes Gemüse. Keine Kartoffeln.»

«Ich esse aber Kartoffeln für mein Leben gern», sagte er seinerseits. «Und Brot. Krustiges Brot.»

«Sie haben vieles für Ihr Leben gern gegessen», sagte der Doktor und klappte die Bügel seiner Brille zusammen. «Von nun an richten Sie Ihr ganzes Augenmerk auf Dinge, die Sie für Ihr Leben gern essen sollten.

Suppe, ja. Minestrone, ja. Gut zubereitet. Gegrillten Fisch. Keine Soße. Gegrilltes Fleisch. Nichts Gebratenes. In Wein Geschmortes, ja. Mit Gemüse.»

«Sie lassen mich wenigstens am Leben», sagte er seinerseits.

«In gewissen Grenzen», sagte der Jüngling, und er seinerseits war plötzlich wieder mit mehr Interesse bei der Sache. «Hüten Sie sich vor Salat. Viele Verbrechen werden im Namen von Salat begangen. Gegrillte Tomaten jederzeit.»

«Pizza», sagte er seinerseits. «Das ist mein Leibgericht.» .

«Das war es», sagte der Jüngling. «Pizza ist gut für junge Leute. Die haben die entsprechende Verdauung. Sie, und das merken Sie sich bitte, haben Ihr Quantum bereits genossen. Pizza ist nurmehr eine Erinnerung.»

«Es wird nicht viel kosten, mich in Gang zu halten», sagte er seinerseits. «Kein Hähnchen und dergleichen?»

«Alles, was Flügel hat, gegrillt oder gekocht», sagte der junge Mann. «Aber nicht gebraten. Kein Fett.»

«Paniertes Hühnerfleisch im Fettbad ausgebacken?» sagte Der O'Dancy. «Großer Gott, schau dir bloß an, wie man mich hier auf den Hund bringt.»

«Nicht auf den Hund, sondern auf den Damm», sagte der Doktor. «Versuchen Sie's mit Rotwein, aber nur eine halbe Flasche, nicht mehr. Das ist flüssige Nahrung.»

«Ich wußte ja, daß ich an Ihnen noch einen menschlichen Zug entdecke», sagte er seinerseits. «Und wie steht's mit der Krone der Schöpfung?»

«Krone der Schöpfung», sagte der junge Mann und legte den Füllfederhalter auf den Tisch. «Ihre Frau?»

«Whisky», sagte er seinerseits. «Whisky heißt in unserer Sprache ‚die Krone der Schöpfung'.»

«Fünf Zentiliter, nach sechs Uhr abends, nicht mehr», sagte der Jüngling. Armer Kerl.

«Augenblick mal», sagte er seinerseits. «Das trinke ich auf einen Zug, ohne mit der Wimper zu zucken.»

«Aber nur solange, bis Sie eines Tages nicht mehr mit der Wimper zucken können», sagte der junge Mann. «Nehmen Sie sich vor Ihrer ‚Krone der Schöpfung' in acht.»

«Falls Sie jetzt wieder meine Frau meinen», sagte Der O'Dancy. «Die ist zwanzig Jahre jünger.»

«Ausgezeichnet, aber wiederum Vorsicht», sagte der junge Mann. «Einmal zu oft oder ein klein wenig Überanstrengung, und Sie fordern die schönste Herzgeschichte heraus. Einen Schlaganfall. Parkinsonsche

Krankheit. Die Nerven vertragen nur eine gewisse Belastung. Es sind keine Drahtseile. Ist Ihre Frau von ruhiger Wesensart? Feinfühlig?»

«Sehr ruhig, sehr feinfühlig», sagte Der O'Dancy.

«Mit ein bißchen gesundem Menschenverstand können Sie Ihr Leben durchaus genießen, doch in vernünftigen Grenzen und ohne das Übermaß wie in der Jugend», sagte der Doktor. «Denken Sie daran, daß die sexuelle Kraft auch von großer Bedeutung ist, und daß man dem Geschlechtstrieb Rechnung tragen muß, dem Geschlechtsakt ebenfalls, doch mit Vorsicht. Wenn Sie den Akt vernachlässigen, beginnen die Geschlechtsorgane nachzulassen. Das schwächt. Jeder Körperteil muß aktiv bleiben, sonst verkümmert er.»

«Sie meinen, er wird nicht mehr steif?» sagte er seinerseits. «Bisher habe ich damit keine Schwierigkeiten gehabt.»

«Das habe ich mir bereits gedacht», sagte der junge Mann. «Ich werde die Schwester anweisen, Ihnen ein Gefäß zu geben.»

«Wenn es sich um die handelt, die ich beim Reinkommen gesehen habe, so würde ich mich lieber mit der Schwester beschäftigen als mit dem Gefäß», sagte Der O'Dancy.

«Sie hat noch andere Patienten», sagte der junge Mann, ohne aufzublicken. «Wann sind Sie zum letztenmal untersucht worden?»

«Als ich die Erneuerung meines Passes beantragt habe», sagte er seinerseits. «Alles in bester Ordnung.»

«Und davor?» sagte der junge Mann.

«Jedesmal, wenn ich ins Ausland reise», sagte er seinerseits. «Immer muß man vorher zum Arzt. Das ist einer der Gründe, weshalb ich's mir zweimal überlege, ob ich mit dem Packen anfangen soll. Die mit ihren verdammten Gummistempeln im Paß. Alle Tagediebe der Welt haben entweder was mit Reisepässen oder mit dem Zoll zu tun. Einer wie der andere, Aasgeier.»

«Und warum sind Sie zu mir gekommen?» fragte der junge Mann und musterte ihn kühl, und er seinerseits sah Steb, Gott segne den Jungen, denn er würde ein Arzt gleichen Schlages sein, freundlich, gewitzt, vielseitig gebildet, doch bereit zuzuhören, um die Diagnose zu stellen. «Sie waren einfach nur müde, nicht wahr?»

«Ja», sagte er seinerseits. «Müde, ausgelaugt und deprimiert.»

«Dieses Rezept wird Ihnen körperlich auf die Beine helfen», sagte der junge Mann. «Seelisch müssen Sie sich selber helfen. Denn dort liegt der Ursprung Ihrer Depression.»

«Einem wie Ihnen begegnet man selten», sagte Der O'Dancy. «Sie sollten nach São Paulo kommen. Wenn Sie sich je dazu entschließen, geben Sie mir Bescheid.»

«Wo haben Sie Italienisch gelernt?» fragte der Doktor.

«Im Bett», sagte Der O'Dancy. «Oder wissen Sie eine bessere Methode?»

«Im Nebenzimmer steht ein Gefäß», sagte der junge Mann, ohne die Spur eines Lächelns. «Tun Sie Ihr Bestes.»

An diesem Abend lagen die Meldungen von Dutzenden von Polizisten vor. Allem Anschein nach hatte sich die Gesellschaft aufgespalten, und die meisten waren im Künstlerviertel von Rom untergekrochen, wo alles durcheinander hauste und Bilder, Plastiken und Ähnliches auf der Straße feilgeboten wurden.

«Wo ist meine Frau?» fragte Der O'Dancy, als sie alle Meldungen geprüft hatten.

«Offensichtlich bei Bekannten», sagte Torresiani. «Sie ist in keinem Hotel abgestiegen. Wir könnten ja ein Inserat in den Zeitungen aufgeben.»

Eine herrliche Lage, in der er sich jetzt befand, und er seinerseits konnte nur dasitzen und abwarten.

«Betreiben Sie die Ermittlungen weiter», sagte er seinerseits. «Hunderttausend Lire für den ersten Hinweis.»

Sergente Borretti verdiente sich die Belohnung binnen einer Stunde, indem er telephonisch meldete, daß in einem Nachtlokal an der Nordseite des Tibers ein Künstlerfest stattfinden solle, und daß die Räume bereits vormittags mit brasilianischen Flaggen und aus Rio herangeflogenen Orchideen dekoriert worden seien.

«Das klingt ganz nach ihr», sagte er seinerseits. «Lassen Sie das Lokal beobachten und machen Sie mir Meldung, wenn alle da sind.»

«Senhor», sagte Torresiani, «Sie meinen, wenn Madame dort festgestellt wird?»

«Wer denn sonst, um Christi Seelenheil willen?» sagte er seinerseits. «Ich bleibe auf dem Sprung.»

Kurz vor Mitternacht kam der Anruf, und er fuhr durch die breiten, hellerleuchteten Straßen Roms und über die Brücke in einen dunkleren Stadtteil, und sie hielten auf einem ihm unbekannten Platz und vor einem Bogengang mit Girlanden blauer Lampen. Dutzende von Wagen standen dort geparkt, aber kaum ein Mensch war zu sehen. Während er seinerseits langsam auf den Eingang zuschritt, hörte er den gedämpften blechernen Klang einer Trompete, und der Portier lehnte müßig an der Wand und summte die Melodie mit. Doch während er ihm einen Geldschein hinhielt und die Tür geöffnet wurde, bogen auf der anderen Seite des Platzes Scheinwerfer auf Scheinwerfer um die Ecke, und der Portier ließ die Tür pendeln und rannte die Treppe hinunter. Er seinerseits jagte hinter ihm her, vorbei an all den Photographien von nackten Beinen und

blitzenden Zähnen, durch dicke Vorhänge hindurch in einen langen bro-
delnden Saal, wo eine Kapelle mit voller Lautstärke dröhnte und sich auf
der Tanzfläche Männer und Frauen drängten, einen Augenblick von
Scheinwerfern weiß gebleicht, dann wieder im Takt der Klavierrhythmen
blau, grün und rot überflutet, und alle waren nackt. Gegenüber, etwas
erhöht, jenseits der ruckenden Köpfe und zuckenden Schultern lagen
Männer und Frauen aufeinander und dazwischen Transvestiten mit an-
gemalten Lippen und engumschlungene Frauenpärchen. Und überall an
Wänden und Decke hingen an Schnüren aufgereiht Dutzende von Flaggen und dicke Ketten von Orchideen.

Torresiani trat am Fuß der Treppe auf ihn zu. Er sah aus wie ein kleiner Junge, den man beim Rauchen erwischt hatte, das Gesicht halb zu
einem Lächeln, halb zu einer Grimasse verzogen, unschlüssig, ob er sich
genüßlich plustern oder erbrechen sollte.

«Ich wünschte, ich hätte Ihnen die Reise ersparen können», sagte er.
«Das Fest wurde von Madame schon vor einer Woche bestellt. Die Unterlagen habe ich bereits vernichtet. Sie hat den Tisch auf der Bühne.»

«Sammeln Sie augenblicklich die Flaggen ein», sagte Der O'Dancy.
«Reißen Sie sie herunter und in den Wagen damit.»

«Das kann Ärger geben», sagte Torresiani. «Es ist schon eine Menge
Sekt geflossen.»

«Die Polizei ist draußen, wenn ich mich nicht irre», sagte er seinerseits. «Deshalb hat der Kerl am Eingang so geschrien.»

Torresiani sprach mit dem Oberkellner, einem Fettwanst mit Augen,
die schon alles gesehen hatten, lange bevor ihn seine Mutter zur Welt
brachte, und er ging davon, griff sich einen Kellner und flüsterte. Die Polizei brauchte eine beträchtliche Zeit, um sich schlüssig zu werden, und
die Schnüre mit den Flaggen waren schon zum größten Teil herunter-
genommen und zusammengerollt, als die ersten Uniformierten im Gän-
semarsch durch eine Seitentür hereinkamen und die Treppe sperrten,
und einer von ihnen ging zur Kapelle hinüber, und die Musik brach mitten im Takt ab. Doch die Füße schlurften weiter, und die Laute der
brünstigen Paare drangen von der Bühne herab, lustvolle kleine Schreie
und Stöhnen, und die Nackten auf der Tanzfläche brachen darüber in
schallendes Gelächter aus und riefen nach Musik.

«Jetzt werden wir hier mal die Musik machen», sagte der Polizist ins
Mikrophon. «Kommen Sie einer nach dem anderen hierher zum Tisch
und geben Sie Namen und Adresse an. Wer sich nicht ausweisen kann,
muß mit aufs Präsidium. Dieses Lokal ist ein Bordellbetrieb und wird
als solcher geschlossen. Alle Anwesenden stehen wegen ungebührlichen
Verhaltens unter Arrest.»

Was er sonst noch zu sagen haben mochte, war verschwendeter

Stimmaufwand. Wie auf Kommando begannen alle schreiend zur Treppe zu laufen, rempelnd, knuffend und kratzend, die meisten mit irren Augen und weinend, einige knurrend und fluchend, ein paar kichernd. Doch niemand machte der Polizei Schwierigkeiten. Parierte ein Mann nicht gleich, bekam er eins über den Kopf. Frauen wurden die Treppe hinaufgeschoben und in den großen Wagen verfrachtet. Als wieder Ruhe herrschte und alle übrigen zum Verhör aufgereiht waren und die Polizei sich mit dem Protokoll beschäftigte, brachte Torresiani Vanina und die Flaggen in Sicherheit und erschien, den Schweiß vom Nacken wischend, im Büro.

«Gut gemacht», sagte er seinerseits. «Sie haben hoffentlich genug springen lassen.»

«Genug, daß Ihr Name nicht erwähnt wird», sagte Torresiani. «Doch alle anderen müssen wohl daran glauben. Bei der Hautevolee Roms wird's vermutlich einigen an den Kragen gehen. Wenn ich meiner Frau davon erzähle, meinen Sie, daß sie mir glaubt?»

«Sie haben eine nette Frau», sagte Der O'Dancy. «Zumindest, wenn es die ist, die ich kennengelernt habe.»

«Dieselbe», sagte Torresiani mit einer leichten Verbeugung.

«Es wird die Gute vielleicht anregen», sagte er seinerseits. «Da ist vieles dabei, wofür wir alle empfänglich sind. Gottlob ist das Griechische in den meisten von uns noch nicht gestorben. Wenn Sie ihr die Geschichte in allen Einzelheiten erzählen, kann es durchaus passieren, daß Sie eines Abends nach Hause kommen und sie mit der gesamten Nachbarschaft beim Üben antreffen.»

«Schon möglich», sagte Torresiani und beobachtete zwei nackte Mädchen, die sich bemühten, wieder in ihre Kleider zu kommen und sich dabei Rücken an Rücken gegenseitig stützten. «Ich werd's ihr wohl doch erzählen.»

«Jetzt macht man Märtyrer aus ihnen, was für ein Schwachsinn», sagte Vanina halb in Tränen. «Wir wollten uns doch nur so ein bißchen wie Erwachsene amüsieren. Schließlich sind wir keine kleinen Kinder mehr. In meinem verdammten Klosterdasein fühle ich mich so angebunden und eingekerkert, daß ich mich einmal von allem freimachen mußte. Das hier ist Entspannung. Es gefällt mir. Es macht mir Spaß zuzuschauen. Und du bist ja selbst auch nicht gerade ein Heiliger.»

«Überall und jederzeit», sagte er seinerseits. «Aber niemals unter unserer Flagge. Eine Schande ist das.»

«Es ist die geistige und körperliche Freiheit unseres Landes», sagte sie. «Ich habe sie aufgefordert, eine Nacht lang Brasilianer zu sein. Die Gastlichkeit, die die Neue Welt reifen Menschen bietet, anzunehmen und zu genießen.»

Mit der Flaggenleine, die er in der Hand hielt, schlug er nach ihr, und sie taumelte gegen einen Sessel und fiel zu Boden, und ihr Haar wehte schimmernd über ihre Nacktheit, und schön, einem Kinde gleich, trommelte sie mit rosigen Hacken auf den Teppich.

«Eine Fahne ist ein Denkmal für die Dahingeschiedenen», sagte er. «Sie weht in Ehren, weil vor uns Menschen lebten und wirkten, so wie wir jetzt leben und wirken, um sie in Ehren zu halten. Doch du machst daraus ein Handtuch für Huren und liederliche Weibsbilder. Hilariana wartet in Paris. Aber ich überlege mir ernstlich, ob ihr beiden überhaupt zusammentreffen solltet.»

«Wehe dir, du schwärzst mich bei ihr an», sagte sie und blickte durch das schimmernde Haar zu ihm auf. «Und überhaupt, seit wann bist du denn plötzlich so ein Sittenapostel? Du hast dir schon ganz andere Sachen geleistet. Oder hast du etwa übelgenommen, daß du nicht eingeladen warst? Warum hätte ich das tun sollen? Ich wollte einmal wieder andere Menschen sehen. Leiber. Münder. In ein paar Jahren wird mich nichts mehr reizen können.»

«Dein Glück», sagte er seinerseits. «Die Tatsache, daß du in die Wechseljahre kommst, ist ja wohl leider kein Scheidungsgrund.»

Schreiend warf sie sich zurück, spreizte die Schenkel und riß sich an den Haaren. Er seinerseits wandte sich ab und ging hinaus.

Aber am nächsten Morgen war sie bereits nach Paris abgeflogen, und er sagte nichts. Er seinerseits hatte viele Feste im gleichen Stil veranstaltet, doch niemals in Sichtweite einer Fahne, wenn man die ringsum drapierten Dessous weiblicher Gäste ausnahm. Eine solche Geselligkeit hatte ihre eigene Würze, und es gab soviel zu lachen, und man wurde sich bewußt, reif genug zu sein, die Früchte seiner Lebenskraft zu pflücken und den wahren Lebensgenuß zu erkennen, und es war ein erregender Bruch mit dem Herkömmlichen, wenn man in aller Öffentlichkeit tat, was sonst nur in der Intimsphäre möglich war. Er hatte nicht das Herz, ihr wegen ihres dummen Festes Vorwürfe zu machen. Einerseits dachte er ebenso wie sie, andererseits wünschte er, sie hätte ihn verständigt. Das war der eigentliche Grund seines Unwillens, kein Zweifel, doch die Flaggen waren die Ursache seiner echten, zügellosen Raserei. Er war nicht pathetisch oder überheblich, und es war auch kein Hurra-patriotismus, wenn er die Fahne für sakrosankt hielt und der Überzeugung war, daß sie nur in eine Kirche, in ein öffentliches Gebäude, an die Spitze marschierender Kolonnen oder überall dorthin gehörte, wo Herz und Würde den Ton angaben. Doch gleichzeitig war er auch davon überzeugt, daß Vanina niemals solche Gedanken gekommen waren. Daß sie nichts Böses im Sinn gehabt hatte. Sie war stolz darauf, Brasilianerin zu sein, und es machte ihr Spaß, dem Gesindel zu zeigen, was eine Brasilianerin fertigbrachte. Doch im Grunde genommen war diese Art von Demonstration günstigstenfalls kindisch, schlimmstenfalls geschmacklos zu nennen und immer und leider nur zu oft dazu angetan, von irgendwelchen Lumpen zu irgend etwas ganz anderem, Häßlichem und Ekelerregendem entstellt zu werden. Alles in allem kostete es ihn ein paar Tage Überredungskunst, einiges Geld und allerhand sanften Druck und diplomatischen Takt, bis die «Künstler» nach Paris auf ihre Straßen zurückkehrten, die Römer ihre Schlupfwinkel auf dem Lande aufsuchten und die Zeitungen sich endlich ausgetobt hatten, und nicht ein einziges Mal wurde Vaninas Name erwähnt. Doch wenn er je davon geträumt hatte, Brasilien im Ausland würdig zu vertreten, so ruhte dieser Traum jetzt auf dem Friedhof. Denn alles, was er getan, und alles, was er gezahlt hatte, war hinreichend bekannt geworden.

«Wir sind noch ganz gut davongekommen», sagte Torresiani. «Ich werde die Kosten zwischen Rom und Mailand aufteilen. Die einzigen, die dabei wirklich Haare gelassen haben, sind ein paar junge Leute. Von bester Herkunft. Namen der ersten Gesellschaft. Familien, die all ihr Geld verloren haben. Und die Journalisten schreiben, was ihnen paßt. Sie wissen, daß dort nichts zu holen ist, um ihnen das Maul zu stopfen.»

«Besorgen Sie die besten Anwälte, die es gibt», sagte er seinerseits. «Verklagen Sie die Zeitungen, machen Sie sie fertig, stopfen Sie den ganzen Unflat doch wieder in ihre Kloakenmäuler zurück.»

«Leider passiert dann nichts anderes, als daß sie Konkurs anmelden und wieder etwas Neues aufmachen», sagte Torresiani. «Wir könnten uns aber einen tüchtigen Presseagenten nehmen, der den Frauen hilft. Die Männer glauben natürlich, ihren Ruhm als dörfliche Lebejünglinge zu vergrößern, und Rom ist ein Dorf. Die Eltern der Mädchen tun mir leid. Die haben diesen Pressewirbel nicht verdient.»

«Wer hat bloß die ganze Sache verraten?» fragte er seinerseits. «Wer hat die Polizei verständigt?»

Torresiani blickte zu Boden, die Brauen hochgezogen, und wackelte mit dem Fuß hin und her, als ob er den graziösen Schnitt seines weichen Schuhs bewundere, ein Triumph Mailänder Schuhmacherkunst.

«Sie müssen mir mein Erstaunen vergeben, Senhor», sagte er ohne aufzusehen. «Wir haben bisher gedacht, daß Sie selbst es waren.»

«Völlig falsch», sagte er seinerseits. «Stellen Sie's fest.»

Mit dem Namen des Betreffenden konnte er seinerseits nichts anfangen, doch als er ihn in Paris Vanina zeigte, warf sie das Stück Papier achtlos beiseite und lachte.

«Und was gedenkst du zu unternehmen?» fragte sie. «Es waren eine Menge Leute dabei, die sich selbst eingeladen hatten, was von denen auch gar nicht anders zu erwarten war. Darunter auch ein paar Halunken vom diplomatischen Dienst, die ich nie ausstehen konnte. Die Leute haben größtenteils verdient, was ihnen passiert ist. Sie werden an mich denken. Ich hatte mir vorgenommen, auf der Titelseite sämtlicher Schundblätter der Welt groß herauszukommen. Aber daraus ist leider nichts geworden. Vermutlich habe ich das dir und deinen Bürohengsten zu verdanken. Diesem Torresiani würde ich nur zu gern einmal einen hinten reintreten. Er tat einfach nicht, was ich ihm sagte. Ich mußte alles alleine machen.»

«Dazu wirst du nie wieder Gelegenheit haben», sagte er. «Zumindest nicht in meinem Namen oder mit meinem Geld. Weißt du übrigens, daß Bilder von deiner griechischen Freundin und ihrem Mann in allen Zeitungen waren? Die Einzelheiten hat man zwar überpinselt, aber es langt trotzdem. Das ist der Ruin für den armen Kerl. Ganz Athen ist voll davon.»

«Das freut mich», sagte sie. «Falls sie sich scheiden läßt, so habe ich sie bereits eingeladen, zu mir zu kommen. Dir macht das doch nichts aus, nicht wahr? Wenn du wünschst, wirst du sie nie zu Gesicht kriegen.»

«Du lebst dein Leben», sagte er seinerseits. «Doch versuche wenigstens daran zu denken, daß andere auch ihr Leben leben wollen. Und von heute an werde ich nicht mehr zulassen, daß Hilariana weiter mit dir zusammen ist.»

Sie gackerte ihr schrilles, höhnisches Gelächter und lehnte sich dabei gegen den Tisch, und das Licht auf blauem Lamé betonte die schlanken Umrisse ihrer Figur und ihren ebenmäßigen Leib, und da bedauerte er es, daß er ihr nun nie mehr nahe kommen konnte.

«Sie ist recht intelligent, da brauchst du dir keine Sorgen zu machen», sagte sie. «Sobald sie etwas älter ist, wird sie sich selbst ein Urteil bilden. Wenn du glaubst, du mußt jetzt unbedingt den gestrengen Vater spielen, von mir aus bitte.»

«Mir paßt es nicht, wie du deine Freunde behandelst», sagte er. «Verwandte kommen bei dir womöglich noch schlechter weg. Deshalb schiebe ich dem jetzt einen Riegel vor. Sieh zu, wie du allein nach Hause kommst, und von heute ab wirst du auf dein eigenes Geld zurückgreifen müssen. In meinem Namen gibst du jedenfalls keine Unterschrift mehr.»

Sie wandte sich ab, warf den Kopf zurück und rauschte hinaus.

Er hatte keine Ahnung, daß zwei Sekretäre, der Lakai, ein Golfjunge, ein Friseur, ein Masseur und zwei Chauffeure zu ihrem Gefolge gehörten, und er war sich nicht schlüssig, was er getan haben würde, hätte er es vorher gewußt. Und es war gut, daß er sich nie darum gekümmert hatte, obwohl es ihm hinterher doch zu Ohren kam, daß sich eine ganze Reihe von Leuten eine sehr merkwürdige Vorstellung von einem Mann machten, der sich Der O'Dancy nannte und sich in bezug auf Finanzen, Kaffee, Erze und allerhand andere Dinge für eine bedeutende Persönlichkeit hielt, aber seine Frau in freier Wildbahn herumlaufen und nach Belieben mit jedermann, selbst mit der Dienerschaft, ins Bett gehen ließ, ohne ein Wort dazu zu sagen.

Er seinerseits hatte nie davon gewußt, weil er sich darüber nie Gedanken gemacht hatte, und jetzt brachte es nichts ein, wenn man sich über geschehene Dinge noch groß ärgerte.

Es lag etwas Beruhigendes in dem lateinischen Gebet, und Padre Miklos' weiße Soutane fiel in Falten, die wie aus Marmor gemeißelt schienen, und seine Reglosigkeit verlieh ihm etwas Statuenhaftes, ein ruhender Punkt in einem ewig im Fluß befindlichen Universum, wie er es immer gewesen war, jemand, der sich stets treu blieb, rechtschaffen, verläßlich, unerschütterlich.

Mit einemmal fühlte er sich mit allen Fasern seines Herzens zu diesem Mann hingezogen, zu seinem Geist und seiner Seele, denn sein Leib war kaum noch körperlich, so schwer lag die Last der Jahre auf ihm, so sehr hatte das Alter ihn ausgemergelt und seiner Kraft beraubt. Doch was man auch denken mochte, dieser Mann schien lebensprühender und strahlender als irgendein Dutzend anderer seiner Umgebung. Das war das Wunder. Nie wäre jemand auf den Gedanken gekommen, daß ihm die Donnerstagsmesse für die Leute in den Bergen zuviel werden könnte, oder die Mittwochsmesse für die Holzfäller, oder daß drei Messen am Dienstag in den Erzgruben vielleicht besser von einem Jüngeren zelebriert werden sollten, und ganz gewißlich nicht, daß die sechs Messen Sonntag für Sonntag in seiner eigenen Kirche zu anstrengend sein könnten. Nie hätte jemand davon gesprochen, weil nie jemand auf einen solchen Gedanken gekommen wäre, und hätte es jemand gedacht, würde er nie gewagt haben, diesen Gedanken in Worte zu kleiden.

Schon mehr als sechzig Jahre lebte der fromme Mann nun auf Dem Erbe. Er kannte jeden bis in die dritte oder vierte Generation, von Geburt und Taufe, vom Heiligen Abendmahl und von der Beichte, im Leben und im Tod, doch der Tod selbst war ihm ein Geheimnis, wie ihm auch das Leben selbst ein Mysterium geblieben war. Bei ihm gab es keine Reichtümer zu verzehren, keine Stunden mit sinnlichen Weibern, keinen Beischlaf mit Huren, keine Vorspiegelung von Liebe, keine Freude am Laster, keine Trunkenheit oder Herumgrölen in stillen Straßen, keinen Streit bei Tag oder bei Nacht, keine zerschundenen Fäuste und keine blutende Nase, kein Fuchteln mit Messern oder Pistolen, keine Verwünschungen aus dem Bodensatz der Sprache, keinen Haß, keinen Zorn, keinen Neid.

Das weiße Habit, das Brevier, die silbergeschmückte Kirche, Das Brot, Der Wein, Die Liebe und, ja, Dies ist Mein Lieber Sohn.

Und in einem solch schimmernden, erkennenden Augenblick vor langen Jahren, da war es kein Wunder, daß Ischariot sich erhängte.

«Herr», flüsterte Democritas hinter ihm. «Senhor Paul hätte Sie gern gesprochen, bitte. Er entbietet seine ergebenen Grüße. Seine erste Frau verheißt erlesenste Gastlichkeit. Senhor, ich habe den Wagen draußen. Erlauben Sie mir, Ihre gesegneten Gedanken zu stören. Ich habe bereits um Vergebung gebetet.»

13

Du bist ja ganz außer Atem», sagte er seinerseits im Wagen. «Aber du warst ja schon immer ein Brocken von einem Kerl. Was ist los mit dir?»

«Ach, Herr», sagte Democritas noch bekümmerter als ohnehin schon wegen seines blauen, angeschwollenen Auges. «Schrecken über Schrekken. Ich kann arbeiten. Mir macht es Spaß zu arbeiten. Ich wünsche mir gar nichts anderes als Arbeit. Es erfreut mein Herz, wenn etwas getan wird. Stapel von Brettern. Klafter von Holz zum Trocknen. Ölfässer schön aufgereiht in tadelloser Ordnung, jedes an seinem Platz. Das sind zwar nur Kleinigkeiten, doch für mich sind sie lebenswichtig. Lastwagen vorschriftsmäßig mit Ananas beladen, die grünen Blätter nach außen. Kaffeebohnen eingesackt und in sorgfältiger Ordnung aufgeschichtet. Bananenbüschel in Reih und Glied. Selbst Butterklumpen sehe ich am liebsten peinlich genau abgepackt, so daß man sie besser zählen kann.»

«Wunderbar, Democritas», sagte er seinerseits. «Ich teile deinen Traum. Himmel und Hölle würde ich in Bewegung setzen, um das gleiche zu erreichen. Wo drückt sonst noch der Schuh?»

«Gewisse andere Dinge, edler Patron», sagte Democritas. «Wir sind so glücklich gewesen. Doch jetzt wird es immer schlimmer.»

«Wo hast du Ephemia gelassen?» fragte er seinerseits. «War sie bei den Kindern?»

Democritas blickte auf den Hibiskus zu beiden Seiten des breiten Fahrwegs und schüttelte den dunklen Kopf.

«Sie ist bei Dona Hilariana», sagte er. «Herr, die Schatten sind um uns.» Er bekreuzigte sich und küßte sich die Fingerspitzen.

«Ich komme gerade von einer Stätte des Lichts», sagte er seinerseits. «Für mich gibt es keinen Zweifel. Was bedrückt dich? Aber beantworte mir erst eine Frage. Du bist nicht getauft. Ein Heide, auch wenn ich's bisher nicht gewußt habe. Doch wenn du nicht Der Kirche angehörst und Ephemia auch nicht, warum bekreuzigst du dich dann?»

«Wir gehören beide Der Kirche an, Herr», sagte Democritas. «Wir sind beide Kinder Des Heilands. Aber die Tempel und Synagogen der anderen betreten wir nicht. Wir haben unsere eigene Kirche. Wir verrichten unsere eigene Andacht. Die Weißen tun es nach ihrer Art. Und wir nach der unseren.»

«Wir – du meinst die Neger?» fragte er seinerseits. «Und was soll das heißen, nach eurer Art – nach unserer Art? Was erzählst du mir da? Du weißt ganz genau, daß es nie einen Unterschied gegeben hat. Wo soll auch der Unterschied liegen, es sei denn, ihr bringt ihn selbst erst hinein?»

Democritas lachte dröhnend, daß das Sitzpolster bebte, und der Fahrer sah zu ihm hinüber und lachte auch.

«Ach, verehrter Patron», sagte er und zerrte sein Taschentuch hervor, das weißer gewaschen war als das Des O'Dancy, und er seinerseits nahm sich vor, ein Wörtchen mit Didina zu reden. «Wären Sie nicht der Herr, wäre ich dann der Verwalter? Wenn Sie – der Allmächtige möge Ihnen Schutz und Stärke geben – uns verließen, wie lange, glauben Sie wohl, daß ich hier noch etwas zu sagen hätte? Meinen Sie wirklich, daß irgendein Weißer darauf hören würde, wenn ich etwas anordne? Soll ich mir die Blöße geben, ihnen überhaupt etwas zu sagen? Meine eigenen Brüder und Schwestern, ja, die gehorchen mir. Ohne sie, was würde ich da noch geschafft bekommen? Die Weißen würden alles zugrunde gehen lassen.»

«Das ist nicht wahr», sagte Der O'Dancy. «Das glaube ich nicht. Democritas, ich warne dich, ich sehe gleich rot.»

«Sie werden gleich noch viel röter sehen, edler Patron», sagte Democritas. «Man redet davon, daß es in diesem Land keinen Unterschied der Hautfarbe gibt, daß jede Haut *brasileiro* ist. Damit bin ich auch einverstanden.»

«Das klingt schon erfreulicher», sagte Der O'Dancy. «Genauso ist's.»

«Das Mädchen, mit dem man ins Bett geht, ist *brasileiro*», sagte Democritas. «Ganz gleich, ob sie Negerin, Indianerin, Japanerin, Chinesin oder was sonst noch sein mag, ja gewiß, ihre Hautfarbe ist akzeptabel. Doch bei den Männern, wo findet man die Neger und Indios? Auf den Universitäten? In den Schulen? Im Dienste unseres vortrefflichen Landes? In der Industrie? In der Politik? Eine Handvoll? Oder noch weniger?»

«Das ist eine Frage von Verstand und Fähigkeiten», sagte er seinerseits. «Schulbildung. Sobald genügend von euch über Bildung verfügen, werdet ihr auch besser dran sein.»

«Als Nation sind wir vierhundert Jahre alt», sagte Democritas. «Vor knapp hundert Jahren wurde bei uns die Sklaverei abgeschafft. Doch wo ist unter uns ein Führer? Wer bringt die Botschaft der Hoffnung? Wer sperrt die Ohren auf? Und wenn wir sie aufsperren, hören wir dann auch? Wessen Stimme ist es? Wer ist er? Wo ist er?»

«Keine politischen Reden jetzt», warnte Der O'Dancy. «Du willst doch wohl nicht politisieren, oder?»

«Aber es geht nun mal um Politik, Tatsachen, Hautfarbe, ausreichenden Verdienst, um satt zu werden. Ich bin der glücklichste Mensch der Welt und ein Neger», sagte Democritas und zuckte mit den massigen Schultern. «Doch wo man auch hinfaßt, die Wunde schmerzt.»

«Wäre es dir lieber, wenn wir alle wie Senhor Paul wären?» fragte er seinerseits, Ruhe bewahrend, denn er nahm ihm seine Reden nicht eigentlich übel. «Vergeudet sein Leben, indem er mit Weibern aller Schattierungen außer seiner eigenen Hautfarbe herumhurt. Weil er weiß, daß ich noch da bin, seine Brut zur Schule zu schicken.»

«Er ist ein wunderbarer Mensch und ein Bruder», sagte Democritas. «Er ist wahrhaft *brasileiro.*»

«Dann bin ich mir nicht ganz sicher, was du meinst», sagte Der O'Dancy. «Ich habe keine Lust, mich aufzuregen, aber ist es etwa *brasileiro,* wenn man den lieben langen Tag herumsitzt, den eigenen Kot frißt und die eigene Pisse säuft? Haben das nicht schon gewisse Leute in der Bibel getan? Und was macht er denn anderes?»

«Er bringt die Farbe aus uns heraus und erzieht seine Kinder», sagte Democritas. «Keins von seinen Kindern ist schwarz. Keins von seinen Enkelkindern wird einmal schwarz sein. Sie werden es leichter im Leben haben. Sie alle werden anständig unterrichtet.»

«Hör auf», sagte Der O'Dancy. «Ich erfahre da Dinge, die ich nie in deinem Kopf vermutet hätte. In anderen allerdings auch nicht. Deine Äußerungen laufen doch darauf hinaus, daß die meisten meiner Leute nicht glücklich sind, daß sie nie glücklich waren. In all diesen Jahren. Und wenn ich einmal nicht mehr da bin, werden sie noch weniger glücklich sein. Stimmt's?»

Democritas nickte.

«Sie entdecken, daß sie unglücklich sind», sagte er. «Wer ist unglücklich, ehe er's zu hören bekommt? Wer ist beklagenswert, ehe er nicht das Wort kennt, das diesen Zustand beschreibt? Erklären Sie mir die Bedeutung von ‚beklagenswert'.»

«Sind diese ‚Lehrer' auf Dem Erbe?» fragte Der O'Dancy.

«Zuweilen», sagte Democritas.

«Was soll das heißen, zuweilen?» brüllte Der O'Dancy. «Verdammt noch mal, rede nicht so, als ob du nicht wüßtest, wer ich bin. Wer sind diese Leute?»

«Senhor Paul wird's Ihnen erzählen, Herr», sagte Democritas. «Er weiß alles von Anfang an. Von Dona Hilariana. Und Dona Xatina. Und Dona Aracý. Ich bin nur Verwalter, Herr. Aber Senhor Paul ist ein O'Dancy.»

«Ich hab's geahnt, daß das eines Tages mit Donnergetöse auf mich zukommen würde», sagte er seinerseits. «Und wo steht Padre Miklos in dieser Angelegenheit?»

«Zwischen Satan und dem Feuer», sagte Democritas. «Doch wir werden uns schon seiner annehmen.»

Er seinerseits lehnte sich zurück und lachte.

«Während ich mich mit Senhor Paul unterhalte, sag du in der Küche Bescheid, daß man mir ein Stück Fleisch grillt», sagte er. «Ein Glas Wein dazu wäre auch nicht schlecht. Oder ein kaltes Bier.»

«Wird alles bestens besorgt», sagte Democritas. «Alle unsere Kerzen brennen für Sie, und der Rauch trägt eben jetzt unsere Gebete empor.»

«Wenn ich nur eine Ahnung hätte, was du da redest», sagte er, während der Wagen langsam auf die Einfahrt zurollte. «Was, in drei Teufels Namen, meinst du damit? Doch einmal werde ich's ja wohl erfahren.»

Democritas sah ihn an, mit Augen, die ganz dunkel waren, ohne jegliches Weiß, sondern nur riesige Pupillen, unnatürlich groß und bekümmert.

«Ja, Herr», sagte er. «Das werden Sie. Denken Sie an unsere Gebete.»

«Zum Teufel mit euren Gebeten», sagte Der O'Dancy in der *anderen* Sprache. «Es gab mal eine Zeit, wo ich fast den Papst zum Teufel gewünscht hätte. Und nun, hinein zu dem Sohn, den ich hasse.»

Pauls Garten war der größte auf Dem Erbe, und ein jeder Samen, jede Knolle und jede Pflanze, die es im Lande gab, wucherte dort in herrlicher Zügellosigkeit, wie es schien, doch bei näherem Hinsehen erwies sich die Absicht und der Wille des Gärtners. Blütentragende Bäume standen in Gruppen zusammen, und im Schatten darunter wuchsen die Blumen, die das milde Licht liebten, und in den Zweigen all die vielen Orchideen. Und dazwischen, unter freiem Himmel, erstreckten sich gemähte Rasenflächen in den verschiedensten Schattierungen von Grün, und blühende Beete dufteten und leuchteten. Felsumgebene Weiher wurden von geröllübersäten Gießbächen gespeist, und Wasserlilien bekundeten ihre Unschuld auf kleinen Seen, und überall gab es Vögel. Das Haus mußte man erst aufspüren, denn die Pfade schlängelten sich hierhin und dorthin, und kein Wagen konnte dicht heranfahren, so daß man den richtigen Weg nur an der ausgetretenen Fährte erkennen konnte und ihr nachgehen mußte bis zu der großen Hibiskushecke, und dann daran entlang auf der Suche nach dem Durchlaß, nur ein Loch mit Maschendraht davor, um die Hunde fernzuhalten.

Das Gebäude selbst war einst Urahn Leitrims Lagerhaus gewesen, und Urgroßvater Shaun hatte später dort seine Pflüge untergestellt. Es gehörte mit zu den ersten, die auf Dem Erbe errichtet worden waren, aus Baumstämmen, Lehm und Bambus, mit einem Dach aus Binsen. Paul hatte wenig daran verändert, außer daß er für jede seiner Frauen längs der Veranda ein Zimmer hatte abteilen lassen, wo sie für sich sein konnte, und dahinter lag ein großer Raum, in dem alle die Mahlzeiten einnahmen. Seine eigenen Zimmer befanden sich an dem einen Ende, abseits von Kindern und Lärm, und am anderen Ende waren Küche, Vorratsräume, Waschküche und die Kammern für die Dienstboten. Es war nur wenig kleiner als das große Haus der O'Dancys, errichtet von einem namenlosen Architekten, der aber ein Meister in der Verwendung von hölzernen Pfeilern und Bambusstreben gewesen sein mußte und ein luftiges Bauwerk geschaffen hatte, das nun schon länger als zweihundert Jahre überdauerte und immer noch neu aussah. Paul sorgte offensichtlich dafür, daß jeder Zentimeter Holz von Zeit zu Zeit gefirnißt, das Binsendach laufend nachgesehen und das Ganze jede Woche gründlich abgesprüht wurde, wie die hellen Flecken auf dem Blattwerk ringsum erkennen ließen.

Es bestand gar kein Zweifel, der Bursche verbummelte sein Leben in einem Herrenhaus.

Der O'Dancy stand draußen im Schatten des überhängenden Daches und sah einen gebohnerten Verandafußboden aus eingelegten Hölzern, gefirnißte Bambuswände, geflochtene Teppiche, kunstvoll auf Dem Erbe gezimmerte Tische und Stühle und in dem tiefen Dunkel hinter den geöffneten Doppeltüren, wo im Widerschein des Sonnenlichts das Sparrenwerk in zwölf Meter Höhe zu erkennen war, all die Schinken und Würste und getrockneten Früchte und Gemüse, die dort hingen, und die Körbe mit schimmerndem Obst auf dem langen, aus einem Stamm gehauenen Tisch und die aus Kloben gefertigten Hocker ringsum und die Sitzgruppen mit kleinen Tischen zum Kaffeetrinken.

«Alsdann, ein Willkommen Dem O'Dancy», sagte Paul gelassen aus dem Dunkel eines Eingangs zur Linken. «Was hältst du von dem besten Stück deines Erbes? Möchtest du es gern niederbrennen?»

«Nein», sagte er seinerseits. «Ich überlegte mir gerade, daß du hier eigentlich herrlich wohnst. Viel vernünftiger als ich mit all dem modernen Zeug. Allmählich beginne ich es zu hassen.»

«Behaglich fühlt man sich darin nicht», sagte Paul. «Was ich bisher davon gesehen habe, möchte ich nicht geschenkt. Ich passe wohl nicht in diese Zeit. Möchtest du etwas trinken?»

«Ehrlich gesagt, gern», sagte er seinerseits, und Paul nahm ihm den Hut ab und trat ein wenig zur Seite, um ihn in ein Zimmer eintreten zu lassen, an dessen Wänden Buch an Buch gereiht war, und die oberen Regale konnte man nur mit einer Leiter erreichen, und in der Mitte stand ein aus einem Stück gearbeiteter Tisch, und die Stühle, bequem wie Betten, waren mit Jaguarfell überzogen. «Ungewöhnlich gemütlich hast du's hier, das muß man dir lassen. Und alles noch aus einer besseren Zeit, wo es kein Verbrechen war, seine Meinung zu sagen. Wenn man dafür zu kämpfen bereit war.»

«Ist dir das nie zuvor aufgefallen?» sagte Paul. «Oder bist du nicht oft genug hier gewesen?»

«Es ist kühler hier als bei mir trotz meiner Klimaanlage», sagte er seinerseits. «Diese Dinger verpassen einem nur Asthma.»

«Doppeltes Binsendach», sagte Paul über Flaschen und Gläser hinweg. «Whisky?»

«Habe ich je etwas anderes getrunken?» sagte er seinerseits. «Zucker und Rum haben natürlich auch etwas für sich. Doch der Whisky ist ein Freund. Und jetzt brauche ich einen.»

Paul nickte, und die Flaschen sprachen, und ein Siphon sprühte Verachtung.

«Gerade soviel Soda, um der Farbe zu schmeicheln», sagte er und setzte das Glas auf einer Zeitschrift ab. «Bloß keinen Flecken auf den Tisch, oder Cleide bringt uns beide um.»

»Auf den Frieden, der hier einem Gerücht zufolge herrschen soll», sagte Der O'Dancy mit erhobenem Glas und trank. «Die Welt geht allmählich vor die Hunde. Aber ich habe keine Lust, mitzugehen.»

«Bleib doch bei uns», sagte Paul und trank. «Hier ist Platz genug. Ein Esser mehr am Tisch bedeutet nur ein paar Teller mehr, nichts weiter. Die Lebenshaltungskosten steigen. Es könnte Revolution geben. Man könnte uns hier überfallen. Es gibt hier eine Menge zu holen. Doch ich würde keinen Finger krumm machen.»

Der O'Dancy nahm einen kleinen Schluck, setzte das Glas ab und faltete die Hände.

«Hat Gottes Schöpfung je einen größeren Faulpelz hervorgebracht?» fragte er, aber es klang nicht unfreundlich.

«Das möchte ich bezweifeln», sagte Paul und lehnte sich zurück. «Ich habe eine besondere Begabung dafür kultiviert.»

«Aber hast du denn gar nichts anderes zu tun, als Tag für Tag hier auf dem Arsch zu sitzen?» fragte Der O'Dancy.

«Kaum, wenn ich's mir ernsthaft überlege», sagte Paul. «Die Gewohnheit ist schließlich alles.»

«Hast du denn nie in deinem Leben gearbeitet?» fragte er seinerseits.

«Manchmal schon», sagte Paul. «Doch ich fand es abträglich.»

Ein Schwarm Papageien setzte sich kreischend draußen auf das Geländer, und sie schauten hinaus, und das Geschrei ging weiter, und Der O'Dancy sah in sein Glas und stellte es ab.

«Die fliegen auch wieder weg», sagte Paul.

«Du würdest wohl nicht auf die Idee kommen, etwas nach ihnen zu werfen», sagte er seinerseits.

«Warum auch?» fragte Paul zwischen zwei Schlucken. «Sie sind Freunde des Hauses.»

«Da hast du ein paar schöne Krakeeler zu Freunden», sagte Der O'Dancy.

«Ich habe auch stille Freunde», sagte Paul und deutete auf den Schatten neben seinem Sessel.

Eine riesige graue Schlange lag zusammengerollt da, anscheinend fest im Schlaf, doch es hatte keinen Sinn zu fragen.

«Sie hat ihre Familie hier irgendwo in der Nähe», sagte Paul. «Wir bekommen nicht viel Besuch.»

«Democritas war der Ansicht, daß du mir etwas mitzuteilen hättest», sagte Der O'Dancy und behielt das graue Geringel im Auge. «Hättest du nicht auch ebensogut zu Dem Haus kommen können?»

«Es ist ein ziemlich weiter Weg», sagte Paul. «Und vielleicht wärst du gar nicht da gewesen.»

«Wird sich das verdammte Ding da auch nicht in Bewegung setzen, solange ich hier bin?» fragte Der O'Dancy und ließ kein Auge von dem grauen Geringel. «Wenn ja, dann möchte ich ganz gern etwas schneller sein.»

«Die tut niemandem etwas zuleide», sagte Paul. «Angst vor Schlangen ist nur ein Zeichen von schlechtem Gewissen. Es hat seine eigene stumme Sprache, das Gewissen.»

«Vermutlich hast du dein Gewissen ganz schön an der Leine, was?» fragte Der O'Dancy.

«Ich rede mit den Kindern», sagte Paul. «Sie lehren mich.»

«Wie viele hast du eigentlich?» fragte er seinerseits.

«Ich glaube achtundsechzig mit dem, das heute morgen ankam», sagte Paul. «Alle sind prächtig gesund. Und ein paar sind erstaunlich aufgeweckt. Nicht eins ist darunter, ob Adam oder Eva, das mit zehn Jahren nicht schon ganz nett lateinisch sprechen, schreiben, lesen und singen kann. Latein ist die einzig wahre Sprache der Welt.»

«Dazu gebe ich mein Amen und trinke noch einen darauf», sagte Der O'Dancy und reichte Paul sein Glas. «Vorhin warst du mit dem Soda viel zu freigebig. Hältst du es vielleicht für ein Licht in unserer dunklen Zeit?»

«Es ist ein Licht des Glaubens», sagte Paul und hielt das Glas hoch. «Ist das genug?»

«Genug ist wie die Schönheit einer Frau, wovon es nie genug sein kann, doch selbst wenig ist schon etwas wert», sagte Der O'Dancy. «Langsam mit dem Soda. Whisky zu verwässern war nie meine Leidenschaft. Hab' ich eigentlich je mehr als ein Dutzend deiner Produkte gesehen?»

«Du hast dich nie für sie interessiert», sagte Paul und lehnte sich zurück, als ob er noch weniger an ihnen interessiert wäre. «Jedes meiner

Kinder soll seine Muttersprache beherrschen und dazu Englisch wegen seiner Ausdruckskraft, Französisch wegen seines Charmes und Russisch, das ebensoviel Ausdruckskraft wie Charme hat und, bis sie erwachsen sind, an Weltgeltung zweifellos gewaltig zunehmen wird. Brasilien ist augenblicklich nichts weiter als ein dörfliches Land, und die Brasilianer sind Dörfler. Wir haben uns noch nicht von dem Fluch Europas befreit. Doch wir werden einmal mächtig in der Welt sein. Meine Kinder sollen so stark wie möglich werden, dafür sorge ich. Geist und Verstand, das ist es, wonach ich fahnde. Sobald ich etwas davon bei einem von ihnen feststelle, wird es geschult.»

«Würdest du mir liebenswürdigerweise verraten, was du unter dem Fluch Europas verstehst?» fragte Der O'Dancy.

«Sich für sehr viel besser zu halten, als man in Wirklichkeit ist», sagte Paul. «Die Europäer bilden sich entsetzlich viel ein. Wir haben diesen hohlköpfigen Humbug von ihnen übernommen. Zum größten Teil sind wir Mischlinge europäischer Herkunft. Doch wir sollten eigentlich Amerikaner sein. Und in unserem Fall Südamerikaner. In uns fließt eine Menge Indioblut, aber das geben wir nicht gern zu, und eine gehörige Portion Negerblut, woran wir am liebsten überhaupt nicht denken, und dazu noch einiges, was uns Europas Krethi und Plethi verpaßt hat. Keinen Schuß Pulver wert.»

«Bei uns gibt es immerhin noch einige sehr alte Familien», sagte er seinerseits. «Um diese Tatsache kommst auch du nicht herum.»

«Sehr alt, und die Namen stehen in goldenen Lettern auf dem Wappenschild», sagte Paul. «Würden sie alle in die Grube fahren, was machte das schon aus?»

«Es wäre keiner mehr da, der den Ton angibt», sagte er. «Sie kämpfen für die gute Sache.»

«Die Lebenshaltungskosten sind in den letzten paar Jahren um zweitausend Prozent gestiegen», sagte Paul. «Hast du schon erlebt, daß auch nur einer dieser Kämpfer etwas dazu vor der Öffentlichkeit zu sagen hatte? Ist je einmal etwas von diesen Leuten gedruckt und bekanntgemacht worden? Wenn die Preise von Brot und Reis steigen, wird da vielleicht Der O'Dancy etwas unternehmen? Außer daß er selbst unter den ersten ist, die die eigenen Preise erhöhen?»

«Geschäft ist Geschäft», sagte Der O'Dancy. «Du wirfst die Dinge durcheinander. Willst du vielleicht, daß alle pleite gehen?»

«Das wäre mir vollkommen gleichgültig», sagte Paul. «Das Pleitegehen ist auch nur so ein Beispiel europäischer Denkschablonen. Es ist geradezu lächerlich, Bankrott und Brasilien in einem Atemzug zu erwähnen. Genauso abwegig wäre es, einen Millionär einen armen Hund zu nennen, weil er zufällig kein Geld bei sich hat. Unser Geld wartet noch darauf, daß einmal vernünftig davon Gebrauch gemacht wird. Ich hoffe, daß es soweit ist, wenn meine Kinder herangewachsen sind. Bis dahin kann nur Mißbrauch damit getrieben werden.»

«Du meinst also die Zeit in zwanzig Jahren, nicht wahr?» sagte Der O'Dancy. «Das ist nicht mehr lange hin. Zurückschauend kommt es einem wie heute morgen vor. Und du glaubst, daß sich bis dahin hier alles zum Rechten entwickelt hat?»

«Entwickelt schon, aber nicht so, wie du dir das vielleicht vorstellst», sagte Paul. «Für die Menschen von heute, die ihren Verstand gebrauchen, sind die jetzigen Zustände in keiner Weise in Ordnung. Sagen wir, daß es später einmal besser sein wird als heute. Im Augenblick sind die Geldverleiher an der Macht. Aber sie werden sich nicht mehr lange halten. Auf der halben Welt sind sie bereits tot. In weiteren Teilen liegen sie im Sterben. Hier werden sie noch etwas länger regieren, weil ein paar Leute Geld brauchen und dafür zu zahlen bereit sind. Doch wenn einmal die Masse der Menschen nicht mehr genug zu essen hat, dann beginnt der Kampf. Und dann ist der Augenblick gekommen, wo auch hier die Geldverleiher sterben.»

«Ich bin selbst so eine Art Geldverleiher», sagte Der O'Dancy. «Einen Teil deiner Dividenden hast du meinem Geldverleihen zu verdanken.»

«Schau dir mein Konto an», sagte Paul. «Ich habe nie einen Cruzeiro davon angerührt.»

«Ein Vermögen steht auf deinem Namen», sagte Der O'Dancy.

«Meine Kinder können damit machen, was sie wollen», sagte Paul. «Doch ich habe schon so eine Ahnung, daß sie es nie brauchen werden.»

«Sind deine Kinder so einmalig, daß sie nie Geld nötig haben werden?» fragte Der O'Dancy.

«Sie werden dazu erzogen, einfach und auskömmlich in dem Land zu leben, in dem sie geboren worden sind», sagte Paul. «Wenn ihnen einmal alles genommen wird, so werden sie wenigstens durch und durch kultivierte Menschen sein. Darum bete ich. Brasilien ist ein Ganzes, das man nicht beliebig zerstückeln kann. Es ist keine Bank, von der man Geld abhebt, um es anderwärts auszugeben. Es ist kein Paradies für Leute, die schnell reich werden wollen. Zum Teufel mit ihnen allen.»

«Unsere Produktion ist schon ganz beachtlich», sagte Der O'Dancy. «Wir sind gerade dabei, der Welt zu zeigen, welche Möglichkeiten in uns stecken. Und bald werden wir auch exportieren. Während du hier herumsitzt und Sprüche machst, ist ein paar Kilometer weiter unser Land auf dem besten Wege, sich seiner Bedeutung würdig zu erweisen. Allein die Kraftfahrzeugproduktion steigt von Jahr zu Jahr.»

«Aber nicht für das Volk», sagte Paul. «Nicht für jeden von uns. Nur für Leute mit Geld. Merkst du den Unterschied?»

«Ich wünschte zu Gott, du würdest Vernunft annehmen», sagte Der O'Dancy. «Als nächstes erzählst du mir womöglich, daß du ein Freund dieses Herrn Castro bist.»

«Warum denn nicht?» sagte Paul. «Er hat alle aufgefordert, zum Teufel zu gehen. Sein Volk ist für ihn. Ich begreife nicht, warum ich nicht auch für Castro sein soll.»

«Mein Sohn ein Kommunist?» sagte Der O'Dancy.

«Ich bin viel mehr als das», sagte Paul. «Ich bin Brasilianer. Weißt du noch immer nicht, was das bedeutet? Was ihr Möchtegern-Europäer auch tut, und wenn ihr noch so viele Wolkenkratzer und Fabriken baut, wir werden eines Tages hier doch die Herren sein. Einfach nur deshalb, weil es unser Land ist und weil, wie du gerade gesagt hast, so große Möglichkeiten in uns stecken.»

«Aber von wem, in drei Teufels Namen, redest du eigentlich?» sagte Der O'Dancy. «Wir? Meinst du uns?»

«Ich meine den hier im Lande geborenen Brasilianer, den Indio und den Neger und den Euro», sagte Paul. «Nicht dich und deinesgleichen. Ihr seid doch nur eine Handvoll. Die Japaner werden mithelfen. Aber ihr anderen seid zum Sterben verurteilt. Ihr denkt doch nur an Fabriken und Produktion. Wir übrigen nicht. Wir denken an das Leben. Du würdest uns am liebsten mit Lohnarbeit versklaven und uns gerade genug zu essen geben, daß wir am Leben bleiben. Und ab und zu einen Monatslohn extra als Beruhigungsmittel, nicht wahr? Worum sich aber die meisten von euch auch noch drücken. Und dann möchtet ihr gern, daß wir in unserer Verzweiflung auf die Straße gehen, damit uns eure großartigen Soldaten niederschießen können. Das ist eine famose Lektion für Arbeitstiere, die sich ungebührlich aufführen, nicht wahr?»

«Wenn du mir nichts Besseres zu erzählen weißt, gehe ich», sagte Der O'Dancy und deutete mit dem Whiskyglas auf das graue Geringel. «Setzt dir dieses Vieh dort solche Flöhe ins Ohr? Ich könnte es mir gut vorstellen. Schließlich war es ja auch dabei, als im Paradies der ganze Schlamassel begann.»

Paul streckte die Hand aus und strich der Kreatur mit den Fingerspitzen über den Kopf.

«Sie ist völlig friedlich, solange man sie nicht in ihrem Tagesrhythmus stört», sagte er. «Tut man's doch, dann ist sie fürchterlich.»

«Noch nie habe ich so wenig Genuß von Whisky gehabt», sagte Der O'Dancy. «Hast du diesen Unsinn ganz allein ausgebrütet, oder hat dir jemand dabei geholfen?»

«Mehr als genug sogar», sagte Paul. «Unsere Freunde sind überall. Wir warten unsere Zeit ab. Vielleicht ist es noch nicht zu meinen Lebzeiten, aber einmal wird der Tag doch kommen. Das allein ist wichtig.»

«Gieß ein», sagte Der O'Dancy und hielt ihm das Glas hin. «Mal sehen, ob mir davon besser wird. Nimm's mir übel oder nicht, aber ich muß sagen, daß du dein Leben hier in deiner lächerlich kleinen Welt vergeudest. Mit anderen Worten, du bist verrückt.»

«Wenn das deiner Meinung nach so ist, dann habe ich's dir zu verdanken», sagte Paul und schenkte ihm reichlich nach. «Alles an mir ist schließlich Erbmasse, Blut von deinem Blut und so weiter, und meine Erziehung geht ebenfalls zu deinen Lasten und die Gepflogenheit, Augen und Ohren offen zu haben.»

«Du scheinst mir mehr den Hosenstall offen gehabt zu haben», sagte er seinerseits. «Achtundsechzig von der Sorte. Großer Gott im Himmel.»

«Der hat vermutlich im richtigen Augenblick mitgeholfen», sagte Paul. «Du hast derweil gehurt und gevögelt und deinen Samen in jedes erreichbare Loch geschossen. Und der wurde hübsch wieder mit Seife herausgewaschen. Meiner nicht. Der landete dort, wo er hingehörte. Und er tat genau das, was seine Bestimmung ist. Nicht eins meiner Kinder kam mißgestaltet oder kränklich zur Welt. Und zwar deshalb, weil ich die Frau liebte. Jawohl. Weil ich sie liebte. Jede Frau in diesem Haus wird geliebt und weiß es auch.»

«Das läuft allen Theorien zuwider, die ich bisher vernommen habe», sagte Der O'Dancy. «Aber vielleicht hast du recht mit deiner Vögelei.»

«Von Theorien kann hier gar nicht die Rede sein», sagte Paul. «Man bekommt keine achtundsechzig vollendete kleine Wunder nur auf Grund von Theorien. Frauen müssen dafür leiden. Doch wenn sie sich geliebt wissen, leiden sie stumm, und man lebt, wie es eigentlich beabsichtigt war, im Paradies.»

«Wie schaffst du das bloß, die alle an der Leine zu halten?» fragte er seinerseits. «Machen die dir denn niemals Schwierigkeiten oder kommen mit Widerreden?»

«Es gibt keine Leine», sagte Paul. «Und es gibt auch keinerlei Schwierigkeiten. Die Frauen sind gern hier. Wem es hier nicht gefällt, der kann gehen.»

«Du bist eben unwiderstehlich», sagte Der O'Dancy. «Bisher ist mir das noch gar nicht aufgefallen. Und das geht hier nun schon die ganze Zeit so? Ich mache dir daraus keinen Vorwurf. Wenn du es fertigbringst, Frauen zu finden, die mit dir zu leben bereit sind – von mir aus gern. Aber irgendwo ist bei dir im Gehirnkasten etwas nicht in Ordnung. Was sagt denn deine Schwester dazu?»

«Ich habe fünf Schwestern», sagte Paul und blickte durch die Tür nach draußen. «Und drei Brüder.»

«Du hast nur eine Schwester», sagte Der O'Dancy.

«Fünf», sagte Paul. «Warum trinkst du nicht aus und verschwindest?»

«Ich dachte, du wolltest mich sprechen», sagte Der O'Dancy, lehnte sich ganz zurück und stellte das Glas auf seine Brust. «Verrückt müßte ich sein, wenn ich mich von meinem eigenen Grund und Boden verscheuchen ließe.»

«Auch auf die Gefahr hin, daß du verrückt wirst, aber du bist nicht auf deinem Grund und Boden», sagte Paul. «Das Land hier gehörte Urgroßmutter Aracý. Sie schenkte es Daniel. Und er schenkte es mir.»

«Das ist das erste, was ich höre», sagte er seinerseits. «Ich möchte die Papiere sehen.»

«Die habe ich hier», sagte Paul. «Es wäre mir ein leichtes, dich dorthin zu scheuchen, wo du das Sagen hast, wenn du das meinst.»

Er war um die Vierzig, vielleicht zwei Jahre älter oder zwei Jahre jünger, aber er sah aus wie dreißig, mit einem dichten Schopf roten Kräuselhaars, den Leinster-grauen Augen, die schalkhaft sein konnten wie die eines Clowns, oder eisig und voll unversöhnlichem Haß, daß einem angst und bange wurde, und das Gesicht war sonnengebräunt und ohne Falte, außer zwischen den Augen, ein echter, stattlicher Mann, kein Zweifel, und die Einmeterachtzig in weißen Schuhen und Socken und weißem Hemd und weißen Hosen, gestärkt und gebügelt, niemals anders, auch nie anders gekleidet, so daß man ihn sich niemals anders vorstellte als weiß und makellos, ja, ein schimmernder Mann.

Große Schuld lastete auf ihm seinerseits, weil sie nicht besser miteinander auskamen.

Der Junge und Tomomis erster Sohn waren mit nur einem Tag Abstand zur Welt gekommen, und er seinerseits wurde innerlich zwischen den beiden hin und her gerissen, und Padre Miklos hatte als einziger etwas davon gewußt. Daniel war fast drei Jahre zuvor geboren worden von dem warmherzigsten, anbetungswürdigsten Wesen, in einer Vollmondnacht in Rio de Janeiro, und die ganze Welt sang für ihn und seine Mutter, und er seinerseits griff sich eine Schar Musikanten, und sie tanzten durch die Stadt, bis die Sonne aufging, und sie zwängten sich alle in eine Straßenbahn, die Kapelle kletterte auf das Dach, und sie sangen sich zum Frühstück bis zum Hafen durch, und die Stewards von den Schiffen gesellten sich zu ihnen und brutzelten auf der Pier und kochten Kaffee, und die Polizei mußte sie erst vertreiben, damit die Arbeit beginnen konnte, und alle lachten.

Es war der Morgen, als Tomomi Tomagatsu aus der Bank herauskam, in die er gerade hineingehen wollte, sich Geld zu holen, um die Musikanten auszuzahlen.

Tomomi.

14

Eine Enkelin des großen Mannes persönlich, damals etwa achtzehn Jahre alt, das schwarze Haar kunstvoll hochgesteckt, gekleidet in einen Kimono aus blauem Seidensatin mit Perlen, und der liebe Gott mußte eigenhändig jenen Morgen geschaffen haben, um sie herauszustellen, knapp eineinhalb Meter groß, vom Haar bis hinunter zu den Puppenfüßen, und mit Händen, die nur ein Hauch zu sein schienen, und mit Augen, die lächelten, daß es ihm durch und durch bis ins Herz ging, und mit einem Mund so lieblich wie der der Heiligen Jungfrau.

Tomomis Mund beherrschte jetzt seine Gedanken, weich, ein Wunder, willig, begehrlich, fast wie ein Rauschgift, das einen um den Verstand brachte.

«Ein Vater», sagte sie und verneigte sich. «Alle freuen sich mit Ihnen. Wir haben Fransisca gerade Blumen geschickt. Und wir brennen darauf, sie zu besuchen.»

«Warten Sie auf mich», sagte er. «Ich will nur eben diese Leute auszahlen. Danach kommen Sie mit mir, und Sie werden sie vor allen anderen zu sehen bekommen.»

Dann gingen sie zu dem elektrischen Wagen, der so leise fuhr, daß er hören konnte, wie sich ihre Brust beim Atmen gegen den Seidensatin des Kimonos bewegte. Sie hörte es ebenfalls und richtete sich auf, und als sie ihn ansah, mußten beide lachen, und ihr Lachen war nur ein zartes Zirpen. Ihre Augen hatten etwas von der Farbe tiefroter Kirschen, nichts von dem üblichen Dunkelbraun. Sie waren sanft, befangen, nicht gewohnt, Männer anzusehen, die nicht zum Familienkreis gehörten, und auch dann nur mit niedergeschlagenen Lidern nach alter japanischer Tradition, auf deren Einhaltung Tomagatsu soviel Gewicht legte, mit all der Förmlichkeit, die die Geschlechter trennte. Zusammen mit einem Mann Auto zu fahren, und mochte er ihr auch noch so gut bekannt sein, war etwas ganz Neues für sie, was ihr den Atem benahm, selbst wenn ihre Anstandsdame nur durch eine Glasscheibe getrennt vorn neben dem Chauffeur saß. Die jungen Frauen der japanischen Familien waren zu jener Zeit noch nicht dazu übergegangen, sich nach europäischer Art zu kleiden oder sich im Geschäftsleben zu versuchen, und Tomomi erzählte ihm, daß sie sich vorkomme, als tue sie den ersten kalten Schritt in ein unbekanntes Gewässer. Sie wünschte sich, ein Importgeschäft für Textilien zu gründen, aber weder ihr Vater noch ihr Großvater wollten ihr dabei behilflich sein, und ihre Mutter und die anderen Frauen weigerten sich, sie überhaupt anzuhören. Alle wollten nur, daß sie sich gut verheirate und eine Familie gründe.

Zu jener Zeit standen die O'Dancy-Unternehmen in ihrer ersten Blüte, und er seinerseits kannte die Märkte und die Leute, auf die es ankam, in- und auswendig. Es war ihm ein leichtes, ein paar Adressen aufzuschreiben, an die sie sich wenden sollte, und falls sie Schwierigkeiten hatte, könnte sie ruhig wieder zu ihm kommen. Und dann waren sie bei seinem Haus angelangt, und der Besuch bei Fransisca und ihrem kleinen Sohn war ein Traum von Fröhlichkeit und Gelächter. Und ungeachtet aller bangen Bedenken siegte bei Tomomi doch der echte Tomagatsu-Geist, und sie eröffnete unten in Santos ein Büro und lebte dort mit ihrer Anstandsdame und ihrer alten Kinderfrau, und kurz darauf stellte sie ein paar Mädchen ein, die für sie arbeiteten, und dann ein Dutzend weitere, und bald kamen Geschäftsleute aus Japan angereist, um mit ihr zu verhandeln, und es dauerte gar nicht lange, da war ihr Betrieb so groß geworden, daß ihr Vater sie in das Tomagatsu-Imperium aufnahm. Von dem Tag an stand es allen jungen Mädchen der Tomagatsus bei Erreichen des achtzehnten Lebensjahres frei, sich nach Belieben zu kleiden und ihren Lebensstil selbst zu bestimmen, zu studieren, falls sie den Verstand dazu hatten, oder sich kaufmännisch zu betätigen oder zu heiraten.

Es verging einige Zeit, bis sie sich wiedersahen. Es war ein heißer Mittag in Santos, und er seinerseits kam gerade aus einer geräuschvollen Sitzung der Kaffeebörse, naßgeschwitzt, müde und doch glücklich. Und plötzlich stand er vor ihrem ersten kleinen Laden, überrascht. Es war ein Geschäft für den Verkauf an Einzelhändler, und im Innern drängten sich die Menschen, und Stoffballen wurden von Trägern auf dem Kopf herausgebracht, alle mit dem doppelten T gekennzeichnet, und hinterdrein kamen die Käufer, um die Ballen auf die wartenden Fuhrwerke zu zählen. Er seinerseits mußte sich gedulden, bis die Reihe an ihn kam, und dann stand sie vor ihm, die Hände vorn über einem Blumenmuster gefaltet, lächelnd, doch den Blick auf die winzigen Sandalen gesenkt, aber dann schlug sie die Augen auf.

Und das Feuer darin brannte lichterloh.

O Tomomi.

«Seien Sie mir tausendmal willkommen», sagte sie. «So oft schon habe ich Sie vorübergehen sehen, aber nicht einmal haben Sie den Blick auf mich gerichtet.»

«Ich muß mal meine Augen untersuchen lassen», sagte er. «Ich hatte überhaupt keine Ahnung, daß Sie hier sind. Ich dachte, Sie säßen auf einem Thrönchen in der Bank.»

«Hiermit ist das Geschäft zu machen», sagte sie. «Nächsten Monat ziehen wir nach São Paulo um, und das hier wird dann Importbüro. Wir sind auch schon dabei, eigene Spinnereien in Betrieb zu nehmen. Und bald werden wir mehr Material herstellen, als wir einführen.»

«Das habe ich bereits bemerkt», sagte er. «Doch mir war nicht ganz klar, um welche Firma es ging. Vermutlich wissen Sie, daß ich bei Ihrem Großvater mit fünfzig Prozent beteiligt bin. Und an Ihren Fähigkeiten habe ich keine Sekunde gezweifelt. Wo sollen wir eigentlich noch unsere Baumwolle verkaufen?»

«Sie trinken doch Tee oder Kaffee mit mir, bitte?» bat sie. «Es muß mir doch gestattet sein, einem Kompagnon meine Dankbarkeit zu zeigen.»

«Nie habe ich an einem Geschäft mehr Freude gehabt», sagte er seinerseits. «Besonders, wenn es Tee gratis gibt und ein behagliches Plätzchen zum Ausruhen.»

Sie ging nach hinten durch zu einem kleinen Wintergarten, der ringsum mit Schilfmatten behängt war, an denen Wasser heruntertröpfelte, das durch verborgene Ventilatoren die Luft kühlte. Der Raum war in japanischem Stil gehalten, er war leer bis auf ein niedriges Tischchen und einige Sitzpolster. Ein Mädchen nahm ihm Jackett, Krawatte und Schuhe ab und gab ihm ein feuchtwarmes Handtuch, um den Schweiß damit abzuwischen, eine kurze Baumwolljacke und ein Paar Pantoffeln. Sie setzten sich, tranken Tee und unterhielten sich über Geschäfte, und er berichtete ihr von Fransisca und der Familie. Er seinerseits befaßte sich mit Kaffee und Baumwolle, baute Häuser und Straßen, erschloß neue Gebiete, trieb die Elektrifizierung voran und die Anlage von Rohrleitungen und Fabriken dieser und jener Art, und die O'Dancy-Aufbaubank bekam immer mehr Filialen.

«Man nennt Sie den Kaiser», sagte sie. «Ich glaube, ich werde es auch tun. Ihre Lieblingsblume ist die Chrysantheme. Ich züchte sie zu meinem Vergnügen. Gerade habe ich eine neue Art gezogen. Ich werde ihr den Namen ,Der O'Dancy' geben.»

«Wollen Sie mich nicht erst fragen, ob sie mir auch gefällt?» sagte er. «Welche Farbe hat sie?»

«Eine völlig neue», sagte sie. «Dunkelrot. Die Farbe des Weins. Sehr rein.»

«Das hört sich ja berauschend an», sagte er. «Ich würde gern mal eine davon sehen.»

«Wenn sie soweit sind, gebe ich Ihnen Bescheid», sagte sie und winkte dem Mädchen, das an der Wand stand. «Die Schuhe und das Jackett des Herrn.»

«Gerade fing es an, gemütlich zu werden», sagte er.

«Meine Kunden warten bereits zehn Minuten auf mich», sagte sie. «Es ist das erstemal, daß ich sie warten lasse. Ich habe ihnen gesagt, daß ich den Kaiser zu Gast habe. Da hatten sie Verständnis.»

«Ich darf doch wiederkommen», bat er und war keines vernünftigen Gedankens mehr fähig. «Es ist das kühlste Plätzchen auf der ganzen Welt. Und der Tee war erlesen.»

«Das gehört sich auch so», sagte sie. «Es ist O'Dancy-Tee, von Ihren Plantagen am Fluß.»

«Darauf sollte ich eigentlich stolz sein», sagte er seinerseits und küßte ihr die Hand, eine Köstlichkeit ohne jeden Schmuck. «Doch wie die Dinge liegen, bin ich lieber voller Hochachtung. Sie haben innerhalb kürzester Zeit ein bemerkenswertes Unternehmen auf die Beine gestellt. Ist denn bisher noch kein Mann gekommen und hat Ihnen sein Haus geboten?»

«Noch nicht», sagte sie. «Ich bin augenblicklich hier viel zu beschäftigt. Bitte, kommen Sie wieder, wenn immer Ihr Weg Sie vorüberführt. Sollte ich nicht da sein, wird man Sie mit der gleichen Aufmerksamkeit empfangen, wie ich es tun würde, das versichere ich Ihnen. Ich gebe die entsprechenden Anweisungen. Nur, darf ich um einen Gefallen bitten?»

«Alles, was Sie möchten», sagte er seinerseits.

«Bringen Sie nie jemanden mit», sagte sie. «Entweder allein oder gar nicht. Dies hier ist mein Reich. Sie habe ich hierher eingeladen. Jemanden anders noch nie. Und nie wird jemand anders hier empfangen.»

Das gerade war das Verführerische an ihr. Sie war zart, aber energisch, und sie war klein wie kaum eine andere Frau. Doch sie sprach mit einer Art männlicher Entschiedenheit in dem zarten Stimmchen. Nie würde jemand sie mißverstehen, und sollte es dennoch sein, so würde sie ihn schon zurechtweisen, und zwar auf der Stelle.

So wie sie es mit Tomagatsu, ihrem Großvater, gemacht hatte, ihm geradewegs ins Gesicht.

Viele Monate lang fand er seinerseits den Weg zu jenem kühlen, dämmerigen Raum, voller Dankbarkeit, dachte über seine Geschäfte nach oder kam manchmal auch nur, um ein Nickerchen zu machen, froh, der Hitze und dem Lärm entronnen zu sein. Sie sahen sich selten, und wenn, dann höchstens für ein paar Minuten zwischen den Verhandlungen mit ihren Kunden. Seltsamerweise kam es ihm nie in den Sinn, sich selbst ein kühles Büro bauen zu lassen. Seine Unternehmen waren seit je von dem alten Gebäude aus geführt worden und wurden es immer noch, und es bedurfte erst Fransiscas dringender Vorstellungen, ehe er sich dazu entschloß. Doch dann baute er ein zwanzigstöckiges Hochhaus, und sein Büro glich einem futuristischen Bahnhof, und er haßte es.

Es war in dem alten inzwischen geräumten Bau, wo er sich eines Abends mit Tomomi und ihrem Buchhalter verabredet hatte, weil sie feststellen wollten, ob sich das Gebäude als Lagerhaus eignete, und natürlich entsprach es genau ihren Vorstellungen in bezug auf Größe, Fassungsvermögen und Hafennähe. Der Buchhalter ging davon, um mit dem Makler zu verhandeln, und Tomomi und er schlenderten im Schein der Abendröte zu dem alten Büro hinüber.

Dort fanden sie nur noch ein paar zerbrochene Stühle, ein leeres Aktenregal, eine Menge Papierabfälle und ein Ledersofa, das dort schon seit Urgroßvater Shauns Zeiten stand und nie mehr benutzt worden war.

«Aber Sie können es doch nicht einfach wegwerfen», sagte Tomomi und ließ sich darauf nieder. «Es ist sehr gut gearbeitet.»

«Ich dachte schon daran, es neu beziehen zu lassen», sagte er. «Vielleicht paßt es dann in den Umkleideraum.»

«Ich würde es gern kaufen», sagte sie. «Ich weiß genau den richtigen Platz dafür. So wie es ist, nur etwas gesäubert und aufpoliert.»

«Es gehört Ihnen», sagte er. «Ich schenke es Ihnen.»

Sie wandte den Blick von ihm und sah durch die Tür hinaus auf die Sonne, die sich langsam in hellem Violett auf das goldene Wasser senkte.

«Sie haben mir bereits die Freiheit zum Geschenk gemacht und mit mir allen Frauen meiner Familie, und wir konnten wieder unseren Einfluß auf andere geltend machen», sagte sie. «Alles, was ich Ihnen schenken konnte, war gelegentlich ein bißchen Entspannung, worüber ich sehr glücklich bin, und eine Chrysantheme. Ich würde Ihnen von Herzen gern soviel mehr geben. Doch eine Japanerin spürt immer noch die gütigen Fesseln des elterlichen Willens. Wir sind noch keine Brasilianerinnen, echte Brasilianerinnen. Noch nicht wirklich frei, im amerikanischen Sinn, daß man die alten Überlieferungen abwirft und tut, was man gern möchte. So wie die anderen auch.»

«Aber Sie tun mir da viel zuviel Ehre an, Tomomi», sagte er. «Ich habe Ihnen doch nur ein paar Adressen gegeben. Ihre Persönlichkeit war es, die Ihnen ungleich mehr weitergeholfen hat. Doch letztlich war es Ihr Verstand, der Sie dahin gebracht hat, wo Sie jetzt stehen. Es ist nicht mein Verdienst. Ich habe nicht mal einen Finger dafür krumm gemacht.»

«Aber Sie haben eine Menge Kapital investiert», sagte sie.

«Stimmt», sagte er. «In Schiffe und Eisenbahnen, Telegraph und Telephon, Baumwolle, Kaffee, Häute und Gott weiß was sonst noch. Viel zu viele Eisen im Feuer. Ich habe mich zu sehr in meine Geschäfte vergraben, als daß ich noch Zeit gehabt hätte, Tomomi zu helfen.»

«Wenn die neuen Telephone kommen, darf ich dann meinen Namen mit auf die Liste setzen?» fragte sie. «Ich möchte eins persönlich. Nicht im Büro. Das hat noch Zeit. Für mich privat.»

«Sie sollen Nummer fünf haben», sagte er und holte sein Notizbuch hervor. «Großmutter bekommt Nummer eins. Fransisca Nummer zwei. Carvalhos Ramos Nummer drei. Ihr Großvater Nummer vier. Sie Nummer fünf.»

«Haben Sie denn keine?» fragte sie.

«Ich bin der Chef», sagte er. «Ich bekomme fünf Nullen. Das ist meine Nummer, für immer und alle Zeiten. Wollen Sie sich das Telephon in die Wohnung legen lassen?»

«Ich habe mir ein Haus am Strand gekauft», sagte sie. «Dort soll es neben meinem Bett stehen.»

«Der beste Ort für Unterhaltungen», sagte er. «In etwa drei Monaten können Sie damit rechnen.»

«Zu lange», sagte sie.

Ihre Augen waren geschlossen, doch Tränen quollen daraus hervor, schimmerten golden, und die schwarze Haarpracht neigte sich zurück und noch weiter zurück, und der Mund öffnete sich halb, und ein tiefes Schluchzen entrang sich ihr, ein schrecklicher Laut für ein so kleines Wesen, doch ihr Gesicht war völlig unbewegt, und ihre Hände lagen wie stille Blumen in ihrem Schoß.

Er seinerseits kniete neben ihr nieder und legte den Arm um ihren warmen Leib, und ihr Kopf sank auf seine Schulter, und sie öffnete die Augen, und das Feuer darin brannte lichterloh.

«Ich will etwas geschenkt haben», sagte sie. «Hier. Nicht erst in Monaten oder Tagen. Hier. Jetzt. Dich.»

Er seinerseits war nicht der Mann, der in solch einem Fall lange überlegte. Aber was ihn dabei überraschte, war die Stärke seines Gefühls, die ihm selbst erst bewußt wurde, als sie nackt unter ihm lag, noch völlig jungfräulich, und in dem leidenschaftlichen Rhythmus des Gliedes das heilige Wunder in sich aufnahm, regungslos, und die Augen mit dem lodernden Feuer nur eine Winzigkeit von den seinen entfernt, und er seinerseits verströmte sich, erschlaffte, doch in ungeahnter, wunderbarer Weise verklärt, ach, gäbe ihm Christi Liebe die flüchtigen Jahre zurück oder wenigstens einen Kuß.

Tomomi.

«Dir scheint der Whisky nicht mehr so gut zu bekommen wie früher», sagte Paul aus weiter Ferne. «Wie wär's, möchtest du jetzt die Kinder sehen? Es ist Essenszeit. Ich habe sie dann gern um mich.»

«Meine Augen sind feucht», sagte er seinerseits. «Nicht, daß ich schon ein alter Mann wäre. Doch Erinnerungen muß man mit Tränen bezahlen. Gib mir noch etwas zu trinken, und ich sehe der ganzen Welt ins Angesicht. Und deinen Kindern. Ich frage mich, ob mir Gott, Der Allmächtige, wohl je vergeben wird? Aber ich bezweifle es. Ich werde in der tiefsten Hölle schmoren. Bestimmt. Und ich habe es auch verdient. Ich habe mich damit abgefunden.»

«Und ich finde, du solltest nicht mehr trinken», sagte Paul.

«Gib einem Christenmenschen, verdammt noch mal, eine christliche Labung», sagte er seinerseits. «Kennst du denn nicht den Unterschied zwischen Saufen und Vergessen-Suchen?»

Paul schob das Gesicht näher zu ihm heran.

«Und kommst du dann mit und begrüßt die Kinder?» fragte er. «Sie wissen, daß du hier bist. Willst du sie enttäuschen?»

Er seinerseits hob die Arme.

«Die rechte Hand kannst du mir abhacken oder die linke oder alle beide», sagte er. «Wie würde ich je Kinder enttäuschen, und dann noch solche, in denen ich mich sozusagen selbst verewigt habe.»

Paul lachte.

«Man sieht es ihnen an», sagte er. «Bei Gott, du wirst als großer Stammvater in die Geschichte eingehen.»

«Ich trinke auf ihr Brasilien», sagte Der O'Dancy und erhob das Glas. «Das beste Land, das sie je erleben werden. Das heißt, wenn sie es bewußter erleben als gewisse Leute heute.»

«Sie werden es», sagte Paul. «Ich sorge schon dafür. Wir haben bereits ein paar schöne Reisen in den Bussen deines eigenen Unternehmens gemacht, allerdings noch nie Verwandtenermäßigung beansprucht.»

«Du bist doch noch dümmer als ich dachte», sagte Der O'Dancy. «Das beweist wieder einmal, daß du kein guter Brasilianer bist.»

Paul fuhr auf ihn los.

«Es beweist nur, daß ich kein Euro-Bastard bin», sagte er. «Nur die kommen mit derart üblen Angewohnheiten und nennen es gut brasilianisch. Bastarde. Außerhalb aller Gesetze. Aber wir haben ja auch gar keine. Wir tun nur so als ob.»

«Das sind ja sehr radikale Ansichten», sagte er seinerseits.

«Ich wünschte, ich könnte sie in die Praxis umsetzen», sagte Paul. «Bei Gott, das möchte ich. Ich würde ein Großreinemachen veranstalten, das sage ich dir. Ich würde allen ausländischen Eindringlingen achtundvierzig Stunden Zeit geben, das Land zu verlassen.»

«Nach den ersten vierundzwanzig Stunden würdest du bereits von Luft leben müssen», sagte Der O'Dancy. «Du würdest für alle Zeit ruiniert sein.»

«Einen Scheißdreck würde ich», sagte Paul. «Komm jetzt lieber. Die Kinder werden langsam ungeduldig.»

Sie gingen die Veranda entlang und dann durch Doppeltüren in das Halbdunkel eines riesigen Raumes, der von einem Ende des Hauses bis zum anderen reichte, kühl, ein Gefühl von Weite und Höhe vermittelnd, ausgekleidet mit buntgemusterten Kacheln, und an der einen Schmalwand standen bequeme Sessel und Leselampen, und quer durch bis zur anderen war der lange Eßtisch; ein erhabener Raum, duftend nach blühenden Topfpflanzen und dem Rauch von einem offenen Bratrost. Eine Menge weißgekleideter Frauen und Kinder saßen an den Kaffeetischen, und Teller bildeten weiße Kreise, Bestecke und Gläser blitzten. Die Zahl der weißen Gestalten ging in die Dutzende, aber all ihre Gesichter und Glieder waren ein Teil des Halbdunkels.

«Großer Gott, sieh dir das an», sagte Der O'Dancy. «Die können doch unmöglich alle zu dir gehören?»

«Allerdings», sagte Paul an seiner Seite. «Jeder einzelne hier. Cleide, bring doch mal dein Jüngstes her.»

Cleide war hochgewachsen, so groß wie Paul, mit glänzend schwarzer Haut, ein Prachtstück von einer Frau, wie er seinerseits bisher noch keine gesehen hatte. Sie trug ein weißes Kleid und zahlreiche gestärkte Unterröcke, und das schwarze Haar hatte sie mit einem lila Tuch hochgebunden, so daß es oben wie eine Garbe auseinanderfiel. In den Ohren, an den Fingern und am rechten Handgelenk blitzten Brillanten, deren funkelnde Prismen bewiesen, daß es keinen anderen Stein gibt, der sich selbst so verherrlicht. Der Säugling hatte eine hellere Haut und die grauen Augen des O'Dancy, und er seinerseits war wie vom Schlag getroffen, als er das feststellte.

«Wie soll er heißen?» fragte er Cleide.

«Xerxes», sagte sie mit einer Stimme, die aus ihrem tiefsten Innern zu kommen schien. «Und dies sind Philomon, Sean, Theodorico, Jovina, Sandra, Andrade.»

«Meinst du nicht, daß dir eines Tages die Namen knapp werden könnten?» fragte er seinerseits.

«Nein», sagte Paul. «Sie sind sämtlich nach sorgfältigen Erwägungen benannt. Für alle ist der Stammbaum genau aufgezeichnet worden. Um keins von ihnen mache ich mir auch nur die geringsten Sorgen. Ihre Sterne sind hell und klar.»

«Glaubst du an Sternguckerei und dergleichen?» fragte er seinerseits. «Meinst du wirklich, daß etwas daran ist?»

Paul strich sich mit beiden Händen über den Kopf, sah auf das Gewimmel seiner leiblichen Nachkommenschaft und lachte leise.

«Je nun, es ist ja wohl von alters her üblich», sagte er. «Noch vor ein paar Jahren sprach kaum ein Mensch von Atomphysik. Heute ist sie zwar auch noch nicht in aller Munde, aber es ist genug darüber bekannt, und man weiß, daß sie funktioniert. Und wenn wir wissen, daß etwas manchmal funktioniert, dann kann man annehmen, daß es immer funktioniert, sobald wir genug darüber wissen. Und so geht es uns mit der Astrologie. Die Kraft einer rotierenden Welt, die eine ganz besondere Art von Elektrizität erzeugt, und als Folge davon die Entstehung spezifischer Kraftfelder zu ganz bestimmten Zeiten. Vielleicht erinnern wir uns noch, daß am Anfang unserer Religion die Sternguckerei stand, wie du es nennst, als nämlich Christus von den drei Weisen aus dem Morgenland gefunden wurde. Wären sie sich der Sterne nicht so sicher gewesen und dessen, was sie ihnen sagten, hätten sie sich dann wohl die Mühe gemacht, mit all ihren Geschenken auf die weite Reise zu gehen? Ist dir nie der Gedanke gekommen, was wohl geschehen wäre, wenn die Sterne gelogen hätten? Oder wenn da nicht ein paar weise Männer gewesen wären, die diese Wissenschaft so emsig studiert hätten, ehe Christus geboren wurde? Hätte die Welt je von dem kleinen Kerl erfahren? Oder angenommen, sie wären dort erschienen, und nur die Tiere hätten Junge zur Welt gebracht? Oder angenommen, es wäre überhaupt nichts los gewesen? Oder wenn Der O'Dancy einer der drei Weisen gewesen wäre und hätte gesagt: ‚Zum Teufel mit der Sternguckerei, ich glaube nicht daran'? Was dann?»

«Das sind Fragen, mit denen ich mich noch nie beschäftigt habe», sagte Der O'Dancy. «Aber unter deinen Sprößlingen hier bist du wohl noch nicht auf das Jesusknäblein gestoßen, was?»

«O doch», sagte Paul leise. «Alle sind Seine Geschwister, nicht wahr? Alle sind Kinder Gottes. Wie wir beide auch, verstehst du?»

Der O'Dancy betrachtete sie, wie sie so schweigend dasaßen. Einige Mütter hatten ihn seinerseits noch gar nicht beachtet. Andere konnte er im Dunkel kaum erkennen. Ein paar waren von dem Feuer des Bratrosts in rötliches Licht getaucht. Und eine Gruppe saß stumm mit ihren Kindern als regungslose Silhouette in den durch den Bambusvorhang dringenden Sonnenstrahlen.

«Du hast wahrhaftig eine ungewöhnliche Sammlung von Frauen», sagte er seinerseits. «Bist du noch scharf auf mehr?»

«Sie wissen, was sie an mir haben», sagte Paul. «Und ich finde auch, daß sie ungewöhnlich sind. Ich habe keine weiteren Frauen und auch keine nebenbei. Ich habe viel Freude an ihnen. Keiner hat mehr Grund, Gott, Dem Herrn, für seinen reichen Segen dankbar zu sein.»

«Du bist doch der größte und selbstgefälligste Heuchler, der mir je vorgekommen ist», sagte er seinerseits. «Das hier geht gegen alle Prinzipien. Und dazu deine stinkende Faulheit. Und deine Sternguckerei. Bei den Tränen der Heiligen Jungfrau, wärest du nicht mein Sohn und brauchtest für das Dach über dem Kopf nichts und für Essen und Trinken so gut wie nichts zu zahlen, würdest du dann ungestraft so herumvögeln können? Wer sollte sonst für das alles aufkommen? Was wäre, wenn das jeder so machte? Wo, um Christi Blut willen, wären wir da?»

«In Brasilien», sagte Paul. «Aus dir spricht wieder einmal der Euro mit seiner kleinlichen Denkart. Von Herumvögeln kann gar nicht die Rede sein. Es geht darum, daß sich hier Mann und Frau aus einem echten Bedürfnis heraus paaren. Ohne Standesbeamten und Geistlichen. Wir brauchen hier diese Art fremder Einmischung nicht, noch würden wir sie dulden. Die Kinder sind amtlich registriert. Das ist alles. Hier gibt es keine Scheidung oder dergleichen verlogenes Theater. Ich habe noch nie eine Frau verstoßen. Ich habe noch nie einer Frau die Anerkennung versagt. Ich habe noch nie einer Frau Gewalt angetan. Ich habe noch nie eine Frau deshalb genommen, weil mein Name O'Dancy lautet und sie bei mir in Arbeit und Brot steht. Ich habe nichts von all den Dingen getan, die bei dir zeitlebens gang und gäbe waren. Ich lebe hier mit den Frauen zusammen, die mit mir zusammenleben wollen. Wir haben miteinander Kinder. Die du hier siehst, das ist noch nicht die Hälfte. Die anderen sind in der Schule. Und ich zahle dafür. Noch nie habe ich auch nur einen Cruzeiro von deinem Geld gebraucht. Das würde mir nicht im Traum einfallen.»

«Aber das alles kostet doch Geld, zum Teufel, und woher soll es denn kommen?» schrie er seinerseits.

Paul warf die Arme hoch und brach in ein schallendes Gelächter aus, ein ohrenbetäubendes Ha-Ha-Ha-Ho-Ho, und alle Frauen richteten die Blicke auf ihn, und alle Kinder sahen ihn an, die dunklen Gesichter mit den kleinen Mündern, die schneeweißen Zähne lachend gebleckt, und sie alle lachten das O'Dancy-Gelächter – Ha-Ha-Ha-Ho-Ho –, ein kräftiges Tremolo, und die blanken Augen fingen das Licht ein, und sie waren alle O'Dancy-grau, alle glänzend, alle Leinster-grau – seine Augen! Und das Blut erstarrte ihm in den Adern zu schauernden Schlangen aus Eis.

«Deine Flüche kannst du dir sparen», sagte Paul, holte ein Taschentuch hervor und legte den Arm um Cleide, und während der ganzen Zeit hatten ihre Augen mit warmem Glanz auf ihm geruht, und, kein Zweifel, er war ihr Gott, überhaupt kein Zweifel, denn die Frau würde dafür kämpfen, beim Allmächtigen. «Dieser Name ist der schlimmste Fluch in diesem Haus. Erinnerst du dich noch, als Daniel in den Krieg zog und Unser Aller Vater – mögen wir unter Seinen Schwingen Schutz finden – ihn zu Sich nahm?»

«Amen», sagte Der O'Dancy. «Ja, ich erinnere mich.»

«Der traurigste, schwärzeste Tag aller Tage», sagte Paul.

Der O'Dancy streckte ihm die tastende Hand entgegen.

«O mein Sohn», flüsterte er seinerseits. «Auf Knien danke ich Gott dafür, das aus deinem Mund zu hören. Mögest du in Seinem Herzen ruhn, mein Junge.»

«Und an diesem Tag», sagte Paul, «kam ich, jung und nichtsahnend, in dein Büro. Die Schule war für mich erledigt. Sie wollten dort einen Euro aus mir machen, aber das wollte ich nicht.»

«Hast du denn damals schon deinen Entschluß gefaßt?» fragte er seinerseits.

«Ich bin damit geboren worden», sagte Paul. «Dich habe ich eigentlich nie gemocht. Du hast nur Augen und Ohren für Daniel gehabt. Und für Hilariana.»

«Jetzt wühlst du mit rostigen Nägeln in meinen Kaldaunen», sagte Der O'Dancy. «Ich kann mir nicht erklären, was damals in mich gefahren ist.»

«Dein ganzer Stolz galt einem anderen», sagte Paul. «Für dich existierte nur ein O'Dancy und daneben keiner.»

«Eine Kerze soll dafür brennen», sagte er seinerseits. «Und Scham frißt an meiner Seele.»

«Ich wartete im Büro», sagte Paul. «Ich wollte dir sagen, daß ich mit der Schule nichts mehr im Sinn hatte. Ich wollte Kaufmann werden.»

«Ja, ich erinnere mich», sagte Der O'Dancy.

«Und dann kam die Nachricht», sagte Paul. «Du brachst in Tränen aus. ‚Daniel, mein Daniel', riefst du immer wieder. ‚Hat man dich mir genommen?' Und du warfst die Schreibtischuhr nach mir. Ich wollte mit dir reden, aber du hast mich verwünscht.»

«Der Fluch Des Herrn lastet auf mir», sagte Der O'Dancy. «Davon weiß ich nichts mehr.»

«Ich ging hinaus, packte ein paar Sachen zusammen und verließ das Haus», sagte Paul. «Eine Zeitlang bin ich bei Onkel Mihaul geblieben. Dann fand ich eine Bleibe bei Fazelli in den Stallungen. Du hast nie davon erfahren. Später hat dann der alte Senhor Carvalhos Ramos dafür gesorgt, daß ich bei Hirokis Vater unterkam.»

«Hirokis Vater», sagte er seinerseits. «Der alte Inuye, nicht wahr?»

«Er war ein wunderbarer Mensch», sagte Paul. «Ich habe viel von ihm gelernt. Etwas über zwanzig Jahre blieb ich bei ihm. Und hast du auch nur einmal nach mir gefragt?»

«Du hast mir meine Weihnachtsgeschenke zurückgeschickt», sagte er seinerseits. «Und die Geburtstagsgeschenke.»

Paul sah ihn an, ein ergreifendes Ebenbild seiner Mutter.

«Deine Sekretärin hat sie herübergeschickt», sagte er. «Was davon hast du je selbst mit Liebe ausgesucht? Daniel hat es für dich getan. Und er hat mich immer glauben machen wollen, es käme geradewegs von dir. Daß du an mich denkst, aber viel zu beschäftigt seist. Ich hatte weder

Mutter noch Vater. Nur einen Bruder. Und als der davonging, niemanden mehr. Der alte Tomagatsu war es dann, der mich vier anderen Schwestern zugeführt hat. Und drei Brüdern. Damals begann ich zu denken. Damals wurde ich ein echter Brasilianer.»

«Du kamst zu gesegneten Menschen», sagte er seinerseits. «Tomomi lebte aus dem vollen und hatte ihre Grundsätze.»

«Weiß Gott», sagte Paul. «Sie war Brasilianerin, sie war dafür bestimmt und verwirklichte es auch. Kannst du so nüchtern von ihr sprechen?»

«Nein, um Christi willen, nein», sagte Der O'Dancy. «Soll ich hier vor den Kindern bittere Tränen weinen?»

«Nun gut», sagte Paul. «Wollen wir sie dann in Ruhe essen lassen?»

«Ach ja», sagte er seinerseits. «Darf ich wohl einmal wiederkommen? Und ein paar von ihnen auf den Knien reiten lassen, sie füttern und sie zum Lachen bringen? Es würde mir soviel Spaß machen.»

«Jederzeit», sagte Paul. «Dieses Haus steht allen O'Dancys offen, ob nah oder fern. Du solltest sie einmal erleben, wenn Hilariana hier ist. Oder Stebs reizende Freundin. Mit Koioko hat er wirklich das große Los gezogen.»

«Ich muß mit ihrem Vater reden», sagte er. «Heute noch. Ich hab's dem Jungen versprochen. Warum hast du dir nicht mal eine von etwas anderer Farbe ausgesucht? Gefällt dir die eine so gut?»

«Sie sind Indios, die meisten von ihnen, vom ursprünglichen Bestand dieses Landes», sagte Paul. «Ihr Volk war schon eine Ewigkeit vor Urahn Leitrim da. Diese hier sind die rechtmäßigen Töchter. Cleide ist eine Aschantinegerin. Siehst du ihre Nase? Doch sie hat auch Tupiblut und maurisches und portugiesisches. Eigentlich hätte sie helle Nachkommenschaft haben müssen, aber ihr Erster war doch pechschwarz. Ihren Vater hat sie nie gekannt. Sonst sind unsere Kinder alle heller. Und ihre Kinder werden einmal noch hellhäutiger sein. Ich habe Tupi und Caingang und Guaraní hier. Manche reinrassig, manche ein bißchen mischblütig. Aber alles wunderbare Frauen. Das kann ich ehrlichen Herzens sagen, denn ich kenne mich da aus.»

«Ich respektiere natürlich deine Ansichten», sagte Der O'Dancy. «Und wie sind sie im Bett?»

«Willig», sagte Paul und ging zur Tür.

Der O'Dancy wollte den Kindern zum Abschied zuwinken, doch niemand, kein einziges, sah zu ihm hin.

All die grauen blanken Augen waren ihrem Vater gefolgt, graue Augen, die Augen Des O'Dancy höchstpersönlich, getreue Nachfahren von Urahn Leitrim, und dieser wieder getreu denen, die vor ihm waren, längst schon ein Teil der Erde – Gott sei ihnen allen gnädig, und verehrt die Erde, die graues Licht und wachen Verstand in ihren Schoß aufnahm und mit der Zeit zu Lehm werden ließ.

«Die ganze Welt ist eine kreisende Katakombe», sagte Der O'Dancy. «Und wir drehen uns mit, rundherum, und wandeln auf Gräbern.»

«So ähnlich steht's auch in der Bibel», sagte Paul.

«Wir kommen vom Thema ab», sagte Der O'Dancy. «Wo bleibt mein Whisky, und woher hast du das Geld, um überhaupt welchen zu kaufen? Gar nicht zu reden von dem Schulgeld.»

Paul ging lächelnd in sein Zimmer und wies mit beiden Händen auf die roten, braunen und rötlich-grauen Lederbände mit Goldlettern in den Regalen. Selbst wenn der Sohn neben ihm ihn verabscheute oder, etwas weniger kraß, ihn verachtete oder ihn vielleicht nur nicht leiden konnte, so hatte er seinerseits doch trotz allem die einzigartige Genugtuung, daß er der Vater war. Wenn er an die Nächte mit Fransisca dachte, so versetzte es ihn nahezu in Erstaunen, beinahe in frohlockendes Entzücken, daß ein so vortrefflicher Mann, trotz all seiner Absonderlichkeiten, aus ihrer Leidenschaft lebendig geworden war.

Er seinerseits war nur der Hengst gewesen, der zu seinem behaglichen Stall heimkam und zu einer geduldigen Stute.

Tomomi rief.

Sie sagte kein Wort, bat nicht, forderte nicht.

Sie rief mit ihrem sanften Wesen, ihren ruhenden Händen, dem lodernden Feuer ihrer Augen.

Vielleicht hatte Fransisca alles gewußt oder gefühlt, denn nach der Geburt des Sohnes, der jetzt neben ihm stand, war sie nie mehr wie vorher gewesen, und er seinerseits hatte immer wieder überlegt, warum, bis zu jenem Abend auf dem Berg beim Glockengeläut der Lamas.

15

Du hast vielleicht nie davon gehört, aber der alte Senhor Inuye war einer der ersten Ärzte der Welt, die sich mit künstlicher Befruchtung befaßten», sagte Paul. «Ich habe mit ihm zusammen wissenschaftliche Untersuchungen angestellt. Und als er starb, nahm ich seinen Platz ein. Hiroki führt den Betrieb weiter und kümmert sich um das Geschäftliche. Ich bin für das Laboratorium verantwortlich.»

Der O'Dancy sah sich im Zimmer um, und sein Blick fiel auf die Bücher, die meisten mit Goldschnitt, auf die Zuchtbücher, die Photographien der preisgekrönten Rinder, von denen eine ganze Reihe ihm gehörten, und die langen Bänder mit blauen, roten und gelben Rosetten von Ausstellungen, von denen er seinerseits nie etwas gehört hatte.

«Du willst mir doch nicht erzählen, daß du mit diesem künstlichen Unsinn deinen Lebensunterhalt verdienst und dann hierher zurückkommst und deinen Verstand an den Nagel hängst», sagte er seinerseits. «Ich möchte dir ein für allemal erklären, daß ich absolut für die wechselseitige Wirkung bei den Lebensvorgängen bin. Für diesen künstlichen Quatsch ist bei mir kein Platz.»

«Deine Herden sind ausschließlich durch künstliche Befruchtung entstanden», sagte Paul. «Wir nehmen deine Masttiere, um Zuchtbullen daraus zu züchten, um des Samens willen natürlich. Und dieser wird bei Vieh verwendet, das entweder sonst nie zum Decken kommt oder knochenrasselnd im Schlachthof landet oder Minderwertiges hervorbringt. So wie die Dinge stehen, hast du an Schlacht- und Milchvieh nur das Beste vom Besten.»

«Und wer hat dir erlaubt, dich an meinem Vieh zu vergreifen?» fragte Der O'Dancy. «Democritas etwa?»

«Anfangs der alte Senhor Carvalhos Ramos», sagte Paul. «Das war noch zu Zeiten des alten Senhor Inuye. Anschließend habe ich dann einfach weitergemacht.»

«Ich weiß nicht, was ich dazu sagen soll», sagte Der O'Dancy. «Ich kann dich nicht widerlegen. Aber ich kann auch nicht so ohne weiteres gelten lassen, was du da erzählst.»

«Dann schau dir doch erst mal deine Herdbücher an», sagte Paul und setzte sein Glas ab. «Aber trink lieber vorher aus, es gibt nämlich eine ganze Reihe weniger angenehme Dinge, die du erfahren mußt und die du auch nicht gelten lassen wirst. Aber du stehst vor vollendeten Tatsachen. Und Geschehenes ist nicht mehr zu ändern. Deshalb mußt du dich entscheiden.»

«Redest du jetzt von diesem Abkommen zwischen dir und Hilariana und Steb, Das Erbe aufzuteilen, wenn ich einmal oben auf dem Hügel liege?» fragte er seinerseits. «Ich werde tun, was in meinen Kräften steht, um das zu unterbinden. Das verspreche ich dir.»

Paul wiegte nachsichtig den Kopf, tuckte mit der Zungenspitze und nahm wieder Platz, jeder Zoll ein Schulmeister.

«Damit hat das gar nichts zu tun», sagte er. «Auf eins möchte ich dich aber hinweisen: Wenn du erst einmal dort oben bist, dann gibt es nichts mehr, was du unten noch bewirken kannst. Das heißt, in deiner jetzigen Verfassung. Falls aber noch genug in dir steckt, um dich lebendig zu erhalten, wirst du vielleicht zurückgerufen, um uns zu helfen. Doch in dem Fall würdest du ein völlig anderer sein. Der geläuterte O'Dancy wäre dann schon wer, auf den man hörte. Ich würde alles dransetzen, das nicht zu verpassen.»

«Willst du jetzt etwa von diesem Geisterunfug anfangen?» fragte Der O'Dancy und setzte sein Glas auf den Tisch zurück. «Das eine will ich dir sagen. Ich werde ihn mit Stumpf und Stiel ausrotten, und wenn ich dazu den Polizeipräsidenten persönlich herholen müßte. Ich dulde es nicht, hörst du? Ich nicht.»

«Du hättest dich lieber darüber mit Urgroßmutter Xatina unterhalten sollen», sagte Paul. «Und mit Urgroßmutter Aracý. Und mit noch ein paar anderen. Darüber sind bereits hundert Jahre hingegangen. Und wie viele Frauen vor ihnen? Und seitdem? Ist nicht Das Haus selbst, beide Teile, ein Tempel? Ist es nicht schon immer so gewesen?»

Dieser Mensch hatte leider recht mit dem, was er da sagte.

Großmutter Xatinas Haus, jetzt das Frauenhaus, und auch der ältere Teil, waren schon immer voll von sonderbaren Geräuschen gewesen. Als Junge hatte er seine Zeit stets nur mit Dem Vater verbracht, wenn er nicht in der Schule war. Er, der zukünftige O'Dancy, hatte nie an der Schürze eines Kindermädchens gehangen, und als Die Mama und Der Vater starben, hatte ihn der alte Senhor Carvalhos Ramos für die Dauer der Schulzeit weggeholt, und nach seiner Rückkehr lebte er in seinen eigenen Zimmern, die Großvater Connor etwas abgesetzt vom Haupthaus hatte bauen lassen. Er seinerseits konnte sich nicht erinnern, überhaupt jemals das Frauenhaus betreten zu haben. Warum sollte er auch. Doch wenn er sich's recht überlegte, so fiel ihm plötzlich ein, daß es dort immer nach Weihrauch gerochen hatte, im Eingang über der Treppe, am Haupttor zum Patio, und die Fensterläden waren immer geschlossen, tiefes Dunkel bergend, und Mattenvorhänge knarrten, und alte Weiber huschten irgendwo herum, immer mit einem leisen Singsang auf den Lippen.

«Kümmre dich nicht um die Frauen», hatte ihm der alte Senhor Carvalhos Ramos gesagt. «Misch dich nicht ein. Sie führen ihr eigenes Leben und der Mann führt seins. Mãe Nueza hat die Aufsicht über alle. Rede ihr nicht hinein. Du wirst ihren Namen nur zu hören bekommen, wenn sie neue Bettwäsche, Teppiche, Seife oder dergleichen benötigt. Das ist nichts für einen richtigen Mann. Das Büro kümmert sich darum.»

Fransisca hatte von Anfang an nichts für das Frauenhaus übrig gehabt und darin nur eine Art Museum gesehen, wo sie das Mobiliar aus dem Haupthaus abstellen lassen konnte, um es in dem Stil, den sie bevorzugte, neu einzurichten. Von der Zeit an diente das Frauenhaus nur noch als Unterkunft für Zimmermädchen, Küchenpersonal, Wäscherinnen und alte Dienerinnen, die nicht mehr zu ihrer Familie heimkehren wollten und dort ihren Lebensabend verbrachten, aber auch für junge Mädchen, die angelernt wurden. Oft waren Nonnen dort zu Besuch und beteten in Großmutter Xatinas Kapelle, obwohl Padre Miklos seine eigene Kirche bevorzugte und niemals den Fuß über die Schwelle des kleinen Andachtsortes setzte und nicht einmal bei strömendem Regen dazu überredet werden konnte, morgens dort den Gottesdienst abzuhalten, um der Familie nasse Füße zu ersparen.

«Nur von einem Raum in den anderen?» sagte er. «Wenn ihr eure Andacht verrichten wollt, so haltet auch Zucht. Kommt zur Kirche, wie es eure Vorväter getan haben. Dort habt ihr Zeit, über die Fehler der letzten Woche nachzudenken. Das Kapellchen ist nichts anderes als ein Schlupfwinkel. Ein *prie-Dieu* für alte Weiber.»

Doch es war weit mehr als das. Urahn Leitrim hatte es für die Familie bauen lassen, als der Urwald nur ein paar Schritte von der Veranda entfernt lag. Jede Großmutter hatte seither Statuen und Gold hinzugefügt, bis zweifellos eine der prächtigsten Kapellen im ganzen Land daraus geworden war, obgleich vermutlich auch eine der am wenigsten benutzten, jedenfalls soweit es die Familie betraf.

Fransisca weigerte sich nach der ersten Andacht, je wieder die Kapelle zu betreten, und Vanina kannte ohnehin keine andere Religion als sich selbst.

«Aber ich beginne lieber von Anfang an», sagte Paul. «Ich will nicht zuviel Wesens davon machen. Doch du sollst es schließlich auch begreifen. Deshalb werde ich langsam vorgehen. Falls noch ein Fünkchen Glaube in dir ist, so greife auf ihn zurück. Falls du noch beten kannst, so wirst du's nötig haben.»

Der O'Dancy hielt ihm sein Glas hin.

«Meinst du nicht, daß du erst einmal einschenken solltest?» sagte er seinerseits. «Aus rein menschlichen Gründen? Selbst der Chirurg läßt einen geistig wegtreten, bevor er einem den Bauch aufschneidet. Und was hast du jetzt mit mir vor? Was für finstere Absichten stehen in deinem Gesicht geschrieben?»

Paul stand auf, nahm das Glas und ging mit ein paar Schritten zur Flasche hinüber.

«Ich habe nichts anderes vor, als dir das Herz zu brechen», sagte er. «Natürlich nur, falls sich hinter deinen Rippen so etwas befindet.»

«Wo du selbst so ein Riesenherz hast, da zweifelst du daran, daß ich eins habe?» fragte Der O'Dancy. «Jeder kehre vor seiner Tür.»

«Bisher hast du wenig davon gezeigt», sagte Paul und kam mit einer anständigen Portion zurück. «Hör also zu.»

«Deinen Befehlston kannst du dir an den Hut stecken», sagte Der O'Dancy. «Schieß los.»

Wohl nichts, was sein Gegenüber vorbringen mochte, sollte ihn seinerseits noch überraschen. Diesen ganzen Geisterunfug hatte er mehr oder weniger geschluckt, und was das anging, so war er sich völlig klar darüber, was er zu tun hatte. Gleich als allererstes am Morgen des blitzsauberen und wunderschönen neuen Tages würde er die Liste aller auf Dem Erbe bei ihm beschäftigten oder von ihm betreuten Seelen Namen für Namen durchgehen und alle davonjagen, die irgend etwas mit dem Geisterglauben zu tun hatten. Und dann wollte er sich die Herden und dazu alles, was lebendig oder tot war, vornehmen und auch überlegen, ob diese Pestbeule von einem Dorf überhaupt noch weiterbestehen sollte, und endlich darangehen, die Pläne für neue Straßen und Brücken und neue elektrische Anlagen zu verwirklichen, und entscheiden, ob die elektrische Eisenbahn in der Nähe Des Hauses vorbeiführen sollte, in welchem Fall er für sich selbst und die Familie einen eigenen Salontriebwagen anschaffen würde, oder ob er die Strecke lieber um seinen Besitz herumleiten und sich auch weiterhin an Autos, Flugzeuge und Hubschrauber halten sollte. Ganz gleich, wie er sich entschied, auf jeden Fall war er fest entschlossen, bei allem und jedem genauestens auf den Busch zu klopfen. Nur einer konnte hier der Herr sein, und er seinerseits würde allen schon zeigen, wer das war.

«Du begreifst wohl, daß ein Haushalt wie dieser hier ohne Frau nie funktionieren kann», sagte Paul. «Früher habe ich mir eingebildet, es ginge doch. Aber es geht nicht. Die Natur sorgt schon dafür, daß genug da sind. Hier arbeiten Hunderte von Frauen, die man normalerweise nie zu Gesicht bekommt. Waschen, Nähen, Saubermachen, Kinderpflege, die Arbeit in der Milchstube und in der Küche, das Zubereiten der Häute, Weben, Korbflechten, Vorratshaltung, Schulunterricht. Wenn man einmal richtig dahinterschaut, dann ist man sprachlos. Man sollte mindestens die Hälfte davon entlassen. Aber das ist nicht möglich.»

«Wohin sollten sie auch gehen?» sagte Der O'Dancy. «Schon ihre Ururgroßmütter haben die gleiche Arbeit verrichtet. Wozu ihnen den Laufpaß geben? Unsinn.»

«Aber ohne eine Frau wie Die Großmutter geraten sie außer Rand und Band», sagte Paul. «Nicht in dem Maße, daß es ein Mann je bemerken würde. Aber doch so, daß es einer Frau sofort auffällt. Wie dem auch sei, als Die Großmutter noch lebte, ging alles seinen geregelten Gang. Aber als sie und Der Großvater starben und sie auch noch auf ihre besondere Weise von hinnen ging, da nahmen die Zeremonien wochenlang kein Ende. Dann wurde die Wiederkehr ihres Todestages gefeiert. Jedes Jahr ein größeres Fest. Immer mehr Menschen. Von immer weiter her. Es sprach sich herum.»

«Von alledem habe ich nie etwas gemerkt», sagte er seinerseits.

«Natürlich nicht», sagte Paul. «Wenn du dich je mit den Dienstmädchen eingelassen hast, so nur zu einem einzigen Zweck, und das war dann jeweils schnell erledigt.»

«So treffend hat es bisher keiner ausgedrückt», sagte er seinerseits.

«Vielleicht findest du etwas später noch Gelegenheit für spöttische Bemerkungen», sagte Paul. «Als Onkel Mihaul herkam, stieß er auf eine Wildnis. Eine Wildnis des Geistes. Es gab nichts außer dieser ärgsten Erscheinungsform des Geisterglaubens.»

«*Khimbanda*», sagte er seinerseits.

«Bitte, nimm dieses Wort nie wieder in den Mund, vor allem nicht in diesem Haus», sagte Paul und langte mit einer Hand hinunter, um über das graue Geringel zu streicheln. «Der Gedanke allein ist entsetzlich und die Auswirkung noch weit entsetzlicher. Onkel Mihaul beschloß also, hierzubleiben und zu versuchen, den Glauben wieder zu erwecken. Die Schafe wieder in die Hürde zu bringen.»

«Wenn ich bloß nur kapierte, wovon du da redest», sagte Der O'Dancy. «Mihaul treibt hier sein Wesen seit kurz nach deiner Geburt. Auch so einer, der nicht weiß, daß es in der Welt noch etwas anderes gibt als seinen Arsch und den Schemel, auf dem er sitzt.»

«Du irrst, aber das spielt im Augenblick keine Rolle», sagte Paul. «Mihaul, der Priester, stellte sich die Aufgabe, diese Krankheit hier zu heilen. In den ersten Jahren erreichte er nur wenig. Die Wurzeln saßen viel zu tief. Doch mit der Zeit starben die Alten, und sein Einfluß nahm zu, verstehst du? Die Aura wurde stärker. Sehr unterstützt wurde er dabei von Urahn Leitrim und Großvater Cahir und gelegentlich auch von Ahn Phineas. Doch gelang es ihm nie, Urgroßmutter Xatina zu erreichen.»

«Du hast anscheinend schon mehr von dem Zeug getrunken als ich», sagte Der O'Dancy und hielt sein Glas in die Höhe. «Meinst du vielleicht, daß er ihre Tagebücher gelesen oder über sie nachgedacht oder sonst was mit ihnen gemacht hat?»

«Nein», sagte Paul. «Sie haben zu ihm gesprochen.»

Der O'Dancy sah auf sein Glas, setzte es ab und blickte sich im Zimmer um. Das graue Geringel regte sich, eine verschwommene, ekelerregende Bewegung entgegen dem Uhrzeigersinn, aber der Kopf blieb, wo er war.

«Paul», sagte er seinerseits. «Alle drei waren längst tot, als Mihaul hierher zurückkam.»

«Sie leben in einer anderen Welt», sagte Paul. «Auch wir werden einmal dorthin gelangen. Doch wenn wir den richtigen Glauben haben und uns in die rechte Stimmung versetzen und sie es wünschen, dann können wir mit ihnen sprechen und uns von ihnen Rat holen.»

«Nun frage ich mich bloß, wer von uns beiden besoffen ist», sagte Der O'Dancy.

Paul beugte sich zur Seite und schaltete das Radio ein.

«Würde Urahn Leitrim das hier wohl glauben?» fragte er. «Jetzt habe ich Australien eingestellt.»

Die Stimme peitschte in den Raum, so laut, daß die Trommelfelle schmerzten, und dann quietschte es, und irgend jemand in den Vereinigten Staaten sprach über die Fischerei an der Küste von irgendwo.

«Von Australien zu den Vereinigten Staaten im Bruchteil einer Sekunde», sagte Paul und drückte die Taste zu gesegnetem Schweigen. «Was ist zwischen ihnen und uns? Luft. Man erzählt uns, es sei Elektrizität. Wellen. Jede Erklärung ist mir recht. Hauptsache, es funktioniert. Wenn man's nicht hören könnte, wer würde es glauben? Und ebenso verhält es sich mit Urahn Leitrim und Großvater Cahir.»

«Und natürlich kennst du ihre Stimmen ganz genau», sagte Der O'Dancy. «Beide waren schon lange tot, ehe du geboren wurdest.»

«Du würdest doch Urgroßmutter Xatinas Stimme wiedererkennen, nicht war?» fragte Paul.

«Und ob», sagte Der O'Dancy. «Sie war eine Kaiserin unter den Frauen. So eine wie sie gibt's nur einmal alle hundert Jahre.»

Er seinerseits sah die Sonne in matten Spänen durch die Fensterläden schlüpfen, und alle Möbel waren von Silberpünktchen übersät, und die Kacheln blitzten, und Großmutter Xatina saß in ihrer Krinoline aus rosa Seidensatin im Dämmer des großen weißen Armsessels, und auf ihrer Brust funkelte das Geschmeide im Feuer edler Steine, selbst im dunklen Zimmer, ihrem eigenen Raum, während eine Nonne unten in der Kapelle Gebete murmelte und eine andere in der Ecke zum Rieseln der Rosenkranzperlen zischelte.

«*Oapi*, wenn ich noch einmal jung wäre», sagte sie mit einer Stimme, die klang, als wäre sie durch Klöppelspitze gesiebt, «dann würde ich ein anderes Leben führen, *oapi*, ja, das würde ich. O wie anders würde ich leben, ja.»

«Wie anders denn, Großmama?» hatte er seinerseits gefragt, obwohl es sich nicht für ihn gehörte.

«Oh, ich würde mich von keinem Gesetz gängeln lassen, von keinem», sagte sie. «Ich würde leben, wie es mir paßt. Keiner könnte mir noch ja oder nein sagen oder du mußt oder du wirst. Jetzt würde ich selbst reiten. Bisher ist das Pferd mit mir geritten. Ich wäre dem Göttlichen Geist viel näher, hätte ich mein eigenes Leben gelebt. Jetzt bin ich dem Grabe nahe, doch Das Seelenheil ist in weiter Ferne. Unvorbereitet in der Seele oder im Willen. Seele, sagte dein Großvater immer. Nichts ohne Seele. Ohne Seele, nichts. Ich hätte mit hundert Männern Spaß haben sollen. Ich habe es nie getan. Jetzt sehnt sich die Seele danach, doch die irdische Hülle ist unförmig. Wenn ich jetzt noch einmal jung wäre, würde ich kein Gesetz achten, auf niemanden mehr hören. Nie mehr würde ich das tun.»

«Sie reden zuviel, Herrin», sagte Mãe Nueza. «Die ehrwürdigen Schwestern werden wissen wollen, worüber.»

«Sag es ihnen», sagte Großmutter Xatina. «Erzähl ihnen von der Kraft eines jungen Ochsentreibers. Erzähl ihnen vom Spiel seiner Muskeln.»

«Arquimed hockt am Bogensaum Ihres Satinkleides», sagte Mãe Nueza. «Er hat junge Ohren.»

«Falls schon Haare darin sind, wird er sich daran erinnern», sagte Großmutter Xatina. «Geh, hol Den O'Dancy, mein Hübscher. Geh. Für die schmachtende Seele gibt es keinen Frieden, kein Linderungsmittel für den Geist. Zünd eine Kerze für mich an. Denk daran. Es ist nichts ohne Seele.»

«Geh schon, Kleiner», sagte Mãe Nueza. «Sag Dem O'Dancy, daß meine Herrin ihre Worte im Westwind hört. Denk an die Kerze. In dem Kasten neben der Tür.»

Der Vater blickte über die Flamme des Streichholzes hinweg, während der Kerzendocht Feuer fing, und graue Augen lächelten ein wenig, traurig.

«Im Westwind, sagst du?» fragte er. «Diese Frau hat schon eine Art, es auszudrücken. Dann dauert es nicht mehr lange. Und die Erlösung kommt, kein Zweifel, arme Witwe.»

«Was ist eine Witwe, Vater?» fragte er seinerseits.

«Jemand, der übrigbleibt und für den es nichts mehr zu tun gibt», sagte Der Vater und nahm die Kerze. «Wir wollen sie dorthin stellen, wo sie unsere Gebete erwärmen kann. Und wir wollen voller Liebe an eine Frau in ihrer Schönheit denken. Auch wenn sie eine Schwarze war und ich sie nicht besonders mochte, so war sie doch stark und immer freundlich zu mir. Und nur ich allein stand zwischen ihrem Sohn und dem Erbteil. Vergelt es an ihren Kindeskindern. Sie war gut zu mir. Ich verlasse mich auf dich. Sei auch gut zu ihnen.»

Paul klappte einen Deckel hoch, machte sich mit etwas zu schaffen, klappte den Deckel wieder zu und setzte sich, die Stirn in die Finger gestützt.

«Dies ist eine Tonbandaufnahme», sagte er. «Sie ist erst vor kurzem entstanden. Als ich Rat brauchte.»

«Es ist nicht so, wie es scheint», sagte Großmutter Xatina, ganz sie selbst, vernehmlich und ruhig. «Keineswegs. Es ist stets verkehrt, an vorgefaßten Meinungen festzuhalten. Das Prinzip, was heißt das Prinzip? Meinst du die Gewohnheit? Die seit Generationen entwickelte Gewohnheit? Ist das das Prinzip? Nein, mein Sohn. Wir sprechen ganz verschiedene Sprachen. Ich kann nicht immer deutlich mit dir reden. Ich muß meine Worte wägen. Du bist an die direkte Rede zwischen körperlichen Wesen gewöhnt. Und an die Gepflogenheiten körperlicher Wesen. Um sicher zu sein, daß du deinen Prinzipien lebst. O mein Sohn, denk daran, daß du immer unrecht hast. Es ist eine irdische Angewohnheit, sich festzuklammern. Sich nur festzuklammern. Wie Mollusken. Doch gib mehr. Gib mehr. Es ist die Liebe, mein Sohn.»

Paul stand auf, hob den Deckel und stoppte das leise Rauschen des Geräts.

«War das ihre Stimme?» fragte er. «Ich weiß, daß es meine Urgroßmutter war. Ich habe Dutzende von Bandaufzeichnungen.»

Der O'Dancy wollte trinken, doch dann setzte er das Glas ab und faltete die Hände.

«Alles gut und schön», sagte er. «Es gibt keine Beweise, und du kannst mir viel vormachen. Aber das war Großmutter Xatina. Ich kenne die Stimme genau. Wie ist das möglich?»

Jemand kam singend die Veranda entlang, und er seinerseits erinnerte sich, das Lied als Kind selbst gesungen zu haben. Paul sah zur Tür hinüber, halb stirnrunzelnd, halb lächelnd, als ob er schon so etwas erwartet hätte.

Cleide stand in der Tür, die Arme ausgestreckt, mit tastenden Fingern, die Augen geschlossen, und sie sang die Melodie ohne den Text, doch nicht mit ihrer eigenen tiefen Stimme, sondern mit einem Kinderstimmchen, ganz hinten in der Kehle.

«*Oapi, pai*», sang sie. «Rufen wir Xangó. Rufen wir Xangó. O Rose aus Gold, ach, goldene Rose. Maxumbembé, Maxumbembé, Orixá, ach sieh, Maxumbembé.»

«Du hast wohl vergessen, was ich dir gesagt habe», meinte Paul und trat vor sie. «Cleide, hör mich an. Im Namen der Heiligen Mutter, wach auf und nimm meine Hand und küß mich und geh zurück zu den Kindern. Mutter des Gebets, stärke meinen Geist. Erlöse diese Tochter, ohne daß ihr ein Leid geschieht. Bete für uns, Heilige Mutter Gottes, daß wir nicht zweifeln an den Verheißungen Des Herrn Jesus Christus. Amen. Cleide, mein Herz, wach auf. Wach auf. Sieh doch, ich bin's, Paul.»

Cleide erschauerte und schlug die Augen auf, und als sie ihre ausgestreckten Arme sah, wollte sie schreien, doch Paul schloß ihre Hände um seinen Hals, nahm sie um die Hüften und zog sie eng an sich heran.

«Siehst du?» sagte er. «Ich habe dir doch gesagt, du sollst vorsichtig sein. Mein törichtes kleines Mädchen. Komm, gib mir einen Kuß, und geh zurück zu den Kindern.»

«O reine Träume aus weißem, weißem Wasser», sagte Cleide mit ihrer eigenen Stimme, die so tief war, daß das Zimmer zu beben schien. «Ich sah über den Tisch und hörte Urgroßmutter Xatina. Sie stand unmittelbar neben mir. Sie trug das Marienkleid und Silber.»

«Natürlich», sagte Paul. «Das tut sie doch immer, wenn sie uns besuchen kommt. So, und nun bring uns Kaffee und trink auch etwas.»

Sie lächelte ihm seinerseits zu, knickste und ging hinaus, und ihre Unterröcke raunten den ganzen Gang entlang miteinander.

«Ein wunderbares Medium», sagte Paul. «Aber mir ist es lieber, wenn vorher die Kinder im Bett liegen.»

«Du verübelst es mir hoffentlich nicht, wenn ich dir sage, daß es mir gruselig wäre, hier leben zu müssen», sagte Der O'Dancy. «Hier ist ja alles total verrückt. Und eigentlich gehört ihr samt und sonders hinter Schloß und Riegel.»

Nebenan lachten die Kinder, und nur ein Tauber hätte nicht das Ha-Ha-Ha-Ho-Ho heraushören können, und er seinerseits wußte ohne jeden Zweifel, daß es sein eigenes Lachen war, das da aus den jungen Kehlen kam, und er versuchte auch gar nicht mehr vor sich selbst abzustreiten, daß ein jedes sein eigen Fleisch und Blut war, durch seinen leiblichen Sohn, und ein Gefühl des Stolzes stieg in ihm auf.

«Wenn's dir nichts ausmacht, wüßte ich gern, woher du soviel Vorrat hattest, das alles zu zeugen?» fragte Der O'Dancy und nickte zu dem Kindergewimmel hinüber. «Offensichtlich hast du ein halbes Dutzend oder mehr auf einen Schlag geschwängert. Hat dir das denn niemals geschadet?»

Paul sah die junge Frau an, die lautlos mit einem leise klirrenden Tablett hereinkam, und beobachtete sie, wie sie es absetzte, die Bestecke aufdeckte, den Krug mit Wein und die Gläser hinstellte, knickste und sich wieder zurückzog.

«Cleide ist meine Frau», sagte Paul. «Cleide ist die einzige Frau, die ich je gehabt habe. Die anderen sind alle aus freien Stücken zu mir gekommen. Abgesehen von meinem Samen, der die Empfängnis bewirkte, habe ich sie nie angerührt. Sie sind alle durch künstliche Befruchtung Mütter geworden.»

16

Der O'Dancy war bemüht, seine Fassung wiederzugewinnen, aber der Teller mit Beefsteak und Senf beanspruchte ihn ebenfalls.

«Hattest du denn das Recht dazu?» fragte er. «Gibt es kein Gesetz dagegen? So etwas müßte doch verboten sein.»

«Sie waren alle volljährig und handelten aus eigenem freiem Willen», sagte Paul. «Sie sind zu mir gekommen. Ich habe sie nicht hergeholt. Sie wünschten sich Kinder und ein Leben in Ruhe und Frieden. Sie hatten genug von betrunkenen Vätern. Sie wollten nicht länger mißbraucht und vor ihrer Zeit zu Tode geschunden werden. So wie es das Schicksal ihrer Mütter gewesen war. Sie gehören zu der Sorte Frauen, die normalerweise in der Gosse enden. Oder in den öffentlichen Krankenhäusern. Ein, zwei oder drei namenlose Bälger hinter sich herschleppend. Alle voller Krankheiten. Und natürlich Produkte außerehelicher Beziehungen. Im Dunkel gegen eine Mauer gelehnt, über einem Zaun, in einem leeren Bus, einem Eisenbahnwaggon oder sonstwo. Die dort nebenan kamen in einen Operationssaal, und ein Arzt achtete darauf, daß sie umhegt wurden. Und jetzt leben sie hier. Glücklich.»

«Und es zieht sie nie zu einem Mann?» fragte er seinerseits. «Ist das nicht naturwidrig?»

Paul setzte sich etwas weiter zurück und lachte in die vorgehaltenen Hände.

«Keineswegs», sagte er. «Hier ist mehr als hundertachtzigmal geheiratet worden. Die Männer wissen, daß sie nirgendwo eine bessere Frau finden können. Die Kinder, die sie geboren hat, werden ein Teil der neuen Familie. Die Männer müssen gut sein und zuverlässig, sonst dulde ich sie hier nicht in meiner Nähe. Die Männer kommen zu mir und fragen nach einer Frau, die einen Haushalt zu führen versteht. Die Frauen können sich selbst entscheiden, ob sie ja sagen und heiraten wollen oder nicht. Jede Woche treffen sich hier alle, die so auf der Suche sind. Und von denen, die geheiratet haben, hat noch niemand enttäuscht.»

Der O'Dancy hörte kauend zu und dachte nach, während sich das herrlich klare Weinrot des Glases gegen den weißen Rahmen des vorhanglosen Westfensters abhob.

«Jetzt liegt mir doch eine Frage auf der Zunge», sagte er seinerseits. «Wer ist in all diesen Fällen denn der preisgekrönte Bulle?»

«Keiner außer mir», sagte Paul. «Mittels Reagenzglas und Eisschrank. Ich bin gesund, geistig und körperlich. Und ich bin ein O'Dancy. Das ist wesentlich. Das Blut ist rein. Der Samen ergießt sich rein.»

«Großer Gott», sagte Der O'Dancy mit vollem Mund. «Aber, hör mal, wie kann denn ein Mann noch so eine Frau wollen? Sind Männer nicht darauf aus, Frauen ohne Makel zu heiraten?»

Paul stand auf und ging zur Tür.

«Hier gibt es viele Frauen mit dem Makel, die noch zwanzig Kinder von allen möglichen Männern bekommen könnten», sagte er. «Es ist ihr Naturtrieb, sich fortzupflanzen. Mit oder ohne fremde Hilfe. Es ist eine angeborene Bereitschaft. Dieser Trieb ist tief im Innern verborgen, doch stark ausgeprägt. Wenn es an der Zeit ist, so genügt jeder beliebige Mann. Zu anderen Zeiten schaut sie sich den Mann schon genauer an. Manchmal ist er gemäß. Dann harmonieren beide miteinander. Und sie werden fleischlich eins, weil sich ihre Seelen finden. Das ist dann Liebe. Die Frau hat nie wieder Augen für jemanden anders. Und der Mann pfeift auf alle anderen Frauen.»

«Hier draußen hast du gut reden», sagte er seinerseits. «Doch in der Stadt, überhaupt in jeder Stadt, ständest du vor Gericht. Wer würde sich so etwas von dir anhören?»

«Die Frauen», sagte Paul. «Die würden noch mehr tun, als sich das nur anhören. Frauen lieben, und zwar instinktiv.»

«Wie kannst du, verdammt noch mal, so etwas sagen, wenn du Vanina kennst?» sagte Der O'Dancy.

«Gut, daß du den Namen erwähnt hast, ich hätte nämlich nicht davon angefangen», sagte Paul. «Und genau deshalb wollte ich dich auch sprechen. Armer unwissender Halunke, der du bist. Mein leiblicher Vater. Gott schütze uns.»

«Von mir aus, Gott schütze uns», sagte Der O'Dancy und legte Brot und Fleisch auf den Teller zurück. «Und jetzt rede schon und sag mir, was du zu sagen hast, schließlich habe ich eine vortreffliche Meinung von der, die dich mit meiner Hilfe in die Welt gesetzt hat. Bring mich nicht soweit, daß ich mich ernstlich frage, ob es auch der Mühe wert war. Doch auf jeden Fall gehe ich jede Wette ein, daß das, was vor vierzig oder mehr Jahren mein wurde, schöner, sanfter und, ja, auch viel mehr Frau war als alle, die dir je untergekommen sind.»

*

Regen, fließendes Silber, das auf den Teppich von funkelnden Kristallen auf dem Rasen niederprallte, klatschend und prasselnd, der die Rosen mit hängenden Köpfen tanzen ließ, Wege und Stege mit knöchelhohen

Gießbächen füllte und einen Wirbel von Blumenblättern mit sich riß, aus den Schalen mit Steinpflanzen sprudelte und schüttete, in Kaskaden von den Laubengängen fiel, von den Dächern rauschte, aus den Regenrinnen speiend hervorschoß, sich ihm mit trommelnden Tropfen entgegenwarf und beinahe blendete mit süßem Wasser, das er wie aus einem Glase schlürfte, und seine Kleider klebten am Körper, seine Schuhe verloren die Form, und er seinerseits versuchte, in das Haus zu kommen, aber die Veranda war durch ein Maschennetz versperrt.

Und um die Ecke, unter dem hängenden Scharlachrot der Wolfsmilchgewächse, das dunkle Haar schimmernd um den Kopf geschmiegt und glatt am Rücken haftend, und der Regen rann in schillernden Brillanten, in glitzernden Edelsteinen perlend von dem Wunder ihrer selbst, die daherschritt mit kelchgleich erhobenen Händen, das Wasser aufzufangen, und das Haar ihres Schoßes von blitzenden Tropfen bedeckt, kam Fransisca, nackt, lachend.

Doch sie war nicht überrascht, als sie ihn erblickte, sie erschrak nicht oder lief um Blätter, sich einen Schurz zu machen. Sie sah ihn an, durch silberne Wasserschleier, lächelte mit halb geschlossenen Augen, den Kopf aufgerichtet und die Hände an den Seiten herunterhängend. Und ohne zu wissen, warum, empfand er seinerseits auch keine Überraschung, nur das unbedingte, jähe Verlangen, sie zur Frau zu haben, nur sie und keine andere, obwohl sie sich nie zuvor gesehen hatten.

Er seinerseits ging langsam auf sie zu, Schritt für Schritt, ergriff ihre Hände, küßte sie, eine jede, auf Handrücken und Handfläche, und sie ihrerseits ließ es lächelnd geschehen und rührte sich nicht.

«Ich bin Arquimed Rohan O' Dancy Boys», sagte er, und es war wie ein Raunen im rauschenden Regen. «Würden Sie mir die Ehre erweisen, mich zu heiraten?»

«Ja», sagte sie ihrerseits, und das war alles, was dazu zu sagen war.

Damals war sie siebzehn, die einzige Tochter von Nestor Portenaves, Millionär in Kaffee und Holz und diesem und jenem, so daß ihre Verbindung nicht nur großes Aufsehen erregte, sondern auch zweckmäßig war und zweifellos auch vorteilhaft, denn ihr Vater starb in jenem Jahr, und alles, was er hatte, fiel an Fransisca. Doch sie war auch recht gescheit und hatte es sich in den Kopf gesetzt, ihrem Land zu helfen. Nichts einfacher als das. Ihr Vater besaß eine Eisenbahn. Sie bestand darauf, diese weiter auszubauen. Als die Omnibusse aufhörten, vielbestaunte Wunderdinge zu sein, kaufte sie gleich ein paar Dutzend davon. Es gab aber keine Straßen. Folglich wollte sie, daß welche gebaut wurden. Politiker mußten unter Druck gesetzt werden. Sie kaufte eine Zeitung. Straßen, Omnibusse, Speditionen, weitere Zeitungen, Reklameagenturen, Radiostationen, wachsende Städte, Bauvorhaben, Zementfabriken, Ziegeleien, Versorgungsbetriebe, Banken, Lebensmittelläden, Kleidergeschäfte kamen dazu, eine Kette ohne Ende.

Um elf Uhr abends begann ihr persönlicher Tag, so hatten sie es von Anfang an verabredet, in der ersten Nacht ihrer Flitterwochen, und ab elf waren sie zusammen, um zu reden, zu erleben und zu lieben. Jeden Abend um elf in all den Jahren – es sei denn, er war irgendwo auf Reisen, oder sie war mit den Kindern in den Ferien –, da lagen sie in dem großen Bett, sie in einer Wolke von Parfüm, und er seinerseits, nahe wie eine zweite Haut, vergoß den gleichen Schweißtropfen, so wie er mit ihren Gedanken dachte, mit ihrer Stimme sprach und sie durch seine Kehle, einander so in Zärtlichkeit und Liebe ergeben, mehr als alles auf Erden und auf sämtlichen Monden des Alls.

«Siehst du», sagte Paul und blickte durch die Tür nach draußen. «Es ist gar nicht so einfach. Auch wenn ich dich mehr hasse, als ich je in Worte kleiden kann, so weiß ich, daß ich dir weh tun muß, und das ist mir noch verhaßter.»

«Du haßt mich also», sagte er seinerseits.

«Ja», sagte Paul. «Dich und all das Grundschlechte, das du verkörperst. Haß.»

«Ach, mein Sohn», sagte Der O'Dancy. «Gönn mir noch einen Augenblick, ehe du mir erklärst, warum du mich haßt.»

Goldene Nachmittage und Fransisca und er Hand in Hand, Tag für Tag, hoch oben über der Schneegrenze, und sie verlebten die herrlichen Stunden dieser kurzen Zeit für sich ganz allein, ohne Kinder oder Personal oder Telephon, doch sie wußten, daß sie zu all dem zurückkehren mußten, und sie genossen eine jede Sekunde. Das Blockhaus, in dem sie schliefen, stand auf einem Felsen, von wo aus man drei Täler überblicken konnte, und Morgen für Morgen wurden sie von jungen Zwerghähnen geweckt und sahen die Sonne in purpurner und lilafarbener Pracht aufgehen, und Fransisca machte auf ein paar Steinen in der Ecke über dem Reisigfeuer in einem alten Emailletopf Kaffee. Zweimal am Tag der Weg den Berg hinunter zum Hotel war für die Mahlzeiten körperliche Bewegung genug, und die übrige Zeit streiften sie in Gipfelnähe umher, beobachteten die winzigen Menschen unten in den Reisfeldern bei der Arbeit und die langen Reihen von Lamas mit ihren Lasten aus Kupfererz, geführt von Indios, die Koka kauend im Gehen schliefen. Und hangabwärts, auf der anderen Seite des Gebirges, glitzerten in Stufen und Terrassen die dunkelgrünen Blätter der Kokasträucher, und er seinerseits lieh sich von einem Indio den Kalkstock, rollte ein Blatt zusammen, tat Asche darauf und gab es Fransisca, und dann rollte er sich selbst eins und kaute es, doch es hatte bei ihnen keine andere Wirkung, als daß sie einen bitteren Geschmack im Mund bekamen. Aber der Indio nahm sich eine ganze Handvoll, vermischte die gedörrten und pulverisierten Blätter mit Asche und schob sich den ganzen Klumpen in die eine Backe, daß sie sich blähte, und dann gab er dem Leittier einen Tritt, und seine Glocke weckte die anderen, und sie kamen grunzend hoch und trotteten, die sanften Lamas, den Bergpfad hinauf. Zwei Tage lang beobachteten sie vom Gipfel aus den Indio, den ganzen Weg bergab, quer durch das Tal und über zwei Flüsse und auf der anderen Seit wieder den Berg hinauf, und er hielt nur an, wenn sich die Lamas etwas ausruhen sollten, und bei Sonnenuntergang ließ er die Tiere einen Kreis bilden, zündete in der Mitte ein Feuer an und hockte dort, schlafend oder von Kokablättern bis zur Bewußtlosigkeit betäubt.

Fransisca war damals noch nicht dreißig Jahre alt und von solcher Lieblichkeit, daß es einem den Atem benahm, und wenn sie sich dessen auch bewußt sein mochte, so zeigte sie es doch nicht. Des Nachts trug sie Schmuck, allerdings nur manchmal, doch am Tage trug sie einzig die Perlohrringe, die er seinerseits ihr am Tage nach ihrer Begegnung geschenkt hatte, und den Ring, einen Smaragd, außer dem Ehering. Sie waren schon fast unten in dem Hotelgarten angelangt, zwischen den Gebirgssträuchern, die sie so sehr liebte, und die Lichter kamen zum Vorschein, und ein paar Leute schlenderten über die Terrasse, und ein Kellner schob den Barwagen unter den taufeuchten Sonnenschirm, und sie konnten die Flaschen klirren hören.

«Ein angenehmes Geräusch», sagte er seinerseits. «Soll ich uns einen O'Dancy mixen?»

«Ich glaube, wir haben einen verdient», sagte sie. «Ich bin sehr, sehr hungrig. Hoffentlich gibt es Fisch oder Geflügel. Dann bekommt mir der Sekt. Doch jetzt wäre ein O'Dancy einfach ideal.»

Er goß jeweils ein kleines Glas Cordial Médoc, Triple Sec und Cognac in den Mixbecher, schenkte dann randvoll Sekt nach und schüttelte behutsam. Dann nahm er zwei Gläser aus dem Kühlfach, füllte sie vorsichtig voll, bis der Schaum den Rand erreichte, und legte zwei Finger auf den Fuß des Glases, und sie mußte sich hinunterbeugen und trinken, ohne einen Tropfen zu verschütten, doch das schaffte sie stets mit Leichtigkeit, und während sie beide darüber lachten, rief Amoru nach ihm.

Er erinnerte sich, daß er Tomomi von dem Hotel erzählt hatte. Doch nie hätte er geglaubt, daß sie je dorthin fahren würde. Es war an einem Abend in ihrem Haus am Meer nördlich von Rio gewesen. Kein Lüftchen regte sich, und die Hitze legte sich wie feuchtes Sackleinen auf ihre Körper, und er schwärmte von Schnee und Eis und den Skiabfahrten und versprach, mit ihr und den Kindern in die Schweiz zu fahren, und er erzählte von den Gebirgen in Chile und Peru und den Gipfeln der Anden und den kleinen Berghütten und den Indios, die im Gehen oder Stehen schliefen, von Koka berauscht oder betäubt.

Amoru war seine älteste Tochter, Tomomis erstes Kind, jetzt im Alter von zwölf Jahren, und sie besaß die Schönheit ihrer Mutter und Leitrims Augen, und sein rotes Haar fiel ihr bis zu den Hüften, und keiner würde sie nicht für Vater und Tochter gehalten haben, wenn er neben ihr stand, der Anmutigen und Reizenden, die jetzt über die Sträucher hinweg zu ihm herüberblickte, voll freudiger Überraschung lachte und sich umwandte, um Tomomi zu rufen.

«Wenn du erlaubst, so möchte ich dir gern meine Tochter und ihre Mutter vorstellen», sagte er seinerseits.

«Vermutlich bleibt dir jetzt auch gar nichts anderes übrig», sagte Fransisca. «Ein bißchen spät, nicht wahr?»

«Ich habe schon daran gedacht, daß ich dir davon erzählen sollte», sagte er, ohne sie dabei anzusehen. «Aber der geeignete Augenblick hat sich bisher noch nie ergeben.»

«Wie viele Töchter hast du denn?» fragte Fransisca ohne das geringste Anzeichen von Gereiztheit.

«Drei», sagte er. «Und zwei Söhne und dazu noch ein Säugling.»

«Und wie alt sind sie?» sagte Fransisca, und es klang fast wie höfliche Anteilnahme.

«Zwölf, zehn, sieben, fünf, drei, glaube ich, und vier Monate», sagte er.

«Ein Sohn», flüsterte sie über ihrem Glas. «Wie heißt er?»

«Atsuo Bohun», sagte er. «Daniel ist aber älter.»

«Du hast sie die ganze Zeit ausgehalten, während wir eine glückliche Ehe vortäuschten?» sagte sie.

«Wir haben nichts vorgetäuscht», sagte er. «Es war echt. Und ich habe sie nie ausgehalten. Sie ist ihr eigener Herr.»

Fransiscas Augen waren von der Farbe unergründlicher dunkler Topase, und plötzlich standen sie voller Tränen, flimmernd, und sie hielt ihm das Glas hin, damit er es wieder füllte.

«Vermutlich habe ich es verdient», sagte sie tonlos. «Ich ahnte nur nicht, wie sehr. Warum bittest du sie nicht zu uns? Zumindest könnten wir zusammen essen.»

Er seinerseits füllte die Gläser, trank ihr zu, verbeugte sich kurz und ging in den Garten hinaus, aber keine Amoru war weit und breit zu sehen. Er rief sie, und er rief Tomomi. Er rief zu den Fenstern hinauf. Er ging in das Hotel hinein, sah in das Lesezimmer, die Halle, den Speisesaal, und in seiner Ratlosigkeit ging er schließlich zur Anmeldung.

«Ich suche eine Mutter mit Tochter», sagte er. «Tomagatsu. Die Tochter habe ich gerade im Garten gesehen.»

«Ach ja», sagte die Angestellte. «Die beiden sind zu unserem Hotel in der Ebene gefahren. Die Dame meinte, daß ihr die Luft hier oben nicht bekommt. Viele können dieses Höhenklima nicht vertragen.»

Er seinerseits sah den Wagen unten durch eine Kurve fahren. Es gab keine Möglichkeit, sie noch einzuholen. Sein eigener Wagen stand eine Viertelstunde Fußmarsch entfernt unten in der Garage.

Fransiscas zweiter Cocktail war unberührt. Der Ober sagte ihm, daß Madame ins Hotel hineingegangen sei. Er seinerseits blieb draußen sitzen, blickte hinunter ins Tal und versuchte, nicht zu denken. Er würde für Amoru eine Erklärung bereit haben müssen. Minuten verstrichen, und er wurde sich nicht schlüssig, was er tun sollte, und eine ganze Stunde saß er da, bis der Mond fast heraus war. Dann ging er in das Hotel hinein, und wieder stand er vor dem Mädchen an der Anmeldung, und sie sah ihn an, als ob er ganz jemand anders wäre.

«Aber ich dachte, Sie wären schon weg», sagte sie. «Senhora O'Dancy ist abgereist. Vor gut einer halben Stunde.»

«Abgereist», sagte er. «Moment mal. O'Dancy. War das der Name?»

«Senhora O'Dancy hat die Rechnung für Sie und den Chauffeur bezahlt und ist mit den Wagenschlüsseln hinausgegangen», sagte die Angestellte und musterte ihn mit schrägem Kopf. «Stimmt etwas nicht?»

Er stürzte hinauf und keuchte, daß die Lungen schmerzten, und oben war alles dunkel, kein Licht im Zimmer, keine Antwort von ihrer betörenden Stimme, als er sich gegen die Wand lehnte und nach ihr rief. Der Nachtwind und eine Lamaglocke in weiter Ferne und das dumpfe Dröhnen seines Herzens.

Ihre Kleider waren nicht mehr da. Auf dem Tisch lag ein Häufchen Ohrringe, der Smaragdring und der Ehering. Kein Wort von ihr und kein Wort fast achtzehn Monate lang, und doch hatte der alte Carvalhos Ramos die ganze Zeit gewußt, wo sie war, knapp fünf Minuten von seinem Haus entfernt, im Herz-Jesu-Kloster, und sie sah Daniel und Paul und Shaun und Belisaria und Kyrillia Tag für Tag, und die Kinder hielten in stillschweigender Zustimmung zur Mutter und die Kindermädchen und Gouvernanten ebenfalls, ach, lieber Heiland, das war eine tiefe Wunde.

«Siehst du», sagte Paul, und seine Stimme brach wie ein Donnerschlag aus ihm heraus. «Die Ursache alles Übels liegt nur in deiner eigenen verdammten Blindheit. Wenn dir je irgendwer unter die Augen kam, ob Mann oder Frau oder Tier, so war es immer das gleiche. Entweder geruhte Der O'Dancy, daran Gefallen zu finden oder nicht, und wenn nicht, dann zum Teufel damit.»

Tomomi in dem japanischen Haus, unten an der weißen Küste, wo alles ringsum brasilianisch war, und alles drinnen, ja selbst das Toilettenpapier, aus ihrem eigenen Land. Und wie er dort stand, da fragte er sich, wie er es fertigbrachte, wie es Tag für Tag möglich war, zwei getrennte Leben zu führen, nun, er fand es wunderlich, darüber nachzudenken, und noch wunderlicher zu versuchen, eine Antwort zu finden.

Tomomi arbeitete an sechs Tagen der Woche ebenso angestrengt wie alle ihre Angestellten. Doch von Zeit zu Zeit machte sie sich einen Tag frei, um zu lesen, zu malen, sich mit Blumen zu beschäftigen oder irgend etwas zu tun, was ihr gerade durch den Sinn tanzte. Er seinerseits hatte keine Möglichkeit, sich einen Tag freizumachen, und es gab in seinem Leben auch nur wenige Sonntage, an denen er nicht im Büro oder in einer seiner Fabriken war. Doch an Tomomis freien Tagen und für ein oder zwei Stunden des Sonntags fuhr er zum Haus am Meer hinunter, um mit ihr zu Mittag oder zu Abend zu essen oder auch nur auf einen Whisky, und es war immer wie ein Besuch in einer fremden Welt, wo sein Geist ganz anders reagierte, weil sein Körper ganz anders behandelt wurde, und seine Seele labte sich immer wieder aufs neue an Tomomis Schönheit, die weit über alles Körperliche hinausging. Sie hatte keinen anderen Wunsch, als für ihn da zu sein. Und ihre gemeinsamen Kinder waren nur zum Teil Ursache ihres Glücks. Tomomi war eben eine glückliche Frau. Das einzige Mal, wo er sie in Tränen sah, war eines Morgens ganz in der Frühe, als sie beobachtete, wie sich die Chrysanthemenknospen den wärmenden Sonnenstrahlen öffneten.

«Warum weinst du?» fragte er sie.

«Die Schönheit erfüllt mein Herz und quillt durch die Augen heraus», sagte sie, während das köstliche Gewicht ihrer gelösten Haare seidig um seine Schultern floß.

«Sollten wir uns jetzt nicht lieber mit Kaffee vollfüllen, bis er uns zu den Ohren herausquillt?» fragte er seinerseits. «Ich habe morgens um diese Zeit immer riesigen Kaffeedurst. Blumen sind ja ganz gut und schön, wo sie hingehören. Aber ich glaube kaum, daß sie mich je zu Tränen rühren könnten.»

Und sie konnten es doch, der kleine Strauß weißer Rosen, Zwergrosen, die Tomomi selbst gezüchtet hatte, die einzigen Blumen auf Fransiscas Sarg, an jenem schrecklichen Tag, ja, sie rührten ihn zu Tränen.

«Bei den Nägeln vom Kreuze des Erlösers», sagte er seinerseits zum alten Carvalhos Ramos. «Ich benehme mich wie ein altes Weib, heule mir die Augen aus und bringe es nicht fertig, aufzuhören.»

«Weinen Sie nur», sagte der Alte, und eine Vaterhand legte sich ihm auf den Arm. «Weinen Sie, bis Sie sich ausgeweint haben. Weinen Sie Ihrer Trauer zuliebe. Weinen Sie um eine wunderbare Frau. Was sonst könnte Ihnen helfen? Was sonst könnte Sie davor bewahren, den Verstand zu verlieren? Ertränken Sie Ihren Schmerz. Salzwasser ist besser als Alkohol.»

«Keinen Tropfen habe ich angerührt», sagte er seinerseits. «Nicht einen einzigen. Keiner Flasche bin ich auch nur in die Nähe gekommen.»

Es war wahr und irgendwie sonderbar. Er verspürte nicht das geringste Verlangen zu trinken. Sein ganzer Körper schien völlig gewichtlos zu sein. Wenn er sich bewegte, kam es ihm vor, als ob er ein Bausch Watte wäre. Essen oder nur der Gedanke daran war ihm zuwider. Noch vor kurzem hatte er eine gehörige Portion Alkohol vertragen können, ohne daß man ihm viel anmerkte, wenn überhaupt. Doch jetzt war er schon nach zwei oder drei Gläschen völlig durcheinander, oft nur lallend und schlecht gelaunt und zu nichts mehr zu gebrauchen.

Sein Leben war ihm nie ungewöhnlich vorgekommen oder die Art, wie er lebte oder was er tat, und nichts war je unverzeihlich selbstsüchtig gewesen außer, natürlich, sein Verhalten gegenüber Fransisca und Tomomi. Und selbst in dieser Beziehung wußte er nicht, wie er es hätte anders machen sollen.

«Ich kann nichts Egoistisches an meinem Verhalten finden, was ich vor Gott oder der Welt verbergen müßte», sagte er seinerseits. «Was soll ein Mann schon tun, wenn die Schenkel einer Frau feucht für ihn werden? Soll er ihr den Rücken kehren? Soll er sich dazu anhalten, nur reine Gedanken zu denken? Oder ein paarmal seinen Rosenkranz herunterhaspeln? Ist das vielleicht ein Ausweg? Ist etwa an einer Frau, die liebt, etwas unrein? Oder an einem Kind? Ist deine eigene Unreinheit nicht in diesem Haus, wo ja wirklich einiges gefällig ist, nur zu offenkundig? Nach deinen eigenen Worten hat nur eine von den ganzen Frauen hier je gespürt, wie die Eier eines Mannes gegen ihre Scham schaukelten. Ist das rein? Das einzige, was ich aus sakralen Gründen verbergen sollte, ist mein Schwanz, und Schwänze können nicht sehen. Sie leisten gerade im Dunkeln Großartiges. Oder sollte ich lieber am hellichten Tag in einem weißen Mantel mit einer Nadel herumtanzen und nach einer Möglichkeit für eine kleine künstliche Befruchtung Ausschau halten? Findest du das womöglich reiner oder vor Gott weniger zu verbergen?»

Paul sah ihn an, mit dem Anflug eines Lächelns, das aber nur der Ausdruck seines Zweifels war.

«Setz dich und hör mich an», sagte er. «Wie oft bist du bisher schon in Hilarianas Institut gewesen?»

«Zweimal, glaube ich», sagte er seinerseits. «Das sind genau zweimal zuviel.»

«Du weißt ja wohl, was sie dort leistet», sagte Paul. «Sie ist in der ganzen Welt anerkannt. Doch nicht unter deinem Namen. Sondern unter Mutters Namen. Und du weißt auch, warum.»

«Ich war sternhagelvoll an jenem Tag», sagte er seinerseits. «Und wenn ich nicht verdammt aufpasse, geht's mir heute wieder so. Aber heute wäre eigentlich genau der richtige Tag dafür.»

«Immerhin wäre es besser, wenn du dir noch für eine Weile einen klaren Kopf bewahrtest», sagte Paul. «Du wirst ihn brauchen. Damals hast du ihre Ehrenpreise zertrümmert und damit dem Mädchen das Herz gebrochen. Hat sie dich eigentlich je gefragt, warum du das gemacht hast?»

«Niemals», sagte er seinerseits. «Nie hat sie gefragt. Die Angelegenheit ist nie wieder zwischen uns erörtert worden. Es war damals irgend so ein Jahrestag oder was es sonst gewesen sein mag, und das heulende Elend schwappte wie grundloser Morast in meiner Seele, und ich hatte mir ganz schön einen angesäuselt. Da ging ich in das Dunkle Zimmer, um nachzusehen, ob im Flaschenkorb noch ein paar gute Pullen waren. Der ganze Raum stand voller Blumen und dazu diese Reihe von Pokalen und Gott weiß was sonst noch. Genau dort, wo meine Fransisca ihren herrlichen Körper zu ruhen pflegte, und ich ordnete an, daß nie wieder jemand es wagen sollte, da etwas hinzustellen. Schön, die Sache war für mich erledigt. Ich bin eben wütend geworden und habe alles kaputtgemacht, was mir in die Finger kam. Es ist nun mal passiert.»

«Alles war festlich dir zu Ehren geschmückt», sagte Paul. «Heimlich, um dich zu überraschen.»

«Das haben sie immerhin auch geschafft», sagte er seinerseits.

«Und tausend Gäste mußten wieder umkehren», sagte Paul.

«Und wurden statt dessen im ersten Hotel der Stadt erstklassig abgefüttert», sagte er seinerseits. «Habe ich mich nicht höchstpersönlich entschuldigt? Und auch gezahlt, um den Schaden zu ersetzen?»

«Du konntest nicht ersetzen, was in Hilariana zerbrochen war», sagte Paul. «Hierher kam sie geschlichen und hat sich ausgeweint. Wie ein Gespenst sah sie aus. Und dabei bist du immer Sonne, Mond und Sterne zugleich in ihrem Leben gewesen, nicht wahr?»

«Das war, bis dann alles schiefging», sagte er seinerseits. «Was immer ich auch tat oder zu tun versuchte, sie beachtete mich nicht.»

«Falsch», sagte Paul. «Völlig falsch.»

«Willst du mir etwa weismachen, daß ich nicht Bescheid wüßte?» brüllte er. «Gott erbarme Sich Seines Sohnes, habe ich etwa nicht die ganze Zeit damit leben müssen?»

«Das hatte schon lange vorher angefangen», sagte Paul. «Du hast Shaun und Belisaria und Kyrillia aufwachsen lassen, ohne daß sie dich je zu Gesicht bekommen haben.»

«Stimmt», sagte er seinerseits. «Und wenn es nach mir geht, dann verzichte ich darauf, sie je wiederzusehen, solange ich lebe.»

«Es sind schließlich Mutters Kinder», sagte Paul. «Wie hast du uns bloß behandelt? Was für ein Vater bist du eigentlich? Und was ist mit den Kindern von dieser Japanerin?»

«Meine Kinder von Tomomi sind heute zu wunderschönen Frauen und angesehenen Männern herangewachsen», sagte er seinerseits. «Ich habe für sie genausoviel getan wie für euch. Ich habe ihnen eine anständige Schulbildung zukommen lassen und habe stets dafür gesorgt, daß sie gut untergebracht waren, gut zu essen hatten und gut gekleidet waren. Und selbst wenn du das Gegenteil behauptest, so sage ich dir, ich bin ein ebensoguter Vater gewesen wie die meisten Väter auf dieser Welt. Habe ich je den Arm um dich gelegt? Oder um einen von euch, mit Ausnahme von Daniel? Und Hilariana? Ein Heuchler wäre ich gewesen, hätte ich es getan. Nach dieser Geschichte mit dem Kloster wollte ich keinen von euch mehr sehen. Erbärmliche Bande.»

«Sie haben alle ihren Weg gemacht», sagte Paul. «Nur einer von uns steht bisher nicht auf der obersten Sprosse. Aber Stephen wird es auch noch schaffen. Dessen bin ich gewiß. Und wenn es nur geschieht, um dich zu treffen.»

«Warum sollte der Junge mich treffen wollen?» sagte Der O'Dancy. «Habe ich ihn je schlecht behandelt?»

«Ihn nicht, aber seine Mutter», sagte Paul.

«Seine Mutter ist eine Bestie», sagte er seinerseits. «Schlecht behandelt habe ich sie nie. Ich habe sie nur fallenlassen wie einen alten Lappen.»

«Sie hat sich aber außerordentlich an dir gerächt», sagte Paul. «Erinnerst du dich noch an die alte Mãe Nueza?»

«Vermutlich ebensogut wie jeder andere», sagte er seinerseits. «Auch wenn sie schon lange tot ist. Was ist mit ihr?»

«Sie war immer um Hil-oh herum», sagte Paul. «Sie kannte Urgroßmutter Xatinas Geheimnisse und die von Urgroßmutter Aracý, und es gab wohl kaum etwas weit und breit, wo sie nicht ihre Hand im Spiel hatte oder zumindest alles genau wußte. War dir nicht bekannt, daß sie ein ganz wunderbares Medium war?»

«Ach, zum Kuckuck, jetzt fängst du damit wieder an», sagte Der O'Dancy. «Ist denn nicht endlich Schluß damit?»

«Das hängt ganz von dir ab», sagte Paul. «Mãe Nueza hat Hilariana alles beigebracht, was sie wußte.»

Der O'Dancy schmetterte sein Glas gegen die Wand, und Paul sprang beiseite, um den Scherben auszuweichen.

«Jetzt langt's mir allmählich», sagte er seinerseits. «Warum legst du es darauf an, mir das gerade heute zu erzählen? Warum hast du dich nicht als anständiger Bruder gezeigt? Warum bist du damit nicht schon längst zu mir gekommen?»

«Genau das bin ich», sagte Paul. «Gestern abend erst habe ich davon erfahren. Schön, mir war bekannt, daß sie sich für Theosophie und Spiritismus und das Andere Leben ganz allgemein interessierte. Aber ich habe immer angenommen, daß sie viel zu sehr unter dem Einfluß von Padre Miklos stand, als daß sie eine Eingeweihte werden könnte.»

«Eingeweiht in was?» fragte er seinerseits.

«*Khimbanda*», sagte Paul. «Heute abend soll sie zur *iemanja* geweiht werden. Eigentlich hätte es bereits gestern abend geschehen sollen. Doch ein paar von den Eingeweihten sind bei irgendeiner Schlägerei verletzt worden. Da wurde die ganze Sache verschoben.»

«Augenblick mal», sagte er seinerseits. «Verschaff mir endlich Klarheit. Was ist *khimbanda*? Und was unterscheidet es von *macumba*? Und was ist mit *Umbanda* und all dem anderen Blödsinn? Wenn ich dieses Haus verlasse, das schwöre ich bei den Heiligen Gebeinen Des Herrn Jesus Christus, dann werde ich die Bande mit Stumpf und Stiel ausräuchern. Deshalb sag's mir endlich, damit ich weiß, womit ich zu tun habe.»

«Laß dir's von Onkel Mihaul erzählen», sagte Paul. «Es geht da um Dinge, über die ich lieber nicht sprechen möchte. Doch von mir aus kannst du gern wissen, daß ich und meine ganze Familie Mitglieder von *Umbanda* sind. Wir verehren durch den Geist. Wir sind eines Glaubens mit den echten Jüngern Christi.»

«Du gehst nicht in die Kirche, das weiß ich genau», sagte er seinerseits. «Was hast du für einen Grund, den Kindern das vorzuenthalten?»

«Ihnen wird nichts vorenthalten», sagte Paul. «Aber ihre Köpfe werden nicht mit Unsinn vollgestopft. Wenn sie einmal älter sind und dann noch in die Kirche wollen, so ist das ihre Angelegenheit. Es wird dich vielleicht überraschen, wenn du hörst, daß viele Anhänger der *macumba* die Kirche besuchen und sich als ausübende Katholiken betrachten. Doch das ist eine Vergiftung der Seelen. Sie suchen die Geister. Jene, die bereits im Jenseits sind. Wir sprechen nur mit den Geläuterten.»

«Welch tiefgründigen Unsinn du da verzapfst», sagte er seinerseits. «Doch ich kann mir schon denken, worauf du hinauswillst. Genau auf das, wofür die alte Mãe Nueza das Fell gegerbt bekam, nicht wahr? Aber sie fing wieder an, nachdem Die Mama gestorben war, stimmt's?»

«Sie war Urgroßmutter völlig hörig, bis zu dem Tag, an dem sie starb, etwa vor sieben Jahren», sagte Paul. «Ich habe die ganzen Bandaufnahmen hier. Sie hat lange mit uns gearbeitet, bis ich feststellte, daß sie auch für *macumba* arbeitete. Da habe ich sie ausgeschlossen.»

«Du hast mir nie etwas davon erzählt», sagte er seinerseits.

«Ich hielt es nicht für wesentlich», sagte Paul. «Damals warst du gerade in Paris.»

«Und *khimbanda* ist deiner Meinung nach das schlimmste, nicht wahr?» fragte Der O'Dancy. «Was ist denn daran so verschieden im Vergleich zu den beiden anderen?»

«Es ist schwärzeste Magie», sagte Paul und beobachtete, wie sich das graue Geringel bewegte, dieses gleitende, geschmeidige Gegeneinanderverschieben geschuppter Haut. «Magie, die sich mit aller Raffinesse Naturphänomene zunutze macht. Und schwarz, weil es sich um die schlimmste Beschwörung alles Bösen handelt. Es ist des Satans. Sie beten Satan an.»

Paul beugte sich hinunter und berührte die Schlange, und wieder schien sich das graue Geringel zu bewegen und sich jählings zuckend zusammenzuziehen, doch der Kopf lag still, und die Augen blieben geschlossen.

«Weißt du», sagte Der O'Dancy, «ich habe fast den Eindruck, daß du allen Ernstes von dem überzeugt bist, was du mir da erzählst. Glaubst du an Satan?»

«Ebenso wie ich an Gott glaube», sagte Paul. «Gäbe es ohne Gott wohl Satan?»

«Na schön», sagte er seinerseits. «Doch nun erkläre mir bloß, was das alles mit Hilariana zu tun hat.»

«Ein *candomblé* ist der Bereich der Trommeln, wo diese Dinge vor sich gehen», sagte Paul. «Hilariana hat einen solchen geschaffen, ohne daß es jemand gemerkt hat. Sie wollte mit Mutter Verbindung aufnehmen. Und mit Daniel. *Umbanda* und *macumba* waren dafür nicht stark genug. Und deshalb ist sie bereits vor langer Zeit zu *khimbanda* übergegangen. Zusammen mit Mãe Nueza. Dann holte sie sich von oben aus dem Norden eine ganze Reihe von Leuten hierher.»

«Weiß Gott, und jetzt arbeiten sie bei ihr im Institut», sagte Der O'Dancy fast flüsternd. «Deutlich gespürt habe ich's, als ich da war. Noch heute abend setze ich alle an die Luft, darauf kannst du dich verlassen.»

«Und das ist bei weitem noch nicht alles», sagte Paul. «Vanina hat meines Wissens vor einigen Jahren mit Hilariana angefangen. Natürlich auch mit Mãe Nueza. Aber sie wurde von Haß getrieben. Von Haß gegen dich, und ich bin jetzt auch fest davon überzeugt, daß sie es nur tat, um sich an dir zu rächen. Und zwar durch Hilariana. Sie ist wahrhaftig alles andere als ein Tugendbold. Erotik ist für sie ein bloßer Zeitvertreib. Und Erotik ist die breite Grundlage von *khimbanda.*»

«Aber wie kann sie das Mädchen durch Erotik treffen?» fragte Der O'Dancy. «Hilariana hat doch noch nie einen Mann angesehen.»

«Natürlich nicht», sagte Paul. «Sie ist seit ihrer Schulzeit von Vanina angeleitet worden.»

«Angeleitet?» fragte er seinerseits. «Wozu angeleitet? Sie ist wohl die unerotischste Frau unter dem Himmelsgewölbe. Der einzige Mann, mit dem ich sie je zusammen gesehen habe, ist dieser Bursche, der kürzlich hier aufgekreuzt ist. Und der ist keinen Schuß Pulver wert, sofern ich überhaupt etwas von Männern verstehe.»

Paul wandte ihm den Rücken zu.

«So liegen die Dinge», sagte er. «Und wenn sie erst *iemanja* ist, dann wird das ihre ausschließliche Domäne sein. Die Beschaffung, die Vorbereitung und die Verführung von Mädchen und Frauen durch die Riten von *khimbanda*. Vanina hat dir ein herrliches Geschenk gemacht. Eine Hohepriesterin des Steißes. Eine ganz hübsche Rache, nicht wahr?»

17.

Vanina und ihre Freundinnen, ja, kein Zweifel, das war die wahre Ursache des Übels. Jetzt sah er endlich klar, was er nie richtig begriffen hatte, wo er wie mit Blindheit geschlagen gewesen war. In der ganzen Zeit vor ihrer Hochzeit hatte er sie nie allein angetroffen. Sie brauchte Menschen um sich herum. Einsamkeit empfand sie wie einen körperlichen Schmerz. Der Kreis ihrer Freundinnen setzte sich stets aus Schönheiten ihres Alters oder noch jüngeren zusammen, und Vanina erwies sich immer als die Gefälligkeit in Person, wenn es galt, Töchter von Bekannten an die See mitzunehmen oder nach Europa ins Internat zu bringen oder zwei, drei Debütantinnen zur Eröffnung der Saison in den Hauptstädten einzuführen, sie zu allen Bällen oder sonstigen Veranstaltungen zu begleiten. Von diesem Teil ihres Lebens wußte er seinerseits kaum etwas. Sie war die Tochter eines reichen Mannes, verbrachte die meiste Zeit an der französischen Riviera und gehörte stets mit dazu, wo immer sie auch sein mochte.

Er seinerseits trieb in dem blauen Wasser vor St. Tropez und betrachtete durch eine Tauchermaske das Leben unten auf dem Meeresboden, als ihn ein Motorboot fast in Stücke geschnitten hätte. Er beobachtete, wo es festmachte, schwamm zum Ufer und ging den Strand entlang zu den beiden Jünglingen, und als er näher kam, sah er, wie sie über ihn lachten, aber sie hatten keine Zeit mehr, sich in Abwehrstellung zu begeben. Sie versuchten, sich zu widersetzen, und einem gelang es fast, ihm seinerseits mit einem Bootshaken den Schädel einzuschlagen, doch der Hieb ging ins Leere. Er boxte beide bewußtlos und drosch mit der Angelrute auf sie ein, bis sie in Stücke sprang.

«Wunderbar», sagte Vanina hinter ihm. «Ich wünschte nur, Sie hätten die Rute nicht zerbrochen.»

«Gehört sie Ihnen?» fragte er sie.

«Das nicht», sagte sie. «Aber ich hätte den beiden damit gern selbst noch ein paar übergezogen.»

«Das sind zwei ganz üble Halunken», sagte er. «Haben sie Ihnen auch was getan?»

«Nein», sagte sie. «Es machte mir nur Spaß, wie Sie die beiden zusammengeschlagen haben. Ich wünschte, ich könnte das auch.»

«Es macht Ihnen Spaß, Menschen weh zu tun, nicht wahr?» fragte er.

«Was ist denn schon dabei?» sagte sie. «Die Vorstellung begeistert mich und versetzt mich in eine ganz besondere Hochstimmung. Warum sollte ich mir Gedanken machen, was andere dabei empfinden? Ihnen war es ja auch egal.»

«Ich habe denen nur einen Denkzettel verpaßt», sagte er und sah, wie beide wieder zu sich kamen und die Augen aufschlugen. «Nicht nur ihr ruppiges Benehmen, sondern auch ihre Mißachtung mußte gesühnt werden. Wenn sich bei einem Mann die ersten Falten im Gesicht zeigen, dann glaubt diese Sorte von *caboclo,* daß er bereits passé ist.»

«*Caboclo?*» sagte sie lachend. «Nun, wenn die beiden Sie für einen alten Mann gehalten haben, so haben sie eine durchschlagende Lektion bekommen. Übrigens, kennen wir uns nicht?»

«Von der Métrostation», sagte er. «Rue de Rivoli. Ihre Nichte war mit einer Freundin im Marietta.»

Sie klatschte in die Hände.

«Natürlich», sagte sie. «Kommen Sie augenblicklich mit zu meiner Jacht. Entweder sind Sie ein Paulistano oder von Rio Grande do Sul. Stimmt's?»

«Paulistano», sagte er. «Erkennt man's am Akzent?»

Sie schüttelte den Kopf, in den er seinerseits bereits verliebt war.

«Irgend etwas an Ihnen ist merkwürdig, aber ich weiß noch nicht was», sagte sie. «Oder sind Sie einer unserer ‚entwicklungshelfenden' Gringos?»

«Ich bin selbst ein der Entwicklung auf die Sprünge helfender Paulistano und arbeite im Schweiße meines Angesichts, während ihr anderen faul auf eurem Hintern sitzt», sagte Der O'Dancy. «Wir stampfen eine ganze Stadt aus dem Boden, während Ihre Leute noch in den Dörfern auf allen Vieren herumkriechen. Gerade habe ich eine Eisenbahn und ein Telephonnetz gekauft. Und einen neuen Flugzeugtyp. Habe alles vorbereitet, daß weitere fünftausend Leute hinüberkommen und sich niederlassen können. Habe zwei Schiffe erstanden. Eine Maschinenfabrik. Elektrizität für eine neue Stadt. Und was haben Sie in letzter Zeit getan?»

«Ich habe mir das meiste aus der Kollektion von Chanel und Balenciaga gekauft und dazu noch ein paar Köstlichkeiten von Schiaparelli», sagte sie. «Ich habe mein Haus in Paris völlig neu möbliert. Ich habe endlich die Quelle aufgetan, wo ich Eselsmilch zum Baden bekomme, obwohl mir natürlich menschliche Muttermilch lieber ist. Mit Blut ist es am schwierigsten, aber das ziehe ich allem anderen vor. Es warmzumachen, ist ein Problem. Doch wenn es die richtige Temperatur hat, so ist der Geruch geradezu himmlisch. Und wie sich Blut anfühlt. Es ist, als ob man in seinem eigenen Körper drin ist.»

«Menschenblut», sagte er.

«Ja, natürlich», sagte sie. «Man muß achtgeben, aber die Mehrzahl meiner Leute macht einen recht gesunden Eindruck. Mein Arzt hat sie persönlich ausgesucht. Übrigens, ich heiße Divininha Thuringen de Brosz. Doch alle nennen mich Vanina. Nehmen wir gleich dieses Boot hier. Es kann dann wieder zurückfahren.»

Die beiden Schnösel saßen verdutzt da und wagten keinen Protest, als er seinerseits ihr in das Boot half, den Motor anließ und losfuhr. Die Jacht war die weißeste in der ganzen Bucht und führte die Flagge von Panama.

«Es ist irgendwie wegen der Steuer», sagte sie. «Davon verstehe ich nichts. Das erledigen alles die Angestellten meiner Mutter. Haben Sie schon zu Mittag gegessen?»

«Ich esse nie zu Mittag», sagte er. «Ein Sandwich mit Roastbeef und ein Glas Wein genügen mir vollauf.»

«Genau das sollen Sie haben», sagte sie. «Und ich sehe zu, wie Sie das Roastbeefsandwich vertilgen.»

«Wollen Sie denn nichts zu sich nehmen?» fragte er.

«Ich vernasche einen gewissen Teil von Ihnen», sagte sie. «Und zwar das, was jetzt dort in Ihrem roten Höschen anschwillt.»

«Suchen Sie vielleicht ewige Jugend in der wilden weißen Lebensessenz?» fragte er seinerseits.

Sie lachte und streckte die goldschimmernden Schenkel, dehnte die Brüste gegen die knappen Schalen aus Seide und musterte ihn mit rosig glänzendem Blick aus weit offenen blaßbernsteinfarbenen Augen.

«Ich kann's gar nicht abwarten, dich zu probieren», sagte sie.

Die Jacht war größer als alle, die er selbst je besessen hatte, doch er neidete es niemandem, der einen Tanz auf dem Wasser einem Nachtklubabend an Land vorzog. Das Leben an Bord hatte ihm nie besonders zugesagt, mit Ausnahme auf den großen Passagierschiffen, wo er viel Abwechslung und viele Menschen um sich hatte. Der Wunsch, mit einer Besatzung von zwanzig oder mehr Leuten herumzukreuzen, die nichts weiter zu tun hatte, als das Schiff und die Kombüse in Betrieb zu halten, nur damit ein paar Menschen mit allem Komfort unter sich sein konnten, erschien ihm wie eine widerwärtige Komödie. Divininhas Mutter hatte die Jacht in Dienst behalten, um ihrem Mann aus dem Wege gehen zu können, und Divininha behielt sie, weil sie dadurch die Möglichkeit hatte, mit ihren Freunden von Hafen zu Hafen zu fahren, bis ihr die Freunde und die Häfen langweilig wurden, und dann flog sie nach Rio de Janeiro, London, New York oder sonstwohin, ganz wie es ihr in den Sinn kam. Es schien ein völlig normales Dasein für eine junge Frau zu sein, die ohnehin nichts zu tun hatte. Ihre Freunde gehörten zu ihrem

Bekanntenkreis von zu Hause oder hatten mit ihr die Schule und die Universität besucht, oder es waren Müßiggänger ihrer Welt oder nur Gesindel aus den *boîtes* und Nachtlokalen. Zu jeder Tages- und Nachtzeit und nach reichlichem Alkoholgenuß entzückten ihre Freunde und Schmarotzer sie mit nackter Lustbarkeit und vertrieben sich nach der Art müßiger junger Männer und Frauen mit überschüssiger Lebenskraft die Zeit in verspielter Zweisamkeit. Er seinerseits konnte dieser Form von Geselligkeit oder Vergnügen keinen großen Geschmack abgewinnen. Er konnte zusehen, unbeteiligt und ohne den Wunsch zu verspüren, sich selbst zum Affen zu degradieren und mitzumachen. Ihn verlangte es einfach nur nach dem Körper einer Frau, und Vaninas Körper war genau das, wonach ihm der Sinn stand. Sie war etwas größer als er, und mit hohen Absätzen sogar um einen ganzen Kopf, und sie war wohlproportioniert, nur ihre Brust war klein, doch vollendet, und ihre Schenkel waren schlank, und ihre Muskeln ließen erkennen, daß sie viel schwamm, und in der Sonne leuchtete ihr Körper wie rötliches Gold – ach, Creonice! –, worin sich das Lächeln einer afrikanischen Großmutter irgendwo in ihrer Ahnenreihe verriet.

Ihre ehrliche Begeisterung für das Laster aus Freude an der Sache und ihre vollkommene Selbstsucht übten einen gewissen Reiz auf seinen eigenen Zug zur Verderbtheit aus, der, wie er wußte, stets gegenwärtig war, doch ihm niemals gefährlich werden konnte. Er seinerseits war viel zu dominierend, als daß er sich je zum Sklaven erniedrigt hätte, weder in der Öffentlichkeit noch, was das hier betraf, vor ihr unter vier Augen. Liebesspiele waren ganz schön und gut, doch einer Frau zwischen die Schenkel zu dringen – Creonice, der Herr sei dir gnädig und schenke dir Frieden! –, das war das einmalige Wunder, und bei ihr zu bleiben, leidenschaftlich flammend, und darauf zu warten, daß sich der Heilige Wille der Natur vollziehe.

Sie saßen auf ihrem Sonnendeck, und das Sandwich und das Glas Wein waren vorzüglich, und die kurze rote Hose wurde von ihren zerrenden Händen fast ganz heruntergestreift, und ihr Haar bedeckte ihn, und sie liebkoste mit der Zunge seine Knospe, und unten kam die Barkasse voller Gendarmen und mit ihnen die beiden Schnösel voller Heftpflaster.

«Gut, daß ich nicht in allerbester Form war», sagte sie, während er aufstand und sich wieder zuknöpfte. «Wäre ich nackt, ohne Badeanzug, gewesen, hätte ich Befehl gegeben, den Anker zu lichten und das Weite zu suchen. Dann hätten wir einen internationalen Zwischenfall gehabt statt eines allerliebsten privaten. Du marschierst ab ins Gefängnis, und ich warte hier derweil auf dich.»

«Aber du bist doch mein Zeuge gewesen», sagte er.

«Du hattest zwanzig Zeugen, mein Süßer», sagte sie und drückte auf einen Knopf, worauf eine Sichtblende in die Höhe schnurrte, hinter der eine ganze Anzahl von Menschen saßen, die jetzt lachten, schrien und in die Hände klatschten, während ihm der Polizeioffizier von unten zuwinkte. «Tut mir leid, daß es bei dir so lange dauert. Aber das waren ja wohl erst die Hors d'oeuvres, nicht wahr? Ich bin hoffentlich das nächste Mal in Höchstform und habe noch größeren Appetit.»

An Land dauerte es nicht lange, mit der Polizei und den Anwälten fertig zu werden und den beiden klarzumachen, was ihnen blühte, wenn sie sich noch einmal begegneten, und dann schüttelten sie einander bei einem Glas Whisky die Hand, und sie versicherten ihm, daß es ihnen überhaupt nichts ausgemacht habe, von einem Multimillionär verprügelt worden zu sein, und alles löste sich in Wohlgefallen auf, doch das Schiff war schon fort, als das Taxi wieder am Hafen ankam. Er seinerseits hatte vergessen, wie viele Wochen oder Monate vergangen waren, bis sie sich wiedertrafen, und es war stets das gleiche. Der gleiche Lebensstil, die gleichen Leute, die gleichen Getränke, das ewig gleichbleibende Stimmengewirr in einem halben Dutzend Sprachen, in das sie sich nur für jeweils einen Augenblick einschaltete, und das ewig gleiche Gedudel moderner Musik in ihrer abartigsten Form aus dröhnenden Stereolautsprechern, die gleiche beklagenswerte Schändung von Tasten-, Blech- und Holzblasinstrumenten.

«Du scheinst diese Eröffnungen ja sehr gelassen hinzunehmen», sagte Paul. «Oder hast du etwa schon davon gewußt?»

«Nein, und ich nehme das keineswegs gelassen hin, aber mit einemmal kommt mir die ganze Sache nicht mehr allzu tragisch vor», sagte er seinerseits. «Wenn Frauen was mit Frauen haben, so erscheint mir das ziemlich harmlos, sofern man rechtzeitig dazwischenfährt. Was kann denn eine Frau schon groß mit einer anderen anfangen? Sie kitzeln? Daran kann ich nichts Schlimmes finden. Wenn's nicht 'ne andere bei ihr täte, würde es diese Sorte bei sich selbst tun. Ja, würden sie sich Männern an den Hals werfen, dann sähe die Sache schon anders aus. Doch *khimbanda* an sich gefällt mir nicht. Und das nicht etwa, weil ich nicht besonders an Satan glaube. Ich entsinne mich noch genau, wie mir himmelangst wurde, als mir Die Mama von ihm erzählte. Aber die Angst scheint sich mit den Jahren verloren zu haben. Es ist nur der Gedanke, daß sich das alles hier vor meiner Nase abspielt. Das dulde ich nicht, und deshalb wundere dich nicht über die Art, wie ich mit dem allem aufräumen werde. Und weil ich jetzt schon weiß, was ich dagegen unternehme, haben mich deine Eröffnungen kalt gelassen. Ich werde kurzen Prozeß machen. Dir und deiner *Umbanda* und deiner ganzen verrückten Hausgemeinschaft gebe ich bis heute um Mitternacht Zeit, von Dem Erbe zu verschwinden. Ist das deutlich genug? Sonst sag' ich's gern noch einmal.»

«Du wirst unsere Hilfe brauchen, wenn du dir Hilariana vornimmst», sagte Paul. «Ich warne dich. Du ahnst ja gar nicht, was dir da bevorsteht.»

«Ich brauche von niemandem Hilfe», sagte Der O'Dancy. «Ich werde den ganzen Spuk ausräuchern.»

«Und es wird keiner mehr da sein, der dir noch bleibt», sagte Paul.

«Aber Das Erbe ist sauber», sagte Der O'Dancy. «Das bleibt mir wenigstens immer noch. Sauberkeit.»

«Das ist aber keine Rettung für Hilariana», sagte Paul. «Ob auf Dem Erbe oder woanders, sie ist verdammt.»

«Ich will verdammt sein, wenn sie das ist oder sein wird», sagte er seinerseits. «Ich werde sie kurieren, und zwar noch heute nacht. Ich lege sie einem Mann ins Bett, bei Gott, das tue ich, und wenn ich selbst dieser Mann sein müßte. Heute nacht noch passiert's. Steht Chofi draußen angebunden?»

«Chofi ist vor vier Jahren gestorben, was dir zeigt, wie wenig du von allem hier weißt», sagte Paul. «Doch sein Sohn ist da, Schahbasch. Ein noch besseres Reitpferd. Wohin willst du?»

«Zu Vanina», sagte er. «Und vergiß nicht. Bis Mitternacht bist du hier verschwunden.»

18

Über den kurzgeschnittenen Rasen zu galoppieren, war ganz nach seinem Geschmack, zumal da Schahbasch in der neununddreißigsten Generation Nachkomme eines berühmten Araberhengstes war, ein leiblicher Abkömmling von Rahman, aus dem Blute Des Tetrarchen, Des Vaters Augapfel, und jetzt waren die klappernden Hufe das Bindeglied zwischen ihm seinerseits, dem Land und dem Besten der Familie.

Alle Häuser auf Dem Erbe säumten einen quadratischen Garten, der in drei flachen Stufen anstieg, mit je acht Kilometern Seitenlänge, und das Haupthaus der O'Dancys stand ganz oben in der Mitte und alle anderen am Rand entlang zwischen Baumgruppen und Gebüsch. Nichts war seit Großväterzeiten verändert worden. Er seinerseits hätte es nie zugelassen. Vanina hatte sich ein ganz modernes Sommerhaus im Bungalowstil bauen lassen, aber es lag vollkommen verborgen. Fransiscas Haus war noch genauso wie zu Urahn Leitrims Zeiten, mit einem Binsendach, und die Außenwände bestanden aus Stämmen und Bambus. Doch innen war es völlig modern, wenn man von den alten Möbeln absah, die sie gesammelt hatte. Und es gab noch viele andere Häuser dort. Das von Padre Miklos stand in der Nähe der Kirche. Democritas wohnte in Tomagatsus altem Haus. Hilariana hatte Urgroßmutter Aracys Haus bezogen, aber sie hatte viel dazugebaut und verändert, doch immer stilgerecht. Belisaria lebte in einem kleinen Haus, das einst eine Scheune für Saatgut gewesen war, über dessen Schwelle er seinerseits aber noch nie den Fuß gesetzt hatte. Kyrillia wohnte in einem Puppenhaus, in dem Großmutter Siobhan früher ihre Wolle getrocknet hatte. Shaun lebte in einem ehemaligen Stall. Und Daniel, jetzt nur noch ein schmerzliches Gedenken, denn die Wunde war verheilt, und die Tränen flossen nicht mehr gleich, nur die Muskeln zogen sich in grausamer Inbrunst zusammen bei dem Gedanken an einen guten Jungen, an einen lachenden Jungen, an Den O'Dancy, in dem er sich selbst sah, ja, er hatte in der alten Wäscherei gewohnt, einem Haus aus schweren Balken, wo die Wäsche gehangen hatte und wo genug Platz für die langen Tische gewesen war, an denen die Wäscherinnen gebügelt und gelegt hatten.

«Das hier ist meins», sagte Daniel damals vor vielen Jahren, als er fünfzehn oder sechzehn war. «Ich werde es mir einrichten.»

«Fein», hatte er seinerseits gesagt. «Soll ich dir dabei helfen, es wohnlich zu machen?»

«Nein», sagte er. «Ich mach's schon allein.»

«Du bist Der O'Dancy, wenn ich einmal nicht mehr bin», sagte er seinerseits, und Stolz würgte ihn in der Kehle. «Mach alles, was du willst. Es gehört dir. Nur denke an unsere goldene Regel.»

«Ich weiß», sagte Daniel und legte ihm den Arm um die Schulter. «Niemals zerstören, niemals erneuern, höchstens umändern, wenn es unbedingt sein muß.»

«Mit aller Ehrerbietung vor denen, die dahingegangen sind», sagte er seinerseits. «Das ist es. Wie denkst du dir denn die Einrichtung?»

«Kein Problem», sagte Daniel und blickte über das weite Grün. «Ein paar Sessel, die ich in London gesehen habe. Und noch ein paar andere Sachen in Paris.»

«Bei Hermès», sagte er seinerseits. «Du hast recht. Sie würden gut hierher passen. Und da war doch, soweit ich mich erinnere, auch noch die hübsche kleine Louise, nicht wahr? Aber ist sie nicht ungefähr zehn Jahre älter als du? Na, du wirst sie bestimmt herüberholen, und dann richtet sie dir das Haus großartig ein und verdient sich dabei eine anständige Provision. Ob sie wohl ein Baby nach drüben mit zurücknehmen wird?»

«Sie bringt eins mit», sagte Daniel. «Erlaubst du, daß sie hierbleibt?»

«Ein Kind von uns?» fragte er seinerseits. «Bist du der Vater?»

«Es kann gar nicht anders sein», sagte Daniel. «Sie war noch unberührt, als ich sie nahm.»

«Hast du viele genommen?» fragte er.

«Genug, daß ich weiß, ob es eine Jungfrau ist oder nicht», sagte Daniel. «Ich bin mir nicht sicher, ob ich sie liebe. Aber ohne sie fühle ich mich auch nicht wohl. Wenn mir irgend etwas passiert, würdest du dich dann ihrer annehmen?»

«Natürlich mache ich das», sagte Der O'Dancy. «Darüber brauchen wir gar keine Worte zu verlieren. Meine Hand darauf. Doch was soll dir denn schon groß passieren?»

Nie wieder würde er die grauen Leitrim-Augen vergessen können, die traurig über das Grün hinwegblickten.

«Ich weiß nicht», sagte der Junge. «Ich habe so ein merkwürdiges Gefühl. Doch ich bin froh über diesen Tag. Daß ich's dir erzählt habe.»

«Was immer du mir erzählst, es bleibt alles beim alten», sagte er seinerseits. «Wenn ich einmal nicht mehr bin, dann gehört das hier alles dir. Deshalb gewöhne dich langsam daran. So, und nun in den Sattel und die Grillen aus dem Kopf herausgaloppiert.»

Und eben das taten sie, ach ja, jene ausgefüllten Tage, als er sich noch durch Name und Blut einem anderen Jahrhundert verbunden wußte, bis Seine Majestät zutiefst bedauerte, und er seinerseits blieb allein zurück ohne eine einzige Seele in der weiten Welt, die einen Dreck danach gefragt hätte, ob es für den O'Dancy Leben oder Tod bedeutete, ob ihm eine Welt zusammenbrach, und Gott möge ihnen die Pest an den Hals schicken. Er seinerseits wünschte sie alle zum Teufel, wer es auch sein mochte.

Shaun, ja, das war schon ein ungewöhnlicher Junge gewesen. Zugegeben, und warum auch nicht, er hatte einen kräftigen Schuß Indioblut von Urgroßmutter Aracýs Vorfahren mitbekommen und erkleckliche Spuren von Großmutter Thebes' afrikanischen Ahnen, aber er war ein netter Kerl und ein Komödiant von dem Augenblick an, wo er zum ersten Mal in seine Milch prustete. Doch diese Großmutter – sie war Großvater Connors zweite Frau – hatte auch noch einen Zug von Unstetigkeit mit ihrem Blut vererbt, der sich bei Shauns Vater besonders ausprägte, ein Säufer vom Tage seiner Geburt an, der mit der Flasche in der Hand starb, dort oben unter Urahn Leitrims Steinkreuz, und Fransisca nahm die Kinder als eigen an, Belisaria, Kyrillia und Shaun, mit amtlichen Papieren und allem, was dazugehörte. Nicht, daß es ihm seinerseits etwas ausgemacht hätte, denn er sorgte ohnehin für alle Vaterlosen auf Dem Erbe, als ob sie seine eigenen Kinder wären. Doch für diese Kinder machte es einen himmelweiten Unterschied, da sie Fransisca als ihre Mutter betrachteten, ihn aber nur als jemanden, der die Rechnungen bezahlte.

Er seinerseits lenkte Schahbasch auf den schmalen Fußweg, nahm die Pforte im Sprung und brachte das Pferd auf dem Rasenfleck vor der Veranda zum Stehen. Es war ein schönes Haus, langgestreckt und niedrig, mit einem Binsendach, von Blumen umrankt und inmitten von Buschwerk.

Shauns Größe überraschte ihn. Er trat aus der Mitteltür, in kurzen blauen Hosen, und sein sonnengebräunter Körper war so riesenhaft, daß der schwarze Haarschopf fast den oberen Türrahmen berührte.

«Beim Gott aller goldenen Geißen», rief er. «Wenn das nicht der alte Anglikaner höchstpersönlich ist. Nicht zu fassen. Wie schmeckt dir denn der Abendmahlswein dieser Tage, du hartgesottener Sünder?»

«Prächtig wie immer», sagte er seinerseits. «Doch das Wörtchen ,alt' kannst du dir schenken, denn es erweist sich allmählich als zu wahr, um noch als angenehm empfunden zu werden. Es ist ja geradezu unverschämt, wie du von Gesundheit strotzt.»

«Nun, ich bringe es immer noch fertig, einen prachtvollen Durst zu entwickeln, und das ist die Hauptsache», sagte Shaun. «Wie wär's mit etwas zu picheln?»

«Im Augenblick bin ich gar nicht so scharf darauf», sagte er seinerseits. «Was kannst du mir denn bieten? Zuckerrohrschnaps?»

«Was anderes habe ich nicht, außer selbstgebrautem Bier», sagte Shaun. «Wenn ich hier bin, so lebe ich auch hier und esse und trinke, was es hier gibt. Hier kommt nichts von woandersher, weder auf Rädern noch auf Flügeln. Auf dem Lande und vom Lande leben, etwas anderes kommt nicht in Frage.»

Das Innere des Hauses war mit Möbeln ausgestattet, die aus einheimischen roten oder tiefschwarzen Hölzern hergestellt worden waren, und alle Sessel und Liegen waren mit polierter Ochsenhaut bezogen. Der Raum verbreitete eine Atmosphäre der Ehrwürdigkeit und ein Gefühl von Geborgenheit, ohne daß man zu anderen Laren und Penaten Zuflucht nehmen mußte, und selbst diese Hausgeister standen in einem geschnitzten Diakonikon, das, wie er wußte, einmal Großmutter Siobhan gehört hatte, auf ihrem Platz an der Südwand im rötlichen Schimmer einer Altarlampe.

«Nett hast du's hier», sagte er seinerseits und ließ sich in einen bequemen Sessel nieder. «Ich komme gerade von Paul. Es gibt Ärger mit Hilariana, aber ich werde die Angelegenheit in ein paar Stunden bereinigt haben. Eine Frage. Hast du irgend etwas mit *Umbanda* oder *macumba* oder *khimbanda* oder ähnlichem Zeug zu tun?»

Shaun schien nicht gehört zu haben. Er schnitt zwei Limonen in Stücke, füllte zwei Gläser bis zur Hälfte mit feinem Zucker, stieß die Limonen mit einem Stößel hinein und goß Zuckerrohrschnaps darauf. Es war süß, herb, belebend und eisig. Während der ganzen Zeit sagte er kein Wort. Die Muskeln seines geschmeidigen Indio-Körpers spielten unter der bräunlichen Haut, die von der Sonne noch dunkler geworden war. Der Junge hatte einen guten Kopf mit glattem schwarzem Haar, eine schmale, edle Nase, klare tiefbraune Augen mit langen Wimpern, Indio-Wimpern, und einen Mund mit herrlich weißen Zähnen, die ihm das Lächeln eines Gottes verliehen, und Hände, die fast weibisch wirkten, obwohl sie bereits drei Männer zu Tode gewürgt hatten. Er setzte sich, zündete eine Zigarette an und hob lächelnd das Glas.

«Der Anglikanerbischof möchte ein bißchen auf den Busch klopfen, wie?» sagte er. «Modernes Autodafé, was? Mein außerordentlich mißgeschätzter Herr Inquisitor, warum läßt du nicht völlig harmlose Leute in Frieden? Das Leben währt doch nur ein paar Jahre. Und für die meisten ist es ohnehin ein klägliches Dasein. Wenn sie dann etwas finden, was ihnen Spaß macht oder sie sogar ein bißchen fesselt, warum willst du dich da unbedingt einmischen?»

«Ich bin nicht hergekommen, um mich mit dir auf große Erörterungen einzulassen», sagte Der O'Dancy. «Ich wünsche eine klare Antwort. Glaubst Du an irgendein Gift dieser Art?»

«Von Natur aus glaube ich an alle möglichen Gifte», sagte Shaun.

«Besteht nicht das ganze Leben daraus? Schließlich bringt es mit der Zeit den Menschen um, nicht wahr? Sogar einen Papst. Wie schmeckt dir das Zeug?»

«Wirklich recht gut», sagte er seinerseits. «Erstaunlich gut. Hast du bei diesen Praktiken deine Hand mit im Spiel?»

«Wann habe ich jemals bei irgendwelchen Praktiken die Hand mit im Spiel gehabt?» fragte Shaun. «Guter alter Mihaul, guter alter Miklos, guter alter Wer-auch-immer, und ihr ganzer Beschwörungsunsinn? Es ist doch alles das gleiche. Alles für den gleichen Zweck ausgeklügelt. Und treibt uns geradewegs ins Chaos. Natürlich wird das alles einmal das Zeitliche segnen. Es geht nur nicht schnell genug.»

«Das höre ich gern», sagte Der O'Dancy. «Weißt du etwas über *khimbanda*?»

«Eine ganze Menge», sagte Shaun. «Nicht ausgesprochen ex cathedra. Das ist Mihauls Domäne.»

«Hat er viel damit zu tun?» fragte er seinerseits.

«Frag ihn doch selbst», sagte Shaun, schob den Mund von rechts nach links und zog an seiner Zigarette.

«Ich frage aber dich», sagte Der O'Dancy. «Denn wenn du etwas damit zu tun hast, dann verläßt du noch heute nacht Das Erbe.»

«Das würde mir nicht das geringste ausmachen, verlaß dich drauf», sagte Shaun, schlürfte aus seinem Glas und schob wieder den Mund von rechts nach links. «Ich promoviere derweil als Brasiliens erster Tagedieb, summa cum laude. Ich werde den Gipfel des Ruhms erklimmen. Und schon nächstes Jahr hoffe ich, alle Tagediebe der Welt zu einer großen Konferenz einzuberufen. Dann machen wir den Olympischen Spielen Konkurrenz.»

«Tust du eigentlich überhaupt etwas?» fragte Der O'Dancy. «Hast du nicht Jura studiert und bist Anwalt?»

«Ach so, ja», sagte Shaun. «Aber das ist keine *samba*.»

«Keine was?» fragte er seinerseits.

«Keine Musik, kein Rhythmus, kein Leben, kein Vergnügen», sagte Shaun. «Ich ziehe das Herumvagabundieren vor.»

«Mit meinem Geld kannst du dir das ja auch leisten», sagte Der O'Dancy.

«Das ist schon lange futsch», sagte Shaun. «In den letzten Jahren habe ich mit und von ein paar Frauen gelebt. Was Mutter mir hinterlassen hat, habe ich Kyrillia vermacht.»

«Und wovon lebst du jetzt?» fragte der O'Dancy. «Wenn du auf meinen Namen Schulden machst, so hast du Pech gehabt. Ich denke gar nicht daran, sie zu bezahlen.»

«Spiel dich doch bloß nicht als Anglikanerbischof auf», sagte Shaun, trank wieder einen Schluck und schob aufs neue den Mund von rechts nach links. «Wenn ich Geld brauche, verkaufe ich einfach ein Stück Land. Bis ich tot bin, ist alles weg.»

«Du verkaufst das Land bei Brasilia?» fragte Der O'Dancy. «Warum hast du's nicht mir angeboten?»

«Der junge Senhor Carvalhos Ramos hat als Mutters Anwalt immer das Vorkaufsrecht», sagte Shaun. «Er erzielt jedesmal einen guten Preis dafür. Warum willst du denn noch mehr Land dort oben? Dir gehört doch schon das meiste.»

«Man kann nie genug haben», sagte Der O'Dancy. «Ich weiß eine gute Verwendung dafür.»

«Du bist der erste, der hängt, wenn hier eine Revolution ausbricht», sagte Shaun, tat wieder einen Schluck und schob den Mund von rechts nach links. «Du und deine Gringo-Freunde. An den Galgen. An die Wand.»

«Du gehörst garantiert auch zu dieser Sippschaft, nicht wahr?» sagte er seinerseits. «Mir geht langsam ein Licht auf.»

«Dir geht überhaupt kein Licht auf», sagte Shaun. «Dir ist noch nie eins aufgegangen. Du bist ein Anglikanerbischof.»

«Und du bist blau», sagte Der O'Dancy.

«Sehr verbunden», sagte Shaun. «Ich verabscheue die Nüchternheit. Sie geziemt sich nicht für einen, der das Leben liebt, findest du nicht auch? Das Leben, das ist das eigene Ich und das ganze Affentheater in Schnaps gebadet. Wir wissen nicht, wo wir stehen, und es ist uns auch völlig schnuppe. Das ist der Zustand, den man Karma nennt. Wir sind bereit, unser eigenes Ich gegen ein neues einzutauschen. Das ist meine Vorstellung von *samba*.»

«Falls ich die Ursache dafür sein sollte, tut es mir leid», sagte Der O'Dancy. «Jetzt wünschte ich, ich hätte mich ein bißchen mehr um dich gekümmert. Eine anständige Tracht Prügel wäre das beste gewesen, was dir je hätte passieren können.»

«Warum müssen Anglikanerbischöfe immer nur von Strafe reden?» fragte Shaun.

«Warum eigentlich gerade anglikanisch?» sagte Der O'Dancy. «Warum nicht katholisch?»

«Das sind keine echten», sagte Shaun. «Katholische Bischöfe laufen sich gegenseitig den Rang ab, um die Kardinalswürde zu erlangen, und die Kardinäle schielen nach der Papstwürde. Jeder katholische Bischof ist ein Papst in spe. Ein tiaragekröntes Oberhaupt, Empfänger und Geber Des Kusses. Neben so einem Strahlenglanz, was ist denn da noch ein Anglikanerbischof? Schlechthin ein Geschäftsmann zweiten Grades. Keine *samba*.»

«Du bist, was Großvater Connor einen Schnapphahn zu nennen pflegte», sagte Der O'Dancy. «Jederzeit bereit zu nehmen, aber nicht bereit zu geben. Was tust du bloß mit deinem Leben? Du machst nicht einmal den Versuch, die Schuld deiner Geburt abzutragen. Es hat eine ganze Menge gekostet, dich in diese Welt zu setzen.»

«Keine *samba*», sagte Shaun.

«Du und dein verdammtes *samba*-Gequatsche», sagte Der O'Dancy. «Dir sind vermutlich auch die Bongotrommeln zu Kopf gestiegen. Wenn man in diese Welt geboren wird und von Gott ein Gewissen mitbekommen hat, so übernimmt man damit auch eine Pflicht. Jawohl, eine Pflicht. Und die Pflicht ist die andere Hälfte des Gewissens. Hast du das bisher noch nicht gewußt?»

Shaun streckte die Beine aus und betrachtete sein Glas gegen den Schimmer der Altarlampe.

«Eine Pflicht habe ich einzig und allein an mir selbst zu erfüllen», sagte er. «Und was das Gewissen anbetrifft, so habe ich keine Ahnung, falls du das meinst, was man in höchst alberner Weise den Sinn für Gut und Böse nennt. Bisher hat mir noch keiner erzählt, was ,gut' ist. Es scheint jedenfalls immer genau auf den Vorteil dessen abzuzielen, der gerade davon redet. Ob das dann auch für mich von Vorteil ist, mag dahingestellt bleiben. Aus diesem Grunde, keine *samba*.»

«Also hast du recht und alle anderen unrecht», sagte Der O'Dancy. «Und du bist natürlich die letzte Instanz, nicht wahr? Alle anderen liegen falsch, oder?»

«Alle anderen sind mir völlig egal», sagte Shaun. «Der einzige, der mir nicht egal ist, bin ich selbst.»

«Und alle anderen können von dir aus zum Teufel gehen», sagte er seinerseits. «So ist es doch, nicht wahr?»

«Warum denn?» sagte Shaun. «Sie sind doch bereits dort.»

«Billig», sagte Der O'Dancy. «Das Geld für deine Ausbildung ist rausgeschmissen. Die Schule sollte man niederbrennen. Dafür, daß sie ein Ungeheuer wie dich dort herangezogen und die Welt nicht gewarnt haben, als sie dich ohne weiteres und in Freiheit auf die Menschheit losließen.»

«In Freiheit?» sagte Shaun. «Hast du eigentlich eine Ahnung, wovon du da redest? Ausgerechnet du? Du bist ein Gefängnisbüttel. Von Geburt an. Was ist denn deine Idee von der Freiheit? Daß nur du allein schalten und walten kannst, wie es dir beliebt, nicht wahr? Doch deine ,Freiheit' ist vielleicht bloß ein Begriff von Eingekerkertsein. Und mein Begriff von Freiheit ist vielleicht in deinen Augen Sklaverei. Die wirkliche Freiheit ist weit mehr als das, wovon wir beide reden. Und für mich bedeutet sie das Leben. Keine engstirnigen Theorien. Keine Religion. Keine Philosophie. Es ist ohnehin nicht zu definieren. Und es bietet nichts. Nur am Ende den Tod? Keine *samba*.»

«Wenn ich dieses Wort noch einmal höre, schmeiße ich dir das hier an den Kopf», sagte Der O'Dancy und hob sein Glas.

«Tu's doch», sagte Shaun, nahm einen kleinen Schluck, schob den Mund von rechts nach links, lehnte sich zurück und lächelte. «Vielleicht wär' das 'ne *samba*.»

«Und du würdest dich nicht wehren?» fragte Der O'Dancy lauernd.

«Was für ein Anglikanerbischof du doch bist», sagte Shaun. «Natürlich nicht.»

«Ich würde dir die Seele aus dem Leibe schmettern», sagte der O'Dancy.

«Zu etwas anderem bist du bei deiner Mentalität auch gar nicht fähig», sagte Shaun, nahm noch einen Schluck, rieb sich mit den gespreizten Fingern die Brust, schob den Mund von rechts nach links und blickte durch die Tür hinaus. «Bankrott, allerdings nicht in bezug auf die Landeswährung. Denn die kontrollierst du ja zweifellos.»

«Das stimmt nicht», sagte Der O'Dancy.

«Mein verehrter Herr Krösus, du vergißt, daß ich einmal der geringste Bürokuli in deinen widerwärtigen Unternehmen war», sagte Shaun. «Ich hatte genug von der Juristerei mitbekommen, daß ich völlig legal einem armen Mann sein Geld zu stehlen wußte und einem reichen Mann genauso, vorausgesetzt natürlich, daß ich mehr Spitzbuben in höchsten Positionen kannte als er und auch das Geld hatte, ihn in puncto Bestechung zu überbieten. Darf ich deine werte Aufmerksamkeit auf die Angelegenheit mit den O'Dancy-Schürfrechten lenken? Du entsinnst dich doch wohl noch? Vögele gegen Trackmanner. Und ich in der Rolle des Dolmetschers, erinnerst du dich? Höchst patenter junger Mann. In fünf Sprachen perfekt, einschließlich – o Wunder über Wunder – seines eigenen heißgeliebten *brasileiro* plus einer ganz soliden Grundlage in internationalem Recht. Die Amerikaner hätten gewinnen müssen, aber sie haben's nicht. Sie waren nämlich Puritaner genug – stell dir das mal vor –, sich zu weigern, derartig schamlose Bestechungsgelder zu zahlen. Deshalb triumphierte *Deutschland, Deutschland über alles. Hoch.* Das war eine *samba*.»

«Du warst anderer Meinung, nicht wahr?» fragte Der O'Dancy.

«Keineswegs», sagte Shaun, trank und schob den Mund von rechts nach links. «Ich bin ein Lehrling geworden. Nicht ein Zauberlehrling, sondern ich lernte, dem lieben Gott den Tag zu stehlen. Und ich werde ein Tagedieb par excellence bleiben, bis die Revolution ausbricht.»

«Und dann glaubst du bestimmt, daß du der Boß wirst, nicht wahr?» sagte er seinerseits.

«Keine *samba*», sagte Shaun. «*Bossa nova*, vielleicht.»

«Und da du gerade bei der Revolution bist, hätte ich gern etwas mehr erfahren», sagte Der O'Dancy. «In meinen Kreisen hört man nicht allzuviel darüber.»

Shaun streckte die Beine noch etwas weiter von sich, lachte mit weit geöffnetem Mund zur Decke hinauf, und er lachte genauso lautlos wie Hilariana.

«Das ist eine *samba*», sagte er. «Liest du denn keine Zeitungen? Oder Berichte von den O'Dancy-Statthaltern landauf, landab? Du bist doch gewißlich kein Analphabet, oder? Vermutlich ist es bei dir eine neronische Mißachtung gegen alle außer Pontifex maximus Arquimed höchstpersönlich. Aber selbst er sollte doch der Vorzeichen und Omen gewahr werden. Dein Leib-Haruspex, der junge Carvalhos Ramos, könnte dir da einiges erzählen. Wenn es eines Tages soweit ist, stellt man ihn neben dich an die Wand. Das weiß er auch. Deshalb wird er dich mit allen verfügbaren Waffen verteidigen. Vielleicht gelingt es ihm ja, dich noch eine ganze Zeitlang am Leben und in Unkenntnis zu halten. Anglikanerbischöfe sterben nicht so leicht. Sie wissen ganz genau, daß sie zur Hölle fahren. Und du kommst mit Hilfe des Stricks oder einer Kugel dorthin. Und zwar als einer der ersten. Und du verdienst es auch. Du vergötterst das Produkt der industriellen Revolution in Europa. Warte nur, bis wir hier auch unsere Revolution haben. Um das alles wieder über Bord werfen zu können. Und dazu sämtliche Leute wie deinesgleichen, die sich nur die Taschen füllen und nur das tun, was ihnen beliebt.»

«Aber bist du nicht auch ein Produkt deiner Zeit?» fragte Der O'Dancy. «Wobei es mir völlig egal ist, wie du dich selbst bezeichnen magst. Nur begreife ich nicht, daß ein junger Mann aus guter Familie und von guter Erziehung so daherreden kann.»

«Du wirst es nicht für möglich halten, wie viele es bereits davon gibt», sagte Shaun. «Wir sind es leid, mit Gringos und Leuten, die sich genauso aufführen, teilen zu müssen. Mit Leuten wie du. Derweil lebe ich lieber in meinem Land als Tagedieb und warte darauf, daß alle Vergötterer der Arbeit in die Grube fahren. Mußten schließlich nicht auch die Christen auf den Tod der Heiden warten, um in hellen Haufen an ihre Stelle treten zu können? Also fassen wir uns in Geduld.»

«Die Christen haben aber auch Leute zu ihrem Glauben bekehrt», sagte er seinerseits. «Du solltest nicht außer acht lassen, daß wir das unter Umständen ebenfalls fertigbringen.»

«Sie haben sie damit bekehrt, daß sie den armen Teufeln vormachten, es gäbe einen Ort namens Himmel und einen liebenden Gott», sagte Shaun. «Ein hübsches Märchen, aber ohne jegliche Substanz. Das einzig Substantielle ist Der Ans-Kreuz-Genagelte. Und wer nicht daran glaubte, wurde von den Söhnen des liebenden Gottes verbrannt. Pech, was? Und machst du nicht genau das gleiche? Komm, arbeite für mich, sei bei mir Liebkind und bescheide dich mit dem, was ich dir gebe, oder ich lasse dich verhungern. Und von dem, was ich dir zahle, kassiere ich den größten Teil auf die eine oder andere Weise wieder ein, so daß du niemals genug hast und dich nie erdreistest, nicht mehr arbeiten zu wollen. Das ist die klassische Methode der Sklaverei. Das ist Erzsklaverei. Tu, was ich dir sage, oder verrecke. Lehn dich auf, und ich bringe genug von euch um, daß den anderen himmelangst wird.»

O ja, und während der Junge sprach, mußte er an den einen Morgen in Puglia denken, und die Straße führte bergan, und arme Leute schlurften hinter einer roten Fahne her, und sie hatten eine Trompete dabei und ein, zwei Klarinetten und eine Pauke, um für die bloßen Füße den Takt anzugeben. Er seinerseits trug eine grüne Uniform und machte den Dolmetscher zu Nutz und Frommen der verschiedenartigsten Kreaturen, mit und ohne Uniform, und wenn nicht von Whisky betrunken, dann von Wein. Klirrend und rasselnd marschierte die dünne Blechmusik an der Spitze des Zuges dunkler, ausgemergelter Gesichter, die an die Hungernden in aller Welt gemahnten, in Brasilien ebenso wie in Italien und sonstwo zu jener Zeit, und keiner kümmerte sich einen Dreck um sie. Und einer in Uniform kam ihnen bergabwärts entgegengeritten auf einem ganz leidlichen schwarzen Wallach, nicht gerade achtunggebietend, aber doch eine recht heldische Erscheinung, ein Reiter in schmukkem Khaki, auf dem Kopf das schwarze Barett mit dem polnischen Adler, in der Hand die Peitsche. Und er ritt mitten zwischen sie, schlug um sich und fluchte, und die Trommler rissen aus und verschwanden in einem Torweg, und die mit den Zimbeln flüchteten zusammen mit der Fahne in eine Nebenstraße, und alle übrigen stoben auseinander, bloß weg.

«Keine Kommunisten, wo ich gebiete», schrie der Heldische, doch auf Französisch, Sprache der ersten Kommunisten im Land der Freiheit, Gleichheit und Brüderlichkeit. «Nieder mit euch, ihr Schweinehunde. Oder ich bringe euch alle um.»

«Ja», sagte er seinerseits. «Ich begreife das bis zu einem gewissen Grade. Aber eigentlich bin ich hergekommen, um etwas über *khimbanda* zu erfahren.»

«Keine *samba»*, sagte Shaun. «Wenn ich mit meiner Mutter spreche, so werde ich sie verfluchen, daß sie sich meinen Vater ausgesucht hat.»

«Mir tut es leid, daß ich dir kein Vater war», sagte Der O'Dancy. «Aber dafür ist es jetzt zu spät.»

«Das ist mit ein Grund», sagte Shaun. «Es war ein erbärmliches Gefühl zu wissen, daß wir einen Vater hatten. Denn gesehen haben wir dich nie. Nicht einmal hast du mit mir gesprochen. Oder mit irgendeinem von uns. Adoptivkinder? Warum hast du uns nicht in ein Heim gegeben? Da wären wir wenigstens unter unseresgleichen gewesen.»

«Was meinst du damit – wenn du mit deiner Mutter sprichst?» fragte er seinerseits.

«Das ist *khimbanda*», sagte Shaun, leerte sein Glas, schob den Mund von rechts nach links und stand auf. «Darf ich nachschenken?»

«Meinetwegen», sagte er seinerseits. «Wie solltest du mit deiner Mutter sprechen können?»

«Durch ein Medium natürlich», sagte Shaun und zerstückelte Limonen. «Aber ich tu's nicht. Nicht, weil ich's nicht gern möchte oder etwa nicht daran glaube. Es ist einfach zu mühsam. Keine *samba*.»

«Weißt du, ob denn je einer mit ihr gesprochen hat?» fragte er seinerseits.

«Hil-oh tut's», sagte Shaun. «Immer. An dem Abend, wo du ihren Kram kaputtgeschlagen hast, da saßen wir noch zusammen – ich glaube, bis zum frühen Morgen – und sprachen mit fast der gesamten Familie. Sie sagten alle dasselbe. Bringt ihn um. Befreit die Welt von ihm.»

Er seinerseits sah zu, wie der Junge die Limonenstücke in den Zucker stampfte. Nichts an ihm deutete darauf hin, daß er betrunken war oder daß ihn etwas irgendwie aus seinem gewohnten Gleichmaß gebracht hatte. Was er sagte, gab er leidenschaftslos von sich, ohne Zorn, ohne die Stimme zu heben, ohne Gefühle zu offenbaren, außer mit Worten, die gleich wirbelnden Rasiermessern waren.

«Würde es dir etwas ausmachen, wenn du erzähltest, was da los war?» fragte Der O'Dancy. «Die Sache interessiert mich natürlich sehr. Und wäre es nicht überhaupt netter gewesen, wenn man's mir damals schon gesagt hätte?»

Shaun legte den Stößel beiseite, lehnte den Kopf zurück und lachte, und wieder war es Hilarianas lautloses Lachen.

«Netter! Das ist eine *samba*», sagte er. «Wer hätte wohl nett zu dir sein wollen? Die einzige, die uns davon abhielt, dich umzubringen, war die alte Mãe Bri-Bro. Aber das war zu einer Zeit, als wir noch unmittelbar erfüllt davon waren. Doch jetzt, keine *samba*.»

«Stimmt es, daß Satan ein Teil von *khimbanda* ist?» fragte er seinerseits.

«Satan ist ein Teil von allem, und ganz bestimmt ein Hauptbestandteil von dir», sagte Shaun. «Du bildest dir ein, du trottest zur Kirche, um jemanden anzubeten, den du Gott nennst, nicht wahr? Aber du irrst. Du betest Satan an. Der ist nämlich auch dort, immer, und versucht, wieder in den Himmel zurückzukommen.»

«Heiliger Gott, das ist bestimmt wieder so ein schwachsinniges Gefasel von Mihaul, nicht wahr?» fragte Der O'Dancy. «So etwas habe ich bisher noch nie gehört.»

«Du wirst dir noch eine Menge mehr anhören müssen», sagte Shaun und reichte ihm das Glas. «Auf deinen langsamen, schmerzvollen Tod.»

«Vermutlich habe ich ihn verdient», sagte Der O'Dancy. «Und auf deine schnelle, schmerzlose Rückkehr zur völligen geistigen Zurechnungsfähigkeit. Es wird allerhöchste Zeit. Du mit deinem Satan.»

Shaun trank, schob den Mund von rechts nach links und deutete mit dem Glas zur Südwand hinüber. Die kleine Altarleuchte schien plötzlich wie ein großer roter Stern zu glühen. Stille erfüllte den Raum, und das Licht tauchte alles ringsum in rötlichen Schein, ließ die Augen der Jungfrau zu Rubinen werden, übergoß ihr weißes Gewand mit roter Glut, und in plastischer rosiger Üppigkeit traten mit einemmal Gliedmaßen hervor, die bisher nicht sichtbar gewesen waren, so daß sie mehr den Anblick einer Nymphe als den einer Muttergottes bot.

«Die steht dort, um ihn bei guter Laune zu erhalten», sagte er. «Es ist seine Mutter.»

Der O'Dancy fuhr hoch und schleuderte sein Glas, eine kleine Feuerkugel, die dicke rote Tropfen sprühte, und es prasselte gegen die Altarlampe, daß sie wild zu schaukeln begann, und die Fassung fiel zwischen den geöffneten Flügeln des Schreins auf die Statue, daß sie zerbarst und in klirrendem Regen weißer Scherben zu Boden fiel.

Shaun schrie, doch mit völlig anderer Stimme, der eines alten Mannes, eines kranken Mannes, und er schien auf die Hälfte zusammengeschrumpft zu sein, mit vorgestreckten Händen, gebeugten Knien, schlurrenden Füßen, in widerwärtigem Flehen, und er schleppte sich zu dem weißen Trümmerhaufen und fiel auf das Gesicht, ein schwerer Fall, bei dem er sich alle Knochen hätte brechen können. Doch mit einemmal war seine Stimme wieder kraftvoller, und seine Finger fuhren tastend umher, sammelten die Scherben, behutsam, mit zarter Hand. Er schien sich zu winden, und Muskeln spielten auf Rücken und Schultern, und seine Schreie wurden schrill und ohrenbetäubend, und seine Hände fuhren zum völlig verkrampften, schiefen Hals empor, und die Arme krümmten sich in solch aberwitziger Verzerrung, wie er seinerseits es noch nie erlebt hatte, doch plötzlich glätteten sich die verspannten Muskeln, und der Körper war wieder geschmeidig, und er erhob sich, raunend, maunzend, mit wiederum anderer Stimme, einer Kinderstimme, unverständliche Worte ausstoßend, aber er lachte, und seine Augen waren wie die eines Trunkenen, und Speichel tropfte ihm auf die Brust.

«O mein Vater, mein Vater», preßte er hervor. «O mein Gebieter. O Vater Exú, schick die Orixás aus. O laß uns die Hiebe und Stiche von meines Vaters Stahl hören. Laß die Stürme der Khimbótes kommen. O entzünde die Flammen. O vernichte Den Gekreuzigten. Schick statt Seiner die Schächer. Behüte Oxalá in der Gruft. O stärke die Stimme der *iemanja.* Laß den Rauch der Gnade herabströmen. Rette deinen treu ergebenen Sohn, *dois – dois.*»

Der O'Dancy stand da – das meiste, was an sein Ohr drang, hatte er noch nie gehört, und vieles ertrank auch in dem Speichel, der glitzernd zu Boden troff –, während die Kreatur die Scherben aufzusammeln begann und die Statue in dem kleinen Schrein zusammensetzte. Aber wenn auch die Stimme dem Wahnsinn entstammte und der sabbernde Mund und die schmachtenden Augen der Hölle, so waren die Hände doch sicher, gewandt und unfehlbar, und die Statue erstand aufs neue aus dem Scherbenhaufen, vom Sockel an aufwärts, aus großen und kleinen Splittern, Stückchen von weißem Porzellan, und im Handumdrehen, wie es schien, war das Standbild aus tausend Trümmern auferstanden, und die Augen schimmerten, und ein Duft von Weihrauch zog durch den Raum, erst kaum wahrnehmbar, doch dann kräftig, und die Luft erzitterte im Ansturm der Fliegen, schwarzer, schillernder Fliegen, die sirrend um das Licht schwirrten und das Bittgebet zu einem schwachen Raunen erstickten.

Trippelnde Füße und schwankender Fußboden, das konnte nur Democritas Pereira sein, und er, in einer Hand eine brennende Kerze und am kleinen Finger baumelnd ein Weihrauchfäßchen, aus dem sich dicklicher, süß duftender Rauch wälzte, in der anderen Hand ein schlichtes hölzernes Kruzifix, schritt, ohne nach rechts und nach links zu schauen, durch die Wolke der Fliegen, an dem Knienden vorbei, hob das Kreuz empor und schwenkte das Weihrauchfaß, und die Kerze tröpfelte weiße Tränen.

«Im Namen Des Vaters, Des Sohnes und Des Heiligen Geistes», murmelte er. «Hebt euch hinweg. Kraft der Glocke.»

Eine Glocke schlug draußen auf der Veranda dreimal klirrend an, und das Echo hallte in dem Deckengebälk wider.

«Kraft des Buches», rief Democritas.

Draußen klappte jemand mit dumpfem Schlag ein dickes Buch zu.

«Kraft der Kerze», sagte Democritas. «Im Namen Des Vaters, Des Sohnes und Des Heiligen Geistes. Im Namen des Erzengels Michael, Führer der himmlischen Heerscharen, den Gottvater zum Geleiter aller Seelen bestallte, der im Himmel und der auf Erden, ich Dein demütiger Diener, flehe zu Dir mit meinem Gebet. In der heiligen Flamme dieser Kerze befehle ich den Unholden. Hebt euch hinweg.»

Er spuckte auf die Flamme, daß sie knisternd verzischte.

Aus der Dunkelheit kam kein Laut. In der Luft war kein Schwirren mehr, die Fliegen hockten irgendwo unsichtbar still, und langsam erfüllte das rötliche Licht, von weißer Flammenspitze gekrönt, den Raum. Die starken Glieder gespreizt, die Muskeln zum Zerreißen gespannt, lag Shaun vor dem Schrein. Ein Arm bewegte sich, dann ein Bein, und Sehnen zuckten, und am ganzen Leibe zitternd kam er auf die Knie, atmete tief, hustete, und erhob sich schwankend, doch lächelte er und sah blinzelnd in das Licht, und Democritas ging zu ihm, ein massiger Schatten, und legte ihm die Hand auf die Schulter.

«Nun», sagte er. «Teurer Herr, Sie haben Die Berührung herausgefordert.»

«Natürlich», sagte Shaun ruhig, völlig normal und anscheinend wieder ganz in seiner eigenen Haut. «So ist es nun mal, so ist das Leben, und damit hat sich's.»

«Doch was geschieht, wenn ich eines Tages mal nicht hier bin?» fragte Democritas.

«Laß den Tag ruhig kommen», sagte Shaun.

Der O'Dancy ging zu den beiden hinüber.

«Du scheinst ganz vergessen zu haben, daß ich noch hier bin», sagte er. «Was ich gerade gesehen habe, war die widerwärtigste Zurschaustellung eines Menschen, den ich bisher immer für ziemlich kultiviert gehalten habe. Wie ein Sklave hast du dich aufgeführt.»

«Genau das bin ich auch», sagte Shaun. «Ein Sklave.»

«Schweigen Sie doch», sagte Democritas und bekreuzigte sich.

«Du hast hier nichts zu befehlen», sagte der O'Dancy. «Mit welchem Recht spielst du dich hier als Priester auf?»

«Ich bin gerufen und hergeschickt worden», sagte Democritas und lüftete den Deckel des Weihrauchfäßchens, um einen frischen Schwall blauen Wohlgeruchs herausquellen zu lassen. «Es ist meine Sendung.»

«Aber nicht mehr lange», sagte Der O'Dancy. «Mir kannst du keinen blauen Dunst vormachen. Wenn du meinst, daß mich das auch nur im geringsten beeindruckt hat, so laß dir gesagt sein, daß du auf dem Holzweg bist. Democritas, du warst mir viele Jahre lang eine tüchtige und zuverlässige Hilfe. Doch jetzt bist du reif fürs Altenteil. Von heute an wird dir am Ersten jedes Monats deine Rente ausgezahlt. Wir haben Lastwagen genug. Laß dir ein paar kommen, pack deinen Kram zusammen und sei bis Mitternacht von Dem Erbe verschwunden. Shaun, das gleiche gilt auch für dich. Und so wahr ich ein guter Christ bin, morgen brenne ich eure Häuser nieder und säubere diese Stätte von eurem Pesthauch.»

Democritas wankte, fiel langsam auf die Knie und hob mit flehender Gebärde die Hände.

«Lieber Patron», sagte er. «Sie dürfen Ihren Democritas nicht davonjagen.»

«Mit euch bin ich fertig», sagte Der O'Dancy und ging zur Tür. «Und denkt daran. Bis Mitternacht. Alle beide.»

Er schritt in den kühlen Garten hinaus, atmete tief den würzigen Duft des gemähten Grases ein, band Schahbasch los, säuberte ihm das Maul von dem frischen Grün, schwang sich hinauf, dankbar, daß er den Pferdegeruch in der Nase spürte und Leder zwischen den Fingern, dankbar für all die kleinen Dinge des Lebens, die ihm geläufig waren, doch die zu genießen jetzt der richtige Augenblick gekommen schien.

Er seinerseits wußte nicht ein noch aus mit seinen Gedanken und Gefühlen. Es gab nichts in Reichweite, was ihm helfen konnte. Er dachte an Großmutter Xatina, Urgroßmutter Aracý, Großmutter Thebes und Großmutter Siobhan, an Mãe Zuzu, Mãe Nueza und noch viele andere, ach ja, es lag ein Schweigen des Todes über ihnen, das mehr war als nur ein Knebel im Mund, denn sie alle waren Frauen der Familie gewesen, und was sie getan hatten, mußte man eben hinnehmen.

War es schon empörend genug, daß sich ein begabter, ansehnlicher Mann wie Shaun in Gegensatz zu seiner Erziehung und allem Herkömmlichen stellte, so war es einfach zuviel, erleben zu müssen, wie er die Schwelle zum Irrsinn überschritt, und wie Democritas, den er bisher für durchaus vernünftig gehalten hatte, hereinkam, Bücher zuschlug, Glocken läutete, Kerzen ausblies und dazu noch priesterlich salbaderte. Er stand da ungewarnt vor etwas völlig Neuem. Er seinerseits überlegte, wer es wohl gewesen sein könnte, der das Buch zugeklappt und die Glocke geläutet hatte, denn beim Hinausgehen war niemand zu sehen gewesen. Er lenkte Schahbasch noch einmal zurück, führte ihn hinter das Gebüsch, duckte sich und schlich leise an das Haus heran.

Paul stand auf der Veranda, und Cleide saß zu seinen Füßen, die Hände vor das Gesicht geschlagen, und weinte, und andere Frauen kauerten neben ihr und beteten den Rosenkranz, und sie alle waren in Weiß. Eine weiße Gruppe mit dunklen Gesichtern, Armen und Händen.

«Na so was», sagte er seinerseits. «Was macht ihr denn hier? Warum seht ihr nicht zu, daß ihr mit Sack und Pack verschwindet, wie ich's euch befohlen habe?»

«Keine Angst», sagte Paul. «Wir gehen schon. Doch vorerst hatten wir hier etwas zu tun. Ich habe dich gewarnt, daß es für dich keinen Frieden geben würde. Glaubst du mir jetzt?»

«Ich glaube nichts, nichts von dem, was ich gesehen oder gehört habe», sagte Der O'Dancy. «Die Flammen werden alles reinigen, darauf könnt ihr euch verlassen.»

«Die Asche auch?» fragte Paul. «Erinnerst du dich daran, daß es hier einst ein großes Feuer gab? Weißt du noch, warum?»

«Das ist schon lange her», sagte Der O'Dancy. «Wir haben den Verlust längst wieder wettgemacht. Keine Wichtigkeit.»

Er seinerseits hörte fast Shauns «keine *samba*», doch Pauls Gesicht strafte ihn Lügen. Cleide sah blicklos über den Rasen hinweg. Ihre Augen standen noch immer voller Tränen, die glitzernd, kristallen über rundliche, liebreizende schwarze Wangen hinabrollten. Die anderen Frauen standen in weißen Gruppen um sie herum, zu zweit oder zu dritt. Und im Haus sprachen Democritas und Shaun miteinander, doch nicht so laut, daß man sie draußen verstehen konnte.

«Irgendwer hat uns einst gewarnt, Perlen vor die Säue zu werfen, doch ich hielt das immer für ein bißchen hartherzig», sagte Paul. «Ich sehe allmählich ein, daß diese Warnung manchmal durchaus berechtigt ist. Du besinnst dich wohl nicht mehr darauf, oder doch, daß es in der Nacht geschah, als die Nachricht von Daniels Tod kam, nicht wahr?»

«Kein Wort davon», sagte Der O'Dancy. «In deinem Mund ist alles eine Lästerung.»

«Du warst natürlich sternhagelvoll», sagte Paul. «Mitternachtsmesse in der Kirche für einen toten O'Dancy. Du hast darauf bestanden, daß alle bei dir blieben. Du hast darauf bestanden, für jedes Lebensjahr eine Altarkerze anzuzünden und für die restlichen Monate jeweils etwas kleinere. Sieben für seine Mutter. Sieben für die Vorväter. Summa summarum sechsundsechzig. Sechsundsechzig ist Das Zeichen. Als du die Fichte in das Lagerhaus stellen ließest, hast du da nicht bemerkt, daß für jede Kerze, die du angesteckt hattest, zehnmal soviel von anderen entzündet worden waren? Du hieltest es für ein Zeichen der Liebe jener, die Daniel geliebt hatten? Doch in jener Nacht fand der große *candomblé* statt. In jener Nacht fiel Hilariana zum erstenmal in Trance. Du hast dabei deine Ernte verloren. Das war belanglos. Aber du hast deine Tochter verloren. Und nicht nur sie allein. Auch Shaun. Ein Kind noch. Belisaria. Und deine jetzige Frau.»

«Fahr zur Hölle», sagte Der O'Dancy, schmerzbewegt, und die Tränen rannen, und die ganze Welt zerfloß zu schwimmenden Trümmern. «Kein Wort mehr von meinem Daniel. Ich bin einsam und will von nichts mehr wissen. Fahr zur Hölle mit deiner verdammten Kerzenarithmetik. Bis Mitternacht bist du verschwunden. Ich selbst lege Feuer an deinen Pfuhl. Der neue Morgen wird uns rein finden. Rein wie Daniel in der Verklärung all dieser Jahre und, bitte, o Herr, geborgen in Deinen Vaterarmen.»

Er wandte sich ab, ging zu Schahbasch zurück, schwang sich in den Sattel und jagte davon, in gestrecktem Galopp, ein treffliches Hufegetrappel, und der Wind trocknete ihm die Augen, doch er hatte sich wieder gefangen. Es stimmte, was Paul gesagt hatte, gar kein Zweifel.

Alles, was er gesagt hatte, war ihm bekannt, doch gleichsam hinter den Augen oder unter der Haut oder ganz tief in seinem Innern. Alles dort, Glocke, Buch und Kerze, Heiliger oder Teufel, war ein Teil seiner selbst, es gehörte ebenso zu seinem Lebensinhalt wie jeder Baum ringsum, auch wenn es ihm durch all die Jahre hindurch stets als völlig belanglos erschienen war. Es kam ihm lächerlich vor, daß solch ein Altweibergewäsch im zwanzigsten Jahrhundert immer noch ins Gewicht fallen sollte.

Dennoch.

Daran gab es nichts zu deuteln.

Es war leider so.

19

Schahbasch jagte in gestrecktem Galopp über die Weiden. An acht Stellen des riesigen quadratischen Areals Des Erbes hatte Urgroßvater Shaun Ställe für je vier Reitpferde bauen lassen, die Tag und Nacht bereitstanden, daß niemand der flinken Beine entbehren mußte, wenn er zu Dem Haus oder woandershin wollte.

Chofi, der Vater von Schahbasch, stammte von Tuli, und dieser von Ahmed, von Rafu, von Kai-Kai, von Glendale, von Honni Soit, und dieser, ein Sieger, war von dem Sieger aller Sieger gezeugt worden, von Rahman, einem einmaligen Pferd, dem Liebling Des Vaters. Das war damals, als er seinerseits zum erstenmal nach Europa gereist war, und obwohl die Jahre weit zurücklagen, erinnerte er sich noch heute deutlich an alles, als ob es gestern gewesen wäre, an London, an Paris und an Venedig, an eine große Glocke, die zur Mittagszeit ihren dröhnenden Hall über das Wasser schickte, an den krustigen Brotlaib aus einer Bäckerei, und Der Vater schnitt Salami und bereitete ein herrliches Wurstbrot und öffnete eine Flasche wunderbaren Chianti, unter freiem Himmel auf der Piazza, und sie beide saßen auf den Stufen des Domes, und alle anderen hatten sich zum Essen heimbegeben, und sie beide waren fast allein und aßen, und die Tauben versammelten sich, alle ganz Auge, Füße startbereit, um sich auf die Krumen zu stürzen.

«Behalte diese zutraulichen Geschöpfe gut im Gedächtnis», sagte Der Vater und warf ein Stück Kruste in den Aufruhr von Schwingen. «Wenn du deine Mahlzeiten einnimmst, dann denke an jene, die auf das warten, was du übrigläßt. Denk stets an die anderen, denn sie haben nichts. Sei bemüht, jeden Tag etwas Gutes zu tun, gib hungrigen Mäulern zu essen, tu Geld in leere Taschen und bring Gesichter zum Lächeln, die du selbst vielleicht gar nicht bemerkst. Sei bemüht, dich der Gnade Gottes würdig zu erweisen. Es gibt nur einen O'Dancy. Zeige dich dessen wert, daß dich die Sonne bescheint. Brich ab und zu ein Stück trocken Brot und iß karge Kost, wo immer du sein magst. Iß von dem, was ein Armer, der weniger hat als du, verzehrt. Und iß es mit Dankbarkeit und sieh zu, daß es dir schmeckt. Denn wenn es dir nicht schmeckt, oder wenn dir beim Essen der Hochmut aus den Augen schaut, dann wird man dich schmähen. Sorge dafür, daß es nicht dazu kommt.»

Die Salamibrote und die langen, beschaulichen Spaziergänge mit Dem

Vater waren ihm viel besser und lebendiger erinnerlich als alle großen Bankette und alles feierliche Gepränge späterer Jahre. Selbst heute noch schmeckte er in der Erinnerung das krustige Brot zwischen den Zähnen. Bei einem Mittagessen an langer Tafel in Epsom, bei kaltem Lachs und Gurke und einem wässerigen weißen Wein mit Fruchtstückchen darin, kaufte Der Vater Rahman, und der Mann traute seinen Ohren nicht, als er das Preisangebot Des Vaters vernahm, und nicht seinen Augen, als er den Scheck sah, den Der Vater mit schwungvoller Bewegung ausschrieb, weil keiner bisher gewußt hatte, was ein Brasilianer ist. Der Vater zeigte es den Skeptikern, wo die wahre Flagge wehte, denn nicht einer hatte geahnt, daß die grüne Fahne mit der blauen Weltkugel in einer goldenen Raute die Fahne der Vereinigten Staaten von Brasilien war.

«Aber Liebster», sagte Graciella später im Hotel und kämmte sich dabei das lange schwarze Haar. «Es gibt doch wohl nur ein Land, das man die Vereinigten Staaten nennt, nicht wahr?»

«Da hast du zweifellos recht», sagte Der Vater. Er lag auf der Couch und fischte sich Ananasstückchen aus dem Cognac, und er seinerseits bekam ab und zu auch eins davon, doch seine Augen hingen an Graciellas matt schimmerndem Rücken, dem weißesten aller Wunder. «Aber mein Land ist auch eine Vereinigung von Staaten. Warum bringt man euch so etwas nicht in der Schule bei?»

«Das habe ich mich auch schon oft gefragt», sagte Graciella und flocht den zweiten Zopf. «Gleich werde ich alles, was ich noch auf dem Leibe habe, ausziehen. Meinst du, daß Arquiologus dabei zusehen sollte? Natürlich könnte ich ihm auch eine auftreiben, die zu ihm paßt oder ein paar Jahre älter ist.»

«Nein», sagte Der Vater, stand auf und leckte sich die Fingerspitzen. «Es hat bei ihm noch eine Weile Zeit mit dem Anlernen. Aber es wird ihm wohl nichts schaden, jemanden zu sehen, der so wunderbar ist wie du.»

Graciella ließ den hauchdünnen Morgenrock von den Schultern gleiten und stand ohne alles da, und er seinerseits erinnerte sich ihrer weißen Haut und des schwarzen Büschels, und Der Vater küßte ihr die Schulter und zupfte sie dort unten, und sie knickte in der Taille ein und lachte.

«Mein Gott», sagte sie. «Du verdirbst ja einen Minderjährigen. Ich wünschte, du würdest mir erlauben, ein Mädchen für ihn zu besorgen. Bestimmt wäre es ein Heidenspaß.»

«Nein», sagte Der Vater. «Seine Mutter würde mir das nie verzeihen. Und überhaupt, er ist noch gar nicht alt genug dafür. Doch durch deinen Anblick wird er keinen Schaden an seiner Seele nehmen. Bestimmt nicht. Eine bildhübsche Frau ist bisher noch für keinen Mann ein Schaden gewesen.»

«Ach, Liebster, du bist so reizend», sagte Graciella. «Ich weiß nicht, was ich tu, wenn du wieder zurück mußt.»

«Ich werde dich finanziell sicherstellen», sagte Der Vater. «Du brauchst nie wieder mit wem anders herumzulaufen. Es sei denn, deine Unterleibsgefühle gehen mit dir durch.»

Nun ja, und jetzt galoppierte er über das flache Land und dann Connors Pfad hinauf, der aus Stein gehauen war, und Schahbasch, das kluge Pferd, fiel in Schritt und trabte schließlich über den Rasen neben blühenden Blumenrabatten zum Haus von Kyrillis, auch eins, über dessen Schwelle er seinerseits noch nie den Fuß gesetzt hatte, aber es lag dunkel da, und niemand war in der Nähe, und er seinerseits war betrübt, weil er ganz plötzlich den Wunsch verspürt hatte, den Jungen zu sehen. Doch während Schahbasch den weißen Kopf herumwandte, kam ihm wieder Graciella in den Sinn, nackt, vor all den Jahren, wie sie ihn musterte, als wäre er bereits ein Mann. Ach ja, jetzt kannte er sich aus, doch damals hatte er an ihr zum erstenmal festgestellt, wie herrlich schwarze Perlen auf einem weißen Körper wirkten. Ebenso wie er sich bei Bruxa davon überzeugt hatte, wie wunderbar sich rosa Perlen von schwarzer Haut abhoben.

«Mein Himmel, wenn du durchaus wen anders im Bett haben mußt, warum muß es denn unbedingt eine Schwarze sein?» schrie Fransisca. «Ich werde dir Weiber besorgen. Ich kaufe sie dir und werfe sie dir zum Fraß vor. Aber keine Negerinnen. Ich verzichte darauf, etwas in mir zu wissen, was vorher irgendeinem sklavischen Greuel Wollust verschafft hat.»

«Ich habe so manchen Sklaven und manchen Neger in mir», sagte Der O'Dancy. «Und Indios die helle Menge. Meinst du etwa, ich wüßte das nicht? Oder ich spürte das nicht? Wenn in dir kein Negerblut ist, bei Gott, dann sollte ich einen auftun und dich mit ihm kreuzen. Und sprich nie wieder von Greuel, denn es ist durchaus möglich, daß du dich selbst damit meinst. Auch eine Negerin hat ein Recht darauf, faszinierend zu sein. Und wenn ich ebenfalls ihren Beifall finde, so danke ich meinem Schöpfer dafür.»

«Du hättest eine heiraten sollen», sagte sie. «Warum hast du mich besudelt?»

«Nie habe ich dich besudelt», sagte er. «Hätte ich gewußt, daß du blind bist, meinst du, ich wäre dir je nahe gekommen?»

Fransisca, die Blinde, die so heiß geliebte, heulte und stampfte mit dem Fuß auf und versuchte, ihm mit ihren spitzen Nägeln beizukommen.

«Aber Kindchen», sagte er. «Du siehst ja nichts. Du hast nie sehen können. Was weißt du denn überhaupt von einem Neger?»

«Das, was man mir erzählt hat», sagte sie. «Es ist etwas, was kriecht. Ein widerlicher Kakerlak. Oder das geflügelte Ding, das beißt.»

«Fahr mit deinen geliebten Händen über deinen geliebten Leib», sagte er seinerseits. «Und du fühlst nur Schönheit. Spürst du dort etwas von einem geflügelten Ding, außer einem Engel? Oder vielleicht etwas, was kriecht? Hat es auch nur das geringste mit einem Kakerlak gemein? Sag's mir. Sag's mir doch, Kind. Fransisca.»

«Nein», sagte sie. «Ich bin ich.»

«Und genauso ist auch jede Schwarze», sagte er seinerseits. «Oder jede Gold-, Kaffee- oder Sonst-wie-farbene, die du ja auch noch nie gesehen hast. Wer erzählt dir solche Dinge?»

«Erwartest du wirklich von mir, daß ich das sage?» fragte sie ganz leise.

«Ich liebe jeden atmenden Augenblick von dir, und zwar in jeder Form und Farbe», sagte er seinerseits. «Ich sage dir, was ich machen werde. Ich bringe dir ein Mädchen, edel und von reinem Schwarz. Der Inbegriff einer Negerin. Die ebensoviel Recht hat, auf dieser Welt zu sein wie du und ich, und das ist das, was alle Neger in diesem Lande beanspruchen können. Sie ist eine O'Dancy. In jeder Beziehung. Ich werde sie hierherholen. Dann soll sie sich ausziehen, und du streichst ihr über den Körper. Und dann nenn mir den Unterschied.»

Es war Lua, Onkel Drehans Tochter, eine Negerin von reinstem Blauschwarz, wunderbar, das süßeste Geschöpf, das je frei herumlief, mit einem Lachen und einer Stimme, daß es einem Wonneschauer über den Körper jagte, und mit soviel Herz, daß ihr die halbe Welt gehörte, wenn sie nur lächelte.

«Streich ihr über den Leib», sagte er seinerseits zu Fransisca. «Und erzähl mir, was du fühlst.»

«Das kann doch unmöglich die Haut einer Schwarzen sein», sagte Fransisca, seine ganze Liebe und Wonne.

«Und jetzt verrate mir», sagte er seinerseits, «was ist denn nun der Unterschied?»

«Und welche Farbe habe ich?» fragte Fransisca.

«Die Farbe von Urgroßvater Shauns Pfirsichen», sagte er seinerseits. «Und nun erzähl mir, wie nennt man diese Farbe?»

«Wie soll ich das wissen?» sagte Fransisca.

«Ich bringe dir einen solchen Pfirsich», sagte er seinerseits. «Ganz gleich, ob es was nützt oder nicht, aber du kannst ja mal feststellen, ob zwischen dem Pfirsich und dir ein Unterschied besteht. Wenn man von der Größe absieht, vermutlich keiner.»

Doch ob es etwas nützte oder nicht, das war nicht aus Fransiscas Lächeln herauszulesen, und sie sagte auch nichts, aber Lua blieb bei ihr von dem Augenblick an bis zu dem Tag, an dem sie heiratete, und dann nahm Turquinha ihren Platz ein, ebenso schwarz, nur etwas größer und eine bessere Beschützerin, denn Tomomi hatte sie ausgebildet, nicht im Haus am Meer, sondern in der Stadt. Doch bald darauf kam Luas Mutter zu ihm, in ausgefranstem weißem Leinenkleid und Hausschuhen mit dicken geflochtenen Sohlen, mit einem Tuch um die Haare und einer Pfeife im Tabaksbeutel am Schürzenband. Vom Vater hatte sie das Sahnenfarbene, aber die dunklere Tönung begann schon oberhalb des Busens, und er wußte, daß sie an der Hüfte oder etwas tiefer wieder heller wurde.

«Herr», sagte sie. «Luas Mann will sie verlassen.»

«Aber die beiden haben doch gerade erst geheiratet», sagte er.

«Er hat festgestellt, daß sie ein Kind bekommt», sagte sie.

«Tatsächlich?» fragte er.

«Tatsächlich», sagte sie. «Und das Kind ist von Ihnen. Er behauptet auch, daß Lua Ihnen vor Ihrer Frau zu Willen sein mußte.»

«Nur, um meiner Frau zu beweisen, daß eine Schwarze kein bißchen anders ist als eine Weiße», sagte er. «Bestell ihm, er soll kein Narr sein. Wenn's ein Junge wird, bekommt er das Doppelte des Hochzeitsgeschenks.»

«Und ein schwarzes Mädchen ist wohl gar nichts wert, was?» fragte sie.

«Wenn's ein Mädchen wird, und es ist schwarz, eine echte Negerin, dann das Zehnfache», sagte er seinerseits.

«Ein O'Dancy-Kind ist niemals schwarz», sagte sie. «Mehr oder weniger Milch in den Kaffee. Der O'Dancy-Reis gibt eine helle Speise. Eine helle hat wohl keinen Preis?»

«Wenn das Kind heller ist als Lua, dann das Fünffache», sagte Der O'Dancy. «Sie soll mir Bescheid geben, wenn sie Mutter geworden ist.»

«Ihr Mann wird Ihnen Bescheid geben», sagte sie. «Er schwört bei Der Dornenkrone, daß er sein Messer in Ihnen sauberwischen will.»

«Das haben schon viele geschworen», sagte er. «Bestell ihm, ich hätte eine Pistolenkugel, die auch gesäubert werden müßte. Falls er sich mir als Kadaver zur Verfügung stellen will, so wäre ich ihm zu Dank verpflichtet.»

Doch der Mann hatte das Gelübde bei Der Dornenkrone getan, und er hielt es an jenem Abend, als er im Heulen des Nordostwinds zur Tür hereingestürzt kam, und nur ein brutaler Faustschlag konnte ihn aufhalten, und ein Griff verdrehte das Handgelenk und brach den Arm, und er fiel zu Boden und schrie, bis ihn ein Tritt in den Mund verstummen ließ.

«Ich werde dich nicht vor Gericht bringen», sagte er seinerseits, als er im Krankenhaus vor dem Bett des Mannes stand. «Ein jeder ist zu etwas nütze auf Erden. Lua war sogar sehr von Nutzen, nicht nur für mich, sondern auch für meine Frau. Und dir hat sie ein Haus eingebracht und Geld und ein ganz anderes Leben, nicht wahr?»

«Ich will sie aber ganz, ohne das Fohlen eines anderen», sagte der Mann und starrte gegen die Decke.

«Warte nur, bis das Fohlen trabt», sagte er seinerseits. «Wir werden ihm schon einen neuen Stall beschaffen.»

«Das ist gut», sagte der Mann. «Ich hatte bereits Angst, ich würde sie beide umbringen.»

«Wenn du sie so sehr liebst, dann werde ich mich gleich um das Kind kümmern», sagte er seinerseits.

«Das ist besser», sagte der Mann. «Da kann ich wieder nach Hause, und sie gehört mir.»

Kyrillia nahm den Jungen auf und nannte ihn Kyrillis, nach sich selbst und einem guten Freund der Familie, einem Russen von altem Adel. Sie bestand darauf, daß der Name mit einem K geschrieben würde, obwohl es im Portugiesischen kein K gibt. Nichts konnte Kyrillia erschüttern, schon als Kind nicht, ein blonder, bildhübscher, langbeiniger Herzwärmer war sie damals, und seither zu einer Schönheit herangewachsen, mit einem sechsten Sinn für Geschäfte, den Tomomi entdeckte, und Tomomi nahm sie zu sich in ihr Stadtbüro, damit sie dort ein wenig lernte, und dann schickte er seinerseits sie nach Paris in ein Modehaus. Nach ein paar Jahren dort und zwischendurch auch in Rom und London fuhr sie nach New York, um alles über Konfektion zu lernen, und danach war kein Halten mehr. Das Doppel-K wurde bald auf dem ganzen Kontinent bekannt, zusammen mit dem Doppel-T, und die Tomagatsu-O'Dancy Textil- und Bekleidungsindustrie war die einzige, wo der Name O'Dancy an zweiter Stelle stand. Tomomi legte Wert darauf.

«Erlaubst du mir nicht, daß ich den ganzen Laden aufkaufe?» bettelte er seinerseits.

Sie lachte ihn an und reichte ihm eine Schwarzkirsche auf einem Stäbchen.

«Kommt nicht in Frage», sagte sie. «Tomagatsu-O'Dancy. Es ist das erstemal, daß Frauen einem Mann den Rang ablaufen. Dein Mund ist von der Kirsche ganz schwarz. Ich liebe dich.»

Alle seine Versuche, sein männliches Vorrecht geltend zu machen, endeten glücklicherweise auf der Matte, wo das brünstige Verlangen und die vollkommene Hingabe Tomomis bisher noch alles wettgemacht hatte.

Schahbasch trabte von allein weiter zu Belisarias Haus, denn er wußte, wo gutes Futter wartete, und dort brannte Licht, und Musik drang durch das Laub, und Blumen blühten, Springbrunnen sprühten und Hunde bellten einen großen Choral. Als Schahbasch die Zügel freibekam, trottete er gemächlich um das Haus herum zu den Stallungen, und Turú kam heraus, um ihn abzunehmen. Er seinerseits ging durch den Garten, zwischen den Fischteichen hindurch, zur Rückseite des Hauses, doch die Hunde, unsichtbar, meldeten ihn geräuschvoll an, und Belisaria trat auf die Veranda, um sie zurückzupfeifen, und dann sah sie ihn und öffnete die Arme, öffnete den Mund, und sie ihrerseits nur in karierten Hosen und Goldsandalen und obenherum nichts, eine hinreißende Frau mit einem Busen zum Anbeten.

«Das alte Wrack persönlich», sagte sie. «Heiliger Himmel, wie viele Jahre sind's her? Ich wollte gerade eine Bluse anziehen. Du stößt dich doch nicht an einem bißchen diskreter Schamlosigkeit, oder doch, mein Abgott? Du weißt ja, wie eine Frau gebaut ist, nicht wahr? Oder hast du dich nur auf die Gegend unterhalb des Nabels spezialisiert? Was treibst du denn so, mein Engel? Du siehst ja einfach scheußlich aus.»

«Genauso fühle ich mich auch», sagte er seinerseits und folgte ihr in einen Raum, bei dessen Anblick er wie angewurzelt stehenblieb, keines Wortes mächtig.

Aus den japanischen Nippsachen und Bildern sprach zweifellos Tomomi, doch da war noch mehr. Eine ganze Anzahl französischer Gemälde, dazu bizarre Skulpturen und Möbel, teilweise altägyptisch, teilweise ganz modern.

«In so einem Raum würde ich auch gern leben», sagte er seinerseits.

«Ich schenk ihn dir», sagte sie. «Ein kleines Angebinde.»

«So spricht nur eine echte O'Dancy», sagte er seinerseits.

«Lieber Gott, gib daß ich nie wieder diesen Namen aus dieser Kehle höre», sagte sie über die Bar hinweg. «Du siehst wirklich schauderhaft aus. Mein armer Engel, was möchtest du denn trinken? Du machst ganz den Eindruck, als ob dich so ein richtiges ‚Stützkorsett' wieder auf die Beine bringen könnte.»

«Dann misch mir eins von Großvater Connors ganz persönlichen ‚Stützkorsetts' und laß dir versichern, daß du das einzige fühlende Wesen bist, dem ich heute begegnet bin», sagte er seinerseits. «Was machst du eigentlich hier? Und wo ist Kyrillia?»

«Sie ist auch hier», sagte Belisaria und holte die Flaschen herunter.

«Es gibt so einiges, was ihr Verdruß bereitet. Sie ist viel zuviel zu Hause. Ihre Dienstboten sind ihr weggelaufen. Meine mir auch, mit Ausnahme der Männer. Übrigens, mein Augapfel, ich höre, daß Paul und alle übrigen Das Erbe verlassen sollen. Das ist ja einfach scheußlich. Ich wünschte, mein Inneres wäre ebenso zugekorkt wie diese hier.»

In ihrer Nacktheit war sie so berückend wie ihre Mutter. Es gab auch andere nordische Erscheinungen, die weiß und wohlgestaltet waren, ja, doch Belisaria war wie frisch gefallener Schnee, wie schimmerndes Kristall, ach ja, wie Graciella, die Lilienweiße.

Sie goß hellen Rum auf Eisstücke, gab ein paar Spritzer Angustora dazu, schüttelte den Mixbecher ein paarmal und füllte ihn schließlich bis zum Rand mit Sekt auf.

«Möge dein Prügel immer hart sein, mein Bester», sagte sie und prostete ihm zu. «Wo nicht, dann versteife ihn mit Plastik. Ja, aber was ist denn mit dir?»

«Seit kurzem mache ich mir zum erstenmal ernstlich Sorgen», sagte er seinerseits.

«Ach, mein Lieber, das ist ja einfach scheußlich», sagte sie. «Komm und üb an mir, wann immer dir's beliebt. Es gibt viel zu wenig Männer, findest du nicht auch?»

«Irgend etwas muß geschehen sein», sagte er seinerseits. «Männer treiben es mit Männern. Und Frauen mit Frauen.»

«Wirklich wahr», sagte Belisaria. «Kyrillia hat mir den ganzen Nachmittag über erheblich zugesetzt.»

«Großer Gott», sagte er. «Sie ist doch deine Schwester.»

«Gewissermaßen schon», sagte Belisaria hinter der Bar, und schnipste mit dem Zeigefinger lässig gegen die rechte Brustwarze. «Ist das wirklich von Belang? Einzig und allein der Höhepunkt ist wichtig, nicht wahr? Auf etwas anderes kommt es dabei doch gar nicht an, oder? Sei einmal ehrlich.»

Wenn er seinerseits sich jetzt auf der Stelle darüber klarwerden sollte, ob es Gesetze und Gebote für alle anderen Menschen gab und außerdem besondere für Den O'Dancy, oder ob dieselben Gesetze und Gebote für alle Menschen galten, also auch für Den O'Dancy, so saß er ganz schön in der Klemme. Wenn eine Frau wirklich Frau war und ihre Bedürfnisse wie auch ihren Körper nicht wahllos befriedigte, und wenn sie den Mann haben wollte, der ihr gefiel, ganz gleich, ob es nun ein Halunke war oder irgendwer anders, so gab es überhaupt keinen Grund, ihr dieses Verlangen oder den Akt zu mißgönnen. Er seinerseits hatte dafür vollstes Verständnis. Es gab keine stichhaltigen Gründe, warum sich eine Frau im Augenblick der Entscheidung weniger herausnehmen durfte als ein Mann. Sie war schließlich ihr eigener Herr und damit Herr ihrer

Entschlüsse. Und wenn es ihr dabei um eine andere Frau ging, so lief es letztlich doch auf dasselbe hinaus. Die Entscheidung lag bei ihr.

Aber es gab auch noch andere Gesichtspunkte, die zu erwägen waren.

Mit dem Finger in feuchter Wärme zu spielen, ach ja, solche Augenblicke waren Glücksgüter der Erinnerung, doch ob sich nun das Wollustgefühl allein in dem anderen Körper einstellte, ob es nur körperlich oder auch seelisch war, oder ob es lediglich seine Lust weckte oder auch seine Empfindungen, ein Ausdruck der Lasterhaftigkeit, so es wirklich Lasterhaftigkeit war, und nur bei den anderen zu verdammen, das alles konnte er seinerseits nicht aus dem Stegreif entscheiden.

«Ich weiß es nicht genau», sagte er seinerseits. «Und wenn ich das hier getrunken habe, weiß ich es noch weniger, darum wollen wir diese Erörterung lieber auf später verschieben. Aber was ist dir über *Umbanda, macumba* und *khimbanda* bekannt?»

Belisaria bekreuzigte sich, kaum daß diese Worte seinen Mund verlassen hatten.

«Genug, als daß ich etwas damit zu tun haben wollte», sagte sie, plötzlich voller Angst, und sah mit einemmal verfallen und spitz aus. «Kyrillia kam hier angelaufen und stammelte etwas von Heimsuchungen. Ich weiß nicht, was passiert ist. Sie schrie bloß, daß sie dem Teufel begegnet sei. Ich habe ihr eine Pille gegeben. Schuld hat nur dieser schreckliche Tag. Ich hasse ihn. Ich habe ihn schon als Kind gehaßt.»

«Warum bist du denn wiedergekommen?» fragte er seinerseits.

«Wir sind immer zu Ostern hierher gefahren», sagte sie. «Alle rechnen fest damit. Vanina hat uns geradezu beschworen zu kommen. So haben wir uns eben dazu entschlossen und sind gestern hier eingetroffen. Ich wünschte, ich wäre statt dessen nach New York geflogen. Ach, übrigens, du kannst mir helfen. Ich brauche etwa hundertfünfzigtausend Dollar. Für die *boutique,* die ich in der Fifth Avenue, Ecke Fifty-first Street, aufmache. Die Geschäfte in London und Paris gehen ausgezeichnet, aber die Beschaffung neuer Ware frißt die Barreserven auf. Und wenn ich mit Cruzeiros kaufe, geht mein ganzer Gewinn zum Teufel. Fast wenigstens. Würdest du auf den Laden dort oben eine Hypothek akzeptieren? Falls dir das nicht genügt, so habe ich auch noch einigen Grundbesitz. Ich weiß ja, wie Bankleute sind. Sag, Bester, gibst du mir das Geld?»

«Einverstanden», sagte er. «Ich weise das Büro an. Und mach dir wegen einer Hypothek keine Gedanken. Wenn mir dein Wort nicht mehr genügt, dann genügt gar nichts mehr. Wann willst du es zurückzahlen?»

«In drei Monaten oder schon vorher», sagte sie. «Spielend, falls ich nur genug Steine heranschaffen kann. Amethyste und Granate. Entweder sind sie wirklich so knapp, oder die Leute streiken, oder es liegt an irgend etwas anderem. Von allem könnte ich zehnmal soviel verkaufen. Doch ich komme nicht an das Zeug heran. Da liegt es bei uns im argen. Erst schaffen wir einen neuen Markt, und dann können wir die Nachfrage nicht befriedigen.»

«Stimmt nicht ganz», sagte er seinerseits. «Wir stellen schon etwas auf die Beine, aber nur mit niedrigen Löhnen. Hast du je versucht, durch Lohnerhöhung die Leute zu Mehrarbeit zu bringen?»

«Das wäre zwecklos», sagte sie und setzte sich neben ihn. «Meine Leute im Bergwerk Taparinga, zum Beispiel. Sie arbeiten einen Monat und lassen sich die nächsten paar Wochen nicht mehr blicken. Soll ich ihnen mehr zahlen? Dann würden sie nur noch länger wegbleiben.»

«Erzähl mir lieber etwas über den *khimbanda*-Unfug», sagte er. «Über Arbeitsprobleme und dergleichen kann ich mich auch im Büro unterhalten. Mir liegt aber am Herzen, daß diese *khimbanda*-Pest von Dem Erbe verschwindet.»

«Das kann ich dir nicht im geringsten verargen», sagte sie, und wieder stand ihr die Angst in den Augen. «Auch ich dulde keine Frau mehr hier, die nicht hundertprozentig sauber ist. Blitzblank und sauber, von außen und von innen. Tomomis Tochter will mir ein paar Japanerinnen besorgen. Das Leben ist doch schauerlich. Hier gibt's sogar Kannibalismus.»

«Hier gibt es was?» fragte er.

«Kannibalismus», sagte sie. «Kleine Kinder werden gefressen.»

«Davon glaube ich kein Wort», sagte Der O'Dancy, setzte das Glas ab und stand auf. «Wie kommst du dazu, so etwas Grauenhaftes zu behaupten?»

«Weil es wahr ist», sagte sie und erhob sich. «Komm mit.»

20

Sie nahm ihre Jacke von einem Sessel und ging durch den Raum in die große Diele, die das Haus teilte – beim Anblick der Matten, der niedrigen Tischchen und der mit japanischer Seide bespannten Wände fuhr ihm der Gedanke an Tomomi schneidend ins Herz –, und weiter zu einem Schlafzimmer, wo jedes Stück von Dem Erbe stammte, mit den dunklen Möbeln aus Ahn Phineas' Zeiten.

Kyrillia lag auf dem blauen Bettuch, nackt und in tiefem Schlaf. Rücken und Beine waren sonnengebräunt und bildeten einen grotesken Gegensatz zu ihrem weißen Hinterteil, genau in den Konturen ihres Luftanzugs. Belisaria gab ihr einen leichten Klaps, zog das Laken über sie und ging durch die Verbindungstür in das zweite Schlafzimmer, das ebenfalls aus Ahn Phineas' Epoche stammte, und wo vor einer herrlich geschnitzten Madonnenstatue eine Lampe brannte.

«Du hältst zwar nicht viel von Ihr, aber du zündest Ihr doch wenigstens ein Licht an», sagte der O'Dancy.

«Ich halte sogar sehr viel von Ihr», sagte Belisaria. «Das kannst du mir glauben. Sie ist doch ein kolossaler Trost, wenn man aufwacht. Und wir haben jede Hilfe nötig, die Sie uns geben kann. Doch schau dir mal das an.»

Sie ging auf die Veranda hinaus, wo hinten in der Ecke Kisten und Körbe lagen, zusammen mit bunten Kleidungsstücken in hellgrünen, roten und bläulichen Farben, dazu ein Haufen welker Blumen und Früchte und außerdem Stückchen von rohem und gekochtem Fleisch, die schon in schwärzliche Verwesung übergingen.

«Warum, in Gottes Namen, hast du so was hier herumliegen?» fragte Der O'Dancy. «Bist du nicht mehr ganz bei Trost?»

«Es bleibt dort, bis Paul es gesehen hat», sagte sie. «Ich rühre das Zeug nicht an.»

«Aber wer hat es dorthin getan?» fragte der O'Dancy.

«Die müssen hier einen *candomblé* abgehalten haben», sagte sie. «Wir benutzen diese Veranda kaum. Es ist zu dunkel hier. Als ich herkam, bin ich um das Haus herumgegangen, um zu sehen, ob die Mädchen ihre Hände nicht nur im Cremetopf gehabt hatten. Sobald ich das hier sah, habe ich geschrien, daß alle angelaufen kamen.»

Der O'Dancy benutzte den Stock eines zusammengeklappten Sonnenschirms, um den Haufen auseinanderzustochern. Die Reste von einem Lamm, einer Ziege, fünf Hühnern und von zwei halbverstümmelten Leichen, die beinahe menschlich anmuteten, kamen zum Vorschein, zusammen mit ihren Trabanten, den Fliegen.

«Affen», sagte er und atmete erleichtert auf.

«Dann schau mal etwas genauer hin», sagte Belisaria. «Ich weiß, wie Affen aussehen. Das hier sind zwei neugeborene Kinder. Man hat sie umgebracht.»

«Warum hast du mich nicht gerufen?» fragte Der O'Dancy.

«Ich habe gleich bei Paul angerufen», sagte sie. «Er sagte, daß er dich erwartet, anschließend aber herüberkommt. Was könntest du denn schon dagegen unternehmen?»

«Zuerst mal würde ich mir den lieben Democritas vorknöpfen», sagte Der O'Dancy. «Dann würde ich den Polizeichef verständigen.»

«Du lieber Himmel», sagte Belisaria. «Das hat gerade noch gefehlt. Polizisten, Verhöre, großes Trara und blühender Blödsinn. Ohne mich. Morgen früh fliege ich ab. Wie kann ich feststellen, wessen Kinder das hier waren?»

«Affen sind's», sagte der O'Dancy. «Ich lasse nachforschen, wer dieses Zeug hierher getan hat, und jage die Betreffenden noch im Lauf dieser Nacht von Dem Erbe. Ich wette eine runde Million, daß ich's tu'.»

Sie gingen in das Haus zurück, aber Kyrillia schlief immer noch in der gleichen Lage wie zuvor, und Der O'Dancy hob ihre Hand auf und merkte, wie schwer ihr Arm war.

«Laß sie zu Dem Haus hinüberschaffen», sagte er seinerseits. «Sie kann unmöglich allein bleiben, wenn du abreist. Das hier ist kein gesunder Schlaf. Das ist Rauschgift.»

«Selbstverständlich», sagte Belisaria. «Wir nehmen alle schon seit Jahren Rauschgift. Die liebe Vanina hat uns daran gebracht.»

Resignierend zuckte Der O'Dancy mit den Schultern und ging hinaus in die Diele.

«Wir waren einst eine Familie, die sich ihrer Verpflichtungen vollauf bewußt war. Zumindest habe ich mir bisher eingebildet, daß es so wäre, wenigstens was die meisten von uns anbetraf», sagte er seinerseits. «Jedenfalls auch nicht schlechter als andere. Kannst du mir vielleicht erklären, warum ihr Rauschgift nehmt? Seid ihr nicht davon zu heilen?»

«Nicht, wenn wir es nicht wollen», sagte Belisaria. «Rauschgift nehmen macht Spaß.»

«Ach, Quatsch», sagte Der O'Dancy. «Ein so großartiges Mädchen wie du?»

«Es geht hier nicht darum, was du willst, mein Herzchen», sagte Belisaria. «Es geht darum, was wir wollen. Warum spielst du denn auf einmal den Besorgten? Das sieht dir so gar nicht ähnlich. Hast du früher auch nur fünf Minuten Zeit für uns gehabt? Oder bis du jetzt etwa bange, daß wir dich ins Gerede bringen könnten? Zu guter Letzt?»

«Das würde mir nicht im Traum einfallen», sagte Der O'Dancy. «Es tut mir leid, außerordentlich leid, daß ich mich nicht ein wenig mehr um euch gekümmert habe. Aber ich war wütend.»

«Die ganzen Jahre hindurch wütend?» fragte Belisaria, und es war, als ob Hilariana redete. «Wir haben immer wieder versucht, dich zu sprechen. Aber du wolltest nicht.»

«Ich habe mich schrecklich über eure Falschheit geärgert», sagte der O'Dancy. «Und wenn ich es jetzt bedenke, bin ich eigentlich immer noch verärgert darüber.»

«Kinder sind nun einmal falsch», sagte Belisaria. «Das ist eben so. Frag doch Bri-Bro. Die wird's dir bestätigen.»

«Ich habe mit dieser Frau noch keine drei Worte gewechselt», sagte Der O'Dancy. «Diese Art Weiber sind mir nicht sympathisch.»

«Sie ist außergewöhnlich tüchtig», sagte Belisaria. «Für uns alle hat sie unendlich viel getan. Auch für Hilariana. Und du mußt zugeben, daß sie etwas Großartiges aus ihr gemacht hat. Aus mir allerdings nicht, mein Bester.»

«Du bist auch gar nicht so verkehrt, und trotzdem kann ich diese Frau nicht leiden», sagte Der O'Dancy. «Weshalb wolltet ihr mich denn sprechen?»

«Komm, Paps, ich weiß von mindestens drei Gelegenheiten, wo Mutter Bri-Bro zu dir geschickt hat», sagte Belisaria. «Ich bin dagewesen, in dieser verdammten winzigen Zelle, in die man sie gesteckt hatte. Wir mußten ihr die herrlichen Schnitzereien und Möbelstücke zu Hause beschreiben. Wir sind buchstäblich in Tränen zerflossen.»

«Und warum, zum Teufel?» schrie Der O'Dancy. «Sie hat sich ja geweigert, aus dem Bau herauszukommen.»

«Du hast sie nicht herausgelassen», sagte Belisaria, den Tränen nahe. «Frag doch Bri-Bro, was du ihr erklärt hast. Sie soll in ihrem Kloster bleiben, bis sie verreckt. Waren das etwa nicht deine Worte? Meinst du, ich würde das je vergessen?»

Zum erstenmal in all diesen Jahren verschlug es ihm seinerseits die Sprache, und er war keines Wortes mächtig, ihr zu antworten.

«Du erreichst gar nichts, wenn du mich so anstarrst», sagte Belisaria. «Was geschehen ist, ist geschehen. Gottlob hatte ich einen guten Riecher für Geschäfte und habe mir aus eigener Kraft etwas geschaffen. Doch ich versichere dir, es hat manchmal Augenblicke gegeben, wo ich mir nichts sehnlicher gewünscht hätte als einen Vater, dem ich mein Herz ausschütten durfte. Und mein Herz schien eigentlich immer zum Bersten voll zu sein.»

«Liebste Belisaria», sagte er seinerseits. «Bitte, glaube mir. Nicht einmal ist dieses Frauenzimmer zu mir gekommen. Nicht ein einziges Mal. Und niemals hätte ich so etwas über meine Lippen gebracht. Nie. Immer wenn ich Fransisca zu sehen versuchte – möge ihre Schönheit dem Thron Des Herrn zur Zierde gereiche –, da hat mich die Oberin oder wer anders wieder davongeschickt. Hat einer von euch je den Versuch gemacht, zu mir zu kommen?»

«Was können Kinder schon groß ausrichten?» fragte Belisaria, und ihr Blick war jetzt anders, offener. «Hör mal, Paps. Ich weiß ganz genau, daß du kein Lügner bist.»

«Damit sprichst du die reine Wahrheit», sagte er seinerseits. «Es ist nicht so, daß ich immer und ewig bei der Wahrheit bleibe. Aber es lohnt sich nicht zu lügen. Besonders nicht in diesem Fall.»

«Dann hat in all den Jahren, diese ganze Zeit über, eine schreckliche Lüge zwischen uns gestanden?» fragte Belisaria, und Tränen stürzten ihr aus den Augen, und sie tat nichts, sie zurückzuhalten. «Großer Gott in Seiner Gnade, wie kann so etwas möglich sein?»

«Ich mache mich jetzt auf den Weg, um ein paar Worte mit dieser Madame Briault zu reden», sagte er seinerseits. «Du kannst gern nachkommen. Und wenn du sie irgendwo erwürgt liegen siehst, dann weißt du, wo du den befriedigtsten Mörder finden kannst, der dir je untergekommen ist.»

«Ich kann Kyrillia jetzt nicht allein lassen, doch sobald Paul kommt, schwinge ich mich in den Wagen», sagte sie. «Oder würdest du lieber den Wagen nehmen?»

«Zu Pferd geht's schneller», sagte er seinerseits. «Und damit du siehst, daß ich keinem etwas nachtrage, laß mich dir einen Kuß geben und dir versichern, daß ich dir von jetzt an ein wirklicher Vater bin. Und sag auch Paul Bescheid. Und Kyrillia auch, sobald sie aufwacht. Bleibst du nun hier?»

«Ich bleibe», sagte sie und küßte ihn.

«Ich danke dir», sagte Der O'Dancy. «Mit einemmal ist mein Herz voller Liebe für euch alle.»

Er ging hinaus – die Tränen trübten ihm ein wenig die Sicht – und um das Haus herum zu den Stallungen. Turú und Gil lehnten am Eingang. Schahbasch hatte das Maul tief in einem Eimer.

«Wann hat hier ein *candomblé* stattgefunden?» fragte er die beiden Männer ruhig.

«Vorletzte Nacht, Herr», sagte Turú. «Aber meine Frau hat man weggeschickt. Sie war nicht dabei. Das schwöre ich.»

«Es wird alles gerecht untersucht», sagte er seinerseits. «Und welche Rolle habt ihr beiden dabei gespielt?»

«Gar keine, Herr», sagte Gil. «Ich will tot umfallen, wenn auch nur einer von uns hier den Rauch geschnuppert hätte. Wir gehören zur Familie Des Hauses. Padre Miklos ist unser Priester. Was kümmern uns die schwarzen Geister?»

«Wer ist hier gewesen?» fragte Der O'Dancy, bereits im Sattel. «Nennt mir die Namen.»

«Wir sind zu Dem Haus gefahren, um Dona Belisaria abzuholen», sagte Turú. «Ich habe nichts gesehen. Meine Frau hat auch nichts gesehen. Doch am nächsten Morgen haben die Hunde versucht, an das Fleisch heranzukommen. Aber dann hat uns Dona Belisaria verwünscht und unsere Frauen davongejagt. Was sollen wir ohne Frauen denn anfangen? Wir haben doch unser ganzes Leben schon hier zugebracht.»

«Was wißt ihr von *khimbanda, macumba* und *Umbanda?*» fragte er seinerseits.

Unter den breiten Hutkrempen glitten ihre Blicke verstohlen zueinander.

«Wir gehören zu *Umbanda*», sagte Turu, die Augen zu Boden geschlagen. «Wir suchen die erhabeneren Geister.»

«In Zukunft könnt ihr sie woanders suchen», sagte Der O'Dancy. «Packt eure Sachen und seid bis Mitternacht von Dem Erbe verschwunden. Democritas wird euch ein Fahrzeug schicken.»

Turú fiel auf die Knie, rang die Hände und begann wie ein kleiner Junge zu weinen.

«Aber lieber Patron, warum soll ein Mensch für seinen Glauben bestraft werden?» sagte er. «Wir gehören zur Kirche. Wir gehen regelmäßig in die Kirche. Doch gleichzeitig sind wir durch unseren Glauben auch Anhänger von *Umbanda*. Bin ich nicht von Ihrer eigenen Urgroßmutter, der Dame Aracý, aufgenommen worden? Und die meisten anderen auch? Und Gil hier mit mir zusammen. Wir gehören jetzt schon fünfzig Jahre zu *Umbanda*. Haben wir je Schaden über Sie gebracht, Herr? Im Gegenteil, wir haben Schaden von Ihnen abgewandt. Bis vor kurzem. Doch jetzt sind die Fremden da.»

«Was für Fremde?» fragte Der O'Dancy. «Und wer hat das erlaubt?»

«Ach, Herr, *eheu*», sagte Gil seufzend und in tiefer Niedergeschlagenheit. «Wenn wir reden müssen, um unsere Familien zu retten, dann werden Sie immer noch Grund genug haben, uns zum Teufel zu wünschen. Dona Hilariana hat die Fremden herangeholt.»

«Sie waren letzte Nacht in Mouras Bentos», sagte Der O'Dancy.

Beide Männer nickten.

«Dann ist also Dona Hilariana für diesen Unrat hier verantwortlich?» fragte Der O'Dancy.

Turú nickte und zeigte auf Bruder Mihauls Haus.

«Dort wohnt ihr allergrößter Feind», sagte er. «Die haben hinter seinem Haus einen Altar aufgebaut, während er in der Kirche war. Wir haben ihn niedergerissen. Dann errichteten sie in seinem Garten einen Altar. Wir haben ihn zerstört. Und während wir dort drüben waren, hat hier ein *candomblé* stattgefunden. Wir sind zu spät zurückgekommen und haben von dem hier erst etwas bemerkt, als ich die Hunde sah.»

«Woher habt ihr denn gewußt, daß dort ein Altar errichtet wurde?» fragte Der O'Dancy.

«Wir haben doch die Trommeln gehört», sagte Gil.

«Wer würde es wagen, auf Dem Erbe die Trommeln zu schlagen?» sagte Der O'Dancy.

Gil zuckte die Achseln.

«Die tun's, wo's ihnen gerade gefällt», sagte er. «Vielleicht wissen die, wenn Sie nicht da sind.»

«Es geht hier allerhand vor, wovon ich nichts weiß», sagte Der O'Dancy und lenkte Schahbasch herum. «Aber bald werd' ich's wissen, verlaßt euch drauf. Was euch beide angeht, wartet bis morgen. Ich muß mir alles noch einmal durch den Kopf gehen lassen.»

«Gott schütze Sie, mein Gebieter», sagte Gil.

«Ich bin keines Menschen Gebieter», sagte Der O'Dancy und gab Schahbasch die Schenkel.

Er war es aber doch, und er seinerseits wußte es auch, als er über die Hibiskushecke sprang und im Galopp zum weitaus höheren Sprung über die Steinmauer ansetzte, und mitten in der Luft kam ihm plötzlich der Gedanke an Tomomi, in dem rosa Kimono, wie sie herausschritt und vor Tomagatsu stand, der ganz in feierliches Schwarz gekleidet war, bereit zu töten.

Und er hörte zu, wie sie miteinander sprachen, in jenem seltsamen Stakkato, das so überaus lieblich klang, wenn Tomomi für ihn mit leiser Stimme ihre Liebesgedichte vortrug, die er nicht verstand, die sie nie übersetzte, was sich aber aus anderem Munde wie Maschinengeratter anhörte, und er staunte, wie schnell sie sprachen.

«Worum geht es?» fragte er seinerseits, ihr Gespräch unterbrechend. «Ich bitte sehr um Entschuldigung, wenn ich ins Wort falle, aber ist es etwas, was auch ich wissen sollte? Wenn nicht, warte ich lieber wo anders.»

«Meine Enkelin ist eine Dirne und die Mutter von Niemanden, ohne Namen, ohne Familie», sagte Tomagatsu in dem Portugiesisch, das ihn Professor Riskind gelehrt hatte.

«Ihre Enkelin ist meine Herzensliebe», sagte er seinerseits, hart und gleichermaßen bereit, Knochen zu brechen oder zu töten. «Ihre Kinder sind auch meine Kinder. Es sind O'Dancys. Sie werden von mir erben. Ich lasse ihnen alle Fürsorge angedeihen. Sie haben Namen und Familie. Und dabei bleibt es.»

Tomagatsu kreuzte die Hände über dem Leib und verneigte sich.

«Ich vernehme die Stimme Ihres Vaters und Großvaters und Urgroßvaters», sagte er dem Boden nahe. «Das alles mag ja im Augenblick ganz gut klingen, doch mir genügt es nicht. Tomomi sollte verheiratet sein. Sie sollte mit den anderen Frauen ihrer Familie zusammen leben. Ich sollte stolz darauf sein können, sie an meinem Tisch zu haben. Ich sollte es als eine Ehre betrachten, den Kuß meiner Urenkel zu empfangen. Doch sie lebt im Verborgenen. Ihre Kinder leben im Verborgenen. Über ihren Vater spricht man mit vorgehaltener Hand. Über sie spricht man mit geringschätziger Gebärde. Die Kinder wurden wie Fäkalien in diese Welt hinausgepreßt. Was für ein Name ist das, O'Dancy? Wo steht er geschrieben? Sie sind Tomagatsus. Doch sie haben keinen Namen.»

«Sie haben meinen Namen», sagte er seinerseits. «Das genügt vollkommen.»

«Das genügt nicht», sagte Tomagatsu. «Es ist nichts.»

«Sie sind schon zu alt, als daß ich Ihnen den Handschuh hinwerfen könnte», sagte Der O'Dancy. «Schicken Sie mir statt Ihrer einen Ihrer Söhne.»

«Viele Jahre lang habe ich es meinen Söhnen verwehrt, Sie umzubringen», sagte Tomagatsu zu den Matten auf dem Fußboden. «Jetzt sollte ich Sie umbringen. Doch ich denke an Ihre Väter.»

«Du hast mich dabei vergessen», sagte Tomomi. «Ich bin keine Japanerin. Ich bin eine *brasileira*. Meine Kinder sind *brasileiras*. Sie gehören diesem Volk an und keinem anderen.»

«Dieser Mann hier hat eine Frau nach brasilianischem Gesetz», sagte Tomagatsu. «Wer bist du?»

«Ich bin eine Frau», sagte Tomomi und verneigte sich in ihrer einmalig anmutigen Art. «Ich heiße Tomomi. Ich habe zwei bildschöne Töchter. Ich habe noch ein Kind, das in mir den unbekannten Berg erklimmt. Und ich werde auch noch mehr Kindern das Leben schenken, denn mit jedem wird meine Liebe größer. Nicht einen Namen oder ein Vermögen oder ein Gesetz – einen Mann liebe ich. Und ein Land, dessen Volk bestimmt hat, daß ein jeder Mann lebe, wie es ihm beliebt, und daß Kinder aus seinen Verbindungen Bürger seien. Das hier ist Brasilien, ein Land unserer Zeit. In welchem anderen Land hättest du wohl Millionär werden können?»

«Wir sprechen von grundsätzlichen Dingen», sagte Tomagatsu. «Seine Väter waren Männer von hohen Grundsätzen.»

«Wenn es Dinge berührt, die zwischen Mann und Frau vorgehen, so ist das nichts Grundsätzliches mehr», sagte Tomomi. «Grundsätzlich weiß ich nur, daß ich liebe. Und aus der Liebe entspringt das Leben.»

«Du gehörst nicht mehr zu meiner Familie», sagte Tomagatsu.

«Ich habe von Anfang an nie zu deiner Familie gehört», sagte Tomomi. «Du bist aus Nippon. Ich bin eine *brasileira*.»

«Du bist gar nichts», schrie Tomagatsu. «Denk an meine Worte. Gar nichts. Der Tag wird kommen, wo du stirbst. Und wo ich sterbe. Und wo dieser hier, Der O'Dancy, stirbt. Meine Kinder werden Brasilien beherrschen. Wir haben die Grundsätze. Wir haben den Verstand. Und du? Du hast nichts außer deiner Liebe, wie? Eine Geisha ohne Heim? Wertlos. Ein Nichts.»

«Verlaß mein Haus», sagte Tomomi. «Von diesem Tage an bist du ein Niemand. Von diesem Tage an ändere ich meinen Namen. Ich bin nicht länger eine Tomagatsu. Ich bin eine O'Dancy. Verlaß dieses Haus, und ich weise das Mädchen an, dort zu fegen, wo du gegangen bist, und draußen das Pflaster abzuspülen.»

Tomagatsu schrie ihr etwas auf Japanisch zu, doch sie blickte zu ihm seinerseits hinüber.

«Dieser törichte alte Mann», sagte sie. «Töricht, weil er noch dort lebt, wo er geboren wurde, obwohl sein Lebenswerk hier ist. Alt, weil er nie begriffen hat. Und wer nicht begreift, wird alt. Er war einmal ein Mann. Doch jetzt? Jetzt ist er ein Scheit Holz, das auf das Feuer wartet.»

Tomagatsu hatte verstanden, Wort für Wort.

Die Sonne Brasiliens hatte Furchen in sein Gesicht gebrannt, und der Urwald hatte seinen Körper stark gemacht. Die meisten Jahre seines Lebens hatte er in Brasilien zugebracht, aber seine Gedankenwelt war immer japanisch geblieben. In Seide gekleidet, mit Schärpe und Kappe, die Hand am Degengriff, und dennoch schien er nackt, aller Würde beraubt.

Er zog den Atem ein und verneigte sich tief.

«Ich verlasse dein Haus», sagte er.

«Wenn du stirbst, werde ich dich mit Chrysanthemen zudecken», sagte sie.

«Du sprichst wie eine Fremde», sagte Tomagatsu.

«Wir sind uns nie begegnet», sagte sie.

Wieder zog Tomagatsu hörbar und tief den Atem ein, wieder verneigte er sich, und dann ging er hinaus, und die Dienerin sah sein Gesicht, schlug die Hand vor den Mund und wich gegen die Wand zurück.

Über Schahbaschs dumpfen Hufschlag beim Galopp auf dem kurzen Gras drang ein anderer Laut durch das Rauschen des Gegenwinds, und ihm war, als ob jemand riefe oder sänge. Ein Griff am Zügel brachte das Pferd zum Stehen. Die Laute schienen aus dem Gehölz zu kommen, wo Großmutter Siobhan eine Grotte hatte bauen lassen, eine schöne marmorne Nische mit einer Madonna aus dem Spanien des zwölften Jahrhunderts, mit Sitzbänken zu beiden Seiten und mit Springbrunnen, um die Luft zu kühlen. Schahbasch wandte den Kopf und fiel in einen leichten Galopp, nahm mühelos die Anhöhe, und ein Klaps auf den Hals ließ ihn freudig schnauben, doch er verlangsamte dabei nicht den Schritt, bis er den Schatten der Bäume erreicht hatte. Er seinerseits glitt aus dem Sattel, schlang die Zügel um einen niedrig hängenden Ast und ging zur Grotte hinüber. Es waren Knabenstimmen, die er dort rufen hörte, Dutzende von Knabenstimmen, obwohl doch niemand und zu keiner Zeit die Grotte betreten durfte, nur die Mitglieder der Familie und zweimal im Jahr, am Tage ihrer Geburt und ihres Todes, eine Prozession zur Gedächtnismesse.

Die Bäume lichteten sich am Rande des Halbkreises blühender Sträucher um die Springbrunnen. In der Vertiefung vor der Grotte tanzten etwa dreißig Jungen herum, brüllten, warfen mit Steinen, Büchsen und Früchten, und der Boden war von Abfällen übersät.

Die Madonna war von ihrem Platz entfernt worden und lag jetzt auf der Sitzbank zur Linken.

Der O'Dancy brüllte auf sie ein, nicht mit Worten, nicht mit Flüchen, nicht mit Verwünschungen, sondern nur in den Urlauten der unermeßlichen Wut, die in ihm aufstieg, und sie flohen, und er stand keuchend da.

Judas Ischariot – sein Abbild – hing unter der Überdachung der Nische, in voller Lebensgröße, mit weißem blutbeflecktem Gewand, mit roter Perücke und rotem Bart, die Haare lang und wirr, und mit gläsernen Augen in schrecklichem Grau, mit schrecklichem rotem Haar und schimmernden grauen Augen, ein furchterregendes Zerrbild von Arquimed Rohan O'Dancy Boys höchstpersönlich, und auf seinen Schultern, in Scharlachrot und Schwarz, saß Satan mit Dreizack und Kette und Speer, Schwamm und Dornenkrone.

Der Gestank nach verwesendem Fleisch und faulenden Früchten erfüllte die Luft, und über allem lag ein leiser Geruch nach Weihrauch, der von Büchsendeckeln aufstieg, die auf den steinernen Bodenplatten aufgereiht und mit Asche, abgebrannten Streichhölzern und Zigarrenstummeln bedeckt waren.

Dem O'Dancy kam es vor, als ob der Verwesungsgestank bis in sein Inneres dringe.

Rotes Haar floß um die Schultern des Gebildes, das ihm grau entgegenglotzte, und die gläsernen Augen verursachten ihm Übelkeit, eine Schwäche in den Knien, und sein Blick verschwamm. Wieder völlig gefaßt und ohne Rücksicht darauf, welchen Schaden er anrichten könnte, entzündete er seinerseits Streichhölzer, gleich fünf auf einmal, und hielt die Flamme an das Gewand und die Füße Ischariots, an die Zehen Satans, und sah zu, wie sich das Feuer in die Füllung aus Stroh und Baumwolle hineinfraß.

«Jetzt bin ich an der Reihe», sagte er seinerseits flüsternd zu dem Fürsten der Hölle. «Du kommst später dran. Versuche auch so gründliche Arbeit zu leisten.»

Die Flammen kämpften mit dem schwärzlichen Rauch, sie kräuselten sich um den Mund, zerfraßen das starre Grinsen, ließen die Nase in kohlenden Blasen aufplatzen, und die Augen schienen für den Bruchteil einer Sekunde lebendig zu werden, doch dann zersprang das Glas, und die Höhlen waren leer. Der Strick zerriß, und das lodernde Gebilde fiel funkensprühend zu Boden.

Die Madonna war zu schwer, als daß er sie allein wieder aufstellen konnte.

«Ich habe keine Worte», sagte er seinerseits und kniete neben ihr nieder. «Noch heute nacht werden wir hier aufräumen, damit alles wieder licht werde, und darum beten, daß hier Sauberkeit herrsche bis in alle Ewigkeit. Das verspreche ich, ein Sünder, doch voller fester Vorsätze. So wahr mir Gott helfe, und Herr Jesus und alle Engel dazu. Amen.»

Er schlug das Kreuz, küßte sich die Fingerspitzen, roch den Rauch, der daran haftete, und blickte auf den schwelenden Haufen. Nichts war mehr übrig außer Glut, Funken, schwarzer Asche, dem Dreizack, den Pfeilen und der Dornenkrone aus Stacheldraht. Er wandte sich ab, stieg zu Schahbasch hinauf, schwang sich in den Sattel und faßte sogleich wieder neuen Mut, als die Hufe unter ihm zu donnerndem Galopp ansetzten.

«Merk dir eins», sagte Der Vater, damals, als er Chagas ausgepeitscht hatte, weil er sein Pferd drei Tage lang so kurz angebunden stehen ließ, daß es nicht grasen konnte. «Wenn du mit einem Lächeln nicht weiterkommst, dann nimm die Peitsche. Doch wenn du zur Peitsche greifst, sei auf der Hut vor dem Messer. Und wenn's nicht das Messer ist, dann vor Feuer oder vor Gift im Viehfutter. Denke an Jesus Christus. Er ging mit der Peitsche zu den Wechslern, doch niemand, nicht einmal Christus, gebraucht die Peitsche ungestraft. Die Wechsler steckten sich hinter die Priester, und diese schafften es mit Geduld und wahrscheinlich auch mit Hilfe manch geschmierter Hand, daß Christus ans Kreuz geschlagen wurde. An jenem Abend versammelten sich die Wechsler zu einem großen Festmahl. Darum merke dir, du kannst die Leute mit einem Lächeln oder mit der Peitsche bearbeiten. Doch wenn du zur Peitsche greifst, sei auf der Hut.»

Chagas' Enkelsohn war unter den Jungen gewesen, die er dort gesehen hatte. Schahbasch nahm mühelos die Hecke, die das Anwesen umgab, und trabte bis fast vor die Tür. Der Vater arbeitete für Das Haus als Melker, und die Mutter war Wäscherin, beides gute Leute, deren Familien schon seit vielen Generationen hier lebten. Er seinerseits klatschte in die Hände, und die Tochter trat in die Tür, ein kleines Mädchen, in kurzem Kleidchen, barfuß, mit einer weißen Schleife im Haar.

«Na, du», sagte Der O'Dancy. «Wenn du nicht Clenés Ebenbild bist?»

Das Kind nickte.

«Dann komm her», sagte er seinerseits. «Gib mir deine Hand, damit ich sie küsse.»

Sie reichte ihm die Hand, und er küßte sie, und sie blickte auf die Stelle, die er geküßt hatte, und dann zu ihm hinauf.

«Wo sind denn deine Eltern?» fragte er seinerseits.

«*Pai* ist zum Haus Der Zwölf Apostel gegangen», sagte das Kind. «Und Mãe ist bei Mãe Filomena in Dem Haus.»

«Und wo steckt dein Bruder Fernando?» fragte er seinerseits.

«Er ist Judas steinigen gegangen», sagte sie.

«Oh», sagte er seinerseits. «Und warum tut er das?»

«Weil er der Bruder des Teufels ist», sagte sie. «Er hat das Geld sündhaft gemacht.»

«Das Geld sündhaft?» sagte er seinerseits. «Ist Geld wirklich sündhaft?»

«Es ist wirklich sündhaft», sagte sie. «Es ist eine Sünde, Geld zu haben.»

«Und wer hat dir das erzählt?» fragte er seinerseits.

«Die heilige Mutter», sagte sie.

«Und wer ist diese Heilige?» fragte er seinerseits.

«Dona Hilariana», sagte die Kleine.

«Bestell deinem Vater, daß ich hier war», sagte er und ging zu Schahbasch. «Sicher wächst du einmal zu einer wunderschönen Frau heran. Ich seh's dir an den Augen an. Genau wie deine Mutter. Erzählst du ihr das auch wieder? Sag ihr, daß ich ihr die Hand küsse.»

«Sie haben mir noch nicht die Hand geküßt», sagte sie und streckte sie ihm hin. «Sie haben auch nicht auf Wiedersehen gesagt.»

«Stimmt, das hätte ich fast vergessen», sagte er seinerseits und ging noch einmal zurück und küßte ihr die Hand, und wieder wanderte ihr

Blick auf die geküßte Stelle. «Wirst du es immer so offen heraussagen, wenn du etwas willst?»

Sie nickte.

«Du wirst deinen Weg schon machen», sagte er und ging zu Schahbasch. «Bestell deinem *pai,* er soll zu mir kommen, damit wir eine Schule für dich aussuchen.»

Schahbasch brauchte nicht erst gesagt zu bekommen, wohin es ging. Der Futtertrog war nahe, und er wußte, daß er seinen Teil getan hatte. Und als er über das Grasland der baumbestandenen Höhe entgegenstürmte, hörte er seinerseits den Hubschrauber und fragte sich, ob wohl Steb oder wer sonst an einem solchen Tag flog, und er nickte im Gedanken an Hilariana und ihr Gerede von Aberglauben. Doch wenn es *macumba* und *khimbanda* gab, dann mußte sich auch Hilariana dem Aberglauben ergeben haben und hatte kaum einen Grund, anderen etwas vorzuwerfen.

Seine Gedanken waren jetzt ganz klar, da er in seinem Herzen den festen Vorsatz gefaßt hatte, den Teufel auszuräuchern, mit Stumpf und Stiel, ob nun Aberglauben oder nicht, den Teufel und alle schwarzen Vorstellungen, bis nur noch Asche übrigblieb und die reinigenden Winde ihr Werk tun konnten.

In dieser Beziehung, und nur in dieser Beziehung, war er ganz beruhigt, daß sich dereinst Das Himmelstor für ihn auftun würde.

21

Bruder Mihauls Haus stand drüben auf dem am wenigsten benutzten Teil des Wohnbereichs, jenseits von Küchengarten und Fluß. Einst war es ein Lagerschuppen für Tabak gewesen, aber er hatte Wände hochgezogen und eine Veranda dazugebaut, mehr nicht. Er seinerseits war zeit seines Lebens nur dreimal dort gewesen, das erstemal mit Dem Vater, um nachzusehen, ob die Ernte trocknete; das zweitemal mit Bruder Mihaul, um ihm das Gebäude als Unterkunft anzuweisen; und das drittemal, um die Umbauten zu begutachten. Ihm seinerseits kam es vor, als ob sie im Laufe ihres Lebens höchstens ein dutzendmal zusammen gewesen wären und dann auch jeweils nur für eine halbe Stunde, wenn überhaupt so lange. Dieser Mann hauste wirklich wie ein Einsiedler im besten Sinne des Wortes. Er ging aller menschlichen Gesellschaft aus dem Wege. Und obgleich er Mönchskleidung trug, hatte er noch nie einen Gottesdienst abgehalten oder auch nur eine Kirche betreten und sich bisher standhaft geweigert, mit Padre Miklos zusammenzukommen, obwohl der geistliche Herr früher immer wieder versucht hatte, ein Gespräch zustandezubringen. Was Bruder Mihaul zu seiner Haltung bewogen haben mochte, darüber hatte er seinerseits sich noch nie den Kopf zerbrochen. Ein jeder sollte sein Leben leben, wie es ihm gefiel, denn jeder war selbst für seine Seele verantwortlich, und wenn er sich den geistlichen Beistand auf Erden versagte, so würde er dereinst vor Dem Himmelstor kaum etwas vorzubringen wissen. Doch ehe es soweit war, hatte niemand das Recht, ihm hineinzureden, nicht einmal der eigene Bruder.

Die Brücke war mit roh behauenen Balken verstärkt worden, und eine steinerne Schutzmauer zog sich an beiden Ufern des Flusses entlang, durchaus Bereicherungen, von denen er bislang nichts gewußt hatte. Ein Garten voller Blumen und Stauden, sorgsam gepflegt und in üppiger Blüte, erstreckte sich bis zum Haus und noch weit darüber hinaus, und der Duft nach Tabak lag süß in der Luft. Nie zuvor hatte er dort einen Garten oder auch nur Gras gesehen. Früher waren an dieser Stelle auf durchfurchtem Sand die Fuhrwerke abgestellt worden. Aus der Größe der Bäume schloß er, daß Bruder Mihaul schon vor gut zwanzig Jahren mit dem Pflanzen begonnen haben mußte, und das überraschte ihn, denn er seinerseits hatte sich immer eingebildet, daß der Kerl als Einsiedler inmitten einer Wüstenei lebte, wo jeder Windstoß Staub emporwirbelte, wo die Hitze sengend durch das zerlöcherte Binsendach drang, wo ihm Moskitos immerwährend um die Ohren sirrten, wo er nichts unter den Füßen hatte als nackte, geborstene Bretter.

Das Haus war in der Tat im Stil echt Ahn Phineas, mit einem breiten steinernen Pfad ringsum – «Soll ich etwa nicht trockenen Fußes in mein eigenes Haus gehen können? O ja, das werde ich!» –, und ein Pfad führte zu dem Weg in die Berge. Das Haus war ohne Fenster, und eine Mauer umgab es, und das Dach war weit darüber hinaus verbreitert worden. Es gereichte sich selbst zur Zierde, so lang, so tief, so dunkelbraun gesengt mit vermutlich den besten Binsen auf Dem Erbe, inmitten einer Pracht von Büschen und Bäumen, ein Haus, auf das man stolz sein konnte, offensichtlich das Heim eines bedeutenden Mannes, der sich liebevoll seines Besitzes annimmt.

Schahbasch trabte zum Halfterplatz, und Uvald' kam auf seinen alten platschenden Füßen herbeigelaufen.

«Ist Bruder Mihaul zu Hause?» fragte er seinerseits.

Uvald' nahm den Hut ab und blickte um sich, als ob ein Messer sein Ohr geritzt hätte.

«Die Zusammenkunft findet gerade statt», sagte er kaum hörbar und legte dabei den Zeigefinger auf den Mund.

«Zum Teufel mit der Zusammenkunft», schrie er in der *anderen* Sprache. «Ich habe meine eigene Zusammenkunft mit ihm.»

Uvald' starrte ihn an, leckte sich über die Lippen und murmelte etwas.

«Wo stand der Altar, den Turú und Gil hier gefunden haben?» fragte Der O'Dancy ruhig und stieg aus dem Sattel.

Uvald' deutete auf einen Teil der Mauer dicht neben ihnen.

«Der *candomblé* war dort, aber wir haben alles verbrannt und vergraben», flüsterte er. «Vor dem Haus wurde noch einer abgehalten. Wir haben auch dort alles verbrannt und vergraben. Laurisdes und Felix bleiben die Nacht über hier. Die kommen bestimmt nie wieder. Die wissen, was sie erwartet.»

«Die?» fragte Der O'Dancy. «Wer ist das?»

«Die Söhne und Töchter Satans», sagte Uvald' und klemmte den rechten Daumen zwischen Zeige- und Mittelfinger und hob die Faust, um sich gegen den Bösen Blick zu schützen.

«Nenn ihre Namen», sagte Der O'Dancy.

«Wüßten wir sie, so würden wir sie ans Kreuz schlagen», sagte Uvald'.

«Und was soll dein Geflüster?» fragte Der O'Dancy.

Uvald' deutete mit den Augen zum Haus hinüber.

«Die Zusammenkunft», sagte er.

«Was für eine Zusammenkunft?» brüllte Der O'Dancy. «Hat dieser Mensch etwa Besuchern den Zutritt verboten? Wie viele sind denn da drin?»

«Eine ganze Menge von uns, Herr», sagte Uvald'. «Es ist ein Zelt von *Umbanda*.»

Der O'Dancy nahm gelassen den Hut ab und starrte ungläubig auf das Haus.

«Sieh mal einer an», sagte er seinerseits. «Habe ich sie endlich alle erwischt, sozusagen noch mit triefenden Lefzen, nicht wahr? Reite zu Democritas Pereira hinüber und sag ihm, er soll augenblicklich mit einem Lastwagen herkommen und eine Pumpe und Benzin mitbringen. Dann wollen wir mal sehen, wozu so ein ,Zelt' gut ist.»

Uvald' schüttelte den Kopf, ein Bild des Jammers.

«Democritas Pereira ist hier», sagte er und deutete mit dem Kinn zu dem Haus hinüber.

«Aristotle Souza», sagte er seinerseits. Das war der zweite Verwalter.

«Auch hier», sagte Uvald'.

«Plinio und Tancred», fragte Der O'Dancy nach den rangnächsten Aufsehern.

«Auch hier», sagte Uvald' mit Leichenbittermiene. «Alle sind hier.»

«Und du stehst wohl als Aufpasser da, was?» fragte er seinerseits. «Warum bist du denn nicht mit drinnen?»

«Ich muß die Hähne zum Krähen bringen», sagte Uvald' leise.

Der O'Dancy starrte ihn an, und sein Mund versuchte vergeblich Worte zu formen. Das Haus schien in völliger Stille dazuliegen. Die Blumen dufteten. Vom Fluß her kam silbriges Gemurmel.

«Ich fürchte, ich werde noch verrückt», sagte er seinerseits, fast so leise wie Uvald'. «Genau das ist es, verstehst du? Es ist nicht gut, wenn man so etwas befürchten muß. Hast du nicht einen Jungen hier, der Padre Miklos herholen könnte?»

Uvald' hob langsam das Kinn.

«Der ehrwürdige Vater ist hier», sagte er.

Der O'Dancy sah ihn eine ganze Zeitlang fassungslos an, bis sich die dunklen umwölkten Augen senkten, doch dann gab er sich einen Ruck und ging auf die nächste Tür zu. In der stillen Luft lag plötzlich ein schwacher Klang von Geschrei, Getrommel und Gongschlägen. Er stieß die Tür auf und stand in einer Waschküche mit aufgehängtem Bettzeug, mit einer elektrischen Waschmaschine und Trockenschleuder, und alles roch nach Seife. Durch die nächste Tür kam er in einen Bügelraum, und alle Leinen hingen voller weißer Kleidungsstücke, nur weiß, keins in einer anderen Farbe. Die Tür schwang auf, und er trat in eine Küche mit einem riesigen Gasherd und weißen Schränken mit gläsernen

Borden, überall blitzte Chrom, Kühlschrank und Kühltruhe in Weiß, das Sparrenwerk in Weiß, und ringsum alles gekachelt, und Türen, die nach draußen und hinein führten. Er seinerseits ging durch die Innentür und stand in einem Speisesaal, an dessen goldgetäfelten Wänden sich Spiegel und florentinische Freskogemälde abwechselten, in der Mitte ein langer Eßtisch, zwanzig mit karmesinrotem Samt bezogene Stühle und Schalen voller Orchideen auf Tisch, Büfett und Anrichte am Fenster.

«Soso, Bruder Mihaul», sagte er seinerseits laut. «Du lebst hier ja ganz hübsch, bei Gott.»

Die Pendeltür auf der anderen Seite des Raumes öffnete sich, und José, Democritas' Bruder, steckte den Kopf herein, legte den Finger an die Lippen, starrte mit großen Augen herüber und rollte sie warnend in Richtung über seine linke Schulter hinweg nach hinten.

Er seinerseits packte den schmächtigen Kerl bei der Stirnlocke und zerrte ihn in den Raum herein, ging dann selbst durch die Tür und ließ sie hinter sich pendeln. Er stand nun in einer Halle mit großen Türen und Fenstern, die zu beiden Seiten auf überdachte Patiogärten hinausführten. Der Raum war mit Guaraní-Teppichen ausgelegt und mit Sesseln und Sofas eingerichtet, die mit polierter Ochsenhaut bezogen waren, und überall standen Keramiken, und eine Wand war mit Heiligenbildern aller Größen in Silber, Gold und Elfenbein vollgehängt. Mit einem Blick ermaß er, worin sich ein beachtlicher Teil des O'Dancy-Guthabens verwandelt hatte. Und dennoch empfand er plötzlich ein seltsames Gefühl von Stolz und sogar ein gewisses Maß an Freude, daß Geld – wieviel auch immer – ausgegeben worden war, um hier die Schönheit einer seltenen Kunst anzuhäufen.

Wieder brandeten Geschrei, Getrommel und Gongschläge auf, doch diesmal viel näher, und eine Stimme rief etwas, und dann war Schweigen.

Auf Zehenspitzen schlich sich Der O'Dancy quer durch den Raum zu der Tür ganz hinten rechts, die etwas weniger pompös aussah als die große Flügeltür in der Mitte, und faßte vorsichtig nach dem Knauf. Er drehte ihn herum. Mit einem Blick rückwärts sah er, wie José zu ihm herüberstarrte, die Hände zum Gebet erhoben. Geräuschlos öffnete sich die Tür, und er seinerseits ging hindurch, einen Korridor entlang, wo an Garderobenhaken eine Unzahl von Kleidungsstücken und Hüten hingen, und weiter hinten war eine Toilette, deutlich für Männer mit dem Basrelief einer *toga virilis* in Gold gekennzeichnet. Ganz am Ende war eine Tür, und als er seinerseits sie öffnete, stieß er auf einen schweren Ledervorhang und dann, einen knappen Meter weiter, auf einen roten Samtvorhang, und nachdem sich das Leder hinter seinem Rücken geschlossen hatte, spürte er in dem dunklen Zwischenraum, daß jenseits des Samtes viele Augen warteten, die Leiber vieler Menschen Wärme strahlten.

«Wir haben den ganzen Betrag in voller Höhe bezahlt», sagte eine Stimme. «Was wir unter uns selbst austauschen, ist nicht steuerpflichtig.»

«Lies das Gesetz», sagte eine andere strengere Stimme.

«Das Gesetz ist nicht für uns», sagte die erste Stimme. «Es sind die Gesetze Roms, denen wir gehorchen müssen. Die Gesetze aller anderen sind für die da, die sich ihnen unterwerfen.»

Geschrei, Getrommel und Gongschläge tosten, brachen aber sofort wieder ab.

Er seinerseits erkannte allmählich, daß die Stimmen ein Latein sprachen, das weitaus erhabener war als alles, was er je gelernt hatte, seltsam gestrafft, doch sehr gebieterisch, und ihn überlief es kalt, als ihm bewußt wurde, daß er Worte aus längst vergangener Zeit hörte.

Aber die strenge Stimme war die von Democritas, und er seinerseits hätte schwören können, daß dieser Mensch kein einziges Wort irgendeiner anderen Sprache kannte außer *brasileiro,* das er, wie es ihn Padre Miklos gelehrt hatte, sehr gewählt sprach, wenn auch mit einem gewissen ländlichen Akzent.

Wieder erhoben sich Stimmen, doch in einer Sprache, die ihm anfangs wie Deutsch vorkam, aber das war es nicht, und als die vierte Stimme, härter und in einiger Entfernung etwas länger sprach, tippte er auf Hebräisch, und er merkte auch gleich, daß er recht gehabt hatte, denn die Stimme gehörte ganz unstreitig Efram, und einer der anderen konnte nur Paul sein.

Ganz langsam und vorsichtig teilte er den Vorhang gerade so weit, daß er hindurchblicken konnte.

Schwaches Licht ließ nur die Köpfe der am Boden Sitzenden erkennen.

Zu seiner Linken war alles dunkel bis auf eine kaum wahrnehmbare Bewegung weiß schimmernder Augäpfel. Zur Rechten am Ende des Raumes, saßen ein Dutzend Männer oder mehr in weißer Kleidung auf Stühlen um einen langen Tisch auf einem Podium im Strahl eines weißen Lichtkegels von der Decke, und sie schienen zu schlafen. Auf der einen Seite hockte Bruder Mihaul in weißem Habit, den Kopf auf die Faust gestützt, und starrte auf den Tisch hinunter. An der anderen Seite saß Padre Miklos, allein, das Kruzifix aufrecht auf den Knien.

«Fahrt fort», sagte Democritas mit jener seltsam strengen Stimme, die so gar nicht zu ihm zu gehören schien.

«Die Münzen wurden von einem gewissen Simon, einem Zimmermann, der auch in Haft genommen worden ist, aus Holz gemacht», sagte einer der Schlafenden zur Linken, und er seinerseits sah, daß es Alcides Ribeiro war, der Hauptbuchhalter vom Kaffeelager, einer seiner zuverlässigsten Leute. «Geldstücke, die für den Handel mit Früchten des Meeres benutzt werden, haben einen Fisch eingeschnitzt. Jene, die für den Ölhandel dienen, eine Lampe mit einem Docht. Und für den Getreidehandel eine Weizengarbe. Für den Lederhandel einen Stierkopf. Für den Weinhandel eine Amphora. Die Opfermünzen zeigen eine Taube. Die für den Tuchhandel einen Spinnrocken. Ich lege die Münzen zum Beweis vor. Auf der Rückseite haben sie alle den Davidsstern eingeschnitzt. Nichts auf ihnen versinnbildlicht den Kaiser, nichts König Herodes, kein Zeichen von Ehrerbietung vor dem Synedrium oder vor dem Priesteramt, weder im Tempel noch draußen. Kurzum, ein Mittel, die römischen Gesetze zu hintergehen, den Hof von Judäa und alle Hebräer unter dieser doppelten Gerichtsbarkeit, ein Mittel, der Staatskasse diesen Anteil des Münzumlaufs zu entziehen und damit auch dessen Steuerwert, der dazu beitragen würde, die Last derer zu erleichtern, die jetzt diese drückenden Steuern in der Währung Roms bezahlen. Die Anhänger Des Getauften benutzen diese Münzen unter sich beim Austausch von Waren. Und da ihre Bedürfnisse einfach zu befriedigen sind, erfüllen diese Münzen ihren Zweck. Öl kann gegen Fisch getauscht werden, und wenn der Wert des Öls den der Fische übersteigt, dann wird der Handel eben durch einige Münzen aufgerechnet. Wenn Kleidung gegen Wein getauscht wird, so sorgen diese Münzen für Ausgleich auf beiden Seiten. Damit werden tagtäglich viele Tausende von Geschäften getätigt zum allergrößten Nachteil der Staatskasse. Aber die Steuer ist festgesetzt und muß bezahlt werden. Doch durch den Umlauf von bloßen Holzscheibchen, die nichts kosten und völlig wertlos sind, wird kein Beitrag zum Steueraufkommen geleistet. Das Unheil der Steuer trifft dann jene rechtschaffenen Menschen, die das Geld von Rom benutzen oder das des Königs Herodes, das gegen das Geld von Rom eingewechselt werden kann. Jene, die Dem Getauften anhängen, betrügen die Staatskasse. Jene, die die Staatskasse betrügen, sind Diebe. Und Diebe werden ans Kreuz geschlagen. Ich beantrage die Todesstrafe durch Kreuzigung für diesen geständigen Gefährten Des Getauften, für Ischariot, auch Judas aus Galiläa genannt.»

Vorn ging ein Arm in die Höhe, und der ganze Raum war von Geschrei, Getrommel und Gongschlägen erfüllt.

Der Arm sank wieder herunter, und Schweigen legte sich über die Versammlung.

«Nach römischem Gesetz ist es kein Verbrechen, solche Zahlungsmittel zu benutzen», sagte ein anderer Schlafender. «Die Währung ist frei. Nur die Steuer muß in römischer Währung bezahlt werden. So lautet das Gesetz. Wäre es ein Verbrechen, sich einer anderen Währung zu bedienen, wie viele Verbrechen mögen dann die Wechsler tagtäglich begehen?»

«Doch diese Holzscheibchen», sagte Alcides mit schwankendem Kopf und fest im Schlaf. «Das können keine Münzen sein. Münzen haben einen Wert. Diese haben keinen. Sie können nicht am Wechslertisch eingetauscht werden.»

«Aber hast du nicht gerade gesagt, daß sie doch angenommen und eingetauscht werden?» fragte Pauls Stimme, und er saß am Ende des Tisches, und Speichel troff aus dem schlaffen Mund. «Müssen diese Holzmünzen nicht doch etwas gelten, würden sie sonst wohl angenommen werden? Der Prüfstein der Gültigkeit ist die Annahme als Zahlungsmittel. Der Prüfstein des Nutzens ist der Tauschwert. Diese Münzen bestehen beide Proben. Ich sehe darin kein Unrecht. Das Staatsgebiet erfreut sich im letzten halben Jahr eines gesunden Handels. Weitaus besser als in früheren Jahren. Soll ich daraus schließen, daß das der Verwendung dieser hölzernen Münzen zu verdanken ist? Hat sich deswegen der Handel vermehrt? Werden darum mehr Geschäfte getätigt? Beantwortet meine Fragen.»

Einige der Schlafenden regten sich, und Democritas murmelte etwas, und Efram hatte sich noch aufrechter hingesetzt, während er sein klangvolles Hebräisch sprach. Felipa da Silva, ein Kaffeeverleser, und keiner war besser als er, antwortete ebenfalls auf Hebräisch, obwohl er noch nicht einmal die Grundschule vollendet hatte und vom ersten Tage an, da er die Arbeit in dem Lagerhaus aufgenommen hatte, nie woanders gewesen war.

«Was gibt's sonst noch?» fragte Paul. «Die Angelegenheit mit den Münzen ist erledigt. Welche anderen Beschuldigungen werden gegen diesen Mann vorgebracht?»

«Er stachelt Die Getauften zum Aufruhr an», sagte Alcides Ribeiro, doch in tiefem Schlaf, oder so schien es wenigstens. «Die Straßen sind voll von ihnen. Die Palmwedel, ihr Symbol der Zustimmung, bedecken alle Wege zum Tempel.»

«Es gibt keine aufrührerischen Gedanken unter Den Getauften», sagte Altino Dantas, der Aufseher des Lastwagenparks. «Sie sind gekommen, um Den Meister zu begrüßen. Sie haben die Palmwedel gebracht, um einen Teppich gegen den Staub über die Straßen zu breiten. Wir haben Zehn Gebote von Unserem Vater und eins von Seinem Sohn, und diese schließen jeglichen Gedanken an Aufruhr aus und jegliche Gefühle außer denen des Glaubens und der Hoffnung auf Erlösung in Unserem Vater, Gott, Dem Herrn.»

«Es ist ein Gott, den wir nicht anerkennen, und eines Zimmermanns

Sohn, nicht mehr, und diese beiden erlassen keine Gebote, denn das zu tun, ist allein des Kaisers Amt», sagte Democritas.

Vorn schoß der Arm in die Höhe, und die Trommeln, Gongs und Schreie erfüllten den Raum, doch keiner der Schlafenden regte sich.

Der Arm fuhr herunter, und im Raum herrschte Stille.

«Welches Gebot ging von dem Zimmermannssohn aus?» fragte Paul und schnarchte dabei.

«Er erließ das Gebot, daß wir unseren Nächsten wie uns selbst lieben sollen», sagte Altino.

«Fahr fort», sagte Paul. «Meines Erachtens ist das kein Gebot, sondern ein beschwörender Appell an eine Sekte.»

«Aber teurer Landpfleger», sagte Democritas mit jener fremden Stimme. «Es ist bereits dargelegt worden, daß er König von Judäa genannt wird.»

«Manche geben manchen irgendeinen Namen, der ihnen gefällt», sagte Paul. «So genannt zu werden, ist nicht nur das Vorrecht von Zimmerleuten. Du und dein Synedrium, Kaiphas, maßt ihr euch nicht an, die Herren von Judäa zu sein, Hüter der Bundeslade und Wächter des ‚auserwählten' Volkes? Stellt ihr euch dabei nicht gegen die wahre Herrlichkeit von Mars, unserem geliebten Schutzherrn?»

«Mars ist in unseren Augen der lateinische Name für Gott, Den Herrn, und deshalb glauben wir zu einem Teil auch an ihn», sagte Efram, der Kaiphas genannt wurde.

«Und gerade an diesem Teil bin ich lebhaft interessiert», sagte Paul. «Laß uns hören, wo wir voneinander abweichen.»

«In dieser Angelegenheit mit Dem Getauften», sagte Efram mit vermehrter Lautstärke. «Warum verschwenden wir unsere Zeit mit ihm?»

«Einverstanden», sagte Paul. «Judas Ischariot steht vor Gericht. Wir kommen auf die Frage nach jenem Teil noch einmal zurück. Ich dachte nur, beides gehörte zum gleichen Problem. Nun gut. Hat Ischariot Befehl gegeben, daß diese Münzen angefertigt wurden?»

«Niemand gibt Befehle außer Dem Meister», sagte der Schlafende, und es war zweifellos kein anderer als Shaun, hellwach, die Augen geöffnet, starrend, aber nicht der Blick seiner eigenen Augen, die braun waren, sondern riesige Feueropale, vor denen sich die Sitzenden duckten, wenn ihr Blick sie traf. «Er ist unser Herr und Meister. Er ist Gottes Sohn. Er ist Der Getaufte. Er ist das Licht, der Weg und die Wahrheit.»

«Augenblick mal», sagte Paul. «Das scheinen mir ziemlich schwärmerische Vorstellungen zu sein, die vom richtigen Weg abführen. Dieser Getaufte sollte auf die Beschuldigung antworten.»

«Aber ich habe doch den Beweis angetreten», sagte Shaun. «Ich hieß sie, mich vor den Landpfleger Pilatus bringen. Stellt fest, daß ich unschuldig bin und mit mir alle meine Brüder in Dem Getauften, und laßt uns die Macht des römischen Rechts erkennen. Ich habe ihnen die Münzen gegeben.»

«Ich sehe nichts Übles darin», sagte Paul. «Ich sehe auch nichts Übles in dir oder in dem, was du getan hast.»

«Aber, edler Statthalter, wenn dieser eine zu seinen Jüngern zurückkehrt, dann werden sie gewißlich auf der Stelle einen Aufruhr anzetteln», sagte Efram. «Wir haben unser Bestes versucht, Euer Exzellenz zu warnen. Mehr können wir nicht tun.»

«Eine lärmende Menge füllt die Straßen», sagte Democritas. «Wenn man uns zwingt, mit der flachen Klinge dreinzuschlagen, wird es Verletzte geben.»

«Das wird den Pöbel zur Vernunft bringen», sagte Paul.

«Der Getaufte soll vor Gericht gestellt werden», sagte Efram. «Er hat veranlaßt, daß diese Münzen angefertigt wurden, die den erhabenen Kaiser mißachten und die Autorität Euer Exzellenz.» Der Arm fuhr in die Höhe, und wieder begann das Getöse von Schreien, Trommeln und Gongschlägen, und wieder brach es jäh ab, als der Arm heruntersank.

«Mein Schreiber soll sich darum kümmern», sagte Paul.

«Vielleicht, o Landpfleger, sollte man darauf hinweisen, daß Der Getaufte gerade in diesem Augenblick unter der Eskorte von Leutnant Fabricius Lycurgus, einem Prätorianer der Legion des Tiberius, zurückgebracht wird», sagte ein weiterer der Schlafenden, Moacyr Amanico von dem Lagerhaus, wo der Kaffee in Säcke gefüllt wurde, ein Mann, der nie auch nur einen Tag in der Schule gewesen war und nie Das Erbe verlassen hatte. «König Herodes hat ihn wegen seines Anspruchs auf den Thron von Judäa einem Verhör unterzogen. Es wurde festgestellt, daß sein Anspruch jeder Grundlage entbehrt.»

«Bringt sie beide zu eurem Tempel und stellt sie dort vor Gericht», sagte Paul. «Diesen Ischariot spreche ich frei.»

«Wir können unseren heiligen Bereich nicht verletzen», sagte Efram, kühl, hart und distanziert. «Wie dürfte man sie im Tempel vor Gericht stellen? Sie sind nicht unseres Glaubens. Aber sollte dem erhabenen Kaiser nicht gemeldet werden, daß einfache Zimmerleute aller rechtmäßigen Macht zum Trotz Münzen herausgeben? Soll es soweit kommen, daß schließlich jedermann seine eigenen Münzen herausgibt? Darf man das Gesetz von irgendeinem hergelaufenen Halunken verhöhnen lassen? Darf die Majestät des Kaisers so verunglimpft werden?»

«Nichts Übles ist geschehen», sagte Paul. «Was ihr untereinander tut, ist ohne Belang.»

«Aber die Steuer ist allen auferlegt, nicht nur einigen wenigen», sagte Efram, ohne seinen Tonfall zu ändern, den Kopf zurückgelegt und fest im Schlaf. «Alle sind gehalten, gerechte Abgaben an Rom zu zahlen. Und wenn sich einige auf Grund irgendwelcher Machenschaften dieser Abgabepflicht entziehen und dadurch die Belastung der anderen ehrlicheren vergrößern, ist das gerecht? Heißt das Gesetz so etwas vielleicht gut? Würde die erhabene Majestät des Kaisers dazu wohl ihre Zustimmung geben?»

«Laßt diesen Ischariot frei», sagte Paul. «Behaltet die Münzen als Beweismaterial ein. Bringt den Zimmermann vor mich.»

«Er ist unschuldig», schrie Ischariot und wand sich auf seinem Platz.

«Führt ihn hinweg», sagte Democritas. «Wenn du draußen unter deinesgleichen Unruhe stiftest, dann wisse, daß die Prätorianerklingen zuschlagen. Edler Statthalter, wenn es auf Grund von Unruhen unter dem Volk Tote und Verletzte gibt, so muß auch das in dem Bericht an den erhabenen Kaiser erwähnt werden. Ein Aufruhr kann durch ein abschreckendes Beispiel verhindert werden. Die Menge dort draußen ist drauf und dran, die Stadt zu zerstören. Sollen wir den Leuten erlauben, lauthals hinauszuschreien, daß ein Zimmermannssohn König ist, und zwar nicht nur von Judäa, sondern auch von Rom?»

«Solange sie nur schreien, tun sie nichts Übles», sagte Paul. «Wenn sie durchaus daran glauben wollen, daß dieser Zimmermannssohn ein Gott ist, so können sie das von mir aus gern tun. Es würde mich amüsieren, wenn du auch daran glaubtest, Oberst.»

«Ich glaube nur an meine Prätorianer und an Ruhe und Ordnung auf den Straßen», sagte Democritas. «Ich werde Befehl geben, daß dieser Mensch wegen Erregung öffentlicher Unruhen hergebracht wird. Der Beweis dringt uns in diesem Augenblick ans Ohr.»

Der Arm fuhr in die Höhe, und die am Boden Kauernden bemühten sich, auf die Beine zu kommen, und Geschrei, Getrommel und Gongschläge erfüllten für kurze Zeit den Raum, bis der Arm wieder herabsank.

In das Schweigen hinein schluchzte Shaun.

«Ach, Herr Jesus Christus, was habe ich getan?» stöhnte er und wand sich auf seinem Stuhl. «Ach, Petrus, Petrus, hilf mir, hilf mir doch.»

«Es gibt keine Hilfe für die Törichten», sagte Petrus. «Sie verfluchen sich selbst und werden von der ganzen Menschheit verflucht.»

Ein Choral von gellendem Gekreisch, das in einen ohrenzerreißenden Hahnenschrei überging, brachte Bewegung in die Menschen, und sie umhüllten sich schützend die Köpfe. Die Männer am Tisch regten sich und schienen zu erwachen. Bruder Mihaul stand auf und ging zu jedem einzelnen, legte ihm die Hand auf den Kopf, auf die Schulter, und blickte lächelnd zu ihm hinunter, bis er sich überzeugt hatte, daß ein jeder wußte, wo er war.

Die Männer, die am Boden saßen, stimmten einen Lobgesang an mit einem schweren, von Tamburins geschlagenen Rhythmus, und fast augenblicklich begannen die Männer am Tisch sich zu strecken, die Augen zu reiben, die Nase zu putzen, die Arme zu dehnen oder zu gähnen – die Schläfer erwachten aus einem unermeßlichen Traum.

Der O'Dancy riß den Vorhang auseinander und bahnte sich ohne Entschuldigung einen Weg durch das Gedränge auf Bruder Mihaul zu.

«Was, in Christi Namen, geht hier vor?» brüllte er. «Seid ihr denn alle total verrückt geworden oder was? Padre Miklos, was haben Sie denn hier zu suchen?»

«Augenblick mal», sagte Bruder Mihaul, etwas kleiner als er, wie es schien, die Augen noch grauer, die Stimme noch schneidender. «Denk daran, wo du bist. Ein Wort zuviel, und ich lasse dich in den Fluß werfen.»

«Den Teufel läßt du», sagte Der O'Dancy.

«Du irrst. Genau das passiert, verstehst du?» sagte Bruder Mihaul. «Bei Gott, ich tue es, denn du bist nichts als ein Wechsler.»

«Dein gotteslästerliches Reden schickt sich nicht für dein Habit», sagte Der O'Dancy.

«Ich habe keineswegs gelästert», sagte Bruder Mihaul. «Ich habe dir bloß in der dir geläufigen Sprache zu erklären versucht, was dir blüht, wenn du auch nur um einen Fußbreit die klar gezogene Grenze überschreitest. Dies hier ist nicht dein Eigentum. Mit keiner einzigen Silbe hast du hier etwas zu vermelden. Und jetzt frage ich dich, was du hier ohne Erlaubnis zu suchen hast.»

«Ich habe jede Erlaubnis, die ich benötige», sagte Der O'Dancy. «Das weißt du verdammt genau. Wenn wir vor Gericht damit gehen, gewinne ich haushoch. Schau dich um und sag mir, was das hier bedeuten soll.»

«Mach dir selbst deinen Vers drauf», sagte Bruder Mihaul. «Und nun blase für ein paar Minuten jemandem anders die Ohren voll. Ich habe jetzt etwas Besseres zu tun.»

Er ging davon, zu den Männern, die am Tisch zusammenstanden, und er seinerseits wandte sich an Padre Miklos.

«Vielleicht würden Sie mir das hier erklären», sagte er. «Warum sind Sie hergekommen?»

Padre Miklos war noch nie so souverän gewesen wie eben jetzt. Gelassen stand er da, festen Blickes und mit ruhiger Hand.

«Vermutlich, um dabeizusein, wenn sich ein kleines Wunder vollzieht», sagte er. «Und das nicht zum erstenmal.»

«Schämen Sie sich denn nicht, sich mit dem Kruzifix da herauszuputzen und dann so etwas zu äußern?» sagte Der O'Dancy. «Ist es nicht allmählich Zeit, daß ich mich mal mit dem Bischof über Ihr Alter und Ihre Geistesverfassung unterhalte?»

«Was das anbetrifft, so ist alles bei den zuständigen Stellen bekannt», sagte Padre Miklos. «Nach der diesjährigen Ernte trete ich in den Ruhestand. Dann werde ich mich voll und ganz diesen Dingen hier widmen. Meines Erachtens könnte ich in der kurzen Zeit, die mir noch verbleibt, nichts Wichtigeres tun.»

«Ich bedaure zutiefst, das aus Ihrem Munde hören zu müssen», sagte Der O'Dancy. «Was für einer Teufelei haben Sie sich da bloß verschrieben?»

«Setzen wir uns lieber», sagte Padre Miklos, ging zu seinem Stuhl und bedeutete João, einen zweiten dazuzustellen.

«Ich will verdammt sein, wenn mir der Sinn danach steht», sagte Der O'Dancy.

«Dann sei verdammt», rief Bruder Mihaul vom anderen Ende des Tisches herüber. «Denn wenn du nicht dein Leben änderst, und zwar schleunigst, dann bist du ohnehin verdammt, und die einzige dir dann noch bleibende Möglichkeit, dich den Rechtschaffenen der Schöpfung zuzugesellen, ist hierher zurückzukommen und um unsere Hilfe zu flehen. Merk es dir gut und hör auf den Rat eines Weisen.»

«Jetzt wird mir das Messer an die Kehle gesetzt», sagte Der O'Dancy. «Ich weiß wirklich nicht, was ich von all dem denken soll.»

«Dann nehmen Sie bei mir Platz», sagte Padre Miklos. «Ich werde es Ihnen erklären, und zwar ohne Umschweife. So habe ich es immer gehalten, wie Sie sich wohl erinnern werden.»

22

Wo die Blätter leise raunten und Frauen im Verborgenen trauerten, wo die Zeit in einem wehmütigen, unendlich langen Augenblick müßig verstrich, da ging Creonice vorüber, lächelnd, die Brustwarzen hart und ragend vom zärtlichen Kneten zwischen Daumen und Zeigefinger, den Blick hoch erhoben, die Zunge in ständiger Unrast, ein gleißendes, im Kerzenlicht schimmerndes Wunder kupfern-schokoladenfarbener Glieder und glühender Schenkel, mit schwingenden Hüften und federnden Knien, von einer Seite zur anderen kreisend, und plötzlich den Unterleib im Takt des *catareté* rhythmisch-zuckend aufwerfend. In einen Abgrund gestürzt, vor rasenden Blicken verstummend und vor dem heimlichen Gelächter der Frau eingetaucht in schweißnasse Schwüle, und immer in schlotternder Angst vor einem Leib, der weitaus kräftiger war als sein eigener in dieser ungestümen, unnatürlichen Stellung, der ihn atemlos und völlig ausgelaugt zurückließ – dort, so erkannte er seinerseits, dort lagen die Wurzeln der Verderbtheit, triumphierten die Sinne, strauchelten die Vorsätze, und von jenem Augenblick an wurde alles zu einem Kampf zwischen dem Wunsch, zur Finsternis und diesem heißblütigen Flüstern zurückzukehren, und dem Willen, sich dem zu unterwerfen, was ihm seinerseits als richtig bewußt war, was man ihm eingeimpft hatte und was nicht unterdrückt werden durfte.

Fransisca – und alle weißen Blumen mögen ihrem Namen Wohlgeruch verleihen – war niemals eine Creonice gewesen und hatte für sein Bedürfnis kein Verständnis gehabt, so er seinerseits selbst überhaupt wußte, wessen er bedurfte. Es ging ihm nicht darum, gemeinsam in methodischer Erforschung des Körpers dazuliegen, flüchtige Augenblicke in tastender Ausübung des Gattenrechts zu erleben, nein, das alles würde ihm nie mehr bedeuten können als eine kindische Vergeudung des Wunders, des einzigen Wunders überhaupt: Das Verströmen des Samens. Adam in glorreicher Zweisamkeit mit Eva.

Getändel, kleine Vertraulichkeiten und eheliche Liebkosungen, das waren eins wie das andere gefühlvolle Greuel, die der Gewohnheit und der Unlust entsprangen. Jener Markt der Begehrlichkeit wurde ihm erst aufgetan, als sich Rhoda – ein Semikolon im Fluß der Tage – seiner annahm, und sie, ein paar Jahre älter als er und stolz auf ihre ausländische Schulbildung, setzte alles daran, ihm ihre völlig andere Art, ihre Reife und Überlegenheit zu beweisen, indem sie mit ihren Praktiken seine bäurisch-derben Erfahrungen ad absurdum zu führen versuchte, doch sie löste nur einen Aufruhr in seiner Hose aus und war lediglich mit ihren Küssen überaus verschwenderisch, bis er ihr schließlich die Kleider vom Leibe riß, ihr zwischen die Brüste spie und davonging.

«Aber Liebster», sagte Fransisca. «Was mache ich denn bloß falsch?»

«Nichts», sagte er seinerseits. «Alles, was du tust, ist schlechthin vollkommen. Genauso wie's im Buche steht oder wie's der Arzt empfiehlt oder die alten Weiber raten. Absolut vollkommen. Du hast einen Körper mit einem Loch darin. Du reagierst. Das ist vollkommen. Doch mit dieser Art der Vollkommenheit bringst du bei einem Mann nichts zum Stehen. Zumindest nicht bei mir. Bei mir regt sich nichts. Der alte Senhor Carvalhos Ramos würde von dem ‚baumelnden Ding' sprechen.»

«Aber, Liebster, warum nur?» fragte Fransisca. «Liebst du mich denn nicht?»

«Allein dich», sagte er seinerseits.

«Warum sagst du ‚allein'?» fragte sie.

«Weil es nur dich allein gibt», sagte er seinerseits.

Doch da war immer noch das Wissen um Tomomi. Sie beherrschte seine Seele wie ein stetes Blütengeriesel. Wenn er unversehens an sie dachte, schwoll sein Glied, und ganz gleich, ob er gerade bei einer Sitzung war, einem offiziellen Frühstück oder Abendessen, er eilte zu seinem Wagen hinaus und raste die kurvenreiche Straße nach Santos hinunter, ein übermütiger Verrückter, und draußen vor der Mauer, die ihr Haus am Strand umgab, stieß er den leisen Pfiff aus, ihr ganz persönliches Erkennungszeichen, und stets drückte sie den Knopf, der das Tor öffnete, und stets in all den Jahren ging er hindurch, lehnte sich mit dem Rücken gegen die wieder geschlossenen Torflügel und wartete, bis sie erschien, sich tief vor ihm verneigte, ihn bei der Hand nahm und in ihr Haus einlud. Anfangs riß er sich die Kleider vom Leib, dann ihren Kimono, und trug sie hinein, auf den Fußboden des nächstliegenden Zimmers. Doch nach und nach lehrte sie ihn, sich ihren Sitten zu fügen. Zuerst nahm sie ihm die Schuhe ab und gab ihm dafür ein paar leichte Sandalen, dann zog sie ihm das Jackett aus, band ihm den Schlips ab, streifte ihm Hemd und Unterhemd über den Kopf, obschon er ihr unterdessen bereits den Kimono vom Leibe gerissen hatte, um mit ihr die nächste Stunde auf dem Fußboden zuzubringen. Doch es kam der Tag, wo sie ihn vollends entkleidete, ihn in das Bad führte, ihn dünsten ließ – mit einem Feuer unter der Wanne, damit das Wasser heiß blieb – und ihn dann einigen Masseusen übergab, die ihn zum erstenmal in seinem Leben jeden Muskel seines Körpers spüren ließen, und er war schlaff wie ein Pferdeschwanz, als sie ihn dann unter der eiskalten Dusche hervorholte, doch anschließend war er weitaus mehr Mann, als er es je von sich vermutet hatte, und von der Zeit an ließ er sie vorschreiben, was in ihrem Hause zu geschehen hatte. Glückselige Stimmung lag über ihren Mahlzeiten, die sie auf Polstern an dem niedrigen Tischchen einnahmen, und es gab so viele Gerichte, daß er von jedem nur noch zu kosten vermochte, und sie schüttelte den liebreizenden Kopf, bekümmert, nicht vorwurfsvoll, und geleitete ihn, das Opfer leiblicher Genüsse, hinaus in das Schlafzimmer, zu einer Matratze auf dem Boden, die weich war wie eine Federwolke am Morgenhimmel, und sie nahm ihre Rache, während er dem Wirbel zu widerstehen versuchte, aber sie lachte nur und bewegte die Muskeln in der Tiefe ihres Schoßes, ganz leise nur, und er seinerseits schrie laut auf und starb auf der Stelle, und sie ihrerseits wartete, bis der männliche Funke fast verglüht war, und dann starb auch sie, von ihrem schwarzen Haar umhüllt, im Zauber ihres japanischen Kusses, jenes durstigen, betäubenden und belebenden Wunders der Lippen und der Seele.

«Wag es nicht, mich anzurühren», sagte Fransisca vernehmlich in das Dunkel hinein. «Ich habe dich kommen hören.»

«Es hat lange gedauert, aber jetzt bin ich hier», sagte er, vom Klettern ganz außer Atem. «Ich bin hergekommen, um dich hier herauszuholen.»

«Nie wirst du mich hier wegholen», sagte sie. «Ich bin Novizin und werde das Gelübde ablegen.»

«Den Teufel wirst du», sagte er seinerseits. «Du bist meine Frau. Komm jetzt. Nichts wie raus hier.»

«Ich schreie», sagte sie, aber sie hatte sich nicht geregt, seitdem er durch das Fenster hereingekommen war.

«Schrei doch», sagte er seinerseits. «Aber du kommst jetzt mit mir. Oft genug habe ich hier vor diesem Bau gestanden. Erheb dich bitte.»

«Niemals», sagte sie und lag regungslos still.

Alle Wut verrauchte, wo die Blätter leise raunten und Frauen im Verborgenen trauerten. Leidenschaftslos streifte er die Klosterwäsche herunter, zerrte die dünnen Laken beiseite und lag auf einem Körper von kaum spürbarer Wärme unter der kalten Schale, der nichts mehr von dem Duft an sich hatte, den er so gut kannte, sondern nur den muffigen Geruch der Ungewaschenen, und das nie endende adameske Ritual, der gleichgültige, dürre Kuß, dieses Sichwinden in Erinnerungen an vergangene höchste Lust, und dann die Stille zwischen ihnen.

«Bist du fertig?» fragte Fransisca laut wie am Telephon. «Man weiß nie, was du vorhast. Es ist wirklich lächerlich. Laß mich jetzt allein. Ich habe dir doch gesagt, daß ich das Gelübde ablege.»

«Dann leg dein Gelübde ab», sagte er und richtete sich auf, eine Todeslast auf den Schultern. «Doch rate ich dir, vorher ein Bad zu nehmen.»

Fransisca, ja, sonst die Vollkommenheit in Person, schrie und schlug, und die Tür wurde aufgerissen, und er stand da im Schein des grellen Lichts, und Frauen kreischten und ließen ihm dadurch Zeit, aus dem Fenster zu flüchten und hinaus auf die Leiter, auf der er sich festhielt, während die Feuerwehrleute sie absenkten, und er vergoß schluchzend Tränen, bis kein Tropfen Wasser mehr in ihm war. Das trockene Schluchzen, das Schluchzen des Mannes, das weh tut und im Innern Wunden hinterläßt, die nie mehr heilen.

Und aus jener kalten, jener rauhen Nacht, im Krampf lautlosen Gelächters wurde Hilariana geboren.

«Wie konnten Sie sich nur unterstehen?» fragte der alte Senhor Carvalhos Ramos, bleich, zittrig, knapp eine Woche vor seinem Tod — wenn einer das geahnt hätte. «Ein Nonnenkloster? Nonnen. Ausgerechnet eine Nonne? Man stelle sich das vor.»

«Meine Frau war dort drinnen», sagte er seinerseits. «Von mir aus soll sie jetzt da bleiben.»

«Nicht dort», sagte der alte Senhor Carvalhos Ramos. «Hier ist der amtliche Bescheid. Ihre Frau ist eingeliefert worden.»

«Eingeliefert worden?» fragte er seinerseits. «Was soll das heißen?»

«Sie ist in die staatliche Irrenanstalt eingeliefert worden», sagte der alte Senhor Carvalhos Ramos. «Nun, mit Hilfe Ihrer Freunde und mit meiner werden wir sie dort schon wieder herausholen und sie in eine angenehmere Umgebung bringen. Doch ich fürchte, bei ihr liegt ein echter Fall von Geisteskrankheit vor. Sie hat einige der Nonnen ganz schön zugerichtet. Darum mußte sie in Gewahrsam genommen werden, und der Arzt hat ihre Überführung angeordnet. Und aus diesem Grunde bin ich hier.»

Es hatte keinen Sinn, zu bitten oder mit Argumenten zu kommen. Der Bescheid war rechtskräftig. So fuhren er seinerseits und Padre Miklos zu dem düsteren Ort hinaus, jener Dependance des Fegefeuers, wo Männer und Frauen nackt umherliefen, auf Treppen und in Korridoren schliefen, einer über dem anderen, doch ohne dabei den Wunsch zu verspüren, Mann oder Frau zu sein, sondern nur Körper auf der Suche nach Schlaf und der Berührung mit einem anderen Wesen, und bloß zwanzig Ärzte waren für die Betreuung der Zehntausend dort, und hundert starben in jeder Woche. Fransisca, noch immer schön, noch immer ein leuchtendes Lächeln der Unwissenheit in den Augen, ja, inmitten des Gestanks der von aller Welt Ausgestoßenen, sie lehnte in einer Ecke und machte keinen Versuch, Widerstand zu leisten, und zwei kräftige Pflegerinnen hoben sie auf, und ein Kometenschwanz von Geifernden und Sabbernden folgte ihnen, griff sie an ihre Kittel und zupfte sie an den Ärmeln in aussichtslosem Flehen, auch fortgeführt zu werden, weg von hier, ins Freie, an die Luft, das frische, reine Wunder heilsamen Atmens in Ruhe und Sonne.

«Wie kann man das zulassen?» fragte Der O'Dancy, am ganzen Leibe zitternd. «Wie, um Christi Liebe willen, können die das zulassen?»

«Die?» sagte Padre Miklos mit bitterem Lächeln. «Warum sollen es immer ‚die‘ sein? Warum nicht auch einmal Sie selbst? Was gedenken Sie zu tun? Eine finanzielle Zuwendung? Ist das genug?»

«Die Leute müssen Ärzte, Schwestern und Pfleger haben», sagte er seinerseits. «Warten Sie nur, bis ich wieder zu Hause bin.»

«Wie viele Ärzte würden dort schon Karriere machen wollen?» sagte Padre Miklos. «Möchten Sie da arbeiten? Wieviel würden Sie ihnen zahlen? Wieviel den Schwestern? Was würde eine Frau für solche Tätigkeit wohl haben wollen? Sie verlangen, daß andere diese Arbeit tun sollen, die zu tun Ihnen nicht im Traum einfällt. Immer sind es die anderen, nicht wahr?»

«Bürgerpflicht», sagte er seinerseits. «Warum lächeln Sie?»

«So ein Gerede ekelt mich an», sagte Padre Miklos. «Muß ich zu guter Letzt noch feststellen, daß auch Sie ein Schaumschläger sind?»

«Verdammt», sagte Der O'Dancy. «Es müßte doch eine Möglichkeit geben zu helfen.»

«Vielleicht mit der üblichen Methode, mit christlicher Nächstenliebe der Kirche?» sagte Padre Miklos, wieder ganz ernst. «Soll man einen Schwesternorden dafür verantwortlich machen? So hat man sich in den meisten Fällen bisher zu helfen gewußt, nicht wahr? Fromme Frauen. Aber es gibt ihrer zu wenige. Anderswo stellen die Hütten der Armen eine ganze Menge dieser Hingebungsvollen. Doch hier gibt es kaum Häuser, die nicht zumindest reich an Liebe sind. Die Mädchen heiraten früh. Nur eine Handvoll von ihnen tritt in den Orden ein. Dort kann man nicht Karriere machen. Dort ist kein Geld zu holen.»

«Kommt es denn nur auf Geld an?» fragte Der O'Dancy.

«Zahlen Sie genug, und Sie erhalten alle Hilfe, die Sie sich wünschen», sagte Padre Miklos. «Natürlich nur von einer gewissen Sorte. Denn wer das Geld liebt, hat nichts für die Kirche übrig.»

«Aber die Leute, die das Geld haben, stützen die Kirche», sagte Der O'Dancy. «Ist das etwa nicht so? Was würden Sie ohne uns anfangen?»

«Mehr Zeit im Gebet verbringen», sagte Padre Miklos. «Meines Erachtens tun wir heutzutage in dieser Beziehung viel zu wenig.»

Unten im Haus am Strand erblühten in jenen Jahren die Kinder, und am liebsten waren ihm die Abendstunden, wenn eine Prozession kleiner Mädchen, Orgelpfeifen gleich, hereinmarschierte, um sich zu verneigen, ihr Tagewerk vorzuweisen und dann in einem Halbkreis voll Anmut und Liebreiz um ihn zu hocken, wenn Oto-O-San und ihre Mutter, Oka-A-San, in der dunklen Ecke knieten und den Tee bereiteten, und die kleinen weißen Porzellankrüge mit *sake* und die feuchtwarmen zusammengerollten Handtücher, und wenn die Stimmen lyrische Lieder sangen, die ihm Tomomi gelegentlich übersetzte, doch meistens sah sie davon ab, denn er seinerseits liebte den Klang und die bloße Musik, wobei der Text nur gestaltete, doch niemals Empfindung erweckte.

«Sollen die Kinder die christliche Kirche besuchen?» fragte Tomomi eines Abends, in blauem Halbdunkel, und hinter ihr die Flut der Chrysanthemen, eine graue, malvenfarbene und hochrote Pracht. «Ich weiß sie nichts zu lehren außer dem, was man mich selbst einst gelehrt hat. Doch das wird ihnen für ihr Leben und für ihre Zukunft nicht viel nützen. Sollen sie Christen werden?»

«Ach, Tomomi, meine Wonne», sagte er, um eine Antwort verlegen. «Vermutlich wäre das wohl das richtigste. Sie sollten schon etwas von der göttlichen Gnade wissen. Bist du dir im Zweifel darüber?»

«Keineswegs», sagte Tomomi. «Ich zweifle kein bißchen daran, daß die christliche Religion gut ist. Ihre Gedanken sind gut. Doch sollen meine Kinder einmal so werden wie die Christen, denen ich bisher begegnete? Ist es die christliche Lehre, die sie zu dem macht, was sie sind?»

«Was sind sie denn?» fragte er und fürchtete sich etwas vor dem, was sie möglicherweise antworten würde. «Der Herr gab uns das Geschenk Der Erkenntnis. Ob wir davon Gebrauch machen oder nicht, ist das vielleicht die Schuld Der Kirche? Die Priester tun ihr Bestes. Wie steht es mit euch Buddhisten?»

«Vermutlich sind wir ersprießlicher dran mit dem, was wir haben», sagte Tomomi. «Aber Brasilien ist kein buddhistisches Land. Das geistig-geistliche Klima aller Länder hängt von den Ahnen ab. Von jenen ersten Männern, die Geschichte machten. Buddha wartet geduldig ab, bis einmal alle Menschen seine Lehre annehmen. Er läßt sich Zeit. Christus sagt: ‚Kommt her zu mir'. Das heißt nicht morgen oder irgendwann einmal. Es ist dringend. Das heißt jetzt gleich. Das ist *brasileiro*. Brasilien ist jetzt. Und in aller Zukunft. Ist das nicht auch deine Meinung? Sollten sie nicht doch Der Kirche beitreten?»

«Selbstverständlich», sagte er seinerseits, und ihm war kläglich zumute, denn noch nicht ein einzigesmal war ihm dieser Gedanke durch das rostige Eisengitter seines Gehirns gedrungen. «Ich schäme mich, denn ich hätte zuerst darauf kommen sollen.»

«Man muß sich bei kleinen Mädchen frühzeitig Gedanken machen»,
sagte sie, und noch nie zuvor war sie einem versteckten Vorwurf so
nahe gewesen – und sie war ein ganzer Garten voller selbstgezüch-
teter Chrysanthemen mit ihrem betäubenden Duft, drum neige dein
Haupt und öffne die Augen angesichts dieser einmaligen Frau, der Hingebungsvollen, vor Tomomi, der einzigen Wonne –, «bei kleinen Jungen ist das nicht so wichtig. Sie sorgen später schon für sich selbst. Doch
kleine Mädchen wachsen einmal zu Frauen heran. Und eine Frau kann
nicht ohne Glauben leben. Ohne den Glauben an irgend etwas.»

«Ich habe dich enttäuscht», sagte er.

«Von allen Männern hast du dich als der treueste erwiesen», sagte
Tomomi und legte den lieblichen Kopf an seine Schulter. «Ich war fest
entschlossen, eine *brasileira* zu sein. Jeder beliebige Mann hätte mich
nehmen können. Ich wollte nur Kinder, die in diesem Land geboren
werden sollten. Als ich dich sah, da sagte ich mir: ‚Das ist der Mann.‘
Ich habe gewartet. So lange Zeit. Und als du mich bemerkt hast, da bin
ich vor Freude in die Luft gesprungen. Siehst du. Und jetzt haben wir
sieben Kinder. Selbst die Sonne kann nicht glücklicher sein als ich.»

«Du hast mich also eingefangen», sagte er seinerseits. «Ich hätte
wissen sollen, daß ich es mit einer Hexe zu tun habe.»

«Ich bin eine Hexe des *No»,* sagte Tomomi. «Ich nehme die Maske
ab, und wer bin ich? Ich.»

«Dem Herrn sei Dank für die Jahre des Schönen und der Erinnerungen», sagte er seinerseits. «Ich werde Padre Miklos herschicken, damit
er die Kinder unterweist. Die Jungen auch. Männer haben den Glauben
ebenso nötig.»

«Bitte ihn, sich ihrer Mutter gleichfalls anzunehmen», sagte sie. «Mein
Blut würde ich geben, um ihres Glaubens sein zu können.»

«Von dem Augenblick an, wo meine Augen zum erstenmal den deinen begegneten, von dem Augenblick an, wo Der Herr mir Seine Gnade
in Seiner Allwissenheit erwies, bist du wohl je anderen Glaubens gewesen?» fragte er seinerseits leidenschaftlich. «Meinst du, ich hätte in all
diesen Jahren nicht dafür gesorgt, daß Gebete für dich gesprochen wurden?»

«Du mußt mir verraten, wo», sagte sie.

«Dort, wohin zu gehen du immer abgelehnt hast», sagte er seinerseits.
«Auf dem Erbe.»

«Meine Kinder mögen dort hingehen», sagte sie. «Ich nicht. Ich bin
nicht deine Frau. Deshalb will ich auch nicht als Besucherin erscheinen.»

Denk nach und überlege gut.

Die Tage in Europa zusammen mit Daniel hätten eigentlich eine wunderbare Wiederholung jener Tage vor vielen Jahren mit Dem Vater sein sollen, aber sie waren es nicht, lediglich eine beständige Enttäuschung, eine ätzende Lektion, besonders der Tag in Venedig, und der Laden, an den er seinerseits sich noch gut erinnerte, war geschlossen, und sie beide schritten nebeneinander her, ohne sich einmal anzusehen, im schlammigen Gestank der engen Kanäle, und sie beide wußten, daß man daheim so etwas nie dulden würde, weder Schlamm noch Gestank, und sie waren auf der Suche nach einer Bäckerei, doch es war nicht mehr das gleiche Brot wie damals, und weiter, um Schinken, Oliven und Salami zu kaufen, und weiter, um Tomaten, Salat und eine Flasche Chianti zu besorgen, und sie borgten sich ein Messer, um damit das Brot zu schneiden, das altbackene Brot, und der Mann hinter dem Tresen mit dem Gesicht einer dürren Henne und einem ausgefransten Bart um Schnabel und Kehllappen lachte, weil ihnen der Kork in der Flasche abbrach.

«Was ist denn daran so komisch?» fragte er seinerseits. «Erinnert Sie ein morscher Kork vielleicht an irgend jemanden in Ihrer Familie? Oder ist das Ding eine Reklame für alles andere, was sie hier verkaufen?»

«Komisch seid bloß ihr Touristen», sagte der Mann unverblümt, und alle konnten ihn hören. «Ihr kreuzt hier auf, kauft ein Wurstbrot und eine Coca-Cola. Ihr schlaft auf der Piazza. Was soll das? Ist das Tourismus? Bleibt doch zu Hause. Eßt eure Wurstbrote daheim. Und die Flasche Chianti? Ihr kauft die Flasche doch nur, um eine Lampe daraus zu machen. Wenn ich euch Amerikaner bloß sehe, kriege ich Dünnpfiff.»

«Wenn nur mehr von uns kämen, dann würdest du dir noch schneller die Seele aus deinem tönenden Hintern furzen», sagte er seinerseits und feuerte den Brotlaib in das filzige Gesicht und die Flasche hinterdrein, doch die verfehlte ihr Ziel, aber Wein und splitterndes Glas regneten auf ihn herab. «Nie wieder kehre ich hierher zurück, weder im Geiste noch im Fleische.»

«Können wir nicht nach Hause fahren?» sagte Daniel, als sie wieder im Freien waren und der Gestank der kloakengleichen Kanäle in der Nase biß. «Was gibt es denn noch hier?»

«Bloß die Knochen von gestern», sagte er seinerseits. «Hier ist's gewesen, wo ich ‚La Gigolette' gehört habe. Aber jetzt kratzen es so viele Fiedler in so vielen Cafés dicht bei dicht auf ihren Instrumenten herunter, daß man sich nicht einmal selbst schlürfen hören kann, wenn man die Stinkbrühe zu sich nimmt, die die hier Kaffee nennen. Es ist die Welt des Tourismus. Zum Teufel damit. Wir fahren nach Paris und sehen zu, daß du ein Mädchen bekommst.»

Daniel – gab es je einen prächtigeren Erstgeborenen, bestimmt nicht, und Gott, Der Allmächtige, möge Sich seiner besonders annehmen – er, ja, er war von Europa restlos geheilt, und überall streckten sich Hände entgegen, und in jeder Sprache hechelten die Kerle nach Trinkgeld, ohne auch nur höflich zu sein, ohne auch nur danke zu sagen, und er, kraft seines eigenen Verstandes, und Der Herr möge ihn in Sein Herz schließen, suchte sich selbst ein Mädchen. Eine Naturschönheit, gut gewachsen, ein wahrer Engel, nichts weniger. Er seinerseits hielt sich im Hintergrund und reichte ihr nur mit einer Verbeugung die Hand, füllte Daniels Taschen und beauftragte den Portier, einen Aufpasser hinter den beiden herzuschicken, und gnade ihnen allen Gott, falls irgend etwas passierte. Doch es passierte nichts. Daniel – ach ja, wartet, weil er seinerseits sich erst die Tränen trocknen mußte –, der gute Junge, kam am Morgen aufgekratzt und kreuzfidel mit diesem Mädchen zurück, das ihn seinerseits um Haupteslänge überragte, aber immer noch schüchtern war, doch wenn sie ihn anblickte, begann ein Dynamo zu surren, daß der Fußboden bebte.

«Was hast du mit dem Mädchen vor?» fragte er seinerseits, nachdem fast zwei Wochen vorbei waren. «Sollen wir sie nach Hause mitnehmen?»

«Sie fährt irgendwohin in den Osten», sagte Daniel. «Sie ist Lehrerin und will nicht vertragsbrüchig werden. Doch sobald ich meine Examina hinter mir habe, fahre ich zu ihr. Das habe ich ihr versprochen.»

«Und dann wird sie ihrerseits dich weiter unterweisen», sagte Der O'Dancy.

«Ich habe sie unterwiesen», sagte Daniel.

«Und ist es mir gestattet zu fragen, wo du deine Erfahrungen gesammelt hast?» sagte Der O'Dancy.

«Auf Dem Erbe», sagte Daniel etwas befremdet. «Im großen Kaffeelagerhaus. Dort sind so viele Mädchen. Und auch sehr viel schönere. Und es steckt mehr Leben in ihnen. Leben? Feuer. Dieser hier mußte ich erst beibringen, was sie aufmachen soll. Sie hatte sich eingebildet, wir kämen durch den Nabel herein.»

«Eine Französin?» fragte er seinerseits. «Unmöglich.»

Daniel wiegte den dunkelroten Schopf.

«Ja, dort wollte sie mich hineinstecken», sagte er. «Jetzt habe ich eine andere. Das ganze Gegenteil. Als du unten warst, um die Tagebücher zu kaufen, erinnerst du dich? Da ist's passiert. In dem kleinen Zimmer. Kann ich sie allein ausführen?»

«Sie gehört dir ganz allein», sagte er seinerseits. «Ich werde euch einen Tisch im Maxim bestellen. Ich möchte sie gern kennenlernen. Vielleicht, wenn ich nach dem Essen einfach dazukomme? Höchstens auf zehn Minuten, nicht mehr.»

«Ich erwarte dich», sagte Daniel – ach, hört Den O'Dancy, dem es nie vergönnt war, diesen Titel zu tragen, und alle Engel mögen ihm den Weg licht machen –, «aber sieh sie nicht so an, verstehst du? Sie ist ziemlich zartfühlend.»

Ja, und den Jungen reden hören, ach, er hatte ein goldrichtiges Herz. Er ging behutsam mit den Frauen um, das war ihm oberstes Gesetz. Und die Zierliche, die so auf typisch französische Art Zierliche neben ihm am Tisch, die ihn ihrerseits so flehentlich anblickte, als bäte sie um Nachsicht, daß sie einen Jungen in kurzen Hosen mißbrauchte, sie, die Unschuldige, die nicht ahnte, daß sie sich einem jungen Minotaurus zum Fraße hinwarf.

Daniel fiel vor dem Feind, Lys wurde wenige Wochen später von einer Bombe zerrissen, und er seinerseits hatte in all den Monaten danach nur den einen Gedanken, ihre Tochter zu finden, die winzige, rothaarige, grauäugige, die ohne zu wissen, wer er seinerseits war, ihm die Arme entgegenstreckte, und er hob sie – ohne daß auch nur einer ein Wort gesagt hätte – aus der *crèche* heraus, trug sie hinaus in den Wagen und nahm sie mit sich, für immer, ein Teil seiner selbst.
Serena.

23

Er seinerseits erwachte in dem stillen Raum, und sein Blick fiel auf den langen Tisch und den einzigen weißen Lichtschein. Padre Miklos war nicht mehr da.

Er verspürte Müdigkeit und Hunger und natürlich auch dessen Begleiter, den Durst.

«Du hast ein ganz schönes kleines Nickerchen gemacht», sagte Bruder Mihaul und sah zu ihm hinunter, so gütig, wie er seinerseits ihn noch nie erlebt hatte. «Unser Miklos ist fort, weil er den Gottesdienst abhalten muß. Es ist allmählich an der Zeit, daß wir beide uns einmal unterhalten. Bist du gewillt, mich anzuhören? Es war mir stets ein Bedürfnis, mich als Bruder von meiner besten Seite zu zeigen. Wenn du mich ausreden läßt, so wirst du mir vielleicht zustimmen. Bist du bereit?»

«Ich höre», sagte er. «Doch jetzt eine Kleinigkeit zu trinken wäre keinesfalls verkehrt.»

«Genau danach verlangt es mich auch, soll man's für möglich halten», sagte Bruder Mihaul voller Bewunderung. «Ich habe uns Tee bestellt.»

«Tee, ach, du mein kasteiter Schließmuskel», sagte Der O'Dancy.

Bruder Mihaul brach vor Lachen fast zusammen, und seine Tonsur senkte sich bebend vornüber in den Schoß.

«Scherz beiseite», sagte er immer noch lachend. «Dann trink schon deinen Whisky, und ich erzähle dir von dem Unglaublichen, das hier vor sich geht.»

«Dreht es sich um *khimbanda,* was hier getrieben wird?» fragte Der O'Dancy und ergriff das Glas. «Genau darüber möchte ich nämlich Bescheid wissen. Ich habe geschworen, dieses Übel auszuräuchern. Und sobald ich das hier getrunken habe, mache ich mich an die Arbeit.»

«Und viele werden dir dabei helfen», sagte Bruder Mihaul. «Was wir hier tun, spielt sich in einem gehobenen geistigen Bereich ab, den wir *Umbanda* nennen. Wir arbeiten mit der höchsten, der letzten Erscheinungsform des ‚weißen' Geistes, nicht des schwarzen. *Macumba* macht sich das Böse zunutze, das in uns allen steckt. Im Grunde ist es rein sexuell. Es fordert die niedere Erscheinungsform des Geistes heraus. *Khimbanda* ist weitaus schlimmer. Es ist die Anbetung Satans um Satans willen, aus Freude am Bösen und nichts weiter. Es ist ein Greuel, dessen Ursprünge bis ins frühe Mittelalter zurückreichen. Es ist nicht auf dieses Land beschränkt. Priester stellten es hier bereits im fünfzehnten Jahrhundert fest. Anfangs waren sie bemüht, die Indios und später auch die afrikanischen Sklaven zum Glauben zu bekehren. Das Christentum, die Indios und die Afrikaner ergaben eine vortreffliche Mischung. Zumindest war das die Ansicht der frommen Sklavenhalter. Sie sorgten dafür, daß ihre Sklaven zur Kirche gingen, daß sie Gott anbeteten und Jesus Christus, den Heiligen Geist, die Jungfrau Maria und alle Heiligen, vom ersten bis zum letzten. So wurden die Indios und die Afrikaner zu Christen. Es ersparte ihnen die Peitsche. Und es bot ihnen Gelegenheit, im Geheimen ihre eigenen Götter anzubeten. Sie verwandelten ihre Götter in die unsrigen. Sie entlehnten unser Ritual, Altar, Kerzen, Blumen, Zierrat, Weihrauch. Ein paar Generationen später hatten sie bereits ihre eigenen Priester. Aber auch Priesterinnen. Sie gehörten zum afrikanischen Fetischkult, der eine Gehilfin vorsah, und sie fanden bei den Frauen der Plantagenbesitzer Unterstützung. Wenn die Männer fort waren und keine Priester zur Stelle, dann hielten die Frauen den Gottesdienst ab. Natürlich waren es fromme Frauen, denen nur daran lag, die teuren Sklaven mit dem Geist der Liebe zu erfüllen. Habe ich mich soweit klar ausgedrückt?»

«Du hast vorhin von einem Greuel gesprochen», sagte Der O'Dancy. «Würdest du mir erklären, warum?»

«Ein paar Worte dazu genügen. Ich habe nicht die Absicht, viel Zeit darauf zu verschwenden», sagte Bruder Mihaul, und seine kleinen grauen Augen blickten scharf und ernst. «Durch die Anbetung Satans werden mit der Zeit auch die Seelen satanisch. Diese Leute haben ein feines Gefühl für alle, die nicht Gott, Dem Herrn, ergeben sind. Sie bearbeiten sie, obwohl ihre Opfer manchmal gar nichts davon merken. Sie nennen sich *Khimbótes,* die Jünger Satans. Und ich nehme sie ebenso ernst wie ich die ausübenden Mitglieder der Kirche ernst nehme. Sie existieren. Sie glauben. Sie sind aktiv. Sie haben Macht. Darüber gib dich ja keiner Täuschung hin. Wo die sind, da sind wir alle in Gefahr. Und das ist meine feste Überzeugung.»

Er seinerseits zweifelte keinen Augenblick mehr an Bruder Mihauls Worten, und nichts davon dünkte ihn sonderlich neu. Es war die Art, wie er es sagte. Von der alten Bitterkeit, Schroffheit und Strenge war nichts mehr zu spüren. Der Mann hatte sich völlig gewandelt, nicht im Aussehen, sondern in seinem Verhalten. Er war sympathisch.

«Ich lasse es gelten», sagte er seinerseits. «Warum auch nicht? Aber was habt ihr bloß hier getrieben, als ich herkam?»

Bruder Mihaul nickte, und Felipe brachte ein silbernes Teeservice auf einem Klapptisch herbei und setzte es neben dem Stuhl ab.

«Siehst du, Arquimed, ich habe nahezu fünfzig Jahre Praxis mit einer ganz besonderen Art Forschungstätigkeit über die Entwicklung des menschlichen Geistes», sagte Bruder Mihaul und schenkte sich Tee ein. «Es ist der Geist, der mich interessiert, sonst nichts. Von Anfang an war mir dabei klar, ganz instinktiv, daß jemand ergründen mußte, wie diese *macumba,* die völlig brasilianischen Zuschnitt hat, in eine Religion umgestaltet werden könnte, die nach oben gerichtet ist statt nach unten. Unser Volk ist in den niederen Schichten durch diese schwärzeste Erscheinungsform der Zauberei verrottet, durch und durch verrottet. Dabei spielt es gar keine Rolle, wieviel Intelligenz und Talent oben an der Spitze vorhanden sein mag. Wenn das Fundament morsch ist, was kann man darauf aufbauen? Das war der Grund, warum ich den Orden verließ. Ich wollte hier leben, um mich mit diesen Vorgängen beschäftigen zu können, sie zu analysieren und zu erforschen. Mein Ziel war, eine Gottesdienstform zu finden, die die Bedürfnisse der einfachen Menschen erfüllt. Du fragst jetzt vielleicht, warum ihnen Die Kirche diese Befriedigung nicht gab. Oder warum die anderen Konfessionen nichts auszurichten vermögen. Die Antwort ist einfach. Unser Volk ist von einer seelischen Unrast ergriffen. Es ist die Folge der Vermischung von weißen, schwarzen und Indioseelen und -körpern. Europa, Südamerika und Afrika in Wechselheirat vereint. Und aus dieser Vereinigung entspringt neues Leben, entstehen neue Generationen. Das alles kann man nicht einfach abtun, indem man das Vorhandensein leugnet, ein paar gönnerhafte Worte darüber verliert oder es mit Verachtung straft. Viel zu viele haben sich bereits schuldig gemacht, als sie versuchten, alles einfach zu ignorieren. Und unweigerlich sind das immer nur Quasi-Europäer. Aber es gibt ein Bewußtsein der Geisterwelt, das uns schon in unser brasilianisches Blut übergegangen ist. Zehntausende von uns werden als Medien geboren. In den Kirchen oder in den Gotteshäusern ist für sie kein Platz. Keiner übt Nachsicht mit ihnen. Die Kirche spricht ihr Verbot aus. Die Gotteshäuser strafen mit Mißachtung. Was bleibt ihnen zu tun übrig? Sie wenden sich *macumba* zu. Doch ich persönlich ziehe *Umbanda* vor, denn das ist eine Form des Spiritismus, die aus der Liebe Gottes entstand. Was wir hier tun, ist ein unmittelbares Ergebnis meiner und vieler anderer Arbeit. Wir lassen die Seelen oder die Geister der Verstorbenen Gestalt annehmen. Wir hören, was sie in jener Zeit gesprochen haben, ehe sie starben. Das heißt, ehe sie die Erde verließen.»

«Und du glaubst daran», sagte Der O'Dancy.

«Unbedingt», sagte Bruder Mihaul und trank einen Schluck Tee. «Ich habe jeden Schritt des Weges unter genauer Kontrolle gehabt. Als sich abzeichnete, welche Entwicklung die Dinge nahmen, zog ich Padre Miklos hinzu. Vermutlich wird er in wenigen Monaten ganz zu uns stoßen.

Natürlich gibt es keinen unversöhnlicheren Feind von *macumba* und allem anderen als ihn. Er führte gegen fünf Groß- und Urgroßmütter und wer weiß wie viele Tanten Krieg. Freilich war er der Verlierer. Es war unausbleiblich. Gewiß, man kann Satan mit geweihtem Wasser bekämpfen. Doch zuerst muß man ihn aufspüren.»

«Erzähl mir jetzt bloß nicht, daß die Großmütter Anbeterinnen Satans waren», sagte er seinerseits.

«Man kann es fast so nennen», sagte Bruder Mihaul, während er einschenkte und ihn dabei anblickte. «Haben sie nicht in ihrer hoffnungslosen Unwissenheit dieser Entwicklung allen erdenklichen Vorschub geleistet? Was haben sie gewollt? In erster Linie suchten sie einen Weg, mit ihren Männern in Verbindung zu treten. Und wer diente dreien von ihnen als Medium? Mãe Nueza. Ein so törichtes altes Huhn, wie man es in tausend Jahren nur einmal antrifft. Sie konnte ihnen jedes nur mögliche Märchen aufbinden. Dafür wurde sie dann mit Gunstbeweisen überhäuft. Und so kam es, daß auch andere auf den Gedanken verfielen, es ihr nachzutun, um ebenfalls abzurahmen. Entsinnst du dich noch, was deiner eigenen Amme passierte? Ein Mädchen belegte sie in Trance mit einem Fluch. Und da hat die Alte ihr kreuz und quer den Bauch aufgeschlitzt. Doch dann kam das Kontrollmedium, der Bruder des Mädchens, und hieb sie in Stücke. Man hat nie wieder eine Spur von ihm entdeckt, nicht wahr?»

«Höchstwahrscheinlich hat Der Vater diesen Fall auf seine Weise erledigt», sagte er seinerseits. «Doch ich bin mir nicht ganz sicher, was du unter einem Medium verstehst. Warum sind denn die meisten Menschen keine Medien?»

Bruder Mihaul setzte die Tasse ab und lachte ein schallendes O'Dancy-Ha-Ha-Ha-Ho-Ho.

«Na, nun halte aber mal die Luft an», sagte er. «Zweifelst du daran, daß du nicht ein ebenso gutes Medium abgibst wie irgendeiner von uns? Falls du dich entsprechend vorbereitest.»

«Ich?» sagte Der O'Dancy. «Ich ein Medium? Niemals, solange ich Hoffnung habe, Christi Segen zu erlangen.»

«Nur, weil du auch eins bist, kannst du überhaupt hoffen», sagte Bruder Mihaul, und alles Lachen war aus seinem Gesicht verschwunden. «Du hast nie von deiner Gabe Gebrauch gemacht. Diese besondere Fähigkeit liegt völlig brach. Doch sie ist vorhanden. Jeder, der zwischen Gut und Böse unterscheiden kann und im Glauben stark ist, kann Medium sein. Wir sind doch alle Wesen, denen ein Geist innewohnt, nicht wahr? Oder warum sprechen wir sonst von dem Heiligen Geist? Den Geist aufgeben? Das sind doch nicht bloß Redensarten. Meinst du vielleicht, daß die Millionen Spiritisten allein in diesem Land schwachsinnig

sind? Oder Scharlatane? Oder Selbstbetrüger? Oder daß sie einer Selbst-
suggestion unterliegen? Oder alles zusammen? Machen wir alle uns
womöglich nur etwas vor? Oder sind wir gar kriminelle Irre?»

«Ich habe noch nicht viele von deiner Sorte kennengelernt», sagte Der
O'Dancy. «Und ich bin auch gar nicht besonders scharf darauf.»

«Merkwürdig», sagte Bruder Mihaul und schenkte sich aus Urgroßmutter Aracýs Teekanne aufs neue ein. «In all den Jahren hast du hier
auf Dem Erbe das Zepter geschwungen. Du warst dir stets darüber im
klaren, daß es *macumba* gibt. Unter uns ist weder Mann noch Frau, die
nicht bereits in den Bann von *macumba* hineingeboren worden wären
oder, was noch wesentlicher ist, in dessen tiefstes Bewußtsein hinein.
Überlege doch mal. Hat es jemals hier einen Dieb gegeben? Niemand
würde es wagen, auch nur ein Körnchen Weizen zu stehlen, selbst wenn
die Versuchung noch so groß sein mag. Und warum? Sie wissen genau,
daß sie im gleichen Augenblick namhaft gemacht werden würden.»

«Und was ist mit den beiden aus Mouras Bentos?» fragte er seinerseits. «Sie hätten ebensogut draufgehen können. Dann wäre es Mord
gewesen. Wie sind sie überhaupt hergekommen? Wer hat sie dazu aufgefordert?»

«Das steht doch auf einem völlig anderen Blatt», sagte Bruder Mihaul
und pickte mit der Gabel nach einer Zitronenscheibe. «Ich wäre ohnehin
noch auf dieses Thema gekommen. Aber laß uns lieber erst die Vor-
gänge hier zu Ende besprechen. Wie lange bist du vorhin bereits draußen
gewesen?»

«Ein paar Minuten, länger nicht», sagte Der O'Dancy. «Du hast hier
ja allerhand umgestaltet. Gratuliere. Dein Leben ist völlig anders, als
ich es mir je vorgestellt habe. Ich bin froh darüber. Damit gibst du ein
gutes Beispiel. Ich bin kein so erstrebenswertes Vorbild.»

«Darüber ließe sich streiten», sagte Bruder Mihaul wieder mit einem
Unterton seiner alten Schärfe. «Du warst das leuchtende Vorbild eines
Mannes, der sich um seine eigenen Angelegenheiten kümmert. Es lag
mir die ganze Zeit wie ein Alp auf der Brust, daß du eines Tages herkommen und voller Tatendrang und Whisky versuchen würdest, mir auf
die Sprünge zu helfen. Du hast es nicht getan, und ich danke Dem Herrn
im Himmel dafür. Denn hättest du von diesen Dingen hier gewußt,
würdest du alles zunichte gemacht haben. Das ist mir völlig klar. Und
hättest du es getan, so wäre mir nichts weiter übriggeblieben, als ganz
woanders noch einmal von vorn anzufangen. Doch so, wie es ist, hatte
ich in all diesen Jahren Zeit genug, die Leute hier anzuleiten oder
zumindest die meisten von ihnen. Und nunmehr habe ich den Weg gefunden, beides auszumerzen, *macumba* ebenso wie *khimbanda*. *Umbanda*
ist die allvermögende Kraft, und jeder, der in dieser Form anbetet, kann

nur in seiner Seele wachsen, bis sich allmählich die Unrast verflüchtigt und er oder seine Kinder sich eines Tages ganz und gar Gott und der Kirche zuwenden, ohne durch Hintertürchen zu gehen. Doch so völlig sicher bin ich meiner Sache noch nicht. Vermutlich wird selbst die Heilige Kirche etwas darin finden, woraus sie ihren Vorteil ziehen kann. Ich hoffe es inständig. Jedermann muß etwas haben, ‚wofür‘ er leben kann, nicht nur ‚wovon‘. Das gehört selbstverständlich mit dazu.»

Hieß das Nest Caserta oder wie auch immer, jene Katakombe und Gruft der Seele, wo alles drunter und drüber ging, und er seinerseits saß in einem Raum, steif gefroren, und zündete sich in einem Eimer ein Feuer an, und irgend jemand kam hereingestürzt und sagte ihm, er solle es wieder ausmachen, damit kein Brand ausbreche, obwohl der Fußboden mit Fliesen ausgelegt war und die Wände aus Stein bestanden, und er seinerseits sagte dem Wichtigtuer, er solle sich zum Teufel scheren oder sonstwohin, doch der Wichtigtuer kam noch einmal zurück, zusammen mit einem Kavalier, der oberhalb der linken Brustwarze kunterbunt bebändert war, zweifellos ein preisgekrönter Ochse. Ach ja, er erinnerte sich noch genau an die mit Fistelstimme gegebenen Befehle, andernfalls solle er seinerseits sich nach Neapel zurückverfügen, und seinem General werde Meldung gemacht werden, so etwa war's gewesen. Von ihm aus könne er das gern tun, antwortete er seinerseits und forderte den Preisochsen auf, sich ebenfalls zum Teufel zu scheren. Er ließ das Feuer brennen, schob die Papiere auf dem Tisch zusammen und stopfte sie in eine Tasche, ließ alles andere stehen und liegen, ging die Treppe hinunter und pfiff sich eins dabei, das erstemal, seit er den Fuß über die Schwelle dieses Lochs gesetzt hatte.

Und hinein in den Jeep, das liebwerte Kennzeichen der freien Welt, und als er beim Bahnübergang um die Ecke fuhr, sah er sie unter den Bäumen warten, ein Bild von einer Frau in Majorsuniform, nicht weniger, und er seinerseits hielt bei ihr an und grüßte, und sie grüßte zurück, und in ihren Augen vom allerreinsten Blau, eine stille Heimat des Lächelns, lag Zweifel wegen seiner Uniform, doch sie stieg ein und zeigte ein Bein, welch kostbare Erinnerung, auch wenn der Anblick nur ein Kuß für seine Augen war, und sie stellte sich selbst vor, man hätte es ahnen können: Penelope. Wie hätte sie auch sonst heißen sollen, und er seinerseits verliebte sich allein in den Klang ihres Namens, in jede einzelne Silbe, und er sagte es ihr auch. Und sie lachte, und plötzlich verklärte sich der Tag zu strahlender Pracht, keine Spur mehr von jenem kalten, schlammwegigen, kahlästigen Grau des italienischen Winters, wenngleich es nur ein Grad oder wenig mehr über Null war, und ob die

Sonne schien oder nicht, es spielte gar keine Rolle, denn die Sonne strahlte im Herzen einer bezaubernden Frau und erwärmte die ganze Welt, und ein riesiger Rasen voller Veilchen duftete mit aller Blütenherrlichkeit in dem Gedanken an sie.

«Wenn es Euer Gnaden höchstpersönlich nichts ausmacht, so bin ich Oberst bei den Irischen Unbegreiflichen», sagte er seinerseits.

«Haben die Iren denn auch den Krieg erklärt?» fragte sie und stützte das Kinn auf die verschränkten Hände. «Das ist ja nicht zu glauben.»

«Wieso nicht zu glauben?» fragte er seinerseits. «Hat es für uns je eine Zeit gegeben, wo wir uns nicht im Krieg befanden? Wann war je zwischen uns und den anderen Frieden? Wir hassen die sündige Welt.»

«Was sagten Sie noch, in welchem Regiment sind Sie?» fragte sie.

«Bei den Unbegreiflichen», sagte er seinerseits. «Nichts, was aus Zuversichtlichkeit heraus geboren ist. Wir sind aus Eipulver ausgeschlüpft.»

«Ja, aber sind Sie nun Infanterie, Kavallerie, Artillerie oder was sonst?» fragte sie.

«Ein bißchen von allem», sagte er seinerseits. «Doch von keinem zuviel. Wir halten eine ganze Menge davon, die Dinge zu nehmen, wie sie kommen.»

«Wenn Sie so reden, klingt das wie die vierzig Räuber», sagte sie. «Ali Baba war schon immer mein ganz spezieller Schwarm.»

«Ali Fitzpatrick O'Baba», sagte er seinerseits. «Um es ganz genau zu sagen, einer von den O'Babas aus der Grafschaft Kilkenny. Er war der erste Oberst des Regiments. Wir führen noch heute seine Insignien. Vierzig leere Töpfe. Ein steter Born des Ärgers. Leere Töpfe und pfeifende Weiber, was kann es Schlimmeres geben?»

«Würden Sie mir bitte Ihren Truppenausweis zeigen?» sagte sie und holte ihren eigenen hervor.

Doch ihr Ausweis nützte ihm jetzt nichts, denn der Verkehr war ziemlich stark, und so schwenkte sie ihn bloß vor seinen Augen hin und her.

«Oberst Arquimed Rohan O'Dancy Boys», las sie und lachte strahlend, glücklich. «Vereinigte Staaten von Brasilien. Ist das nicht höchst merkwürdig? Schon immer habe ich mir gewünscht, einmal einen Angehörigen der brasilianischen Armee kennenzulernen. In der Schule hatte ich eine Freundin, die war auch Brasilianerin. Doch ihr Vater war Japaner.»

«Und sie war aus São Paulo», sagte er, ehe sie weitersprechen konnte. «Zehntausend Lire, daß ich ihren Namen weiß.»

«Ich habe keine zehntausend», sagte sie. «Aber ich setze zehn dagegen.»

«Lieber noch als zehnmal zehntausend wäre mir ein Kuß von Ihnen», sagte Der O'Dancy.

«Einverstanden», sagte sie. «Wie hieß sie?»

«Soyaki Tomagatsu», sagte er seinerseits.

«Hexenmeister», sagte sie und lachte. «Stimmt genau. Kennen Sie sie wirklich?»

«Und ihren Urgroßvater dazu, der beste Mann, der je das Licht der Welt erblickt hat, und sie ist eine so bezaubernde Frau, wie man sie sich nur erträumen kann», sagte er seinerseits. «Und Köpfchen hat sie. Eine gute Ärztin. Ich nehme an, daß Sie auch beim Sanitätsdienst sind, nicht wahr?»

«Nein», sagte sie. «Ich bekam plötzlich einen Rappel und machte ganz etwas anderes. Wo steckt Soyaki jetzt?»

«Oben in Campinas», sagte er seinerseits. «Wie ich zuletzt hörte, hat sie zwei Kinder, beides Söhne. Trotzdem hält sie die Klinik in Gang. Sind Sie verheiratet?»

«Ich war's mal», sagte sie und blickte geradeaus. «Mein Mann ist letztes Jahr gefallen.»

Die Stimme stockte. Nur jetzt weiter die Straße entlang, ein wenig schneller, ein wenig entspannter, doch um Himmels willen sei vorsichtig, nur kein Wort von Beileid. Zwischen ihn seinerseits und sie ihrerseits drängte sich die Erinnerung an Daniel, und der Junge war auch einer von denen, die geboren wurden, damit dereinst Seine Majestät zutiefst bedauerte, doch ja, es gab auch noch andere, die einem Herzen ebenso teuer waren. Das festzustellen überraschte ihn eigentlich. Er seinerseits hatte nie einen Gedanken an die Tränen anderer verschwendet.

«Was halten Sie davon, wenn wir eine kurze Essenspause einlegten?» fragte er seinerseits endlich geraume Zeit später. «Etwas abseits der Straße weiß ich hier ein sehr nettes Plätzchen.»

«Wenn sich's nur ein winziges bißchen von dieser Truppenverpflegung unterscheidet», sagte sie. «Selbst im Klub schmeckt alles danach. Klebriges Brot und irgendeine undefinierbare Brühe.»

«Ich verspreche Ihnen sogar einen ganz gehörigen Unterschied», sagte er seinerseits. «Um es gleich vorwegzuschicken, dort kocht man nach bester neapolitanischer Tradition. Es gibt nichts Köstlicheres.»

Mama Guaraglione hängte hinter dem Haus Wäsche auf, und die Entchen folgten watschelnd ihrem Rocksaum.

«Tun Sie eigentlich niemals etwas anderes als scheuern und kochen?» rief er seinerseits. «Ich habe eine Prinzessin mitgebracht. Was brutzelt denn heute für uns in der Pfanne?»

Sie hob die Hände, nun ja, braune Krallen waren es, und hob das Gesicht, es war auch braun, durchfurcht von den tiefen Runzeln derer, die ihr Leben auf dem Feld zubringen, in praller Sonne und nur den Schweiß als Balsam, und sie lächelte das Leuchten uralter Augen und schneeig weißer Zähne, weißer noch gegen die bernsteinfarbene Haut, und sie rief jubelnd seinen Namen und raffte auf einer Seite den Rock um eine knappe Handbreit und kam ihm in wirbelnder Tarantella entgegen, und sie tanzten ein paar Schritte gemeinsam, und sie wiegte sich in ihren alten Knochen und lachte dabei. Sie nahmen ein Mittagsmahl zu sich, bei dem Gang auf Gang folgte, und tranken Wein dazu, und er seinerseits ging zum Jeep, um Kaffee zu holen und noch einen ganzen Karton voller Konservendosen.

«Gestohlene Heeresverpflegung?» fragte Penelope. Sie hatte die Uniformjacke ausgezogen, den Schlips abgebunden, die Haare gelöst und das Kinn auf die Hände gestützt. «Hätte ich das bloß vorher gewußt.»

«Ich stehle nicht», sagte Der O'Dancy. «Dies ist meine Verpflegung für eine Woche. Ich spare alles für sie auf, und sie kocht für mich.»

«Wie haben Sie das hier entdeckt?» fragte Penelope. «Alle anderen haben immer soviel Glück. Sie stolpern geradezu über solche Dinge.»

«Als wir vom Schiff herunterkamen, haben wir in dieser Gegend Feldlager bezogen», sagte er seinerseits. «Ich hatte einen Stab hier untergebracht und auch noch andere weiter oben. Meine Landsitze sozusagen. In Neapel habe ich auch noch eine Wohnung. Doch keine falschen Vorstellungen, bitte. Ich zahle für das, was ich haben will.»

«Wie beneidenswert», sagte sie. «Waren Sie auch schon im Einsatz?»

«War ich», sagte Der O'Dancy. «Doch ich bin bereits ein bißchen zu alt dafür. Das ist was für junge Leute.»

«Wo waren Sie denn?» fragte sie.

«Oben auf einem Berg weiter nördlich», sagte er seinerseits. «Aber ich möchte Sie in ein Geheimnis einweihen. Unser größter Feind ist nicht der Deutsche – obgleich der auch schon übel genug ist –, sondern Eis und Schnee und der hundekalte Wind. Ein *brasileiro* lebt von der Sonne. Nimmt man ihm die Sonne und ihre Wärme, so stirbt er an Lungenentzündung. Genau das ist passiert. Wir haben eine halbe Brigade dort oben eingebüßt.»

«Finden Sie es richtig, daß Sie mir das alles erzählen?» frage Penelope. «Was wissen Sie denn, wer ich bin?»

«Wen, zum Teufel, interessiert es, wer Sie sind», sagte er seinerseits. «Mich jedenfalls nicht. Sie sind eine Frau. Und das genügt mir.»

«Das genügt keinesfalls», sagte sie. «Wir sind mitten im Krieg. Menschen müssen sterben, während wir hier herumsitzen.»

«Ich sehe nicht ein, warum ein Mann etwas anderes sein soll als ein Mann und eine Frau etwas anderes als eine Frau», sagte er seinerseits. «Nur weil ein Haufen von Politikern mit Gehirnen von Stecknadelkopfgröße Millionen umherschieben, damit sie sich gegenseitig totschießen, ist das vielleicht ein Grund für mich, plötzlich so tun zu müssen, als ob ich ganz wer anders wäre? Oder wie ganz jemand anders denken zu müssen? Verdammt noch mal, wenn wir schon in einem Krieg kämpfen müssen, dann sollten wir ihn auch als diejenigen kämpfen, die wir wirklich sind. Das eine kann ich Ihnen flüstern. Die Leute, die sich viel auf ihre Verschwiegenheit zugute tun, verraten viel mehr mit dem, was sie nicht sagen, als die Redseligen mit ihrem Geplauder. Sie, zum Beispiel. Sie sind bei der chemischen Truppe. Überrascht? Ein Blick auf Ihr Waffengattungsabzeichen genügt für jeden, der's wissen will. In den letzten paar Wochen ist es Ihnen ziemlich dreckig ergangen, doch jetzt haben Sie eine Woche Urlaub oder vielleicht auch noch länger, denn sonst hätten Sie nicht die Tasche und den Brotbeutel dabei. Wären Sie versetzt worden oder auf dem Weg an die Front, hätten Sie viel mehr Zeug mitgenommen. Stimmt's? Doch wie sollen die Ihrer Meinung nach ohne Sie auskommen? Eine ganze Woche ohne Penelope? Wie sollen wir alle das überleben?»

«Sehr schön, Sherlock, Sie haben den Nagel so ziemlich auf den Kopf getroffen», sagte sie und trank von dem Wein. «Schmeckt ausgezeichnet. Aber trotzdem sterben in diesem Augenblick Menschen, und wir sitzen hier herum.»

«Und sogar ganz angenehm», sagte er seinerseits. «Wollen wir uns lieber vom Leben unterhalten als vom Sterben. Sterben müssen wir ohnehin mal. Und wer schon gestorben ist, erspart es sich, später zu sterben. Ob man nun so stirbt oder anders, der Tod kommt so sicher wie das Amen in der Kirche. Folglich? Leben wir.»

«Sie glauben nicht an das ewige Leben?» fragte sie, während er eine neue Flasche aufmachte. «Es fällt einem schwer, sich vorzustellen, was wir damit anfangen sollen. Das Leben selbst ist schon schlimm genug, nicht wahr?»

«Sie dürfen Ihre eigene Vorstellung vom Leben nicht verallgemeinern», sagte er seinerseits. «Ich glaube, Sie sind ein bißchen mit den Nerven herunter. Sie haben eine Menge durchgemacht. Manchen wird so böse mitgespielt, daß sie nichts mehr empfinden. Dann setzt der Verstand aus, und wir tun alles nur noch auf Kommando. Irgend jemand gibt einen Befehl, und wir gehorchen. Wie eine Maschine. Wir wissen, was wir zu tun haben. Für uns selbst tun wir nichts. Es ist ja auch viel bequemer so. Ein grauenhafter Geisteszustand. Unter aller Menschenwürde. Die nächste Station ist die Psychiatrische Abteilung. Darum ist es dort so gerammelt voll. Die Leute haben aufgehört, selbst zu denken. Sie haben vorläufig auch aufgehört zu leben. Sie vegetieren nur noch.»

«Stimmt», sagte sie. «Genauso fühle ich mich. Je mehr man davon versteht, desto mehr erkennt man, was für widerliche Scheusale wir doch sind.»

«In bezug auf Sie bin ich da aber ganz anderer Meinung», sagte Der O'Dancy.

«Ich gehöre mit dazu und könnte mich dafür hassen», sagte sie. «Auf der einen Seite Mißbrauch von Geist und Lebenskraft, auf der anderen tödliches Grauen.»

«Sie sprechen doch jetzt wohl nicht von Acquapendente, was?» fragte er seinerseits. «Wir kamen unmittelbar danach dorthin.»

«Wo liegt denn das?» fragte sie.

«Das ist ein Dorf weiter die Straße hinauf», sagte er. «Die Franzosen haben dort ihre *Goumiers Maroc* eingesetzt. Irgend so einen arabischen Haufen. Als sich die Deutschen zurückzogen, besetzten die *Goums* das Dorf und vergewaltigten alles. Männer, Frauen und Kinder, ohne Rücksicht auf das Alter. Durchweg alle und nicht nur einmal. Hätten Sie diese Leute gesehen, ich sage Ihnen, Sie würden alles mit völligem Gleichmut hinnehmen, was auf Sie einstürzt. Nicht, weil ihre Körper so grauenhaft mißhandelt worden waren, sondern weil man ihren Seelen Gewalt angetan hatte. Würde, Stolz, Anstand, jedes Feingefühl zum Teufel. Ein ganzes Dorf mit Dutzenden von Familien aller seelischen, geistigen und körperlichen Substanz beraubt. Mütter wurden vor ihren Söhnen geschändet. Schwestern vor ihren Brüdern. Väter vor ihren Töchtern. Söhne vor ihren Müttern. Ja, selbst kleine Kinder. Wie sollen sie in Zukunft noch miteinander leben können?»

«Bitte nicht», sagte sie und wandte sich ab, wobei sie ihr Glas umstieß. «Da, sehen Sie. Was soll Mama G von uns denken?»

«Bleiben Sie nur ruhig sitzen, sie wird das schon machen», sagte er seinerseits. «Hätten Sie Lust, heute abend in eine Oper zu gehen?»

«Liebend gern», sagte sie, und die blauen Augen lachten wieder. «Hoffentlich ist's *Madame Butterfly*. Das war die letzte Oper, die ich mit Soyaki zusammen hörte. Wir waren von unserer Schule ein gutes Dutzend. Soyaki fand die Oper albern. Wir waren aber sehr davon angetan.»

«Die Japaner sind die größten Realisten, die es gibt», sagte er seinerseits. «Aber auch die größten Dichter. Seltsam, nicht wahr? In anderen Sprachen werden gewisse geistige Vorstellungen nur durch Worte hervorgerufen. Die Japaner vergeistigen alles, sanft und schön und zart, wie eine Fülle bunter Wicken. Haben Sie schon mal die Nase in eine Schale voller Wicken gesteckt? Das ist es. Braucht man dazu Worte? Nein. Und danach kann man nur vor Gott niederknien und Ihm danken.»

«Mir ist gar nicht danach, morgen einen Prunkgottesdienst zu besuchen, aber nur einfach in eine Kirche zu gehen, wäre mir geradezu ein Bedürfnis», sagte sie. «Ich fühle mich innerlich leer und würde gern wieder mal etwas auftanken.»

«Sind Sie katholisch oder Heidin oder was sonst?» fragte er.

«Ich weiß nicht», sagte sie. «Ich bin für alles, was mir Frieden gibt. Früher bin ich mal zur Beichte gegangen. Aber das habe ich inzwischen längst bleiben lassen. Die Armeegeistlichen sind solche Nullen.»

«Da stoßen wir beide ins gleiche Horn», sagte er. «Hören Sie. Ich kenne weder in Neapel noch hier in der Gegend eine Kirche, wo Ihr Herz zur Ruhe kommen könnte. Die einzig richtige dafür ist weit weg. Wo wollen Sie übernachten?»

«Vermutlich dort», sagte sie zögernd, «wo ich gewöhnlich abbleibe. Aber es ist widerlich dort. In dieser Kaserne.»

«Mama G wird Ihnen hier ein schlichtes getünchtes Schlafzimmer geben und vorher ein schönes heißes Bad machen», sagte er seinerseits. «Um halb fünf stehen wir auf. Um fünf gibt's Kaffee, frische Brötchen und Schinken mit Ei. Um halb sechs sind wir bereits unterwegs. Wir haben etwa vier Stunden Fahrt vor uns, bis wir dort sind. Der lohnendste Gottesdienst der Welt in der schönsten Kirche der Welt. Und wissen Sie warum? Dort gibt es keinen, an den man sich wenden kann als an den Allmächtigen Gott. Alles Geschehen ist daran vorbeigezogen. Niemand ist da, der Vorschriften macht. Keine Kirchenpolitik. Keine Pfaffenschliche. Einfach nur Priester in Ausübung ihrer heiligen Berufung. Und dazu noch etwa ein Dutzend Leute. Solche, die noch nicht ihren Glauben verloren haben.»

«Und wo ist das?» fragte sie.

«Sehen Sie selbst, wenn wir da sind», sagte er. «Werden Sie hier übernachten?»

«Ja», sagte sie.

«Dann ist heute abend Oper und morgen Kirche», sagte er seinerseits. «Holen Sie Ihre Sachen, nehmen Sie ein Bad und legen Sie sich dann schlafen. Mama G ruft Sie um fünf.»

Sie reckte die Arme und lockerte das Haar.

«Eigentlich ganz nett, sich mal wieder von einem Mann bevormunden zu lassen», sagte sie, stand auf und ging hinaus.

Aber es gab ein Ballett, keine Oper, und er bekam noch eine Loge, die beinahe schon ein Teil der Bühne war, und sie sah sich *Den Zauberladen* von Anfang bis Ende an, und sie schien in ihrer berückenden Schönheit selbst wie verzaubert zu sein, und als sie hinterher zwischen stampfenden Khakiuniformen eingekeilt hinausdrängten, hatte sie keinen anderen Wunsch, als zu Mama G zurückzufahren. Das taten sie auch, aber sie fuhren abseits der Hauptstraße, fern von allem Verkehr, auf stillen Wegen unter Bäumen und zwischen Weinbergen hindurch zu Papa Tomaso, und er hatte immer noch geöffnet, und Licht flackerte um Baumwolldochte in kleinen Öltiegeln, und der Raum war voll von Männern mit Gesichtern wie aus dem alten Rom, und sie spielten *truco* und Domino, wobei sie riesige Vermögen in Form von hölzernen Zahnstochern einsetzten, doch keiner von ihnen hatte eine Zigarette, keiner eine Tasse Kaffee, keiner ein Glas Bier oder Wein oder sonst etwas. Der Empfang eines Kaisers wurde ihm bereitet, und er schleppte die Kartons mit Zigaretten herbei und dazu ein Dutzend Flaschen Wermut und ein paar Flaschen Weinbrand, und mit einemmal war seine eigene Flasche Whisky wieder da, ein kleines Wunder, die man ihm vom letztenmal aufbewahrt hatte.

«Das ist mein Begriff von Ehrlichkeit und Freundschaft», sagte er seinerseits zu ihr. «Wußte der Mann, ob ich je zurückkommen würde? Bestimmt nicht. Doch meine Flasche hat er für mich weggestellt. Fünfzig Jahre hätte er sie für mich verwahrt. Und dabei sind diese Leute hier am Verhungern. Sie haben nichts zu rauchen und nichts zu trinken. Nichts, um die Qual des Daseins zu lindern.»

«Sie hätten eben keinen Krieg anfangen sollen», sagte sie.

«Augenblick mal», sagte Der O'Dancy. «Was haben diese Leute hier je anderes angefangen, als eine Familie gegründet und im Frühjahr ihre Felder bestellt? Hier werden keine Kriege angezettelt. Wenn Sie sehen wollen, wo das passierte, müssen Sie in jenes gewisse Amtszimmer in Rom gehen und in den anderen Stall in Berlin. Aber diesen armen Kerlen hier hat man die kleinen Schätze ihres Lebens vernichtet. Mama G hat ihren Mann und zwei Söhne verloren. Dazu die Kühe, Schafe, Hühner, die Geräte zur Feldbestellung, alles. Wir haben ihr das Haus wieder aufgebaut. Damals hauste sie in einer Höhle hinter dem Hof. Was, außer den Tränen der Jungfrau, würde sie Ihrer Meinung nach wohl noch trösten können?»

«Aber sie macht doch einen so fröhlichen Eindruck», sagte Penelope.

«O ja», sagte er seinerseits. «Sie ist fröhlich, und Gott möge sie dafür in Sein Herz schließen.»

Sie war immer noch an der Arbeit und fröhlich, als sie zurückkamen, und er seinerseits stellte den Taschenwecker auf halb fünf, und Penelope setzte trotz der späten Stunde noch ein Bügeleisen auf den Kamin und räumte den Tisch ab, um ihre Uniform zu bügeln. Die Uhr und die Eulen weckten ihn, und er fand seine Uniform auf einem Kleiderbügel, frisch, wie sie lange nicht mehr ausgesehen hatte, und seine Stiefel blank geputzt. Penelope kam in Hemdsärmeln herunter, noch ganz verschlafen um die Augen, doch wunderschön anzusehen, und Mama G küßte sie, bevor sie in den Jeep stieg, und versicherte ihr, daß sie dem

Haus Segen gebracht habe. Und dann fuhren sie über Seitenwege, abseits von allem Militärverkehr, durch Dörfer, die in Schutt und Asche lagen, und halbzertrümmerte Städte, vorbei an Bauernhäusern, die aus leeren Fensterhöhlen herüberstarrten, über Trichterfelder hinweg, durch die mit Planierraupen eine Fahrbahn geebnet worden war, zwischen verwüsteten Weinbergen und zerstörten Obstgärten, Stunde um Stunde, und sie sahen in der ganzen Zeit höchstens fünfzig Menschen, alte Frauen, alte Männer und hier und da ein Kind.

«Das Land ist ja völlig verödet», sagte Penelope. «Was, um alles in der Welt, können die paar Leute schon tun?»

«Das, was Italiener bisher immer getan haben», sagte er seinerseits. «Arbeiten.»

Sie ließen die Bäume hinter sich, bogen in eine Straße ein und fuhren eine Anhöhe hinauf, die von der schwarz-weißen Kathedrale inmitten eines Olivenhains gekrönt wurde, und alles schwebte über den Wipfeln der Zypressen gegen einen blauen Himmel und eine Krause von weißen Wolken, doch kein Lebenszeichen war dort oben. Erst als sie durch die enge Zufahrt kamen und durch die Bogengänge schritten, verneigten sich ein paar Männer, die ihn seinerseits erkannten, und folgten ihnen bis zu dem großen Portal. Sie gingen hinein, er benetzte sich mit dem geweihten Wasser, dann auch sie, und sie setzten sich ganz vorn in die Nähe des Altars. Während sie lange kniete, blickte er seinerseits zu der Monstranz hinüber und hinauf zur Kuppel, auf die schlichten Verzierungen, und der Chor der Mönche stimmte ein mächtiges Tedeum an. Der Gottesdienst wurde auf lateinisch abgehalten, und es war nur eine Handvoll Menschen aus der Stadt da, aber der Chor hinterließ ein köstliches Andenken im Herzen. Später fuhr er zu einem Weingarten, holte eine Decke und den Eßkorb heraus, den ihnen Mama G eingepackt hatte, und dazu eine Flasche guten weißen Wein, die ihm von einem der Männer geschenkt worden war, und sie aßen schweigend, im Schatten der grünen Rebstöcke, die mit Trauben wie mit Juwelen behangen waren, die einen länglich und hell, die anderen klein und dunkel und von erstaunlicher Süße, und ringsum wucherten wilde Blumen, und er flocht einen Kranz und setzte ihn ihr auf die Stirn, doch sie beugte sich zur Erde nieder und tränkte ihn mit bitteren, oh, so bitteren Tränen.

Er seinerseits ging davon, talwärts, setzte sich auf eine Steinplatte und rauchte ein paar Zigaretten, doch die Gedanken, die sich zu solchen Zeiten einstellten, sind flüchtig und enteilen wieder ohne Nachhall. Sie bebte immer noch am ganzen Leib als er zurückkam, und er half ihr in das Jackett, zog ihr den Schlips zurecht und setzte ihr die Mütze auf, so daß das Abzeichen genau in der Mitte über den Augen saß, und noch immer rannen Tränen, und im Haar steckten Blätter von wilden Blumen, doch er ließ sie dort, denn sie standen ihr gut zu Gesicht, als ein Hauch Gottes und ein Symbol ihrer Qual.

Auf halbem Wege hielt er an, entzündete ein Feuer und machte Kaffee, und einige Frauen gesellten sich zu ihnen, und alle bekamen etwas ab, doch Penelope blieb in dem Jeep sitzen, und ein kleiner Junge kletterte zu ihr hinauf und setzte sich auf ihren Schoß, und sie legte die Arme um ihn und ließ ihn aus ihrer Tasse trinken. Als sie wieder weiterfuhren, warfen ihnen die Frauen Kußhände nach und winkten, bis nichts mehr von dem Fahrzeug zu sehen war.

«Warum haben Sie ihnen nicht den Rest des Kaffees geschenkt?» fragte sie.

«Es war nicht mehr genug zum Teilen da», sagte er seinerseits. «Hätte ich's getan, würden sie sich womöglich nach unserer Abfahrt in die Haare geraten sein. Wer Hunger hat, nimmt nicht viel Rücksicht auf seinen Nächsten. Dergleichen habe ich schon öfter erlebt. Sie haben statt dessen eine große Büchse Rindfleisch von mir bekommen.»

«Wieder eine ganze Wochenration», sagte sie.

«Stimmt», sagte Der O'Dancy. «Ich habe eine Monatsration für vier im Wagen. Die anderen drei sind tot.»

Wenn er je gewünscht hatte, wieder hinunterzuschlucken, was ihm gerade von der Zunge geschlüpft war, so war dies der Augenblick, denn wieder begannen ihre Tränen zu fließen, aber dann holte sie ganz tief Luft, wobei sie an einem letzten Schluchzer halb erstickte, setzte sich mit einem Ruck aufrecht hin, wischte sich die Augen und war wieder sie selbst, und schön.

«Noch nie habe ich so befreiend geweint», sagte sie. «Dem Himmel sei Dank, daß ich Ihnen begegnet bin. Das wundervolle Ballett gestern abend und die herrliche Kathedrale heute. Und solch ein himmlischer Tag überhaupt. Dazu noch Mama G, oh, ich liebe dieses Zimmer bei ihr. Und die Badewanne ist aus Kupfer, auf Hochglanz poliert. Nur ich falle so erbärmlich lästig. Ich schäme mich.»

«Davon kann doch gar nicht die Rede sein», sagte Der O'Dancy. «Sie haben jeden dieser lebendigen Augenblicke bitter nötig gehabt. Es ist sehr lobenswert, wenn man sich nicht unterkriegen lassen will. Doch wenn einmal das Maß voll ist, dann können Herz und Seele leicht dabei draufgehen. Sie haben gar keinen Grund, sich zu schämen. Sie sind eine großartige Frau. Und keiner ist glücklicher als ich, daß wir uns begegnet sind.»

«Auch ich bin so froh darüber», sagte sie. «Ich war bereits drauf und dran, mir heute das Leben zu nehmen. Oder spätestens morgen.»

Er seinerseits hielt den Jeep an, auf dem stillen Feldweg, und die Vögel sangen immer noch.

«Geben Sie mir die Pistole», sagte Der O'Dancy. «Keine Widerrede. Ich habe sie genau gefühlt, als ich Ihnen in das Jackett half.»

Sie griff in die Innentasche und holte das gewichtige kleine Teufelsding hervor, und er spürte das warme Metall für einen Augenblick in seiner Hand, bis er es mit weitem Schwung in das Dornengestrüpp warf.

«Es gibt noch eine Menge anderer Möglichkeiten», sagte sie.

«Denken Sie nicht mehr daran», sagte er seinerseits. «Halten Sie sich stets vor Augen, daß es auch für Sie Gebete gibt.»

Sie warf ihm die Arme um den Hals und küßte ihn, doch er behielt die Hände am Lenkrad, denn er kannte sich.

«Es sind Jahre her, daß ich jemanden geküßt habe», sagte sie und lehnte sich zurück. «Ich glaube, es war höchste Zeit.»

«Ob Sie das noch einmal tun, wenn wir wieder bei Mama G sind?» fragte er seinerseits.

Sie blickte zur Seite, doch sie lächelte und nickte.

Als er ihr am nächsten Morgen eine Tasse Tee bringen wollte, saß sie, das Kinn auf die Knie gestützt, in der kupfernen Badewanne, und ihr ganzer Liebreiz schimmerte in einer Lache hellen Lichts, das aus einem Fenster hoch oben an der Wand auf sie fiel, und angesichts des Strahlens ihrer weißen Haut in dem klaren grünlichen Wasser, umgeben von glänzendem rotem Kupfer auf schwarz-weißen Fliesen wurde ihm weit um das Herz, und der Tee wurde kalt, während er ihre Brüste küßte, und er mußte noch einmal hinuntergehen, um frischen zu holen.

«Liebster, das ist wahrhaftig viel besser als tot zu sein», flüsterte sie. «Es ist doch alles zu etwas gut, nicht wahr? Und wenn auch nur für diesen Augenblick.»

«Wofür denn sonst?» sagte er seinerseits leise. «Es beginnt doch alles damit, nicht wahr? Ohne das und was daraus entsteht, ist da überhaupt noch etwas?»

Zehn Tage später wartete er seinerseits viele Stunden bei dem Café unten in der Nähe des Palastes, aber von ihr war weit und breit nichts zu sehen, und sie hatte doch versprochen, zum Einkaufen herzukommen. Zurück zu Mama G, aber er fand nichts außer Mama Gs Bestürzung. Zurück zum Café, und der Mann, den er zum Aufpassen dagelassen hatte, berichtete ihm, daß kein weiblicher Offizier vorbeigekommen sei. Er machte die Runde durch alle Klubs und Kantinen, doch niemand sah auch nur im entferntesten so aus wie sie, und Unruhe nagte wie eine Ratte an seinem Herzen. Zurück zu Mama G, und wieder nur der leise Schmerz in den uralten Augen und den zum Gebet gefalteten Händen. Eine durchwachte Nacht brachte nichts außer dem frühen Lied des Vogels noch während der Morgenstern golden am Himmel stand. Hinein in den Jeep und nach Caserta, doch der Ort glich noch mehr einem riesigen

Grab, und mit jedem Schritt wurde der Gefängnisgestank unerträglicher.

«Ach ja, Sir», sagte die junge Frau in Uniform, die das Telephon bediente, ganz verstört.

Sie sah ihn an und senkte dann den Blick auf den Bleistift, den sie in der Hand hielt.

«Sie ist gestern um drei Uhr gestorben», sagte sie. «Es war irgendeine Art Fieber, wie ich gehört habe. Es tut mir furchtbar leid.»

«Fieber», sagte Der O'Dancy. «Wann ist die Beerdigung?»

«War bereits gestern abend», sagte sie.

Er fand das Grab, und dann holte er sich einen Steinmetz aus Neapel, und sie besprachen die Anfertigung einer schönen marmornen Stele mit einer Amphora, und er gab einer Frau im Dorf Geld, damit sie Woche für Woche frische Blumen hinstellte, und wenn die Zeit der Blumen vorbei war, sollte sie das Grab mit Sträußen von immergrünen Pflanzen schmücken, auf daß der Gedanke an sie niemals anders als grün und schön sei.

«Das ist verboten», sagte ein Offizier, während der Steinmetz die Platten zusammenfügte. «Dies hier sind Kriegsgräber. Und außerdem wird sie später in die Heimat übergeführt werden.»

«Bis das soweit ist, liegt sie aber hier», sagte Der O'Dancy. «Und wenn irgendein Schweinehund seine Finger nicht davon lassen kann, bringe ich ihn um. Mein Englisch ist zwar nicht besonders gut, aber ich möchte meinen, daß ich mich verständlich genug ausgedrückt habe, nicht wahr?»

«Ich glaube, daß ich im wesentlichen klarsehe», sagte der Offizier.

«Nur darauf kommt es mir an», sagte er seinerseits. «Sie können das Regimentszeichen hier unten zu Füßen anbringen lassen. Oben soll nichts weiter stehen als ihr Name. Penelope. Das ist soviel Musik, daß die ganze Welt in Betrübnis versinkt, und soviel Schönheit, daß sie uns bis ans Ende unserer Tage leuchtet.»

«Sie haben sie geliebt», sagte der Mann.

«Ja, das habe ich», sagte Der O'Dancy, und Tränen stürzten ihm aus den Augen – verdammter Narr, der er war –, und der Mann klopfte ihm auf die Schulter und ging davon. Ein guter Kerl, und er seinerseits stellte fest, wo er untergebracht war, und schickte ihm ein Dutzend Flaschen vom Besten.

Ja, so war es gewesen.

Penelope.

24.

Bruder Mihaul sprach draußen ins Telephon, und sein kirchenfüllendes Gebrüll war so gewaltig, als ob er ohne jegliche Leitung mit Tokio spräche.

«Man verlangt nach dir in Dem Haus», sagte er, wobei er den Kopf durch die Tür steckte. «Zweifellos eine Angelegenheit von außerordentlicher Tragweite. Es sind ihrer vier und dazu noch Senhor Carvalhos Ramos, der unwiderstehlich schöne Mann.»

«Schmäh mir nicht das größte juristische Talent im ganzen Land», sagte er seinerseits.

«Der vollendetste Pharisäer unserer Epoche», sagte Bruder Mihaul. «In jeder Sprache die Bezeichnung für einen widerwärtigen Typ, für einen Gauner. Wie ist es bloß möglich, daß ein solcher Vater einen solchen Sohn hervorgebracht hat?»

«Es lag nicht am Vater», sagte er seinerseits. «Es lag an den Umständen. In einer Welt von Gaunern muß man ein geriebenerer, oder besser, der geriebenste Gauner sein. Er ist der geriebenste von allen. Und deshalb ist er auch mein Anwalt.»

«Ich frage mich, ob es wohl ein vortrefflicheres Gespann geben kann als euch beide», sagte Bruder Mihaul. «Soll ich dir jetzt weitererzählen, was hier vorgeht, oder hast du bereits genug?»

«Zurück zu den zwei Männern aus Mouras Bentos, die man längst als Leichen abgeschrieben hatte», sagte Der O'Dancy. «Hilariana war durchaus bereit zu schwören, daß beide mausetot gewesen seien. Und doch habe ich vor ein paar Stunden mit einem von beiden gesprochen. Völlig lebendig und bald wieder soweit, Bäume auszureißen. Der andere fühlt sich angeblich ebenso pudelwohl. Bisher habe ich nicht gewußt, daß man auch bei *macumba* von den Toten aufersteht. Gehört das gleichfalls mit dazu?»

Bruder Mihaul musterte seufzend die Teekanne, nickte mit dem grauen Kopf und sah hinauf zu dem goldenen Davidsstern zur Linken des Altars an der Wand.

«Dazu müssen wir noch einmal zu den Anfängen zurückgehen», sagte er. «Das, was die *macumba*-Riten am nachhaltigsten vom Physischen her beeinflußt hat, ist rein afrikanischen Ursprungs. Darüber besteht kaum ein Zweifel. An der Westküste Afrikas gibt es bis auf den heutigen Tag noch das traditionelle Wieder-lebendig-Werden. Vom Spiritistischen her ist *macumba* weitgehend von den Indios dieses Kontinents beeinflußt. Inkas, Azteken, Guaraní und all ihre Untergruppen haben eine ganze Menge miteinander gemeinsam, obwohl sie sich keinesfalls gleich sind und nicht in einen Topf geworfen werden dürfen. Doch ihre Art des Gottesdienstes ist im Kern spiritistisch, und es ist klar erwiesen, daß die Trance dabei eine große Rolle spielte. *Macumba* ist ein Ausdruck afrikanischer Herkunft und bezeichnet jenes kleine kratzende Instrument, mit dem ein ganz besonderer Rhythmus erzeugt wird.»

Er ging zur Wand hinüber und nahm von einem Gestell, auf dem mehrere Instrumente lagen, eine Seemuschel und ein kurzes Stück des schwertähnlichen Oberkieferfortsatzes eines Schwertfisches und fuhr mit der Kante über den gezackten Rand der Muschel. Dabei entstand ein Schnarchlaut, der je nach Druck anschwoll oder leiser wurde. Hinter dem Vorhang schlug eine tiefe Trommel den Rhythmus, eine mittlere und eine kleine Trommel wirbelten dazu den Gegentakt.

«Atabaques», sagte er, zog den Vorhang beiseite und gab den Blick auf Eloy frei, der starren Auges mit einer hohen Trommel dasaß, auf Uvald' hinter einer kleineren und Orestes mit der kleinsten zwischen den Knien. Die Rhythmen waren nicht neu, die akustische Wirkung war nicht neu, aber wenn ihm auch die drei Männer genau bekannt waren, wenn auch Das Erbe draußen vor der Tür lag und Bruder Mihaul sein nächster Blutsverwandter war, lief es ihm doch eiskalt den Rücken herunter.

«Ich würde mich mit all dem niemals abfinden», sagte er seinerseits.

«In dir fließt viel zuviel Indioblut, vom afrikanischen ganz zu schweigen», sagte Bruder Mihaul und zog den Vorhang wieder zu. «Großmutter Xatina war eine nahezu reinrassige Aschanti. Das zu steigern ist kaum noch möglich. Ich spüre es ganz deutlich in mir. Das war für mich auch die Triebfeder, mich so intensiv mit diesen Dingen zu beschäftigen. Nenn es Instinkt, Intuition oder wie du willst. Nun, und dort, wo die *atabaques* sind, und es sind stets drei, die große, die kleinere und die ganz kleine, dort ist der Schauplatz eines *candomblé*. Jener Rhythmus trägt dazu bei, den Trancezustand herbeizuführen. Etwas leichter geschlagen, untermalt er die zeremoniellen Tänze für Männer und Frauen. Der Tänzer muß sich stets körperlich produzieren. Sie glauben, daß die obersten Geister den Besten unter ihnen auswählen, und zu diesem Zweck bewaffnen sie sich mit scharfen Klingen zwischen den Zehen. Selbstverständlich sind sie mit den Füßen fast so geschickt wie mit den Händen. Und dann umkreisen sie einander tanzend und hüpfend, mit hochgereckten Armen und breitbeinig, so kraftvoll und schnell, wie es nur kerngesunde Männer fertigbringen, und dabei kommt es häufig vor, daß sie vor Blutverlust tot umfallen, ehe überhaupt jemand gemerkt hat, daß sie verletzt sind. Wer dabei den anderen am meisten Schnitte beibringt, oder wer sich als letzter noch auf den Beinen hält, ist Sieger, und man sagt von ihm, daß er den mächtigsten Schutzgeist hat, der sich seiner annimmt. Er wird von allen mit Geschenken überhäuft, bis er auf jemanden stößt, der noch besser ist. Die beiden von gestern abend waren Opfer eines solchen Kampfes. Sie trafen in Julião auf einen Besseren und unterlagen.»

«Julião, mein Gott», sagte Der O'Dancy. «Willst du mir etwa erzählen, daß er auch einer von diesen *macumba*-Kerlen ist?»

«Einer der schlimmsten», sagte Bruder Mihaul. «Doch er ist weg. Er kommt nie mehr hierher zurück.»

«Tot», sagte Der O'Dancy.

«Tot für *khimbanda* auf alle Zeiten», sagte Bruder Mihaul. «Wir haben das Kreuz über ihn geschlagen und ihn mit geweihtem Wasser besprengt, und er ist auf und davon, frei vom Teufel und all seinen Machenschaften, Dem Herrn sei Lob und Dank, und Das Licht leuchte uns.»

Der O'Dancy erhob sich.

«Du gehst mir auf die Nerven», sagte er seinerseits. «Ich lasse mir nichts vormachen. Messer zwischen den Zehen? Bei dem Tanz habe ich schon zugeschaut. Aber Messer habe ich nie bemerkt. Das ist Bahia-Blödsinn.»

«Julião ist von hier, und auch sein Vater und die Vorväter haben bereits auf Dem Erbe gelebt», sagte Bruder Mihaul. «Er benutzte kein Messer. Er hatte Rasierklingen zwischen den Zehen. Es war ein ganz schönes Stück Arbeit, den armen Glicerio wieder zusammenzuflicken, das kann ich dir sagen. Seine Kaldaunen hingen bis auf den Fußboden.»

«Und du hast ihn verarztet», sagte Der O'Dancy.

«Paul war schon vor mir da», sagte Bruder Mihaul. «Er hat ihn wieder zusammengeflickt. In Trance.»

Seine Augen hielten dem prüfenden Blick von ihm seinerseits stand. Sie starrten zurück, grau, unbewegt, lächelnd.

«Und du glaubst daran», sagte Der O'Dancy. «Und dein Verstand läßt dich nicht zweifeln? Du sprichst es aus, als ob es die reine Wahrheit wäre.»

«Ich war dabei und noch viele andere», sagte Bruder Mihaul. «In Hilariana hast du einen weiteren Zeugen. Du selbst hast den Mann gesehen. Was willst du noch mehr?»

«Wenn ich mich zu behaupten erkühnte, daß jemand von den Toten erweckt wurde, was würde mir da wohl passieren?» sagte er seinerseits.

«Na, was denn?» fragte Bruder Mihaul amüsiert. «Das ist doch schon häufig vorgekommen. Wann hast du zum letztenmal den Arzt hiergehabt?»

«Bald haben wir einen vernünftigen Arzt in der Familie», sagte er seinerseits. «Er wird euch Quacksalber in eure Schranken weisen, damit ihr kein Unheil mehr stiften könnt.»

«Du sprichst jetzt natürlich von Stephen», sagte Bruder Mihaul, und ein ganzer Kranz belustigten Lächelns umspielte sein Haupt. «Vermutlich ist er der einzige, auf den ich wirklich stolz sein kann. Eines Tages wird er ein überragender Chirurg sein. Von seinen erstaunlichen Fähigkeiten als Arzt ganz zu schweigen. Der Junge ist prädestiniert. Er ist so, wie ich einmal war, und Der Herr sei gepriesen dafür.»

«Du?» sagte Der O'Dancy. «Du hast ihm mal ein paar Lektionen Latein verpaßt, was sonst?»

Bruder Mihaul lachte das echte schallende O'Dancy-Gelächter, und eine lichte Welt voller rechtschaffener Ergötzlichkeit lag darin.

«O Arquimed, hast du denn wirklich nicht gewußt, daß er das beste Medium von uns allen ist?» sagte er. «Er wuchs hier praktisch damit auf. Als er das erstemal in Trance fiel, war er etwa sechs Jahre alt. Die Schule hat er im Raketentempo hinter sich gebracht. Denk an seine akademischen Würden. Und trotzdem ist er fest entschlossen, seine Arbeit den einfachen Menschen hier zu widmen, verstehst du? Er hat nicht den Weg des Reichtums und des Wohllebens gewählt. Das wäre zu einfach. Er will Hirt sein, kein Ausbeuter.»

Der O'Dancy stand da, fuhr sich mit trockenen Händen über den Bart und hörte zu, ja, und er fühlte sich beinahe erleichtert.

«Im Hinblick darauf werde ich mir den Jungen einmal vornehmen», sagte er seinerseits. «Hast du ihm diesen Unsinn etwa durch einen Zauberspruch in seinen wehrlosen Kopf gesetzt?»

«Zaubersprüche gehören in dein Vokabular, zusammen mit Hexen und Elfen und all den lieben Feen und Irrlichtern», sagte Bruder Mihaul. «Er erfreut sich eines scharfen und nüchternen Verstandes. Die Menschen körperlich gesund zu sehen, ist ihm ein ebenso großes Anliegen wie mir, die Menschen geistig gesund zu sehen. Zwischen diesen beiden und dem, was die Gläubigen dazutun können, hoffen wir, das Heil zustandezubringen, das Der Allmächtige Gott für uns alle beabsichtigt hat.»

«Du kannst mir mit deinem Unsinn nicht imponieren», sagte Der O'Dancy. «Meine Seele ist aus Eisen. Ich habe geschworen, dieses Gift auszuräuchern. Und ich werde es ausräuchern.»

«Man wird dich daran zu hindern wissen», sagte Bruder Mihaul ernst und gelassen und lehnte sich auf seinem Stuhl zurück. «Denk daran, was ich dir sage. Irgendwie wird man dich daran hindern, denn das ist der Wille Gottes. Zuviel Arbeit ist hier bereits getan worden. Zu viele Seelen haben wir bereits gerettet.»

«Gerettet?» sagte Der O'Dancy. «Um in der Hölle zu schmoren?»

«Das zu entscheiden ist Sache des Höchsten Richters», sagte Bruder Mihaul. «Auch du wirst dich dereinst vor Seinem Auge am Boden winden wie wir anderen. An jenem Tag gibt es nichts mehr zu verbergen, dann ist auch keiner mehr zu ‚retten'. Alle Beweise, die wir brauchen, wurden uns hier in diesem Raum geliefert. Wir wissen ein wenig über Das Gericht.»

«Du hast die Stimme Des Gerichts hier vernommen?» fragte er seinerseits. «Und da soll ich noch glauben, daß bei dir im Oberstübchen alles stimmt?»

«Ist es nicht ziemlich einerlei, was du glaubst?» fragte Bruder Mihaul. «Spielt es eine Rolle, was Menschen, die eigentlich nie über die Kindheit hinausgewachsen sind, glauben? Sie haben Zeit zu lernen. Und es ist jemand da, der sie lehrt. Die Zeit und die Einsicht sind auf unserer Seite. Es ist noch gar nicht lange her, daß man Flugzeuge für Phantasterei hielt. Heute sind die Menschen bereits drauf und dran, zum Mond zu fliegen. Und ich sage dir, an diesem Tisch hier haben wir die Zeugenaussagen einiger Seelen vernommen, die vor Dem Gericht gestanden haben und weitergeleitet worden sind, in unserer Welt und in anderen Welten ihre Arbeit zu tun. Du hast beispielsweise die Worte gehört, die im Prozeß gegen Ischariot gefallen sind. Es gibt keine Beweise dafür und deshalb auch keine Gültigkeit. Und dennoch. Eines Tages werden auch diese vorliegen.»

«Natürlich hast du ihnen Latein beigebracht, um dem Ganzen einen Schein von Glaubwürdigkeit zu verleihen», sagte Der O'Dancy.

«Dann sei genauso betroffen, wie ich betroffen war, wie mich tausendmal zehntausend feurige Blitze aus heiterem Himmel getroffen haben und keiner weniger», sagte Bruder Mihaul. «Niemand von ihnen spricht auch nur ein einziges Wort einer anderen Sprache außer seiner eigenen und nicht einmal diese einigermaßen richtig. Niemand von ihnen hat je Hochschulbildung genossen mit Ausnahme von Paul, Stephen und mir. Und die Sprache war nicht das Latein, das ich kenne. Oder das ich je irgendwo gehört habe außer hier. Es war das Latein, wie es vor zweitausend Jahren gesprochen wurde. Die Worte kommen zu uns zurück durch den unverbildeten, reinen Geist jener Männer. Und ihrer Frauen. Noch heute nacht treffen wir uns wieder. So Der Allmächtige will, hoffen wir das Gerichtsverfahren gegen unseren Herrn Jesus Christus zu hören und bei Der Kreuzigung dabeizusein. Was sagst du nun?»

«Ich habe mir immer eingebildet, ich hätte alles, was es an zersetzender Gotteslästerung gibt, bereits zu hören bekommen», sagte Der

O'Dancy. «Doch jetzt muß ich feststellen, daß ich in dieser Beziehung tatsächlich noch ein reiner Waisenknabe bin. Und deshalb bestärkst du mich in meinem Entschluß nur noch mehr, diesen Ort hier in Schutt und Asche zu legen. Wehe, du hältst hier heute wieder eine Versammlung ab. Du bist jetzt gewarnt. Ich werde dieses Haus niederbrennen lassen, daß nichts davon übrigbleibt. Ruf Democritas Pereira an, damit er dir so viele Lastwagen und Leute zur Verfügung stellt, wie du brauchst. Vor allem rette die Heiligenbilder dort draußen. Es wäre mir furchtbar, wenn solche Wunderwerke der Kunstfertigkeit dabei vernichtet würden.»

Bruder Mihauls Lächeln beunruhigte ihn. Aus seinen grauen Augen drang helles Licht. Er lehnte sich zurück und schlug die weißen Falten seines Habits über die Knie.

«Hierbei geht es nur um die Kunstfertigkeit eines einzigen, und dieser eine war in Trance und folgte den ihm erteilten Weisungen», sagte er. «Alles entstand im Laufe der letzten paar Jahre. Und dieser eine bin ich.»

«Das glaube ich nie im Leben», sagte Der O'Dancy.

«Die Bilder wurden hier gemalt, und inzwischen sind viele Tausende Zeugen dieser Arbeit geworden», sagte Bruder Mihaul und blickte vor sich hin auf die Tischplatte hinunter. «Ich, der ich kaum einen geraden Strich zeichnen konnte, habe plötzlich, wie du sagtest, Wunderwerke gemalt und geschnitzt. Und ohne daß ich mich im geringsten daran erinnern könnte. Es steckt nicht in mir. Es wurde mir eingegeben. Ich rühre mich hier nicht von der Stelle. Wenn du dieses Haus unbedingt niederbrennen lassen willst, dann verbrenne mich gleich mit. Du bist ein Blutsbruder jener, die die Bücher in Alexandrien verbrannten. Jener, die kreuzigten. All jener Schaumschläger, die sich als Gläubige ausgeben. Die Hexen verbrennen. Henker und Würger. Die roheste Erscheinungsform niedrigster menschlicher Gesinnung. Die Sorte, mit der wir uns befassen. Ebenso wie wir uns eines Tages mit dir befassen werden müssen.»

«Dann bestimmt jemand anders, was zu geschehen hat», sagte Der O'Dancy. «Doch im Augenblick bin ich es, der hier bestimmt, und ich fordere dich abermals auf, bis Mitternacht zu räumen. Der Tag ist noch nicht vorüber, und es war ein schrecklicher Tag, doch es wird alles hier rechtzeitig zum Fest Der Auferstehung gereinigt und gesäubert sein.»

«Was kümmert ausgerechnet dich Die Auferstehung, du aufgeblasener, armseliger Schaumschläger, der du bist?» sagte Bruder Mihaul, doch keineswegs unliebenswürdig. «Du bist noch nie durch das Nadelöhr gegangen, nicht wahr? Ein zielstrebiger Pilger auf der Straße der Fleischeslust. Wie viele uneheliche Kinder hast du wohl in die Welt gesetzt?»

«Kein einziges», sagte Der O'Dancy. «Meine Kinder sind alle vollgültige Bürger und wohlversorgt. Ich habe den Reichtum dieses Landes gemehrt. Das ist eine weitaus größere Leistung, als du sie je vollbracht hast.»

«Ich habe nie derartig Schindluder mit mir selbst getrieben», sagte Bruder Mihaul. «Hätten wir nicht Verwandte beim Obersten Gerichtshof und an anderen Stellen, du wärst schon häufig im Gefängnis gelandet. Unser Volk ist noch weit davon entfernt, zivilisiert zu sein, sonst hättest du schon wer weiß wie oft wegen Vergewaltigung hinter Gittern gesessen.»

«In meinem ganzen Leben habe ich noch keine Frau vergewaltigt», sagte Der O'Dancy. «Die Mühe lohnt sich nicht.»

«Wenn man eine Vierzehnjährige zur Mutter macht, ist das vielleicht keine Vergewaltigung?» sagte Bruder Mihaul. «Und du hast es nicht nur einmal getan. Die kleine Ahatubai liegt in diesem Augenblick in den Wehen. Sei froh, daß du Der O'Dancy bist, andernfalls wärst du schon ein paar Monate tot.»

«Ahatubai?» fragte Der O'Dancy. «Kenne ich die denn überhaupt?»

«Wie solltest du, bei so vielen», sagte Bruder Mihaul. «Sie ist Alcides' Tochter. Er war drauf und dran zu schwören, daß er dich umbringen würde, aber wir haben ihn beschwichtigt. Er hat sich damit abgefunden. Der junge Carvalhos Ramos hat die notwendigen Papiere unterzeichnet.»

«Davon habe ich noch nichts gehört», sagte er seinerseits. «Ich werde ihn mir vorknöpfen. Die Sache tut mir aufrichtig leid. Wirklich. Aufrichtig leid.»

«Aufrichtig leid», sagte Bruder Mihaul, flüsternd wie bei einer Ohrenbeichte. «Wie anständig von dir. Aufrichtig leid? Und was ist mit Ahatubai? Sie sollte vor Freude vermutlich ganz außer sich sein, nicht wahr? Und ihre arme Mutter? Und der Vater, dem du das Herz gebrochen hast? Sie war eine Schönheit, die kleine Ahatubai.»

Damals war es geschehen, an dem Abend, wo sie über Brasilien diskutiert hatten, unten in der Zuckerrohrmühle, und die Ochsen drehten das Mahlwerk, und unter Knarren und Quietschen quoll der Zucker silbern in den Bottich, und Alcides kam mit einem Tablett voller Gläser und einer Flasche Zuckerrohrschnaps von der letzten Gärung, und Simão Tomagatsu schenkte *sake* ein, den er auf der Reisplantage gebraut hatte, und sie verglichen Glas für Glas und kamen dann überein, daß Bier ihnen doch am allerbesten schmeckte. Der Abend war wie geschaffen dazu, vergnügt zu sein, denn die Reisernte war so groß wie nie gewesen und der Preis höher denn je, und das Zuckerrohr war bereits vor dem Schnitt verkauft worden, und er seinerseits hatte mehr als sonst pflanzen lassen und um die Hälfte billiger als in früheren Jahren, weil die Arbeit mit den neuen Traktoren viel schneller voranging. Max Überländer, der gekommen war, Baumwolle zu kaufen, trank mit ihnen und Lars Widttebolt, der Direktor der Traktorenfabrik, der die Pläne für die neue Fließbandmontage mitgebracht hatte, damit er seinerseits sie sich ansah, und es war neben anderen auch Professor Riskind da, ein Neunziger schon, doch im Kopf noch sehr viel klarer als mancher junge Mann.

«Wenn unsere Regierung einmal für einen einzigen Augenblick diese unfähige Mutter, die sie ihr Land nennt, vergessen könnte und eine Viertelmillion beruflich geschulter Europäer hereinholte, um ein Gegengewicht gegen die drückende Last der hiesigen Afrikaner zu haben, dann könnte Brasilien binnen zweier Generationen zu den führenden Ländern der Welt gehören», sagte der Professor. «So wie die Dinge liegen, sind die Afrikaner und Indios der gewichtigste politische Faktor. Sie sind in der Überzahl und können ihre Stimmen abgeben, wie es ihnen beliebt. Wenn ihnen der Sinn gerade einmal nach Arbeit steht, nun gut, dann arbeiten sie. Wenn nicht, dann nicht. Doch kein Land kann auf diese Weise vorankommen. Kein Land kann sich so behaupten. Es vegetiert. In Ungewißheit. In Unrast. Im Dunkel. Es fehlt die Intelligenz. Es gibt keine beherrschende Mentalität außer jener der am leichtesten zu beeinflussenden Ungebildeten. Es spielt gar keine Rolle, wie viele Geistesarbeiter hier tätig sind und was sie tun, jenes Schwergewicht der Unwissenheit wird sie erdrücken. Es ist einfach nur eine Frage der Zeit. Das Militär wird die Disziplinlosen bis zu einem gewissen Grade in Schach halten. Doch wenn die Wirtschaft des Landes einmal zur Domäne der politisch Fehlinformierten wird, dann wird sich das Militär als das erweisen, was es in Wirklichkeit ist. Ein Auswuchs der politischen Führungsclique. Marionetten. Eine leere Drohung. Es schießt ein paar über den Haufen und verwundet ein paar. Doch dieselben Arbeiter, die erschossen oder verwundet werden, haben mit ihrem Schweiß für die Gewehre und Granaten bezahlt, durch die sie umkommen. Und dazu noch für den Sold und die Pensionen ihrer Mörder. Doch dann wird die Arbeit niedergelegt. Danach kommt der Bankrott. Zuerst still und leise. Dann allerorts. Und schließlich wird das ganze Land hineingerissen. Und dann? Kein Geld mehr, um das Militär zu bezahlen. Und dann? Kein Militär mehr.»

«Und ohne die Drohung eines Eingreifens mit Waffengewalt, was würde da wohl in diesem Land geschehen?» fragte Lars Widttebolt. «Anarchie? Da ist mir das Militär schon lieber.»

«Die Anarchie kommt so oder so», sagte Professor Riskind. «Mit wenigen Ausnahmen, die nicht genügen, um die Regel zu widerlegen, geschweige denn sie zu bestätigen, ist unsere Studentenschaft weit unter dem üblichen Durchschnitt. Viele der jungen Herren bestechen ihre Prüfenden, damit sie die Examina bestehen. Und nur, weil die meisten Professoren weniger verdienen als ein Mechaniker und mit Abstand weniger als eine Sekretärin. Es gibt natürlich auch eine ganze Reihe von Professoren, die sich nicht bestechen lassen. Doch wie lange könnten die sich wohl auf dem politischen Parkett halten?»

«Sie sind ein wenig zu scharf in ihrem Urteil, Senhor», sagte Max Überländer. «Wir müssen Nachsicht üben. Die jungen Männer hierzulande besitzen in meinen Augen ebensoviel gesunden Ehrgeiz wie irgendwoanders. Ich habe ein paar sehr tüchtige junge Burschen bei mir angestellt.»

«Und ich habe zumindest ‚ein paar' sehr tüchtige junge Burschen unterrichtet», sagte Professor Riskind. «Die meisten von ihnen waren einfach hoffnungslos. Playboys nennt man wohl so etwas. Nichts weiter als Spielzeug in der Hand ihres Vaters.»

«Spielzeug», sagte Lars Widttebolt.

«Jawohl, Spielzeug, mehr nicht», sagte Professor Riskind und musterte ihn über den Kneifer hinweg. «Papa meint: ‚Ach, mein lieber Junge, du sollst ein leichteres Dasein haben als ich. Hier ist ein Wagen. Hier ist Geld. Geh, wohin es dir gefällt. Genieße deine Jugend. Zu meiner Zeit habe ich nicht die Möglichkeit dazu gehabt. Jetzt genieße ich das Leben durch dich. Besuch die Universität. Besteh deine Examina. Wenn nicht, besteche ich deine Professoren. Und weiter, wie weiter? Brasilien geht darüber zugrunde. Oder erwarten Sie vielleicht von dieser Art mit der Flasche großgezogenen Kretins Fortschritte oder neue Ideen?»

«Ich bin eigentlich etwas entsetzt», sagte Max Überländer. «Meine Söhne sind ganz sicherlich nicht so. Und welcher Prüfende läßt sich schon bestechen? Sie verunglimpfen ja den gesamten Berufsstand. Jeder Mann und jede Frau, die ihre volle Arbeitskraft ihrer Lehrberufung widmen, werden dadurch in den Schmutz gezogen. Ich glaube, Sie sind falsch informiert, Senhor.»

Professor Riskind nahm den Kneifer von der Nasenspitze und schloß die Augen. Ein paar Sekunden lang sah er aus wie ein kleiner, kahler Pekinese.

«Meine Blase protestiert», sagte er. «Wo ist denn hier die Toilette?»

«Falls Sie keinen halben Kilometer Fußmarsch in Kauf nehmen wollen, gleich hinter dem nächsten Busch», sagte er seinerseits. «Unsere Vorfahren wußten noch nichts von Porzellanbecken, Wasserspülung und dergleichen. Sie machten einfach unter sich, wo immer es gerade war. Eine andere Möglichkeit gab es eben nicht, verstehen Sie? Und hier hat sich in dieser Beziehung noch nichts geändert.»

«Dann wähle ich den Hibiskus», sagte Professor Riskind. «Die Beseitigung der Exkremente ist eine europäische Erfindung und hier in großen Teilen des Landes noch unbekannt. Doch mich beschäftigen vor allem die Exkremente der hiesigen Mentalität und Gesellschaftsordnung. Was das Geistige anbetrifft, so könnten wir ebensogut über Kitsch diskutieren. Doch jetzt entschuldigen Sie mich bitte.»

Er erhob sich von seinem Stuhl und schritt gemessen zu dem Hibiskus hinüber, gebeugt und auf seinen kräftigen Stock gestützt.

«Ein sehr problematischer Mann», sagte Lars Widttebolt. «Im großen und ganzen mag er ja vielleicht recht haben. Ich bezweifle ebenfalls, daß wir genug tüchtige junge Leute haben, die dort weitermachen, wo wir aufgehört haben. Bei meinen Söhnen kann ich jedenfalls nichts entdecken, was mich hoffen ließe. Natürlich kann ich mich auch irren.»

«Aber warum sind wir denn hergekommen?» fragte Max Überländer und öffnete ratlos die Hände, die auf den Knien lagen. «Wir wollten etwas erreichen, nicht wahr? Uns beseelte der europäische Schaffensdrang, wie? Wir wollten reich werden? Ich zumindest gebe es zu. Das war mein Vorsatz. Und ich habe es auch geschafft. Doch meine Kinder haben das nie von mir zu hören bekommen. Sie sind völlig unbelastet davon aufgewachsen. Interessieren sie sich nicht für das, was für mich wesentlich ist? Schön, ich habe mich auch nicht für das interessiert, was für meinen Vater wesentlich war. Warum also sollte ich mich über meine Kinder ärgern? Sind sie vielleicht nicht so tüchtig wie ich? Welch ein Jammer. Aber lachen und singen sie etwa nicht und genießen ihr Leben? O ja. Folglich? Ich finde nichts an ihnen auszusetzen. Sie haben ein besseres Leben, als ich es hatte. Ich werde einmal glücklich sterben. Ich habe meine Kinder lachen hören. Mich hat mein Vater nie lachen hören. Dazu hat er nicht lange genug gelebt.»

«Gefühlsduseleien, lieber Freund», rief Professor Riskind dazwischen. «Ihr Vater hat nicht lange genug gelebt? Meiner auch nicht. Der Krieg von 1870 hat mich zur Waise gemacht. Meine Mutter, die ich nie gekannt habe, mußte Ratten essen, so sehr litt sie Hunger. Mein Vater starb im Feuer der vorrückenden deutschen Truppen. Sie waren beide keine Franzosen. Doch galt es seinerzeit als fein, der französischen Sache zu dienen. Man hielt die Franzosen für die größte Kulturnation der Welt. Dem war aber nicht so. Sie waren nur am galantesten von allen. Ihre Lebensart war am leichtesten nachzuahmen, zu übernehmen und zu genießen. Das Genießen ist nach dem Glück der am schwersten zu definierende Zustand. Ich gebe gern zu, daß ich in den letzten vierzig Jahren hier in Brasilien weitaus glücklicher war, als ich je irgendwoanders hätte sein können. Und das vor allem, weil ich Zeit hatte zu lesen und zu wählen, was ich lesen wollte und wann und wo und wie, und es war keiner da, der mich davon abzuhalten versuchte. Stellen Sie sich das einmal vor. Ich habe unterrichtet. Aber keiner hat mir jemals gesagt, was ich unterrichten sollte. Denken Sie einmal darüber nach. Ich hatte einige tausend Schüler. Und in meinen Augen waren sie die besten auf der ganzen Welt. Gewiß. Es waren ja meine Schüler. Und keiner von ihnen war ein Versager. Fiel jemand bei der Prüfung durch? Nun, dann arbeitete er für die nächste und bestand. Natürlich nicht ohne Bestechung.»

«Aber Sie haben sich selbstverständlich nie bestechen lassen», sagte Lars Widttebolt.

«Und ob», sagte Professor Riskind. «Der O'Dancy persönlich hat mich zu bestechen versucht. Aber es ist ihm nicht gelungen. Und warum? Weil Senhor Carvalhos Ramos mir ungleich viel mehr gezahlt hat. Nicht jeder konnte mich bestechen. Was aber nicht ausschließt, daß ich nicht andere bestochen hätte. Wie hat denn Der O'Dancy in neuerer Geschichte bestanden? Durch Bestechung. Und in Mathematik? Durch Bestechung. Und in Literatur? Durch Bestechung. In den übrigen Fächern war er eigentlich recht gut. Doch das ist schon lange her. Es hätte aber ebensogut auch heute geschehen können. Und unbestreitbar geschieht es noch alle Tage. Es gibt nichts, was man nicht kaufen könnte. Geld ist der Schlüssel zu allem. Ist vielleicht etwas verkehrt daran? Oder unmoralisch? Gibt es eine Norm? Bedarf das Land einer solchen? Die Leute selbst scheinen nicht davon überzeugt zu sein. Und wir machen uns nichts daraus, was die anderen denken. Wir leben. Wir entwickeln uns. Wir gedeihen. Gott ist ein *brasileiro*. Oder etwa nicht?»

Lars Widttebolt beugte sich über die Kupferpfanne und versuchte, eine neue *nogueira*-Nuß zum Brennen zu bringen, doch das Streichholz flammte nur sprühend auf, und er beeilte sich, es von den Fingern zu schütteln.

«Im Namen des gesunden Menschenverstands», sagte er. «Warum modernisieren Sie hier nicht mal ein bißchen? Kein elektrisches Licht, kein fließendes Wasser, keine Toiletten? Unbefestigte Zufahrtswege, und jeder sieht vor lauter Staub wie eine Rothaut aus? Man muß Nüsse verbrennen, um feststellen zu können, wer wir sind?»

«Wenn es Ihnen hier nicht gefällt, steigen Sie in Ihren Wagen», sagte Der O'Dancy. «Das Erbe besteht so gut wie unverändert seit nahezu zweihundert Jahren. Und solange ich lebe, wird es auch so bleiben. Zugegeben, in einigen Häusern gibt's elektrisches Licht. Einige Wege sind gepflastert. Die meisten hier besitzen ein Badezimmer. Und eine Küche. Aber das ist auch alles. Fahren Sie doch zu Ihrer Fabrik zurück. Mir ist das hier lieber.»

«Ich neige dazu, Ihnen beizupflichten», sagte Max Überländer. «Es gibt nur noch selten ein Stück Land, wo es nicht so aussieht wie sonst überall. Telephonmasten, Reklameschilder, Straßenlaternen, all die häßlichen Entgleisungen eines Fortschritts, der im Grunde genommen gar keiner ist, und viel zu wenige Zeichen gesunder Entwicklung. Am besten ist bei uns noch die Architektur dran. Brasilia wird großartig. Vermutlich wird es die großartigste Stadt der ganzen Welt, sofern nicht die Eigentümer des Bodens über die Stränge schlagen und diese verdammten Einheitskästen hinsetzen.»

«Es gibt bestimmt nicht genug Leute, die jahrelang da leben wollen», sagte Der O'Dancy. «Ich habe auch ein Haus dort. Doch bis jetzt habe ich noch nicht darin gewohnt. Mir ist das Hotel lieber.»

«Personalmangel, nicht wahr?» sagte Lars Widttebolt. «Ja, das ist wirklich ein Problem.»

«Das Personal ist es nicht», sagte Der O'Dancy. «Es ist die neue Stadt. Kaum ein Mensch lebt dort. Des Nachts ist es da unheimlich still. Kein Wunder, daß man die Frauen nicht bewegen kann, zu bleiben. Ob sie sich dort wohl je heimisch fühlen werden?»

«Früher blieben die Frauen da, wo man sie hinstellte», sagte Max Überländer. «Jetzt tun sie, was ihnen beliebt.»

«Einige schon», sagte Der O'Dancy. «Aber nicht alle. Hier ist es genauso einsam. Doch die meisten Frauen sind bereits seit dem Tage ihrer Geburt hier. Verstehen Sie den Unterschied? In der Stadt ist es durchaus möglich, daß eine Frau sich einsam fühlt. Und was bedeutet das, einsam zu sein? Wenn man nicht genug unter der Haut und in den Knochen hat? Wenn man einen anderen Menschen braucht? Oder viele? Oder Straßen? Oder Lichter? Es ist keine neue Krankheit. Das Radio hat allerdings eine Menge getan. Und das Fernsehen leistet in den Städten gute therapeutische Arbeit. Doch die Leute sind genauso einsam wie zuvor. Über kurz oder lang werden wir das auch hier erleben. Kann man denn noch irgendwo ohne diese verdammte Geräuschberieselung sein? Und einige klemmen sich sogar beim Spazierengehen so einen kleinen Kasten ans Ohr. Doch in diesem Land gibt es viel zu viele unbewohnte Weiten, als daß man das eigentliche Problem ignorieren könnte. Und das ist die Angst vor Einsamkeit. Die Angst vor großen Entfernungen. Und die Stille der Nächte.»

«Aber hören Sie mal», sagte Lars Widttebolt, und seine blaßblauen Augen glitzerten im Widerschein der brennenden *nogueira,* und sein langes blondes Haar hob sich im leichten Windzug. «Ich bin als Geschäftsreisender dreißig Jahre lang überall im Land herumgekommen. Wieviel Tausende von Männern kenne ich, die mit Frau und Kind auf ihren Farmen leben, und zwar sehr viel einsamer als hier.»

«Im Vergleich zu den vielen Millionen, was für ein Prozentsatz?»

fragte Max Überländer. «Ich würde nirgendwo anders leben wollen als in der Stadt. Aber ich kann die anderen ebenso verstehen. Doch für solch ein Problem weiß ich auch keine Antwort. Es liegt doch auf der Hand, daß nicht alle in der Stadt leben können. Vielleicht ist das eine Besonderheit der Fremden, daß sie nur in einer Stadt leben können.»

«Nicht unbedingt», sagte Lars Widttebolt. «Die meisten Familien, die ich kenne, sind in den letzten dreißig Jahren hierhergekommen. Die Brasilianer, das heißt rein brasilianische Familien und ganz besonders die mit Grundbesitz, leben in den Städten. Zumindest für einige Monate im Jahr. Die Wohlhabenderen gehen auf Reisen. Wir können uns das nicht leisten. Wir sind die Fremden. Aber ich lege ohnehin keinen Wert darauf zu reisen.»

«Sie werden uns immer als Fremde bezeichnen», sagte Professor Riskind und rückte mit leichten Schlägen seines Spazierstocks den Schemel herum. «Fünfzig Jahre in diesem Land und vierzig davon als naturalisierter Bürger, aber ich bin immer noch ein Fremder. Und Ihre Kindeskinder werden auch noch nach drei Generationen Fremde sein. In den Augen einer gewissen Schicht zumindest. Afrikaner sind natürlich niemals Fremde. Indios selbstverständlich auch nicht. Afro-Indios sind adligen Blutes. Und wer portugiesischer Abstammung ist und eine Spur afrikanisches oder Indioblut in den Adern hat, der gehört zur Aristokratie. So bilden die es sich jedenfalls ein. Und uns übrige bezeichnen sie als Fremde.»

«Sie fühlen sich als Fremder, deshalb», sagte Der O'Dancy. «Ich habe irisches, afrikanisches und portugiesisches Blut in mir und dazu noch das vieler Indiovölker. Doch für die meisten bin auch ich ein Fremder. Ich habe einen ausländischen Namen. Keinen portugiesischen oder Indionamen. Und wenn schon. Wen kümmert's? Mich jedenfalls nicht.»

«Sie haben einen merkwürdigen Akzent», sagte Max Überländer. «Wenn Sie gestatten.»

«Nicht merkwürdiger als der, den jeder von uns hat», sagte Professor Riskind. «Und ganz gewißlich nicht merkwürdiger als der von Millionen sogenannter ‚echter' Abkommen landauf, landab. Hören Sie sich doch einmal an, wie die oben in Bahia reden. Oder in Rio de Janeiro. Oder unten im Süden. Das ist durchaus nicht dieselbe Sprache. Doch es muß auch Fremde geben. Die Einfältigen brauchen eben ihren Schutz und Schirm, ihren moralischen Halt. Es erhält ihnen das Bewußtsein, jemand zu sein. Sie sind davon überzeugt, *brasileiro* zu sein. Sie trösten einander in ihrer ganzen Faulheit und Unfähigkeit, indem sie sich lauthals mit Brasilien identifizieren und ihre Gleichgültigkeit gegenüber allen Einflüssen von außerhalb demonstrieren. Das entschuldigt ihre Indolenz. Brasilien verschluckt alle, behaupten sie. Doch ohne die Fremden würde es nichts zu schlucken geben außer Hungernden, ein paar Millionären und Fliegen. Was sie als für die Fremden ganz besonders symptomatisch ansehen, ist die Auffassung von Arbeit.»

«Ach, aber bei mir stehen eine ganze Menge guter Leute in Lohn und Brot», sagte Lars Widttebolt. «Es sind fleißige Arbeiter. Und es sind alles Brasilianer.»

«Das kommt schon mal vor», sagte Max Überländer. «Doch ich möchte wetten, daß ihre Väter Italiener, Deutsche oder Skandinavier waren. Oder Japaner. Oder Nordamerikaner. Jedenfalls sind solche Leute bei mir beschäftigt.»

«Sie, mein Lieber, sind ebenso schlimm wie die Leute, die Sie als indolent bezeichnen», sagte Der O'Dancy. «Jene auf die eine Art und Sie auf die andere. Die verachten Sie. Und Sie blicken geringschätzig auf die herunter. Doch die alte Mutter Brasilien stößt euch beide mit den Köpfen zusammen. Ich muß Professor Riskind beipflichten. Als ehemaliger rotznasiger Pennäler. Eine Viertelmillion junger Facharbeiter würde uns hier gut zupaß kommen. Sie sollten hier heiraten, heimisch werden, sich regen und mit ihrer Tüchtigkeit zu einem Exportüberschuß beitragen. Man sollte hunderttausend ausgebildete Landwirte hereinbringen und ihnen auf zehn Jahre Land und Gerät kostenlos zur Verfügung stellen. Das würde uns ausgezeichnet bekommen. Ungeheure Märkte könnten sich uns in Rußland und China eröffnen. Doch wir schwatzen lieber von Politik, als daß wir uns um Märkte bemühen. Wagt man es, einem Handel mit China oder Rußland das Wort zu reden, ist man gleich ein Kommunist. Ob man Konservativer oder Kommunist ist, was spielt das schon für eine Rolle? Dieses Land wird nie und nimmer konservativ sein, das ist einmal sicher. Und wir werden auch nie Kommunisten werden. Das ist was für Leute, die in einem kälteren Klima leben. Wir hier fächeln uns ein paar Stunden am Tage Kühlung zu oder schlafen. Folglich? Kein Kommunismus.»

«Es gibt aber viele, die da ganz anderer Meinung sind», sagte Max Überländer. «Nach dem Gesetz besteht durchaus die Möglichkeit, daß die Kommunisten durch freie Wahlen an die Macht kommen.»

Professor Riskind lachte, stützte das Kinn auf seinen Spazierstock und schloß die Augen.

«Simão hat sich bisher in Schweigen gehüllt», sagte er. «Was meinen Sie denn dazu, Simão? Sie sind hier geboren, der Urenkel eines berühmten Mannes. Mein lieber hochbegabter früherer Schüler, was meinen Sie?»

Simão hatte den Blick seines Urgroßvaters, doch jetzt versprühten die Brillengläser den Widerschein des brennenden Öls.

«Wir sind in einer Wachstumsperiode», sagte er sanft im schmalen

Lächeln seiner kleinen weißen Zähne. «Jedes Land spürt die Wachstums-schmerzen. Einige werden dabei reich. Andere neiden ihnen den Reichtum. Doch tüchtige Männer sind nicht neidisch. Sie haben keine Zeit, an andere zu denken. Sie tun, was sie tun müssen. Nur die Unfähigen sind neidisch. Und Neid führt zu Haß. Es gibt viel Haß in diesem Land. Als ich vor zwei Jahren in Japan war, erzählte man mir dort, wie sehr man die Amerikaner hasse, weil sie das Land besetzt hielten. Doch man kopierte alles, was amerikanisch war. Der amerikanische Einfluß war riesengroß. Jetzt, wo die amerikanische Besatzungstruppe abgezogen ist, wünscht sich jeder Japaner, daß sie wieder zurückkäme. Die Amerikaner hatten Geld. Wenn alle Fremden Brasilien verließen, so würde es auf dasselbe hinauslaufen. Wer hierbliebe, würde sich die Fremden zurückwünschen. Die Fremden errichteten für Brasilien die Städte. Die Fremden modernisierten den gesamten Verkehr. Sie bauten Straßen, Eisenbahnlinien, Flugplätze. Die Fremden entdeckten die Ölfelder und bauten Pipelines und Tanker. Die Fremden schufen die Mehrzahl der Industrien. Die Fremden bevölkern die Städte, stellen das Fachpersonal in den Fabriken, verdienen gut und kurbeln die Wirtschaft an. Was ist denn ein Brasilianer? Die Fremden geben den Brasilianern Arbeit und Brot. Als ich meine Dienstzeit beim Militär ableistete, wurde ich niemals bei meinem Namen gerufen. ,Heda, Japs', hieß es. Oder ,Nippo'. Doch die, die mich so nannten, waren häufig erst zwei Generationen später als meine Familie eingebürgert worden. Hätte ich sie darauf hinweisen oder mich beschweren sollen? Ein sinnloses Unterfangen. Meine Urenkel werden einmal keine Fremden mehr sein. Sie werden Brasilianer sein. Ich kann mich in Geduld fassen.»

«Und derweil Geld verdienen», sagte Max Überländer.

«Soviel wie möglich, zu jeder Zeit und ganz gleich womit», sagte Simão mit lächelnder Selbstsicherheit. «Ich betrachte es als meine Pflicht, in erster Linie an mich zu denken. Dann erst an die anderen. Dazu wurde ich geboren, erzogen und geschult. Außerdem ist es mir ein Vergnügen.»

«Sind Sie glücklich dabei, Simão?» fragte Der O'Dancy. «Wie alt sind Sie jetzt? Dreißig?»

«Zweiunddreißig, Senhor», sagte Simão und verneigte sich, selbst noch im Sitzen, und denkt bloß an seinen Urgroßvater, dessen Name eine Garbe goldener Lilien ziert, und der im Ewigen Licht sicher geborgen ist. «Ich habe keine feste Vorstellung von Glück. Lieber würde ich ein japanisches Leben führen. Aber ich muß als Brasilianer leben. Ich muß nach brasilianischer Manier meine Geschäfte tätigen. Nun gut. Ich tu's eben. Ich bereue es nicht.»

«Aber sind Sie glücklich dabei oder zufrieden?» fragte Der O'Dancy.

«Nicht zu bereuen, ist die leerste Form des Lebens. Haben Sie sich selbst sterilisiert? Haben Sie ein geistiges Betäubungsmittel geschluckt?»

«Nein, Senhor», sagte Simão, und wieder machte er eine leichte Verbeugung, voller Ehrerbietung. «Ich lebe nach meiner Art. Und ich finde es ganz angenehm.»

«Letzten Endes trifft das auch auf mich zu», sagte Max Überländer und strich mit der Hand über seine Trinkschale. «Wenn ich's mir recht überlege, so habe ich mich mit einer Menge abgefunden, nur um angenehm leben zu können. Vielleicht ist das das ganze Geheimnis. Damit wir selbst angenehm leben können, lassen wir die anderen auch nach ihrer Art leben, nicht wahr? So ist es doch? So lebt man doch zweifellos am leichtesten.»

«Sie brauchen sich um die Moral nicht zu sorgen», sagte er seinerseits. «Weder um die Ihre noch um die von irgend jemand anders. Wahren Sie den Schein der Wohlanständigkeit, das genügt. Mehr ist nicht nötig. Wenn etwas sehr schlimm steht, oder wenn es um Geburt oder Tod geht, dann verfügen Sie sich einfach in die Kirche und hoffen. Das heißt, falls Sie in Ihrem Herzen noch etwas für die Kirche übrig haben. Kirche ist doch schließlich eine Frage der Disziplin.»

«Ich bin kein Katholik», sagte Max Überländer. «Wir sind von alters her Lutheraner.»

«Und sind das keine Verfechter von Zucht und Ordnung?» fragte er seinerseits.

«O ja», sagte Max Überländer. «Sie nehmen es sogar sehr genau damit. Doch es gibt hier nicht viele.»

Der O'Dancy stand auf und reckte sich, dann ging er bis an die Grenze des Feuerscheins und darüber hinaus, zu dem dunklen Pfad, der zu der Zuckerrohrpresse hinunterführte. Die Anlage mußte schon dreimal so alt sein wie er seinerseits, vielleicht sogar noch älter, denn Urahn Leitrim hatte bereits viele Jahre im Dem Haus gelebt, ehe er Grenzlinien zog, und andere waren vor ihm dagewesen, denn er hatte eine ihrer Töchter geheiratet, unten in der Zuckerrohrmühle, und er hatte im Mittelpfeiler zwei Herzen und ihre Anfangsbuchstaben eingeschnitzt, und seither waren dort Tag für Tag frische Blumen aufgestellt worden.

Er seinerseits versuchte seinen Unwillen über das Gespräch zu unterdrücken. Jedesmal, wenn sie zu zweit oder zu dritt zusammenkamen, stand Kritik und Nörgelei im Mittelpunkt. Und unweigerlich ging es um die Unzulänglichkeiten Brasiliens, die Bestechlichkeit der Menschen, die Unfähigkeit der Minister, die Trägheit, die Dummheit, kurzum alles und jedes wurde von Sachverständigen in die Diskussion geworfen, und jede Diskussion lief auf das gleiche hinaus – man redete ohne Zweck und Sinn ins Blaue hinein. Und immer waren es die Unzulänglichkeiten.

Ganz selten nur die Segnungen.

Wie oft schon hatte er sich gewünscht, ihnen in die Parade zu fahren. Doch als Gastgeber, nein.

«Spuck niemals einem Mann ins Glas und tritt niemals einer Frau auf den Rocksaum», hatte Der Vater einmal gesagt. «Wenn du bei dir zu Hause Gäste hast, so laß diese sich untereinander streiten. Du teilst dich derweilen solange mit Gott, Dem Allmächtigen, in das Firmament. Hör gut zu, doch tu selbst nicht den Mund auf. Du darfst nur zustimmen, ermuntern und dafür sorgen, daß die Gläser gefüllt sind. Abgesehen davon, ist es deine Schuldigkeit, darauf zu sehen, daß deine Gäste die Zeit unter deinem Dach als ein Vergnügen empfinden.»

Alcides hatte den Lastwagen am Fuß der Treppe stehenlassen. Luiz kam aus der Küche, eine Tasse und den Kaffeetopf in den Händen, ging die Stufen hinunter und rief etwas. Irgend jemand regte sich oben auf dem Wagen, und Luiz schenkte Kaffee ein, und beide lachten. Dann stieg er wieder die Treppe hinauf, verschwand in der Küche, und die Tür schlug hinter ihm zu.

Nur um sich etwas die Beine zu vertreten, ging er seinerseits die abgenützten Steinstufen hinunter, und dabei mußte er wieder daran denken, wieviel Schweiß es gekostet haben mochte, die Hunderttausende von Steinplatten aus den Bergen heranzuschaffen, je zwanzig auf einem Ochsenkarren und zwei Ochsen je Fuhre, fünf Tage herunter und sieben Tage zurück. Hunderte von Menschen mußten ihr gesamtes Leben damit zugebracht haben, Steine auszulesen, neben dem Karren herzugehen und wieder abzuladen, und ihr Vorbild stand ihm stets vor Augen, wenn Trägheit ihm die Lider schwer werden ließ. Vom Lastwagen herunter sah ihn jemand an.

«Wer ist da?» rief er seinerseits.

«Ich warte auf meinen *pai*, Alcides Ribeiro», sagte die helle Stimme.

«Warum sitzt du denn hier draußen herum?» fragte er seinerseits. «Möchtest du nicht etwas essen?»

«Vielen Dank, ich warte, bis wir zu Hause sind», sagte sie.

«Es kann noch eine ganze Weile dauern», sagte er seinerseits. «Er hockt mit dem Revisor über seinen Büchern. Das ist ein langwieriges Geschäft. Komm. Ich bringe dich ins Eßzimmer hinauf und sage ihm dann, wo du bist.»

«Er wird aber sehr ungehalten sein», sagte sie, immer noch im Dunkel der Ladefläche. «Ich dürfte eigentlich gar nicht hier sein. Aber ich bin mit dem Bus vorbeigekommen.»

«Ich spreche schon mit deinem Pai», unterbrach er seinerseits. «Was sollst du da oben auf dem Lastwagen sitzen? Mach mir das Vergnügen und komm mit mir hinauf.»

Sie erhob sich und trat an die Ladeklappe, im Mondlicht, und ein bläulicher Schimmer lag auf der dunklen Haut, die aber heller war als die ihres Vaters, und auf dem schmalen Gesicht, und ihr schwarzes Haar war auf dem Kopf zu einem Knoten geschlungen, und Blumen steckten in den Ringellocken, und die weißen Zähne lächelten, und sie breitete die Arme aus, und er griff sie um die Taille. Sie hob die Knie, um sie über die Bordwand hinwegzuschwingen, und verlagerte dabei ihr Gewicht auf seine Schultern, und er hob ihre ganze Anmut hoch und senkte sie langsam zu Boden, wobei sie die Beine hängen ließ, und ihre Arme waren einen Augenblick lang ganz steif, und während sie an ihm herabglitt, langsam, spürte er ihre Fraulichkeit, und sie stand dicht vor ihm, ohne den Versuch zu machen, einen Schritt zurückzutreten.

«Sie sind der Pai von Serena», sagte sie, fast flüsternd.

«Ja», sagte er seinerseits. «Paßt dir das etwa nicht?»

«Doch, doch durchaus», sagte sie schnell, beschwichtigend. «Aber Sie sind nicht ihr richtiger Pai, nicht wahr? Sie sind ihr Groß-Pai, aber sie nennt Sie trotzdem Pai.»

«Stimmt», sagte er seinerseits. «Was macht das schon?»

Ihre Augen waren riesig, und eine flehentliche Bitte brannte darin.

«Ich wünschte, ich könnte alles haben, was ich möchte», sagte sie, und ihre Zähne schimmerten. «Sie macht, was ihr gefällt, und dabei ist sie nur ein Jahr älter als ich. Keiner sagt ihr was. Wenn ich mal etwas später von einer Schulveranstaltung nach Hause kam, hat mich mein Vater mit der Peitsche geschlagen. Auch wenn's nur zwanzig Minuten waren. Ein Hieb für jede Minute.»

«Du hast Angst vor deinem Vater», sagte er seinerseits.

«Ich hasse ihn», sagte sie ruhig, doch mit Nachdruck. «Ich habe jemanden, mit dem ich nach Rio gehen werde.»

«Einen Mann?» fragte er seinerseits.

«Ein Mädchen», sagte sie und lachte. «Wir können beide maschineschreiben und wollen uns in einem Büro Arbeit suchen. Wir finden sicher bald etwas. Und dann gehen wir soviel aus, wie es uns paßt.»

«Angenommen, ich erzähle deinem Pai, was du da vorhast», sagte er seinerseits.

«Das würden Sie doch nicht tun, nicht wahr?» flüsterte sie und schlang die Arme um ihn. «Bitte. Nein, Sie müssen's mir versprechen.»

«Aber dann mußt du mir versprechen, daß du nicht davonläufst», sagte er seinerseits. «Ich warne dich. Wie lange mußt du noch zur Schule gehen?»

«Bis zur Abschlußprüfung», sagte sie niedergeschlagen. «Ich hasse die Schule.»

«Immer nur hassen», sagte er seinerseits. «Gibt es auch etwas, was du liebst?»

«Sie», sagte sie und preßte sich an ihn.

«Na, hör mal, das ist doch dummes Zeug», sagte er seinerseits und nahm sie bei der Hand. «Komm jetzt mit. Wir gehen eine Kleinigkeit essen.»

«Warum glaubt mir keiner?» fragte sie leise, doch es klang wie ein unterdrückter Schrei, und sie stampfte mit dem Fuß auf, daß der Staub wirbelte. «Warum ist das dummes Zeug? Vielleicht weil ich bloß die Tochter eines Buchhalters bin? Wenn mein Name Serena Daniella Lys O'Dancy Boys wäre, würden Sie mir dann zuhören? Sie hat alles. Sie darf ausgehen. Sie hat einen Wagen. Ein Motorboot. Ihr Bild ist andauernd in den Illustrierten. Weil sie so einen Groß-Pai hat? Oder weil sie soviel Geld besitzt? Warum kann ich das nicht auch alles haben?»

Der O'Dancy musterte sie von oben bis unten. Anfangs starrte sie ihn mit großen Augen an, doch dann lächelte sie. Und es war keine gespielte Tapferkeit, sondern ganz unbefangener Mut.

«Ich will dir erzählen, wieso das so ist», sagte er seinerseits. «Wir alle werden zu einer bestimmten Zeit und an einem bestimmten Ort geboren, und wir alle haben eine ganz bestimmte Aufgabe zu erfüllen, aber es ist auch eine Frage des Glaubens.»

Sie schüttelte den Kopf, immer nachdenklicher, und griff sich schließlich an das Haar, um den Knoten zu retten.

«Nein», sagte sie. «Damit bin ich ganz und gar nicht einverstanden. Wir sind allein selbst dafür verantwortlich, was aus uns wird. Niemand anders. Wir allein. Und wenn man mit Geld geboren wird, so ist's einfach. Wenn nicht, so ist's schwer. Der Rest ist nichts als eine fromme Lüge. Wir sprechen in der Schule gerade darüber. Eine Frage des Glaubens? Ich habe einen Aufsatz zu diesem Thema geschrieben. Der Glaube ist dazu angetan, eine Steinwand für eine Strohwand zu halten. Erst wenn man dagegenläuft, entdeckt man seinen Irrtum.»

«Du hast keinen Glauben?» fragte er seinerseits, stieg ein paar Stufen weiter hinauf und überlegte, was er sagen sollte. «Das ist doch ein schreckliches Unglück, nicht wahr? Gehst du denn nicht zur Kirche?»

«Ich muß», sagte sie. «Aber ich hasse es. Es ist der reinste Götzendienst. Wohin man sieht, Abgötter. Und der Priester spricht von ihnen, als ob sie Wirklichkeit wären. Warum erzählen die uns bloß ein und dieselbe Sache in der Schule ganz anders als in der Kirche?»

«Ich weiß nicht, was man euch da beibringt», sagte Der O'Dancy. «Jedenfalls finde ich es jammerschade, wenn ein gescheites Mädchen wie du so denkt.»

«Haben Sie schon mal mit Serena gesprochen?» fragte sie.

«Über so etwas, nein», sagte er seinerseits. «Gehst du in dieselbe Schule?»

«Früher einmal», sagte sie. «Doch Pai konnte das hohe Schulgeld nicht mehr aufbringen. Wir schreiben einander gelegentlich. Doch unser Leben ist so verschieden. Sie weiß, daß ich arm bin.»

«Nichts an dir ist arm, außer deiner Art zu denken», sagte er seinerseits.

«Das reden Sie so daher, weil Sie reich sind», sagte sie. «Wenn Sie kein Geld hätten, würden Sie mir beipflichten. Was könnten Sie schon tun, wenn Sie arm wären? Welchen Beruf könnten Sie denn ausüben? Vermutlich wären Sie nicht einmal imstande, Bücher zu führen wie Pai. Oder etwa doch?»

«Schon möglich», sagte er seinerseits. «Du bist ganz schön frech, finde ich.»

«Wieso bin ich frech?» sagte sie. «Darf ich nicht aussprechen, was ich denke? Wozu geht man denn in die Schule? Doch wohl, um zu lernen, das, was man denkt, in Worte zu fassen, nicht wahr? Also, warum sollte ich nicht?»

«Vermutlich hast du recht», sagte er seinerseits. «Aber es ist schon merkwürdig, jemanden deines Alters so reden zu hören.»

«Das meint Pai auch», sagte sie und blieb auf der Treppe stehen, um ihn mit wahrhaft riesigen Augen anzublicken. «Ist es wirklich unumgänglich, immer erst auf das Alter zu sehen, bevor einer den Mund aufmachen darf? Sollte ich vielleicht sagen: ‚Schön, ich bin neunzehn, darf ich mich jetzt zu diesem und jenem äußern?‘ Oder: ‚Ich bin erst sechzehn, deshalb darf ich über dieses und jenes nicht reden?‘ Aber wir wissen doch schon über so vieles Bescheid. Warum sollten wir nicht darüber reden? Es sind letztlich Dinge, die durchlebt werden müssen. Darf man erst darüber reden, wenn man dreiundzwanzig ist?»

«Frechdachs», sagte er seinerseits. «Am besten spricht man erst dann über etwas, wenn man auch versteht, worum es dabei geht. Wir alle wissen über vieles ‚Bescheid‘, verstehen aber ganz und gar nichts davon. Deshalb ist es besser, den Mund zu halten, nicht wahr?»

«Wie soll man denn etwas erfahren oder lernen, wenn man den Mund hält?» fragte sie.

«Sperr die Augen und die Ohren auf und lies alles, was du möchtest», sagte er seinerseits.

«Ich habe schon alles gelesen», sagte sie voller Ungeduld. «Aber Bücher sind viel zu teuer. Und wir haben kein Geld. Die Bibliothek ist zu weit weg. Serena brauchte dazu natürlich nur in ihr Auto zu steigen.»

«Du bist neidisch auf Serena», sagte er seinerseits.

«Wer ist das wohl nicht?» fragte sie. «Wir alle sind's.»

«Ein bemerkenswert ungesunder Zustand», sagte er seinerseits. «Mir scheint, daß ihre Anwesenheit einen nachteiligen Einfluß hat. Möchtest du gern wieder auf die Akademie?»

«Pai ist zu arm, als daß er das Studiengeld für mich aufbringen könnte», sagte sie mit einer Kopfbewegung. «Nein, jetzt möchte ich nicht mehr. Wozu sollte es auch gut sein? Wenn ich den Abschluß habe, bin ich immer noch arm. Genau wie Pai.»

«Ich begreife nicht, warum dein Pai so arm ist», sagte er seinerseits. «Er verdient doch recht gut.»

«Vier Brüder gehen zur Schule und zur Universität», sagte sie. «Da muß ein Mädchen zurückstehen. Immer. Seiner Meinung nach ist das Risiko zu groß, für mich Geld auszugeben und dann erleben zu müssen, daß ich heirate. Aber ich heirate nicht. Ich will arbeiten. Dann bekomme ich all die Männer, die ich mir wünsche.»

«Warum denkst du an Männer?» fragte er. «Ist es nicht viel vernünftiger, ans Heiraten zu denken und an ein eigenes Heim? Ich meine, wenn du etwas älter bist, nicht wahr?»

«Wären Sie nicht schon so alt, würden Sie nicht so daherreden», sagte sie.

«Du wirst ganz unnötigerweise beleidigend», sagte er seinerseits. «Ich glaube kaum, daß man dich in der Schule oder zu Hause gelehrt hat, unverschämt zu sein.»

«Aber habe ich denn nicht recht?» fragte sie und sah ihn dabei an.

Dort wo die Blätter leise raunten und Frauen trauerten, da leuchtete es für einen kurzen Augenblick grell auf, und er erkannte die Falle. Der Duft, der dem Haar des Mädchens entströmte, die Art, ihn mit schräggelegtem Kopf von der Seite her anzulächeln – ach, Creonice, wie kann ich dir, der längst Verstorbenen, die Schuld geben? –, aber die Herausforderung war ein lockender Wink aus dem Dunkel, und seine Hände tasteten, und er knöpfte die Bluse auf, Knopf für Knopf, und streifte sie ihr von den Schultern.

«Du sollst all die Männer haben, die du dir wünschst», sagte er. «Gehöre ich auch dazu?»

«Wenn Sie Pai nichts davon erzählen», sagte sie.

«Ich erzähle ihm nichts», sagte er seinerseits. «Und du doch auch nicht, nicht wahr?»

Sie schüttelte den dunklen Kopf.

Die Bluse flatterte zu Boden. Im tiefen Dunkel um die Zuckerrohrpresse sah er seinerseits kaum etwas von ihr außer dem matten Schimmer auf den Spitzen ihrer prallen Brüste. Haken und Ösen lösten sich mit leisem Klicken. Der Rock, selbst ein Teil der Dunkelheit, fiel, und Eva stand da, in bläulich schillernder Silhouette, verschwenderisch.

«Tauschen Sie Pais Lastwagen gegen ein Auto um?» flüsterte sie. «Dann könnte ich auch mal damit fahren. Wenn Sie's ihm sagen.»

«Ich werde Democritas Pereira Anweisung geben», sagte Der O'Dancy. «Was möchtest du sonst noch?»

«Ach, ich weiß nicht, so viele Dinge», sagte sie und streifte sich anmutig tänzelnd das weiße Höschen herunter und ließ es mit ein paar Hüftbewegungen zu Boden fallen. «Ein Motorboot kann ich mir nicht wünschen. Ich könnte es nirgendwo lassen.»

«Warte mal», sagte er seinerseits. «Wie wär's, wenn ich deinem Pai eine Mitgliedschaft im Klub verschaffte? Dann könntest du soviel bootfahren, wie's dir Spaß macht.»

Sie warf die Arme um ihn.

«Ich liebe Sie», sagte sie. «Sie sind der erste. Der einzige. ,Ein reicher Märchenprinz', wie die Leute sagen.»

Aber die Erinnerung an jenen Abend war ganz zweifellos stets mit einem Gefühl der Scham verknüpft, von dem Fluch schimpflichen Tuns belastet, auch wenn alles für sie geschah, was ihm seinerseits einfiel, und er ihr ein Leben ermöglichte, wie sie es sich wünschte. Democritas mußte sich um den Wagen und die Klubmitgliedschaft kümmern und feststellen, ob es Alcides' Absicht war, daß sie die Akademie besuchte. Er seinerseits reiste ein paar Tage darauf nach Japan ab, zusammen mit Tomomi und den Kindern, und hatte bald das ganze Begebnis vergessen. Erst viel später erfuhr er ihren Namen.

Ahatubai.

«Es tut mir aufrichtig leid», sagte er seinerseits. «Aber in den vergangenen Monaten hat sie ein Leben führen können, wie es ihr sonst niemals möglich gewesen wäre. Dafür habe ich gesorgt.»

«Da hört sich doch alles auf», sagte Bruder Mihaul erregt und warf die Hände hoch. «Der Dieb gibt gestohlenes Geld leichtfertiger aus als sein rechtmäßiger Besitzer, nicht wahr? Hat die Welt je einen infameren Heuchler erlebt? Verführt ein Kind und kommt dann noch mit Rechtfertigungen? Wenn du schon unbedingt etwas in Brand setzen willst, warum fängst du dann nicht bei dir selbst an?»

«Zweifellos wird auch mal die Reihe an mir sein», sagte er. «Und vermutlich habe ich es verdient. Aber du bist bis Mitternacht hier verschwunden. Morgen beginnt ein großes Reinemachen.»

«Ich kann mir nichts Besseres vorstellen, als mit all dem hier in Flammen aufzugehen», sagte Bruder Mihaul und lehnte sich bequem zurück. «Überantworte meine Asche bitte auch dem Wind.»

«Dann wird sie gleich doppelt davonwehen», sagte Der O'Dancy. «Einmal hier und anschließend in der Hölle.»

«Einen solchen Ort gibt es nicht», sagte Bruder Mihaul. «Du wirst schon ein Weilchen bei uns abbüßen müssen, um selbst herauszubekommen, wovon du da redest. Und dabei wirst du noch dein blaues Wunder erleben.»

«Damit kannst du deine Knechte abfüttern», sagte Der O'Dancy. «Ich stehe fest zur Kirche.»

«Stimmt», sagte Bruder Mihaul unbewegt, ja, das war er. «Geh zu deiner Kirche zurück, besonders zu der bei Dem Haus. Schau auf einen Sprung hinein. Geh auch mal in die Privatkapelle und sieh dich gründlich darin um. Du wirst staunen, das verspreche ich dir. Wirf zudem einen Blick in die Sakristei, vielleicht als besondere Pflichtübung. Du hast doch sicherlich noch nichts von einer Priesterin in der Heiligen Kirche gehört, oder?»

«Was redest du da für einen Blödsinn?» sagte Der O'Dancy. «Was unterstehst du dich, auf eine Entweihung anzuspielen! Was für eine Priesterin?»

«Eine Bekannte von Hilariana», sagte Bruder Mihaul. «Eingeführt, soweit ich orientiert bin, von der Person, die du zur ‚Frau' hast, und ihrer Busenfreundin.»

«Das ist heute schon das drittemal, daß dieses Weib ins Gespräch kommt», sagte Der O'Dancy. «Madame Briault, nicht wahr? Sie lebt hier schon so lange, aber ich habe sie kaum je zu Gesicht bekommen. Was hat die denn damit zu tun? Und falls dir das alles bekannt war, warum hast du mir nichts davon erzählt?»

«Ohne jegliche Beweise?» fragte Bruder Mihaul und wandte ihm ein Priesterantlitz zu, streng, und die hellen Augen in so tödlicher Gelassenheit. «Eine Kulthandlung soll dort abgehalten werden, ich weiß allerdings nicht, wann. Sie hätte eigentlich schon gestern abend woanders stattfinden sollen, doch wir sind dahintergekommen und haben das Kreuz über ihnen geschlagen.»

«In Mouras Bentos», sagte er seinerseits. «Wem gehörten die Fleischstückchen und das übrige Zeug, denen oder dir?»

«Sie sind des Satans», sagte Bruder Mihaul und erhob das Kruzifix. «Seine Jünger sind hier. Die Briault, dieses Weibsstück, hat die Oberste von allen eingeführt. Eine berüchtigte Kreatur. Eine wahre Handlangerin des Teufels. Hüte dich vor ihr.»

«Wenn du meinst, daß ich jetzt eine Gänsehaut bekomme, so bist du völlig auf dem Holzweg, das kannst du mir glauben», sagte Der O'Dancy. «Wie heißt sie denn?»

«Ich habe keine Ahnung, wie sie sich zu nennen beliebt», sagte Bruder Mihaul und hob das Kruzifix ein wenig höher. «Hier, in Dem Haus, nennt man sie die Mutter *iemanja*.»

«*Iemanja*», sagte Der O'Dancy. «Soll nicht Hilariana mit ihrem Humbug so betitelt werden?»

«Deshalb ist diese Person ja hergekommen», sagte Bruder Mihaul. «Wenn du ein derartiges Verbrechen zuläßt, dann weiß ich nicht, was du verdienst.»

«Gar nichts verdiene ich», sagte Der O'Dancy. «Sobald ich hier wegkomme, schiebe ich der ganzen Sache sofort einen Riegel vor. Der Rest folgt später. *Iemanja* hast du gesagt, nicht wahr?»

«Ja», sagte Bruder Mihaul. «Meines Wissens wird sie aber auch Maexsa genannt.»

«Maexsa?» fragte Der O'Dancy tonlos. «Aber die kenn' ich doch. Ich habe mit ihr zusammen getrunken. Ja. Das habe ich. Und zwar erst letzte Nacht.»

Bruder Mihaul verkrampfte sich auf seinem Stuhl und biß sich auf die Unterlippe.

«Arquimed, Arquimed, jetzt kann uns nur noch Gott retten, denn du hast dich Der Berührung ausgesetzt», flüsterte er, und weitausholend griff er zu einem Gefäß und tauchte den Weihwedel hinein. «Alles, was du tust, ist Unheil. Alles, was du sagst, ist Lüge. Alles, was du denkst, ist Verrat.»

Er spritzte ihm seinerseits das Wasser ins Gesicht, an die linke Hand und an die rechte.

«Im Namen Des Vaters, Des Sohnes und Des Heiligen Geistes», betete er und hob das Kruzifix in die Höhe. «Beschütze Deinen Sohn Arquimed. Laß Dein Licht über ihm leuchten. Leide für ihn, damit er unter den Feinden wandeln kann, ohne Schaden, ohne Furcht, ohne Versuchung. Amen.»

«Maexsa», sagte Der O'Dancy, und er spürte, wie ihm das Wasser prickelnd über das Gesicht herunterlief. «Na, jetzt bin ich mir aber nicht mehr so sicher, ob ich immer noch jeden Preis zahlen würde.»

25

Als Der O'Dancy in gestrecktem Galopp über das Weideland den Langen Stufen entgegenjagte, war es ihm völlig klar, daß ihm nun nichts anderes mehr übrigblieb, als eine rasche Entscheidung in einer Angelegenheit zu treffen, von der er wenig wußte, die er sein Leben lang gemieden oder ungeduldig abgetan hatte, eine Angelegenheit, die vielleicht für ehemalige Sklaven und deren Nachkommenschaft von Belang war und möglicherweise für die alten Frauen der Familie, doch niemals auch nur im entferntesten einem der Männer etwas bedeutet hatte.

Der Mund wurde ihm trocken, als ihm die Einsicht kam, daß Bruder Mihaul im Recht war, und im tiefsten Innern pflichtete er ihm bei.

Die Notwendigkeit, die einfachen Leute wieder zu Dem Glauben zurückzubringen, war riesengroß.

Der erste Gedanke, der ihm einem sengenden Feuerstrahl gleich durch den Kopf schoß und ihn in grenzenlose Wut geraten ließ, galt Hilariana einzig und allein. Er seinerseits fragte sich, wie es bloß möglich gewesen sei, daß sie sich so auseinander gelebt hatten, wo sie sich doch einst so innig, so wunderbar nahe gewesen waren. Die Abende in Paris nach den Vorlesungen an der Universität und die Wochenenden irgendwo auf dem Lande, die Picknicks an der Küste südlich von Rio de Janeiro und die Jagdausflüge in die Berge jenseits Des Erbes, an all das erinnerte er sich noch in allen Einzelheiten. Ein dünnbeiniges Mädchen mit zwei langen Zöpfen, die bis zu den schwarzen Strümpfen baumelten, und sie zielte auf einen riesigen Jaguar, doch dann setzte sie das Gewehr wieder ab, und der Jaguar drehte sich schwerfällig um und trottete davon, und ein jeder Schritt war so wuchtig, daß die Erde zu zittern schien.

«Warum hast du nicht geschossen?» fragte er seinerseits. «Er hätte als Bettvorleger deine Zehen umschmeichelt.»

«Er hat nicht einmal den Versuch gemacht, mir etwas zu tun», sagte sie. «Warum sollte ich ihm etwas tun?»

«Aus dir wird nie eine Jägerin», sagte er seinerseits.

«So werden meine Träume angenehmer sein», sagte sie. «Er hatte solch wunderschöne Augen.»

«Sicher hat ihn ein Blick in deine Augen verwirrt», sagte Der O'Dancy.

«Vielleicht ist's gut so, denn ich stand ganz in der Nähe und hatte nicht geladen.»

«Du kannst ganz unbesorgt sein», sagte sie. «Wäre er dir auf den Leib gerückt, hätte ich ihn totgeschossen.»

Das unschuldige Selbstvertrauen von damals paßte nicht mehr zu der jungen Frau, die er noch am Vormittag erlebt hatte. Eine ihrer charakteristischsten Eigenschaften war zweifellos verlorengegangen, die Güte, die einst wie ein helles Licht von ihr ausgestrahlt hatte, jener Ausdruck in den Augen, der allen sichtbar verkündete, daß dieser Mensch keiner lebenden Seele etwas zuleide tun konnte.

Das alles bestand nun nicht mehr. Hilariana war nicht mehr seine ureigene Tochter, die er im steten Angedenken an ihre Mutter behütet, gehegt und angebetet hatte. Mochte sie Professorin sein oder Wissenschaftlerin, Dozentin, Direktorin von wer weiß wie vielen Gesellschaften und Leiterin eines berühmten Instituts, ein köstlicher Teil ihres Selbst war nicht mehr vorhanden. Sie war nicht fraulich, sie war nur noch eine Frau, die sich von einem Mann lediglich durch ihren Körperbau unterschied.

Und ein Kälteschauer überrieselte ihn bei dem Gedanken, daß auch Vanina ganz zweifellos eine Frau war, doch weit davon entfernt, fraulich zu sein.

Bruxa war schwarz, aber eine richtige Frau. Kam man ihr nur in die Nähe, so gaben alle Sinne flackernd Warnsignale, daß man Das Weib vor sich hatte. Ein Blick genügte, und man wußte, daß ein Mann in der wollüstigen Süße ihrer Schenkel ertrinken konnte. Neben ihrer Fraulichkeit, ihren Augen, erschien Hilariana wie ein Stück Holz. Doch so war es nicht immer gewesen. In Paris hatte man sie um ihrer Schönheit willen wie eine kleine Kaiserin verehrt. Das knielange rote Haar, so unergründlich rot, wie es durch Henna nie erreicht werden würde, war das Entzücken Girauds, des Hotelfrisörs. Kein Kamm seiner Gehilfen durfte ihr zu nahe kommen. Die Krönung seiner Laufbahn, wie er es nannte, erfuhr er, als er ihr am Abend ihres siebzehnten Geburtstages ein Diadem aus Brillanten aufsetzte, und sie trug weiße Seide und die Smaragde ihrer Mutter, und Giraud stand neben ihm seinerseits, und die Tränen liefen dem Mann das Gesicht herunter.

«Es ist ein gutes Gefühl, sein Leben dem Dienst an der Schönheit geweiht zu haben», sagte er. «Doch jetzt weiß ich's ganz genau, daß ich mich noch heute abend ins Privatleben zurückziehe. Ich bin in letzter Zeit ein wenig müde geworden. Und wie sollte ich auch jemals wieder die Muße und die Begeisterung aufbringen für Köpfe, die von Stümpern meines Faches verunziert, verschnitten, versengt und ausgetrocknet worden sind? Sollte ich sie wieder herrichten? Nimmermehr. Dies hier ist die schönste Frau, die ich je gesehen habe. Zwar noch ein Kind, ja, aber eine wirkliche Frau. Das können Sie mir glauben, ich kenne mich aus.»

Der Mann hätte vielleicht um eines guten Trinkgeldes willen so reden mögen, denn Schmeicheleien gehen den Meistern des Kammes leicht von der Zunge. Doch für dieses Werk seiner Hände wollte er kein Geld, und er sagte der Kassiererin, daß seine Dienste an diesem Abend ein Geschenk seines Salons seien, an dem Abend, wo er sich seinen Worten zufolge ins Privatleben zurückziehen würde.

Selbst im Maxim, jenem Hennenkampfplatz schöner Frauen, unterbrach sie jegliche Unterhaltung für ein paar unvergeßliche Augenblicke, und ein Deckel rutschte von einer Schüssel, tanzte am Boden und rasselte wie assyrische Zimbeln, und Köpfe fuhren herum, und eine weißhaarige Dame hob die Lorgnette und sagte laut und ohne jegliche Mißgunst: «anbetungswürdig!», und die Männer murmelten Zustimmung.

Im Tran-Tran, im Bul-Bul und dem Double Six am Boul' Mich' hielt sie als Königin Hof, doch sie gewährte ihre Gunst nicht dem einen oder anderen, sondern allen gleichermaßen, und sie wirbelte hinein, nippte ein wenig Kaffee und wirbelte wieder hinaus, und alle stöhnten, sie entweichen zu sehen. Mit Ausnahme der Mädchen natürlich.

«Gibt es denn keinen jungen Mann, der dir mehr als die anderen gefällt?» hatte er sie eines Abends gefragt, doch gleich darauf gewünscht, er hätte es nie getan. «Vielleicht einer unter all deinen Kommilitonen an der Universität?»

«Es gibt nur einen», sagte sie leise. «Und du weißt genau, wen ich meine.»

«Doch nicht immer noch?» sagte er seinerseits. «Hiroki?»

Sie nickte.

«Wen sonst?» sagte sie. «Alle anderen sind Luft für mich.»

Der Gedanke an Tomomi – und ein Meer von Chrysanthemen möge ihr Andenken verschönen – genügte, denn auch da hatte das Wort einer Frau und eines Mannes von jenem lang zurückliegenden Augenblick an gegolten, bis daß der Tod sie schied.

«Wenn es dir bei Abschluß deines Studiums immer noch so ums Herz ist, dann wollen wir feststellen, wo er sich aufhält», sagte Der O'Dancy. «Dann bist du alt genug und hast schon etwas von der Welt gesehen. Hast du eine Ahnung, wo ich den Jungen finden kann?»

«Nicht die geringste», sagte sie. «Es ist mir auch völlig gleichgültig.»

«Aber du hast mir doch eben erzählt, daß er der einzige ist», sagte er seinerseits. «Jetzt ist es dir mit einemmal völlig gleichgültig. Was ist denn los? Kommt womöglich das Irische in dir zum Durchbruch?»

«Ich erzählte dir bereits, daß es mir gleichgültig ist», sagte sie auf

Französisch, daß fast jedes Wort zu einem Hieb auf den Luxus der Langweile wurde. «Ich habe anderes zu tun.»

«Vielleicht könntest du dich darüber aussprechen», sagte er seinerseits, und ihr Ton, der ihm völlig neu war, ernüchterte ihn. «Mir wäre es ganz lieb zu wissen, worauf ich mich gefaßt machen muß.»

«Meine Mündigkeitserklärung», sagte sie. «Ich benötige sie für die Abschlußprüfung.»

«Was du damit meinst, ist mir ziemlich klar», sagte der O'Dancy. «Sobald ich das unterschreibe, kann ich dir nichts mehr sagen. So steht es im Gesetz. Willst du darauf hinaus?»

«Genau», sagte sie und erhob sich. «Ich möchte heim. Ich bin müde.»
Er seinerseits bekam einen flüchtigen Kuß auf das Kinn, und sie winkte ein Taxi herbei, und das war alles.

«Ein kleines Biest», sagte Hilljohn, der Leiter seiner Londoner Filiale und bis zu diesem Augenblick ein stummer Zeuge. «Wunderschön, das ist wahr. Aber leider zu sehr geneigt, sich aufs hohe Roß zu setzen.»

«Dazu ist sie erzogen worden», sagt er seinerseits. «Und Sie sind bei mir nicht angestellt, um Kritik zu üben.»

«Ich betrachte mich nicht mehr als angestellt», sagte Hilljohn und stand auf. «Mir paßt es nicht, mit ansehen zu müssen, daß ein Arbeitgeber wie ein drittklassiger Dienstbote von einem kleinen Nichtsnutz behandelt wird, dem eigentlich nichts anderes gebührte, als einmal ordentlich übers Knie gelegt zu werden. Es war höchst erfreulich, für Sie zu arbeiten. Ich bedaure, daß wir uns so trennen müssen. Guten Abend, Sir.»

Dort ging er hin, der beste Mann, dem er je Gehalt gezahlt hatte, und er spürte den Verlust noch jahrelang im Kampf mit der Konkurrenz, die ihn gleich am folgenden Morgen eingestellt hatte.

«Jammerschade», sagte Hilariana, als er ihr davon erzählte. «Sein Akzent gefiel mir.»

«Ihm gefiel aber dein Benehmen nicht», sagte er seinerseits.

«Bis auf den heutigen Tag ist dies eine Welt der Männer gewesen», sagte sie. «Wir waren nur als Fußabtreter gut, als Beischläferinnen, unbezahlte Packesel oder Eheweibchen. Viel zu wenig wirkliche Frauen haben sich bisher durch ihre Tüchtigkeit einen Namen gemacht. Ich jedenfalls bin entschlossen, das zu tun.»

«Oh», sagte er seinerseits. «Ich habe gar nicht gewußt, daß du so ehrgeizige Gedanken hegst.»

«Wozu, glaubst du wohl, bin ich hergekommen?» fragte sie, und ihr geflochtenes rotes Haar schimmerte im matten Licht der Pariser Laternen. «Wenn ich hier fertig bin, gehe ich nach London. Dann nach Indien. In Kalkutta wird in der Pflanzenzucht Großartiges geleistet. Und anschließend in die Vereinigten Staaten. Und nach Rußland. Dann zurück nach Hause.»

«Warum willst du dir Rußland bis zuletzt aufsparen?» fragte er. «Ist das nicht immerhin etwas gefährlich?»

«Weil ich mir etwas von dieser letzten Vergleichsmöglichkeit verspreche», sagte sie. «Und warum sollte es gefährlich sein? Die Russen, die mir hier begegnet sind, schienen ebenso gesittet zu sein wie alle anderen.»

«Ist es wirklich dein Ernst, so lange wegbleiben zu wollen?» sagte er seinerseits. «Und alles auf eigene Faust?»

«Ich muß es einfach», sagte sie, und die grauen Augen schimmerten mit einemmal silbern. «Ich habe Heimweh. Ich liebe mein Brasilien. Doch zuerst kommt die Pflicht, die ich mir auferlegt habe. Ich kann warten.»

«Gib mir beide Hände, damit ich sie küsse», sagte er seinerseits. «Die eine für mich und die andere für Brasilien. So.»

Am Fuß der Langen Stufen saß er seinerseits beim Halfterplatz ab und war überrascht, Didimo nicht auf seinem Posten zu finden. Auf seinen Pfiff antwortete nur das Echo. Sattel und Zaumzeug landeten über dem Querbalken, und das Pferd trabte munter zum Grasen davon. Die Langen Stufen waren von Ahn Phineas angelegt und von Großvater Connor bepflanzt worden, eine grandiose Erinnerung an sie beide. Sie führten vom flachen Land in zwanzig breiten Fluchten zum Garten oben auf der Höhe hinauf und weiter zu Dem Haus. Besaß man die entsprechenden Lungen und Beine, so war man zu Fuß schneller oben, als wenn man zu Pferd oder selbst im Wagen den Fahrweg nahm.

Er seinerseits war Hunderte von Malen dort hinauf und hinunter gegangen, und er besann sich noch genau an den Tag, als sich Großmutter Siobhan weigerte, auch nur einen Schritt weiter zu tun, und Männer mußten mit Urgroßmutter Aracýs Sänfte kommen, sie hinaufzutragen.

«So ist's recht», sagte sie, stieg ein und stopfte sich die Röcke unter die Knie. «Ich habe mir schon immer gewünscht, einmal in diesem Ding hier zu sitzen, doch bisher habe ich noch nie den verflixten Vorwand gefunden. Gepriesen sei der heutige Tag. Los, voran.»

Und sie waren schon fast oben, als eine der Tragstangen brach, und nur der ungeheuren Kraft von Epaminondas war es zu danken, daß das Gehäuse nicht über die Böschung in einen der Fischteiche stürzte, und Großmutter Siobhan mußte an ihren Schnürstiefeln aus der Sänfte gezogen werden, und ihre Röcke waren überall, und ein zerdrückter Hut hing ihr über den Ohren, und sie hieb mit ihrem Sonnenschirm das Dach entzwei.

«Da hast du's, du verdammte Teufelskiste», sagte sie dabei. «Epaminondas, du bekommst drei Monatslöhne extra und fährst mit uns nach
Rio.»

Nie vergaß er seinerseits das grenzenlos entzückte Lächeln auf Epaminondas' Gesicht, denn dem Mann war schlagartig klargeworden, daß
er dort nun Zulmira, Großmutter Siobhans Wäscherin, heiraten konnte.
Und das tat er auch, und sie hatten elf Kinder, alle noch quicklebendig,
die beiden Alten indessen gönnten sich schon seit vielen Jahren die
wohlverdiente Ruhe, und nur Gutes sei ihnen beschieden.

Nirgendwo auf den Langen Stufen hatte es je Lampen gegeben.

Doch oben auf der Höhe erhellte eine Flut von elektrischem Licht
den Garten und die Schwimmbassins, und der Glanz schimmerte rötlich
gegen die Wolken. Aber da war noch ein anderes Licht, ein gelblicher
Schein, etwa auf halbem Weg nach oben, und er hastete hinauf, voller
Angst, es könnte dort im Gebüsch brennen, ohne daß es jemand von
oben bemerkte, wo zundertrockene alte Bäume standen.

Seine Lungen stießen kochend den Atem aus, und seine Beine waren
vom vielen Sitzen hinter dem Schreibtisch und im Wagen entwöhnt.
Auf dem Absatz der fünften Flucht blieb er stehen, stocksteif.

Drei Kerzen brannten in einem exakten Dreieck um einen plumpen
Kegel aus Teig, vielleicht eine Mischung von Jukka oder Mehl mit Wasser, und am Fuß des Kegels lagen zwei gekreuzte Zigarren, von denen
die obere treppauf zeigte. An der Spitze des Dreiecks stand ein kurzer
Stock, von dem ein gerupftes Huhn an einem roten um den Hals ge-
schlungenen Band herabbaumelte.

In wilder Wut stampfte er seinerseits die Kerzen aus, stieß die Zigarren beiseite, scharrte die teigige Masse von der Treppenstufe und
schleuderte das noch warme Huhn in dunklem Bogen mit wirbelndem
Hals und flatternden Beinen über das Gebüsch hinweg in das flache
Land hinunter und wünschte den Eulen, Ratten und Ameisen, daß sie
sich daran gütlich täten.

Das Zeichen bedeutete allen, daß ein *candomblé* abgehalten wurde,
und da die Zigarre zu Dem Haus hinaufwies, fand er dort statt, und es
schien, daß noch andere über die Treppe dorthin kommen würden.

Seine Wut machte sich in einem Lachen Luft, als er sich vorstellte,
wie er dazwischenfahren würde, um dem ganzen Humbug ein Ende zu
bereiten, arme, verwirrte Kinder, mehr nicht.

Vom oberen Ende der Treppe an bildeten alle Lichter des Gartens
ein breites leuchtendes Band auf Das Haus zu, und plötzlich schwoll
drüben beim Schwimmbecken ein Gemurmel zu Geschrei und Gelächter an. Er seinerseits stand eine kurze Zeitlang wie erstarrt da, und sein
Atem ging flach, und ihn packte die Wut, denn sein Leben lang hatte es

in der Heiligen Woche kein solches Benehmen gegeben, besonders nicht an diesem Tag, und der bittere Geschmack des Abscheus brannte ihm im Mund.

Sachte ging er über den Rasen, durch den Kräutergarten und Urgroßmutter Atherias Rosenweg entlang, und leise und ohne sich bemerkbar zu machen, blieb er am Ende der *cabaña* stehen und blickte über das Schwimmbecken, um das sich ein paar hundert junge Menschen drängten, mit nichts weiter bekleidet als den knappsten Hosen und den spärlichsten Bikinis, die er je erlebt hatte. Alle schienen zu trinken, und Serena – sie trug einen rosa Badeanzug, und ihre tiefroten Zöpfe schlugen ihr gegen die Kniekehlen – ging mit einem Tablett voller Gläser zur Bar, hinter der Kyrillis Korken herauszog und mit der Behendigkeit eines gelernten Mixers einschenkte. Serena hielt ein Glas gegen das Licht und polierte es, versunken.

Ein wahrhaft berückendes Mädchen, wenn auch noch lange nicht die Frau, die sie zu werden versprach, ein wenig knabenhaft noch, mit sanftem, unschuldigem Blick, zuweilen zart und jungfräulich errötend, ohne es zu wollen oder verbergen zu können, so offensichtlich die Tochter ihres Vaters, doch schimmerte das Saphirblau ihrer Mutter durch das Grau, das blasseste Leinster-Grau ihrer O'Dancy-Augen.

Sie war jetzt über siebzehn, Erbin der Millionen, die er seinerseits ihr überschrieben hatte, und sie führte seit mehreren Monaten völlig ihr eigenes Leben, ganz für sich, oder zumindest bildete sie sich das ein, denn die Leute, die sie seiner Anweisung gemäß auf Schritt und Tritt bewachten, hatten strengen Befehl, nie in Erscheinung zu treten, solange es nicht unbedingt nötig war.

Eine hervorragende Studentin, so versicherten ihre Professoren, besonders in den Geisteswissenschaften, in Altertumskunde und in Volkswirtschaft. Doch nie waren sie einander so nahegekommen wie er und Hilariana, vielleicht weil sich die Zeiten geändert hatten und er jetzt mehr in der Stadt lebte und häufiger auf Reisen war, und sie hielt sich mit ihrer Gouvernante selten dort auf, wo er war, und schon die Schulzeit hindurch hatten sie einander eigentlich nur in den Ferien gesehen, oder wenn er sich vor lauter Verlangen nach etwas, was sein eigen Fleisch und Blut war, auf den Weg zu ihrer Schule gemacht hatte, um für ein Stündchen mit ihr im Garten spazierenzugehen.

Doch zwischen ihnen beiden lag eine ganze Generation, und es war schwierig, ein Gespräch in Gang zu bringen. Ihre Ansichten über Musik und Malerei, um nur zwei Beispiele herauszugreifen, gingen diametral auseinander. Sie hatte eine Vorliebe für die Kunst ihrer Zeit, die er seinerseits zwar respektierte, doch im Grunde verabscheute er diese «Kunst». Und die Musik war auch die Ursache ihres ersten, allerdings nur kurzen Streits gewesen – kurz, denn er war einfach davongegangen.

«Ich kann Bach, Mozart und dergleichen Zeug nicht ausstehen», sagte sie. «Dabei kommt man sich vor, als ob man schon mit einem Fuß im Grab steht.»

«Ohne sie wärst du heute um vieles ärmer», sagte er seinerseits. «Zunächst einmal, weil sie die Grundlagen der Technik gelehrt haben. Sie stießen in unbekannte Fernen vor und brachten eine Vielfalt von Reichtümern zurück.»

«Stimmt», sagte sie. «Und wie alles übrige, was seinen Zweck erfüllt hat, gehören sie ins Museum. Bei dieser Musik bekomme ich schlechthin eine Gänsehaut. So alt und sabbernd ist sie. Brrr.»

«Genau wie ich, was?» sagte Der O'Dancy und stand auf. «Du wirst einmal mehr Verständnis dafür haben, wenn du älter bist.»

«Nicht dafür», sagte sie mit der Entschiedenheit ihres Vaters. «Keine fünf Minuten könnte ich mir das anhören. Tonleitern und Fingerfertigkeit, das ist alles. Das bleibt nicht haften.»

Er schritt langsam im Dunkel weiter und sah sich an, was in der *cabaña* vorging. Offensichtlich hatte man gespeist, und die Diener waren dabei, alles abzuräumen, und die beiden an der Bar füllten Tablett um Tablett mit Gläsern, und junge Männer eilten herbei und brachten die Getränke zu den Gruppen auf dem Rasen, deren Stimmen zum Wohlklang von Gitarrenakkorden ertönten.

Für einen langen Augenblick wünschte er seinerseits, jene Jahre würden noch einmal zurückkommen, doch dann tat er den Gedanken seufzend ab.

Die Gesellschaft hatte anscheinend genug zu trinken, denn Dutzende von Flaschen standen hinter der Bar herum. Die Lampen im Schwimmbecken waren grün, die in der *cabaña* rot und hellviolett, weiter hinten im Garten waren sie zartblau und rosa und unter den Bäumen, zwischen den Büschen und in den Blumenbeeten gelb. Junge Männer und Frauen, mit dem Knappsten bekleidet, daß sie nicht vollkommen nackt waren, füllten jeden freien Winkel, in jeder Stellung zwischen vertikal und horizontal, und sie waren ständig in Bewegung und lärmten nach Herzenslust, und ein jeder überschrie seinen Nachbarn, und Dutzende sangen im Chor und trommelten dazu auf Stühle, Platten, Teller und Gläser, und im Schwimmbecken durchfurchten Köpfe das glitzernde, spritzende Wasser, und Leiber tauchten hinein, kletterten wieder heraus, sprangen aufs neue und krochen heraus, und eine Samba-Prozession, angeführt von einer Trompete und von Trommeln, bewegte sich unter rhythmischem Gesang und dumpfen Schlägen Dem Haus entgegen.

«Na?» sagte Der O'Dancy und stützte einen Ellbogen auf die Bar. «Wie schmeckt denen denn mein Whisky?»

Serena ließ fast das Glas fallen, blickte erschrocken dachwärts und fuhr mit der Zungenspitze über die Lippen.

«Väterchen», sagte sie, und es war nur ein Flüstern. «Man hat uns gesagt, daß du fort seist.»

«Und das genügte als Anregung, diesen Betrieb hier aufzuziehen, nicht wahr?» sagte er seinerseits.

«Hallo», sagte Kyrillis, mehr nicht, und nach einem flüchtigen Nicken schenkte er weiter Soda ein.

Kyrillis, ein großer, dunkelhaariger, sonnengebräunter Bursche mit den Gesichtszügen seines Vaters und nicht ganz dem O'Dancy-Grau in dem kalten, funkelnden und ganz und gar nicht vertrauenswürdigen Augenpaar, das ihm seinerseits voller Bitterkeit zum Bewußtsein brachte, daß auch dieser hier völlig auf sich allein angewiesen aufgewachsen war, ohne Vater, der ihm von Zeit zu Zeit zügelnd hätte hinten hineintreten können oder mit ihm reden oder einfach nur da sein.

«Wo ist Hilariana?» fragte er seinerseits.

«Auch hier, irgendwo», sagte Serena und stellte ihm ein Glas hin.

«Danke», sagte Der O'Dancy. «Ich gehe lieber erst hinein, um ein Bad zu nehmen und mich zu rasieren.»

«Es würde dir gut zu Gesicht stehen», sagte Kyrillis.

«Das braucht mir keiner zu erzählen», sagte Der O'Dancy. «Wessen Idee war das, dies hier zu arrangieren?»

«Meine, Väterchen», sagte Serena leise, und ihm seinerseits wurde angesichts ihrer Aufrichtigkeit warm ums Herz. «Weißt du, morgen finden doch die Tauchmeisterschaften statt und dazu der Hallelujah-Ball, und deshalb habe ich alle hierher eingeladen, um einerseits das Semesterende zu feiern und zum anderen, um uns für die Tanzerei die nötige Stimmung anzutrinken, verstehst du?»

«Trinken?» fragte er seinerseits. «Will etwa jemand zurückfahren?»

«Oh, keiner ist mit dem Wagen hier», sagte sie, ganz bestrickende Verführerin. «Ich habe sie mit dem Flugzeug hergeholt.»

«Mit dem Flugzeug», sagte er seinerseits. «Wie viele?»

«Drei Fuhren», sagte sie. «Zwei volle und dann noch der Rest. Hast du etwas dagegen? Ist's schlimm? Hilariana meinte, es sei schon in Ordnung.»

«Natürlich ist's in Ordnung», sagte er seinerseits. «Nichts dagegen einzuwenden. Jederzeit, nur nicht gerade heute. Hast du denn gar nicht an die Tradition Des Hauses gedacht? An diesem Tag? Verhängte Fenster. Verschlossene Türen. Schweigen. Hast du nicht daran gedacht?»

«Ach, Väterchen, ist's nicht allmählich an der Zeit, endlich damit aufzuhören?» sagte sie. «Findest du nicht auch? Wir sind doch über das Mittelalter hinaus, nicht wahr?»

«Es wird Zeit, die heiligen Kühe zu schlachten», sagte Kyrillis, doch nicht in der *anderen* Sprache.

«Die Leute, die von heiligen Kühen sprechen, haben überhaupt keinen Begriff davon, was heilig ist», sagte Der O'Dancy, frostig, vernehmlich und absichtlich in der *anderen* Sprache. «Eine erbärmliche, mißliche Sippschaft, selbst bis ins Mark hinein verderbt, die alles und jedes um sich herum entweiht. Und irgendwelche eigenen Kühe haben die auch nicht.»

«Ich bin hier ja nur als Anverwandter geduldet, nicht wahr?» sagte Kyrillis in der *anderen* Sprache und setzte die Flasche knallend hin. «Warum sagst du denn nicht, was du denkst? Ich sollte gefälligst das Maul halten, nicht? Der große O'Dancy hat das Wort, was?»

«Du redest zuviel Quatsch, du verdrießlicher Knallkopf, wenn du genau wissen willst, was ich denke», sagte Der O'Dancy. «Hast du mich verstanden? Du siehst wirklich aus, als ob du keinen Schuß Pulver wert wärst.»

Kyrillis setzte das Glas ab. Der Kerl hatte kein Rückgrat. Seine Augen waren nicht mehr kalt oder funkelnd. Nur Erbärmlichkeit stand jetzt darin und die ohnmächtige Qual eines Menschen, der noch immer kein Mann ist, obwohl er die Schwelle zum Mannesalter längst überschritten hatte.

«Schon gut», sagte er. «Jeden anderen hätte ich dafür ermordet. Aber – du hast ja recht.»

Er seinerseits fühlte sich zu dem Jungen hingezogen, denn er war eben noch ein Junge.

«Du trägst denselben Namen wie dein Vater», sagte Der O'Dancy leise, doch verständlich, trotz des Lärms hinter seinem Rücken. «Was du da gesagt hast, war nicht unbedingt das, was ich aus dem Mund eines Familienmitgliedes zu hören wünsche. Doch verrate mir mal, warum du so etwas sagen mußtest. Habe ich dich an irgendeiner empfindlichen Stelle getroffen?»

Serena kam hinter der Bar hervor, lief mit ausgebreiteten Armen zu ihm und umschlang ihn seinerseits.

«Väterchen», flüsterte sie ganz nahe an seinem Ohr. «Er ist gar nicht so schlecht, wie du denkst. Bestimmt nicht. Und außerdem kümmert er sich immer so lieb um mich.»

«Du brauchst also jemanden, der sich um dich kümmert?» fragte er seinerseits tonlos.

Er sah zwar ihr aufstrahlendes Lächeln nur von der Seite, aber das genügte als Antwort.

«Wegen der Party tut es mir leid», flüsterte sie. «Falls du noch böse bist?»

«Böse nicht», sagte er seinerseits. «Mir geht es nur um die Tradition. Glaubst du, daß dein Vater, der beste Mensch, den die Welt je gesehen hat, auch nur im Traum an so etwas gedacht haben würde? Findest du es dann richtig, wenn seine Tochter so etwas tut? Heute ist der Tag des Unglücks und des Schreckens bis Mitternacht, bis Judas Vergebung gefunden hat und wieder zurückgeführt worden ist. Das ist Der Glaube Des Hauses. Was andere glauben, ist uns allen hier gleichgültig.»

«Zurückgeführt?» fragte sie und lehnte sich überrascht nach hinten. «Ist Judas denn vergeben worden?»

«Aber, Herzchen, streng doch mal dein Köpfchen an, wem außer Sündern kann denn vergeben werden?» sagte Der O'Dancy. «Hast du nie zugehört, wenn du den Katechismus aufsagtest? Trug dieser Mensch nicht schwer daran, unseren Herrn Jesus Christus geküßt zu haben? War er es nicht selbst, der sich den Strick um den Hals legte? War er es nicht, der in den Tod sprang, aus eigenem Willen, nur um der Qual seiner Seele ein Ende zu bereiten? Warum sollte ihm nicht vergeben werden? Glaubst du, daß Das Herz, zu dem wir beten, so entsetzlich hart ist?»

«Ich wünschte, ich könnte glauben wie du», sagte Serena, löste die Arme und trat zurück. «Es klingt so, so, ja wie eigentlich? So einfältig zuweilen.»

«Sieh mal an», sagte er seinerseits. «Ganze Generationen von Einfältigen, das ist deine Meinung, nicht wahr? Der O'Dancy die Krone von allen. Und sein Sohn ein Einfaltspinsel. Dein eigener Vater. Und Das Erbe? Das Ergebnis Einfältiger. Dein ganzes Dasein, dein Aufwand, um nicht noch mehr anzuführen, wird von wem finanziert? Von einem Einfältigen? Alles, was du bist oder hast oder haben wirst, jeder einzelne Cruzeiro, jeder Grashalm oder Zuckerrohrstengel, jeder Mundvoll, den du ißt oder je gegessen hast oder je essen wirst, das alles von der Arbeit der Einfältigen?»

«Nun, wenn du mit solchen Argumenten kommst», sagte Serena.

«Ich komme mit gar keinen Argumenten», sagte Der O'Dancy, sanft wie ein Lamm. «Ich will mich auch gar nicht mit dir streiten. Ich stelle lediglich Fragen. Ich, ein armer Narr. Ich bin zeit meines Lebens einfältig gewesen, und vor mir waren es meine Väter, und nach mir war es mein Sohn. Alles Einfaltspinsel. Deshalb hab Mitleid mit mir und erzähl mir aus der Güte deines Herzens, was bloß ein armer Einfältiger tun soll. Sich aufhängen? Heute wäre genau der richtige Tag dafür.»

Serena kam wieder zu ihm, anders, fraulich begütigend, und legte die Arme um ihn und küßte ihn.

«Aber so habe ich es doch gar nicht gemeint», sagte sie. «Es tut mir leid. Sehr leid. War Paps wirklich religiös? Allerdings ist das hier nicht der geeignete Ort, eine solche Frage zu stellen.»

Daniel in dem spitzenbesetzten Chorhemd, an dem alle Frauen in Dem Haus gearbeitet hatten, ja sogar geschlagen hatten sie sich darum, mit ihren Häkelnadeln wenigstens ein paar Maschen daran machen zu können, ehe man sie wieder beiseite schob, und dann in dem scharlachroten Meßrock, den Großmutter Siobhan höchst eigenhändig angefertigt hatte, und wie er Padre Miklos in der Kapelle diente und die ersten paar Male die Altarschelle an der verkehrten Stelle läutete, daß sich all die Frauen vor Lachen nicht mehr halten konnten, bis sie schließlich vor Großmutter Siobhans vernichtendem Blick verstummten, und ja, dann der Morgen, als der Junge in meisterlicher Vollendung beim Gottesdienst zur Hand ging, so daß Padre Miklos meinte, man habe einen geborenen Priester in der Familie.

«Nicht übermäßig religiös», sagte er seinerseits. «Doch er kannte seine Pflicht.»

«Ich begreife nicht, was Religion viel mit Pflicht zu tun haben soll», sagte Serena. «Pflicht ist doch etwas, was ins Soziale hineinspielt, nicht wahr? Selbstzucht und dergleichen. Religion ist meines Erachtens eine ganz persönliche Angelegenheit, oder?»

«Haargenau, sehr persönlich sogar», sagte er seinerseits. «Und ein jeder O'Dancy sollte ein Beispiel geben. An Glauben und Selbstzucht und Pflichterfüllung. Und es gibt kein schlechteres Beispiel als mich selbst. Doch ich weiß, was ich zu tun habe. Dank meiner Erziehung. Blind und unbekümmert bin ich gewesen, das steht fest. Doch jetzt bin ich alt genug, meinen Irrtum einzusehen. Und zu bedauern. Und zu versuchen, alles richtigzustellen. Und dazu kann mir nur die Religion verhelfen. Sie sagt mir, wo ich irre. Oder besser noch, was das Richtige ist.»

Kyrillis schüttelte lachend den Kopf und schaute auf das Schwimmbecken.

«Die würden's nie glauben, wenn ich ihnen so was erzählte», sagte er. «Glaube ich denn selbst daran? Ist das so eine Art Hokuspokus, um sich durchzumogeln? Könnte ich's mir auch zunutze machen? Frei herausgesagt ist's doch wohl nur Heuchelei, nicht wahr? Oder Selbsttäuschung?»

«Das hängt ganz davon ab, wessen Verstand da aus dir spricht», sagte Der O'Dancy. «Ich bezweifle sehr, daß dein eigener für solche Überlegungen ausreicht. Und bevor du überhaupt in eine Diskussion eintrittst, solltest du dir nicht erst einmal selbst darüber klarwerden, woran du eigentlich glaubst?»

«Nur an mich selbst», sagte Kyrillis. «Alles, was ich weiß, und alles, was ich gelernt habe – natürlich nur dank deines Geldes –, deutet darauf hin, daß es sich um reine Hirngespinste handelt. Um Politik auf etwas höherer Ebene. Es läuft doch nur darauf hinaus, einen jeden dazu zu bringen, daß er sich mit seinem Dasein abfindet, ganz gleich, ob es jammervoll ist oder nicht, und sich mit der Verheißung auf etwas Besseres nach dem Tode tröstet, nicht wahr? Vor einiger Zeit hat das noch recht gut funktioniert. Aber heute nicht mehr. Inzwischen hat man nämlich ein paar Schulen aufgemacht.»

«Und damit für deinesgleichen einen Haufen Geld zum Fenster hinausgeschmissen», sagte Der O'Dancy. «Gibt es denn heutzutage niemanden mehr, der das ABC lernt, ohne darüber seinen Glauben zu verlieren?»

«O ja, es gibt noch welche», sagte Serena. «Doch das sind nur Lippenbekenner.»

«Oder Bourgois-Kränzchen», sagte Kyrillis. «Nester himmelwärts blickender Gottesanbeterinnen.»

«Sei dankbar, daß es noch wen gibt, der für dich betet», sagte Der O'Dancy. «Es würde mich kein bißchen überraschen, wenn es der Anlaß für deine Erlösung wäre. Bisher jedenfalls».

«Aber die Erlösung gibt's doch umsonst, nicht wahr?» sagte Kyrillis lachend. «Alles, was man zu tun hat, ist beten und beichten und glauben, was immer das bedeutet, und Das Himmelstor ist weit offen. Ihre Harfe ist die zweite von links, mein Herr. Nehmen Sie sich vor den Cherubim in acht. Sie zwicken.»

Serena schüttelte den tiefroten Kopf, und die Zöpfe flogen.

«Nein», sagte sie. «Ich mag nicht, wenn du so redest, Kyrill. Laß doch den Leuten ihren Glauben. Man sollte meines Erachtens so etwas respektieren. Auch wenn ich nicht ganz ihrer Meinung bin.»

«Stimmt», sagte Der O'Dancy. «Aber er ist im Irrtum. Es gibt keine Garantie auf einen Platz hinter der Harfe. Ganz gleich, wieviel du betest oder zur Beichte gehst. Es kommt darauf an, was du tust. Und was du zu tun unterläßt. Alles muß verdient werden. Und zwar durch deine guten Taten hier auf Erden. Danach wird man dich einst richten. Unsere Gerichte hier sind nur ein kümmerlicher Abklatsch Des Gerichts dort oben. Dort erst wirst du erfahren, ob dir Erlösung zuteil wird.»

Kyrillis blickte auf seine Füße, schüttelte den Kopf, griff lachend nach seinem Glas und sah zu Serena hinüber.

«Es ist schier unglaublich», sagte er. «Ich traue meinen Ohren kaum, wen ich da höre. Priester werden für so etwas bezahlt. Das ist ihr Geschäft. Zu was anderem taugen sie ohnehin nicht. Aber ihn so reden zu hören, um Christi willen.»

«Padre Miklos war schon hier, bevor ich geboren wurde», sagte Der

O'Dancy. «Er hat nie einen Cruzeiro Gehalt bekommen. Nicht einen. Nur Essen und Kleidung. Und die Unkosten für seine Kirche. Nichts für sich selbst. Und warum er das tut, hast du gerade gesagt. Um Christi willen.»

«Hör auf, das kotzt mich an», sagte Kyrillis, wandte sich ab und nahm ein Tablett mit gefüllten Gläsern auf. «Nena, bring das Eis.»

«Du scheinst es geradezu darauf angelegt zu haben, daß ich dich hinauswerfe», sagte Der O'Dancy. «Aber ich bin kein Freund von vorschnellen Entschlüssen. Ich warte, bis du mit dem Studium fertig bist. Dann werden wir sehen, wo du stehst.»

Serena drängte sich an ihn seinerseits. Das Mädchen zitterte am ganzen Leib. Kyrillis blieb in der Tür stehen, den Rücken ihnen zugekehrt.

«Er weiß Bescheid», sagte er. «Deshalb ist er auch hier.»

«O Kyrill», flüsterte Serena. «Kyrill.»

«Sachte, sachte», sagte Der O'Dancy. «Wozu die Tränen? Und was ist das, worüber ich angeblich Bescheid wissen soll?»

Serena trat einen Schritt zurück, und er legte den Arm um sie. Sie war noch ein Kind gewesen, als er sie das letztemal hatte weinen sehen. Doch das hier war die Bedrängnis einer Frau, und die Klinge ihres Schmerzes stach tiefer.

«Ich bin relegiert worden», sagte Kyrillis, ohne sich umzudrehen. «Ich promoviere nicht. Verstehst du? Ich will nicht. Ich kann nicht.»

«Wieso?» fragte Der O'Dancy.

Alle drei standen reglos da, und Serena hatte ihm seinerseits die Hand auf die Schulter gelegt und lehnte den Kopf dagegen, und man konnte die Tränen in dicken Tropfen auf seinen Ärmel fallen hören, und eine Gitarre kam näher, und jemand schlug einen dröhnenden Rhythmus auf einem Ölfaß.

«Man hat Kokain auf seinem Zimmer gefunden», sagte Serena. «Drei Mädchen mußten ins Krankenhaus. Die übrigen wurden von der Polizei mitgenommen. Senhor Carvalhos Ramos hat dafür gesorgt, daß die Sache nicht an die große Glocke kam.»

«Und du warst nicht dabei?» fragte Der O'Dancy.

«Nein», sagte Serena.

«Dann werde ich ihm helfen», sagte Der O'Dancy. «Kyrillis, wie kann man dir helfen?»

«Mit Geld», sagte er, niedergeschlagen. «Ich hänge an der Angel. Ich muß es haben. Ich will das Zeug.»

Das Tablett fiel zu Boden, Glas spritzte klirrend umher, und der Mensch wurde zum Tier, und er zeigte die Zähne und starrte mit böse glitzernden Augen, die nichts mehr von dem O'Dancy-Grau hatten.

«Ich würde deswegen einen Mord begehen», sagte er.

«Kyrill», flüsterte Serena. «Bitte, Väterchen, hilf ihm doch.»

«Warum hast du mir denn nicht geholfen?» schleuderte ihr Kyrillis schreiend über die Bar entgegen. «Du schimpfst dich Millionärin, nicht wahr? Du hast alles, was du dir wünschst. Und Leibwächter. Wozu Leibwächter? Ohne mich wärst du das größte Hurenstück von allen. Stimmt's etwa nicht? Und die nächste Station ist dann der Koks.»

«Nein», flüsterte sie. «Niemals.»

«Will dich jemand süchtig machen?» fragte er seinerseits. «Drängt dir jemand Rauschgift auf?»

«Himmel», sagte Kyrillis und ballte die Fäuste, und Schaum trat ihm vor den Mund. «Keiner drängt hier auf. Ich habe sie angefleht, aber sie wollte nicht. Sie kann soviel bekommen, wie sie will. Von dort, wo es alle bekommen. Dort hat sie es immer bezogen. Aber sie will mir nichts mehr geben.»

«Du tust der armen Vanina unrecht», schrie Serena ihn an. «So ist es gar nicht. Das weißt du auch ganz genau. Sie hat alles für dich getan. Wie kannst du dich unterstehen, Vanina die Schuld zu geben?»

«Na schön», sagte er seinerseits. «Aber jetzt sag mir, wer ist es?»

«Bri-Bro», sagte Serena und richtete sich auf. «Was könnte hier schon ohne sie geschehen?»

«In all den Jahren habe ich nie etwas anderes angenommen, als daß sich diese Frau in Dem Haus nützlich macht», sagte er seinerseits. «Doch mit einemmal stelle ich fest, daß sie hier eine höchst einflußreiche Rolle spielt, stimmt's?»

«Nun ja», sagte Serena, doch dann hielt sie inne und blickte Kyrillis an. «Kyrill. Bitte, fang jetzt nicht an zu weinen. Nicht hier. Bitte. Ich ertrage es nicht.»

«Ja, aber was ist denn los?» fragte Der O'Dancy. «Weshalb sollte er weinen?»

«Ich will ‚Koks'», flüsterte Kyrillis und lehnte sich über die Bar, der Unterkiefer klappte ihm herunter, sein Blick wurde glänzend, und mit zitternden Händen versuchte er sich die Locken zurückzustreichen. «Ich muß das Zeug haben. Ich muß einfach. Hörst du?»

«Ich weiß, was ich mache», sagte Der O'Dancy. «Komm mit mir zu Dr. Gonçalves. Vertrau dich ihm an. Und wenn du dich seiner Behandlung unterwirfst, dann gibt es nichts, was ich nicht für dich tue.»

«Behandlung», schrie Kyrillis. «Behandlung? Da gibt's nur eine.»

Bei diesen Worten rannte er aus der Bar hinaus, über splitterndes Glas hinweg, und drängte sich zwischen den Gästen am Rand des Schwimmbeckens hindurch.

«Jetzt wird er alles daransetzen, Vanina ausfindig zu machen», sagte Serena. «Aber er wird die gleiche Antwort bekommen – Bri-Bro.»

«Bleib hier bei deinen Freunden», sagte er seinerseits. «Ich geh' ihm nach.»

«Bitte, komm wieder», sagte Serena. «Ich möchte dich so gern mit allen hier bekannt machen. Mit deinen Gästen.»

«Erst möchte ich mich ein bißchen säubern», sagte er seinerseits. «Habt ihr keine Japaner bei euch auf der Universität?»

«Oh, massenhaft», sagte sie. «Wieso?»

«Ich kann keinen einzigen hier erblicken», sagte er seinerseits.

«Ich habe sie auch eingeladen», sagte sie. «Ehrlich. Jeden einzelnen. Aber ich glaube, sie sind nur für ihre Familie da. Sie scheuen Geselligkeit dieser Art.»

«Das Menetekel an der Wand», sagte er seinerseits.

Sie entzückte ihn seinerseits mit dem zartesten aller Küsse, und als er durch den Garten davonging, mußte er an ihre Mutter denken, an Lys, die Französin, und wenn man von einer Begabung sprechen konnte, mit der sie anscheinend alle geboren wurden, und die sie ihren Töchtern weitervererbten, so war es das Geheimnis der Zärtlichkeit im Umgang mit dem Manne, das offenbar allen anderen fehlte.

Doch ein Gedanke an Tomomi erhob Protest. Blumen zum Gedenken an Fransisca verwischten die kühle Spur ihrer Erdentage.

Er seinerseits machte sich keine allzu schweren Gedanken noch fühlte er sich durch diese Dinge niedergedrückt, denn was getan werden mußte, würde nunmehr geschehen, und danach würde alles wieder in Eintracht und Schicklichkeit zurechtkommen. Zwei Worte mit Madame Briault, die Anweisung eines Jahresgehalts, und dann würde der Wagen vorfahren, und auch diese Angelegenheit wäre erledigt. Anschließend ein paar kräftige Männer, die Kyrillis fesselten und in die Klinik brachten, und der Junge würde noch im Laufe der Nacht in die richtige Behandlung kommen. Alle Probleme waren höchst einfach zu lösen.

Hilariana behielt er sich für ein besonderes Verhör vor, im Hinblick auf *Umbanda* und all den anderen Unfug, der vielleicht nur ein Bestandteil ihres ureigenen Hanges war, mit der Zeit zu gehen. Er seinerseits war durchaus gewillt, einem Mädchen, das auf Dem Erbe aufgewachsen war, reichlich Bewegungsfreiheit zuzugestehen. Ein Mädchen war den Einflüssen von Gott weiß wie vielen verschiedenen Weibern ausgesetzt, Kindermädchen, Wäscherinnen, Hausgehilfinnen oder Zofen. Es gab so viele Meinungen wie Röcke. Und unter jedem Rock einen Einlaß. Und jeder Einlaß eine neue Meinung. Und jede Meinung gab etwas anderes zu überlegen, zu empfinden, zu äußern.

Ein Gedanke flog ihn an wie ein stumpfer Speer, der unversehens eine große Wunde reißt, der Gedanke an ein Mädchen, jünger noch als Serena und in seiner Art ebenso liebreizend, das jetzt schweißgebadet dalag, die Stirn voll perlenden Silbers, und sich mühte, einen O'Dancy zur Welt zu bringen.

Jetzt in diesem Augenblick keuchte sie in den Wehen. Und die Nacht verhüllte alles, still, und er seinerseits ging – ach, ja – getröstet weiter.

Angesichts der hellen Lichter der *cabaña,* in deren Glanz das grünende Gras unter seinen Füßen bis hinauf zur Anhöhe samtig schimmerte, überlegte er, ob wohl ein echter Unterschied bestand zwischen dem Indio, der die lange Reihe von Lamas führte, von Kokablättern betäubt, und nur wußte, was er tun und wohin er gehen mußte, und Dem O'Dancy, von etwas anderem betäubt, sei es nun die Macht, die sich mit dem Namen verband, oder das viele Geld, das ihm zur Verfügung stand oder was sonst auch immer eine so selbstsüchtige Lebensweise gestatten mochte, ohne Anteilnahme oder Interesse für das Schicksal der anderen, nicht einmal für die Mitglieder der eigenen Familie. Das waren nur die Lamas, die man führte, und er seinerseits war ein Indio, benommen von Rauschgift, der die langen Tageslichtstunden schlafsüchtig hinter sich brachte, ohne einen Gedanken vor sich hin dämmernd oder zumindest grenzenlos unbekümmert über alles, was nicht den Augenblick anging oder das, was ihm dieser Augenblick an Verlangen, an Genüssen bot.

«Ich will verdammt sein, aber es muß heraus», sagte er seinerseits zu sich selbst. «Ein Schnapphahn, ja, das bin ich, beim Herrn Jesus Christus, und das bin ich immer gewesen. Stets nur alles nehmen und nichts geben. Geschäft, ja, ich habe mal hier eins und mal da eins gemacht, neuen Besitz dazu gekauft, doch nichts verkauft. Wege wurden zu Straßen und Straßen zu Boulevards. Dörfer wuchsen zu Städten und diese zu großstädtischen Geschwüren. Wunderschön und gut. Und weit über die Hälfte des Grund und Bodens gehört mir mit allem, was darauf gebaut worden ist, und mit Mieteinnahmen für alle Zeiten. Und was ist sonst? Alle auf Dem Erbe, ein jeder eine Verpflichtung, mir verbunden durch das Blut oder die in meinem Dienst erfüllte Pflicht, ganz oder teilweise dem Teufel verfallen. Und ich meinerseits nicht weit davon entfernt.»

Und während er so über sich nachdachte und unter dem blütenschweren weißen Rhododendron hindurchging, da erblickte er vor sich ein gerupftes Huhn, das im Schein dreier Kerzen am Hals aufgehängt war, und die Lichter flackerten um einen Kegel aus Teig, und die Zigarre deutete qualmend zu Dem Haus hinüber.

Er seinerseits stieß die Kerzen beiseite, schabte den Teig vom Gehweg, stampfte die Zigarre aus und packte das Huhn an dem Band, an dem es hing. Jegliches Gefühl schien seinen Verstand verlassen zu haben, seinen Körper, seinen Geist, ja sein ganzes Ich, und der, zu dem er jetzt sprach, der empfand nichts mehr, keine Wut, keine Erregung, keinen Schmerz, nichts außer einem Bewußtsein der Kälte, innerlich und äußerlich, als ob ihm eine drückende Last von Eis das Denkvermögen lähmte.

Doch er seinerseits erkannte, daß dieses Gefühl die Basis für einen Mord abgeben könnte, ohne auch nur einen Gewissensbiß, ohne einen Stich in den Eingeweiden, unbarmherzig und taub gegen alles Flehen.

Stimmen wehten leise vom Schwimmbecken herüber, und Gesang vermengte sich mit dem Wind. Schweigen umgab Das Haus, eine lebendige Stille, mit Hühnern, die schlafend auf der Stange hockten, und Blüten, die sich schlossen, und Blättern, die sich zur Nacht zusammenrollten. Das prächtige Binsendach des Hauptgebäudes schimmerte im Sternenglanz, und die dunkle Masse der geölten Dielen, der behauenen Balken und der Stützpfeiler sandten ihm den Duft edler Hölzer als Willkommen zu. Das Gartentor öffnete sich geräuschlos, und er seinerseits schloß es wieder und legte den Riegel vor. Nur die Lampen über dem Hauptportal brannten, etwa fünfzig Meter entfernt in der Mitte Des Hauses, doch er seinerseits kannte die Pfade hier von Kindheit an, und er zögerte bei keinem Schritt entlang dem gekrümmten Steinpfad von Urgroßmutter Atherias kleinem botanischem Garten, und über allem der Hauch der Nachtblumen, und wie immer winkte er zu den weißen Papageien hinauf, die oben im Dunkel saßen, und zu den grüngoldenen Quetzals, deren farbenprächtiges Gefieder hier und da aufleuchtete, und zu den Flammenbrüsten der Tukane, dem trunkenen Gezwitscher der Sittiche, natürlich, denn unter all den Tausenden von nachts ruhenden Vögeln müssen sie allein schwatzen, wenn sie in dichtgedrängter Gesellschaft die Zweige füllen.

Tiradentes, sein Schäferhund, lief schnüffelnd am Maschendraht entlang und wartete darauf, ihn begrüßen zu dürfen. Er seinerseits flüsterte ihm etwas zu, und der Hund setzte sich und beobachtete, wie das Huhn am Türgriff festgebunden wurde. Und anstatt Das Haus zu betreten, ging er seinerseits zu dem Frauenhaus hinüber, das wie zu Urgroßmutter Aracýs jungen Tagen in allen Heiligenschreinen die Treppe hinauf bis zur Hauptsäulenhalle mit frischen Blumen geschmückt war und im Innern mit riesigen, bis zur Decke reichenden blühenden Pflanzen. Großmutter Siobhans «Teufelskiste» stand – immer noch ein wenig schief – drüben in der Ecke, und die alte Mama Toti hätte eigentlich darin sitzen sollen, als Pförtnerin, zuständig für Auskünfte aller Art und den letzten Klatsch. Ihre Decke lag zusammengerollt auf dem Sitz, doch Sitz und Decke fühlten sich kalt an, folglich mußte sie schon mindestens eine halbe Stunde fort sein, und das war gegen alle Regel und strengsten Befehl.

Jemand hätte sie vertreten müssen.

Der Gang am oberen Ende der Treppe lag in völliger Stille da. Kein einziges Licht brannte. Er seinerseits ging wieder hinunter und schritt durch das Gläserne Zimmer, wo Ahne Piratiua, Ahn Phineas zweite Frau, Wände und Decke aus venezianischem Glas hatte ziehen lassen, und Tausende von Glasstückchen funkelten in verborgenen Lichtern, und der ganze Raum glühte wie eine Grotte.

Er seinerseits sog schnuppernd die Luft ein, doch nichts deutete darauf hin, daß dort kürzlich eine Mahlzeit gehalten worden war. Der Tisch schimmerte im vertrauten Gold des Rosenholzes. Zweiundvierzig Stühle standen steif wie immer in mattrotem Leder darum herum. Venedig und Murano sangen aus den offenen Kehlen von tausend Kelchen.

Nichts war hier verändert worden seit dem Tag – lange vor seiner Geburt –, als Ahne Jurema den Tisch von einem Vizekönig Dom Pedros gekauft hatte, wenn auch dessen Name, Titel und Nimbus längst vergangen war. Den Fußboden hatte noch Puxe mit Parkett ausgelegt, und die Stühle stammten von einem italienischen Tischler in Curitiba, einem Namenlosen, der jedoch in seiner Arbeit von vor mehr als hundert Jahren fortlebte.

Er seinerseits stand dort und genoß die würdige Stille, und mit einemmal kam ihm die Erkenntnis – wie Wasser, das sich aus Felsenschluchten in die breite Ebene ergießt –, daß jene, die ihm vorangegangen waren, die Ahnen und Großeltern, Der Vater und Die Mama, ein besseres, reicheres Leben geführt hatten als er seinerseits, die das, was sie sich wünschten, erwogen, erwählt und erworben hatten und es zu dem werden ließen, was es bis auf den heutigen Tag war.

Und doch, selbst während mit Händen geschaffene Schönheit um sie herum weiterhin Gestalt annahm, während diese Stühle in all den vielen Jahren von Menschen mit O'Dancy-Blut benutzt worden waren, hatte man rings um sie herum anderen Göttern gehuldigt, ob sie es nun wußten oder nicht, und die Kultur, derer sie sich zu erfreuen vermeinten, war Selbsttäuschung, nichts als hauchdünner Firnis. Auf der Erde unter seinen Füßen, der Wurzel der Familie, lastete der Fluch der Verdammnis, obwohl er seinerseits bisher nichts von all dem gewußt hatte, vielleicht dank Professor Riskind oder dem alten Senhor Carvalhos Ramos, oder weil Der Vater so früh gestorben war, und alle liebevollen Gedanken seien jenem mit blutigem Schaum bedeckten Mund gewidmet, und vergebt Dem O'Dancy, jetzt Brüder, sie alle zusammen, ja, vergebt Dem O'Dancy, *boys*.

Eigentlich merkwürdig, denn wenn der Fluch der Verdammnis auf Dem Erbe lag, so hatte er doch bisher kein Unheil gebracht, zumindest nicht, solange er seinerseits hier lebte, und ihm war auch nicht erinnerlich, daß irgend jemand vor ihm von Not oder Katastrophen heimgesucht worden war. Connor starb durch einen Unglücksfall, Der Vater durch fremde Klingen, Die Mama nahm sich mit einem Rasiermesser das Leben, Daniel kam im Krieg ums Leben, Lys unter Bomben, und Fransisca starb an Typhus und wer sonst noch, Der Herr sei ihnen allen gnädig, doch es waren ihrer schon hinreichend genug, und alle waren gewißlich nur Opfer eines blinden Schicksals, nichts anderes als hilflose Opfer an die absolute Gewißheit des Todes, der durch nichts abgewendet wurde, weder durch die Liebe der Dreieinigkeit noch durch die Anbetung irgendwelcher anderer vermeintlich allvermögender Unbekannter. Der unbekannte Gott, den die Griechen verehrten, Der Eine, der ihnen von Dem Heiligen Paulus gebracht worden war, hatte keine Hand gerührt, um ihn oder Seinen Herrn vor dem Tod am Kreuz zu bewahren. Jener Christus ermutigte Söhne, sich gegen ihre Väter zu wenden – «Selbstverständlich», sagte Professor Riskind, «und warum auch nicht, wenn die Väter im Laufe der Zeit und im Wechsel der Sitten und Gebräuche nachweislich als im Irrtum befindlich erachtet werden?» – und Die Heilige Jungfrau flüchtete lieber nach Ägypten, als sich der Allgewalt Gottes anzuvertrauen, um Seinen Sohn und sich selbst zu retten. O ja, es gab schon Fragen, und der Glaube konnte daran zerbrechen, und der arme, im Herzen so gläubige Turú hatte recht, wenn er sich dafür verwendete, daß keiner wegen seines Glaubens bestraft werden sollte. Doch was nun wirklich der rechte Glaube war, das blieb ein unermeßliches Rätsel.

Serena, dieses liebliche Geschöpf, wußte nicht, an was sie glauben sollte, so hatte sie sich ausgedrückt, und dabei war sie das Produkt jahrelanger Erziehung bei den Nonnen. Hilariana, dieser Engel vergangener Zeiten, war drauf und dran, eher eine Teufelin zu werden als irgend etwas mit Flügeln, so sagte man jedenfalls.

Hilariana, eine Tochter Satans, und Serena, ein Mädchen ohne Glauben.

Unfaßlich.

Doch er seinerseits kannte den Blick, die Stimme. Eine unbeugsame Persönlichkeit stand hinter ihren Worten. Sie war zu jung, als daß man sich mit ihr auseinandersetzen konnte. Sie wußte es doch besser. Serena, die einzige, hatte keinen Glauben. Und die Frage stellte sich ihm riesengroß, wenn er an die Gesellschaft dort unten beim Schwimmbecken dachte, alle noch auf der Universität, mitten im Studium, und wie viele von ihnen mochten wohl im Licht Des Glaubens niederknien und wie viele nur in dem Wahn, daß Unglück über sie hereinbrechen werde, falls sie sich nicht zu Dem Glauben bekannten, oder aus Angst, daß sie sonst durch die Abschlußprüfung fallen könnten. Angesichts solcher Leute war es unmöglich, sich auszumalen, wie die Zukunft aussah. Sie würden einander die Bälle zuspielen. Augendienerei anstelle von Pflichterfüllung. Pflichterfüllung, Selbstzucht nur noch leere Wörter, alberne Begriffe, denen man zu anderen Zeiten huldigte, als die Alten ihren Herren noch gehorchten, und die Herren die Gesetze aufstellten und die Gangart angaben, weil nur die Herren auf der Universität gewesen waren, und nur die Universität vermittelte Wissen, Macht, Ansehen. Einige von ihnen würden vielleicht niederknien, wenn das Leben sie die Lektionen von Unglück, Krankheit und Tod gelehrt hatte. Doch das strahlende Herz, die gläubige Seele und der Gottesfürchtige waren nicht mehr die Regel, sondern die ganz seltene Ausnahme. Es geschah schon lange nicht mehr, daß die Familie aus alter Gewohnheit zur Kirche ging, oder daß Padre Miklos als einer der Familie Das Haus betrat, und es kam nicht mehr vor, daß die Heiligen Tage die Wochen, Monate und Jahre des Alltags unterbrachen. Allein noch der Judastag, ja, der Tradition zuliebe, und nicht, weil es der Tag vor der Kreuzigung Christi war, der Tag des Verrats, des Hahnenschreis und der Reue.

Man glaubte heute eben nicht mehr an Den Herrn Jesus Christus als Den Sohn Gottes oder auch nur in der Hoffnung auf Erlösung nach dem irdischen Leben oder an Die Gnade Des Heilands.

Einfältig, hatte Serena gesagt, sie die kleine Königin der Rua Augusta, eifrige Besucherin der Eisdielen und Limonadenbars in Gesellschaft von Dutzenden anderer, die alle in gleicher Weise gekleidet und zurechtgemacht waren, so daß sie einander fast wie ein Ei dem anderen glichen, und seit kurzem betrat sie den Berichten zufolge auch Lokale, die gar nicht nach unschuldigen Schallplatten- und Gitarrenveranstaltungen aussahen, und dort brütete sie mit den anderen vor sich hin, lauschte den heißen Rhythmen und trank Alkohol, während die jungen Männer bei ihnen ihr Glück versuchten. Ihre Leibwächter meldeten, daß Nacht für Nacht ihr weißgoldenes Kabriolett vor einem Dutzend solcher Lokale parkte, denn sie war so klug, sich auf gedrängt voller Fläche immer noch am sichersten zu fühlen, obwohl es allen Wirten unmißverständlich auf die Seele gebunden worden war, gut auf sie achtzugeben oder die Folgen zu tragen.

Die Stille im Frauenhaus war so eindringlich, daß sie in den Ohren schmerzte. Ein Stuhl, den er aus Versehen umstieß, machte soviel Lärm wie eine zusammenstürzende Mauer. Alles in der Küche war sauber aufgeräumt, weiß und funkelnd. Die an der Wand hängenden Kaffeefilter waren trocken, folglich mußten die Frauen bereits am frühen Morgen das Haus verlassen haben. Er seinerseits ging durch das Gläserne Zimmer, griff dort nach einem Kristallkelch und stieg hinunter zum Dunklen Zimmer, wobei er an Ahn Phineas dachte, wie er eines Abends nach Hause kam und seine zweite Frau mit einem anderen Mann vorfand, und er warf einen Stuhl gegen die Lampe und stürzte sich dann in der Dunkelheit auf die beiden, brach dem Mann über dem Feuerbock das Rückgrat und ihr mit den bloßen Händen das Genick, und dann ließ er die Fenster für alle Zeiten vernageln und die Tür versiegeln, und das Zimmer verblieb so bis zu Urgroßmutter Atherias Zeiten, und sie öffnete die Tür, als Urgroßvater Shaun einmal fort war, und die Skelette lagen dort immer noch, und sie ließ sie einsargen und neben dem Kamin beisetzen, und hinfort blieben Fenster und Tür offen, und sie ihrerseits saß dort am liebsten, denn es war der einzig kühle Raum im ganzen Haus.

Der Tragkorb mit den Flaschen hätte auf dem Büfett stehen sollen, doch dort stand nichts, und die Büfettüren waren abgeschlossen. Das Kristallglas funkelte leer und wirkte lächerlich ohne Inhalt. In der Ecke brannte ein Licht über Urgroßmutter Aracýs *prie-Dieu*. Die Madonna dort trug das schwarze Tuch wie üblich in der Heiligen Woche. Der Gedanke an Bruder Mihaul schoß ihm durch den Kopf, und er ging zur Tür der Privatkapelle. Der Duft nach frisch verbranntem Weihrauch lag über der Treppe und wurde zum unteren Ende hin schwerer, doch wenn die Frauen bereits seit dem Morgen aus dem Hause waren, so mußte ein Unbefugter das Weihrauchfaß vor ein paar Stunden entzündet haben.

Die Kapelle war dunkel bis auf eine Kerze bei der Tür hinter dem Altar und die rote Lampe über Urahn Leitrims Altar. Der ganze Raum war nur klein, so daß bestenfalls fünfzig Menschen dicht gedrängt darin Platz finden konnten. Er war mit Jakaranda und mit rot-schwarz gemusterten Hölzern getäfelt, die von generationenlangem Polieren in mattem Glanz schimmerten, und alles war vor so vielen Jahren zu Pilastern geschnitzt worden, zu Trauben, Blumen und Früchten, ein Geschenk von irgendwelchen Sklaven, die Ahn Phineas lange vor der Proklamation der Prinzessin Isabel freigelassen hatte. Die Frauen der O'Dancys hatten alle ihre eigenen Sitzplätze, fünf von Urahn Leitrim, drei nicht eingerechnet, acht von Ahn Phineas, vier nicht eingerechnet, sieben von Urgroßvater Shaun, fünf nicht eingerechnet, drei von Großvater Connor, vier nicht eingerechnet, und nur eine von Dem Vater, obwohl noch mehr Frauen in seinem Leben eine Rolle gespielt hatten, ob mit oder ohne Wissen Der Mama.

Er seinerseits stand da und dachte an die Vorväter und ihre Frauen.

«Das Katzbuckeln wird hier ganz groß geschrieben», sagte Der Vater damals in Paris. «Eine Menge Leute geben sich selbst eine Menge wunderschöner Titel. Das geht solange gut, wie sie Geld haben, um dafür zu zahlen. Doch ohne Geld wären sie auch nicht mehr als der einfache Mann auf der Straße. Wir auf Dem Erbe haben ungleich mehr moralischen

Rückhalt. Weil nämlich ein jeder weiß, wer er ist. Keiner kann für Geld wer anders sein. Du denkst an den Präsidenten, einen Senator, einen Abgeordneten? Ja, aber er bleibt immer noch derselbe Mensch, der er ist. Er wird dafür bezahlt, daß er sich mit seinen Fähigkeiten in den Dienst seines Landes stellt. Aber er bleibt sich selbst treu. Doch die anderen, was sind die schon? Stoffpuppen. Die verfaulen mit der Zeit bei lebendigem Leibe, keine Bange. Doch ich bin und bleibe Der O'Dancy, weil mein Urahn daheim den Boden gerodet hat, und so haben es seine Söhne getan, und so werden auch ich und du es tun. Wir geben Hunderten Arbeit und Brot, und mit unserer Arbeit geben wir Hunderttausenden zu essen, und aus diesem Grunde nehmen die Menschen vor uns den Hut ab. Doch das ist kein Katzbuckeln. Wir leben in den Vereinigten Staaten von Brasilien. Das ist angeborene Höflichkeit dort. Sklavische Unterwürfigkeit ist ein Fluch.»

Soviel war bereits vergessen von dem, was Der Vater gesagt hatte, doch hier hatte ein jeder Sitz lange Jahre hindurch jemanden Ruhe finden lassen, vielleicht zwei- oder dreimal in der Woche und ganz bestimmt zweimal des Sonntags, doch von dem Leben, das sie alle gelebt hatten, von den Kindern, die ihnen geboren worden waren, von den Millionen Verrichtungen ihrer wachen Stunden, von den Billionen Wörtern, die sie gesprochen hatten, von all dem war kein Laut und keine Spur mehr übrig, außer in Dem Erbe selbst, in einer Brücke zum Angedenken an irgend jemanden oder in einem Spazierweg, einem Garten, einem geweihten Platz an der Treppe oder einem Sitz in der Kapelle.

Der Altar war bis auf das verhängte Kruzifix leer, und all die Statuen in den unbeleuchteten Nischen der getäfelten Wand waren mit schwarzem Stoff zugehängt mit Ausnahme der lebensgroßen Muttergottes in der Ecke bei der Sakristei, die Urgroßmutter Aracý einst aus Rom mitgebracht hatte und die jetzt in den von Großmutter Rachael angefertigten purpurnen Samtumhang eingehüllt war.

Plötzlich überlief es ihn kalt. Ein schwacher Lichtschein schimmerte unter der Goldborte des Saums hervor. Jene Ecke war, soweit er sich entsinnen konnte, immer nur von Kerzenlicht erhellt worden. Doch Kerzenlicht war weiß.

Nicht rot.

Totenstille füllte den Raum. Weihrauch lag dick in der Luft.

Er mußte sich innerlich einen Ruck geben, um an den Sitzreihen vorbei nach vorn zu gehen, bis vor die Statue. Rotes Licht schimmerte unter samtenem Faltenwurf hervor.

Die Tür zur Sakristei stand offen. Er seinerseits ging hinein und erblickte die sorgfältig verhängten Chorgewänder, die Stapel von Gesangbüchern und das Weihrauchfaß auf dem Tisch.

Es war warm, als er es anfaßte.

Und hinten in der Ecke lag die Jungfrau Maria verborgen unter einem Berg bunter Wäschestücke, und nur die betend gefalteten Hände ragten heraus.

Es war, als ob ihn alle Kraft verließe, als ob sein Verstand auszusetzen drohte, doch dann brach sich das O'Dancy-Blut Bahn, und er wandte sich ab und ging langsam, Schritt für Schritt, stumm, zur Tür und in die Kapelle zurück und blickte zu dem verhüllten Standbild empor. Das rote Licht schien Funken zu sprühen.

Mit einem Satz sprang er hoch und riß an dem Samt, und der fiel über ihn, und er kämpfte, um sich aus den Falten zu befreien, und Staub stach ihm in die Nase, und er sah nach oben.

Dort hockte Satan.

Licht schien auf scharlachrote Beine, auf den Rumpf, den grinsenden Kopf, auf die glitzernden Augen, die Hände, die knöchern Hammer, Nägel, Dornenkrone und die eisernen Werkzeuge des *candomblé* umklammert hielten.

Der O'Dancy schlug gegen ein Bein, und es rasselte.

Er seinerseits wandte sich ab und ging zurück in die Sakristei, zum Schrank mit den Reinigungsgeräten. Der schwere Hammer für die Wasserleitungen hing dort zusammen mit drei kleineren, und er nahm alle vier von ihren Haken, schwang den schwersten, und zurück zur Kapelle, zielte und warf das schwere Gewicht mit aller Wucht, und für den Bruchteil einer Sekunde sprühte der Stahl gegen die starrenden Augen. Die hohle Gestalt fiel mit tönernem Gerassel in sich zusammen, bis auf die Beine unterhalb der Knie. Ein Schlag mit dem kleineren Hammer fegte die Beine und Füße vom Postament.

Dann zum Altar hinüber, und er seinerseits schnellte den Überzug von dem, was ein Kruzifix sein sollte.

Ein Phallus, eine bis zum letzten Schamhaar vollkommene Nachbildung, ging unter einem Hammerschlag in tausend Stücke.

Und er seinerseits machte sich ringsum an die Arbeit, ja, es war wie in einem wirbelnden Tanz entrückten Hochgenusses, als er die Verhüllungen von den Statuen in den Nischen riß und in einer jeden ein Symbol des *candomblé* unter seinen Hammerschlägen in Trümmer gehen ließ, schwarze, braune, kaffeefarbene und weiße Frauengestalten, schwarze, braune, kaffeefarbene und weiße Männer, nackt oder in Umhängen, zu Pferde, in Booten, auf Schemeln, im Bett, auf Stühlen, sich selbst liebkosend oder andere, in Stellungen, die Meisterhand bekundeten, doch alles eine einzige Gotteslästerung.

Schweißüberströmt und halbblind blickte er seinerseits auf die Scherben und spuckte aus, und als er sich der Treppe zuwandte, ließ ihn ein

Laut wie Hundegewinsel innehalten. Die Türen oben im Haus waren geschlossen. Tiradentes war draußen. Doch das Winseln war nahe, anhaltend. Auf Zehenspitzen eilte er zur Sakristei. Das Winseln wurde lauter. Gleich hinter dem Besenschrank war ein kleiner Raum, der gewöhnlich den Nonnen zum Brevierlesen und Umkleiden diente.

Der Schlüssel steckte nicht in der Tür, er hing auch nicht auf dem Haken. Deutlich vernehmbar war das Winseln hinter der Tür zu hören.

Wieder zurück zum Schrank, und das eiserne Kratzeisen, mit dem die Öfen gesäubert wurden, wog kalt in seiner Hand.

Er setzte das Eisen an die Tür, ein kräftiger Druck, und das alte Schnappschloß barst, und die Tür schwang leise auf.

Drei Kerzen in einem Dreieck erhellten den kleinen Raum, und die Kadaver von Ziegen und Hühnern besudelten aus durchschnittenen blutenden Gurgeln den Boden und weiße Matratzen, und darauf lagen nackte Frauen, sieben an der Zahl, in tiefem Schlaf, wenngleich die eine oder andere auch stöhnte und wimmerte, und sobald das Wimmern lauter wurde, wälzten sie sich hin und her und schienen mühsam hochkommen zu wollen, doch dann fielen sie wieder in ruhigen Atem zurück.

Alle hatten die Köpfe bis auf die blanke Haut kahlrasiert, alle waren blutbespritzt, und alle waren auf Kopf, Gesicht und Körper mit roten und weißen Farbklecksen gesprenkelt. Allen rieselte Blut aus kleinen Wunden auf Schädel, Oberarmen, Brüsten, auf dem Bauch in der Nabelgegend, zu beiden Seiten der Scham, auf Oberschenkeln, Waden und Fußknöcheln. Vier von ihnen waren schwarz, eine kaffeebraun und zwei weiß. Zwei der schwarzen Frauen erkannte er als unverheiratete Töchter von Männern, die im Lagerhaus arbeiteten. Zwei waren Fremde. Die Kaffeebraune war die Tochter einer Wäscherin. Die eine der beiden Weißen kam ihm seinerseits bekannt vor, doch ohne Haare konnte er sie im Augenblick nicht unterbringen.

Die zweite, die sich regte und wand, konnte nur Hilariana sein, fest im Schlaf, kahlrasiert, blutbesudelt, über den ganzen Körper rot und weiß getüpfelt und krustende Blutgerinnsel aus zahlreichen kleinen Wunden.

Der O'Dancy ging hinaus in die Kapelle, machte die schwere Tür zu und schloß sie ab, schritt über Tonscherben bis zur Haupttür, verschloß auch diese, stieg die Treppe hinauf nach oben – das Gewicht der beiden Schlüssel lastete in seiner Tasche – und hinein in das Dunkle Zimmer zum Telephon, und dann wählte er.

«Mihaul», sagte er seinerseits laut und munter. «Könntest du nicht mal herüberkommen? Ich habe gerade der Sakristei einen Besuch abgestattet.»

«Kommst du jetzt von dort?» fragte die Stimme, vorsichtig. «Dann brauchst du vermutlich einige zuverlässige Frauen und ein paar Eimer Wasser, nicht wahr?»

«Stimmt», sagte Der O'Dancy. «Aber halte die Männer fern. Alle.»

«Und die Frauen dürfen hinein und das tun, was zu tun ist?» fragte Bruder Mihaul, schon etwas zuversichtlicher. «Und es gibt zwischen uns keine Mißverständnisse mehr, auch nicht nach längerer Überlegung?»

«Keine», sagte Der O'Dancy. «Sieh du zu, daß du das hier gründlich säuberst. Ich hole derweil den Arzt.»

«Warte damit lieber noch etwas», sagte Bruder Mihaul. «Zieh niemanden hinzu. Ich fahre jetzt zu Padre Miklos und komme dann gleich hinüber. Übrigens, diese Leute haben wieder angerufen. Sie warten immer noch auf dich. Ist Hilariana dort?»

«Das kann man wohl behaupten», sagte Der O'Dancy. «Zusammen mit sechs anderen, fest im Schlaf.»

«Ausgezeichnet», sagte Bruder Mihaul. «Wir kommen noch wunderbar zur Zeit. Sei ganz beruhigt. Es wird alles gut werden. Wir sind außer Gefahr.»

«Möge Gott dich in Sein Herz schließen», sagte Der O'Dancy, legte den Hörer auf die Gabel und lehnte sich gegen die Wand.

26

Der O'Dancy mußte hinaus an die frische Luft, nur das, und er spürte, wie der Schweiß trocknend kühlte und der Atem ruhiger ging,
als er quer durch Urgroßmutter Atherias Garten wanderte, vorbei an all
den Rosen, und wie er neue Kraft aus dem schöpfte, was sein eigen
war und unberührt, und er betrat Das Haus durch das Hauptportal. Zwei
Wagen warteten dort, und draußen am Hubschrauberlandeplatz hinter
den Bäumen brannten die Lichter. Januario eilte aus der Anrichte herbei
und hakte sich im Laufen den Kragen seiner weißen Jacke zu, und Rui
kam hinter ihm her.

«Whisky», sagte Der O'Dancy, und Rui wandte sich um und rannte.
«Wo warten die Herren?»

«Im Leitrim-Zimmer», sagte Januario. «Ich habe Senhor Carvalhos
Ramos junior gesagt, daß Sie draußen den Kaffee besichtigt haben.»

«Gut gemacht», sagte Der O'Dancy. «Da kann ich gleich so, wie ich
bin, zu ihnen hinein, ohne mich entschuldigen zu müssen. Doch vorher
brauche ich etwas zu trinken. Vermutlich hat es mir selten so gut getan
wie jetzt. Ist heute hier etwas los gewesen?»

«Nichts, Herr», antwortete Januario, half ihm aus dem Jackett und
hielt ihm das andere hin. «Ein ruhiger Tag. Nur die vier Besucher mit
Senhor Carvalhos Ramos junior. Vor zwei Stunden sind sie gekommen.
Sie haben bereits gegessen. Wann soll ich Ihnen servieren?»

«Später», sagte Der O'Dancy. «Dona Hilariana. Hast du sie gesehen?»

«Heute morgen, zusammen mit ein paar Freundinnen», sagte Januario.
«Sie sind alle zum Frauenhaus hinübergegangen. Was dann war, weiß
ich nicht.»

«Ich frage mich, ob das wohl überhaupt einer weiß», sagte Der O'Dancy. «Los, Rui. Schenk ein.»

Die drei sahen zu, wie sich die «Krone der Schöpfung» golden ergoß.
Alles andere war unwesentlich in diesem Augenblick, wo der Whisky
murmelte, wo das Sodawasser schnob und das Tablett ihn aufmunternd
anblitzte, als Rui ihm das Glas darbot.

Der O'Dancy ergriff es und prostete Urahn Leitrims hölzerner Büste
auf der Treppe zu.

«Höchstwahrscheinlich hast du keine Ahnung von dem, was sich hier seit deiner Zeit abgespielt hat», sagte er zu ihm hinauf. «Aber vor dir steht einer, der vieles zu einem guten Ende bringen wird. Das verspreche ich.»

Er seinerseits tat einen tiefen Schluck, eine verläßliche Wohltat, kühlend und herzerquickend, und dann spürte er, wie ihm warm wurde, wie die ganze Welt ringsum zu neuem Leben erstand, wie alles mit einemmal rosiger aussah.

«Na, ihr beiden», sagte er seinerseits und lächelte ihnen zu, und Rui fuhr sich lachend mit dem Zeigefinger durch das graue Haar. «Seid ihr auch in diesen *Umbanda*-Unfug verwickelt?»

Beide versteiften sich, das Lächeln und das Lachen verging, und Januario blickte seitwärts zu Rui hinüber und dann auf das Tablett hinunter.

«Wir gehören zu *Umbanda,* Herr», sagte er leise, zögernd.

«War es nicht Dona Xatina, die euch eingeführt hat?» fragte er seinerseits.

«Dona Hilariana», sagte Januario. «Sie erfüllte damit einen Wunsch von Dona Fransisca.»

Der O'Dancy hob das Whiskyglas.

«Soll ich dir das an den Kopf werfen?» sagte er seinerseits. «Dona Fransisca? Was hat sie denn mit dem allen zu tun gehabt?»

«Herr», sagte Januario und faltete flehend die Hände. «Als Dona Fransisca aus dem Krankenhaus zurückkam. Damals.»

Damals, ja, jene Zeit der Schreie und dann der Stille. Und Schreie und Stille. Ein kleines Lächeln, dann Grimassen. Drogen, Doktoren und ganze Scharen von Pflegerinnen. Jene Zeit der Schreie und dann der wochenlangen Stille und dann wieder Lächeln.

«Na schön», sagte Der O'Dancy. «Damals. Was war da?»

«Mãe Nueza hat sie geheilt», sagte Januario. «Sie gab Dona Fransisca das Leben wieder zurück. Das eigene Leben. Nicht ein anderes. Sie sprach mit ihrer eigenen Stimme. Sie erkannte ihre Umwelt wieder. Mãe Nueza brachte sie aus der Dunkelheit und aus dem Machtbereich anderer Geister heraus.»

«Es war Dr. Gonçalves», sagte er seinerseits.

Januario schüttelte den Kopf.

Die Wahrheit war es, ganz unbestreitbar, und die ganze Welt schüttelte mit ihm den Kopf.

«Liebster», sagte Fransisca an jenem Abend, und keiner war mehr überrascht oder entzückt als er, wieder ihre sanfte Stimme zu vernehmen. «Weißt du, etwas war doch sehr beängstigend. Ich hatte die fürchterlichsten Träume.»

«Still jetzt, kein Wort davon», sagte er seinerseits, und er saß auf ihrem Bett und hielt die geliebten Hände. «Du warst eine Zeitlang nicht ganz auf dem Posten. Doch nun ist alles vorüber. Fühlst du dich wohl?»

«Erstaunlich wohl», sagte Fransisca. «Ich habe nur noch einen kleinen Wunsch. Mir wäre es lieber, wenn Mãe Nueza bei mir sein könnte statt draußen vor der Tür. Könnte sie nicht nach São Paulo fahren und sich etwas zum Anziehen kaufen? Es würde ihr guttun.»

«Gleich morgen kann sie fahren», sagte er seinerseits. «Hast du noch einen Wunsch?»

«Du könntest ihr in meinem Namen ein kleines Geschenk machen», sagte Fransisca. «Sie war großartig. Allen hat sie erzählt, daß es ein Mädchen wird. Würdest du dich darüber freuen?»

«Es wäre wunderbar», sagte er seinerseits. «Wir nennen sie Fransisca nach ihrer bildschönen Mama.»

«Nein», sagte sie und umklammerte seine Hände. «Ich möchte sie lieber anders nennen. Hilariana.»

«Wie kommst du denn darauf?» fragte er. «Aber der Name gefällt mir. Hilariana.»

«Ach», sagte sie. «Er ist mir plötzlich so eingefallen.»

«Wenn uns ein Mädchen geschenkt wird, dann soll es so heißen», sagte er seinerseits. «Hilariana.»

Vielleicht würde vieles anders gekommen sein, wenn die Alte bei ihr geblieben wäre, vielleicht hätte das Schicksal ihr die Ansteckung mit Typhus erspart, das offene Fenster, den Tod, die Heimkehr im Sarg als schimmernde Hülle, nur das liebliche Gesicht ungezeichnet, unversehrt, doch umrahmt von einer Haube aus Blei.

Er seinerseits hielt das Glas hin.

«Noch einen, aber nicht mehr soviel», sagte er. «Januario, wir sind fast zur gleichen Zeit geboren worden. Und Rui, du bist nicht viel später gekommen. Ich habe euch beide stets für anständige Kerle gehalten. Kerle, die nicht auf irgendeinen Blödsinn hereinfallen. Nun erzählt mir bloß, was ihr an *Umbanda* findet. Was ist daran anders als das, was ihr in der Kirche haben könnt? Was hat euch dazu gebracht?»

«Es war damals, als Mãe Nueza die Teufel von Dona Fransisca abzog, Herr», sagte Januario. «Sie hatte uns versichert, daß sie es fertigbringen würde. Und sie schaffte es auch. Danach wurde Dona Fransisca *Umbandista*. Und später Dona Hilariana auch. Anfangs haben wir an den Zusammenkünften teilgenommen.»

«Wo?» fragte er seinerseits.

«Im Silber-Zimmer», sagte Januario und deutete mit den Augen nach oben. «Danach stießen auch wir zu *Umbanda*.»

«Wie macht man denn so was?» fragte Der O'Dancy. «Muß man einen Antrag unterschreiben?»

Januario lächelte.

«Wir sind in Trance gefallen», sagte er.

Der O'Dancy tat einen tiefen Schluck.

Januario, ein so ehrlicher, offener und rechtschaffener Mensch, wie man ihn sich nur wünschen konnte, sprach ohne das geringste Zeichen von Verlegenheit und mit annähernd gleicher Autorität wie Bruder Mihaul.

«Wie fällt man denn in Trance?» fragte er seinerseits. «Hat euch jemand dabei geholfen?»

«Der heilige Vater hat uns geführt», sagte Januario. «Wir waren dort zusammen mit den anderen. Woche für Woche. Jeweils zwei oder drei Nächte. Dann wurden wir Des Glaubens teilhaftig. Wir glaubten. Und Der Geist kam über uns.»

«Zwei oder drei Nächte in der Woche?» fragte er seinerseits. «Warum nicht jede Nacht?»

«Wir sind doch nur Menschen», sagte Januario. «Wir sind nicht stark genug, sie zu tragen. Sie wissen, wann es genug ist. Dann lassen sie von uns ab. Doch sie bleiben jederzeit schützend in unserer Nähe.»

«Das ist ja alles ganz gut und schön», sagte er seinerseits. «Aber was nützt es?»

«Wir bekommen die Kraft, anderen zu helfen», sagte Januario. «Wir werden innerlich gestärkt.»

«Und was ist mit *macumba* und *khimbanda*?» fragte er seinerseits.

Rui schüttelte den Kopf und hob die Faust, wobei er den Daumen zwischen Zeige- und Mittelfinger schob.

«*Macumba* ist für schmutzige Kinder», sagte er. «Das andere ist für die Unreinen.»

«Und du hast noch keins von beiden hier erlebt?» fragte er seinerseits.

Aufrichtigkeit lag in Januarios Augen, doch sein Blick besagte auch, daß er eher sterben würde als davon sprechen.

«Bei anderen, ja», sagte er. «Bei uns, nein, Herr. Niemals.»

Er seinerseits setzte das Glas auf das Tablett zurück.

«Ich habe Schreckliches gesehen», sagte er. «Nie hätte ich mir träumen lassen, daß es so etwas hier geben könnte. Doch alles wird wieder in Ordnung kommen. Aber ich brauche Hilfe.»

«Die Hilfe ist hier», sagte Januario und hob beide Arme. «Sie ist rings um uns herum. Man muß nur darum bitten, und die Hilfe kommt. Nicht immer so, wie wir sie uns wünschen. Diese Welt ist nicht für uns allein geschaffen worden.»

«Spare dir deine Predigt», sagte Der O'Dancy und stieg die Treppe hinauf, und im Vorübergehen legte er Urahn Leitrim die Faust auf die Schulter, so wie es Der Vater stets getan hatte.

Der Gang oben an der Treppe war einst ein Heuboden und ein Saatgutspeicher gewesen. Die Porträts aller Ahnfrauen der O'Dancys hingen an der Innenwand und die ihrer Männer und Söhne auf der gegenüberliegenden Seite. Ein weicher Teppich schluckte den Schall seiner Schritte, und mit der Lautlosigkeit eines Geistes betrat er das Leitrim-Zimmer.

Arruda Lopez Amaral saß da, die Füße auf der Kamineinfassung, las einen maschinegeschriebenen Bericht und rauchte eine Zigarre. Nelson Barrosa Trocolli hatte es sich im Sessel am Fenster bequem gemacht, rauchte Pfeife und legte Patience. Teodoro de Abreu Anchieta spielte mit Lycurgo Cunha Pimental Schach, und ein fünfter, ihm Unbekannter, ließ im Armstuhl seine Füße wippen und machte ein Gesicht wie drei Tage Regenwetter.

«Man hat mir gesagt, Sie seien nur zu fünft», sagte er seinerseits, und seine Stimme knallte im Sparrenwerk der Decke wie ein Donnerschlag. «Wo steckt der junge Carvalhos Ramos?»

Alle im Raum sprangen auf. Lycurgo stieß dabei den Tisch um.

«Macht nichts», sagte Der O'Dancy. «Willkommen. Hoffentlich hat man Sie gut versorgt. Wie wär's mit etwas Trinkbarem, um die Trockenheit zu bekämpfen? Das war ja schrecklich heute. Was führt Sie her, und wen haben Sie da als Gast mitgebracht? Warum haben mir die Leute unten nichts davon erzählt?»

«Wir sind geschäftlich hier», sagte Teodoro. «Diesen Herrn haben wir auch gerade erst kennengelernt. Ulisses macht der Dame des Hauses seine Aufwartung.»

«Redan Vasconcelos», sagte der junge Mann und verbeugte sich. «Es ist mir eine Ehre, Senhor. Pupi hat mich hergebeten. Aristedes, nicht wahr? Vermutlich ein Bekannter Ihrer Tochter, Senhor. Wir hatten ein seltsames – hm –, nun ja, ein seltsames Erlebnis, ganz zweifellos. Mein Wagen ist dabei beschädigt worden, aber Ihre Mechaniker sind schon dabei, ihn zu reparieren. Sie müssen nämlich wissen, daß ich noch heute abend nach São Paulo zurück möchte. Meine Tochter gibt eine Geburtstagsgesellschaft.»

Er warf den anderen einen Blick zu, als ob diese Bescheid wüßten, zuckte dann mit den Achseln und sah auf den Teppich hinunter.

«Wenn Ihre Tochter heute Geburtstag hat, dann sollten Sie auch dabei sein, das meinen Sie doch, nicht wahr?» fragte Der O'Dancy.

Vasconcelos nickte.

«Ich habe versprochen, daß ich komme», sagte er.

«Dann müssen Sie Ihr Versprechen auch halten», sagte Der O'Dancy.

«Haben Sie die Güte und drücken die Klingel neben Ihnen. Was war das für ein Erlebnis, das Sie da hatten? War es hier auf Dem Erbe?»

Das Gesicht des jungen Mannes verfärbte sich. Er rückte die Krawatte gerade, ruckte mit den Schultern das dunkle Jackett zurecht, strich das volle schwarze Haar zurück und zwickte sich in die Oberlippe mit dem spärlichen Bärtchen.

«Jedenfalls war es nicht weit von hier», sagte er unsicher. «Wir haben uns eine *macumba*-Prozession angesehen. Unten beim Fluß. Normalerweise interessiere ich mich nicht für so etwas. Habe es nie getan. Doch bei dieser, nun ja, da wurde viel gesungen und getanzt, und die Leute stiegen in den Fluß, warfen Blumen hinein und dergleichen.»

Seine Hände tasteten wieder zu der Krawatte empor, und er zerrte an dem Knoten und zog am Kragen, doch der Blick war noch immer zu Boden gesenkt.

«Wozu stiegen die Leute in den Fluß?» fragte Der O'Dancy und tat so, als ob er von nichts wüßte. «Was für Leute? Und wo am Fluß überhaupt? Sagten Sie nicht, daß es auf Dem Erbe war?»

«O ja, Senhor», sagte Vasconcelos mit einem Lächeln, das er einem schrill rasselnden Wecker geschenkt haben würde, wachsam und die Stimme um einen Ton höher. «Es war in der Nähe der O'Dancy-Stiftung. Unten am Steilufer.»

«Jetzt weiß ich, wo Sie meinen», sagte er seinerseits. «Bei Daniels Aufgang.»

«Ja, bei dem Steilufer», sagte Vasconcelos und schnipste mit den Fingern. «Hunderte müssen es gewesen sein. Sie sahen aus, als ob sie alle betrunken wären. Aber sie waren nur in Trance, meinte Pupi.»

«Hätten Sie etwas dagegen, ihn bei seinem richtigen Namen zu nennen?» sagte Der O'Dancy. «Wenn ich Sie gütigst darum bitten dürfte. War meine Tochter auch mit dabei?»

Der junge Mann sah sich zu den anderen um, dann wieder hinunter auf den Teppich und fingerte in den Taschen seines Jacketts.

«Vielleicht hätte ich lieber nichts davon erwähnen sollen», sagte er. «Immerhin, es war bereits hinterher, als es passierte. Wir konnten nicht denselben Weg zurückfahren, den wir gekommen waren. Zu viele Menschen. Deshalb ließen wir Senhorinha O'Dancy Boys dort und kamen hierher zurück, weil Aristedes noch etwas holen wollte. Und dann gerieten wir mitten unter diese fürchterlichen Spinnen. In meinem ganzen Leben habe ich so etwas noch nicht erlebt. So groß wie Teller. Größer noch. Glücklicherweise hatten wir die Fenster geschlossen. Die Biester sprangen am Wagen hoch.»

Januario spielte nervös mit seinen Handschuhen, um sich bemerkbar zu machen.

«Bring etwas zu trinken», sagte Der O'Dancy. «Das brauchen wir jetzt. Schön. Also Spinnen. Und was weiter?»

«Nun», sagte Vasconcelos. «Zum Glück fahre ich des Nachts recht sicher. Ich sah mir genau an, wie die Bäume zu beiden Seiten des Weges beschnitten waren und hielt immer zwischen ihnen hindurch. Auf Hunderte von Metern habe ich von der Fahrspur nichts sehen können. Ich weiß nicht, wie lange. Dieses fürchterliche Geräusch, wenn man über sie hinwegfuhr.»

«Die sind ganz schön groß», sagte Der O'Dancy. «Und wie kam es zu dem Unfall?»

«Ein Unfall war es eigentlich nicht», sagte Vasconcelos und lachte. «Ich fuhr einfach, was das Zeug hielt, kam jedoch in einer Kurve ins Rutschen und knallte gegen einen Baum. Es war aber nicht so schlimm. Die Windschutzscheibe ging zu Bruch, und Aristedes stieß sich den Kopf. Doch der Wagen war noch fahrbereit, und so bin ich bis hierher gekommen. Diese Spinnen, das sage ich Ihnen, ich hätte das nie für möglich gehalten, wie die springen. Und die Augen. Wie kleine Brillanten. Millionen.»

«Wußte gar nicht, daß es hier draußen noch so etwas gibt», sagte Nelson. «War immer der Meinung, daß man restlos damit aufgeräumt hätte.»

«Massenhaft gibt's die noch», sagte Der O'Dancy. «Und alles andere dazu. Sie brauchen bloß zehn Minuten in Richtung auf die Berge zuzugehen, da sind Sie bereits an Ort und Stelle.»

«Nein, vielen Dank», sagte Arruda und nahm das Glas, das Januario ihm eingeschenkt hatte. «Spinnen und Schlangen. Gott schütze uns vor so etwas.»

«Amen», sagte Teodoro. «Wäre das nicht was für Butantã? Die haben doch gerade dieser Tage in Zeitungsanzeigen solch kriechendes Zeug gesucht.»

«Die Spinnen sind immer dort draußen anzutreffen», sagte er seinerseits. «Sie machen Jagd auf Schlangen, Insekten, alles, was ihnen schmeckt. Ich denke genau wie Sie. Bei Schlangen und dergleichen Gezücht, da bin ich viel zu sehr Adam. Von dem heiligen Patrick, der alle Schlangen aus Irland vertrieb, habe ich leider nichts an mir. Und ich bin auch kein Robert Bruce, was die Spinnen anbetrifft.»

«Der ganze Wagen klebt von oben bis unten voller schwarzer Haare», sagte Vasconcelos. «Und dieser Geruch. Ich bezweifle, daß ich den je aus meinen Kleidern herausbekomme. Was ich jetzt auf dem Leibe trage, wandert am besten ins Feuer.»

«Und wo steckt dieser Dingsda?» fragte Der O'Dancy. «Ist er auch hier?»

«Ich denke schon», sagte Vasconcelos. «Wir sind beim Flugplatz hereingekommen.»

«Gewissermaßen durch die Hintertür», sagte Der O'Dancy. «Wie lange haben Sie gebraucht von Daniels Aufgang bis hierher?»

Vasconcelos blickte zu Boden.

«Wir sind nicht auf dem kürzesten Weg hergekommen», sagte er und sah dabei die anderen an, doch dann wanderte sein Blick zu ihm seinerseits hinüber. «Ich möchte nicht darüber sprechen. Am liebsten hätte ich gar nichts damit zu tun.»

«Damit machen Sie uns bloß den Mund wäßrig», sagte Der O'Dancy. «Zwischen Daniels Aufgang und hier, wo sind Sie gewesen? Habe ich kein Recht darauf, es zu erfahren?»

«Wir waren bei der O'Dancy-Stiftung», sagte Vasconcelos. «Es wurde dort eine Art Gottesdienst abgehalten. Mehr möchte ich dazu nicht sagen, Senhor.»

«Ihr gutes Recht», sagte Der O'Dancy. «Wie wär's, wenn Sie jetzt mit Januario gingen und sich für den Flug fertigmachten? Sie brauchen etwa eine Stunde bis São Paulo. Ihr Wagen kommt morgen nach, wohin Sie ihn wünschen. Darf ich fragen, was Sie beruflich tun?»

«Ich bin Chemiker», sagte Vasconcelos. «Auf eigene Faust. Ein ziemlich kleiner Betrieb. Schädlingsbekämpfungsmittel. Ich habe auch die Stiftung beliefert und möchte nur hoffen, Senhor, daß ich wegen heute nicht diese Geschäftsverbindung verliere.»

«Kommt gar nicht in Frage», sagte Der O'Dancy. «Das wäre ja noch schöner, wenn Sie am Geburtstag Ihrer Tochter einen Verlust einstecken müßten. Haben Sie irgendwas Neues gegen Schwarze Witwen in Arbeit?»

«Einiges», sagte Vasconcelos. «Aber ich stoße auf große Schwierigkeiten. Es sind Versuche nötig.»

«Lassen Sie alles andere stehen und liegen», sagte Der O'Dancy. «Konzentrieren Sie sich nur noch auf diese Arbeit. Ich finanziere alles. In jeder Höhe. Wann haben Sie meine Tochter zuletzt gesehen? Um welche Zeit?»

«Vor etwa drei Stunden», sagte Vasconcelos. «In der Stiftung.»

Sein Blick war immer noch zu Boden gesenkt. Die Rechte fuhr zur Krawatte empor, doch dann schien sie vergessen zu haben, was sie dort wollte, und fiel mit einem müden Schlenker des Unterarms zurück.

«Sie hat langes rotes Haar, falls Sie sich nicht mehr erinnern sollten», sagte Der O'Dancy.

Vasconcelos schüttelte den Kopf.

«Es war irgendeine Art feierliche Handlung im Gange, und ein paar Frauen wurden dabei die Haare geschoren», sagte er. «Das ist mit ein

Grund, warum wir hergefahren sind, und ich hoffe, meine Anwesenheit war Ihnen nicht lästig.»

«Keineswegs», sagte Der O'Dancy. «Januario, sieh zu, daß der Herr nach Hause kommt. Und unterrichte Senhor Carvalhos Ramos, daß ich hier bin.»

«Bitte, dort entlang, Senhor», sagte Januario und rollte die Hausbar zum Kamin hinüber, ehe er zur Tür vorausging.

Der O'Dancy setzte sich.

Stille erfüllte den Raum, nicht nur die Grabesstille, die üblicherweise in diesem Teil Des Hauses herrschte, sondern überdies das knisternde Schweigen von vier Männern, die darauf warteten, ihre Ansichten zu Dingen vorzubringen, die sie für wesentlich hielten.

«Alsdann», sagte Der O'Dancy. «Was ist so wichtig, daß Sie hier sind statt in Brasilia?»

Lycurgo blickte zu Arruda hinüber, und auf sein zustimmendes Nikken hin machte er sich zum Sprecher der vier.

«Senhor», sagte er. «Wir beißen auf einen Felsen von Granit.»

Ach ja, auch er biß auf Granit, jetzt wo Hilarianas Haar gefallen war. Es gab keinen Ausweg, keinen Gedanken an die Zukunft, das Leben hatte keinen Sinn mehr. Wozu waren menschliche Gehirne fähig, solch eine Ungeheuerlichkeit zuzulassen, und dort, wahrlich dort lag der schreckliche, der unüberwindliche Felsen aus Granit.

«Fangen Sie schon an», sagte Der O'Dancy. «Ich möchte bezweifeln, daß Ihr Felsen mehr als ein Kieselstein ist.»

Den Blick auf seine Pfeife gerichtet, schnitt Nelson ein Gesicht, doch das war noch milde im Vergleich zu seinen wirklichen Gefühlen.

«Bodenreform», sagte er. «Das ist kein Kieselstein. Ganz Brasilien könnte sich darüber in zwei Lager spalten.»

«Das glauben Sie doch selbst nicht», sagte er seinerseits.

«Das Volksempfinden schreit danach», sagte Lycurgo und sah zu Arruda hinüber. «Habe ich nicht recht?»

«Das Volksempfinden», sagte er seinerseits. «Ein lindes Lüftchen, das man gar nicht wahrnimmt.»

«Wir sind der Ansicht, daß sich die Syndikate und Gewerkschaften dafür einsetzen werden, und die haben die Macht», sagte Lycurgo.

«Aber nicht kraft ihrer Mitglieder», sagte Der O'Dancy. «Sie haben ein paar Zeitungen, die ihre Schlagwörter nachdrucken. Eine Clique von Politikern, die damit auf Stimmenfang ausgehen, und die meisten von ihnen tanzen ohnehin nach der Pfeife von irgendwelchen krummen Immobilienmaklern. Bodenreform ist nichts als ein schmackhafter Köder fürs Volk. Zeit meines Lebens habe ich das immer wieder zu hören bekommen. Aber jetzt sagen Sie mir einmal, was verstehen Sie darunter?»

«Ein Mittel, um dem Land zum Sozialismus zu verhelfen», sagte Arruda. «Sobald das entsprechende Gesetz durchgebracht wird, ist allem anderen Tür und Tor geöffnet.»

«Nichts als Redensarten», sagte Der O'Dancy. «Wollen wir den Stier doch bei den Hörnern packen. Was ist Bodenreform? Den Spruch, daß ein paar von uns so und soviel Prozent des Landes besitzen und alle übrigen nichts, den kenne ich zur Genüge. Es werden allezeit Arme sein. Na und? Wie kann man das abstellen? Wie?»

Nelson schüttelte den mächtigen Kopf und schob die Brille noch etwas weiter auf die Nasenspitze hinunter.

«Das ist nicht das Problem, weshalb wir hier sind, Senhor», sagte er. «Wir haben gar nichts gegen eine Bodenreform, vorausgesetzt, daß sie angemessen und legal ist. Von einer Übernahme des Privatbesitzes kann überhaupt nicht die Rede sein.»

«Trotzdem», sagte Der O'Dancy. «Sobald erst einmal ein Gesetz über die Bodenreform eingebracht worden ist, wie lange werden Sie wohl Ihrer Meinung nach noch Anspruch auf Privatbesitz haben? Genau dieselben Gesetze, die Sie in Kraft treten lassen, um dem Volk im Rahmen der Reform den Erwerb von Eigentum zu sichern, werden gegen die Eigentümer von Privatbesitz angewendet werden. Es gibt kein Gesetz mit zwei Lesarten.»

«Nein, Senhor», sagte Lycurgo. «Im Augenblick machen wir uns wegen der Annahme eines solchen Gesetzes keine Sorgen. Was uns beunruhigt, das sind die Wahlen. Die Stimmenmehrheit bekommt derjenige, der die Bodenreform in solchen Staaten befürwortet, wo freies Land noch eine gewisse Anziehungskraft ausübt. Sie meinten, wir sollen den Stier bei den Hörnern packen. Nun gut. Sie müssen sich in aller Öffentlichkeit für die Bodenreform starkmachen. Sie müssen zum Vorkämpfer der Bodenreform werden.»

Die anderen nickten. Erleichterung war spürbar wie eine frische Brise.

Lycurgo blickte auf seine Hände hinunter, die er zwischen die Knie geklemmt hatte. Er besaß Kaffee- und Baumwollplantagen, Bars und Kinos in vielen Städten und Ortschaften, regionale Konzessionen von Brauereien und Limonadefabriken, ein Transportunternehmen, eine gesunde offizielle Familie von fünf Köpfen und gesunde inoffizielle Familien von unbekannter Kopfzahl. In seiner Anwaltspraxis verband er Buchprüfung mit Steuerberatung, und viele ausländische Firmen sicherten sich seine Dienste, sei es aus geschäftlichen Gründen, sei es aus diplomatischen, denn er wußte genau, wo der Gegner an seiner schwächsten Stelle anzugreifen war, oder wo man ihm einen Dämpfer aufsetzen mußte, um ihn für möglichst lange mundtot zu machen. Er hatte sich aus dem Nichts heraufgearbeitet und erfreute sich neben einem scharfen

Verstand der seltenen Gabe, stets genau zu wissen, wie weit er gehen konnte. Nelson hatte Besitz gleicher Art, nur war er sehr viel wohlhabender, denn schon sein Vater hatte Vermögen gehabt, und deshalb waren bei ihm Erziehung und Grundsätze von hoher Qualität, wenn sie ihn auch nicht davon abhielten, einen Freund zu betrügen und sich dann damit herauszureden, daß andere das Geschäftliche ausgehandelt hätten. Und obwohl man ihm nicht immer trauen konnte, war er dennoch von unschätzbarem Nutzen, weil er die meisten der vielen Tausende von Juristen, Bankiers und Maklern kannte, und weil seine Prognosen, sei es nun in bezug auf die Entwicklung nationaler und internationaler Märkte oder in bezug auf die vorherrschende Meinung zu irgendwelchen politischen Problemen, immer stimmten und manchmal sogar erschreckend genau waren. Arruda verfügte über riesige Besitzungen im ganzen Land, die ihm als Erbe seines Vaters, seiner Großväter und Großmütter zugefallen waren. Seine Gleichgültigkeit gegen jeglichen Handel lag nur um eine Schattierung über der offenen Verachtung, die er gegen alle Profitmacher zur Schau trug, und es war eigentlich verwunderlich, ihn in solcher Gesellschaft anzutreffen. Teodoro, groß, zurückhaltend, vermittelte eher den Eindruck eines Diplomaten als den eines Viehzüchters und Rennstallbesitzers, und seine Beteiligung an vielen Industrieunternehmen machte ihn zum Multimillionär, ohne daß er sich dazu vom Sattelplatz wegzubegeben brauchte, wo ohnehin so gut wie alles Geschäftliche erledigt wurde. Neben ihm nahm sich Lycurgo, der linkisch auf einer Seite saß und sich mit seinen nikotingelben unteren Schneidezähnen die Oberlippe zupfte, wie ein feister Bullterrier aus.

Es war nur zu offensichtlich, daß sie der junge Carvalhos Ramos zusammengebracht hatte – Öl, Säure, Milch und Wasser – zu dem einen Zweck.

Lycurgo vertrat den noch ziemlich jungen Emporkömmling, ein Draufgänger von echtem Schrot und Korn, der alles zu verlieren hatte, falls gewisse politische Bollwerke einstürzten. Nelson war da, weil er Gott und die Welt kannte. Arruda, weil ihm nur sein Land etwas galt und sonst nichts, und Teodoro möglicherweise aus dem einen Grunde, weil er die Masse derer vertrat, die ohne politische Überzeugungen oder Bindungen waren, die sich durch keine Polemik aus der Ruhe bringen ließen und fest davon überzeugt waren, daß das Leben immer weitergehe, und je weniger man sich einmische, desto besser.

«Unter Ihnen ist kein einziger Ausländer», sagte Der O'Dancy. «Aber die Idee, die Sie da vorbringen, ist fremd für unser Land und wird uns kein bißchen was nützen, und außerdem müßte man erst die Verfassung ändern, um so etwas durchzubringen. Der Schah von Persien hat eine Menge Land verschenkt. Soll uns das als Beispiel dienen? Bei den Italienern hat es auch so etwas gegeben. Stammt Ihre Idee etwa von dort? Mexikaner sind zu Besitzern von winzigen Fetzen Boden geworden. Wodurch? Wer schwang sich zum allmächtigen Gott auf und verabfolgte die Eigentumsurkunden? Auch bei den Kubanern ist Land scheibchenweise verteilt worden. Sind sie dadurch jetzt glücklicher? Was ist Ihre Vorstellung von Bodenreform? Eine hochtönende Bezeichnung. Aber wie steht es damit?»

«Ulisses sollte hier sein», sagte Teodoro. «Er kann das besser erklären als irgendwer anders.»

«Kunststück», sagte Der O'Dancy. «Sein Vater war der größte Anwalt seiner Zeit. Ich wünschte zu Gott, daß sich sein Pflichtbewußtsein vererbt hätte. Doch das hier ist der beste Beweis, daß es nicht der Fall ist. Mir die Bodenreform schmackhaft machen zu wollen? Niemals.»

Teodoro warf Lycurgo einen Blick zu.

«Sie hätten nicht davon anfangen sollen, bevor Ulisses hier ist», sagte er. «Ich dachte, Sie würden es geschickter machen.»

«Ich habe nicht angefangen», sagte Lycurgo. «Zuerst war ich der gleichen Ansicht wie Sie. Dann habe ich mir das ganze Problem gründlich durchdacht. Nein, Senhor. Es geht nicht bloß darum, daß die Leute Land bekommen. Was uns Sorgen macht, das sind die Wahlen. Es muß etwas geschehen, damit wir unsere Sitze behalten. Es ist völlig sinnlos, sich von unserer Seite aus die Wähler in den ländlichen Bezirken vorzunehmen. Die stimmen ohnehin geschlossen für die Bodenreform. Für sie ist das wie die Wiedergeburt Christi, darauf läuft es hinaus. Sie haben mit einemmal das eigene Haus vor Augen, das eigene Stück Land, ein paar Kühe und Wohlstand für den Rest ihres Lebens. Dafür werden sie ihre Stimmen abgeben. Und deshalb müssen wir die Reformer aller Reformer sein. Deshalb müssen wir ihnen mehr in Aussicht stellen und es ihnen öfter und lauter in die Ohren blasen als die anderen.»

Januario klopfte und hielt die Tür für den jungen Carvalhos Ramos auf.

«O Senhor», sagte er und kam mit ausgestreckten Armen herein. «Es ist uns wirklich äußerst peinlich, daß wir Sie hier stören. Sie sehen übrigens ganz ausgezeichnet aus.»

«Das macht der Whisky», sagte Der O'Dancy und schüttelte ihm die harte, trockene Hand. «Was ist denn oben los?»

«Ich habe lediglich gewartet», sagte der junge Carvalhos Ramos. «Gesehen habe ich niemanden dort. Nur allerhand Lärm gehört. Aber wie dem auch sei, hier gibt es wichtigere Dinge zu besprechen.»

«Augenblick mal», sagte Der O'Dancy. «Waren Sie oben eingeladen und mußten warten, ohne daß sich jemand um Sie gekümmert hat?»

«Eine ältere Dame kam vorbei, als ich hinaufging, und bat mich, ein paar Minuten zu warten», sagte der junge Carvalhos Ramos. «Aber sie hat sich nicht wieder blicken lassen.»

«Madame Briault», sagte Der O'Dancy.

«Keine Ahnung. Ich habe sie nie kennengelernt», sagte der junge Carvalhos Ramos und warf einen Blick auf seine Armbanduhr. «Achtunddreißig Minuten. So lange war ich oben. Ist das die Madame Briault, für die ich jahrelang Zahlungsschecks ausgestellt habe? Die Gesellschafterin?»

«Schon möglich», sagte Der O'Dancy. «Stellen Sie noch einen Scheck auf ein Jahresgehalt aus und einen weiteren auf fünf Jahre Überbrückungsgeld für die Lösung ihrer hiesigen Beziehungen. Dazu das Geld für eine Fahrkarte, wo immer sie hin will. Sie verläßt noch heute nacht Das Haus, und geben Sie mir durch Januario Bescheid, wenn Sie damit fertig sind. Meine Herren, Sie müssen mich jetzt entschuldigen, aber niemand in diesem Haus läßt einen Träger des Namens Carvalhos Ramos ungestraft warten.»

Er seinerseits ging hinaus auf den Gang. Rui stand an der Treppe und trat beiseite.

«Hol Madame Briault», sagte er seinerseits. «Ich bin im Silber-Zimmer.»

«Das Silber-Zimmer ist besetzt», sagte Rui. «Die Tür ist abgeschlossen.»

«Dann schließ sie auf», sagte Der O'Dancy.

«Herr, ich habe keinen Schlüssel», sagte Rui. «Nur Mãe Bro hat die Schlüssel irgendwo.»

«Die liebe Mãe Bro», sagte Der O'Dancy. «Richte Madame Briault aus, daß sie mich im Kaffee-Zimmer antrifft. Sie soll sich augenblicklich dorthin verfügen. Und bestell auch Zilda, daß ich sie unverzüglich zu sehen wünsche.»

«Zilda, Herr», sagte Rui und starrte. «Zilda ist schon über ein halbes Jahr fort. Sie ist nach Hause geschickt worden.»

«Und wer wartet jetzt Dona Divininha auf?» fragte er seinerseits.

«Aura nimmt jetzt Zildas Platz ein», sagte Rui. «Doch sie hat heute Ausgang. Dona Divininha hat Besuch aus São Paulo.»

«Und wann ist dieser Besuch gekommen?» fragte er seinerseits.

«Noch vor dem Mittagessen», sagte Rui. «Sie sind mit dem jungen Senhor Kyrillis im Flugzeug gekommen.»

«Geh ans Telephon und hole ihn heran», sagte Der O'Dancy. «Ich sehe nach der Uhr. Such Madame Briault und bringe sie her. Bei den Haaren, wenn's nötig ist.»

Rui dienerte und schloß die Tür.

27

Von jeher wurde alles Geschäftliche im Kaffee-Zimmer abgewickelt, und die Wände dort waren von oben bis unten mit den eingeglasten Karten sämtlicher Weltmeere vollgehängt, worauf sich die Kapitäne von Zwei-, Drei- oder Viermastern und von Dampfschiffen namentlich verewigt hatten, doch die meisten von ihnen waren, wie man aus einem kleinen schwarzen Kreuz in der unteren rechten Ecke ersehen konnte, mit der gesamten Besatzung untergegangen.

«Aber, Liebster», sagte Vanina eines Nachmittags. «Wozu dieses Gruselkabinett? Man kommt sich vor wie auf einem Friedhof.»

«Brasilien, ja ganz Amerika wurde in vollen Segeln geboren», sagte er zu ihr. «In weißer Anmut und mit dem Hauch Gottes wurde uns hier das Leben gegeben. Sollten wir das je vergessen, so möge uns Der Herr gnädig sein. Das Zimmer bleibt so wie es ist. Diese Karten sind Ehrentafeln namenloser Seefahrer. Ein jeder von ihnen war ein Held. Denn er segelte voller Unerschrockenheit dem Unbekannten entgegen. So lange, bis unser Land aller Welt bekannt wurde. Dann fingen wir an, Orden und Ehrenzeichen zu verteilen. Es wurde leicht, hierherzukommen. Und so kamen auch die Leichtfertigen. Der Teufel soll sie holen. Das Kaffee-Zimmer bleibt wie es ist.»

Und so geschah es.

In dem Raum war alles seit der Zeit Des Vaters unangetastet geblieben, und er seinerseits bezweifelte, daß Der Vater je die kleinste Änderung seit den Tagen von Großvater Connor zugelassen hätte, und dieser wieder hatte nichts angerührt, weil Urgroßvater Shaun noch am Leben war, ein schrecklicher Mensch mit einem untrüglichen Blick für jede Veränderung.

«Was, zum Teufel, ist denn das?» schrie er beim Anblick des neuen Ventilators, der eine Wohltat kühlender Luft aufwirbelte. «Was soll das? Soll ich vielleicht über das Ding hier fallen und mir alle Knochen im Leibe brechen?»

«Würdest du dich mit deiner achtbaren Persönlichkeit auf diese Seite begeben, hättest du allen Nutzen davon und brauchtest keine Katastrophen zu befürchten», sagte Großvater Connor. «Laß lieber das Herumgelaufe.»

«Ich kann kein Wort verstehen», schrie Urgroßvater Shaun und nahm seinen langen weißen Bart zwischen Finger und Daumen und schlenkerte ihn auf und ab. «Glaubst du wohl, ich habe den hier, weil ich Gäule gehütet habe, wie? Soll mir der um die Ohren flattern, daß ich keine einzige Silbe mehr verstehe? Soll ich mir vielleicht in diesem Orkan hier eine Lungenentzündung holen und dann noch die Schnauze halten müssen? Ich denke gar nicht daran, bei Gott. Dies ist mein Haus, jawohl, und ich habe vor, noch allerhand Jahre darin zu leben, und deshalb raus mit dem Ding. Raus damit. Zur Hölle mit dieser Brutstätte aller Verdammnis.»

«Laß morgen einen Ständer dafür bauen», sagte Großvater Connor zu Dem Vater. «Der arme Alte sieht nichts mehr oberhalb seiner geistigen Gürtellinie. Mit einem Fuß steht er bereits im Grab. Wenn er erst mal merkt, daß das Ding die Temperatur senkt, dann wird er sich schon damit abfinden.»

Aber der alte Mann dachte gar nicht daran.

«Macht die Fenster zu», brüllte er. «Zieht die Vorhänge vor die Türen, genauso wie es meine Eltern gemacht haben. Der Wind bläst mit Messern geradewegs aus der Hölle, und, bei Gott, jede einzelne Klinge spießt sich in meinen armen Körper. Wo wir vier Wände um uns und ein Dach über dem Kopf haben, da soll uns ein Blizzard um die Ohren pfeifen, als ob wir draußen auf der Weide wären? Wenn's euch auf der Weide so gefällt, dann verfügt euch in Gottes Namen hinaus und laßt mich in meinem eigenen Haus in Ruhe und Frieden.»

«Eines Tages wirst du an Tuberkulose sterben, das ist ganz unausbleiblich», schrie Großvater Connor. «An fauliger Luft und Gewürm wirst du zugrunde gehen.»

«Faulige Luft und Gewürm hast du gesagt?» kreischte Urgroßvater Shaun in heiligem Zorn und stampfte mit dem Krückstock auf den Boden. «Überall wo du bist, weht da vielleicht ein süßes Lüftchen? Und was das Gewürm anbetrifft, so brauchst du bloß mal in den Spiegel zu sehen. Mach, daß du raus kommst.»

«Der alte Herr ist bereits im Westwind», sagte Der Vater. «Kümmre dich nicht darum. Gott, Der Allmächtige, hat sich seiner angenommen. Wenn man ihn braucht, wird man ihn schon holen.»

«Wozu sollte man ihn denn brauchen?» fragte er seinerseits.

«Nun, womöglich benötigen sie Hilfe, um einen neuen Zaun um das Paradies zu bauen», sagte Der Vater. «Oder jemanden, der sich mit Kaffee auskennt. Vielleicht. Man kann nie wissen, was so alles auf einen zukommt. Manche leben ein langes Leben, und anscheinend ist ihnen nichts zuviel. Andere gehen schon in jungen Jahren von hinnen, und fast alles, was sie sich zu tun vorgenommen haben, bleibt ungetan. Zerbrich dir nicht den Kopf über solche Dinge. Das ist ein undankbares Thema.»

So also war Urgroßvater Shaun in den letzten Tagen seines Lebens, und er bestand darauf, stets nur Kleider zu tragen, die in seiner Jugend Mode gewesen waren, die Urgroßmutter Alzira mit ihren Mägden noch selbst gewebt hatte, gefältelte und bestickte weiße Hemden und Hosen, Jacken mit einer Million in Geduld gestickter bunter Stiche, den bortenbesetzten ledernen Hut und die Stulpenstiefel mit den riesigen klirrenden Silbersporen, die überall in Dem Haus sein Nahen kündeten.

Auch wenn der Urgroßvater manchmal wie ein Vierjähriger herumschrie und zu den ungelegensten Zeiten mit den Sporen rasselte und sich überhaupt so aufführte, daß seine Umwelt keinen Augenblick auf den Gedanken kam, ihn womöglich schon abzuschreiben, so hatte er immerhin ein hartes, nahezu ein volles Jahrhundert währendes arbeitsreiches Leben hinter sich, hatte zu Pferd oder zu Fuß mit Axt und Machete das riesige Gebiet Des Erbes umzäunt, und eine jede Ernte war der Lohn seines Fleißes, ein jeder Cruzeiro auf der Bank und eine jede Kaffeebohne im Sack war lediglich der Tatsache zu verdanken, daß er sich in jungen Jahren im Schweiße seines Angesichts draußen im Urwald geplackt hatte, statt die Zeit im behaglichen Schatten Des Hauses in der Gesellschaft aller Frauen, die er sich nur wünschen konnte, zu verbummeln. Kein Denkmal war ihm gesetzt worden, abgesehen von dem Kreuz aus grünem Granit droben auf dem Hügel, einer Gedenktafel in der Kirche und den Bäumen, die er selbst einst im Garten gepflanzt hatte. Doch die Erinnerung an Urgroßvater Shaun war lebendig im Gedächtnis all derer, die zur Familie gehörten, und jener, die für die Familie arbeiteten, und es verging kein Tag, ohne daß man an ihn dachte oder einander irgendeine vergnügliche Anekdote erzählte, und wie konnte ein Mensch in Vergessenheit geraten, wenn die kleinen Geschichten aus seiner Zeit Stoff boten für so viele herrliche Augenblicke, die sich durch Generationen hindurch fortwährend wiederholten, und Serena, fünf Menschenalter später, liebte die Schilderungen aus dem Leben dieses Mannes, und ihre Kinder und Kindeskinder würden bestimmt einmal darauf brennen, sie auch zu hören, und nicht nur einmal, wäre es andernfalls wohl möglich, daß irgendein Mensch eine Fährte von so strahlender Unvergänglichkeit hinterließ, wenn er umsonst gelebt hätte, oder daß es eines in Stein gehauenen Ebenbildes bedurfte, um so kraftvoll in Erinnerung zu bleiben, ja um aufrichtig geliebt zu werden?

Im Licht der abgeschirmten Lampen, das sich funkelnd in dem Glas über all den Karten brach, umgeben von dem tiefen Rot der getäfelten Wände, überlegte er seinerseits, ob jenem O'Dancy, der den Namen Arquimed bekommen hatte, wohl auch dereinst in ferner Zukunft eine so lebensvolle Erinnerung bewahrt bleiben würde, und ob das nicht ein neues Mysterium des immerwährenden Lebens sei und der Schlüssel zu dem Ausspruch: Denn wo zwei oder drei versammelt sind in meinem Namen, da bin ich mitten unter ihnen.

Rui stand in der Tür.

«Ich habe für Mãe Bro Nachricht hinterlassen, Herr», sagte er. «Meiner Meinung nach ist sie bei den anderen im Silber-Zimmer. Doch dort drinnen hört mich keiner.»

Beide Türen waren durch eine schwere Eisenplatte unsichtbar verstärkt, die Ahn Phineas hatte einbauen lassen, als er noch das Silbergeld in dem großen Schrank aufbewahrte. Nur Dynamit könnte den Türen etwas anhaben, und das Zimmer selbst hatte Wände aus mächtigen Balken, eine zweifache Decke und einen doppelten Fußboden, und kein einziger Laut konnte hinausdringen.

«Wie viele sind da drin?» fragte er seinerseits.

«Sie sind durch die Seitentür und über die Balkontreppe hereingekommen», sagte Rui zum Boden hinunter.

«Wie viele sind da drin, habe ich gefragt», sagte er seinerseits, doch immer noch ruhig.

«Das Essen ist für hundert Personen gerichtet worden», sagte Rui. «Wir haben es im Garten aufgetragen. Noch ehe Dona Serena gekommen ist.»

«Aber hier ist heute überhaupt nichts los gewesen, was?» sagte Der O'Dancy. «Das hast du mir doch vorhin erzählen wollen, nicht wahr?»

«Ein ganz normaler Tag ohne besondere Vorkommnisse», sagte Rui, den Blick immer noch zu Boden gesenkt.

«Und wer hat für diese Leute und alle anderen gekocht?» fragte er seinerseits.

«Mãe Lurdes mit ihren Töchtern, Mãe Aparecida mit ihren Töchtern und Mãe Ostelina», sagte Rui. «Die Männer haben das Fleisch zubereitet und Feuer gemacht.»

«Und sie sind über die Balkontreppe ins Silber-Zimmer gegangen», sagte er seinerseits. «Wer hat sie dazu aufgefordert?»

«Dona Divininha», sagte Rui.

«Und sie ist jetzt bei den anderen dort drinnen?» fragte Der O'Dancy. Rui nickte, den Blick zu Boden gesenkt.

«Und was hat Madame Briault damit zu tun?» fragte er seinerseits. «Sie hilft Dona Divininha», sagte Rui.

«Wobei?» fragte Der O'Dancy. «Was machen denn die alle da drinnen?»

Rui verkrampfte die Hände.

«Ein *candomblé*, Herr», sagte er.

«Warum läßt du dir die Würmer aus der Nase ziehen?» sagte er seinerseits. «Von allein hättest du's mir nicht erzählt, was?»

«Es ist besser, wenn Sie nichts von alledem wissen», sagte Rui, plötzlich hoch aufgerichtet und laut. «Die dort sind von Dem Gesperrten Weg. Sollen wir etwa das ganze Haus Der Berührung aussetzen?»

«Was, in drei Teufels Namen, ist denn diese Berührung?» schrie Der O'Dancy. «Weißt du eigentlich, wovon du da redest? Weiß das überhaupt einer von euch? Was ist denn das: Die Berührung?»

Rui hob die rechte Faust, und der Daumen steckte zwischen Zeige- und Mittelfinger, und es war das zweitemal in fünfzig Jahren, daß er seinerseits erlebte, wie sich der Mann ungewöhnlich benahm, und allein das war schon beunruhigend.

«Die Liebkosung der Scharlachroten Taube», sagte er. «Die Tochter Satans, die Herrin Des Gesperrten Weges. Des Weges zum ‚Heil'.»

«Und ein vernünftiger Kerl wie du glaubt so etwas?» sagte Der O'Dancy.

«Ich glaube es, Herr», sagte Rui. «Ich glaube, daß Das Haus in Gefahr ist. Wir alle glauben es. Wir von Den Weißen. Hier im Silber-Zimmer ein *candomblé?* Wer hätte das für möglich gehalten.»

«Die Zeichen draußen», sagte Der O'Dancy. «Sie wiesen alle hierher.»

«Sie haben sie berührt?» fragte Rui und wich zur Tür zurück.

«Nicht nur berührt», sagte er seinerseits. «Weggeschleudert habe ich sie.»

Rui sah verstohlen auf den Gang hinaus, packte mit einer Hand den Türpfosten, kreiselte mit einer halben Verbeugung hinaus und rannte.

«Ach, Senhor, es tut mir leid, daß ich Sie habe warten lassen», flüsterte die brüchige Stimme.

Madame Briault, raschelnd in der steifen Seide eines geblümten Morgenrocks, machte einen kleinen Knicks und hielt das um die Haare gewundene Handtuch fest. Er seinerseits hatte sie nicht so untersetzt oder so beleibt in Erinnerung. Ihr Gesicht mit der pockennarbigen Haut glänzte vor Creme, sie hatte breite Backenknochen, und alle Gesichtszüge schienen in der Mitte wie zusammengequetscht zu sein, die Stirn war tiefgefurcht, und die Augen unter den niedrigen, buschigen Brauen glichen winzigen funkelnden Holunderbeeren, über den wulstigen Lippen des kleinen Mundes saß eine knollige Nase, das Kinn prangte vierfach gestuft, und mit dem Lächeln windschiefer Grabsteine wandte sie sich ihm zu und sah ihn lauernd von der Seite an.

Nervöse Spannung ging von ihr aus.

«Würden Sie bitte Platz nehmen», sagte er seinerseits. «Ich möchte mit Ihnen reden.»

Sie gab ihrem Gesäß einen kleinen Schwung und setzte sich auf die Kante von Urgroßmutter Aurilucis Sessel, der einst aus einer riesigen

Baumwurzel geschnitzt worden war, und die Verzierungen bestanden aus Menschenköpfen mit silbernen Kappen und aus silbergehörnten Tieren, die die Zeit zu treuen Freunden geglättet hatte.

«Belisaria hat mir erzählt, daß Sie zwischen mir und meiner Frau – ich meine Dona Fransisca – Botschaften vermittelt haben», sagte er seinerseits. «Ich möchte Sie fragen, wann das gewesen sein soll.»

«Botschaften?» wiederholte sie flüsternd. «Ach, ich entsinne mich nicht mehr.»

«Strengen Sie sich an», sagte er seinerseits. «Haben Sie ihr je von mir ausgerichtet, sie solle mit ihren Säuferbankerten dort bleiben, bis sie verreckt?»

Madame Briault legte beide Hände an das Gesicht, und die Holunderbeeren wurden ein wenig größer.

«Oh», sagte sie leise. «Aber, Senhor. Wann haben Sie jemals so etwas zu mir gesagt?»

«Um das herauszufinden, sitzen wir jetzt hier», sagte er seinerseits. «Ist Ihnen noch erinnerlich, daß wir beide zu jener Zeit überhaupt einmal zusammengekommen sind?»

Madame Briault wich seinem Blick aus und nahm den Mund zwischen zwei Finger, daß die Lippen wie pralle Polster herausquollen.

«Senhor, Sie dürfen nicht vergessen, daß Sie ziemlich häufig nicht ganz bei sich waren, und daß Ihnen möglicherweise so manches entgangen ist», sagte sie ruhig und mit der bevormundenden Strenge einer überlasteten Oberschwester. «Es waren Zeiten großer Besorgnis. Für jedermann. Bitte, vergeben Sie mir, aber wir alle fürchteten, daß Sie gewalttätig werden könnten.»

«Von Gewalttätigkeiten konnte niemals die Rede sein», sagte er seinerseits. «Ich wollte lediglich zurückhaben, was meinen Namen trug.»

Madame Briault nickte zu den langen Reihen von Urgroßmutter Orbellias Figurinen aus Jade und Kristall hinüber.

«Dona Fransisca fühlte sich so hilflos», sagte sie und starrte blicklos vor sich hin. «Können Sie sich nicht denken, wie schrecklich es ihr war, blind zu sein?»

«Wenn ich irgendwelche hier nicht zur Sache gehörenden Auskünfte benötige, so werde ich danach fragen», sagte er seinerseits. «Ich will jetzt endlich wissen, wann wir damals miteinander gesprochen haben.»

«Aber, Senhor, wer könnte sich nach so langen Jahren noch daran erinnern?» fragte sie, wie in andächtiger Ergebenheit und fast schon auf den Knien. «Ich erinnere mich nur noch daran, daß Sie manchmal nicht ganz bei sich gewesen sind, und daß wir des öfteren aus lauter Angst die Nachtwächter ins Haus geholt haben.»

«Ich will durchaus nicht abstreiten, daß ich betrunken gewesen bin», sagte er seinerseits. «Aber ich besitze ein recht ordentliches Gedächtnis. Habe ich Ihnen je aufgetragen, Dona Fransisca auszurichten, sie solle mit ihren Säuferbankerten dort bleiben, bis sie verreckt? Beantworten Sie mir gefälligst meine Frage.»

Sie rückte in dem Sessel hin und her, und ihr Blick irrte unstet von einem Gegenstand zum anderen.

«Ich glaube schon, daß Sie mir das aufgetragen haben», sagte sie. «Und Sie haben mich auch angewiesen, mich um den Unterricht der Kinder zu kümmern.»

«Immer nur eins zur Zeit», sagte er seinerseits. «Wo soll denn das gewesen sein?»

«Im Wartezimmer des Klosters», sagte sie.

«Und das wissen Sie genau», sagte er seinerseits.

«Absolut genau», sagte sie, setzte sich gerade hin und richtete die Holunderbeeren auf ihn. «Es war kurz nach der, nun, nach der Begebenheit.»

Er seinerseits nickte.

«Bekanntlich habe ich tags darauf Brasilien verlassen und bin nicht einmal zum Begräbnis von Senhor Carvalhos Ramos, des besten Freundes, den ich je hatte, zurückgekommen», sagte Der O'Dancy. «Wie hätten wir zu der Zeit miteinander sprechen können?»

«Dann war es eben vorher», sagte sie, und Tränen quollen ihr aus den Augen. «Ich weiß es nicht. Ich kann mich nicht mehr darauf besinnen. Aber es ist bestimmt der Fall gewesen. Sie können mir nicht nachsagen, daß ich nicht alles getan habe, was in meinen Kräften stand. Ich habe dieser Familie mein ganzes Leben geopfert. Und ich bin stolz darauf, wenigstens zu einem kleinen Teil dazuzugehören. Ich habe der teuren Dona Fransisca mit Leib und Seele gedient. Ich war immer für ihre Kinder da. Sie hingen an mir. Und sie legen diesem Hause Ehre ein. Darf ich es wagen zu behaupten, daß sie auch mir zur Ehre gereichen? Und ich habe Dona Divininha ebenfalls in diesen ganzen Jahren gedient. Das alles ist für mich nicht immer einfach gewesen, aber das tut nichts zur Sache. Unsereins erwartet es ja gar nicht, auf Rosen gebettet zu werden. Doch ab und zu ein freundliches Wort, kann unsereins nicht einmal damit rechnen? Nie ist mein Gehalt auch nur um einen Cruzeiro erhöht worden. Nicht um einen einzigen. Habe ich je darum gebeten? Und wenn mein Leben auf dem Spiel gestanden hätte, ich würde es nicht getan haben. Niemals. Unsereins hat auch seinen Stolz, Senhor.»

Er entsann sich, wie sie seinerzeit, erheblich schlanker, im blauen Leinenkleid, auf dem Kopf einen flachen schwarzen Strohhut, mit dem alten Senhor Carvalhos Ramos hereinkam und Zeugnisse von allen möglichen Leuten vorwies, und wie plötzlich eine Sekretärin nebenan im Büro losheulte, weil sie sich den Finger in einer Aktenschublade gequetscht hatte, und sie ihrerseits zeigte eine schwarzbestrumpfte, wohlgeformte Wade, als sie durch die Tür eilte und sich um die Verletzung kümmerte, und bis der Arzt kam, war alles bereits verbunden, und sie war engagiert.

«Laß mir ja diesen kleinen französischen Pudding in Frieden», sagte Divininha am Abend kurz nach ihrer Ankunft auf Dem Erbe. «Sie versteht sich ausgezeichnet auf Handarbeiten, ist eine großartige Schnellköchin, weiß fabelhaft mit den Kindern umzugehen und kennt sich überhaupt in allem aus. Überlaß sie ruhig mir.»

«Schnellköchin, das sieht ihr ähnlich, oder haut sie nur kurz und lieblos etwas in die Pfanne?» fragte er seinerseits.

«Eine Schnellköchin, du Wonnebraten, ist jemand, der in zwei Minuten eine komplette Mahlzeit zaubert», sagte Divininha. «Manche können das. Allerdings nur sehr wenige. Ich kann's nicht. Hast du je ihre *vatapá* versucht?»

«Bisher noch nicht», sagte er seinerseits. «Bietet sie ihre ureigene *vatapá* auf einem Teller an?»

Divininha zupfte sich am Ohrläppchen und lachte.

«Du bist unmöglich», sagte sie.

Vatapá, jene köstliche Mischung aus Reis und Safran und Garnelen.

«Können Sie eigentlich immer noch so gut kochen wie früher?» fragte er. «Wie lange ist es bloß her, daß Sie eine *vatapá* gemacht haben?»

Sie zog die Nase kraus und lächelte.

«Das muß schon eine Ewigkeit her sein», sagte sie. «Zum Kochen bin ich überhaupt nicht mehr gekommen. Es gab zuviel zu tun. Die Kinder und tausend andere Dinge.»

«Aber mit den Kindern haben Sie doch schon seit langem nichts mehr zu schaffen», sagte er seinerseits. «Mit Serena hatten Sie ohnehin nichts zu tun. War Kyrillis nicht der letzte?»

Sie sah ihn an, nickte, mehrmals, nachdrücklich, und wandte sich ab.

«Ich habe mir schon gedacht, daß Sie mich seinetwegen sprechen wollten», sagte sie mit brüchiger Stimme, und doch lag ein Unterton von Entschlossenheit darin. «Er hat seinem Namen Schande gemacht. Ich habe ihn gewarnt, aber er wollte nicht hören.»

«Wovon sprechen Sie eigentlich?» sagte er seinerseits zögernd. «Daß man ihn von der Universität gewiesen hat?»

Sie drehte sich zu ihm um, und ihre Überraschung war echt.

«Von der Universität gewiesen?» fragte sie. «Er hat zwei Männer in einem Taxi erschossen. Ja. Gestern abend.»

«Gott im Himmel», sagte er seinerseits. «Wer hat Ihnen denn das erzählt?»

«Er selbst hat es uns erzählt», sagte sie. «Dona Divininha wollte, daß er sich der Polizei stellt. Doch Dona Hilariana schien der Ansicht zu sein, daß Sie schon etwas unternehmen würden.»

«Der Junge wollte Koks», sagte er seinerseits. «Versorgen Sie ihn damit?»

«Der Arzt bewilligt Dona Divininha eine ganz bestimmte kleine Dosis», sagte sie. «Manchmal, wenn er schon ganz von Sinnen war, gab sie ihm ein wenig, damit sich seine Erregung legte. Aber das war nicht die Regel. Heute abend hat er sich ganz unmöglich aufgeführt. Ich sage Ihnen, er ist geradezu gemeingefährlich. Er wird vor nichts zurückschrecken, um sich zu verschaffen, was er haben will.»

«Ich werde ihn mir vornehmen», sagte Der O'Dancy. «Weiß die Polizei schon über die Taxiangelegenheit Bescheid?»

Sie richtete den Blick zur Decke empor und stieß den Atem schnaufend durch die Nase.

«Die Polizei», sagte sie. «Die läßt alles gelten, wenn man nur genug zahlt.»

«Abwarten», sagte er seinerseits. «Übrigens, wissen Sie etwas von diesem Umbanda-Mumpitz? Haben Sie je davon gehört?»

Es schien sie zu schütteln, und sie beeilte sich, das Handtuch um ihren Kopf festzuhalten, damit es nicht vollends herunterrutschte. Das Haar war über beiden Ohren geflochten, und die Zöpfe türmten sich rechts und links unterhalb eines Mittelscheitels wie zwei Vogelnester. Sie band das Handtuch fester und setzte sich aufrecht hin.

«Senhor, nach all den Jahren hier bin ich hinlänglich orientiert», sagte sie. «Hier oben sind wir davor absolut sicher. Ich dulde nichts dergleichen, niemand darf es erwähnen, mit keinem Wort, und keine der Frauen, die hier die Zimmer machen, dürfen damit in Verbindung stehen. Nicht einmal die Frauen in der Waschküche.»

«Das freut mich zu hören», sagte er. «Ist Ihnen je zu Ohren gekommen, daß Dona Hilariana mit solchen Dingen zu tun hat?»

Madame Briault stieß ein knappes, brüchiges Gelächter aus und setzte sich etwas bequemer im Sessel zurecht.

«Sie mußte sich schon damit befassen, gewiß», sagte sie ein wenig atemlos. «Aber ob sie damit zu tun hat? O nein. Überhaupt nicht. Und ich sollte das wirklich wissen. Schließlich kenne ich sie, seitdem sie in der Wiege lag. Eine Frau von so überragender Intelligenz, von so tiefgründiger Bildung. Was, um alles in der Welt, könnte sie schon mit solchen Narrenpossen zu schaffen haben? *Umbanda*? Die Verehrung von Sklaven durch versklavte Seelen? O nein. Das wäre bestimmt nichts für meine Hilariana. Letzten Endes hat sie doch etwas Besseres zu tun, nicht wahr?»

«Schon möglich», sagte er seinerseits. «Aber zweifellos scheint sich doch in dieser Beziehung hier einiges zu tun. Meinen Sie nicht auch?»

Madame Briault preßte zwei weitere Kinnwülste hervor, und die Holunderbeeren wirkten größer als das Weiße des Auges.

«Aber, Senhor, ohne Kontrolle, was können diese Leute schon groß tun?» sagte sie, und in ihrem Flüstern lag so etwas wie tiefstes Mitleid. «Stellen Sie sich vor, dieser Pereira – Democritas, so heißt er doch, nicht wahr? – und seine Frau. Alle beide. *Umbanda.* Und alle anderen? Natürlich auch, denn er ist ja der Verwalter. Und er ist nicht der einzige in Ihrer Umgebung, Senhor.»

«Mein eigener Bruder», sagte er seinerseits.

«Unter anderen», sagte sie. «Doch ich weiß, was sich gehört. Ich halte den Mund.»

«Haben Sie eigentlich noch nie daran gedacht, sich zur Ruhe zu setzen und in die Heimat zurückzukehren?» fragte er seinerseits. «Ich besinne mich noch genau auf das Haus Ihrer Eltern dort unten bei Angoulême. Da steht es doch, nicht wahr?»

Es war damals in jenem Frühsommer mit Hilariana, als er Madame Briault etwas besonders Gutes antun wollte und sie auf ein paar Wochen bei ihrer Familie ließ, jene herrlichen Sonnentage, und der Garten eine Fülle von Blumen und Kräutern und Gemüse unter Dutzenden von Schnüren mit gläsernen Glocken, und Stockrosen in allen Schattierungen erhoben sich in der windstillen Wärme, und es war eine duftende Pracht, als ob sie zwischen die blühenden Brüste der Maja persönlich gehörten. Und ein wunderliches altes Haus mit breiten Türen und niedrigen Decken, und schweigsame Menschen in frisch gewaschenen Kleidern, die nach Seife rochen, und eine einzigartige Suppe in der Küche, und das Mittagsmahl unter den Bäumen, und ein Fäßchen *calvados,* das sie mitnehmen mußten, als sie wieder nach Paris zurückfuhren. Ein sonderbarer Geburtsort für Bri-Bro, die Weltkluge, und sie beichtete Hilariana, daß sie sich keinen Augenblick dort wohl gefühlt und erst aufgeatmet habe, als sie wieder auf dem Rückweg in die Großstadt gewesen sei.

Madame Briault starrte ihn an und holte einmal tief Luft.

«Sie werden doch wohl nicht annehmen, daß ich nach all diesen Jahren wieder dorthin zurückgehe?» fragte sie, und ihre Stimme war mit einemmal hell und gar nicht brüchig. «Ich habe keinen Menschen mehr drüben. Alle sind tot. Und außerdem, wie könnte ich dort leben? Was habe ich denn? Das Haus steht nicht mehr. Wo sollte ich wohnen?»

«Mit der Rente, die ich Ihnen aussetze, können Sie das ganz nach Belieben entscheiden», sagte er seinerseits. «Ich will mich nicht mit Ihnen anlegen. Sie haben Dem Haus ausgezeichnete Dienste geleistet, nehme ich an. Doch Ihre Erklärungen überzeugen mich nicht. Gehen Sie jetzt auf Ihr Zimmer und holen Sie sich Hilfe, soviel Sie brauchen. Denn noch heute vor Mitternacht müssen Sie hier aus Dem Haus verschwunden sein.»

«Heute?» sagte sie und erhob sich schwerfällig. «Heute? Sie meinen noch heute abend?»

«Noch heute abend», sagte er seinerseits. «Nicht erst morgen. Senhor Carvalhos Ramos hat bereits die Schecks für Sie ausgestellt. Sie müssen nur noch angeben, wohin die monatliche Rente überwiesen werden soll. Das ist alles.»

«Das ist alles?» sagte sie und starrte ihn ungläubig an. «Sie müssen verrückt sein. Wer soll sich denn um Vanina kümmern?»

«Dona Divininha kann sich um sich selbst kümmern, falls kein anderes weibliches Wesen zur Verfügung sein sollte», sagte er seinerseits. «Und jetzt machen Sie, daß Sie wegkommen.»

«Aber Sie wissen ja gar nicht, was Sie damit anrichten», sagte sie, und ihr Lächeln schien seltsam von innen heraus zu leuchten. «Wer wird sich so um alles kümmern, wie ich es immer getan habe?»

«Wir sind Ihnen für Ihre Bemühungen außerordentlich dankbar», sagte Der O'Dancy. «Doch jetzt gehen Sie bitte.»

«Ihre Frau ist rauschgiftsüchtig», sagte sie, laut und brüchig. «Wer soll sich ihrer annehmen?»

«Das habe ich nicht gewußt», sagte er seinerseits. «Ich werde das feststellen.»

«Es gibt eine ganze Menge, was Sie nicht wissen», sagte sie, die Hand auf die Hüfte gestemmt, und schüttelte den Kopf, daß der Handtuchturban wackelte. «Wenn ich gehe, wenn Sie mich wegschicken, dann werden eine Menge Leute soviel zu hören bekommen, daß Ihnen die Augen übergehen. Haben Sie geglaubt, daß es nur der Alkohol war? Irrtum. Haben Sie geglaubt, daß sie keine Männer hier hatte? Ja, verehrter Senhor, selbstverständlich hatte sie Männer hier. Und Frauen.»

«Gehen Sie, bitte», sagte er, und die Knie waren mit einemmal zu schwach, zu zittrig, als daß er sich erheben konnte.

«Dieser Kyrillis», sagte sie und lachte, ein schrilles, brüchiges Lachen, das würgte, und sie mußte schlucken. «Der Adoptivsohn von Kyrillia? Adoptivsohn? Ihr leiblicher Sohn ist er. Sie war sechzehn, als sie ihn zur Welt brachte. Und der Vater? Das wissen Sie nicht?»

«Ich glaube kein Wort von dem, was Sie da reden», sagte er seinerseits. «Machen Sie, daß Sie wegkommen.»

«Fragen Sie sie doch selbst», sagte Madame Briault. «Bin ich nicht Hebamme, Kinderschwester und alles andere dazu? Sie wissen gar nicht, was Sie mir verdanken. Vielleicht soll mich sein Vater dafür entlohnen?»

«Fragen Sie ihn doch», sagte er seinerseits. «Mir ist das völlig egal.»

«Senhor Carvalhos Ramos wird hocherfreut sein, wenn er seinen Sohn verteidigen muß, was?» sagte sie und bewegte die Hüften in raschelnder Seide. «Ich nehme mehr als Schecks. Mehr als irgendeine Rente. Mit jedem Augenblick, den Sie hier noch herumsitzen, kommt die Heimsuchung näher. O'Dancy? Wir werden bald feststellen, was dieser Name zu bedeuten hat. Gehen Sie doch zu Ihrer Frau hinauf. Zur lieben Vanina. Ein Mann ist gerade bei ihr. Wußten Sie das nicht? Sie meinen, ein Bekannter von Hilariana? Verehrter Senhor, was soll Ihre Tochter mit einem Mann anfangen? Oder Ihre Frau mit einem männlichen Wesen, solange ich da bin, um sie zu trösten?»

«Sobald ich aus diesem Sessel hier hochkomme, bringe ich Sie um», sagte er.

Sie zuckte plötzlich mit Armen und Beinen, und dabei verrutschte der Morgenrock für einen kurzen Augenblick. Da sah er, daß sie knöchelhohe Stiefel aus schwarzem Leder trug und an den Beinen scharlachrote Strümpfe. In dem hastigen Bemühen, den Morgenrock unten zu schließen, öffnete sich dieser oben und ließ erkennen, daß sie vom Hals ab scharlachrot war. Ihr Lächeln hatte sich verwandelt. Das Weib schien zu wachsen, als es sich vor ihn hinstellte. Das ungewöhnliche Leuchten in ihrem Gesicht war nicht irgendein Trug der Einbildung. Das Lächeln verlor seine Wachsamkeit. Und in diesen Sekunden wurden die Hände zu Klauen, das Gesicht zur fahlen Schreckensfratze mit gebleckten Zähnen, und ihr Atem fauchte knurrend aus der Kehle.

«Gott steh uns bei», sagte Der O'Dancy. «Das Weib ist ja wahnsinnig.»

«Exú gibt ein Zeichen», flüsterte sie und wies auf ihn seinerseits und fuhr dann mit ausgestrecktem Arm im Kreis herum. *Iemanja* wacht. Wir beten zu Dem Vater des Gesperrten Weges. Die Taube wird dir Den Kuß bringen. Den Kuß von Den Drei Nägeln.»

«Der Teufel soll dich holen!» schrie er.

Sie spuckte aus, wirbelte herum, und der Morgenrock flog raschelnd auseinander, und der Körper darunter war scharlachrot und nackt, und sie rannte davon.

Der O'Dancy fragte sich verwundert, ob er das alles vielleicht nur träume, wie damals, als das Ich immer wieder versuchte, sich ins Leben zurückzukämpfen, und das andere Gewicht lag so schwer auf den Lidern, und der Körper konnte sich nicht rühren, und alle Sinne sträubten sich gegen das Messer im Rücken.

Januario blickte vorsichtig zur Tür herein. Vor schlotternder Angst war er den Tränen nahe.

«Herr», sagte er.

Der O'Dancy sammelte neue Kraft aus der Furcht des anderen.

«Wir haben es hier mit etwas zu tun, was außerhalb unserer Begriffe und unseres Vermögens liegt», sagte er und setzte ein krampfhaftes Lächeln auf. «Die arme Frau ist ganz aus dem Häuschen. Ruf gleich den Arzt an und dann hol mir alle Leute, Männer und Frauen, aus dem Bett oder wo sie gerade sein mögen und laß sie in Dem Haus zusammenkommen. Verstanden? Wer nicht erscheint, hat auf Dem Erbe nichts mehr verloren. Ich wünsche, daß alles hier vom Dachboden bis zum Keller noch vor Tagesanbruch gescheuert und geputzt ist. Dann soll Padre Miklos mit dem Weihwasser kommen. Und anschließend können sich alle drei Tage frei nehmen. Verstanden?»

Januario nickte.

«Aber die anderen sind immer noch im Haus, Herr», sagte er zaghaft und mit unstetem Blick. «Solange die nicht weg sind, setzt keiner einen Fuß hier herein.»

Weiter unten im Gang wurde eine Tür zugemacht, leise, doch fest.

«Das Silber-Zimmer», sagte Januario. «Sie sind immer noch da drin.»

Der O'Dancy ging hinaus, bis zu den Doppeltüren und versuchte sie zu öffnen.

«Herr», flüsterte Januario in der Tür zu Großmutter Xatinas Zimmer. «Das dort erklärt alles. Dort ist das vollständige Zeichen.»

Er deutete mit dem Zeigefinger seiner weiß behandschuhten Hand nach drinnen, doch machte er keine Anstalten, einzutreten.

Er seinerseits stieß die angelehnte Tür auf, stand einen Augenblick wie angewurzelt da und ging hinein.

Großmutter Xatina hatte die meiste Zeit ihres Ehelebens zwischen Patio, Schlafzimmer und diesem Raum, dem Dunklen Zimmer zugebracht, und das Dunkle Zimmer war stets als ihre ureigene Domäne respektiert worden, und keiner hatte je auch nur die kleinste Veränderung gewagt, denn ein jedes Stück dort war von ihr persönlich ausgesucht worden, ein jedes hatte seine eigene Geschichte, ein jedes für sich ein Stück leuchtender Verklärung. Sie war achtzehn, als sie Großvater Connors dritte Frau wurde, eine reinrassige Tupi von beiden Eltern her, mit strahlender Anmut und hellwachen Sinnen, und in ihrer ganzen herzerfrischenden Schönheit wählte sie in den Kunstgalerien und Salons Europas aus, was ihr gefiel, und sie tat es, wie sie sagte, mit Liebe. Seltsam, daß ein Mädchen aus einer binsengedeckten Hütte, die heute noch am Fuß der Berge stand, ein Mädchen, das nichts von der Welt wußte, außer dem, was es von Großvater Connor erzählt bekommen hatte, die Metropolen der Kontinente bereiste, ohne auch nur ein einziges Wort einer fremden Sprache zu kennen, und lediglich zeigte und zahlte und damit ganz fraglos eine Kostbarkeit nach der anderen erwarb. Man sagte, daß

Großmutter Xatinas Zimmer die beste Sammlung griechischer und römischer Möbel, Töpferkunst und Gemälde der Welt enthielt. Sie kaufte zu einer Zeit, als es erst wenige Kunsthändler und noch keine Gesetze gegen den Export von Kunstgegenständen gab, und sie zahlte mit Gold, und dessen Stimme war unüberhörbar.

Doch anstelle der pompejanischen Wandgemälde waren die Wände mit scharlachroten Matten und Behängen aus roten Blumen bedeckt. Jeder Sessel, jeder Tisch, jede Statue war mit scharlachroten Tüchern verhüllt. Unter dem Erkerfenster waren drei Tische in einem offenen Quadrat aufgestellt und an den Außenkanten mit rotem Samt eingefaßt, doch die Tischwäsche selbst war schwarz. Früchte türmten sich auf den Tafelaufsätzen, Gelees und Puddinge schimmerten hellrot im Schein scharlachroter Kerzen, und im Mittelpunkt des Quadrats stand ein aus Teig geformter Kegel in einem Dreieck aus drei geißfüßigen Schalen.

In der Ecke, wo Großmutter Xatinas Nähtischchen von der Tür aus nicht sichtbar und fern von aller Zugluft stand, kauerte – genau wie er seinerseits es bereits geahnt hatte – eine riesige Statue Satans zwischen zwei nackten «Tauben». Die Ähnlichkeit ließ gar keinen Zweifel zu, daß das Monstrum eigens geschaffen worden war, ihn seinerseits zu verkörpern, und abgesehen von dem Bart auf Oberlippe und Kinn war es ganz unbestreitbar eine recht gelungene Nachbildung, auch wenn der Phallus in kraftvoller Erektion zuviel der Schmeichelei war. Doch die Schürhaken erwiesen sich als handgerechte Waffen. Ein weitausholender Schlag, und das Monstrum war zu einem Häufchen bröckliger Schamotte verwandelt. Die scharlachroten «Tauben» waren glasäugige, in lächelnder Scheußlichkeit verzerrte vollbusige Frauengestalten, die beide Hände zwischen die Schenkel geklemmt hatten, und zwei wuchtige Hiebe übersäten den Fußboden mit Scherben. Ein jeder Phallus zwischen den Aufsätzen auf dem Tisch zerbarst unter dem Feuerhaken, und die dreibeinigen Weihrauchschalen stürzten um.

Die Anrichte funkelte rot im Schein kleiner roter Lampen. Die Teller waren alle rot, dazu die Sülzen oder Fleisch in rotem Aspik, und Wein glühte rot in gläsernen Amphoren.

Der O'Dancy hielt einen Augenblick inne, um Atem zu schöpfen.

«Wer hat denn das hier veranlaßt?» sagte er seinerseits leise, zu lauter Empörung unfähig.

«Mãe Bro», sagte Januario von der Tür her.

«Ist das schon mal vorgekommen?» fragte er seinerseits.

«Viele Male, Herr», sagte Januario.

«Und du hast mir nie davon erzählt», sagte er seinerseits. «Du wußtest genau, was ich tun würde.»

«Und wenn die anderen mich Lügen gestraft hätten?» sagte Januario.

«Und wenn es demnach nicht hier stattgefunden hat – wie hätte ich es wagen können, Ihnen etwas davon zu erzählen?»

«Aber was, im Namen Gottes, soll das hier?» fragte Der O'Dancy. «Wozu dient es?»

«*Khimbanda*», sagte Januario und bekreuzigte sich, küßte sich die Fingerspitzen und hielt die Faust in die Höhe, aus der zwischen Zeige- und Mittelfinger die Daumenkuppe herausragte. «Es ist Das Fest Des Gesperrten Weges.»

«Was, um Himmels willen, stehen denn hier für Fressalien herum?» fragte er seinerseits.

«Sülze aus Lämmerblut, Hühnerblut und Kälberblut», sagte Januario. «Man sagt sogar, auch Sülze aus dem Blut von Neugeborenen. Dazu Fleisch und Pasten.»

«Welche Mutter würde denn das zulassen?» fragte er seinerseits. «Wie ist so etwas bloß möglich?»

Januario nickte, den Blick auf die Hände gesenkt.

«Viele Mütter sind nicht verheiratet», sagte er. «Man kann ihnen Geld geben. Viele Kinder sind unerwünscht. Man kann sie kaufen. In jedem Alter. Eine gute Mahlzeit. Ein Kügelchen Coca. Das, was übrigbleibt, kriegen die Ratten. Wer verliert über so etwas schon ein Wort? Wer hört da schon hin?»

Der O'Dancy starrte den Mann an, aber ihm kam kein Zweifel mehr. Das Gemunkel, die Geschichten eines ganzen Lebens erstanden wieder im Gedächtnis, einer Brandung gleich, unfaßlich für den wachen Verstand, doch instinktiv akzeptiert, und dennoch wieder verworfen in einem Zeitalter der Wolkenkratzer, der hell erleuchteten Boulevards, Radios und Automobile.

«Hilf mir mal», sagte er seinerseits und ergriff einen Zipfel des Tischtuchs. «Schlag es über und reiß es herunter.»

Das lange schwarze Tuch gab dem kraftvollen Ruck nach und glitt im Klirren berstenden Glases zu Boden. Bei allen drei Tischen nacheinander. Die Wandbehänge wurden heruntergezerrt, die Blumen sanken herab, die Tücher über Sesseln und Statuen schnellten zurück, und alle Kerzen und Lampen wurden sorgfältig ausgeblasen.

Der O'Dancy schaltete die elektrischen Lampen ein. Weiße Bildhauerkunst strahlte ihre beständige Melodie von Schönheit in zeitlos unbewegter Ruhe aus.

«Gib Tavares Bescheid», sagte er seinerseits. «Bestell ihm, er soll einen Anzug für mich herauslegen. Ich will ein Bad nehmen und mich rasieren. Padre Miklos wird bald hier sein. Er kann dann den Rest besorgen.»

«Und der Besuch unten, Herr?» fragte Januario.

«Die haben so lange gewartet, da können sie mir ruhig noch ein paar Augenblicke gönnen», sagte Der O'Dancy. «Versorg sie mit allem, was sie brauchen. Mach eine Flasche von Connors Sekt auf. Ich trinke dann auch ein Glas mit. Ist dieser Vasconcelos heil weggekommen?»

«Ja, Herr», sagte Januario. «Übrigens, der junge Senhor Kyrillis wollte Dona Divininha sprechen. Aber ich habe ihm erklärt, daß sie nicht gestört werden will. Da hat er mich mächtig beschimpft.»

«Hol Moacyr und Gilberto», sagte Der O'Dancy. «Sie sollen Stricke mitbringen. Dann sucht Kyrillis und bindet ihn, wenn's nötig ist. Setzt ihn in den Jeep, bringt ihn zur Klinik von Dr. Gonçalves und liefert ihn dort ab. Sag mir Bescheid, wenn alles erledigt ist. Verstanden?»

Januario verbeugte sich und ging davon, und er seinerseits schritt den Gang hinunter, musterte die verschlossenen Türen des Silber-Zimmers und blieb zögernd stehen, doch dann entschied er sich, all das Padre Miklos zu überlassen, und ging weiter bis zum Aufzug. Das Türgitter schloß sich leise, und als er hinaufglitt, empfand er Erleichterung und hatte das Gefühl, heimzukehren.

Tavares war am Telephon, als sich die Tür öffnete, und er schnalzte mit der Zunge, legte den Hörer auf und wies zum Ankleidezimmer hinüber. Der Mann war taubstumm, doch er machte sich durch Schnalzen bemerkbar und registrierte leichte Schläge am Hörer als Antwort, wobei zwei Schläge bedeuteten, daß der O'Dancy komme, drei, daß er nicht komme, vier, daß seine Tagesarbeit beendet sei, und fünf, daß er sich unten melden solle, um weitere Weisungen entgegenzunehmen. Im übrigen verbrachte der Mann sein Leben oben in den Räumen seines Herrn, und alles blitzte vor Sauberkeit.

Er seinerseits hatte nie herausbekommen, ob Tavares von den Lippen ablesen konnte, und er bemühte sich auch gar nicht, es zu ergründen, und er behandelte ihn wie jeden anderen in Dem Haus, womit alle zufrieden waren.

«Einen dunklen Anzug, schwarze Schuhe, weißes Hemd und blaue Krawatte», sagte er seinerseits. «Wie geht's dir?»

Tavares schnalzte, verneigte sich, nahm ihm das Jackett ab, warf es in den Wäschekorb und eilte dann ins Bad, das Wasser einzulassen.

Um sich etwas Gutes anzutun, ging er seinerseits in das Arbeitszimmer und öffnete ein Fach in der Wandtäfelung, in dem stets eine Flasche stand, seit es Fransisca so verfügt hatte. Ein kleines Glas genügte, ein Mundvoll nur, was ihn eigentlich überraschte. Ihm seinerseits war nicht nach Trinken zumute. Unter ihm fand ein Hexensabbat statt, entgegen aller Tradition Des Hauses, eine einzige Anklage gegen die Fahrlässigkeit und Verantwortungslosigkeit, durch die viele Familienmitglieder und ihre Dienerschaft in den Schmutz gezogen wurden, und jeder Gedanke daran vertiefte das bohrende Schuldgefühl und die Gewißheit, sich der Gnade Des Allmächtigen begeben zu haben.

«Du bist in Spinnengeweben verfangen, O'Dancy», sagte er seinerseits laut und hob das Glas. «Versprich, daß hier ein Großreinemachen stattfindet, und daß du bei dir selbst und deinem eigenen Dreck anfängst. Gehirn und Körper. Laß die Seele bis zuletzt, denn sie weiß wenig genug von sich selbst. Ganz offensichtlich. *Deus me libere.*»

Der kleine goldene Schlüssel öffnete die Tür in der Wandtäfelung zu Fransiscas Zimmer, und, mit dem Glas in der Hand, betrat er den Raum, wieder von dem Gefühl beseelt, daß dies hier mehr war als irgendeine kühle Kathedrale, mehr als irgendein mit Krücken vollgehängter Wallfahrtsort, mehr als vor dem Thron des Todes und des Göttlichen Gerichtes zu stehen, hier war die Zärtlichkeit und die Herzenswärme einer Frau, war die Liebe selbst, lange dahingeschieden, lange beklagt, lange entbehrt, und Gott möge ihr Herz in Seine wärmenden Hände schließen.

28

Fransiscas Wohnzimmer bot ein Bild ihrer Fraulichkeit, und er betrat
es mit einem Gefühl der Heimkehr, und fast erwartete er, sie dort
umhergehen zu sehen, ohne Zögern oder Unsicherheit, denn sie wußte
genau, wo jeder Sessel, jeder Tisch und alle anderen Möbelstücke standen, und sie irrte sich nie in den Abständen, ja, einmal sagte sie sogar,
daß sie alles zwischen den Augen wahrnehme, und sie konnte recht ärger-
lich werden, wenn man ihr unterstellte, daß sie ihre Blindheit als Nachteil empfand.

«Es genügt vollkommen, die Dinge zu erfühlen», sagte sie an jenem
Abend. «Ich bediene mich der Sprache, die ich gelernt habe. Ein Wort
ist etwas Gestalthaftes. Es ist wie ein Vogel, ein greifbares Etwas, das
fliegt, aber solange ich es in meinen Händen halte, ist es warm und
furchtsam und braucht Nahrung, und seine langen Schwingen haben so
viele Federn, und eine jede Feder besteht aus einer Unmenge von feinen
Härchen an einem Schaft. Ist nicht ein Wort genau das? So viele Dinge
in einem?»

«Und du meinst nicht, daß dir eine Operation helfen könnte?» fragte
er seinerseits. «Ich kenne jemanden, der sie für aussichtsreich hält.»

«Nein», sagte sie. «Ich bleibe lieber, wie ich bin.»

«Gott möge dich in Sein Herz schließen», sagte er seinerseits. «Mir
bist du auch lieber so.»

Fußboden, Wände, Decke und alles andere war weiß, und das hohe
Nordfenster spendete genug Helligkeit, daß er ohne Licht zu machen seinen Weg fand. Fransiska wählte einen jeden Gegenstand vermöge ihres
Tastsinns aus, und so kam es, daß einige Dinge sonderbar angeordnet
oder wunderlich gepaart waren, doch sie machte es glücklich, und das
war die Hauptsache. Unter den Möbeln gab es nichts aus den Werkstät-
ten anerkannter Meister. Sie liebte Sessel, in denen sie behaglich sitzen
konnte, und Tische, an denen es sich gut essen und trinken und plaudern
ließ. Jeder Stuhl war so gearbeitet, daß Kreuz und Rücken fest gestützt
wurden, und die Tische paßten sich der Höhe ihrer Ellbogen an. Ein
Tisch, den man ihr einst als Geschenk von Tomomi hingestellt hatte,
war für sie indiskutabel, nachdem sie sich an seiner Kante das Schien-
bein gestoßen hatte.

«Hinaus mit dem Ding», sagte sie. «Den Strumpf habe ich mir daran
zerrissen.»

«Ich könnte mich umbringen», sagte er seinerseits. «Leider habe ich nicht früh genug gesehen, daß du schon so nahe daran warst. Es ist ein herrliches Stück.»

«Ich habe eine Schramme am Bein davon bekommen», sagte sie. «Ich will ihn nicht. Ganz gleich, wie schön er auch sein mag. Hinaus damit.»

Und so geschah es.

Tomomis schüchternes Friedensangebot oder der Versuch, eine Verbindung herzustellen, und das Verlangen, sich ihr genehm zu machen, was immer sie auch im Sinn gehabt hatte, war vergeblich gewesen und hinterließ nur eine Wunde im Herzen, und ebenso erging es ihren preisgekrönten Chrysanthemen.

«Die riechen wie muffige Möbel», sagte Fransisca. «Hinaus damit, bitte.»

«Aber Liebste, laß dir doch erklären», flehte er seinerseits. «Das sind die Blumen der Götter und Kaiser.»

«Verschenk sie doch», sagte sie. «Götter und Kaiser haben keinen Geruchssinn. Hinaus damit. Bitte.»

Hinaus damit.

Fransiscas geflügeltes Wort. Sie hatte ihre kleine Welt von kleinen Dingen, die sie berühren, hören oder riechen konnte, doch auch eine ungleich größere Welt von Einfällen, Gedanken und Ahnungen. Auf ihrem Tisch lag die Arbeit ihres letzten Tages und die letzte Wachsplatte, die sie aufgenommen hatte, und die er seinerseits wieder und wieder abspielte, nur um ein paar Sätze lang ihre Stimme zu hören. All ihre Kleider hingen in den Schränken, verschlossen hinter Glas, so wie sie sie zurückgelassen hatte.

«Um Himmels willen, Paps, schenk sie weg», sagte Hilariana voller Ungeduld. «Es ist einfach krankhaft. So viele Mädchen hier würden sich über diese Sachen halb totfreuen. Besonders über die Unterwäsche. Es ist zwar alles völlig unmodern, aber eine gute Schneiderin könnte noch viele unserer Frauen sehr glücklich machen. Warum verschenkst du nicht einfach das ganze Zeug?»

Er seinerseits konnte es ihr kaum klarmachen – besonders nicht, wenn sie in diesem Ton mit ihm sprach –, daß es ihm ein Gefühl der tiefen inneren Ruhe gab, das Gefühl, überhaupt weiterleben zu können, wenn er hin und wieder dort hineinging, in die Dunkelheit, und den einen oder anderen Schrank öffnete und einen Armvoll leerer Hüllen herausnahm, die immer mehr schwindende Süße ihres Parfums einsog und sich vorstellte, wie sie gewesen war, als der Stoff noch ihre warme Schönheit umfing, ja, und das stumme Salz darauf tropfen ließ, von dem niemand wußte.

«Aber wie kannst du behaupten, daß du mich liebst, wenn du mit dieser Japanerin eine ganze Familie hast?» sagte Fransisca. «Muß ich immer allein dasitzen und daran denken, daß du bei ihr bist? Bin ich denn so häßlich oder so kalt? Oder bist du meiner überdrüssig? Vielleicht graut dir vor meiner Blindheit? Manchen Leuten geht es so.»

«Nein, mein Herz, nein», sagte er seinerseits. «Bitte ich nicht Gott, daß ich vor mir selbst eine Erklärung finde?»

«Es ist eine Versuchung, nicht wahr?» fragte sie. «Eine Versuchung des Auges? Du wünschst dir, du könntest sie in ihrer Schönheit nehmen? Wie der Dieb, von dem Padre Miklos vorgelesen hat? ,Und so dich dein Auge ärgert, reiß es aus und wirf's von dir', nicht wahr? Ist das der Sinn?»

«Das nicht», sagte er seinerseits aus der Tiefe seiner ohnmächtigen Traurigkeit. «Tomomi ist wahrhaft schön. Doch schön ist auch ihre Seele. Und ihr Geist. Ihr ganzes Selbst. Würdest du sie kennen, so wüßtest du, was ich meine.»

«Nein», sagte sie. «Ich will sie nicht kennenlernen. Du hast mich erst gelehrt, was das Wort ,hassen' bedeutet. Ich hasse sie.»

«Das kannst du gar nicht», sagte er seinerseits. «Was du haßt, sind deine Gefühle ihr gegenüber.»

«Ich lehne es ab, mich noch weiter über sie zu unterhalten», sagte Fransisca und streckte abwehrend die Hand aus. «Mir reicht's.»

Erledigt.

Und er seinerseits mußte damit fertig werden. Es schien unmöglich oder unglaubhaft, daß ein Mann fähig war, zwei Frauen gleichermaßen zu lieben, zwei Familien, und sie alle in seinem Innern als eins anzusehen, ohne mit seinen Gefühlen in Widerstreit zu liegen oder teilen zu müssen. Es war gegen alles Gesetz, gegen alle gesellschaftliche Regel, gegen Sitte und Brauch, die forderten, daß ein Mann nur mit einer Frau leben sollte, ja selbst gegen sein eigenes besseres Wissen, gegen das Wort im Beichtstuhl.

Das erste Erlebnis mit Tomomi hatte ein glorreiches Schicksal zustande gebracht, und nie war auf ihr Zusammensein der Schatten des Zweifels gefallen, und sie wurde zum Bestandteil eines Lebens, das ihm seinerseits nicht mehr lebenswert erschienen wäre, hätte sie es nicht mit ihrer liebreizenden und zärtlichen Gegenwart einen Teil seines Daseins gebildet.

«Du mußt mit deiner Frau leben», sagte sie. «Wir werden niemals heiraten können. Ich bin keine Christin. Ich könnte mich auch nicht entschließen, Christin zu werden. Ich will keine Heirat, ich will nur mein eigenes Leben leben. Ich habe meine Arbeit. Und ich habe dich kennengelernt. Ohne Worte haben wir zueinander gefunden. Warst du grausam zu mir? Oder hast du mich verachtet? Heiraten, das ist wie in das Mahlwerk einer Maschine zu geraten. Die Maschine dreht sich, und aus zweien wird eins. Das ist nichts für mich. Wir sind und bleiben immer zwei. Du und ich. So denke ich über uns. Du und ich. Eine Frau hat die Füße deines Herrn Jesus Christus mit ihrem Haar getrocknet. Das geschah vor langer, langer Zeit. Aber doch weißt du von ihr, nicht wahr? Wie viele Male habe ich deine Stirn mit meinem Haar getrocknet? Sollte ich nicht auch ein Recht haben zu leben? Sind denn die Füße wichtiger als der Kopf? Meines Erachtens ist der Kopf der weitaus liebenswertere Körperteil, nicht wahr?»

Wie wäre es möglich gewesen, eine so bestrickende, so törichte, ach ja, eine so kluge, himmlische Frau nicht zu lieben, eine Frau, die immer sie selbst war, die ihn immer wieder aufs neue überraschte.

«Das Personal hat Ausgang», sagte sie an jenem regnerischen Nachmittag, als sie ihm das Tor öffnete, und sie trug einen blauen Kimono und auf dem Kopf die riesigste weiße Schleife aus Seidensatin, die er je gesehen hatte und die sie noch kleiner wirken ließ, als sie ohnehin war. «Ich habe den Mädchen gesagt, sie sollen um fünf Uhr zurückkommen, weil ich um sechs wieder im Büro sein will. Und als sie meinten, das sei zu früh, da habe ich sie entlassen. Ich bin der Ansicht, die Arbeit soll dann getan werden, wenn man Nutzen davon hat.»

«Du hast ein großes Haus», sagte er seinerseits. «Es gibt eine Menge darin zu tun.»

«Das nächste halbe Jahr werde ich ohne Mädchen sein», sagte sie. «Sollte ich dabei zu sehr in Schweiß geraten, werd' ich mich schon nach einem dienstbaren Geist umsehen. Vorher nicht.»

«Du kannst nicht deinen Betrieb leiten und außerdem dein Haus in Ordnung halten», sagte er seinerseits. «Laß mich dir ein paar zuverlässige Mädchen besorgen.»

«Und ob ich das kann», sagte sie und brachte ihm seine Hausschuhe. «Mir ist nicht daran gelegen, einfach nur ein Stubenmädchen oder eine Köchin zu haben. Oder überhaupt Dienstboten. Ich möchte eine Frau, deren Herz an diesem Haus hängt. Eine, die mein Haus zu dem ihren macht. Ich will niemanden, der bloß auf einen Arbeitsplatz aus ist. Ich will niemanden, der seine Zeit um des Lohnes willen verkauft. Ich will keine Arbeitszeit. Ich will eine Frau, der Ordnung zu halten ein Bedürfnis ist.»

«Der Mond ist so weit weg», sagte er seinerseits.

«Er ist näher, als man denkt», sagte Tomomi. «Ich werde sie finden.»

Und sie fand sie in Elvira aus Santa Catarina, einem großen Mädchen mit dem Körper einer Athletin, der das Afrikanische nicht verleugnete, mit den Waden einer Radsportlerin und einem Haß auf Männer, zumindest behauptete sie das jahrelang. Doch dann kam ein Abend, wo weißbehelmte Polizisten an der Haustür standen und Senhora Tomomi O'Dancy aufforderten, sie zur Leichenhalle zu begleiten, und dort lag Elvira zusammen mit zwei Männern, und alle drei waren *flagrante delicto* von einem dritten Freier ertappt und umgebracht worden, und dieser hatte dann anschließend Selbstmord begangen.

«Man soll nichts darauf geben, was die Leute reden», sagte Tomomi. «Man soll lieber darauf achten, was sie tun. Das arme Mädchen. Sie hat sich sehr gequält, so groß war ihr Verlangen. Wenn sie die Beine übereinanderschlug, dann troff sie. Sie brauchte viele Männer. Und weil sie sie brauchte, hatte sie Angst vor ihnen. Sie redete schlecht von ihnen, und sie verwandelte die Verachtung, die sie für sich selbst empfand, und ihr Verlangen in Haß auf sie. Verstehst du?»

«Wann hast du denn gesehen, daß sie troff?» fragte er seinerseits.

Sie lehnte sich auf den Knien zurück und schlug die Hände vor das Gesicht.

«Ich sollte etwas vorsichtiger in meinen Äußerungen sein», sagte sie. «Aber wir haben eine *cabaña* am Strand. Und sie trug einen Badeanzug aus dünnem Stoff. Willst du vielleicht noch mehr wissen? Ich sage dazu nur ein Wörtchen: Nein.»

«Hatte sie ein Kind?» fragte er. «Bei drei Männern hätte sie von Glück sagen können, wenn nie etwas passiert wäre.»

«Fünf, soviel wir bisher erfahren haben, und nie hat sie mir davon erzählt», sagte Tomomi. «Armes Mädchen. Immer, wenn sie ihre Mutter besuchen fuhr, brachte sie die Kinder zur Welt. Für sie wird gesorgt. Elvira war ein guter Mensch. Viel zu sehr Frau. Viel zu gut als Frau. Immer war sie in der Kirche. Ihr Gewissen ließ sie wegen ihres Verlangens nicht mehr zur Ruhe kommen. Sie war fest davon überzeugt, daß sie in Sünde verstrickt sei. Hätte sie weniger Gewissensbisse gehabt, würde sie ein weit unbeschwerteres Leben geführt und noch viel mehr Männer gehabt haben. Sie hätte ihren Hunger stillen und zufrieden sein können.»

«Und was ist mit deinem eigenen Hunger?» fragte er seinerseits.

«Ich hatte Glück», sagte sie. «Ich habe meine gute Erziehung. Meine Religion. Meine Arbeit. Und dich.»

«Und was wäre ohne das alles?» fragte er seinerseits.

«Vielleicht wäre in dem Fall ein kluges Köpfchen meine Rettung», sagte sie. «Vielleicht. Und ohne Köpfchen? Da wäre ich in einem Nachtlokal. Einer *boîte.* Oder in einem Bordell. Etwa nicht? Wenn man schon lebt, soll man auch gut leben und jung sterben. Nur so ist's richtig.»

«Das ist ein ziemlich egoistischer Standpunkt», sagte er seinerseits. «Eine Menge Arbeit wartet darauf, getan zu werden. Und am besten läßt sich's arbeiten, wenn der Hunger gestillt ist. Und das ist zweifellos in späteren Jahren der Fall, nicht wahr?»

«Wie sollen wir das wissen?» sagte sie. «Mein Großvater ist uralt geworden. Doch fünf seiner Söhne sind gestorben, ehe sie vierzig waren. Und gerade sie waren am intelligentesten. Und arbeiteten am schwersten. Mein Vater war ein wunderbarer Mensch. Ist er zu jung gestorben? Schon möglich. Doch in seinem kurzen Leben hat er genug geschaffen. Die Arbeit geht immer weiter. Was wissen wir schon von dem allen? Erklär du's mir doch.»

«Nicht mit Worten», sagte er seinerseits. «Ich habe nicht viel Intellekt. Ich werde nur von bewußter Willenskraft vorangetrieben. Und ich habe ein Ziel.»

«Und mehr gesunden Menschenverstand als die meisten», sagte sie und legte sich zurück, langsam, und streckte die Beine aus, und diese Bewegung war in seiner Erinnerung von unvergleichlich weißer, anmutiger, fließender Schönheit, denn Tomomi hatte lange, schlanke Gliedmaßen, vom Schenkel bis zur Zehenspitze, und sie trug Blumengirlanden um die Fußgelenke und um die Schenkel ein rosenbesetztes Band, das sich löste, wenn man daran zog.

Fransisca trug nur ihr Parfum, und sie kam strahlend auf ihn zu, breitete die Arme aus und umschlang ihn, und das war ihre Liebe und ihr Glaube.

«Warum bist du weggefahren?» fragte er sie an dem Abend, als er aus dem Hotel heimkam. «Hättest du mir nicht ganz offen erklären können, daß für dich alles zerstört war? Hättest du nicht beim Empfang Bescheid sagen können, daß man mir ein paar Zeilen aufschreibt? Und warum hast du deinen ganzen Schmuck zurückgelassen?»

«Mir war übel geworden», sagte sie. «Ich wollte nichts als weg von dort.»

«Ich lege die Sachen hier auf den Toilettentisch», sagte er seinerseits, und Ringe und sonstige Schmuckstücke klirrten auf die Glasplatte. «Alles würde ich drum geben, wenn es nicht dazu gekommen wäre. Schon vor Jahren hatte ich mir gewünscht, daß ihr beide euch kennenlernt.»

«Hör auf», sagte sie. «Mir war übel, und ich mußte weg. Jetzt geht es wieder einigermaßen. Aber ich habe nicht die geringste Absicht, sie kennenzulernen. Kommt überhaupt nicht in Frage.»

«Schon gut», sagte er. «Kein Wort mehr davon.»

Ach ja, die Lösung wäre viel zu einfach gewesen, denn niemand kann ahnen, was in einem bereits eingedämmten Feuer noch vor sich geht, ausgenommen vielleicht Democritas, aber womöglich hatte er es – wie er seinerseits jetzt annahm – von jemandem erfahren, der ihr nahestand, ja vermutlich sogar von ihr selbst.

«Teurer Patron», sagte er an jenem Nachmittag, holte dabei das Taschentuch aus seinem Hosenbund und knüllte es in der Rechten zusammen.

«Nun», sagte er seinerseits und wartete, denn wenn bei Democritas das Taschentuch nicht mehr zusammengefaltet war, so galt das als ein Zeichen, daß ihn irgend etwas tief beunruhigte.

«Ich gehe mit äußerster Vorsicht an diese Sache heran», sagte Democritas. «Und erst nach sehr reiflicher Überlegung. Das ist das mindeste, was die Klugheit gebietet. Hat Dona Fransisca die Absicht, die Heilige Kirche weiter zu ergründen?»

«Weiter?» fragte er seinerseits. «Sie kommt ja überhaupt nicht mehr aus der Kirche und der Kapelle heraus. Wie sollte sie da noch weiter eindringen?»

«Sie könnte eine heilige Frau werden», sagte Democritas.

«Als Ehefrau und Mutter wird man keine heilige Frau», sagte er seinerseits, und noch heute spürte er, wie es ihn dabei kalt überlief. «Wo hast du das denn aufgeschnappt?»

«Weibergewäsch», sagte Democritas. «Ephemia hat mir davon erzählt. Ihr ist es zu Ohren gekommen, doch sie hatte Angst, mit mir darüber zu reden.»

«Warum hat denn Padre Miklos kein Wort davon erwähnt?» fragte er seinerseits.

«Vielleicht ist der fromme Herr der letzte, der so etwas erfährt», sagte Democritas.

Zugegeben, er hatte sie in den vielen Nächten, in denen er zu ihr ins Zimmer gekommen war, vor dem *prie-Dieu* gefunden und gewartet und gewartet, doch es schien, daß sie – sich seiner Gegenwart wohl bewußt – absichtlich so lange auf den Knien blieb, bis er wieder davonging.

«Wir könnten doch gemeinsam beten, nicht wahr?» fragte er sie.

«Meine Gebete gehören mir ganz allein», sagte sie. «Warum soll ich sie mit jemandem teilen? Wie viele davon müßte ich dann für dich abzweigen, wie viele für deine Japanerin und für was weiß ich wen?»

«Das ist nicht die richtige Art zu beten», sagte er seinerseits. «Und wenn du schon betest, so tätest du besser daran, den Haß aus deinem Herzen zu bannen. Wie kannst du bloß hassen und trotzdem noch beten?»

«Und wie kannst du bloß das Ansinnen an mich stellen, den Haß aus meinem Herzen zu bannen?» sagte sie. «Ist es denn bei dir etwa nicht der Haß auf mich, der dich in die Arme dieser Japanerin treibt?»

«Nein», sagte er seinerseits, und es klang, wie wenn ein riesiger Felsbrocken von einem Grabgewölbe weggewälzt oder schließend davor gelegt würde, lief es doch auf dasselbe hinaus. «Ist das der Grund, warum du nicht mehr willst, daß ich dir nahe komme?»

«Angenommen, ich würde mir andere Männer suchen und mit ihnen Kinder haben», sagte sie. «Angenommen, es wäre ein Japaner?»

«Es wäre nur gerecht, wenn ich mich damit abfände», sagte er seinerseits. «Doch nicht hier. Du müßtest dir dann schon einen anderen Ort dafür aussuchen. Oder ich würde es. Doch auf jeden Fall würde ich mich nie mit jemandem in dich teilen.»

«Und warum sollte ich mich mit jemandem in dich teilen?» fragte sie. «Ich habe es satt.»

Doch dann wartete Padre Miklos bei den Langen Stufen unten auf dem gepflasterten Steig vor dem Wasserrosenteich, in seiner weißen Soutane, die Hände auf dem Rücken verschränkt, und er betrachtete die Knospen, die weiß und blau und lila inmitten schwimmender Blätterkränze aufsprangen.

«Es muß eine Entscheidung getroffen werden, die nicht einmal bis zum Abend Aufschub duldet», sagte er. «Die Oberin des Herz-Jesu-Klosters hat einen Boten geschickt. Ihre Frau hat um Aufnahme nachgesucht. Anscheinend will sie sechs Wochen in völliger Abgeschiedenheit verbringen. Dazu braucht man Ihre Einwilligung.»

«Sechs Wochen in völliger Abgeschiedenheit», sagte er seinerseits. «Wozu?»

Padre Miklos blickte auf die Seerosen hinab. Einige kurze weiße Haare glänzten auf dem sonnengebräunten Schädel oberhalb des Heiligenscheins, und seine Augen sahen müde aus.

«Es wäre eine gute Möglichkeit, Geist und Seele zu erforschen», sagte er. «Sie ist überhaupt nicht mehr wiederzuerkennen. Vermutlich beschäftigt sie sich zu intensiv mit den Leuten hier. Zu viele Probleme muß sie sich dabei anhören. Sie wird dadurch gefühlsmäßig belastet. Und auch geistig. Vielleicht möchte sich die Arme gern einmal von diesen Sorgen befreien.»

«Mir ist alles recht, was ihr Frieden gibt», sagte er seinerseits. «Soll sie ins Kloster gehen. Ob man mir erlaubt, daß ich sie dort besuche?»

«Mit ein wenig Diplomatie wird sich das schon machen lassen», sagte Padre Miklos erleichtert. «Wir wollen alles daransetzen, daß sie bei ihrer Rückkehr so strahlend und herzerfrischend ist, wie sie früher war. Das allein ist wichtig. Alles andere ist Nebensache. Einverstanden?»

Doch niemals hatte sie hinterher auch nur im entferntesten Ähnlichkeit mit der Frau gehabt, die sie ihm einst gewesen war.

Ob ihr Leid in all den Jahren die Freuden aufwog, die er mit Tomomi während dieser Zeit ausgekostet hatte, das bezweifelte er. Hätte er Tomomi nicht gekannt und statt dessen der Fransisca von einst all die Schönheit und Fröhlichkeit geboten, ihm seinerseits setzte das Herz aus, wenn er an die Antwort dachte.

Tomomi, ja, und auch die anderen behaupteten sich vermöge ihrer Anziehungskraft gegen alle Einwände und Anklagen wegen seelischen oder moralischen Schadens oder völliger Mißachtung gesellschaftlicher Formen. Verlangen, Genuß und Vergnügen, ja, sinnliche Begierde, das war die Triebfeder seines Tuns, und er hatte auch gar nicht die Absicht, ihrer zu entsagen, auch wenn dieser Ausdruck an sich und das, was man üblicherweise darunter verstand, eine viel zu starke Bezeichnung war für die zarten Dinge, die er seinerseits tat, und überhaupt, wenn die Gefühle mit einem durchgingen, blieb ohnehin keine Zeit, auf weise Reden zu hören.

Tavares stand in der Tür und schickte seinen Schatten quer durch den Raum. Er klopfte dreimal. Das Bad war bereit.

Sei es, daß durch Tavares' Erscheinen die Lichtverhältnisse gestört wurden oder daß sich die Augen Des O'Dancy an die weiße Farbe ringsum gewöhnt hatten, oder sei es, was es wolle, plötzlich war in der Ecke ein hoher dunkler Umriß erkennbar. Fransiscas *prie-Dieu* hatte stets dort gestanden, ein niedriges Pult mit einem Gebetbuch in Brailleschrift und einem Heiligenschrein darunter, doch darüber war nichts gewesen.

«Tavares», sagte Der O'Dancy so laut, wie es seine Kehle zuließ. «Was ist das da in der Ecke?»

Der Mann mußte irgendwie verstanden haben, denn er schnalzte und schüttelte heftig den Kopf.

Der O'Dancy stemmte sich aus dem Sessel hoch, ging zwischen den Möbeln durch, berührte dankbar vertraute Gegenstände und war ganz darauf gefaßt, wiederum dem starren Grinsen Satans zu begegnen. Doch eine lebensgroße Negermadonna mit hoher Goldkrone kam aus dem Dunkel zum Vorschein, die Hände segnend für alle kreißenden Frauen erhoben, und selbst im Finstern leuchtete das Blau ihres goldverbrämten Mantels, und der holde Liebreiz ihres Lächelns schenkte der unruhigen Seele Linderung.

«Wer hat denn das da hingestellt?» fragte er seinerseits. «Wer hat gewagt, das hereinzutragen? Hat Padre Miklos seinen Segen dazu gegeben? Wer war überhaupt hier?»

Tavares hob beide Hände hoch, deutete auf etwas im Arbeitszimmer, zählte sechsundzwanzig Finger ab, schloß die Faust und streckte sie in kraftvoller, Männlichkeit symbolisierender Gebärde empor, zerwühlte sich die Haare und deutete Locken an, steckte sich beide Zeigefinger in die Ohren, nahm dann einen Finger heraus und hielt ihn wie ein Stethoskop an seine Lunge, wies auf die Madonna und stieß den ausgestreckten Finger auf ihn seinerseits, und es war so eindeutig, als ob er den Namen hinausgeschrien hätte.

«Stephen», sagte er seinerseits. «Estevão?»

Tavares nickte so heftig, daß ihm der Kopf herabzufallen drohte.

«Aus gutem Grund dort aufgestellt», sagte er seinerseits. «Von mir aus. Ich will nicht voreilig sein. Sie ist schöner als ich gedacht hätte. Ich werde ihn mir vorknöpfen. Aber ohne meine Erlaubnis hätte er hier nicht hereinkommen dürfen.»

Tavares schüttelte den Kopf, schnalzte aufgeregt und wies mit dem Zeigefinger sich selbst mitten auf die Brust.

«Du hast das hier hereingeschafft?» fragte er seinerseits.

Tavares zeigte wieder in das Arbeitszimmer, und Der O'Dancy ging hinüber und sah Stebs Photographie auf dem Schreibtisch.

«Steb also hat es hierhergebracht», sagte er seinerseits. «Du jämmerliche Heidenseele, habe ich das nicht bereits festgestellt?»

Tavares deutete auf die Photographie, machte die Gebärde des Bittens, wies sich auf die Brust, rang die zum Gebet gefalteten Hände und zeigte auf die Madonna.

«Du hast Stephen darum gebeten, und er hat sie hierhergebracht», sagte er seinerseits.

Tavares lachte, vollführte fast einen Freudentanz, bekreuzigte sich und küßte sich die Finger.

«Du bist also doch keine solche Heidenseele», sagte er seinerseits. «Na schön. Warum hast du Stephen gebeten? Warum gerade Stephen? Und was soll die afrikanische Madonna?»

Tavares holte ein kleines elfenbeinernes Kruzifix hervor, schob den Daumen zwischen Zeige- und Mittelfinger und hob die rechte Faust empor.

«Dich zu beschützen», sagte er seinerseits. «Wovor?»

Tavares schüttelte langsam den Kopf, zeigte auf ihn seinerseits und schlug mit dem Kruzifix das Kreuz.

«Mich zu beschützen?» sagte er seinerseits. «Von mir aus. Sehr aufmerksam von dir. Aber wovor denn?»

Tavares legte die gekrümmten Zeigefinger an die Stirn, daß sie wie Hörner aussahen, und er kauerte sich nieder und starrte grinsend vor sich hin, doch dann gab er sich selbst einen Klaps, schnellte hoch, schnalzte und hielt das Kruzifix empor.

«Schon gut», sagte er seinerseits. «Du meinst diesen *khimbanda*-Unfug.»

Tavares fuhr mit der Hand in den Wasserkrug und spritzte ringsum, daß die Tropfen sprühten, schnalzte aufgeregt und hob das Kruzifix hoch.

«Sachte, sachte, ich werde das Wort nicht wieder in den Mund nehmen», sagte er seinerseits. «Gehörst du zu *Umbanda*?»

Tavares legte die Hände zusammen und verneigte sich.

«Ich kann mich wirklich glücklich preisen», sagte er seinerseits. «Daß du nämlich nicht von der anderen Art bist. Stimmt's? So, und jetzt bring mir etwas zu trinken, während ich schnell unter die Dusche gehe. Richte Januario aus, er soll Estevão holen. Und sieh zu, daß du Democritas Pereira erwischst. Ich wünsche, daß Madame Briault noch heute nacht Das Haus verläßt. Verstanden?»

Tavares schnalzte, lächelte und eilte tänzelnd und schnalzend hinaus.

Er seinerseits ging durch das Arbeitszimmer, das mit den Erbstücken und Andenken gefüllt war, die in mehr als zweihundert Jahren der Familiengeschichte der O'Dancys zusammengetragen worden waren, und mit seinen eigenen, die er von hier und dort mitgebracht hatte, jedes einzelne eine Erinnerung und als solche lieb und teuer, obwohl es sich bei vielen nicht lohnte, daß man sie sich genauer betrachtete.

«Was, um alles in der Welt, willst du mit einer Schnur von Sektkorken? Das sind doch bloß Staubfänger», fragte Vanina. «Warum schmeißt du das Zeug nicht weg? Und den ganzen anderen Plunder dazu?»

«Du wirst bitte die Güte haben, hier alles so stehen und liegen zu lassen, wie es ist», sagte er seinerseits. «Diese Korken stammen, wenn du's durchaus wissen mußt, von Flaschen, die ich mit Fransisca in den Flitterwochen getrunken habe. Und all der andere ‚Plunder‘, wie du es zu nennen beliebst, ruft teure Erinnerungen wach.»

«Ein paar dieser Sachen hier sind wirklich schön, Liebster», sagte Vanina. «Doch inmitten des übrigen Gerümpels werden sie völlig entwertet.»

«Es gibt eine Menge Gerümpel im Leben eines jeden Menschen», sagte er seinerseits. «Man kann sich dessen nicht entledigen, indem man es versteckt. Mein Gerümpel ist untrennbar mit allem anderen verbunden. Laß gefälligst die Finger davon.»

«Keine Bange», sagte Vanina und rauschte hinaus. «Nicht ein Stück werde ich in diesem verdammten Museum anrühren. Wo man geht und steht nur Großeltern, Urgroßeltern, Ururgroßeltern, und nichts darf man anrühren oder verändern. Ich bau' mir mein eigenes Haus.»

«Mach das», rief er seinerseits ihr nach. «Aber vergiß nicht, kein Ziegelstein kommt auf den anderen, ehe ich nicht die Pläne gesehen und den Bau genehmigt habe.»

«Immer mußt du dich auf das ganz hohe Roß setzen», schrie sie auf dem obersten Treppenabsatz. «Dabei stinkt dein Haus wie eine Kloake.»

In dem Schlafzimmer war nichts verändert worden, seit Urgroßmutter Aracý an jenem Morgen hinausging, um im Garten zu sterben. Weiße

Wände, blaue Übergardinen und weiße Moskitonetze, zwei weiße Bettvorleger aus den Fellen von Füchsen, die Urgroßvater Shaun im Hühnerhof gefangen hatte, ein riesiges Bett mit schlanken geschnitzten Pfeilern aus Apfelbaumholz, mit blauer Überdecke und weißen Volants, an jeder Seite ein halbkreisförmiger Tisch, die Statue von Johannes dem Täufer auf dem linken und die von Maria Magdalena auf dem rechten, und in der Ecke ein *prie-Dieu* mit elfenbeinernem Kruzifix, einer Bibel und der Lampe, die noch nie erloschen war, seitdem Ahn Phineas sie vor hundertfünfzig Jahren mit Hilfe von Feuerstein und Zunder in Brand gesetzt hatte, und vermutlich spiegelte sich ihr Schein genau wie zu seiner Zeit in dem Fußboden aus blankgebohnerten Dielen.

«Warum, um alles in der Welt, kann man denn hier nicht elektrisches Licht legen lassen?» fragte Vanina. «Ich lese gern noch im Bett.»

«Nichts ist beruhigender als Kerzenlicht», sagte er seinerseits.

«Dann muß ich eben woanders schlafen», sagte sie. «Hier komme ich mir wie aufgebahrt vor. Bloß daß man noch nicht einbalsamiert ist. Aber bei dir ist das wahrscheinlich schon der Fall.»

Der O'Dancy legte sich in die Kissen zurück und lachte zur schlichten weißen Decke hinauf.

«Typischer Fall von Leichnam, der einen Leichnam als leblos bezeichnet», sagte er seinerseits. «Verschaff mir was, worin das Leben pulsiert, und ich werd's dir schon zeigen.»

«Zu diesem Spiel gehören immer noch zwei», sagte sie und warf die Bettdecke zurück. «In Zukunft brauchst du mit mir nicht mehr zu rechnen.»

«Von mir aus», sagte er seinerseits. «Aber laß dich nicht mit einem anderen erwischen. Ich bringe euch beide um.»

«Ich kenne euch Männer mit Indio- und Negerblut», sagte sie, bereits in der Tür. «Du wirst keine Gelegenheit dazu haben. Ich denke gar nicht daran, mich scheiden zu lassen. Und ich hoffe, noch mindestens tausend Jahre am Leben zu bleiben.»

«Das werden ziemlich stumpfsinnige tausend Jahre werden», sagte er seinerseits und drehte sich auf die andere Seite.

Die Tür war massiv, und der Knall hätte weniger feste Wände zum Einsturz bringen können.

Das Badezimmer stammte aus der Zeit Des Vaters und war seither kaum verändert worden, außer daß Fransisca in Beirut das Standbild einer Aphrodite aufgetrieben hatte, von dem sie behauptete, daß es sich wie ihr eigener Körper anfühle, und sie hatte immer wieder warmes Seifenwasser darüber gegossen, Tag für Tag, morgens und abends, und im Lauf der Zeit hatte die Statue eine goldene Farbe angenommen, lieblich anzusehen, bei jeder Berührung eine herzzerreißende Erinnerung an eine andere Schönheit, doch eine, die vor Leben und Fröhlichkeit sprühte. Die Wände und der Fußboden aus weißem Marmor waren mit alabasternen Flachreliefkacheln versetzt, die Urgroßmutter Jacyndra aus Neapel mitgebracht hatte, lebendige Darstellungen von Männern und Frauen in öffentlichen Bädern, auf dem Marktplatz und beim Spaziergang durch die Stadt aus einer Epoche, die zweitausend Jahre zurücklag. Heißes und kaltes Wasser ergoß sich zu jeder Zeit aus den weit geöffneten Mäulern goldener Karpfen in ein römisches Bad, das Urgroßmutter Tiridín ausfindig gemacht hatte. Die japanische Badewanne und all die Flakons aus geschliffenem Glas, die Amoru aus dem Haus am Strand herübergeschickt hatte, waren ihm seinerseits ein vertrauter Bestandteil seines Lebens, doch mit dem Geruch frischen Wassers und dem Seifenduft vieler Jahrzehnte bestärkten sie seine Zuversicht und bewiesen ihm, daß Das Erbe immer noch Bestand hatte, und sie besiegelten seinen Entschluß, es so zu erhalten, wie es war.

Die Dusche ließ ihn im Nu bis mitten ins Hirn hinein erstarren, so daß es ihm seinerseits vorkam, als sei er ein winziges zitterndes Etwas, das zum Sterben verurteilt gewesen wäre, hätte nicht ein trockenes Handtuch bereitgelegen, das Wärme spendete und ihm damit wieder zu dem Bewußtsein verhalf, daß das Leben lebenswert war und weitergelebt werden mußte, sogar mit aller Energie, um zumindest dafür zu sorgen, daß es sich im großen und ganzen auf die Maximen christlicher Ethik zubewegte, oder, besser noch, ihnen auf breiter Ebene Geltung zu verschaffen, obwohl, wenn er seinerseits sich fragte, was er eigentlich unter christlicher Ethik verstand, er überrascht feststellen mußte, daß ihm sein Gehirn die Antwort schuldig blieb. Und während der Rasierapparat über Wangen und Kinn glitt, wälzte er die Frage hin und her. Es bestand für ihn gar kein Zweifel, daß er seinerseits im Unterbewußtsein ganz genau spürte, was es bedeutete, auch wenn ihm aus irgendwelchen Gründen die Worte fehlten. Leiser Gitarrenklang und Stimmengewirr erinnerten ihn daran, daß zum mindesten die paar Hundert jugendlichen Irren dort draußen – waren sie wirklich Irre? – aller Wahrscheinlichkeit nach noch weit von dem Bestreben entfernt waren, sich christlicher Ethik zu unterwerfen, und die Versammlung unten im Silber-Zimmer war noch viel weiter davon entfernt. Ob es sich um Epikureismus handelte, was er seinerseits meinte, oder Hedonismus, mochte dahingestellt sein bleiben, denn ihm war zeit seines Lebens Genuß reichlich zuteil geworden, obwohl er sich die christliche Ethik stets zur Richtschnur genommen hatte, außer wenn Frauen im Spiel waren, doch auch Frauen konnten durchaus ein ethisches Leben führen und sich dennoch der Lust hingeben, wenn sie es bewußt taten. Niemand hätte der christlichen Ethik gemäßer leben können als Tomomi, und tatsächlich fiel ihm von all den vielen Frauen, die er je gekannt hatte, nicht eine einzige ein, deren Leben sich zu weit von den christlichen Maximen entfernt hatte, falls es nur darauf hinauslief, sich an die Bibel zu halten – «was ihr wollt, daß euch die Leute tun sollen, das tut ihr ihnen auch» oder «liebe deinen Nächsten wie dich selbst» – oder die meisten der Zehn Gebote zu befolgen und Verfehlungen gegen die übrigen ehrlich zu bereuen und deswegen um Vergebung zu bitten.

«Ja, aber sieh mal, das ist es ja gar nicht», sagte Professor Riskind, den Panama auf den Hinterkopf geschoben, ein Buch auf den Knien und mit zwei Fingern die Schleife seines schwarzen Binders zwirbelnd. «Es ist eine Frage des Strebens nach einem Zustand der Gnade auf dem Wege zum Heil. Und das führt zu einem Verhalten, das man allgemein als christlich bezeichnet. Aber man wird nicht einfach dadurch zum Christen, daß man sich an die Gesetze hält und sich gewissen örtlichen Gegebenheiten anpaßt. Ein Christ ist gläubig. Er glaubt an Den Weg und Die Wahrheit und Das Leben, verstehst du, und er lebt auch danach. Wenn man etwas tut, wovon man genau weiß, daß es unrecht ist, dann zur Beichte und zur Messe geht und bloß so tut, als ob man Reue empfände, dann ist das nur eine ganz spezielle Art von Unehrlichkeit. Frömmigkeit nach außen und im Innern Heuchelei. Wirf beispielsweise einen Blick auf Rußland, wo selbst die Kommunisten, die sich als Atheisten bezeichnen, ein bemerkenswert ,christliches' Leben führen. Sie halten alle Gebote. Manchmal bringen sie auch ein paar Leute um. Summa summarum eine ganze Menge sogar. Doch wie viele morden wir denn hier in diesem Land? Wir lassen es zu, daß Menschen vor Hunger, an Krankheiten und an den Folgen der erbärmlichsten Armut sterben. Dem allen könnte durch Gesetze abgeholfen werden. Doch wo bleibt die entsprechende Gesetzgebung? Wo sind denn die Christen? Sie füllen sich die Taschen, natürlich. Gott ist Brasilianer. Steht uns nicht schon der Mund danach?»

Der Unterricht nachmittags bei glühender Hitze, unterbrochen von Sergio, der alle zwanzig Minuten Kaffee in kleinen Tassen servierte, gehörte zu den erfreulicheren, fruchtbareren Zeitabschnitten, an die er seinerseits sich noch erinnern konnte. Gewiß, die Professoren hatten ihm jeder für sich und häufig auch gemeinsam ihr Wissen und ihre Lebenserfahrung eingetrichtert, und nach dem gleichen System war er mit Daniel und Stephen verfahren. Paul war nie ein begeisterter Schüler gewesen und hatte sich lieber in den Stallungen mit Pferden und Kühen befaßt, und da ein wirklicher Mann von seinen natürlichen Anlagen geleitet wird, sollte man die Arbeit, die sich ein Junge ohne Anleitung aussucht, unter allen Umständen respektieren, und er seinerseits sorgte dafür, daß Paul keinerlei Hindernisse in den Weg gelegt wurden. Vielleicht war das mit ein Grund, warum er seinerseits und Paul einander nie nahegekommen waren, wenngleich es keine Entschuldigung dafür war, daß man erlebte, wie ein Junge zum Mann heranwuchs, ohne daß man auch nur annähernd soviel von ihm wußte, wie einer seiner Lehrer.

Diese Art von Versäumnis, das erkannte er seinerseits jetzt ganz genau, war auch der Ursprung für die Entweihung der Kapelle, für die Versammlung im Silber-Zimmer, für das Verhalten von Madame Briault und für wer weiß wie viele andere Vorkommnisse, mit denen er sich noch vor Tagesanbruch befassen mußte, und wieder kam ihm der tröstliche Gedanke, daß er allem nur deshalb gelassen entgegensehen konnte, weil er genau wußte, welch wirkungsvolle Mittel ihm zur Verfügung standen, um hier eine gründliche Säuberung durchzuführen und das aufrechtzuerhalten, was seit eh und je als schicklich in Dem Haus gegolten hatte, jedenfalls soweit es die Männer der O'Dancys betraf.

Frische Wäsche und ein leichter Anzug vermittelten ihm fast ein Gefühl der Allmacht. Und während er sich für den Weg nach unten noch einmal einschenkte, bearbeitete ihn Tavares mit einer Kleiderbürste und die Schuhe mit einem Lappen, auch wenn es gar nicht nötig war, doch Sergio hatte es bei Dem Vater stets so gehalten, und alles wurde so gemacht, wie Sergio es gelehrt hatte.

«Hör mal», sagte er seinerseits. «Sind die drei Schwestern immer noch für die Säuberung der Kapelle und der Kirche zuständig? Mãe Isis und Palmyde und Felicia? Oder hat man sie durch andere ersetzt?»

Tavares schüttelte den Kopf und zeigte hinaus zu den Wohnungen der Dienstboten.

«Gut», sagte er seinerseits. «Ich bin froh, daß wenigstens noch etwas beim alten geblieben ist. Erzähl jedem, der es wissen will, daß ich dorthin gegangen bin.»

29

Der O'Dancy fuhr mit dem Aufzug bis zum Erdgeschoß hinunter, und ehe er die Tür öffnete, lauschte er nach draußen in die wohltuende Stille, und dann ging er durch die von Weizenduft geschwängerte Luft des Speichers, quer über die Tenne, die Durchfahrt entlang, in das von Öldunst und Maschinenlärm erfüllte Kraftwerk und hinaus durch das Gatter. Kein Laut störte die stille Nacht, kein Licht, und auf dieser Seite Des Hauses sah er kein einziges beleuchtetes Fenster. Er schritt durch den Steingarten und über die kleine Brücke, und Sterne spiegelten sich weiß in den Teichen, und all die Büsche, die zu seinen Lebzeiten hoch aufgeschossen waren, standen schwarz und reglos da, und der Himmel war von einem so tiefdunklen Blau, und die Luft umfing kühlend das Gesicht, genauso wie damals – er erinnerte sich nur zu gut – an dem Abend, an dem Tomomi starb, lieber Heiland, nimm sie in Deinen starken Arm, und alles in seinem Leben war graue Hoffnungslosigkeit gewesen.

So ganz anders als in jenen Tagen, als Fransisca dahinschied. Denn damals blieb das Leben stehen.

Doch nichts blieb stehen, als Tomomi starb. Alles ging weiter. Seine Söhne übernahmen, ohne auch nur einen Tag auszusetzen, den Betrieb. Zwei von ihnen machten sich nicht einmal die Mühe, zur Beerdigung zu fliegen. Zwei der Töchter blieben, wo sie waren. Nur Amoru und Tomika und Satsuco hatten die Arme um ihn geschlungen. Die übrigen Söhne und ihre Frauen hielten ihren eigenen Trauergottesdienst.

«Jetzt, wo sie erwachsen sind, kann ich meine Augen nicht mehr erheben», sagte Tomomi. «Vermutlich hätte ich mir alles reiflicher überlegen sollen. Ich bin eben nicht darauf gekommen. Aber wer denkt schon an andere? Oder an die vor uns liegenden Jahre? Und dabei geht es so schnell. Gestern noch Wickelkinder. Heute schon erwachsene Männer. Sie runzeln die Stirn und fühlen sich betrogen. Sie haben einen Namen, aber keine gesellschaftliche Stellung. Sie haben Macht, ja. Die Namen Tomagatsu oder O'Dancy verschaffen Macht. Aber keine Ehrerbietung. Deshalb keine Liebe zur Mutter. Keine Ehrerbietung.»

«Und Verachtung für ihren Vater, nicht wahr?» fragte er seinerseits. «Sollen sie alle zum Teufel gehen.»

«So darfst du nicht reden», sagte Tomomi, und noch heute spürte er seinerseits ihre weiche Hand auf seiner Wange. «Damit richtest du nur Schaden an.»

«Wäre auch nicht weiter schlimm», sagte er seinerseits. «Ihnen wurde das Leben gegeben und die Gelegenheit, etwas daraus zu machen. Damit hatten sie bereits mehr als die meisten anderen. Ein jeder von ihnen ist kerngesund. Und jeder hat seine fünf Sinne beisammen. Ein riesiges Unternehmen fällt ihnen in den Schoß. Und wieso? Weil es ihre Mutter auf die Beine gestellt hat. Für sie. Und sie sind unzufrieden? Dann sag ihnen doch, sie sollen sich nach etwas anderem umsehen. Aber die denken gar nicht daran. Und weißt du, warum? Ihre Mutter ist eine Tomagatsu. Und ihr Vater ein O'Dancy. Wenn sie den Verstand gebrauchen, den sie bei ihrer Geburt mitbekommen haben, dann könnten sie die Herren des Landes sein. Und das wissen sie auch ganz genau. Ob mit oder ohne Namen, ob ehelich geboren oder nicht. Ehelich? Mein Himmel, sie sind doch keine Christen. Wer ist denn ihr Gott?»

«In der Gesellschaft muß man trotz allem einen Namen haben», sagte Tomomi.

«Ich scheiß auf die Gesellschaft. Wieso einen Namen?» sagte er. «Was für eine Gesellschaft? Die Adeligen und ihre Schmarotzer? Wie lange können die sich denn ohne Geld über Wasser halten? Und wodurch behaupten die denn ihren Platz in der Gesellschaft, wenn nicht durch Geld?»

«Mag schon sein», sagte Tomomi. «Doch du bist ehelich geboren. Deshalb stehst du darüber. Aber meine Kinder sind Kinder der Liebe. Jeder hätte ihr Vater sein können.»

«Nun mach aber einen Punkt», sagte er seinerseits. «Gleich läuft mir die Galle über. Jeder hätte nicht ihr Vater sein können. Oder ich müßte mich sehr in ihrer Mutter getäuscht haben. Jeder hätte ihnen nicht Augen, Haare und all die anderen typischen Merkmale vererben können. Jeder hätte das nicht gekonnt. Das konnte nur ich.»

«Aber wer bist du?» fragte Tomomi. «Mein Geliebter.»

«Die Welt wurde von Menschen geschaffen, die sich liebten», sagte er seinerseits. «Mir gefällt es besser, wie bisher dein Geliebter zu sein als dein Ehemann.»

«Wir hätten uns vorsehen sollen», sagte Tomomi. «Ich war ein Egoist. Ich hätte sie alle verhüten können.»

«Und wozu?» fragte Der O'Dancy. «Was gäbe es dann noch für einen Unterschied zwischen dir und irgendwem anders im Bett?»

«Aber die Wissenschaftler sind sich einig», sagte Tomomi. «Es gibt viel zu viele Mäuler auf dieser Welt und nicht genug zu essen. Am Ende werden alle Hungers sterben. Hätte ich mein Teil getan, würde es heute zumindest ein paar unzufriedene Mäuler weniger geben. Habe ich denn nicht recht?»

Er seinerseits blickte sie an. Sie saß mit gekreuzten Beinen auf dem Polster, die Ellbogen auf die Knie gestützt, und schob mit den Zeigefingern die Augenwinkel hoch. Sie war nicht viel jünger als er seinerseits, doch in dem Gewand aus kastanienbrauner Seide, mit dem aufgetürmten Haar und der weißen, seidigen Blütenblättern gleichenden Haut wirkte sie wie Ende Zwanzig, und es war ganz unmöglich, ihr Alter zu schätzen.

«Glaubst du nicht, daß die Wissenschaftler in ihrer Herzensgüte keinen annehmbaren Vorwand finden würden, den Lebenden die Gurgel durchzuschneiden?» fragte er seinerseits. «Zum Teufel mit den verdammten Wissenschaftlern. Irgendeinen übergeschnappten Jeremias wird es immer geben. Und es ist mir viel lieber, dich in all diesen Jahren geliebt zu haben als die Welt zu retten. Das ist der Unterschied zwischen mir und Jesus Christus, wenn du so willst. Und aus diesem Grund bin ich auch zum Sünder verdammt. Ich werde dereinst im Fegefeuer schmoren. Meinetwegen. Aber dafür habe ich dich gekannt. Und das ist es wert.»

Sie rückte näher zu ihm heran und schlang die Arme um seine Knie.

«Das zu hören ist alles, was ich mir gewünscht habe», sagte sie. «Du bist stets ein wunderbarer Ehemann gewesen. Keine Frau könnte glücklicher sein als ich. Aber du hältst nichts von den Wissenschaftlern? Das ist doch eigentlich sehr merkwürdig. Ich hatte mir immer eingebildet, du empfändest eine ganz besondere Hochachtung vor Männern, die ihr Leben den verborgenen Dingen weihen.»

«Und ich habe wohl kein bißchen von einem Wissenschaftler an mir, was?» sagte er seinerseits. «Hätte ich noch ein Leben zu leben, würde ich es dann nicht ganz und gar der Aufgabe weihen, all das, was in dir verborgen ist, zu ergründen? Ach, zum Henker. Wie kommst du dazu, entscheiden zu wollen, was ausgetragen werden und was in der Kanalisation landen soll? Wenn jeder Geburtenkontrolle betreibt, wo bleibt denn da die Liebe? Möchtest du noch was zu trinken? Der Gedanke daran, was daraus entsteht, macht die Liebe zu einem lyrischen Gedicht. Für einige ist das ein Alptraum. Sollen sie doch Kondome gebrauchen. Kondome und Pessare und Pillen. Nackte Leiber und Küsse, Küsse auf herrliche Brüste. Schieß ruhig hinein. Es passiert nichts. Ein zuverlässiges Stück Gummi ist dazwischen. Wissenschaftler?»

«Denen geht es aber um die Ernährung», sagte sie, und die Augen mit dem seltsam lodernden Feuer richteten sich auf ihn.

«Mach mich nicht wütend», sagte er seinerseits. «Wen, zum Teufel, interessiert das denn schon? Sollen sie doch Mittel und Wege finden, mehr Nahrung zu schaffen. Und im übrigen die Welt den Naturtrieben und den Liebenden überlassen. Zur Hölle mit den Wissenschaftlern. Bisher hat sich doch alles, was sie gemacht haben, als Unsinn herausgestellt.»

Tags darauf oder ganz kurz danach rief Dr. Gonçalves' Sekretärin aus dem Krankenhaus an, um Bescheid zu geben, daß Tomomi dort eingeliefert worden sei – kein Grund zur Besorgnis –, aber sie würde ihn gern sehen, und er seinerseits beendete augenblicklich eine Vorstandssitzung, und als er die Treppen hinaufeilte, kam ihm Dr. Gonçalves mit ausgestreckten Händen entgegen, das Gesicht steinern, das weiße Haar vom Zugwind zerzaust, und dann das schreckliche Achselzucken.

«Mein aufrichtigstes Beileid», sagte er. «Wir konnten nichts mehr tun.»

Ein Polizist kam die Treppe herauf und sagte, daß der Wagen im Wege stehe. Ein Mann erschien mit einem Schlauch und begann die Straße abzuspritzen und bat mit einem Lächeln um Entschuldigung.

Wasser brandete, nichts stand still, alles floß, rollte, glitt.

Die Uhr schlug, welche Stunde es auch gewesen sein mochte, allein sie schlug nicht mehr für Tomomi.

Eine Familie kam hintereinander die Treppe herunter, der Vater trug einen schwarzen Säugling in Rüschen, die Mutter trug mit strahlendem Lachen noch einen, und zwei Kinder kamen hinterher, und die Nacht dämmerte langsam herauf, die dünne Sichel des Mondes stieg empor, wenngleich auch nicht und nimmermehr für Tomomi.

Nichts stand still.

«Mein außerordentliches Beileid», sagte Dr. Gonçalves. «Sie war schon einige Monate in Behandlung. Ich würde Ihnen abraten, zu ihr zu gehen. Im Augenblick wenigstens nicht.»

Welchen Augenblick dann? Es gab keinen. Die Zeit stand niemals still.

Und das war alles.

Das Haus am Strand fiel an Amoru, und das übrige wurde unter den anderen aufgeteilt. Das Bad, jenes alte Rotziegelbad, in dem er seinerseits die Hälfte seines Lebens gesotten hatte, und die Toilettewasserflaschen und die *sake*-Krüge kamen auf Das Erbe.

«Was ist denn das für ein Ding?» fragte Vanina, als sie das gemauerte rote Ziegelgebilde in dem weißen Badezimmer erblickte.

«Es ist die Ruhestätte eines zärtlich Liebenden», sagte er seinerseits. «Ich werde mich dereinst darin begraben lassen. Mit einer Riesenflasche Sekt und einer roten Chrysantheme.»

«Je eher, desto besser», sagte Vanina. «Dann könnten wir einen herrlichen Trinkspruch auf dich ausbringen.»

Als Fransisca dahinging – und eine Unzahl von Blumengewinden möge sie umrahmen –, da blieb ihm immer noch Tomomi und somit ein gewisser Trost. Doch als Tomomi hinschied, da blieb ihm niemand mehr, und nichts im Leben reizte ihn noch mit Ausnahme der «Krone der Schöpfung», worin man eine Zeitlang Vergessen fand, doch dann wurde man langsam davon um den Verstand gebracht, und Einsamkeit endete im Wahnsinn. Das mußte anders werden, und Dr. Gonçalves verbot ihm für drei Monate jeglichen Alkohol, und er seinerseits verbrachte die ganze Zeit in der Klinik, und als er wieder herauskam, war er ein neuer Mensch, nur in den Knien fühlte er sich noch ein wenig weich, und er verlor leicht die Geduld und vertrug kaum noch Alkohol.

«Wäre es dann nicht schon besser, tot zu sein?» fragte er seinerseits.

«Kehren Sie zu Ihren drei Flaschen pro Abend zurück», sagte Dr. Gonçalves, «und in zwei Monaten oder noch eher unterschreibe ich Ihren Totenschein.»

«Das Vergnügen gönne ich Ihnen nicht», sagte er seinerseits. «Tafelwasser und Fruchtsaft, so lautet das Urteil. Ich werde Gott bitten, daß er mir die Kraft gibt, von dem anderen zu lassen.»

Er seinerseits war es zufrieden, daß es ihm nicht sonderlich schwerfiel, die Flasche weit von sich zu schieben, auch wenn ein oder zwei Whiskys den Dingen schon ein ganz anderes Gesicht verliehen, so es einen Viehkauf zu besiegeln gab oder beim Rennen einen Sieg zu begießen oder bei einer Geburt den Eltern zuzutrinken oder zur Erinnerung an einen Freund das Glas zu erheben, ja es gab viele Gelegenheiten, die man nicht mit Tafelwasser oder irgendeinem Fruchtsaft feiern konnte.

Zum Beispiel gestern abend, wo er unmöglich drei gute Leute für die Überführung einiger gerade erworbener preisgekrönter Kälber hätte finden können, ohne ihnen vorher etwas zu trinken spendiert oder mit ihnen angestoßen zu haben. Nach der Kirche zog er mit seinen Männern in die Bar neben dem Viehhof, wo sie den Lastwagen abgestellt hatten, so daß sie ihn leichter wiederfinden konnten, und dann besorgten sie neue Batterien und Flaschen mit Säure und ein paar Werkzeuge für die Traktorenwerkstatt, und sie hatten schwer zu schleppen, alles auf den Wagen zu laden, und João gab sich besondere Mühe, sämtliche Sachen ordentlich festzubinden.

Und dann war es an der Zeit, noch einen zu trinken, ehe es nach Hause ging.

«Drüben auf dem Flugplatz steht ein Hubschrauber», sagte Democritas. «Damit ließe es sich sehr viel angenehmer reisen als auf diesem Ding hier.»

«Denk daran, was für ein Abend heute ist», sagte er seinerseits. «Der

Jahrestag Der Drei Verleumdungen. Dieses Fahrzeug ist sicherer als alles andere. Außerdem war ich in der Kirche und habe den Segen erhalten. Fliegen kommt heute abend nicht für mich in Frage, und morgen rühre ich keinen Fuß. Laßt uns lieber zu Giuseppe gehen und noch einen trinken.»

«Einer von uns sollte hier beim Wagen bleiben», sagte Democritas. «Ein Dieb würde reiche Beute machen.»

«Von mir aus», sagte er seinerseits. «Wir wollen es auslosen. Und sobald wir einen getrunken haben, losen wir wieder, und der Verlierer kommt hierher zurück und löst den anderen ab. Dann losen die beiden übrigen aus, wer aufpassen muß. Und dann knobeln die zwei restlichen darum, wer als letzter dran ist. Auf diese Weise kriegen wenigstens drei von uns viermal etwas zu trinken. Oder sollten wir lieber die Algebra zu Hilfe nehmen?»

Doch wie es so ist, später wußte keiner mehr, wieviel sie eigentlich getrunken hatten, denn sie schienen die ganze Nacht lang geknobelt zu haben, und er seinerseits saß im Sessel, und das eine Gesicht ging, das andere kam, bis schließlich alle vier mit Tränen in den Augen und lärmend in jenem Lokal landeten, wo hinter der Bar die roten Lichter glühten, wo die Musikanten nur Silhouetten gegen das Rot bildeten, und die roten Wände und die Muscheln und Netze.

Und Maexsa.

Er durchquerte die äußeren Gartenanlagen, und die Steine des Pfades schimmerten im Sternenlicht, und er kam in die Rosenpergola, und ein schwacher Duft traf ihn bis ins Herz, der Gedanke an Fransisca – möge ihr geliebtes Haupt wohlgebettet sein –, und, ob er betrunken gewesen war oder nicht, Augenblicke lichter Klarheit brachten die Erinnerung an Maexsa zurück. Er seinerseits hatte sich genug mit Frauen abgegeben, als daß er nicht genau wußte, daß sie ungepflegt war, und ihr Haar war ungewaschen und roch nach Rauch und nach dem Ruß der Stadt. Alles Parfum der Welt konnte das nicht übertönen. Und wenn sie das Haar nicht wusch, so bestand aller Grund zu der Annahme, daß auch der Körper nicht mit Seife in Berührung kam. Und dennoch hatte sich plötzlich eine schier wahnsinnige Leidenschaft seiner bemächtigt, von der Art, die einem Mann den Verstand raubt und ihn entweder zu einem Romeo oder zu einem Mörder macht. Er seinerseits entschied sich lieber für den Romeo, obwohl er eigentlich nicht die geringste Veranlassung dazu hatte. Sie war keine Schönheit. Beine hatte sie, ganz unbestreitbar. Und für Beine hatte er seinerseits immer etwas übrig gehabt, ob lang und schlank, ob muskulös oder knochig oder dick, es spielte überhaupt gar keine Rolle, solange es die Beine einer Frau waren, zwei warme Geleise der Lieblichkeit, die zu einer Pforte führten, die ihm stets ein Entzücken bedeuteten. Seidenschlüpfer, ja, doch wenn alle Hände so emsig waren wie die seinen, und dann noch Abend für Abend, so brauchte sie schon so feste Schlüpfer, wie sie sie trug, und Rüschen um die Schenkel dazu, damit sie den tastenden Finger hemmten.

Wie sie je in das Lokal gelangt waren, blieb ihm ein Rätsel. Er erinnerte sich nur, daß sie einmal Giuseppes Bar verlassen hatten, um Democritas von seinem Wachtposten abzulösen, doch auf dem Rückweg mußten sie sich in der Straße geirrt haben, oder sie waren zu weit gegangen, oder Joãos Tränen über ein sterbendes Pferd hatten sie abgelenkt, jedenfalls saßen sie mit einemmal bei Maexsa und tranken Sekt, und es bestand gar keine Veranlassung, wieder wegzugehen, und die Mädchen zogen sich gegenseitig aus, und alle waren es ganz zufrieden, bis die Schlägerei begann, und Maexsa schwang die Machete, die scharf war wie ein Rasiermesser und zischend durch das Fischernetz fuhr.

Es erschien ihm unwahrscheinlich, daß sie von jemandem dort hingelotst worden waren. Natürlich war es möglich, daß ein paar Mädchen sie aufgefordert hatten. Halbwegs klar war ihm lediglich, daß eine Freundin von Vanina es irgendwie fertiggebracht haben mußte, seine Aufmerksamkeit zu fesseln, und am Morgen war er seinerseits bei der Feuersbrunst wieder auf sie gestoßen, und das mußte mehr als ein bloßer Zufall gewesen sein, denn dieselbe Frau hielt sich zur Zeit im Silber-Zimmer auf. Wenn an dem ganzen Gerede von Der Berührung überhaupt etwas daran war, an der Wasserspritzerei und an dem aus der geballten Faust ragenden Daumen, so war es durchaus möglich, daß sie ihn behext hatte oder dergleichen oder verflucht, und obwohl er schon zu alt war, als daß er sich noch etwas daraus gemacht hätte, so neigte er doch aus Erfahrung dazu, die bloße Möglichkeit nicht von der Hand zu weisen.

Die Hecken waren im Lauf der Jahre dichter geworden, doch die Hunde begannen sogleich zu bellen, und Mãe Isis kam heraus und stand weiß in der Türöffnung und ersparte es ihm seinerseits, nach ihr zu rufen.

«O Herr», sagte die Alte, nahm ihn beim Arm und führte ihn in das Dunkel, und blendende Helligkeit ergoß sich beim Klicken des Schalters in dem dahinter liegenden Zimmer. «Wir haben Sie kommen hören. Palmyde hat richtig vermutet. Sie erkannte Sie an Ihrem Schritt. Was dürfen wir Ihnen anbieten?»

«Nichts, Mãe, nichts», sagte er seinerseits und verwünschte sich, diese freundlichen Menschen, die dem Herzen Der Mama und Des Vaters und Fransiscas so nahe gewesen waren, vernachlässigt zu haben. «Ich wollte nur wissen, ob ihr immer noch hier saubermacht. Und in der Kirche.»

«Jeden Tag», sagte Mãe Isis und hob den Zeigefinger. «Doch gestern und heute durften wir nicht hinein. Ich habe Padre Miklos gesagt, daß wir sie nicht betreten, ehe er mit dem Kreuz dort gewesen ist.»

Mãe Palmyde und Mãe Felicia, beide ein paar Jahre jünger als Mãe Isis, knicksten in der Tür, schüttelten ihm die Hand, lachten und schwatzten durcheinander, so daß er seinerseits kein einziges klares Wort verstehen konnte, aber er sah, wie glücklich sie waren, ihn bei sich zu haben, und Tränen glitzerten silbern in dem grellen Licht, und ein Sessel wurde herangerückt und ein Kuchen auf den Tisch gestellt, und Mãe Palmyde brachte eine Flasche mit Zuckerrohrschnaps herbei und dazu vier kleine Gläser.

«Hört mal», sagte er seinerseits. «Hat eine von euch etwas mit *Umbanda* zu tun?»

Mãe Isis schüttelte den Kopf. Die beiden anderen standen reglos und starrten, wie nur Afrikaner starren können, mit weit aufgerissenen Augen, ohne zu blinzeln, und die Pupillen genau in der Mitte der weißen Augäpfel, unbeweglich.

«Wir gehören zu Der Kirche», sagte sie und bekreuzigte sich, und die beiden anderen bekreuzigten sich auch und nickten Zustimmung.

«Und was haltet ihr davon?» fragte er seinerseits.

«Es sind gute Menschen», sagte sie. «Sie tun viel Gutes.»

«Habt ihr schon mal daran gedacht, euch ihnen anzuschließen?» fragte er seinerseits.

«Wir halten die Kirche und die Kapelle sauber», sagte Mãe Felicia. «Wie könnten wir uns da *Umbanda* anschließen? Padre Miklos würde uns ins ewige Feuer schicken.»

«Und wir würden unsere Arbeit verlieren», sagte Mãe Isis. «Unsere Mütter und Großmütter würden uns verfluchen. Sollen sie ihr Leben lang für leichtfertige Töchter gearbeitet haben, die ihre Stellung verspielen? Wir sind keine jungen Frauen mehr. Wir sind uns unserer Verantwortung bewußt.»

Die drei liefen geschäftig umher, stellten Tassen und Untertassen auf den Tisch, holten den Filter und Kaffee und aus der Schublade die Löffel. Eine jede trug ein besticktes weißes Leinenkleid mit halben Ärmeln, hochgeschlossen, mit langem Rock, der in der Taille gegürtet war, und über den Kopf ein weißes Tuch. Betagt waren sie, alle drei, aber kaum eine Falte hatten sie in den rundwangigen Gesichtern, und die Münder schienen das Werk eines Kameenschneiders zu sein, so voll waren die Lippen, so weich, so klar gezeichnet, und beim Lachen bildeten sie den Rahmen für schneeweiße, gesunde Zähne ohne eine Lücke und keine Pfründe für den Zahnarzt. Zeit ihres arbeitsreichen Lebens hatten die drei nichts anderes gemacht, als es ihren Müttern nachzutun, indem sie sich um die Kirche, Padre Miklos' Haus, die Kapelle und die Nebenräume kümmerten. In all den Jahren kein anderer Gedanke, ausgenommen den an ihre Familie natürlich.

«Augenblick mal», sagte Der O'Dancy. «Warum sollten eure Mütter euch verfluchen? Solange Padre Miklos das Kreuz über euch hält und das Licht Der Jungfrau euch umgibt, wie sollte euch da der Fluch der Verstorbenen etwas anhaben können?»

Mãe Isis war die älteste. Die beiden anderen beobachteten sie. Mãe Palmyde schaute von der blauen Flamme des Gasherds hoch, und Mãe Felicia war immer noch dabei, den Tisch zu decken, und beide sahen reglos zu Mãe Isis hinüber, die zu dem segnenden Christus aus Gips über der Tür hinaufblickte.

«Unser Pai war der Enkel von Dona Aracý», sagte sie, und ihre Augen blitzten. «Mãe hat uns dazu angehalten, mit unserem Leben weise umzugehen. Dona Aracý hatte große Macht. Bei Den Weißen. Das wissen wir genau.»

«Die Heilige Jungfrau möge euch das Herz leicht machen, ich werde euch kein Härchen krümmen», sagte er seinerseits. «Doch hört mal. Ginge es nicht um Padre Miklos und um euren Arbeitsplatz, würdet ihr dann bei dieser *Umbanda* nicht doch mitmachen?»

Vielleicht warfen die drei einander verstohlene Blicke zu, vielleicht waren es aber die Reflexe des Lichts von der einen nackten Glühbirne, die schief vom Gebälk herunterhing, da eine Schnur mit Fähnchen und Wimpeln daran befestigt war.

Mãe Isis kreuzte die Arme vor ihrer Mitte und ließ dann die Hände herabfallen.

«Ja», sagte sie, und die beiden anderen nickten zustimmend und setzten ruhig ihre Arbeit fort, und es war, als ob sie befreit aufatmeten.

«Warum habt ihr heute abend hier in vollem Staat gewartet?» fragte er seinerseits.

«Der junge Djalma kam vorbeigeritten und verkündete, daß sich alle oben in Dem Haus versammeln sollen», sagte Mãe Isis. «Wir waren im Begriff, hinzugehen. Aber wir wären nicht hineingegangen, es sei denn, Padre Miklos hätte uns dazu aufgefordert.»

«Er kommt auch hin», sagte er seinerseits. «Doch jetzt mal ganz ehrlich. Warum würdet ihr bei *Umbanda* mitmachen?»

Mãe Isis hob die langen, knochigen Hände, ließ sie dann aber wieder fallen.

«Herr», sagte sie hilflos und sah zu den beiden anderen hinüber. «Was soll ich darauf antworten?»

«Das Wissen ruht in uns», sagte Mãe Felicia hastig und starrte über den Tisch hinweg. «Ich höre die Stimmen. Ich spüre sie rings um mich herum. Es wäre besser, sich ihnen anzuschließen. Doch wir kehren ihnen den Rücken.»

«Wir gehören zu Der Kirche», sagte Mãe Isis und bekreuzigte sich.

«Der ehrwürdige Vater verdammt sie. Und Der Herr straft. Ein Leben im Fegefeuer. Und überdies, wir sind die Töchter eines Enkels von Dona Aracý.»

«Ihr braucht mir nicht nach dem Munde zu reden», sagte er seinerseits. «Wo stecken eigentlich eure Männer?»

Mãe Felicia strich glättend über das Tischtuch, und ihre Augen starrten weiß im Schatten der Glühbirne über ihrem Kopf.

Mãe Palmyde rührte den Kaffee um.

«Na schön», sagte er seinerseits. «Dann sag' ich's euch. Sie sind im Haus der Zwölf Apostel.»

Mãe Isis atmete auf, die Augen noch geschlossen, doch dann faltete sie die Hände und lachte.

«Ach, Herr, Sie haben es die ganze Zeit über gewußt», sagte sie. «Warum sollten wir auch etwas vor Dem O'Dancy verbergen wollen, dem Sohn eines Sohnes von Dona Xatina, Dona Aracý, Dona Auriluci, Dona Tiridín, und sie alle auf der Seite Der Weißen. Warum haben wir heute abend Ihren Schritt vernommen? Warum haben wir gewußt, daß Sie es waren, ohne daß es uns jemand gesagt hätte?»

Sie lachten leise und nickten, und wieder erfüllte ein Hauch von Frieden den Raum.

«Wenn eure Männer zu *Umbanda* gehören, warum nicht auch ihr?» fragte er seinerseits. «Raus mit der Sprache. Ich wünsche eine vernünftige Erklärung. Was ist mit euren Kindern? Es sind doch insgesamt achtzehn bei euch dreien, nicht wahr?»

Mãe Isis schenkte von dem Zuckerrohrschnaps ein, Mãe Palmyde löffelte den Kaffee in den Filter, und Mãe Felicia schnitt den Kuchen auf. Sie machten alle das gleiche Gesicht, drei hochgewachsene Frauen in Weiß, die sich taub stellten, aber die Art, wie sie den Kopf hielten, verriet, wie jede darauf wartete, daß die andere redete.

«Sie sind erwachsen, Herr», sagte Mãe Isis. «Die meisten sind bereits aus dem Haus und haben selbst Familie.»

«Aber alle gehören zu *Umbanda*», sagte er seinerseits, und er sagte es leise, um sie nicht einzuschüchtern.

Mãe Isis nickte.

«Die meisten», sagte sie und reichte ihm eins der Schnapsgläser. «Der älteste Jahrgang auf Dem Erbe. Er wird Ihnen nichts schaden. Unsere Gebete sind darin.»

«Ich schließe euch in meine Gebete ein», sagte er seinerseits und trank eine milde, süßliche Glut. «Sehr gut, aber jetzt nehmt euch mal zusammen. Was gibt euch denn *Umbanda?* Was müßt ihr dazu tun? Was ist denn der Unterschied zwischen *Umbanda* und Der Kirche?»

«In der Kirche beten wir», sagte Mã Isis. «Wir haben die Heilige

Jungfrau und Den Sohn und Gottvater, und Padre Miklos bereitet uns den Weg. Doch bei *Umbanda* sind wir selbst mehr beteiligt.»

«Erklärt mir das», sagte er seinerseits. «Wie könnt ihr selbst mehr daran beteiligt sein?»

«Die Boten fahren in uns hinein», sagte Mãe Felicia. «Sie fahren in unseren Körper. Sie arbeiten durch uns auf der Erde.»

«Wir werden Medien», sagte Mãe Palmyde. «Wir heilen, woran die Welt krankt. Warum sollten wir deswegen ins Fegefeuer kommen? Die weißen Boten, die Geister, sind doch auch von Gott, Dem Vater, gesandt, nicht wahr? Er hat letztlich alles erschaffen.»

«Habt ihr schon mit Padre Miklos darüber gesprochen?» fragte er seinerseits.

Die drei warfen einander überraschte Blicke zu, wandten sich mit raschelnden Röcken ab und lachten.

«Wir werden uns hüten», sagte Mãe Isis. «Kein einziges Wort. In seinen Augen ist *Umbanda* ein Machwerk Des Teufels. Die Kirche, ja, die glaubt an Den Teufel. *Umbandistas* glauben weder an Teufel noch Hölle.»

«Aber wie könnt ihr zur Kirche gehen und nicht an die Hölle oder Den Teufel glauben?» fragte er seinerseits und nahm von Mãe Palmyde eine Tasse Kaffee entgegen. «Wenn ihr an Gott glaubt, so müßt ihr doch auch an Den Teufel glauben.»

Mãe Palmyde schüttelte den Kopf und nahm Mãe Felicia die Kuchenplatte ab.

«Es gibt verstoßene Geister», sagte sie. «Sie sind immer um uns. Aber sie warten darauf, in die Unbesonnenen zu schlüpfen. Schlimme Gedanken, Unsicherheit im Glauben, das ist wie ein Loch in der Wand. Dort schlüpfen sie hinein. Und so kommt es, daß wir Diebe und Mörder unter uns haben und damit Hader und Zwist und Diebereien. Schlimme Gedanken, die sind das Werk eines bösen Geistes. Versuchung, da ist ein böser Geist an der Arbeit. Gebete sind im Grunde genommen für die Welt. Und das ist Die Kirche. Doch Die Weißen von *Umbanda,* die ziehen aus, um sie zu suchen, nicht auf den Knien und nicht mit Worten allein, sondern sie bieten sich selbst mit ihrem ganzen Körper dar. Nimm Besitz von mir, schlüpf in mich hinein, du Heiliger, und bedien dich meiner, um die Welt zu läutern, die dunkle Welt, die sündige, verderbte Welt, bedien dich meiner, um die Verstoßenen zurückzuführen, ihnen den Frieden zu bringen, den allerquickenden Frieden der Liebe. Hier, das ist aus Kokosraspeln, Bananencreme, Engelwurz und Honig gemacht. Das Rezept stammt von Ihrer eigenen Mãe.»

Der O'Dancy mußte über das Angebot lachen, das sich ohne Pause und Wechsel des Tonfalls angeschlossen hatte, und er nahm ein Stück und biß hinein und schmeckte wieder, was seit den Tagen seiner Kindheit vergessen gewesen war.

«Sehr, sehr gut», sagte er seinerseits. «Es wäre gar nicht so verkehrt, wenn ihr mir jede Woche eine kleine Kostprobe davon herüberschicktet. Doch hört mal. Wenn ihr aber nicht zu *Umbanda* gehört, wie kommt's, daß ihr soviel davon wißt und so gut davon sprecht?»

Die drei erstarrten, Mãe Palmyde wollte gerade ein Stück Kuchen in den Mund stecken, Mãe Felicia Kaffee einschenken und Mãe Isis ein Glas für Mãe Felicia hinüberreichen. Die drei mit ihren schwarzen Gesichtern gegen weißes Leinen und blaugetünchte Wände ringsum, im Hintergrund ein Öldruck von Jesus Christus vom Heiligen Herzen, ein Wandkalender neben der Schlafzimmertür, ein weißer Küchenschrank, ein weißgedeckter Tisch, ein paar Stühle mit steifen Lehnen, drei Leben aus Wörtern und Gedanken und Arbeit mit Eimer, Scheuerbürste und Bohnerwachs, und das Wissen um all die Kinder, um den Taumel und die Glut der Leidenschaft, um die lyrischen Augenblicke der Empfängnis und die Wehen der Geburt, all die Sorgen und Nöte, die Tausende von Mahlzeiten und wieviele Freunde und Bekannte, und der bis in alle Einzelheiten gehende Klatsch über die Familie und Das Haus und alle anderen Familien und Häuser ringsum, sie alle drei waren einen Augenblick lang gefangen, festgehalten, verwickelt und schwindlig, trotz des Wissens um Gut und Böse, um Gott und Den Teufel, um Die Jungfräuliche Mutter und die Vergebung in Dem Sohne, und keine von ihnen vermochte auch nur einen Buchstaben des Alphabets zu lesen.

Doch in der Stille schwang das Bewußtsein, daß Mãe Palmyde mit der Überzeugung, dem inneren Frieden und der geschulten Kenntnis der Eingeweihten gesprochen hatte.

«Wir sind mehr als Menschen, die nur leben und sterben», sagte Mãe Felicia und schenkte Kaffee ein. «Wir sind bei Den Weißen. Wir arbeiten gegen die Mächte.»

«Und was ist mit *khimbanda?*» fragte er seinerseits Mãe Isis.

Die drei sahen ihn an, und jede hatte den rechten Arm hinter dem Rücken, und er seinerseits wußte, daß die Hand zur Faust geballt und der Daumen zwischen Zeige- und Mittelfinger geschoben war, um das Böse abzuwehren und zu verhindern, daß es in ihren Körper drang.

«Wir wissen Bescheid», sagte Mãe Isis. «Wir denken nicht daran, ins Haus zu gehen. Jedenfalls nicht, solange nicht Padre Miklos da ist.»

«Ihr meint Bruder Mihaul», sagte er seinerseits und erhob sich. «Gut, daß ich hergekommen bin. In der Kapelle wartet eine Menge Arbeit auf euch. So. Und jetzt schaut mich mal an.»

Die großen Augen hoben sich zu ihm auf, doch langsam nur, die Augen braver, gütiger und erschreckter Frauen.

«Seid frohen Herzens, denn ich liebe euch drei und eure ganze Familie», sagte Der O'Dancy. «Freut euch eures Lebens, doch sagt mir, was ist mit Hilariana?»

Ihm brach die Stimme, er hatte es vermeiden wollen, verwünschte sich und schluckte.

Mãe Isis setzte den Ellbogen auf den Tisch, stützte die Nase auf die Faust und schloß die Augen, und Mãe Palmyde schob die Arme über die Tischplatte und legte den Kopf abgewandt darauf, und Mãe Felicia lehnte sich gegen die Wand und bedeckte die Augen mit der Hand.

«Es ist nicht ihre Schuld», sagte Mãe Palmyde. «Es geschah gegen ihren Willen.»

«Erzählt mir», sagte er seinerseits. «Wann? Wie?»

«Die Alte, Mãe Nueza», sagte Mãe Isis. «Sie war ein Medium. Von Den Schwarzen. Sie redeten durch ihren Mund. Und sie bedienten sich ihres Körpers. Hilariana war noch ein kleines Kind.»

«Wie, in drei Teufels Namen, hätte ich das je ahnen können?» sagte er seinerseits, und fast sah er die Jahre geflüsterter Unterweisungen, und die Augen von Hilariana, dem Kind. «Wer konnte das ahnen? Wer hätte das geglaubt?»

«Keiner», sagte Mãe Isis. «Keiner hätte es geglaubt. Aber wir wußten Bescheid. Doch wer hätte es Ihnen erzählen sollen? Keiner wagte sich in Ihre Nähe. Alle hatten Angst vor Der Berührung. Ein Fluch zu Lebzeiten.»

«Was ist das für eine Berührung?» fragte er seinerseits.

«Eine Versammlung Der Schwarzen neben und hinter einem», sagte Mãe Isis und hob die Hand zu dem Christus über der Tür empor. «Die bedienen sich unser. Man bildet sich ein, man tut, was man will, nicht wahr? Nein, man tut, was die wollen. Man bildet sich ein, man glaubt dies nicht und das nicht? Selbstverständlich. Die wollen es nämlich so. Die sagen einem ganz genau, was man glauben soll und was nicht, und was man tun soll und was nicht. Man bildet sich ein, sein eigener Herr zu sein? Nein, die sind Herr über einen. Das ist Die Berührung.»

«Seid ihr imstande, das zu erkennen?» fragte er seinerseits. «Bin ich eurer Meinung nach verflucht?»

Alle drei schwiegen.

Mãe Palmyde wandte ihm den Kopf zu, doch ihre Arme blieben verschränkt auf der Tischplatte liegen.

«Viele, viele Jahre gingen Sie mit Der Berührung umher, und wir haben es gewußt, doch wie hätten wir es Ihnen beibringen sollen?» sagte sie. «Was hätten Sie uns wohl darauf geantwortet?»

«So viele Dinge klingen manchmal unsinnig», sagte Mãe Felicia. «Fragen Sie doch irgendeinen Indio aus dem Innern, der nie in der Kirche war und nie etwas mit einem Priester zu tun gehabt hat, was der Priester macht, wenn er sich hinkniet und dann wieder erhebt, und der Indio wird Ihnen erzählen, daß das alles ganz unsinnig ist. Wie bringt man Menschen dazu, zu glauben?»

«Sie glauben, wenn sie sehen», sagte Mãe Isis. «Das ist alles. Erzählen Sie einem Menschen, daß das Essen auf dem Tisch steht, wenn der Tisch leer ist. Er wird Ihnen nicht glauben. Aber stellen Sie ihm etwas zu essen hin, und er wird sofort Platz nehmen. Sie brauchen kein Wort mehr zu sagen.»

«Ihr glaubt also, was Ihr seht», sagte Der O'Dancy. «Ihr ‚seht' folglich Die Weißen?»

Alle drei nickten.

«Die Weißen sind viel schöner als wir», sagte Mãe Felicia. «Ich werde mit Freuden hingehen. Und mit Freuden wiederkommen und Gutes tun.»

«Doch dieser Indio aus dem Innern», fragte Der O'Dancy. «Wie, vor allen Dingen, wollt ihr es denn fertigbringen, ihn zur Taufe zu bekommen? Dazu gehört doch wohl schon eine ganze Menge ‚Glaube', nicht wahr?»

Alle drei schwiegen.

Mãe Isis schüttelte den Kopf.

«Es ist wie mit Kindern», sagte sie. «Kinder haben auch noch keinen Glauben. Ihnen wird gesagt, was sie tun sollen. Was richtig und verkehrt ist. Und wenn sie unrecht tun? Dann werden sie bestraft. Sie machen ihre Erfahrungen, während sie aufwachsen. Von ‚Glaube' ist da gar nicht die Rede. Sie tun bloß, was sie immer getan haben. Und die aus dem Innern, die sind ganz genauso. Sie gehen in die Kirche, sie bekommen etwas anzuziehen, und sie bekommen etwas zu essen. Folglich glauben sie.»

«Was soll ich mit Hilariana machen?» fragte er seinerseits.

Die drei blickten einander an und zogen die Brauen hoch, als ob er seinerseits ihnen mit seiner Frage einen außergewöhnlichen Beweis dafür geliefert hätte, daß man das Nächstliegende einfach nicht zu begreifen vermochte.

«Jetzt, Herr, wo Sie alles wissen, können Sie Abhilfe schaffen», sagte Mãe Isis, und die beiden anderen nickten. «Zuerst muß man wissen. Padre Miklos weiß nichts. Und was könnte er auch schon sagen? Sie geht nicht zur Kirche. Doch der heilige Vater, der weiß es. Mit Ihrer Hilfe und mit unserer, mit unser aller Hilfe wird sie wieder zurückkommen. Die Berührung verflüchtigt sich mit dem Segen.»

«Jetzt mußt du mir helfen, Bruder Mihaul», sagte er seinerseits und erhob sich. «Sei bereit. Das Haus und alles, was darin ist, muß vor Tagesanbruch gereinigt sein.»

Die drei nickten, und nicht eine Falte des Zweifels stand in ihren Gesichtern.

«Wir müssen Ihnen danken, daß Sie uns Geringe besucht haben», sagte Mãe Isis. «Der Kuchen soll von nun ab jede Woche an diesem Tag in Das Haus gebracht werden. Doch wird Mãe Narcissa auch erlauben, daß man ihn Ihnen vorsetzt?»

«Mãe Narcissa soll sich um ihre Küche kümmern», sagte Der O'Dancy. «Januario wird mir den Kuchen servieren. Ich hätte schon längst mal hierherkommen sollen. Und überall woandershin auch. Habt ihr irgendeinen Wunsch? Irgend etwas, was euch das Leben angenehmer machen könnte?»

Mãe Isis verschränkte die Hände unter dem Kinn.

«Zu derselben Zeit, wo Dona Hilariana den Segen erteilt bekommt, sollte auch Dona Divininha unter das Kreuz gehen», sagte sie. «Sie ist geführt worden. Sie ist eine gute Frau.»

«Eine gute Frau», sagte er seinerseits und versuchte, den Sinn der Worte zu erfassen.

Alle drei nickten.

«Madame Briault gehört nicht mehr zu Dem Haus», sagte er seinerseits. «Wollt ihr darauf hinaus?»

«Nein», sagte Mãe Isis und lachte. «Sie ist ja nur ein Dienstbote und tut, was ihr gesagt wird. Sie ist Clovis' Frau. Er ist der Urenkel von Mãe Nueza und der Sohn Exús. Wenn Democritas einmal abtritt, ist er der Erste. Seine andere Frau ist *iemanja*. Dona Hilariana wird auch einmal zu seinen Frauen zählen. Eine jede *iemanja* ist Clovis' Schwester und Mutter und Frau.»

Der O'Dancy stützte sich mit ausgestrecktem Arm gegen den Türpfosten und blickte hinaus in den dunklen Garten, auf Phantome und Gespenster, und alles in ihm empörte sich dagegen.

«Clovis», sagte er seinerseits. «Unglaublich.»

«Exú ist unter den Ungläubigen rührig», sagte Mãe Isis. «Die Ungläubigen sind seine Untertanen. Er gibt sich stets einfach. Was ist denn überhaupt Glaube? Für die einen kommt er hinter der Wirklichkeit. Für die anderen vor dem Traum. Wären Sie wohl vor heute abend bereit gewesen, solchen Dingen Gehör zu schenken? Haben Sie die Kapelle gesehen?»

Er nickte.

Mãe Isis hob die Hände, ließ sie dann aber wieder fallen.

«Wir gehen mit Ihnen zu Dem Haus hinüber», sagte sie. «Vier sind besser als einer allein. Wir schneiden den Weg etwas ab und warten bei Mãe Narcissa auf Sie.»

Er seinerseits ging hinaus zu dem Durchlaß in der Hecke und war-

tete, bis das Licht verlosch, die Tür geschlossen wurde und die drei weißen Gestalten auf ihn zukamen. Er trat beiseite, um sie vorüberzulassen,
und folgte ihnen dann unten an den Gemüsegärten und an den Ge-
wächshäusern entlang bis zu der Treppe, die zur Garage hinaufführte,
und jeder Schritt war ein Gedanke an Divininha und an Clovis, an die
eine wie an den anderen. Nach allem, wie er die Dinge jetzt beurteilte,
konnte Clovis durchaus der Wolf im Schafspelz sein. In den Augen dieses Menschen stand stets ein Lächeln, das man versucht war, für ein Zeichen von Gutartigkeit zu halten, aber keiner seiner Leute wagte es, sich
Freiheiten herauszunehmen, und er sparte nicht mit Fußtritten und Peitschenhieben, und außerdem war er als Messerheld bekannt, aber er verstand es glänzend, mit Tieren umzugehen, und alle diese Eigenschaften
machten ihn zu einem guten Aufseher, ohne daß er besonders auf seine
Autorität zu pochen brauchte. Gewiß, er konnte trinken, doch trank er
niemals bei der Arbeit, und er hatte ein Auge für die Frauen anderer
Männer, wenngleich es in dieser Beziehung noch keinen Ärger gegeben
hatte. Anfangs hatte er den Eindruck eines einfachen Menschen erweckt,
aber dann in vieler Hinsicht einen beachtlichen Scharfsinn entwickelt,
doch das war nicht ungewöhnlich bei einem Mann, der in die Blüte seiner Jahre kam, und bis jetzt war bei seinem Aufstieg vom Arbeiter auf
der Kaffeeplantage, den Baumwollfeldern, den Viehweiden und im Last-
wagenpark bis zum Aufseher und zum unbestrittenen Nachfolger Democritas Pereiras von keiner Seite auch nur ein Wort der Kritik gefallen.

Jedoch.

Er hatte etwas an sich, irgend etwas, was ein ungutes Gefühl wach-
rief, etwas Tückisches im unsteten Blick, einen Gang, den man für den
eines Reiters halten konnte, einwärts und abgehackt, doch es war mehr
ein Stelzen, ein Aufheben und Hinsetzen der Füße, als ob sie Hufe wären. Er bezog das Gehalt eines Aufsehers, das reichlich war, und besaß
ein paar edle Reitpferde und einige Hüteponys und einen Wagen, allerdings hatten ihm seine Mutter und seine Großmutter etwas Geld hinterlassen. Und außerdem gehörte ihm noch eine Kneipe unten im Dorf und
vermutlich auch weiterer Besitz, eigentlich alles ein Beweis seiner Tüchtigkeit.

Er seinerseits holte die drei Frauen ein.

«Erklärt mir eins», sagte Der O'Dancy. «Wenn dieser Clovis wirklich
das ist, was ihr behauptet, warum duldet ihn Democritas dann noch in
meinem Dienst?»

Drei Lächeln schienen die Nacht zu erhellen. Sie alle blieben auf der
Treppe stehen, um wieder zu Atem zu kommen.

«Democritas behält ihn in seiner Nähe, bis Clovis sich selbst verrät», sagte Mãe Isis. «Es dauerte ziemlich lange, es überhaupt herauszubekommen. Aber Clovis richtet keinen Schaden an. Er hat Angst vor Democritas. Mãe Nueza ist nämlich auch die Großmutter von Ephemia. Deshalb ist er seinerzeit überhaupt eingestellt worden. Er ist ein Nichts, wenn man von seiner unsterblichen Seele absieht. Er weiß genau, wer die Macht hat. Democritas und der heilige Vater, sie werden ihn eines Tages in einer Wolke hinwegnehmen. Dann kommt er unter das Kreuz. Und danach ist er niemand mehr.»

«Niemand mehr», sagte er seinerseits.

«Nur noch schlicht Clovis da Souza», sagte Mãe Isis. «Ein Niemand. Nicht mehr Aufseher. Ein Niemand.»

Sie schritten weiter die Treppe hinauf, zwischen Strelitziagruppen und Kamelien hindurch, und eine Duftwelle kam ihnen entgegen, so überwältigend, daß sie die Lider schlossen, und alle hielten einen Augenblick lang inne, und er seinerseits spürte, daß es an der Zeit war, an Divininha zu denken.

Drei einfache Frauen hatten ihr Urteil über eine andere Frau gefällt. Sie hatten aus der Einfalt ihres Herzens gesprochen. Und sie waren gute Frauen. Niemand wußte das besser als er. Zu anderer Zeit und in anderer Sache wäre ihr Urteil vermutlich mit einem spöttischen Lächeln abgetan worden. Doch wenn es um Divininha ging, so war ihre Meinung maßgebend. Sie waren Frauen und kannten ihresgleichen.

Es berührte ihn seltsam, daß so viele Jahre verstrichen waren, ohne daß er seinerseits über die Tatsache hinaus, daß sie auf Dem Erbe lebte, auch nur einen Gedanken an sie verschwendet hatte. Höchstens, daß ihm einmal für einen Augenblick in den Sinn gekommen war, was sie wohl gerade tun mochte. Doch stets hatte er sich angewidert etwas anderem zugewandt. Für ihn war sie nur irgend jemand, der auch auf dieser Welt existierte.

So waren die Wochen, die Monate, die Jahre dahingegangen.

Sie hätten sich ebensogut scheiden lassen können, aber er seinerseits hatte weder den Wunsch noch in seinem Innersten die geringste Absicht, wieder zu heiraten, und sie hielt ihr Versprechen, ohne je etwas zu sagen, und es war einfach so weitergegangen.

Es lag schon über drei Jahre zurück, daß sie sich das letztemal gesehen hatten, bei einem Empfang, der in Dem Haus für ausländische Besucher der O'Dancy-Stiftung gegeben wurde. Hilariana kümmerte sich um alles, und ihm seinerseits wurde anheimgestellt, teilzunehmen oder nicht, ganz wie es ihm beliebte. Zufälligerweise hatte eine der Delegationen eine Anleihe bei seiner Bank aufgenommen, und er flog mit den

Herren zusammen zu Dem Erbe hinaus, nicht als Gastgeber oder Besitzer, ja nicht einmal als willkommener Besuch, sondern nur als irgend jemand, der ganz beiläufig einmal hereinschaute. Doch natürlich drängten sich alle in völliger Verkennung der Situation um ihn seinerseits und machten ihm über das großartige Institut und seine hervorragende Tochter Komplimente, und Divininha hatte sich bei ihm eingehängt, und sie war so schön wie eh und je.

Sie trug ein perlendurchwirktes blaßrosa Kleid, und außer ihr – im Schmuck ihrer Brillanten und mit dem tiefbronzefarbenen Haar – war keine andere Frau im Saal als Hilariana in aprikosenfarbener Seide mit ihren Smaragden und dem herrlichen roten Haar.

«Na, Liebster», sagte sie mit lauter Stimme, der man den bereits reichlich genossenen Sekt anmerkte. «Warum erzählst du all diesen netten Leuten nicht die Wahrheit? Das wäre doch wirklich mal etwas anderes.»

«Mir wäre es lieber, du erzähltest es ihnen», sagte er seinerseits und ahnte halb, was da kommen würde.

«Mal herhören, wer wissen will, was hier im argen liegt», sagte sie und klatschte sich auf das Zwerchfell. «Er liebt seine Tochter so sehr, daß er für seine Frau nichts mehr übrig hat. Und seine Tochter haßt ihn derartig, daß sie für keinen Menschen mehr etwas übrig hat, ausgenommen einen wonnigen kleinen Japsen, und der ist heute nicht da. Zwischen Geld und Haß gedeiht die Stiftung und alles andere hier ganz prächtig. Wovon Sie sich überzeugen konnten. So, und nun nehmen Sie mal alle schön Platz, und ich zeige Ihnen einen hier einstudierten *candomblé*. Echt brasilianisch, wenn auch nicht aus dieser Gegend. Aber ganz annehmbar. Einverstanden? Musik.»

Statt seinen Arm loszulassen, was ihm seinerseits nur recht gewesen wäre, führte sie ihn zu einer Reihe von vergoldeten Stühlen, ließ sich für einen kurzen Augenblick neben ihm nieder und entfernte sich dann wortlos. Damals hätte er so gescheit sein sollen, zu gehen. Ringsum breitete sich Unbehagen aus. Hilariana war auch nicht mehr zu sehen. Alle Anwesenden fragten sich anscheinend, ob nicht Divininha in ihrer Sektlaune ein wenig zu weit gegangen war, oder ob sie es wirklich ernst gemeint hatte, und wenn ja, wieso er seinerseits dann einfach dort sitzen blieb. Natürlich hätte er auch ein Wort dazu sagen können. Aber sie war ihm gleichgültig, alle waren ihm gleichgültig, und was sie dachten, interessierte ihn nicht.

Der *candomblé* war besser als alle, die er bisher gesehen hatte, genauso gut wie irgendein Ballett, doch großartiger in den Farben, in Rhythmus und Gleichklang der Bewegungen und weit beredter in der Ausdruckskraft der Körper und im Spiel der Muskeln als die meisten anderen. Junge Frauen tanzten, wirbelten und schüttelten sich, Trance nachahmend, fast den Kopf ab. Männer sprangen, drehten sich in der Luft, federten zurück, trommelten mit den Füßen, ebenfalls in den charakteristischen Bewegungen der Trance.

Doch plötzlich erstarrte er, als er erkannte, daß sie tatsächlich in Trance waren.

Alle.

Von Kindheit an kannte er sich da nur zu gut aus.

Eine Gruppe in Scharlachrot kam die Treppe herunter. Unter schwarzen Umhängen mit scharlachrotem Innenfutter trugen sie rote Trikots. Die Männer hatten Bärte am Kinn und auf der Oberlippe, und auf der Stirn ragten goldene Hörner. Die Frauen trugen Hörner, die ihnen bis über den Kopf reichten. Unter der scharlachroten Farbe konnte man niemanden so ohne weiteres erkennen. Doch an ihren Beinen entdeckte er Divininha sofort.

Der O'Dancy stieß seinen Stuhl zurück, und alle Köpfe wandten sich ihm zu. Dann ging er bis in die Mitte des Saals.

«Damit haben wir also einen *candomblé* erlebt», sagte er seinerseits. «So hat man oben im Norden zu Zeiten der Sklaverei getanzt. Ich freue mich, daß Senhora O'Dancy Boys klar zum Ausdruck gebracht hat, daß es das hier nicht mehr gibt.»

Menschen riefen durcheinander, und die Tänzer krallten sich in seine Arme fest, doch Januario schaltete im Hintergrund die Beleuchtung an, und die scharlachrote Gruppe auf der Treppe stand dort von Licht übergossen.

«Ein wunderschönes Bild, das ihr da abgebt», sagte er seinerseits und klatschte Beifall. «Vielen Dank für die gruselige Darbietung. Wirklich prächtig. Aber das nächstemal nehmen wir lieber ein paar Viehtreiber und Gitarren. Das ist bekömmlicher. Und außerdem können sie besser tanzen. Dieses Teufelswerk gefällt mir nicht.»

Alle Anwesenden erhoben sich, um zu applaudieren. Die meisten der Tänzerinnen mußten weggetragen oder hinausgeschleift werden, und die Vermummten auf der Treppe zogen sich zurück.

Hilariana erwähnte den Vorfall nie. Und von jenem Abend an bis heute fiel zwischen ihm und Divininha kein Wort mehr.

So war es ein Schock für ihn gewesen, als er hörte, daß sie eine gute Frau sei. Er seinerseits konnte sich denken, was damit ausgedrückt werden sollte. Doch fast alles, was er von ihr wußte, deutete eher auf das Gegenteil.

«Wartet», rief er den dreien zu, die vor ihm her gingen.

Auf der obersten Stufe blieben sie stehen, atemlos.

«Was wolltet ihr eigentlich damit sagen, als ihr erklärtet, Divininha sei ‚gut'?» fragte er seinerseits leise, denn Stimmen trugen weit im Dunklen.

Sie ließen sich mit ihrer Antwort Zeit, und das Weiße ihrer Augen schimmerte in der Dunkelheit, und die Zähne lächelten in der Nacht. «Sie gibt sich soviel Mühe, nur Gutes zu tun», sagte Mãe Isis ebenfalls leise, aber bestimmt. «Sie schickt die Kinder zur Schule. Sie hat Lehrer hergeholt. Zwei Krankenschwestern arbeiten hier auf dieser Seite, zwei weitere drüben, und sie sind ständig unterwegs. Dann die Kinderklinik. Und Spielzeug für alle. Und Bilderbücher. Die Frauen der Männer, die oben in den Bergen arbeiten, schickt sie jede Woche hinauf und läßt sie auch wieder zurückbringen. Eine Sparkasse für die Kinder hat sie ebenfalls eingerichtet. Kurzum, es gibt nichts, worum sie sich nicht kümmert. Mit jeder Bitte kann man zu ihr kommen, und wenn es sich um etwas Gutes handelt, sagt sie ja.»

Die beiden anderen nickten und murmelten Zustimmung.

«Gehört sie denn nicht zu *khimbanda*?» fragte er seinerseits.

«Genau wie Dona Hilariana», sagte Mãe Felicia. «Jetzt wissen Sie Bescheid und können Abhilfe schaffen.»

«Ich werde mich bemühen», sagte er seinerseits. «Doch da ist noch etwas. Wie soll ich wissen, was der Unterschied ist zwischen *Umbanda* und einem *candomblé* und *khimbanda*?»

Die drei lachten aus voller Kehle.

«Ach, Herr, Sie meinen natürlich *macumba*», sagte Mãe Isis. «Dazu kann man nur sagen, daß *Umbanda* der Weiße Weg zu Gott und Jesus ist. *Khimbanda* ist der Schwarze Weg zu Exú. Schädel und Blut und gehörnte Köpfe. Und *candomblé,* das ist die Art, wie alles ausgeübt wird. Mit Trommeln.»

«*Candomblé* ist also das Ritual, nicht wahr?» fragte er seinerseits.

«Die drehen und wenden das, wie es ihnen gefällt», sagte Mãe Palmyde. «Ein *candomblé,* das ist der Ort, wo sie die Trommeln schlagen. Wo die Leute sich gut amüsieren. *Macumba,* da geht es nicht um Weiß oder Schwarz. Denn der Weiße Weg ist ihnen dabei verschlossen. Nur der Schwarze ist weit offen. Und so werden sie alle gefangen.»

«Alle», sagte Mãe Isis. «Gefangen, ehe sie sich's versehen. Aber sie merken nichts davon. Niemals. Exú ist in ihnen. Er befiehlt ihnen. Die Berührung ist auf ihnen. Sie sind gefangen.»

«Gefangen», sagte er seinerseits.

«Ja, gefangen», sagte Mãe Isis. «Man kann nicht einfach zum bloßen Vergnügen in Trance fallen. Exú wartet dort. Und die *orixás.* Alles, was die brauchen, ist ein Loch in der Wand. Dann schlüpfen sie hinein. Und keiner merkt etwas davon. Womöglich merkt man nie etwas davon. Aber sie machen sich an die Arbeit, und man muß alles tun, was sie wollen. Ob in Trance oder nicht, man ist gefangen.»

Als er dort oben am Kopf der Treppe stand und mit den drei Frauen sprach, mußte er daran denken, daß sie fast so alt waren wie er seinerseits, und keine von ihnen hatte auch nur die geringste Vorstellung von den Schwierigkeiten, die er zu meistern hatte, und doch hätte er bis zu diesem Augenblick in seiner ganzen Selbstgerechtigkeit ein Vermögen darauf gewettet, daß ihr Leben wie ein aufgeschlagenes Buch mit riesigen Lettern vor ihm lag.

Es versetzte seinem Selbstgefühl einen nicht geringen Stoß, als er erkennen mußte, wie gründlich, wie schmählich er sich geirrt hatte.

In den grundlegenden Fragen des Lebens und Denkens wußten sie viel besser Bescheid als er, hatten sie viel mehr Verständnis für die unmittelbaren Dinge und weit mehr Sinn für Recht und Unrecht, und das ohne auch nur eine einzige Stunde ordentlichen Unterricht genossen zu haben oder irgendeine Ausbildung außer der in Dem Haus.

Sie waren echte Brasilianerinnen. Sie fühlten, sie empfanden, und sie waren im Bilde, nur mit Hilfe von ihresgleichen und in der Geborgenheit Der Kirche.

«Ich bin euch zu Dank verpflichtet», sagte er seinerseits. «Wir wollen in Zukunft öfter miteinander sprechen.»

Das dreifache weiße Lächeln stand in der Nacht, und drei weiße Gestalten wandten sich um und gingen voraus, über den gepflasterten Pfad, aber nicht auf das Frauenhaus zu.

«Wo wollt ihr denn hin?» rief er seinerseits.

«Zur Kirche, Herr», sagte Mãe Palmyde jenseits des Springbrunnens. «Wir warten dort auf Padre Miklos.»

«Die Kapelle muß dringend saubergemacht werden», sagte er seinerseits.

«Die Kirche zuerst», sagte Mãe Isis mit einer Stimme, die keinen Zweifel aufkommen ließ. «Die Toten müssen in die Gewölbe zurückgeschafft werden. Aber erst, nachdem Padre Miklos dagewesen ist.»

«Erklärt euch etwas deutlicher», sagte er seinerseits, und der kalte Marmor des Springbrunnens gab seinen Händen wohltuend Halt. «Woher wollt ihr wissen, daß die Toten je draußen waren?»

«Weil es bisher immer so gewesen ist», sagte Mãe Felicia. «Jedesmal, wenn sie hierherkommen, holen sie sie aus den Grabgewölben heraus. Und wir rufen dann Padre Miklos, und er bringt Männer mit, die die Toten wieder zurückschaffen. Dann machen wir sauber.»

«Und keiner hat mir etwas davon erzählt», sagte er seinerseits.

«Ach, Herr, hätten sie's denn geglaubt?» fragte Mãe Palmyde. «Ohne selbst zu sehen, was würden Sie da überhaupt glauben?»

Die Stimme kam aus dem Dunkel, von einer Frau, die er zeit seines Lebens gekannt hatte, doch die Frage berührte den ursprünglichen Sinn aller Sekunden seines Erdendaseins, und bei diesem Gedanken erkannte er voll ohnmächtiger Wut, daß er seinerseits auch in einer sterblichen Hülle steckte, und daß irgendeines Tages dieses wehrlose Gerassel von Runzeln und Knochen von den Kindern Satans hervorgeholt und später von den Gläubigen wieder zurückgelegt werden könnte, und kein Wort würde darüber verloren werden, oder falls alle ebenso wären wie er seinerseits im Augenblick, würde keiner da sein, der die Stimme oder die Hand erhob, entweder weil er nichts davon zu wissen bekam, oder weil er töricht war, oder weil er einfach nichts davon wissen wollte, ja, diese Heuchler.

«Bleibt hier», sagte er und ging an ihnen vorbei. «Ich will selbst sehen, was ich glauben kann und was nicht.»

Eine Wendeltreppe führte hinunter, denn die Kirche war in einen Berghang hineingebaut, wo einst eine Höhle gewesen war, und der Zugang gab eine Reihe von Stufen frei, über die man die Tür zur Sakristei erreichte, dann ging man um das Taufbecken herum und betrat das Mittelschiff. Den Plan hatte er zum Teil selbst entworfen, und so nahmen seine Füße die Stufen, ohne daß ihm jemand den Weg zu zeigen oder zu leuchten brauchte, bis hinunter zur Sakristei. Weihrauch wallte ihm aus der offenen Tür entgegen, doch nicht der Weihrauch, der ihm zeit seines Lebens vertraut gewesen war, sondern ein anderer, süßlicherer, daß sich die Nase krauste.

Am Taufbecken blieb er wie angewurzelt stehen.

Die Kirche wurde von Kerzen in Haltern ringsum an den Wänden, auf dem Altar und in den vier kleinen Privatkapellen erleuchtet, und das goldene Deckengewölbe spiegelte Licht von den Seraphim und Cherubim wider, die in den Wolken um die in Sonnenstrahlen thronende Heilige Jungfrau schwebten. Doch das Gold war über und über mit Spinnengeweben bedeckt, und Spinnengewebe hingen meterlang in trüben Schleiern herunter, waren mit aufgespießten Ziegenköpfen zusammengerafft und auf dem Kirchengestühl mit Menschenschädeln beschwert, und Schlangenhäute und Felle von Katzen und Ziegen hingen an den Wänden, und Federn, Flügel und Beine von Hühnern bedeckten den Boden.

Die Heiligenfiguren waren verschwunden. Nahezu lebensgroße Statuen von krallenbewehrten, grinsenden, stolzierenden Dämonengöttern hatten ihre Stelle eingenommen, und auf dem Altar trieb Satan sein Unwesen, inmitten von scharlachroten zweiköpfigen Geschöpfen mit zwei Leibern, Mann und Weib, in der Hüfte vereint zu einem Paar Beinen, und die Hände des Weibes umschlossen den Phallus, und die Hände des Mannes preßten sich zwischen die Schenkel der Frau.

Die Tür zum Grabgewölbe stand offen. Weihrauch quoll aus einer Schale auf der obersten Stufe.

Langsam gewöhnte er seinerseits sich an das Kerzenlicht und an die Schatten der Spinnengewebe, und er kniete nieder und blickte über das Gestühl hinweg zur anderen Seite.

In langer Reihe standen dort, herausgenommen aus ihren Särgen, all die Toten der Familie in Gruppen mit ihren Abkömmlingen, und zu ihren Füßen brannten Kerzen, und alle waren mit gesprenkelten Hühnerfedern bekränzt und mit Streifen von Tierhäuten behängt.

Ahnfrau Juremas Schädel hatte den zahnlosen Mund in ewigem Schrei geöffnet, und weiß herabfallendes Haar lag in erstarrter Woge über drapiertem, von roter Erde beschmutztem Gewebe. Frauen in seidenen Grabtüchern umstanden sie, mit schwarzen und weißen Zöpfen, einige mit blondem Haar oder einem Wust von schwarzen Haaren, andere wieder waren kahlrasiert und trugen Ohrringe, die größer waren als die Ohren selbst. Urgroßmutter Aracýs Gesicht schimmerte glatt an Schläfen und Wangen, und die Lippen machten «oh» und säumten ein makelloses Gebiß, und alle ihre Kinder und Kindeskinder drängten sich um sie. Großmutter Xatina, in immer noch schillernder Seide, trug das Gewinde aus bunten Federn, das gnädig ihr Gesicht verbarg, und sie war umgeben von der zahlreichen Familie ihrer Zeit, und ihre Linke war zu einem knöchernen Fächer gespreizt, doch der Daumen der Rechten steckte zwischen Zeige- und Mittelfinger, und die Faust ruhte auf dem Herzen. Die Mama stand dort in dem fliederfarbenen Kleid, noch immer mit dem Musselin, den man ihr um die zerschnittenen Handgelenke gebunden hatte, doch das blonde Haar – und myriadenfach sei der Mutter Christi in all Ihrer Barmherzigkeit gedankt – bedeckte ihre Augen. Mit einer vorsichtigen Wendung des Kopfes erfaßte er den matten Schimmer von Fransiscas bleierner Hülle – und eine Vielfalt herrlichster Blumen möge ihr Andenken verschönen –, aber er brachte es nicht übers Herz, genauer hinzusehen.

Und wie er seinerseits dort kniete, war er sich bewußt, daß sie alle, die vielen hier und all die anderen auf der Treppe, all die durchbohrenden Blicke aus leeren Augenhöhlen, all die im Kerzenlicht grinsenden Schädel, daß sie alle untrennbar mit ihm seinerseits verbunden waren, durch das Blut, durch den Namen und das gemeinsame Erbe, und sie alle waren Christen, ob Euro oder Indio oder afrikanischen Ursprungs oder ob aus einer wie auch immer gearteten Vermischung dieser drei entsprossen. Sie alle waren in Dem Licht und Dem Wort getauft worden, und sie alle wurden namentlich in den Familiengebeten an dem heiligen Ort erwähnt, wo sie jetzt in der Lautlosigkeit geisterhafter Schmach standen, und um sie alle lag ein pestilenzialischer Gifthauch der Verwesung, sie alle aufgestört aus ihrer Ruhe, weil er seinerseits es duldete, weil es ihm an Umsicht mangelte, weil er seine Pflichten vernachlässigte, indem er eine selbstherrliche Haltung an den Tag legte, die sich besonders erhaben dünkte, in Wirklichkeit aber nichts als rohe, willensträge Unwissenheit war, und er seinerseits eine Frucht des modernden Mutterschoßes ein paar Schritte vor ihm.

Er sah sich in der stummen Gesellschaft von einst glücklichen, schwatzenden, singenden Menschen, von Kindern, geboren und geliebt, von Frauen, angebetet und bewundert, von Männern, erhoben durch die zärtliche Hingabe ihrer Frauen, aber er sah sich nicht unter ihnen, sondern draußen, oben auf dem Hügel, unter dem sechsten Kreuz aus Granit, aber dennoch als einer der ihren, und sein Name eingeschlossen in die gleichen Gebete, doch jetzt und immerdar ein wehrloses Opfer der menschlichen Werkzeuge Satans, vom personifizierten Bösen an eine Wand gelehnt, mit Federn geschmückt, mit Blut bespritzt, im düsteren Schatten von Spinnengeweben und mit den Schädeln von Opfertieren geschändet, vor Dem Tisch Des Herrn, aller göttlichen Gnade zum Hohn, in zotiger Verhöhnung des Seelenheils, ohne jegliche Ehrfurcht vor der Erhabenheit des Todes oder Wahrung der primitivsten Formen des Anstands. Er hatte keine Stimme mehr zu schreien noch Atem zu sprechen oder Kraft zu fluchen, noch hatte er das Verlangen zu beten.

Er seinerseits war eine ungeborene Seele, ungesegnet, befleckt mit Lasterhaftigkeit und zerfetzt in Reue.

Dumpf, stumm raffte er sich auf und ging zum Taufbecken hinüber, umrundete es und stieg die Treppe hinauf.

Draußen reckte er sich gegen den leichten Wind, um mit der frischen Luft Erneuerung einzuatmen, er, diese Ballung lebendiger Atome, die die Zeit zu Staub wandeln würde, sein Leib und seine unsterbliche Seele, über die dereinst Gericht gehalten werden sollte, und beides für eine kurze Spanne Zeit ihm zu Lehen gegeben, ihm, Dem O'Dancy – Staatsbürger, Dienstherr, Patriarch.

Und Verräter.

Alles in allem nicht mehr als irgendeiner von denen dort unten und, im einzelnen gesehen, sogar weit weniger.

Die drei weißen Gestalten warteten an der Biegung des Weges.

«Ihr habt recht gehabt, und Gott helfe mir Armseligem, daß ich es wert werde, Sein Fußschemel zu sein», sagte er seinerseits. «Kommt mir nicht zu nahe.»

«Bruder Mihaul und seine Leute sind auf den Langen Stufen», flüsterte Mãe Isis. «Begeben Sie sich unter das Kreuz, Herr. Die Berührung ist auf Ihnen.»

In der Dunkelheit sah er, wie sich die weißumhüllten Arme hinter den Rücken legten, und er wußte, daß sich dort der Daumen durch die Faust schob.

«Würdet ihr noch inbrünstiger beten, wenn ich euch erklärte, daß es mir völlig gleichgültig ist?» fragte er seinerseits und ging weiter. «Ich kann erst an mich denken, wenn bei uns wieder Anstand und Sitte herrscht. Ich bin ein Ertrunkener, ertrunken im Nichts. Ich habe kein Alter und keinen Wunsch.»

Er hörte sie weinen, und der Sprühregen vom Springbrunnen mischte sein Raunen hinein, und der Nachtwind strich aus den Rhododendren über seine Schritte hin, und die Rosen atmeten in den Pergolen, und hinter der üppigen Weiße der Kamelien lag ein Leuchten in der Luft, und ein Gebet schwebte dort, getragen von einer einzigen Stimme. Und ein Chor fiel ein, und über den Langen Stufen erhob sich strahlend ein Kruzifix, Fackelschein loderte über weißem Habit, und weißgewandete Gestalten wallten in Scharen hinterher, und alle in mächtigem Gebet vereint.

Er seinerseits wartete hinter dem Jakarandabaum und sah zu, wie der Zug singender Männer in weißer Prozession unter flackernden Fackeln über den Rasen hinweg der Kirche entgegenschritt.

Er fiel auf die Knie, faltete die Hände und krampfte die Finger ineinander.

Doch kein Gebet wollte ihm kommen. Nur der Gedanke an den gebeugten Kopf Der Mama, an das hohläugige Starren der Großmütter und an das scharlachrote Grauen hoch auf dem Altar beherrschte sein Bewußtsein, und der Rest war Erinnerung an Fäulnis und Verwesung.

Kalte Wut stieg in ihm auf, daß der teure Staub so mißbraucht werden konnte, so geschändet, zu Knechtsdiensten für Satan und sein Höllenpack herabgewürdigt, und die Kirche, die sie ein Leben lang verehrt hatten, ein Stall für Schwarzen Meßhymnus und die Herrschaft des Erbfeinds.

Ein Mann kam mit langen Schritten den Pfad hinauf, von Stein zu Stein, und er trug etwas Längliches, und er hastete weiter.

Er seinerseits erhob sich, er empfand Müdigkeit und Leere, sonst nichts mehr, und er ging durch die Dunkelheit auf Das Haus zu. Doch wie Stacheln Spießen gleich aus dem sprießenden Kaktus schießen, so durchbrach Zorn seinen bleiernen Schmerz, und Bäume und Sträucher, ja selbst das Gras färbte sich hochrot.

30

Der O'Dancy war bereits am Tor, während der Mann immer noch dahintrabte, von Stein zu Stein sprang und dabei die Stablampe aufblitzen ließ, ein lautlos hüpfender, gleißender Kreis.

«Halt», sagte Der O'Dancy. «Wer ist da? Schalt mal das Ding aus.»

«Vergebung, Herr», sagte die atemlose Stimme, und das Licht erlosch. «Ich bin Euripedes Silvestre da Cunha. Ich bringe Ahatubais Gabe.»

Die Lampe flammte wieder auf, und eine Faust hielt einen Langbogen hoch. Um den Bügel waren Blumen gewunden, und um die Sehne rankten sich Orchideen.

«Ein Sohn?» rief Der O'Dancy. «Sie hat mir einen Sohn geboren? Gott sei Lob und Dank, und wie geht es ihr?»

«Gut, Herr», sagte Euripedes. «Sie bittet darum, daß Sie Padre Miklos mitbringen. Das Kind ist etwas zu früh geboren. Doch es ist kräftig. Ich habe es schreien hören.»

«Komm mit», sagte Der O'Dancy und hielt ihm das Tor auf. «Januario wird sich um dich kümmern, während ich schnell ein paar andere Dinge erledige. Was kannst du mir sonst noch von Dona Ahatubai berichten?»

«Nichts, Herr», sagte Euripedes. «Ich bin der jüngste und habe die schnellsten Beine. Der Lastwagen war schon weg, um den Arzt zu holen.»

«Also vor etwas über zwei Stunden», sagte Der O'Dancy und strich vorsichtig den blumenbekränzten Bügel entlang. «Kommt das hier von ihrem Vater? Oder wer schickt mir den Langbogen?»

«Ahatubais Mãe», sagte Euripedes.

«Jurema», sagte Der O'Dancy und nickte. «Ist dir auf dem Weg hierher etwas aufgefallen?»

«Viele in Weiß», sagte Euripedes. «Auf der anderen Seite. Wie Morgennebel.»

«Gewiß, makellos weiß und sauber», sagte Der O'Dancy. «Und nun verfüg dich zu Januario.»

Der Langbogen verströmte schwachen Blumenduft, eine zarte Erinnerung daran, daß der Pfeil gelegentlich ein Symbol der Liebe ist, und Januarios Augen weiteten sich und leuchteten voll strahlender Freude über fremdes Glück, das er spürte und erkannte, wofür es keine Worte gab, das gleiche ungestüme, heimliche Glück, das Des O'Dancys Herz erfüllte.

«Ein Erstgeborener», flüsterte er, sank in die Knie und streckte die Hände aus, um den Bogen zu berühren. «O Herr. Wir haben diesen Augenblick in unseren Gebeten herbeigefleht. Wir haben gebetet, und unsere Gebete sind erhört worden. Ein erstgeborener Sohn.»

Behutsam zupfte er eine Blume aus dem Gewinde am Bogen heraus, küßte sie, öffnete einen Jackenknopf, legte die Rose auf sein Herz, knöpfte die Jacke wieder zu, bekreuzigte sich, küßte sich die Fingerspitzen, und dann erhob er das Gesicht und breitete die Arme weit aus.

«Wir haben keinen Altar, diesen Vorboten darauf zu legen», sagte er, als stammele er ein Gebet.

«Er kommt in die Vitrine, und Padre Miklos kann ihn weihen, wenn der Junge getauft wird», sagte er seinerseits und holte die Schlüssel heraus. «Bring inzwischen Euripedes nach unten. Ruf den Hubschrauberlandeplatz an. Ich will zum Haus von Dona Ahatubai. Und dann komm zu mir ins Leitrim-Zimmer.»

Er seinerseits hielt den Langbogen mit beiden Händen, als er die Treppe hinaufstieg, und bei Urahn Leitrim blieb er stehen und legte ihm die Faust auf die Schulter.

«Einer deines Schlages», flüsterte er. «Ich schwör's. Ich selbst werde ihn Gott in unserem Namen empfehlen. Und muß ich sterben, ehe er ein Mann ist, so soll er in der Obhut der Besten zurückbleiben. Falls er vom rechten Weg abkommt, so liegt es im Blut. Macht er jedoch seinen Weg, so haben sich die Wehen seiner Mutter gelohnt. Und die Gebete seines Vaters. Und Gott, Der Herr, möge mir jetzt beistehen.»

Der ganze Gang schien von Ahnfrauen zu wimmeln. Ihre Gesichter richteten sich auf ihn, und er seinerseits sah ihnen in die Augen, und als er an ihnen vorüberging, glaubte er zu wissen, was sie jetzt dachten, als ob die Toten, die er gerade in der Kirche alle beieinander gesehen hatte, zu ihm sprächen, eine jede mit ihrer eigenen Stimme. Die Schlüssel klirrten am Bund, und die Glastür sprang auf. Alle die Langbogen, Wahrzeichen der erstgeborenen O'Dancys, mit verstaubten Blumen geschmückt, von denen eine ganze Anzahl Blätter verschrumpelt am Boden lagen, und all die Strohblumensträuße, Symbole der ältesten Töchter, hingen an Zapfen, die noch Ahn Phineas eingeschlagen hatte, und sein Langbogen war der erste gewesen, dorthin gehängt von dem Vater der Ahne Nahua, einem Kaziken der Tupi, dem Friedenstifter zwischen den ersten Siedlern, die ins Land kamen, und seinem eigenen Volk.

Der O'Dancy bückte sich, um in die riesige Vitrine hineinzusteigen, und er rückte den Blumenstrauß beiseite, das Andenken an die Geburt von Breonha, Divininhas erstem Kind, und er hängte den Langbogen so auf, daß die Orchideenblüten frei zur Geltung kamen, und dann verweilte er einen Augenblick davor. Dreimal im Verlauf seines Lebens war er seinerseits hier drinnen gewesen. Einmal für Daniel. Einmal für Breonha. Und einmal für Stephen. Aber Stephen gehörte eigentlich nicht hierher. Stephen war nicht erstgeboren, aber er war am Leben geblieben. Die Kinder von Tomomi waren alle auf ihren Namen eingetragen, und keins war auf Dem Erbe geboren.

Doch Ahatubais Sohn war wahrhaft Der O'Dancy, der Erstgeborene einer ersten Vereinigung.

Er seinerseits wußte, warum Januario die Rose geküßt und an seinem Herzen verwahrt hatte.

Ahatubais nahezu reinrassige Indiomutter, Jurema, war mit Alcides verheiratet, und er stammte aus einer afro-portugiesischen Familie, deren Geschichte bis in die Tage der ersten Siedler zurückreichte. Ein erstgeborener Sohn von ihr, der Den O'Dancy zum Vater hatte, konnte nur als ein Zeichen von hoch oben gewertet werden, daß Das Haus dreifach gesegnet worden war und dreifach in seinem Bestand gesichert. Und in seinen Gedanken entstanden bereits Pläne für das große Tauffest, die Einladungen, die Bewirtung der Gäste, die Ausschmückung und die Geschenke.

Doch mit einemmal breitete sich tiefe Niedergeschlagenheit in ihm aus, als ihm, unfreiwillig, der Gedanke an Divininha durch den Sinn fuhr. Er hatte keine Angst vor dem, was sie sagen oder tun würde. Es widerstrebte ihm aber, die Frau zu verletzen, die sie in sich verbarg, die sie von je her verborgen hatte, vielleicht seit dem Tod Breonhas, jenes winzigen Bündels in Spitzen, die zu Tode gedrückt wurde, als die Kinderfrau mit ihr die Treppe hinunterfiel, und Vanina lief Tag und Nacht schreiend und wie von Sinnen umher, und nichts konnte ihr Schlaf verschaffen, bis endlich Dr. Gonçalves sie festhalten ließ, um ihr die Spritze zu geben. Und es war durchaus möglich, daß sie dadurch süchtig geworden war.

Er seinerseits verbannte diese Gedanken, während er die gläserne Tür schloß und dann zum Leitrim-Zimmer hinunterging.

Die fünf Männer standen vor dem Kamin zusammen, als ob sie sich gerade schlüssig geworden wären, aufzubrechen, und sie wandten sich ohne die Spur eines Lächelns zu ihm um.

«Tut mir leid, daß ich Sie warten ließ», sagte er seinerseits. «Aber ein Flugzeug steht bereit, Sie in die Stadt zu fliegen, und von dort werden Sie ohne Schwierigkeiten eine Frühmaschine nach Brasilia bekommen. Hat man Sie mit allem versorgt, was Sie brauchten?»

«Vielen Dank», sagte der junge Carvalhos Ramos, und es lag ein Unterton von Sarkasmus in seiner Stimme. «Wir bedauern aufrichtig, so mit der Tür ins Haus gefallen zu sein. Aber es dreht sich hier um etwas, was offenbar für uns alle von überaus entscheidender Bedeutung ist. Und wir hoffen, Senhor, daß Sie sich die Sache noch einmal ganz unvoreingenommen durch den Kopf gehen lassen. Vermutlich meinen Sie jetzt, daß wir völlig falsch liegen. Aber davon kann gar keine Rede sein. Schließlich ist es unsere Pflicht, uns für das Volk einzusetzen. Wir dürfen den Leuten keinen blauen Dunst vormachen. Denn darauf läuft ja letztlich diese ganze Bodenreformbewegung hinaus. Ein Hirngespinst. Wenn es uns gelingt, dem Einhalt zu gebieten, so eröffnet sich uns eine echte Möglichkeit, etwas wirklich Konstruktives für die Nation in ihrer Gesamtheit zu tun. Wenn nicht, das heißt, wenn wir den gegenwärtigen Weltverbesserern ihren Willen lassen, dann werden wir hier bald eine Diktatur haben. Und zwar die Diktatur des Proletariats. Dann gibt es kein Privateigentum mehr. Dann gibt es überhaupt nichts mehr. Nicht einmal mehr Anarchie. Selbst Anarchisten müssen sich gut überlegen, was sie tun, oder sie werden zu Imperialisten, ehe sie sich's versehen. Wenn man dieser Sippschaft ein Stück Land gibt, worauf sie sich vermehren kann, dann werden die Leute genau das nur tun und darüber hinaus so gut wie nichts. Nachdenken kommt bei denen doch gar nicht in Frage. Dazu sind sie weder angehalten noch erzogen worden. Kein Plan, keine Ausdauer, keine Disziplin, keine Autorität. Chaos binnen weniger Monate. Die faulste Nation der ganzen Welt.»

«Na schön», sagte er seinerseits und setzte sich. «Wie sieht Ihr Plan aus?»

Der junge Carvalhos Ramos starrte ihn an, wandte sich unschlüssig zu den anderen um, besann sich dann aber doch eines Besseren und nahm auf einer Sessellehne Platz.

«Wir haben selbst noch keine rechte Vorstellung», sagte er. «Doch nach der gestrigen Rede steht das Menetekel deutlich an der Wand. Der gesamte Norden wird sich für die Reform entscheiden. Und der Süden wird es zum größten Teil genauso halten. Wenn das passiert, so ist das das Ende eines parlamentarischen Systems. Dann wird nur noch en bloc abgestimmt und alles andere niedergewalzt. Ihr Grundbesitz hier wird aufgeteilt, und Sie selbst haben womöglich hinterher weniger als Ihr jüngster Arbeiter. Wenn man Sie entschädigt, und ich sage ‚wenn', was wird man Ihnen schon geben? Schuldverschreibungen? Die wären nicht das Papier und die Druckerschwärze wert. Und Geld? Es ist nicht genug da, um auch nur ein Prozent des Wertes zu bezahlen. Oder einen Anteil an der Ernte? Welche Ernte? Wer sollte das veranlassen? Wer überwachen und bewerten? Und was würde aus unserer Währung? Die Leute behaupten, sie hätten bereits alle Antworten in der Tasche. Doch keiner hat bisher etwas davon zu sehen bekommen. Die wollen die Verfassung ändern. Damit hätten sie das Recht, zu enteignen. Die Frage ist nur, wollen Sie das alles zulassen? Wenn ja, dann ist Das Erbe die längste Zeit Ihr Erbe gewesen. So Sie sich aber entschließen zu kämpfen, warum nicht mit uns zusammen? Wollen Sie sich von diesen Leuten die Spielregeln diktieren lassen? Damit liefern Sie sich denen nur ans Messer. Dann tragen Sie auch dazu bei, daß aus unserem Brasilia bald ein richtiges kleines Moskau wird. Stimmt's? Kann es da noch Zweifel geben?»

Die anderen nickten und schienen auf noch jemanden oder noch etwas zu warten, oder auf überhaupt jemanden oder etwas.

Und mit einemmal stieg in ihm seinerseits eine Welle von Mitgefühl mit ihnen allen hoch, weil zu guter Letzt auch sie vor Augen geführt bekamen, daß ihre komfortable Welt Gefahr lief, einzustürzen, und sie hatten weder geistig noch seelisch etwas dagegenzusetzen, um es zu verhindern. Die Wahlurne, die sie samt und sonders als das Symbol der Freiheit für alle gepriesen hatten, war drauf und dran, sich in einen ganz persönlichen Schierlingsbecher zu verwandeln. Wahlrhetorik, hochtönende Phrasen und Schlagwörter waren nicht länger dazu angetan, die Massen ungebildeter Wähler zu überzeugen, und alles Freibier der Welt oder Wein, Rum oder Zuckerrohrschnaps würde aus den Leuten nur willfährige Sauflöcher machen können, aber noch lange keine politischen Anhänger. Ihre Stimmen würden dem Mann gehören, der ihnen kostenlosen Grundbesitz versprach, ein Haus, Milch und Honig und Herrlichkeiten ohne Ende, in Ewigkeit, amen. Das Gespenst jener Euro-Parolen von Sozialisierung war letztlich doch im Begriff, seinen Niederschlag in millionenfachen Wählerstimmen zu finden.

Er seinerseits hatte plötzlich ein anderes Bild vor Augen, eine flüchtige Erscheinung, ein wenig verschwommen und nur am Rande des Bewußtseins, vielleicht nichts als ein Tupfen auf der Netzhaut seines inneren Auges, das Gesicht Daniels, etwas jünger als das Durchschnittsalter der Gruppe, und er stand dort als einer von ihnen, er gehörte zu ihnen und war vom gleichen Schlag, ein Vizepräsident der O'Dancy-Unternehmen oder Generaldirektor oder vielleicht sogar Senator, ja womöglich Botschafter – doch, sachte, sachte, und heraus mit den Giftzähnen aus dem Herzen –, aber wie dem auch sei, er war einer von ihnen, bewegt von dem gleichen Problem, er mit den grauen Augen und dem roten Haar, und vier oder fünf seiner Kinder, oder wie viele es auch sein mochten, tummelten sich gesund und fröhlich auf Dem Erbe, ja, und nun hört einmal, was er dazu zu sagen hat, und vielleicht waren es sogar seine Worte, die er seinerseits jetzt aussprach.

«Ich will Ihnen erklären, was ich zu tun gedenke», sagte Der O'Dancy. «Für die Bodenreform werde ich mich keinesfalls einsetzen. Das ist eine Illusion, die sich nur Spitzbuben ausdenken konnten. Doch ich werde etwas anderes tun, und zwar werde ich mich erbieten, das fiskalische Land drüben auf der anderen Flußseite aufzukaufen. Dann werde ich das Dorf, das jetzt dort steht, dem Erdboden gleichmachen lassen und eine Stadt für fünftausend Männer und ihre Familien bauen. Sie sollen ein Krankenhaus bekommen und Grünanlagen, Verkehrsmittel, Kinos, Sportplätze, alles, was für ein Leben in der Gemeinschaft erforderlich ist. Dazu Landwirtschafts-, Forst- und Gartenbauschulen. Ich werde ihnen alle landwirtschaftlichen Geräte zur Verfügung stellen, die sie brauchen, um zu lernen, wie man gute Erträge herauswirtschaftet. Jeder Anlernling bekommt sein Stück Land, das groß genug ist, eine Familie zu ernähren, und darüber hinaus noch Gewinn abwirft. Wer es zu etwas bringt, erhält sein Land als Eigentum überschrieben. Alle diese sollen dann ihren Boden gemeinsam bestellen und gemeinsam ernten, und der Ertrag wird anteilmäßig untereinander aufgeteilt. Eine Eisenbahn soll die Ernte in die Stadt bringen. Mein Plan kann überall im Lande nachgeahmt werden. Wenn Geld da sein sollte, um für enteigneten Grundbesitz Entschädigungen zu zahlen, so wird auch Geld da sein, diese Agrarstädte zu bauen. Lauter kleine Brasilias, keine kleinen Moskaus.»

Die fünf blickten einander an, fünf Blöcke abgrundtiefer Skepsis oder Verständnislosigkeit, was schließlich auf dasselbe hinauslief. Sie hatten Augen wie Männer, die von einer Kugel getroffen worden sind, und wissen, was ihnen Schreckliches geschehen ist, aber doch nicht daran glauben wollen.

Lycurgo schüttelte als erster den Kopf.

«Senhor», sagte er, langsam und nach Worten suchend. «Glauben Sie mir, ich weiß Bescheid. Bodenreform ist ein Zauberwort. Es bedeutet kostenloses Land. Es bedeutet aber nicht Arbeit. Die Bodenreform ist die Heilsbotschaft eines neuen Christus. Aber ohne den Schweiß. Sie besagt, daß man sich einfach auf ein Stück Land hinstellt, und es gehört einem. Man baut ein Haus, vier Pfosten und ein Binsendach, und es gehört einem. Und dann macht man, was man will. Genau das stellen sich doch die meisten unter Bodenreform vor. Es gibt natürlich auch einige, die eine ganz andere Einstellung haben. Aber wenn die Reform aufgrund des Wahlergebnisses durchgeführt wird, dann werden sie ihren Irrtum erkennen. Man kann einen Gaul zum Wasser führen, aber wer garantiert dafür, daß er einen selbst dabei nicht hineinstößt.»

«Ich finde, daß Lycurgos Plan wirklich etwas für sich hat», sagte Arruda. «Man muß sich mit allen Mitteln für die Bodenreform einsetzen. Das allein ist wichtig. Es ist vorerst gar nicht nötig, in Einzelheiten zu gehen.»

«Natürlich nicht», sagte Der O'Dancy. «Die meisten hierzulande können ohnehin weder lesen noch schreiben.»

«Und ist das nicht gerade der beste Grund, sich mit allen Mitteln für das Volk einzusetzen?» sagte der junge Carvalhos Ramos. «Den Leuten wird doch bloß das Fell über die Ohren gezogen. Aber wenn es uns gelingt, die Mehrheit der Stimmen auf uns zu vereinigen, dann werden wir in der Lage sein, ihnen die echte Hilfe zu geben, die sie brauchen. Dann haben wir auch Zeit genug, uns zu überlegen, was wir tun können.»

«Die Lage ist ganz urplötzlich kritisch geworden», sagte Teodoro und putzte seine Brille – hchhh – und schielte durch die Gläser mit dem durchbohrenden Blick eines Generals, der die gesamte Schlacht vor Augen hat, obgleich er derweil blind wie eine Fledermaus ist. «Ich stimme Lycurgo bei. Wenn nur ein Wort von Schule und Arbeit fällt, sind wir erledigt.»

«Es ist die Vergabe von kostenlosem Grundbesitz, die zur Debatte steht», sagte Nelson. «Als erfahrene Politiker haben wir uns damit zu befassen. Und ich muß gestehen, daß Lycurgo den schwachen Punkt in Ihrem Plan aufgezeigt hat. Schweiß, Schule, und irgend jemand gibt Befehle. Völlig hoffnungslos. Nein, für die ist die Bodenreform doch eine höchst einfache Sache. Ein paar Worte genügen. Lange Erklärungen und Fußnoten sind überflüssig. Da ist dein Stück Land. Nimm's dir. Du brauchst nichts weiter dafür zu tun, als die richtige Partei des Landes zu wählen.»

«Und diese Partei müssen wir sein», sagte der junge Carvalhos Ramos und schlug auf die Sessellehne. «Genau deshalb sind wir hergekommen. Fernsehen, Rundfunk, Zeitungen, Plakate, Reklamewagen müssen wir einsetzen. Alles, was die Phantasie aufbieten kann, wird uns Stimmen einbringen. Und wenn wir genug Stimmen kassieren, sind wir außer Gefahr. Zumindest für ein paar Jahre. Und in dieser Zeit könnten wir sogar auch Ihren Plan ausprobieren. Doch wird er funktionieren? Wie viele würden sich wohl dafür melden? Alles, was Sie versprechen, ist ein kostenloses Dach über dem Kopf, für das die Leute aber letzten Endes auch bezahlen müssen, und Arbeit. Das ist eine gefährliche Kombination.»

«Aber begreifen Sie doch, ich denke gar nicht daran, ,irgend jemanden' oder ,Leute' oder sonst wen Hirnverbranntes für mein Projekt zuzulassen», sagte Der O'Dancy. «Die einzigen, die für mich in Frage kommen, sind Indios. Die ursprünglichen Bewohner dieses Landes. Die Nackten. Menschen, die Ihnen völlig schnuppe sind. Menschen, an die Sie vermutlich noch keinen einzigen Gedanken verschwendet haben. Doch es gibt sie zu Millionen. Und es sind Brasilianer.»

Sie warfen einander Blicke zu, verstohlen, als ob sie sich Klarheit zu verschaffen suchten, alle außer Arruda, der mit den Händen in der Tasche dastand und auf seine Schuhe hinunterstarrte.

«Bis zu einem gewissen Grade möchte ich Ihnen beistimmen», sagte er. «Ich habe auch einigen Grundbesitz dort oben. Aber es wird Jahre dauern, bis man sie überhaupt nur dazu bringt, sich etwas anzuziehen. Wie wollen Sie den Anfang machen?»

«Das ist doch alles bloß ein Ablenkungsmanöver», sagte Nelson heftig und voller Ungeduld. «Schließlich geht es hier um Politik und nicht um Anthropologie. Wir müssen einen Weg finden, die Wahlen zu gewinnen. Es hat keinen Sinn, vom Hundertsten ins Tausendste zu kommen. Politische Existenzen stehen auf dem Spiel. Politische Parteien drohen von der Bildfläche zu verschwinden. Ist Ihnen das eigentlich klar? Wir kriegen kein einziges Mandat durch, wenn wir nicht augenblicklich unsere Maßnahmen treffen. Der Wahlkampf muß jetzt beginnen. Deshalb sind wir nämlich hier.»

«Wenn Sie uns nur Ihre volle Unterstützung versprächen, Senhor», sagte Teodoro beinahe flehend. «Ich glaube, wir könnten es schaffen. Es wird natürlich äußerst schwierig sein, dem Hund diesen Knochen wieder aus dem Maul zu reißen. Denn es klingt ja alles so verlockend. Gebt uns eure Stimmen, daß wir die Verfassung ändern. Dann können wir enteignen, und ihr bekommt euer Land. Spaziert ruhig herein. Ihr seid doch die Besitzer. Das geht ein wie Muttermilch. Und die Leute, an die man sich wendet, sind die untersten Schichten der Bevölkerung. Aber ihr Stimmanteil ist der größte.»

«Es sind durchaus nicht die untersten Schichten», sagte Der O'Dancy. «Ich habe Ihnen ja bereits erklärt, wer sie sind. Nackte Indios. Und deren Kinder. Und diese Kinder werden in zehn, zwanzig Jahren Erwachsene sein. Doch was werden sie produzieren? Nichts. Die Nation ist um Männer und Frauen ärmer, und die Produktion sinkt. Kein Hahn kräht nach diesen Leuten, ja, sie sind noch nicht einmal ein Faktor in der Statistik. Finden Sie das nicht beunruhigend?»

«Aber wir können doch nicht losziehen und die Ufer des Amazonas oder den Urwald nach einer Handvoll schmutziger Indios durchkämmen», sagte Nelson, rot im Gesicht, aber vielleicht hatte er auch nur zuviel getrunken. «Unser Problem brennt uns auf den Nägeln. Aber es geht uns um eine ganz andere Schicht, um Leute, die eine Menge mehr produzieren könnten als sie es heute tun. Die mehr verdienen könnten, wenn sie mehr arbeiteten. Es geht um Leute, die verzweifelt sind, weil sie nicht genug verdienen, und die Preise steigen von Tag zu Tag. Und diesen Leuten wollen Sie etwas von Indios erzählen?»

«Ruhig Blut», sagte der junge Carvalhos Ramos und legte beschwichtigend die Hand auf Nelsons Arm. «Mit Schreien klärt man gar nichts, das wissen Sie ganz genau. Ich finde, daß die Idee Des O'Dancy durchaus etwas für sich hat. Sie könnte Wunder wirken, das heißt, wenn man genügend Zeit hat. Doch inzwischen kommen die Wahlen und damit die Reformisten ans Ruder. Und dann, Senhor, ist Ihr Land und Ihr gesamter Besitz dahin. Und es gibt nichts, was noch irgend jemand tun könnte, um diesem Wahnsinn Einhalt zu gebieten. Das ganze nennt man Demokratie. Parlamentarischer Beschluß. Die Armee und die Polizei geben Rückendeckung, und der Beschluß wird in die Tat umgesetzt. Und wo bleiben Sie? Hier auf keinen Fall, und höchstwahrscheinlich nennen Sie dann auch in São Paulo keinen Quadratmeter mehr Ihr eigen.»

«Welch angenehme Vorstellung», sagte Der O'Dancy. «Aber keiner soll behaupten können, daß ich mit meinem Namen eine Betrügerei unterschreibe. Ich werde Ihnen verraten, was falsch daran ist. Sie alle sind keine Brasilianer, meine Herren. Und Sie haben kein Herz für Brasilien, dieses herrliche Füllhorn des Lebens unter unseren Füßen. Sie sind lediglich verpflanzte Euros. Nur auf Ihr eigenes Wohl bedacht. Immer nur darauf aus, möglichst viel an sich zu reißen. Die anderen können ja zum Teufel gehen. Vor allem die ,schmutzigen' Indios.»

«Das hätten Sie besser nicht äußern sollen», sagte Arruda mit gespielter Munterkeit, wenn auch ein wenig blaß. «Soweit es jedenfalls mich betrifft, sind Sie völlig im Irrtum.»

«Sie haben die ganze Zeit kaum etwas anderes getan als auf Ihrem faulen Hintern gesessen und das Geld Ihres Großvaters verknallt, genauso wie es auch Ihr Vater gehalten hat», sagte Der O'Dancy. «Ich kann Ihnen genau sagen, was Sie getrieben haben. Ich kann Ihnen allen genau sagen, was Sie getrieben haben. Wie groß Ihr Besitz ist. Wer die Frauen sind, die Sie aushalten, und wo sie wohnen. Natürlich nur, falls Sie Wert darauf legen. So, jetzt passen Sie mal auf, was ich tun werde.»

Von unten hörte man Männer rufen, doch gedämpft, und es rannte jemand die hintere Holztreppe hinunter, und dann war alles still.

«Ich lasse gleich mal feststellen, was da los war», sagte Der O'Dancy und drückte auf die Klingel. «Und was dieses Bodenreformprogramm betrifft, so bin ich hundertprozentig dafür, solange es um staatseigenes Land geht. Aber es müssen erst Ausbildungszentren eingerichtet werden, ehe man daran denken kann, das Land wegzuschenken. Es müssen neue Städte entstehen, wo Männer und Frauen anständig leben können, während sie lernen, wie man Geld verdient. Man hat Milliarden für den Bau von Brasilia verpulvert. Dann sollten auch die Mittel für kleine Brasilias da sein, entworfen von denselben Architekten und finanziert von der Weltbank und uns selbst. Falls wir Kredite für Straßen und Eisenbahnen benötigen, und das wird bestimmt der Fall sein, so hilft uns vielleicht die Allianz für den Fortschritt.»

Nelson verschränkte die Hände auf dem Rücken und wandte sich dem jungen Carvalhos Ramos zu.

«Der ist ja schlimmer als Kubitschek», sagte er. «Mir reicht's und Ihnen vermutlich auch.»

«Offensichtlich haben Sie sich noch keine Gedanken darüber gemacht, was mit den Überschüssen geschehen soll, die bei derart intensivierter Landwirtschaft zwangsläufig entstehen», sagte Teodoro. «Die Preise werden in den Keller sacken. Man wird die Ernte gleich wieder unterpflügen. Eigentlich sollten Sie doch von derlei Aussichten die Nase voll haben, nicht wahr?»

«Man muß eben den Markt weiter ausbauen», sagte Der O'Dancy. «Millionen auf der Welt müssen hungern. Die Vereinigten Staaten verschenken ihre Überschüsse. Großartig. Sollten wir ebenfalls einmal in diese glückliche Lage kommen, warum nicht auch wir?»

«So wie es jetzt ist, verdienen wir ohnehin schon nichts mehr», sagte Nelson. «Was Sie da machen, läuft letztlich auf einen Staatsbankrott hinaus.»

«Und was Sie machen, läuft auf ein zweites Kuba hinaus», sagte Der O'Dancy.

«Der Spuk auf Kuba ist auch eines Tages vorbei», sagte Teodoro und strich sich mit gespielter Überzeugung, doch sichtlich unbehaglich, das Jackett glatt. «Lange machen die das bestimmt nicht mehr mit. Und hier bei uns hätten diese Leute zu viele gegen sich. Wir haben eine Menge Industrie und damit auch eine Menge Menschen, die gut verdienen und ihr eigenes Haus haben. Nein. Hier kommt es zu keinem zweiten Kuba. Doch wollen Sie vielleicht, daß Brasilien irgendwelchen Demagogen in die Hände fällt und daß schließlich keiner mehr etwas besitzt?»

«Nein», sagte Der O'Dancy. «Ich will, daß dieses Volk, das innerhalb seiner Grenzen fast einen ganzen Kontinent sein eigen nennt, seine einmaligen Entwicklungsmöglichkeiten erkennt und sich zu einer zweiten, echt brasilianischen Maßnahme versteht. Die erste war die Errichtung von Brasilia. Die zweite sollte die Gründung von vielen kleinen Brasilias sein. Das könnte zu einem Fanal für die Welt werden. Und zu einer hundertprozentigen Antwort auf das russische Experiment. Dort tut man so, als wären die Menschen völlig frei. Außer im Denken und Handeln. Und das von Staats wegen. Wollen Sie das vielleicht für unser Land?»

«Heilige Mutter Gottes, genau das wird uns allen hier doch blühen», sagte Nelson und schüttelte beschwörend die gereckten Fäuste.

«Einen Augenblick», sagte der junge Carvalhos Ramos und hob begütigend die Hand. «Wir marschieren offensichtlich auf derselben Straße, nur nicht in gleicher Richtung. Angenommen, wir treten für diese Idee mit den kleinen Brasilias ein. Warum auch nicht? Es geht dabei doch um die Vergabe von Staatsland, und das tut keinem weh.»

«Keinem außer den Weltmärkten», sagte Teodoro. «Denken Sie doch an die Überschüsse.»

«Damit kann man sich befassen, wenn es soweit ist», sagte der junge Carvalhos Ramos. «Doch jetzt nehmen wir mal an, daß Tausende von Männern in den kleinen Brasilias eine neue Existenz finden, zusammen mit ihren Familien. Wie viele Millionen bleiben dann noch übrig, die nicht in diesen Genuß kommen? Folglich gewinnt wer die Wahl? Wie viele kleine Brasilias können Sie zwischen heute und dem Wahltag bauen? Eins? Mit Ihrem eigenen Geld. Wie viele durch Senatsbeschluß?»

«Kein einziges», sagte Lycurgo. «Das ist ein Projekt, das in die Milliarden geht. Wer soll sich denn wohl für derartige Summen verbürgen? Und woher soll das Geld kommen? Soll man's womöglich drucken? Und was passiert mit den Lebenshaltungskosten?»

«Und was passiert mit uns bei den nächsten Wahlen?» sagte Nelson gegen die Wand. «Vielleicht kann mir das jemand verraten.»

«Man wird Sie zum Teufel jagen», sagte Der O'Dancy. «Und das haben Sie auch verdient. Sie und Ihresgleichen, die nur immer an sich denken und an sonst niemanden. Hinterher kommt Ihnen möglicherweise auch einmal der Gedanke an Brasilien.»

«Was habe ich je getan, was gegen die Interessen Brasiliens gewesen wäre?» fragte Lycurgo und hob die Handflächen. «Alles, was ich getan habe, war bauen. Ich habe dazu beigetragen, daß aus einem Haus ein ganzes Dorf wurde, mehr als einmal, und daß aus manchem Dorf eine ganze Stadt wurde. Warum sollte Brasilien oder sonst jemand mir böse sein?»

«Sie haben viel zuviel für sich selbst getan», sagte Der O'Dancy. «Und deshalb stehen Sie jetzt hier und suchen Hilfe.»

«Und was haben Sie für Brasilien getan?» fragte Nelson über die Schulter hinweg. «Was immer es gewesen sein mag, es hat Ihnen Milliarden eingebracht. Woher nehmen Sie sich das Recht, so zu reden?»

«Brasilien ist eine Hölle für Neger, ein Fegefeuer für Weiße und ein Paradies für Mulatten», sagte Der O'Dancy. «Ich weiß nicht, wer sich das ausgedacht hat, aber ich bin der gleichen Meinung. Ich bin Mulatte, und in meinen Augen ist das hier ein Paradies. Was kümmert mich, was gestern war. Der Tag ist vorbei, und er war gut. Was kümmert mich, was morgen ist, denn heute ist ja noch nicht morgen. Was kümmert mich, was heute ist, denn Der Herr ist mein Vater. Sein Wille geschehe, und ich mache, was Er mir vorschreibt. Was ich getan habe, war Kaffee, Baumwolle und Zucker erzeugen. Ich habe Städte und Straßen gebaut, Rundfunkstationen, Telephonnetze und Fernsehen aufgezogen und für

Elektrifizierung gesorgt. Ich habe einen guten Teil unserer Grundindustrie geschaffen. Ich habe Kapital für zahllose Kleinbetriebe bereitgestellt, für Hafenanlagen, Schulen, Stipendien. Nun wissen Sie, was ich getan habe. Und was haben Sie getan, daß Sie sich das Recht herausnehmen, mir eine solche Frage zu stellen? Wer sind Sie denn überhaupt? Ein Anwalt? Sie machen ein Geschäft daraus, von Sonnenaufgang bis Mitternacht das Blaue vom Himmel herunterzulügen. Sie müssen das tun, weil Sie leben wollen. Kein Wunder, daß Sie nicht ohne etliche Liebschaften auskommen können. Irgend jemand muß ja auch Ihr seelischer Ascheimer sein, wo Sie Ihren ganzen Unflat loswerden können. Eine Frau allein würde dabei glatt an Vergiftung sterben. Was ich getan habe? Ehrlich gesagt, gar nichts. Brasilien hat alles für mich getan. Brasilien ist meine Mutter.»

Januario klopfte und zupfte sich in Augenhöhe nervös die weißen Handschuhe zurecht.

«Was gibt's?» fragte er seinerseits. «Was hat der Lärm unten zu bedeuten?»

«Ein paar von den jungen Herrschaften», sagte Januario. «Die meisten brechen gerade auf.»

«Fusselbärtige, alberne Schaumschläger», sagte Nelson. «Zuerst kamen sie hierher und wollten bei brüllendem Plattenspieler eine Sohle aufs Parkett legen. Twisten nennt man das wohl, nicht wahr? Vermutlich afrikanischer Pfeffer im Hintern? Man sollte sie alle zum Kongo zurückverfrachten.»

«Ich bedeutete ihnen, daß wir hier zu tun haben», sagte der junge Carvalhos Ramos. «Serena hat sie an die Luft gesetzt. Einer von ihnen hatte mächtig scharfe Fingernägel. Übrigens waren noch ein paar Leute hier, als wir ankamen. Draußen im Gang. Alle angezogen wie zum Maskenball, schien mir. Alle in Rot.»

Lycurgo nickte und verzog den Mund, ein dicker Wulst des Schmerzes. «Ich wünschte, ich hätte auch Grund, mir ein Maskenkostüm anzuziehen», sagte er.

«Unterstützen Sie meine Reformvorlage für hundert kleine Brasilias auf staatseigenem Land», sagte Der O'Dancy. «Dann gebe ich Ihnen jede Rückendeckung, die Sie brauchen. Und wir werden gewinnen.»

«Erlauben Sie bitte», sagte der junge Carvalhos Ramos und hob die Hände. «Hundert kleine Brasilias. Das heißt fünftausend Familien pro Stadt, das meinten Sie doch vorhin, nicht wahr? Das macht insgesamt fünfhunderttausend, für die unter wie vielen Millionen gesorgt ist?»

«Die hundert sind doch bloß ein Anfang», sagte Der O'Dancy. «Legen wir mal zugrunde, es dauert sechs Monate, die ersten hundert Einheiten fertigzustellen. Was hält uns davon ab, unmittelbar darauf das zweite

Hundert in Angriff zu nehmen? Und dann das dritte Hundert? Das vierte? Das fünfte? Unser Land muß besiedelt werden. Jede Stadt wird der Mittelpunkt eines landwirtschaftlichen Bezirks. Wenn erst einmal tausend Städte dieser Art stehen, so wird man garantiert weitere tausend wollen. Und dann werden mindestens zehn Millionen auf eigenem Grund und Boden ansässig sein, werden säen, ernten und Geld verdienen. Das müssen Sie den Wählern auseinandersetzen. Machen Sie ihnen den Mund wäßrig. Und Sie werden erleben, daß sie dafür stimmen. Vom Euro haben wir das realistische Denken. Vom Indio die Visionen. Vom Afrikaner die Schläue. Gelegentlich kommt das eine dem anderen in die Quere. Aber wir können darüber lachen. Oder mit Rumbakugeln rasseln. Gebt ihnen zu verstehen, daß die Leute, die beim Bau von Brasilia ein Vermögen verdienten, an den kleinen Brasilias noch viel mehr verdienen können. Bei uns gibt's Korruption, aber bei uns wird schließlich etwas geschaffen. Letztlich ist der Himmel auch nur der Boden des Paradieses. Ist daran etwas verkehrt?»

«An dem Projekt ist schon etwas dran», sagte der junge Carvalhos Ramos. «Nur der Wahltermin macht mir Sorgen.»

«Zu meiner Stadt kann bereits morgen früh der Grundstein gelegt werden», sagte Der O'Dancy.

Nelson schüttelte den Kopf, schlug mit den auf dem Rücken verschränkten Händen einen gereizten Rhythmus und starrte immer noch die Wand an.

«Bodenreform», sagte er. «Dieses eine Wort. Damit fängt man Stimmen. Es nützt gar nichts, den Leuten mit Humor zu kommen. Oder mit Rumbakugeln. Knurrende Mägen sind lauter. Volle Taschen und volle Bäuche. Das will das Volk. Ein Wort nur – Bodenreform. Das genügt.»

«Wir können uns die Sache ja noch einmal durch den Kopf gehen lassen», sagte Teodoro. «Mir gefällt diese Idee. Ich sehe einige recht gute Möglichkeiten darin.»

Arruda zuckte die Achseln.

«Ich bin für alles, was Aussicht auf Erfolg hat», sagte er. «Dieser Gedanke mit den kleinen Brasilias ist meines Erachtens recht gut. Doch was kostet das?»

«Und was kostet Ihrer Meinung nach wohl eine kleine gemütliche Revolution?» sagte Der O'Dancy. «Dann geht es jedem an den Kragen. Alle Räder bleiben stehen. Unser Kredit in der ganzen Welt geht zum Teufel. Nun, was kostet das wohl? Das sollten Sie sich mal ganz nüchtern überlegen. Auf die Armee ist schon längst kein Verlaß mehr. Und es kommt noch mal soweit, daß Unteroffiziere der Regierung Weisung erteilen. Unteroffiziere, stellen Sie sich das bloß vor.»

«Man sollte sie lieber aussprechen lassen, was sie denken, als daß man sie niederhält», sagte Lycurgo. «Auf diese Weise wird eine Menge Dampf abgelassen.»

«Den sollte man besser fürs Wäschewaschen aufsparen», sagte Der O'Dancy. «Und hätten die überhaupt die Fähigkeit zu denken, so wären sie keine Unteroffiziere mehr. Sie würden ihr Brot lukrativer verdienen. Auf jeden Fall gibt's viel zu viele davon. Die reinste Zeit- und Geldverschwendung. Sie sind das unzuverlässigste Element der Nation.»

«Aber Sie werden froh sein, daß es sie gibt, sollte es hier je zum Staatsstreich kommen», sagte Nelson.

«Bei einem Staatsstreich sind das die ersten, die mitmachen und zu knallen anfangen», sagte Der O'Dancy. «In unserer Familie gibt's eine ganze Reihe von Soldaten. Ist sonst noch etwas zu besprechen?»

«Vermutlich ist uns allen jetzt hinreichend klar, wo wir stehen», sagte der junge Carvalhos Ramos. «Sie hören später von mir, wie der Wind weht.»

«Bevor Sie fahren, hätte ich Sie gern noch kurz gesprochen», sagte Der O'Dancy. «Ich verabschiede mich dann unten von Ihnen allen.»

Der junge Carvalhos Ramos drehte sich zu den anderen um, doch die strebten bereits zur Tür, als ob sie froh wären, endlich hinauszukommen.

Der O'Dancy wartete, bis sich die Tür hinter Januarios weißem Rücken schloß.

«Ihr Sohn hat gestern abend zwei Männer umgebracht, wie mir berichtet wurde», sagte er. «Durch Rauschgift und dergleichen ist er in eine fürchterliche Lage geraten.»

«Mein Sohn?» fragte der junge Carvalhos Ramos.

«Ja, Ihr Sohn von Kyrillia», sagte er seinerseits. «Warum erkennen Sie Ihre Vaterschaft nicht an?»

Der junge Carvalhos Ramos nahm Platz, gemächlich, fischte sich eine Zigarette aus dem Kasten und ließ das Feuerzeug aufflammen.

Sein Gesicht war etwas länglicher als das seines Vaters, doch der gleiche diamantharte Ausdruck lag in den dunklen Augen, die zwar gütig blicken und auch lächeln konnten, die aber jetzt starr geradeaus sahen, ohne einen Lidschlag, und er seinerseits zwinkerte um so mehr, während er unwillkürlich darüber nachgrübelte, wie sein Gegenüber das wohl fertigbrachte, bis ihm einfiel, daß das gewiß das Erbteil einer afrikanischen Urgroßmutter war.

«Kyrillis ist nicht mein Sohn», sagte er durch den Zigarettenrauch. «Würden Sie sich das gütigst hinter die Ohren schreiben. Kyrillia ist seine Mutter, ja, aber sein Vater ist Ihr eigener Sohn Daniel. Der Beweis befindet sich, falls Sie Wert darauf legen, in Ihrem Stahlfach in meinem Büro. Soweit ich orientiert bin, sind die näheren Umstände außer mir nur Dr. Gonçalves und Padre Miklos bekannt.»

«Und warum habe ich nie etwas davon erfahren?» fragte er seinerseits.

«Es passierte, als Sie im Ausland waren», sagte der junge Carvalhos Ramos. «Zu der Zeit hielten Sie sich mehr außer Landes auf als hier. Kyrillis ist in der Stadt zur Welt gekommen.»

«Und warum hat mich Madame Briault angelogen?» fragte er seinerseits.

«Die war also das Karnickel», sagte der junge Carvalhos Ramos. «Sie haßt Kyrillia. Und dabei ist sie doch ein ganz großartiges Mädchen. Sie hatte Charakter genug, nie ein Wort über die ganze Angelegenheit zu verlieren. Alles hat sie klaglos auf sich genommen. Mir scheint, daß Sie bereit sind, jedem x-beliebigen eher zu glauben als denen, die sich von der ersten Verstandesregung an für Ihre Interessen eingesetzt haben.»

«Es tut mir leid», sagte Der O'Dancy. «Ehrlich. Aber was hat dieses Weibsstück dazu veranlaßt?»

Der junge Carvalhos Ramos zuckte mit den Achseln.

«Warum fragen Sie nicht mal Ihre Frau?» sagte er. «Könnte es nicht sein, weil Kyrillis Anspruch auf Das Erbe der O'Dancys hat? Wem könnte daran wohl gelegen sein?»

Blitzartig und mit der ganzen erschreckenden Gewißheit wurde er seinerseits sich bewußt, daß die andere Weiße in jenem Raum neben Hilariana nur Divininha gewesen sein konnte.

Kahlrasiert, von roten und weißen Farbklecksen besprenkelt, blutbeschmiert und mit kleinen Wunden übersät.

Divininha.

«Ihr Vorschlag ist gut», sagte er. «Wir werden die Sache untersuchen und uns Klarheit verschaffen. Übernehmen Sie Kyrillis' Verteidigung?»

«Sie haben gerade erklärt, Anwälte verdienen sich ihren Lebensunterhalt damit, daß sie das Blaue vom Himmel herunterlügen», sagte der junge Carvalhos Ramos. «Und bisher habe ich ganz erheblich für Sie lügen müssen. Und bestechen. Sie waren mit meinen Lügen einverstanden und haben willig alle Bestechungsgelder gezahlt. Und jetzt akzeptieren Sie auf einmal mein Wort, daß ich nicht Kyrillis' Vater bin, und fordern mich auf, zu seiner Verteidigung dem Gericht Lügen aufzutischen? Und das alles, wo Sie genau wissen, daß Sie ihn aus seiner Bedrouille freikaufen können? Und wo Sie von mir erwarten, daß ich das erledige? Und mir hinterher womöglich noch Vorwürfe machen?»

«Vermutlich könnte ich auch jemanden anders dafür finden», sagte Der O'Dancy. «Aber wenn es sich wirklich um Daniels Sohn handelt, so ist es meine Pflicht und Schuldigkeit.»

«Ganz unbestritten», sagte der junge Carvalhos Ramos. «Aber dieser

Anwalt würde auch zu Lüge und Bestechung Zuflucht nehmen müssen. Und zwar auf Ihre Weisung hin, nicht wahr? Wer ist denn nun in Wirklichkeit derjenige, der lügt und besticht?»

«Wer hat denn mehr Schuld, die Prostituierte oder der Kunde?» fragte Der O'Dancy. «Oder sollte ich ‚Klient' sagen? Das klingt besser. Na ja, Schwamm drüber. Erzählen Sie mir lieber, was Sie von *Umbanda, macumba* und *khimbanda* wissen.»

Der junge Carvalhos Ramos drückte betont langsam zweimal die Zigarette im Aschenbecher aus, erhob sich, fuhr mit den Daumen den Hosenbund entlang und blickte vor sich zu Boden, den Kopf gesenkt und immer noch mit demselben starren Ausdruck des Widerwillens.

«Ich weiß nur das, was ich gehört habe, und das reicht mir vollauf», sagte er mit spürbarer Zurückhaltung. «Doch erlauben Sie mir noch eine Bemerkung zu vorhin. Ich bin ebensosehr Mulatte wie Sie. Die Ursache dazu liegt allerdings bereits ein paar Generationen zurück. Nur ist die ganze Begriffsbestimmung ziemlich verschwommen, denn Indioblut ist mehr wert als Negerblut. Doch wie dem auch sei, ich weiß schon, worauf Sie hinauswollen. Aber das, was mir nicht gefällt, ist Ihr Vergleich von vorhin. Wir machen von den Gesetzen nach den Wünschen unserer Klienten Gebrauch. Der Klient zahlt. Er hat schließlich die Folgen zu tragen. Sind Ihnen als Bürger je Skrupel gekommen, durch ‚juristischen' Betrug gewonnen zu haben? Oder durch Bestechung? Wenn Kyrillis verurteilt wird, wem werden Sie die Schuld dafür geben? Ihm als dem Mörder? Oder seinem Anwalt, weil er den Prozeß verloren hat? Eine ganze Reihe von Prozessen wartet auf Sie. Soll ich sie als Ihr Anwalt nach den Buchstaben des Gesetzes führen? Oder soll ich sie gewinnen?»

«Sie sollen die Prozesse gewinnen», sagte Der O'Dancy. «Dafür werden Sie bezahlt.»

«Damit ich von Sonnenaufgang bis Mitternacht lüge und besteche», sagte der junge Carvalhos Ramos. «Wollen Sie das?»

«Ich will, daß Sie gewinnen», sagte Der O'Dancy.

«Durch Lüge und Bestechung», sagte der junge Carvalhos Ramos.

«Wenn Sie's nicht tun, tut's die Gegenpartei», sagte Der O'Dancy.

«Stimmt», sagte der junge Carvalhos Ramos. «Während Sie Ihre kleinen Brasilias aufbauen, könnten Sie nicht mal den Versuch machen, Brasilien auch in anderer Beziehung ein neues Gesicht zu geben? Und zwar auf der Grundlage von Gesetz und Ordnung. Und in der Anwendung dieser Gesetze. Warum lassen Sie nicht einfach Kyrillis vor Gericht stellen und das Beweismaterial sprechen statt des Geldes?»

«Ich habe keine Lust, aus ihm in irgendeiner Arena Hackfleisch machen zu lassen», sagte er seinerseits. «Deshalb habe ich Sie gefragt, ob Sie etwas von *Umbanda, macumba* und *khimbanda* wissen. Sollten Sie nämlich diesen Fall übernehmen, dann müssen Sie sich gründlich darin auskennen. Für die Beweisführung.»

Der junge Carvalhos Ramos schüttelte den Kopf.

«Ich hätte nicht übel Lust, das Mandat niederzulegen», sagte er. «Und alles andere dazu. Und mich völlig zurückzuziehen. Doch binnen weniger Stunden wäre meine Lebensarbeit zum Teufel. Das weiß ich genau. Und was hätte das für einen Sinn?»

Er knöpfte sich das Jackett zu.

«Ich lasse mir die Sache noch einmal durch den Kopf gehen», sagte er. «Morgen wartet eine Menge Arbeit auf mich. Ich brauche Schlaf. Die letzten drei Wochen bin ich nicht mehr zu Hause gewesen.»

«Sie haben doch keine Bedenken wegen des Jungen, nicht wahr?» fragte Der O'Dancy.

Der junge Carvalhos Ramos machte ein paar Schritte auf die Tür zu.

«Nein», sagte er, ohne sich umzuwenden. «Ich zeige Ihnen gelegentlich ein paar Unterlagen. Er steht zweifellos nicht allein da. Es sieht fast so aus, als ob wir hier eine ganz bestimmte Sorte von verwilderten Schweinen heranzüchten. Allerdings tue ich damit den Schweinen Unrecht, denn sie sind ja als solche ganz natürlich.»

«Sie haben selbst drei Kinder», sagte er seinerseits. «Entsprechen sie nicht Ihren Erwartungen?»

«Das ist eine sehr gelinde Formulierung», sagte der junge Carvalhos Ramos. «Aber wenn sich die drei unter die jungen Leute hier draußen gemischt hätten, so wäre kein Unterschied festzustellen gewesen. Es ist nicht eine Frage des jugendlichen Überschwangs oder der Lebenskraft. Was das anbetrifft, so war ich auch einmal im besten Sinne des Wortes jung.»

«Urteilen Sie da nicht etwas hart?» fragte er seinerseits.

«Wenn bei ihnen wenigstens eine Spur von Verstand festzustellen wäre», sagte der junge Carvalhos Ramos. «Mein Sohn denkt gar nicht daran, einmal meine Nachfolge anzutreten. Ein Studium würde nur sein Leben, das er zu genießen wünscht, beeinträchtigen. Mir wird gnädigst gestattet, ihre Rechnungen zu bezahlen, ja. Meine eine Tochter hat bereits eine Abtreibung hinter sich. Mit achtzehn. Ich habe sie alle so satt, und genauso geht es Ormilda. Sie hat mich schon oft gefragt, was wir bloß getan haben, daß uns das auferlegt wird. Die Jugend von heute ist so ganz anders.»

«Vielleicht geht es nur Ihnen beiden so», sagte Der O'Dancy.

Der junge Carvalhos Ramos schüttelte den Kopf, nicht um zu verneinen, sondern um völlige Hoffnungslosigkeit auszudrücken.

«Zu viele Vergnügungen», sagte er. «Überall. Film, Fernsehen, Schwimmbäder. Das ganze Leben ist ein riesiger Rummelplatz. Wo immer Sie auch hinsehen. Wie soll sich ein junger Mann darüber hinaus noch seinen Verstand bewahren? Ich weiß mir keinen Rat mehr, was ich für ihn tun soll. Es ist völlig sinnlos, ihn aufs Land zu schicken. Er würde doch nur davonlaufen.»

Er seinerseits erkannte jäh das ganze Ausmaß der Tragödie. Creonice – Der Herr möge ihr den ewigen Frieden geben – war ihm schon nicht mehr aus dem Sinn gegangen, noch ehe er seinen zwölften Geburtstag feierte, und an wie viele Frauen mochte er seither seine Zeit und seinen Samen verschwendet haben. Doch sollte es ihm je abträglich gewesen sein – physisch oder seelisch –, dann doch wohl nur ganz unerheblich, denn er erinnerte sich nicht mehr daran, und da die jungen Männer und Mädchen von heute wohl kaum intensiver oder häufiger voneinander Gebrauch machen konnten als er seinerseits zu seiner Zeit, so war es höchst unwahrscheinlich, daß sie dadurch nennenswerten Schaden nahmen. Und doch hatte ein Umstand, und zwar ein höchst bedeutsamer, ihn davor bewahrt, zu verkommen.

Der alte Senhor Carvalhos Ramos, dieser weise Mann, hatte ihn zur Arbeit angehalten.

Lange bevor er seinerseits die Schule beendet hatte, war er in einem halben Dutzend verschiedener Tätigkeitsbereiche ausgebildet worden, nicht auf Anordnung oder gar durch Überredung, sondern einfach dadurch, daß ihm in aller Ruhe erklärt wurde, was er zu tun habe, und immer mit dem Hinweis, daß er die nötige Reife erwerben müsse, wenn er einmal Das Erbe übernehmen wolle. Er hatte sich von Kind an stets der väterlichen Autorität unterworfen, denn Der Vater war ein Mann gewesen, der nicht mit sich spaßen ließ. Und der alte Senhor Carvalhos Ramos hatte sich diesen Gehorsam zunutze gemacht und alles übrige Gott und dem Blut überlassen.

Doch die Erziehung des jungen Carvalhos Ramos ließ diese harte frühe Schulung vermissen. Abgesehen davon, mußte man in Betracht ziehen, daß es in seiner Jugend noch keine Straßen oder Autos gegeben hatte und ganz sicherlich nicht diese Freizügigkeit zwischen den Geschlechtern. Ein junger Mensch mußte sich seinen Zeitvertreib selbst suchen, aber erst, nachdem alle Aufgaben sorgfältig erledigt waren.

Er seinerseits erinnerte sich nicht, daß er Daniel je etwas hatte durchgehen lassen. Der Junge bekam seine Anweisungen und hatte danach zu handeln.

Der junge Carvalhos Ramos hatte nichts dergleichen erfahren, denn seine Mutter ging völlig in ihren gesellschaftlichen Verpflichtungen und der Vater in seiner Arbeit auf. Er hatte Jura studiert, einfach deshalb, weil man es von ihm erwartete. Später hatte er Ormilda geheiratet, ein recht wohlhabendes junges Mädchen, und ihre drei Kinder wuchsen im

Zeitalter der Asphaltstraßen, Flugzeuge, feudalen Seebäder und Motorjachten auf. Er seinerseits mußte unwillkürlich daran denken, was wohl geschehen wäre, wenn es all diese Vergnügungen bereits in seiner Jugend gegeben hätte, und ob er dann wohl auch die Arbeit noch ernst genommen hätte und so gehorsam gewesen wäre. Es kamen ihm doch einige Zweifel. Eigentlich konnte man den Kindern kaum einen Vorwurf machen. Das Spielzeug war da, und keiner hielt sie an, es sich zu verdienen. Sie griffen danach, alle, voller Gier, schließlich waren sie ja Kinder.

«Haben Sie denn nie eins von ihnen übers Knie gelegt?» fragte er seinerseits. «Eine anständige Tracht Prügel hilft manchmal ganz ungemein.»

Der junge Carvalhos Ramos lachte, ein kurzes spöttisches Lachen.

«Dazu ist's jetzt zu spät», sagte er. «Doch wie dem auch sei, ich habe nie viel davon gehalten. Ich bezweifle, daß man etwas damit erreicht.»

«Ich fühle mich Ihrem Vater außerordentlich verpflichtet», sagte er seinerseits. «Hatten Sie eigentlich selbst je den Wunsch gehabt, Anwalt zu werden?»

Trotz aller Müdigkeit, trotz aller Ungeduld, aufbrechen zu können, zeigte der junge Carvalhos Ramos eine solche Überraschung, daß sie beinahe wie Furcht wirkte.

«Wie kommen Sie denn darauf?» fragte er, fuhr mit der Zunge über die Lippen und holte das Taschentuch heraus, um sich den Mund zu wischen. «Es gibt immer wieder mal einen Augenblick, wo ich am liebsten den ganzen Krempel hinwerfen möchte, das können Sie mir glauben. Wie Sie wissen, bin ich nicht sehr viel jünger als Sie, und ich habe vor, mich in Kürze zur Ruhe zu setzen. Mein Sohn wird sich vermutlich dazu entschließen, Fernsehansager zu werden. So stehen zur Zeit die Dinge.»

«Und was wollen Sie tun?» fragte er seinerseits. «Ich meine, nachdem Sie sich zur Ruhe gesetzt haben?»

«Was ich immer schon tun wollte – einfach nur im Sand liegen, das Meer rauschen hören und den Möwen zusehen», sagte der junge Carvalhos Ramos. «Das ist alles. Nichts weiter. Ich glaube, Ihr Projekt mit den kleinen Brasilias hat einige Aussicht auf Erfolg. Ich werde jedenfalls mein möglichstes tun. Sie brauchen sich jetzt nicht extra nach unten zu bemühen.»

«Kein Gast verläßt mein Haus, ohne daß ich ihn bis an die Schwelle begleite», sagte Der O'Dancy und ging voraus. «Tut mir leid, daß Sie so niedergeschlagen sind. Wie lange geht das denn schon so?»

«Bereits seit Jahren», sagte der junge Carvalhos Ramos. «Eigentlich hatte ich als Jurist in den diplomatischen Dienst treten wollen. Nach Den Haag, zum Beispiel. Aber Ormilda war dagegen. Also wurde nichts daraus.»

«Kann ich etwas für Sie tun?» fragte Der O'Dancy und ging die Treppe hinunter. «Ein Wort an der richtigen Stelle kann manchmal Wunder wirken.»

«Vielen Dank», sagte der junge Carvalhos Ramos. «Ich werde mich bald zur Ruhe setzen. Gott sei Dank. Übrigens sprachen Sie vorhin davon, daß eine Tracht Prügel Kindern sehr nützlich sei. Haben Sie diese Methode je bei Ihrer Tochter angewendet?»

Der O'Dancy schüttelte den Kopf.

«Manchmal sind Sie doch recht ehrlich», sagte der junge Carvalhos Ramos und reichte ihm die Hand. «Gute Nacht. Es war mir ein Vergnügen, wieder einmal hier draußen gewesen zu sein. Ein herrliches Fleckchen Erde.»

Die anderen waren bereits im Wagen und hoben nur die Hand. Als einziger fühlte sich Lycurgo bewogen, das Seitenfenster herunterzukurbeln.

«Wenn das alles hier mir gehörte», sagte er laut über dem Lebewohl der anderen, «bei Gott, ich wüßte, was ich mit dieser Bodenreform täte. In meinen Augen ist es verkehrt von Ihnen, sich überhaupt darauf einzulassen. Dieses Gesindel müssen Sie wie Dreck behandeln. Was sind das denn letzten Endes für Leute?»

«Alles Millionäre», sagte er seinerseits. «Ein jeder von ihnen ist ein Millionär. Das ist ein kleines Rätsel, das ich Ihnen mit auf den Heimweg gebe. Warum sollten sich wohl Multi-multimillionäre und eine Clique von wohlhabenden Großgrundbesitzern der Gefahr aussetzen, daß alles, was ihnen gehört, enteignet wird? Gute Nacht allerseits, und Der Herr möge Sie beflügeln.»

31

Der Wagen fuhr an und schlug die Richtung zum Flugplatz ein, und während er seinerseits wieder die Treppe hinaufstieg, ließ hinter den Bäumen ein Flugzeug die Motoren aufheulen.

«Die zweite Maschine für die Gäste von Dona Serena», sagte Januario. «Sie selbst wartet am Schwimmbecken auf Senhor Kyrillis. Der Lärm vorhin, Herr – das war, als Moacyr und Gilberto ihn packen wollten.»

«Ich gehe mal selbst hin», sagte er seinerseits. «Wenn die Frauen kommen, laß sie unten warten, bis ich rufe. Und sorg dafür, daß reichlich heißes Wasser bereitsteht.»

Er seinerseits ging durch den Garten zur *cabaña* hinüber. Zwischen den Büschen brannten jetzt nur noch wenige Lampen, und alles schien in einem beklemmenden fahlen Grün zu verschwimmen. Mit einemmal mußte er wieder an den jungen Carvalhos Ramos denken, und sein Herz schlug voll aufrichtigen Mitleids mit einem guten Freund. Der Mann brauchte zweifellos Hilfe, obwohl es möglicherweise schon zu spät war, überhaupt etwas für ihn zu tun, selbst wenn er damit einverstanden wäre. Finanzielle Schwierigkeiten waren völlig ausgeschlossen. Seine Anwaltsfirma war höchstwahrscheinlich die bedeutendste in ganz Südamerika, und Ormildas gesellschaftliche Stellung hatte sein Haus zum Treffpunkt für alles von Rang und Namen gemacht. Und doch wünschte er sich, sein ganzes Dasein an den Nagel zu hängen und einfach nur noch das Meer rauschen zu hören.

Und so wie ihm ging es vielen.

Manch einer seiner guten Bekannten, alle vermögend, alle auf dem Höhepunkt ihres Lebens, wartete nur auf den Augenblick, alles hinwerfen und einfach nur das Meer rauschen hören zu können, eine Schwäche, für die er seinerseits bis zu dem Gespräch mit dem jungen Carvalhos Ramos kein Verständnis aufgebracht hatte. Doch der Grund dafür ließ sich nur zu deutlich von dem Gesicht des Mannes ablesen, aber es wäre grausam gewesen, ihm das zu sagen.

Nie war bei ihm seinerseits in ganz jungen Jahren die Erziehung auf fruchtbareren Boden gefallen, als wenn sie unbewußt erfolgte, auf dem Schoß Der Mama oder im Umgang mit Dem Vater und Padre Miklos.

Schon zu einer Zeit, als er seinerseits eben die erste feste Nahrung bekam, hatte ihn Der Glaube erfüllt, und zwar mit einer solchen Kraft, daß ihn keine Macht der Welt mehr davon abgebracht hätte. Plagte ihn Zweifel oder irgendein Kummer, so wußte Padre Miklos immer Rat, doch nicht mit langen Reden, sondern indem er ihm in aller Ruhe erklärte, was falsch war, und wie er im Sinne Des Glaubens das Richtige tun konnte, und so lernte er seinerseits, Recht von Unrecht unterscheiden, und wenn er einmal etwas tat, wovon er genau wußte, daß es falsch war, so überraschte oder empörte es ihn keineswegs, wenn es fehlschlug.

Er seinerseits hatte fest damit gerechnet, daß es gar nicht anders ausgehen konnte. Und wenn es dann soweit war, wußte er auch sein Unrecht zu sühnen.

Doch das war noch das wenigste, was Den Glauben ausmachte.

Der junge Carvalhos Ramos hatte keinen Glauben, und er hatte niemanden, keine Kirche und auch keinen Priester, dem er sein Herz ausschütten konnte, und so war ihm diese billigste und beste Seelentherapie auf Erden verschlossen. Es gab niemanden, dem er einen geheimen Kummer anvertrauen konnte, niemanden, der seine Sorgen teilte oder seine Stimmungen, selbst nicht in ausgelassenster Gesellschaft, oder seine Abneigungen oder einfach nur die Hochstimmung, daß man das erreichte, was man sich vorgenommen hatte, ohne daß einen jemand daran hindern konnte.

«Diese lächerliche kleine Gehirnkapsel», sagte Padre Miklos, ergriff ihn seinerseits beim Kopf und schüttelte ihn. «Eines Tages wird sie einmal in einem Sarg rumpeln und dann zu Staub zerfallen. Und wo wird dann dein Ich sein? Das ist dir jetzt vielleicht gleichgültig, wie? Aber anderen ist das keineswegs gleichgültig, verstehst du? Denn was jetzt hier drinnen sitzt, das wahre Ich, wird dann woanders sein. Und es ist meine Aufgabe, dafür zu sorgen, daß es an den rechten Ort kommt. Du dummes Schäfchen. Du Böckchen, das du in meiner Herde herumspringst. Wäre ich ein echter Hirte, müßte ich dich wohl einsperren, nicht wahr? Aber das kann ich nicht, weißt du? Ich kann dir nur ins Gewissen reden. Das ist meine Pflicht. Willst du, daß sie mir zu einer Bürde wird? Willst du nicht wenigstens versuchen, so zu werden, wie es Die Mama und Der Vater von dir erwarten? Glaubst du etwa, die sind blind? Überleg es dir gut.»

Kindisches Gerede, ja, eben für Kinderohren bestimmt, doch im Grunde genommen ein Geschenk, das ihn für sein ganzes Leben bereicherte. Irgendwo in ihm seinerseits hinterließ es einen bleibenden Eindruck und verankerte ein Gefühl für Recht und Unrecht, das sich mit den Jahren immer mehr festigte, dem er sich nie mehr verschloß, eine allgegenwärtige Hilfe in der Not, eine Mahnung, sich stets dankbar derer zu erin-

nern, die sich hingebungsvoll seiner angenommen und ihr ganzes Dasein
dem Vorsatz geweiht hatten, sich der Liebe Gottes zu Seinen Erdenkin-
dern würdig zu erweisen.

«Wie du siehst, verwenden die Menschen nicht besonders viel Zeit
darauf, zur Kirche zu gehen, sofern sie nicht zufällig Priester sind», sagte
Der Vater eines Tages im Verleseschuppen. «Selbstverständlich gehen
wir zu den festgesetzten Zeiten in die Kirche. Doch wir wissen immer
Die Mama hinter uns, verstehst du? Sie betet für uns, wenn sie meint,
daß es nötig ist. Und wenn wir einmal einen Gottesdienst versäumen
oder gerade angeln gegangen oder früh hinausgeritten sind oder irgendwo nach der Herde sehen, nun, wir wissen ja, daß uns vergeben wird,
bis wir wieder zurückkommen, weil sie da ist und alles recht macht. Wir
haben ein reines Gewissen. Und ich möchte mit dir wetten, daß jetzt
in diesem Augenblick, wo wir hier stehen, ein wunderschönes Gebet für
uns beide zum Himmel emporsteigt. Und findest du nicht auch, daß
einem gleich viel wohler ist?»

Es war ein herrliches, herzerwärmendes Gefühl.

Aber nicht viele konnten so empfinden, und der junge Carvalhos Ramos gehörte ganz gewiß nicht zu ihnen und so mancher andere.

Auch Divininha nicht. Sie war als Heidin aufgewachsen.

Auch Hilariana nicht, die einen Teil ihrer jungen Jahre Dem Erbe fern
gewesen war und die sich ahnungslos in die Irrungen der Schwarzen Magie verstrickt hatte.

Auch Serena nicht.

«*Culpa mea*», sagte er laut und überquerte den kurzgeschorenen Rasen beim Schwimmbecken. «*Culpa. Culpa. Culpa.*»

Es ging nicht darum, daß die Kleine keinen Respekt empfand, keinen
Glauben hatte und keine Kirchgängerin war, sondern daß es für sie in
späteren Jahren, wenn sie mit den Problemen des Lebens einmal nicht
mehr allein fertig werden würde, nicht Den Felsen gab, gegen den sie
sich lehnen konnte, keine Aussicht auf Hilfe, kein Licht, keinen Glauben,
der ihr Kraft vermittelte. Ein kleines Menschenkind, das weinend durch
die Wildnis irrte, weil er seinerseits es der Obhut von Kindermädchen
und Gouvernanten überlassen hatte, und dann nur die flüchtige Unter-
weisung in dem, was sich laut Schulzeugnis Religion nannte, und mehr
nicht, weil Lys' Eltern und Großeltern unerbittliche Gegner Der Kirche
waren und darauf bestanden hatten, daß Serena ohne jeglichen geistlichen Einfluß aufwuchs, und er seinerseits, zu jedem Opfer bereit, nur
um sie mitnehmen zu können, hatte sich dieser Bedingung unterworfen.
In den ersten paar Jahren hatte sie immer eine gewisse Zeit bei ihnen
verbringen müssen, aber dann waren die Großeltern gestorben und

schließlich auch Lys' Vater. Die Mutter kümmerte sich nicht um sie. Doch dann war es bereits zu spät, und Serena ging völlig in ihrer «fortschrittlichen» Schule auf, die ihr anscheinend alles erlaubte, was ihr gefiel, und davon machte sie dann auch nur zu gern Gebrauch, das heißt natürlich, außerhalb Des Erbes und außerhalb seines Gesichtskreises, was wohl letztlich der Grund dafür war, daß sie einander niemals so nahegekommen waren, wie er seinerseits es sich gewünscht hätte, und daß sie ihm manchmal wie eine Wildfremde erschien. Sie betonte bei jeder Gelegenheit, daß sie eine französische Mutter habe, und daß sie selbst eine geborene Französin sei, und sie sprach sich laut und vernehmlich für alles Französische aus und hatte in ihrer jugendlichen Überheblichkeit für Brasilien, für die Brasilianer und alles Brasilianische nur ein stereotypes Lächeln der Verachtung, eine Haltung, über die er schon mehr als einmal in solche Wut geraten war, daß er sie aus dem Zimmer gewiesen hatte. Sie konnte sich leidenschaftlich für *la grandeur* begeistern, doch wenn er sie fragte, so hatte sie ihm seinerseits diese Vorliebe noch nie plausibel machen können, und sie sprach Französisch mit dem arroganten Akzent derer, die geradewegs vom Himmel gesandt sind, um der unzivilisierten Menschheit Manieren beizubringen, und ihr gefiel es, die Landessprache so affektiert zu sprechen, als ob sie ihrem Publikum damit zu verstehen geben wollte, daß zumindest eine ihrer Wurzeln ganz unbestreitbar, wenn nicht unheilbar, gallisch war.

Je mehr er seinerseits darüber nachdachte, desto mehr schauderte es ihn vor der Verwirrung, die eine so teure Schule in Geist und Seele bei ihr angerichtet hatte. Mit etwas anderer Erziehung hätte sie sicherlich der Welt von einigem Nutzen sein können. Es war zwar noch reichlich Zeit, aber Der Felsen war nicht vorhanden, und er seinerseits hegte keine Hoffnung mehr, daß sie sich noch ändern könnte, oder daß aus ihr eine Frau, ja vielleicht sogar eine Mutter wurde, die alle Menschen ihrer Umgebung aufrichtig verehrten, wie es beispielsweise bei den meisten Urgroßmüttern und Großmüttern und bei Der Mama der Fall gewesen war.

Und während er zu ihren Ungunsten Bilanz zog, mußte er plötzlich daran denken, daß er seinerseits für Divininha und Hilariana verantwortlich war und für die wahrhaft verbrecherischen Zustände auf Dem Erbe, die von Jahr zu Jahr schlimmer wurden, und das alles unmittelbar vor seiner Nase, und alles, selbst Der Felsen, besudelt. Vielleicht war der Schock dieser Erkenntnis so vernichtend, daß es ihn gar nicht mehr so groß wundernahm, nunmehr Kyrillis, den Verwahrlosten, als seinen unmittelbaren Nachfolger anerkennen zu müssen, denn als ältester leiblicher Sohn des gefallenen Erstgeborenen hatte er Anspruch auf Das Erbe.

Ihn überlief es kalt, und alles in ihm wehrte sich, suchte es abzuleugnen.

Und plötzlich stieg die Frage in ihm auf, ob es Hilariana wohl gewußt und Steb mitgeteilt hatte, und ob die beiden deshalb zu dem Entschluß gekommen waren, lieber Das Erbe nutzbringend aufzuteilen, als daß ein Unwürdiger oder zumindest einer, der alle Symptome der Unwürdigkeit zeigte, es einfach vor die Hunde gehen ließ.

Er faltete die Hände und starrte zum Himmel empor, doch ihm kam kein Gebet, kein einziges Wort, nur der Wunsch, jetzt beten zu können.

Unfähig, sich seelisch im Gebet zu verströmen, ermaß er die Leere derer, die nichts von Dem Felsen wußten.

Männer eilten geschäftig am Schwimmbecken hin und her, und aus der Bar drang das Klirren von Gläsern. Ney war ganz in seiner Nähe dabei, Stühle übereinanderzustapeln, und auf einen Pfiff kam er angelaufen.

«Wo ist Dona Serena?» fragte er seinerseits.

«Sie ist zusammen mit den anderen in den beiden Wagen davongefahren, Herr», sagte er. «Insgesamt neun Personen.»

«Und sie hat nichts für mich hinterlassen?» fragte er seinerseits.

Ney schüttelte den Kopf.

«Räumt hier erst einmal auf», sagte er seinerseits. «Dann kommt zu Dem Haus und helft dort. Und anschließend habt ihr alle drei Tage frei und kriegt dreifachen Lohn.»

Der Himmel war dunkel von Wolken verhangen und verbarg die ferne Kette der Berge, die tiefschwarzen Flächen der Plantagen und das glitzernde Band des Flusses. Ringsum war nur finstere Nacht, und sie vermittelte ihm ein Gefühl von der unendlichen Weite des Raumes.

Es waren nur noch ein paar Schritte bis an den Rand der Langen Stufen, doch ehe er dort ankam, blieb er wie angewurzelt stehen, starrte und glaubte seinen Augen nicht trauen zu können.

Einem Weltennebel gleich standen weiße Gestalten in Gruppen stumm und reglos wartend im schwachen Schein flackernder Kerzen, unten am Fuß der Treppe, ein jedes Gesicht nach oben gerichtet, als ob sie alle zu ihm seinerseits aufblickten, und hinten auf dem Weideland zog eine lange weiße Prozession in zuckendem Fackelschein dahin, und helles Licht erstrahlte von dem Kreuz, das sie vor sich her trugen.

Bruder Mihaul ging klein und allein hinter dem Kreuz, und dann folgte Democritas' weißer Ballon inmitten einer Reihe von Frauen vor der Menge der übrigen.

Und noch immer konnte er nicht beten, kein einziges Wort kam ihm in den Sinn, nur das Verlangen nach einem Gebet erfüllte ihn, und über allem der schmerzliche Gedanke, daß Serena es fertiggebracht hatte, davonzufahren, ohne ihm wenigstens eine Nachricht zu hinterlassen. Es war nicht die mangelnde Rücksichtnahme, die weh tat, sondern eher eine ganz eigentümliche Lieblosigkeit, die, wie ihm schien, für die charakteristisch war, die bei Dem Felsen keine Zuflucht suchten.

Er seinerseits beobachtete die Prozession, bis sie den Fuß der Treppe erreichte, und dann wandte er sich um und ging davon, klar und ruhig im Geiste, stark im Herzen. Er empfand nichts mehr, keinen Unwillen, keine Müdigkeit, keine Enttäuschung.

Das Haus mit allem darin mußte gereinigt werden, und bei diesem Gedanken fühlte er sich nicht anders als ein Knecht, der des Morgens hinausgeht, das Feld zu pflügen, und nur von dem einen Vorsatz beseelt ist, sein Tagewerk zu vollenden und sich das anerkennende Nicken des Aufsehers zu verdienen.

Der kürzeste Weg zu Dem Haus führte über den kleinen Friedhof unter Ahn Phineas' schattenspendenden Bäumen, wo so mancher zweite oder dritte Sohn zwischen anderen Vorfahren begraben lag. Büsche und Blumen überwucherten fast die Gräber, und die Wege führten von einem runden Springbrunnen zum nächsten und hinaus auf einen gepflasterten Platz mit einer Gedenktafel, in die alle Namen hineingemeißelt waren. In der Dunkelheit, die kaum einen Unterschied zwischen Himmel und Bäumen machte, flackerte ein Licht, wo sonst nur Blumenbeete waren.

Ein Hauch von Weihrauch vertrieb den Gedanken, daß sich die Gärtner dort vielleicht ein Obdach errichtet hätten. Und als er näher kam, schimmerte Licht durch Ritzen zwischen Brettern, und er ging auf eine ziemlich große Hütte zu, doch die Tür war verschlossen. Zwei Fußtritte genügten, und die Angeln zerbarsten und gaben plötzlich die Flammen zahlloser Kerzen frei.

Ein Holzkreuz, das größer war als er seinerseits, stand schief in den Boden gerammt, und Totenschädel dienten zur Befestigung der von jedem Balken herunterhängenden Spinnengewebe. Davor, auf dem Boden, waren Teller mit Speisen, Zwiebelringen, Mandiokamehl, Fleisch und Reis in genauer Ordnung aufgestellt, und dazwischen Flaschen mit Wein und dahinter sorgfältig geschichtete Hühnerbeine und Federn, geköpfte Kadaver von Ziegen und die rosig schimmernden Gliedmaßen gehäuteter Affen – waren es wirklich Affen? In der einen Ecke stand das eiserne Abbild Satans mit Dreizack und Werkzeugen vor einem Haufen weißer Steine. In der anderen Ecke ragte ein Gestell mit seltsamen Geräten auf einem zweiten Steinhaufen empor, und keiner dieser Steine wäre auf Dem Erbe zu finden gewesen. Pakete mit Streichhölzern, Flaschen, Dutzende von Kerzen, Zigarren und Kistchen mit Weihrauch füllten in Stapeln die Ecke neben der Tür, und überall hockten in ständiger Bewegung riesige Kröten.

Der Fußboden war übersät mit starrenden Totenschädeln, weiße, stockfleckige, einige noch mit Haaren und Haut, viele ihm bekannt aus den Tagen der Kindheit und aus späteren Jahren vertraut, und alle blickten furchterfüllt oder auch anbetend zu dem einen Schädel mit den langen grauen Strähnen hinauf, der oben auf dem Kruzifix steckte, zu dem Schädel von Mãe Nueza.

Er seinerseits riß ein Paket mit Kerzen auf und ging hinaus, eine brennende Kerze hoch erhoben, und das Wachs tropfte auf die Blumen zu seinen Füßen, bis er vor dem nächsten Grab stand.

Der Grabstein lag umgestürzt daneben, der Sarg war offen, und das Skelett hatte keinen Kopf.

Eigentlich hätte er sich jetzt vor Wut oder Gram zerfetzen müssen, doch er empfand nichts von beidem, obwohl er sich bewußt war, daß das eine oder das andere durchaus am Platze gewesen wäre. Statt dessen stellte er zu seiner Überraschung fest, daß ihm Tränen, weniger salzig schmeckend als Schweiß, bis zu den Mundwinkeln herunterliefen, und sie erinnerten ihn an die Tränen, die er in längst vergangenen Zeiten um Die Mama vergossen hatte. Er tastete sich an den Wänden entlang und suchte nach einer Stelle, wo er Feuer legen und alles niederbrennen konnte, doch ein Windstoß löschte die Kerzen aus. Im Innern der Hütte verließ ihn aller Mut bei dem Gedanken, daß er die ehrwürdigen Gebeine berühren mußte, um sie nach draußen in Sicherheit zu bringen, und dann erst die Hütte anstecken konnte.

Vielleicht hatten sich seine Augen mehr an die Dunkelheit gewöhnt, denn weitere Einzelheiten waren jetzt deutlicher zu erkennen.

An der hinteren Wand hingen lange schwarze Flechten und ein Schopf hellblondes Haar. Schalen mit roter und weißer Farbe standen auf dem Boden und Schüsseln mit Mehl, Grütze und Weihrauch, daneben lag ein Messer, eine Schere, ein Rasiermesser, ein Schleifstein.

Der lange schimmernde Schopf roter Haare, der vom rechten Balken des Kruzifixes herabhing, mußte Hilariana gehört haben. Und der andere, herrliches Bronzehaar und fast so lang, war bestimmt Divininhas gewesen.

Er griff hinüber, trat Schüsseln und Flaschen beiseite, doch sorgsam bemüht, keinen der Schädel umzustoßen, auch wenn die Kröten durcheinandersprangen, und packte zuerst Hilarianas Haar, dann Divininhas, in jeder Hand eine Strähne, und ging zur Tür, und wieder fiel sein Blick auf das Kreuz.

Und wie vorhin kam ihm kein Gebet, nur ein Geständnis stieg in ihm auf, das keine Worte fand, das herzzerreißende Bekenntnis seiner Schuld, und dann erfüllte ihn Wut, doch kraftlos und zittrig, und Gelächter brach aus ihm heraus, als er das Haar küßte, einen Hauch auf jede Strähne, aber alle Worte erstickten im Aufruhr seines Schmerzes. Hinaus in die Dunkelheit, in die Kühle der Nacht, in die gesegnete Luft, und er seinerseits geriet strauchelnd ins Gebüsch, und zurück auf den Pfad und dem leitenden Lichtschein aus den Fenstern des Kaffee-Zimmers entgegen, der ihm neue Kraft verlieh.

Weißgekleidete Gestalten schienen den ganzen Garten zu füllen, doch er seinerseits rief niemanden an und gab auch sonst kein Zeichen von sich, und sie standen stumm, während er zur Terrassentür hinaufging, sie aufstieß und die Halle durchquerte, ohne Januario, Rui und die jüngeren Männer zu beachten, und weiter bis zum Aufzug und hinauf zu seinen Räumen.

Während Tavares herbeieilte, um Licht zu machen, ging er durch das Arbeitszimmer zu Urahn Leitrims eisenbeschlagener Truhe und blieb davor stehen, und auf sein Nicken nahm Tavares alle Kraft zusammen, um den schweren Deckel anzuheben. Zuoberst lag Daniels Spielzeug aus der Kinderzeit, Federn, abgekaute Bleistifte, säuberlich gebündelte Schulbücher, sodann Hilarianas kindliche Steinsammlung, Glasperlenketten und Spangen und eine Stoffpuppe, die nur einen Arm hatte, alles Dinge, die einem am Herzen lagen, von denen man sich nicht trennen konnte. Er seinerseits rollte die beiden Haarsträhnen zusammen und legte sie in eine freie Ecke. Dann nickte er wieder, daß der Deckel geschlossen werden konnte.

Am Telephon blitzte eine kleine blaue Lampe auf, und das Zwitschern einer *uruipura* ertönte, das von Hilariana einst auf Band aufgenommen worden war und ihn seinerseits immer an die Stunden am Amazonas erinnerte, als er einem Häufchen bräunlicher Federn zuhörte, das ein Lied zur Herrlichkeit Des Herrn emporsandte.

«Ich soll Ihnen von Dona Serena ausrichten, daß sie zum Institut hinübergefahren ist», sagte Januario flüsternd, als ob er mit der Hand die Sprechmuschel abschirmte. «Sie bekam einen Anruf von dem jungen Senhor Estevão. Da ist sie mit zwei Lastwagen hingefahren. Und der junge Senhor Kyrillis ist in Dem Haus. Oben im zweiten Stock, glaube ich.»

«Hol alle Männer, die du finden kannst», sagte Der O'Dancy. «Bring sie durch die Hintertür ins Haus. Schließ die Gartentür vom Silber-Zimmer ab. Laß niemanden hinaus oder herein. Durchsucht das ganze Haus. Bindet ihn.»

Er seinerseits ging zum Schreibtisch und nahm eine Pistole aus der Schublade. Tavares hob das Kruzifix in die Höhe und schloß beide Augen.

«Sperr hier alles ab», sagte er seinerseits. «Laß niemanden herein. Und sieh dich vor.»

Entfernte Schreie drangen von irgendwoher an sein Ohr, und er lief zum Aufzug und fuhr zu dem Korridor hinunter, der zu Divininhas Wohnung über den Rosengärten führte.

Doch schon, als sich die Fahrstuhltür hinter ihm schloß, wußte er, daß etwas nicht stimmte. Weihrauch lag in der Luft, zwar schwach nur, doch unverkennbar. Der lange Korridor zog sich auf der einen Seite an einem Wintergarten hin, der mit Blumen bepflanzt war. Lampen mit Schirmen aus spanischem Rohr erhellten nur die grünen Quadrate der Spieltische, und das Licht brach sich in den Aschenbechern, aber die Sessel standen bereits im Dämmerschein, und Dunkel umgab am Ende des Korridors die Türen zur Sonnenterrasse, wo seitlich ein paar Stufen zur Diele hinaufführten.

Er seinerseits blieb dort wie angewurzelt stehen.

Ein nackter Mann, den Körper von scharlachroten Farbtupfen übersät, lag ausgestreckt auf den Stufen.

Der O'Dancy ging näher heran. Der Mann lag mit dem Gesicht treppabwärts, und ein schwarzer Umhang hatte sich oben auf den Stufen um Füße und Beine verfangen.

«Aristedes», sagte Der O'Dancy, und im gleichen Moment kam er sich töricht vor, denn die Augen starrten erloschen. Zwei goldene Hörner waren an der Stirn befestigt. Brauen, Schnurrbart und ein kleiner Spitzbart aus schwarzem Pferdehaar waren angeklebt.

Aus zwei Schußwunden hatte sich Blut mit der scharlachroten Farbe zu dunklen Lachen vermischt. Er mußte versucht haben, davonzukriechen, denn Farbe war über die Stufen verschmiert und oben quer über das Parkett der Diele, und die weißen Wände waren bespritzt, und Möbel lagen umgestürzt herum.

«Divininha», brüllte Der O'Dancy. «Divininha, mein Engel. Bist du dort drinnen? Antworte mir doch.»

Irgend jemand lachte.

Ob Mann oder Frau, war nicht zu sagen.

Es hätte aus dem Schlafzimmer kommen können.

Im Salon schien Farbe eimerweise verschüttet worden zu sein, und die weißen Atlasbezüge der Möbel, die Kissen, die Wände und Vorhänge waren mit ekelerregendem Rot getränkt, und überall schimmerten dunkle Flecken und Blutlachen im Licht.

Er seinerseits überzeugte sich davon, daß hinter den umgestürzten Möbeln keine Toten lagen, und ging dann zur Tür des Schlafzimmers hinüber. Weihrauch quoll aus einem Räucherfäßchen neben dem zerwühlten Bett, das über und über mit Farbe besudelt war, und hochrot flammte es ihm aus allen Ecken entgegen, Seidenwäsche hing in Fetzen, Toilettesachen waren verstreut, Flakons lagen in Scherben, und ein starker süßlicher Duft vermengte sich mit den blauen Rauchschwaden und erweckte ein berauschendes Gefühl willensträgen Genusses.

Ein paar Schritte zur anderen Seite des Bettes hinüber, und er seinerseits erblickte den Morgenmantel aus geblümter Seide und dann den mit einem scharlachroten Trikot bekleideten Körper Madame Briaults in der Ecke am Boden, den Kopf gegen die Täfelung gelehnt, die Hände mit schlaffen Fingern über der Brust gespreizt, und durch die Masse der lockigen Haare stierten schimmernde Puppenaugen. Ein goldenes Widderhorn hing noch am Kopf. Das andere lag, wo es hingefallen war.

«Sie ist tot», sagte Kyrillis irgendwo hinter ihm. «Der andere auch. Und dir wird's genauso ergehen.»

Der O'Dancy verbarg die Pistole.

«Was hast du getan? Du bist ja wahnsinnig», sagte er seinerseits. «Keine Macht der Welt wird dich davon freisprechen. Wo ist Divininha?»

«Unten bei ihren Freunden», sagte Kyrillis und lehnte sich gegen den Türrahmen.

Nichts an dem Burschen ließ darauf schließen, daß Vorsicht geboten war. Er sah ungekämmt und unrasiert aus, trug einen ausgeleierten blauen Pullover, Leinenhosen und Tennisschuhe, aber an und für sich wirkte er eigentlich ganz normal.

Der O'Dancy riß ein rotbeschmiertes Laken beiseite und setzte sich auf die Matratze.

«Ich weiß wirklich nicht, ob ich wache oder träume», sagte er seinerseits. «Warum hast du das getan? Warum hast du gestern abend die Männer in dem Taxi ermordet? Warum bloß?»

Kyrillis lachte, blickte auf seinen Revolver hinunter und tastete in der Gesäßtasche nach einem zerdrückten Zigarettenpäckchen.

Nichts an ihm kündigte Gefahr. Dies war nicht mehr der kreischende Jammerlappen von vorhin an der Bar, nur der unverfrorene, blasiertverschlagene Bursche, der er immer war.

«Nun, das kam alles ziemlich plötzlich», sagte er und strich die Zigarette glatt, während er den Revolver am kleinen Finger pendeln ließ. «Die beiden von gestern abend saßen fest drin im Geschäft. Ihr Revier waren Bars, Nachtklubs, Hotels. Sie arbeiteten mit der da zusammen.»

Er nickte zu dem Leichnam in der Ecke hinüber.

«Ich wollte auch endlich in größerem Stil abrahmen, aber sie wollten mir keine Chance geben», sagte er. «Vor etwa fünf Jahren habe ich angefangen, die Ware im kleinen zu verhökern, und nun fand ich es an der Zeit, daß ich mal ganz groß einsteige.»

«Vor fünf Jahren?» fragte er seinerseits. «Da warst du doch noch ein Kind und gingst zur Schule.»

«Toll, nicht, was so alles in der Schulzeit passiert», sagte Kyrillis, zündete sich die Zigarette an und schnipste das brennende Streichholz in die Ecke, aber es war bereits ausgegangen und qualmte nur noch, als es sich in den Haaren verfing. «Doch wie dem auch sei, mein eigenes Quantum sprang dabei heraus und auch ein Taschengeld, und das war alles, was mich interessierte. Bis jetzt jedenfalls.»

«Moment mal», sagte Der O'Dancy. «Soll das etwa heißen, daß du bereits als Schüler süchtig warst?»

«Süchtig?» fragte Kyrillis und zuckte mit den Achseln. «Ich mußte es eben haben.»

«Aber wer hat dich denn daran gebracht?» fragte er seinerseits. «Bist du denn nie auf den Gedanken gekommen, dich an mich zu wenden?»

Kyrillis blies gemächlich den Rauch aus, lehnte sich zurück und lachte, wie vielleicht erwachende Götter lachen, himmelwärts, mit aufgeworfenen Lippen, die Pupillen fast unter den Lidern verschwunden.

«Angenommen, ich hätte es getan», sagte er und klopfte die Zigarettenasche mit dem Lauf der Waffe ab. «Was würdest du mir darauf wohl geantwortet haben? Nein, nein. Ich konnte mich nur an die wenden, von der ich immer was bekam. An Vanina. Gute Vanina. Sie hat ein Herz für kleine Jungen.»

«Das weiß ich, aber höre doch mal», sagte er seinerseits, überzeugt, daß Kyrillis die Wahrheit sprach. «Was du getan hast, ist furchtbar, aber bestimmt kann ich dir helfen, und das tue ich auch.»

«Das kannst du nicht», sagte Kyrillis. «Ich werde dir genauso zwei verpassen, wie ich's mit den anderen gemacht habe. Und dann greife ich mir Vanina. Und dann dieses elende Weibsstück unten. Dann Hilariana. Dann Serena. Zum Schluß komme ich selbst dran. Ich habe achtundzwanzig Patronen. Die reichen.»

«Warum Serena?» fragte er seinerseits und packte die Pistole in der Tasche fester.

«Bevor die sie ganz versauen», sagte Kyrillis, den Kopf zur Seite geneigt, die Stimme heller und sehr entschieden. «Sie glaubt, daß sie genau Bescheid weiß. Ich habe ihr eine Menge erzählt. Nur harmloses Zeug. Alle, die sich an sie heranmachen wollten, habe ich ihr vom Halse geschafft. Die übrigen sind gewarnt. Seither bleiben sie ihr vom Leibe. Serena ist die einzige, die mir so etwas wie ein guter Freund war. Sie glaubt an mich. Und sie tritt für mich ein. Für mich. Aber ich bringe sie um, ehe sie genauso wird wie die anderen. Und dieses Weib hier hat versucht, sie sich hörig zu machen.»

Er spie auf den Leichnam in der Ecke.

«Hilariana hat es versucht und Vanina ebenfalls», sagte er. «Ich weiß nicht, ob sie damit Erfolg hatten. Serena wollte es mir nicht erzählen.

Aber die andere unten, die hat's zumindest geschafft, daß sich Serena breitschlagen ließ, beim *candomblé* mitzumachen.»

«Wen meinst du mit der anderen?» fragte er seinerseits, und er hätte eine Million wetten mögen, daß er die Antwort im voraus kannte.

«Die *mãe-de-santo*», sagte Kyrillis, als ob jedermann wissen müßte, wer das war. «Heute vormittag ist sie mit den anderen hier angekommen. Ich sollte die Ware gestern abend ausliefern und dann hier mit ihnen zusammentreffen. Die beiden Nabobs hatten Geld wie Heu, aber sie wollten mich nicht beteiligen. Es hätte ja ihren Gewinn schmälern können. Ich verlangte mehr Geld von ihnen für den Vertrieb. Sie wollten nicht. Wir gerieten uns in die Wolle. Meine Dosis war schon halb verpufft. Ich war klatschnaß vor Gier. Ich sah mich bereits auf meinem eigenen Grab tanzen. Da habe ich sie umgelegt. Sie hatten einen Haufen Geld bei sich. Massenweise. Ich brauchte unbedingt eine neue Dosis. Das Zeug, das ich hatte, war nicht sauber. Es war noch zu frisch. Aber ich weiß, wie man richtig mischt. Besser als sie das konnten. Damit werde ich mehr Geld verdienen. Aber ich kriegte nicht genug sauberen Stoff. Deshalb bin ich hergekommen. Ich war restlos fertig. Vanina gab mir eine kleine Stärkung. Doch das war für die Katz'. Dann ging sie nach unten. Aber mich wollten sie da nicht reinlassen. Und dann kam dieses Weibsstück herauf. Sie wollte nur etwas herausrücken, wenn ich mich auch mit Farbe beschmiere. Dabei hatte sie alles kiloweise. Da hat's eben geknallt.»

Er brachte den Revolver wieder in Anschlag.

«Warum tust du das Ding nicht herunter, solange du noch einigermaßen vernünftig bist?» sagte er seinerseits. «Wir könnten uns doch über all das in Ruhe aussprechen. Du könntest eine Entziehungskur machen und dann irgendwo in der Welt bei unseren Unternehmen anfangen. Schließlich sind deine Aussichten doch recht gut. Ist dir Rauschgift denn so wichtig?»

Kyrillis sah ihn an und senkte den Revolver.

«Du armer alter Hahnrei», sagte er. «Gute Aussichten soll ich haben? Ein Posten beim Unternehmen wird mir zugeschanzt. *Die* Firma der Welt, was? Als kleiner Angestellter vielleicht? Ich? Ein kleiner Angestellter? Hör mal, wenn ich für das Institut arbeite, kann ich in einer halben Stunde mehr verdienen, als wenn ich zwei Jahre lang den Angestellten spiele. Ich brauche nur das Zeug an den Mann zu bringen. Wo immer ich will. Hier. In Rio. Überall.»

«Wieso könntest du denn für das Institut arbeiten?» fragte er seinerseits. «Du verstehst doch gar nichts von Pflanzen, oder?»

Kyrillis brach in krampfhaftem Gelächter fast über dem Revolverlauf zusammen und richtete sich dann wieder auf.

«Was meinst du denn, was dort angepflanzt wird?» sagte er. «Alles. Vom Opium angefangen. Ob ich für das Institut arbeite? Ja, was glaubst du denn, woher ich das Zeug kriege? Vom Mond? Das Frauenzimmer dort in der Ecke hat doch das ganze Geschäft aufgezogen. Und die *mãe-de-santo* unten, die ist eine von denen, die den Vertrieb im großen besorgen. Ich habe für sie die Ware verhökert. Sie hat mich auf die Quelle angesetzt. Die beiden gestern abend sind völlig unwichtig. Der Fall kommt nicht mal vor Gericht. Zwei Männer sind tot in einem Auto aufgefunden worden. Na und?»

Dem O'Dancy war zumute, als ob er das Grauen zu kosten bekäme, den wahrhaften Geschmack des Grauens, wie Blut, das in der Kehle würgt, denn er dachte an Iralia und an den Polizeichef, der von den «großen Fischen» sprach, und an den jungen Carvalhos Ramos, der sich auf den Daumennagel biß und das Gesicht verzog, als er seinerseits von einer Zehnmillionen-Cruzeiro-Belohnung redete, und daran, daß jeder Polizist haargenau über die O'Dancy-Unternehmen und die O'Dancy-Stiftung Bescheid wußte und über Hilariana und ihn, Den O'Dancy, Liebhaber einer Rauschgiftschieberin, und sie selbst – schenke ihr eine zärtliche Erinnerung oder erhebe sie zum Heiland und versuche, nicht mehr an sie zu denken – erdrosselt, und er seinerseits, ja, der Arglose, schuldig und verdammt.

Er räusperte sich, um seine Kehle von dem würgenden Dunst von Weihrauch und Parfüm zu befreien.

«Und was hat Divininha mit all dem zu tun?» fragte er seinerseits.

Kyrillis betrachtete angelegentlich seine Zigarette und streifte die Asche mit dem Revolverlauf ab.

«Sie hat sich zusammen mit Hil-oh einen gründlichen Haarschnitt verpassen lassen», sagte er. «Jetzt gehört sie auch zur Hierarchie. Vanina, die Mutter Satans, anstelle von dieser da.»

Er sah in die Ecke hinüber, spuckte aus und wechselte zur anderen Türseite hinüber.

«Natürlich hast du von all dem gar keine Ahnung gehabt», sagte er und stieß eine Wolke aus, die blauer war als der Weihrauch. «Du bist hier zwar überall herumgestelzt, aber das ist auch alles. Ich hatte ganz vergessen, daß du das meiste gar nicht weißt. Du wirst nie dahinterkommen. Selbst wenn es dir irgend jemand erklärte. Du bist ja von gestern. Und du genießt dein Leben, nicht wahr? Du genießt es? Was eigentlich daran?»

«Erklär mir doch noch mal, was hatte diese Frau mit Rauschgift zu tun», sagte er seinerseits und nickte zur Ecke hinüber.

«Sie brachte das Zeug in ganz großem Stil unter die Leute», sagte Kyrillis. «Für sie hätte ich zu gern gearbeitet und die Gelder eingetrieben. Von hier aus ging die Ware in alle Richtungen. Sie benutzte Vaninas Namen. Oder Hil-ohs. Oder deinen. Warum auch nicht? Da konnte ja nichts schiefgehen. O'Dancy. Das ist ein großer Name. Der wirkt Wunder.»

«Mein Name mußte für so etwas herhalten?» sagte Der O'Dancy.

Kyrillis stieß vor Gelächter eine Rauchwolke aus.

«Herhalten», sagte er. «Du bist doch der Mann mit der Macht. Das weiß jeder.»

«Na, da werde ich Ordnung schaffen», sagte er seinerseits.

«Gar nichts wirst du», sagte Kyrillis und hob den Revolver. «Du kommst auch dahin, wo die anderen sind. Auf den Abfallhaufen. Im Augenblick fühle ich mich blendend. In ein paar Stunden bestimmt nicht mehr. Diesmal habe ich mir ein gehöriges Quantum gestattet. Nie hätte ich geglaubt, daß sie soviel von dem Zeug hier liegen hat.»

«Was weißt du von dieser Maexsa?» fragte er seinerseits, und die Pistole war auf Kyrillis gerichtet, unsichtbar, mit dem Finger am Abzug.

«Sie hat überall in der Stadt und im Staat ihre *boîtes*», sagte Kyrillis. «Sozusagen Tankstellen, wo man das Zeug bekommen kann, wenn man bekannt ist. Und wer kauft, den hat sie am Wickel.»

«Und wer steht hinter ihr?» fragte er seinerseits. «Wer sieht ihr auf die Finger?»

Kyrillis lächelte zu dem Leichnam in der Ecke hinüber.

«Das kann ich dir nicht verraten», sagte er. «Aber die da könnte es. Ihre Verbindungen gingen bis ganz nach oben. Es muß ja nicht unbedingt Rauschgift sein. Frauen mit einem Liebhaber sind auch ein Geschäft. Oder mit zweien oder dreien. Vorausgesetzt natürlich, daß die Betreffenden Geld haben. Und jeder Mann mit einer Geliebten. Oder mit zweien. Oder fünfen. Nur Geld muß er haben, das ist wichtig. Und dann all die Frauen, die nur was mit Frauen machen. Und all die Männer, die sich nur für Männer interessieren. Alle stehen fein säuberlich in ihrem Buch. Und alle zahlen. Ein ganz schöner Teil davon hält sich eben jetzt unten im Haus auf. Die *crème de la crème*.»

«Ich glaube kein Wort von dem, was du da redest», sagte er seinerseits.

«So, du glaubst kein Wort davon?» fragte Kyrillis und inhalierte tief. «Sicher wirst du dir ins Gedächtnis zurückrufen, daß Vanina Gott und die Welt kannte. Sie sollte das Licht sein. Während Bri-Bro es bevorzugte, ihrs unter den Scheffel zu stellen. So blieb alles schön im Dunkeln. Was darf's denn sein, der Herr? Kokain? Heroin? Opium? Koka? Marihuana? Wenden Sie sich an Bri-Bro. Nicht an Vanina? Nein. Warum denn nicht? Weil sie achtzehn Stunden am Tag unter Drogen lebt und zwei Stunden betrunken ist.»

«Und mit deiner Mutter ist es wohl das gleiche», sagte er seinerseits.

Kyrillis machte eine abwägende Handbewegung.

«Mehr oder weniger», sagte er. «Nicht ganz so schlimm. Aber sehr weit davon entfernt ist sie auch nicht mehr. Sie will nach New York und dort einen *candomblé* aufziehen. Denn da ist Geld zu machen.»

«Aber sie braucht doch gar kein Geld», sagte er seinerseits.

«Nun, ganz so ist das nicht», sagte Kyrillis. «Sie braucht zwar kein Geld, das stimmt. Doch wenn ihr genügend Leute genügend viel gezahlt haben, dann kann sie ihnen vorschreiben, was sie zu tun und zu lassen haben. Darauf läuft nämlich alles hinaus. Eine Tochter Satans. Gewisse Dinge hat sie eben zu tun. Muß sie tun.»

Er begann plötzlich zu zittern. Die Zigarette sprühte Funken.

«Und auf wessen Anweisung geschieht das alles?» fragte er seinerseits. «Und was hat Hilariana damit zu schaffen?»

«Oh, ich denke gar nicht daran, hier Fragen zu beantworten», sagte Kyrillis, kläglich, und verdrehte die Augen. «Nein. Ich bekenne mich zu Johannes vom Schädel. Exú vom Gesperrten Weg. Hil-oh, ja, *iemanja*. Exú von der Kreisenden Taube, der Scharlachroten. Am Rande des Meeres.»

«Hör mit dem Gewäsch auf», sagte Der O'Dancy. «Was hatte dieser andere Kerl damit zu tun? Was soll dieser rote Schmierkram überall im Haus? Was für eine Teufelei ist denn hier im Gange?»

Kyrillis hob die Brauen, und seine Augen waren mit einemmal ganz groß, und sie hatten nicht ganz das O'Dancy-Grau, und in ihnen stand Mord.

«Das war natürlich der *pai*», sagte er flüsternd. «Dort, wo sich die meisten umgezogen haben. Die Ankleideräume draußen und hier drinnen waren voller Kleider. Ich habe sie alle zerfetzt und hinausgeworfen. Den Kerl auf der Treppe meinst du? Pupi? Oxosí. Von den Sieben Kreuzwegen. Urubatão. *Pai-de-santo* von Hil-oh. Ach ja. Und *mãe*.»

«Aber warum, um alles in der Welt, hast du ihn denn umgebracht?» fragte Der O'Dancy.

Kyrillis zuckte mit den Achseln, spuckte die mittlerweile erkaltete Zigarette auf den Fußboden, spuckte noch einmal aus, heftig, und reckte die Arme in den wollenen Pulloverärmeln.

«Warum tun wir überhaupt etwas?» sagte er. «Ich bekam den Befehl dazu, deshalb. Die da unten sind auch gerade dabei, den Leuten zu sagen, was sie tun sollen. Exú ist in der Luft. *Exú pinga-fogo*. Ich höre dich. O ja. Siehst du ihn? Das war Pupi. Er ist gerufen worden. Er hat's mir gesagt.»

«Nun mach mal Schluß mit dem Quatsch», sagte Der O'Dancy. «Rede vernünftig. Hör auf mich.»

Der Revolver blitzte mit ohrenbetäubendem Knall auf, und der Geruch von Pulver verbrannte die Luft, doch das Geschoß fuhr in den Boden.

«Die nächsten beiden kommen mit meiner Widmung für dich», sagte Kyrillis, wieder ganz gelassen, und nichts in seinen Augen oder in seiner Haltung deutete darauf hin, daß er nicht Herr seiner selbst wäre. «Dieses Weibsstück hier, dann Pupi. Nummer eins und Nummer zwei. Dann bist du an der Reihe, dann Vanina, Maexsa, Hil-oh, Serena. Und ich. Und außerdem jeder, der mir in den Weg kommt. Ich habe schon ganz andere umgelegt. Es ist wie auf der Jagd. Man fährt mit dem Wagen irgendwo hinaus und wartet, daß jemand über die Straße geht. Dann gibt man Gas. Was für ein Gefühl. Wenn Metall auf Knochen prallt. Ein wunderbar weiches Knirschen. Wie man einen Haufen Würmer zertritt. Nur viel angenehmer. Besonders, wenn's eine Frau ist. Die sind noch weicher. Ah, wenn ihre Brüste bersten.»

«Du hundsgemeines Schwein», sagte Der O'Dancy. «Gott sei Dank, daß du nicht voll und ganz zu meiner Familie gehörst. Du bist genau das, was ich dir schon unten am Schwimmbecken gesagt habe. Du bist kein Mann. Du bist kein menschliches Wesen mehr. Durch und durch verrottet, das bist du. Bring dich um, und die Welt ist bereichert.»

Kyrillis blickte in den Wandspiegel, strich sich glättend über die Locken, verlagerte sein Gewicht auf eine Hüfte, und eine Strähne fiel ihm in die Stirn, und für einen verblüffenden Augenblick sah er eher wie eine Frau als wie ein Mann aus.

«Vanina und Pupi und noch ein paar andere haben das besorgt», sagte er. «Das ist auch der Grund, warum er seine zwei Kugeln verpaßt gekriegt hat. Er wollte nicht, daß ich ihn umlege. Dies ganze Durcheinander geht auf sein Konto. Auf den Knien ist er herumgerutscht. Gebetet hat er. Doch wenn ich mir etwas vornehme, dann führe ich's auch aus. Ich habe mir geschworen, daß ich's tue. Aber es hat eine ziemliche Zeit gedauert. Dies jetzt dauert auch schon ganz schön lange, nicht wahr?»

«Was hat Vanina besorgt?» fragte Der O'Dancy und richtete die verborgene Pistole auf ihn. «Was hat sie damit zu tun?»

«Nicht direkt, aber sie hat über mich gelacht», sagte Kyrillis. «Ich weiß nicht genau. Sie haben mich betrunken gemacht. Und Pupi hat sich von hinten an mir verlustiert.»

Der O'Dancy hob eine Hand, fast apathisch, und seine Augen starrten ins Nichts, dann schloß er sie zu wundervoller Dunkelheit.

«Du glaubst mir nicht», sagte Kyrillis. «Es stimmt aber. Jedesmal, wenn er hier war. Deshalb haben sie ihn überhaupt mit herausgebracht.»

«Hat all das irgend etwas mit Hilariana zu tun?» fragte er seinerseits, und plötzlich sah er die Bewegung hinter der Tür, vielleicht war es eine Hutkrempe, ein flüchtiges Flimmern nur.

«Keine Ahnung», sagte Kyrillis. «Wie soll ich das wissen? Zumindest bin ich mir nicht sicher. Aber was ist schon daran gelegen? Ich war ja nicht der einzige.»

«Um Himmels willen, hör mit deiner Faselei auf», sagte er seinerseits.

«Sie wollten mich heute abend unten dabei haben, aber ich wollte nicht», sagte Kyrillis, ruhig wie nur irgendeiner, und glättete sich noch eine Zigarette. «Deshalb wollte mir dieses Weibsstück auch nicht meine Dosis geben. Erst ist Pupi zu mir heraufgekommen. Und dann dieses Frauenzimmer hier. Sie wußten nicht, daß Vanina mir schon genug gegeben hatte, um mich wieder auf die Beine zu bringen. Mehr hatte sie nicht vorrätig. Trotzdem habe ich die beiden ruhig reden lassen. Und dann bekam jeder eine verpaßt. Da fingen sie vielleicht an zu tanzen. Und dann kriegte jeder die zweite. Ist das ein Gefühl. Wenn man denen erzählt, daß sie sterben müssen, und sie wollen nicht. Wie steht's übrigens mit dir? Möchtest auch nicht gern sterben, was?»

Das dünne Lederlasso pfiff durch die Luft und fiel über den plötzlich kreischenden Kopf und über die Schultern, und Kyrillis stürzte seitwärts zu Boden und wurde von Gilberto, der in der Tür stand, herangezogen, und alles Wehren war sinnlos. Moacyr sprang über die strampelnden Beine hinweg, schlug einmal zu, und der Kopf sank zurück, und in Blitzesschnelle schlang sich das Lasso um Knie und Knöchel wie bei einem Kalb, das gefesselt wird.

«Bringt ihn zum Wagen hinunter», sagte Der O'Dancy. «Liefert ihn in der Klinik bei Dr. Gonçalves ab. Ohne Lärm. Kommt morgen früh zu mir. Sagt den übrigen Männern, sie sollen in ihr Logis gehen und sich nicht blicken lassen. Sie sollen sich dort bereit halten, bis ich rufe.»

Gilberto hob das sackartige blaue Bündel auf und ging hinaus, und Moacyr schob seine silberbeschlagene geflochtene Peitsche in die Tasche.

«Unsere Leute kommen in hellen Haufen, Herr», sagte er. «In Weiß und mit Kerzen.»

«Die von *Umbanda*», sagte er seinerseits.

Moacyr nickte und rückte die Hutkrempe zurecht.

«Sie sollen machen, was sie für richtig halten», sagte er seinerseits. «Democritas weiß schon, was zu tun ist. Sag ihm, er soll die Frauen herschicken. Laß die beiden Toten hier, bis Padre Miklos sie gesehen hat. Sag Januario, er soll beim Tischler zwei Kisten bestellen. Beide mannslang. Das hier habt ihr gut gemacht. Bis später.»

32

Der O'Dancy wußte, daß es jetzt darauf ankam, ruhig über alles nach-
zudenken – die Kapelle war entweiht, die Gruft geschändet, der
Friedhof entwürdigt, die teuren Gebeine der Angehörigen von fremden
Händen und Augen besudelt, die Kirche beispiellos verunreinigt und ein
Tempel Satans nur wenige Meter von ihm entfernt in Dem Haus.

Und Mord.

Aber er seinerseits, ohne Verstand und Gefühl, nur er selbst, nackt
und in der Finsternis, er ganz allein, ja, er empörte sich dagegen.

Als er im Fahrstuhl zu Hilarianas Räumen hinaufglitt, da dünkte ihn,
in eiskalter Überlegung, daß der Tod Madame Briaults und des anderen
ohne viel Aufhebens ad acta gelegt werden würde. Padre Miklos könnte
ein Gebet über ihnen sprechen, und dann würde man sie begraben, und
bis schließlich eine amtliche Untersuchung eingeleitet werden würde,
wüßte keiner mehr etwas darüber. Kapelle, Kirche und Friedhof müßten
umgehend wieder in Ordnung gebracht werden, und zwar gleich mit ge-
nügenden Vorsichtsmaßregeln gegen jeglichen späteren Mißbrauch, und
sobald die Schädel wieder zu den ihnen eigenen Gerippen hinzugefügt
worden waren, würde auch die Hütte in Flammen aufgehen, und wenn
er seinerseits ein Wort dabei zu sagen hätte, so würden ihre Erbauer in
denselben Flammen heulen.

Hilarianas Zimmer waren noch genauso, wie er sie in Erinnerung
hatte, immer noch derselbe Duft, obwohl es Jahre her war, seitdem er
sich das letztemal hierher begeben hatte, um bei ihr auf dem Bett zu
sitzen und ihr Geschichten vorzulesen. Die Teppiche und Möbel waren
ein wenig abgenutzt, aber es herrschte immer noch diese behagliche Atmosphäre, und er atmete erleichtert auf, als er feststellte, daß im Salon
alles in Ordnung war und auf der Terrasse, wo eine Schale mit Sonnen-
brillen der verschiedensten Sorten stand und Zeitschriften herumlagen,
so wie sie sie weggelegt hatte, ja, und ein Tablett mit Kosmetika und ein
Föhn, den er in die Hand nahm, küßte und in eine Ecke schleuderte. Im
Schlafzimmer hatte sich nichts verändert. Immer noch cremefarbene
Atlasseide, die sie so liebte, und auf dem Toilettentisch schimmerten die
Kristallflakons, die er ihr Jahr für Jahr zum Geburtstag geschenkt hatte,
die Zerstäuber mit seltenen Orchideenessenzen, die sie sich selbst vom

Institut mitbrachte, die Bücherreihe am Bett, zumeist Romane und Gedichtbände, eine zwei Tage alte Zeitung, die im Lauf der Jahre abgewetzten Stellen auf dem Seidenbezug des Hockers vor der Frisiertoilette und die Parade der Lippenstifte in verschiedenen Farben, die genauso gerade ausgerichtet waren wie in Linie angetretene Soldaten. Doch an den kleinen Glastisch am Fenster erinnerte er sich nicht mehr von früher, und er ging um das Bett herum darauf zu.

Einen Schritt davon entfernt, und es traf ihn bis ins Mark, schneidend und durchdringend, nicht ein bißchen Licht oder Barmherzigkeit.

Auf dem Tisch lag, was einst das kleine Paket von dem Kriegsschiff enthalten hatte, alles, was von Daniel übriggeblieben war, ausgebreitet auf blauem Samt unter einem Glassturz.

Die Photographie des Jungen stand in der Mitte, in goldenen und silbernen Lorbeerblättern, und darum herum lagen metallene Gegenstände verteilt. Einer davon war vermutlich das Zigarettenetui, das sie ihm einst geschenkt hatte, ein anderer vielleicht seine Uhr. Oder ein Knopf.

Hilariana hatte sich Mühe gegeben.

Die Veilchen in der Silberschale waren frisch, seine Lieblingsblumen, weil Fransisca sie geliebt hatte. Eine riesige rosa Rose prunkte mit ihrer vollendeten Schönheit in dem Behälter über dem *prie-Dieu,* und die kleine Lampe erleuchtete schimmernd das Heiligenbild.

Er seinerseits tastete sich hinüber und kniete davor nieder, ausgehöhlt.

Er spürte keinen Willen mehr in sich, Das Kreuz zu schlagen, und ihm kamen keine Worte, Den Segen zu erbitten oder Gnade oder Vergebung. Keine Worte, keine Regung, nur ein Verlangen oder vielleicht nicht einmal das, sondern nur die Erkenntnis, daß er jetzt beten sollte, irgendein Gebet, überhaupt ein Gebet.

Nichts.

Nur Finsternis und die rastlosen Sinne und die törichten, nutzlosen Tränen.

«Du brauchst dich nicht zu wundern, daß du nichts zu sagen weißt», sagte Padre Miklos damals in der Kirche, als er ihm seinerseits die Kerzenstummel aus der Tasche holte. «Du hast sie gestohlen, um damit Feuer zu machen, nicht wahr? Aber du weißt ganz genau, daß es Leute genug gibt, die auf Kerzenstummel warten, damit sie des Nachts Licht haben. Doch du hast nicht gefragt. Du hast einfach gestohlen. Du bist in Sünde gefallen. Du kannst es weder beschönigen noch abstreiten. Nicht einmal schreien nützt dir etwas. Alles, was du kannst, ist einfach nur dastehen. Du hast kein Wort zu deiner Entschuldigung zu sagen. Geh jetzt und sprich zuerst mit Dem Vater. Und dann komm zu mir.»

«Im Stand der Gnade sein ist etwas, dessen du teilhaftig wirst, wenn dir dein Gewissen sagt, daß alles in Ordnung ist», sagte Der Vater. «Doch wenn du kein Gewissen hast, dann gibt es für dich auch keine göttliche Gnade, verstehst du? Du hast genau gewußt, daß du unrecht handeltest, als du diese Wachsstummel gestohlen hast, nicht wahr? Hättest du nicht eine der Frauen um Kerzen bitten können? Paketeweise sind sie vorhanden. Eigentlich sollte ich dir jetzt eine gehörige Tracht Prügel verpassen. Aber im Augenblick ist mir nicht danach. Tu's nicht wieder. Und jetzt geh zurück zu Padre Miklos und erzähl ihm, was ich gesagt habe. Erzähl ihm, daß von heute an Kerzen für alle da sein sollen. So hat der Vorfall doch sein Gutes gehabt. Aber wenn ich noch einmal hören muß, daß du stiehlst, dann gerbe ich dir das Fell, daß du die Engel im Himmel pfeifen hörst. Merk dir das.»

Und er merkte es sich auch, als Mamede festgebunden und mit langen, dünnen Guavazweigen geschlagen wurde, bis die Haut aufplatzte, und die Großmutter flüsterte, daß der Schmerz ihr die göttliche Gnade hineintreiben werde, wenn ihr anders nicht beizukommen sei, und in Zukunft solle sie die Finger von Silberlöffeln, Bettlaken und Kissenbezügen lassen, sonst werde es ihr wie ihrer Mutter ergehen, und ein Mann würde ihren Kopf zwischen die Knie nehmen und ihr alle Zähne ausreißen, so daß ihr Mund nur noch eine krächzende blutige Höhle wäre. Aber ihre Mutter hatte mehr gestohlen als nur das Auge des Großvaters, und das war der wahre Grund gewesen.

Der Stand der Gnade.

Der O'Dancy erhob sich, und er war sich darüber im klaren, daß wahrscheinlich im Silber-Zimmer die letzte Schwäre des Armen Lazarus aufbrechen würde.

Doch der Gedanke, dort gewaltsam einzudringen, verstieß gegen jedes Gefühl für Ordnung in Dem Haus.

Und es bestand auch gar keine Notwendigkeit dazu.

Ahn Phineas hatte zweimal den Schlüssel versteckt und dann vergessen, wo er ihn hingelegt hatte. Das erstemal wurde er in Ahne Cybeles Nähkörbchen wiedergefunden, doch beim zweitenmal mußten alle Frauen auf Dem Erbe suchen gehen und dabei gleich die Gelegenheit nützen, Das Haus vom Dachfirst bis zum Keller gründlich sauberzumachen. Erst eine Waschfrau, die Ururururgroßmutter von Januario, fand den Schlüssel in den Zipfel eines Nachthemds eingeknotet, das Ahn Phineas nie anzog, und zum Dank schenkte er ihr die Freiheit. Und ohne daß irgend jemand davon wußte, ließ er den Schlüssel am Ende des Ladestocks seiner Flinte nacharbeiten, und davon erzählte er nur Urgroßvater Shaun, und dieser erzählte es ausschließlich Großvater Connor, und der erzählte es Dem Vater, und Der Vater flüsterte es ihm seinerseits ins Ohr, obwohl es sich eigentlich um kein großes Geheimnis handelte, und doch war es eins, weil niemand darum wußte.

In Dem Haus war es still, nur der Flor des Teppichs richtete sich knisternd wieder auf, dort, wo er auf den Knien gelegen hatte.

Vielleicht wurden irgendwo Trommeln geschlagen, doch er seinerseits spürte es mehr in den Fußsohlen, als daß er es hörte.

Ein paar Takte eines Lobgesangs wehten durch das offene Fenster herein.

Der O'Dancy fuhr zum Korridor hinunter, ging zu der Waffensammlung und nahm Ahn Phineas' schwere Flinte vom Haken. Der Ladestock ließ sich mühelos herausziehen, und der Schlüssel schimmerte matt, und der Hahn ließ sich weich wie Butter spannen. Versuchung umwölkte seine Stirn, die Flinte zu laden und eine Portion Nägel mit hineinzufüllen.

«Steck nie eine Pistole ein und lade nie ein Gewehr», sagte Der Vater. «Denn wenn du das tust, so hast du auch vor, davon Gebrauch zu machen. Und das hieße mit Vorbedacht handeln. So du die Tat begehst, bist du ein Mörder. Drum laß es niemals zu, daß dein starrsinniges Ich deine Seele an der Kehle packt. Denn wenn das geschieht, hast du nichts zu deiner Rechtfertigung zu sagen, weder in diesem Leben noch in dem kommenden, weder vor den Menschen noch vor irgend jemandem anders. Von dem Augenblick an bist du ein Mörder. Ein verzweifelter, einsamer Mörder auf der Suche nach Vergebung. Drum tu's lieber nicht.»

Der O'Dancy hängte die Waffe zurück, nahm die Pistole aus der Tasche, legte sie auf das Bord und zwirbelte den Ladestock zwischen den Fingern, während er zum Silber-Zimmer weiterging. Der Schlüssel glitt lautlos in das Schloß, ließ sich samtweich herumdrehen, und die Tür öffnete sich, ohne zu knarren, Zentimeter um Zentimeter. Trommeln schlugen dumpf, und zahlreiche Stimmen vereinigten sich zu tonlosem Gesumme, ihn seinerseits an den emsigen Betrieb in der Nähe von Bienenstöcken erinnernd, nur daß Bienen einen reinlicheren Ton erzeugten, der schärfer war und an lebenspendende Arbeit gemahnte. Die Tür war jetzt so weit geöffnet, daß er hineingehen konnte, und sie schloß sich ebenso geräuschlos wieder, obwohl es in Anbetracht des Lärms gar nicht nötig gewesen wäre, leise zu sein. Zwei Meter von der Tür entfernt versperrte ein mit verziertem Leder bespanntes eisernes Gitter die Sicht und gab nur den Weg nach rechts frei, wo eine Treppe in den Saal hinunterführte.

Das Licht im Raum glühte rot.

Das Silber-Zimmer war einst ein geräumiges Kontor gewesen, und mehrere eisenbeschlagene Truhen bildeten eine schimmernde Reihe unter einem Bord voller Rechenbretter. Die Wände waren silbergetäfelt wie in der Kapelle, und auf zahlreichen Regalen standen die Ehrenpreise, die Das Haus bei Pferderennen und Zuchtviehschauen gewonnen hatte, und überdies lagen dort Hunderte von Gold- und Silbermünzen aus der ganzen Welt. Der Raum führte auf einen breiten, von einer Markise überdeckten Balkon hinaus, ein angenehmes Plätzchen für einen kühlen Trunk an heißen Abenden, und eine überdachte Treppe machte den Garten für einen kleinen Spaziergang vor dem Abendessen zugänglich.

Er seinerseits trat bis zur obersten Stufe vor und blickte über das Geländer durch den Zigarrenqualm, der sich mit dem Weihrauch aus zwei Fäßchen mischte, die zu beiden Seiten eines Baumes standen, den man mit vollem Laubwerk in der Mitte des Raumes aufgestellt hatte. Auf seinen Zweigen waren Eulen festgebunden, die sich fortwährend vorbeugten und wild mit den Flügeln schlugen, und rotgefärbte Tauben, die verzweifelt versuchten, den Schwingen und gierigen Schnäbeln zu entgehen. Und all der Dunst schien im hämmernden Dröhnen von drei Trommeln auf der einen Seite zu erzittern und im Pochen und Klopfen anderer Rhythmen. Rotbemalte Männer und Frauen bewegten sich mit kurzen Tanzschritten eng im Kreise herum, beugten sich so tief hinunter, daß sie sich das Genick zu brechen drohten, richteten sich wieder auf, die Augen fest geschlossen, die Gesichter zur Decke gewandt, die Münder in beständiger Bewegung, und glitzernder Speichel troff, und Hände umklammerten die nackte Taille des Vordermannes. Bei dem Tisch, der im Schein Dutzender von Kerzen in der Nähe des Fensters stand, hüpften etwa zwanzig scharlachrot Gekleidete mit schwarzen Umhängen für sich im Kreis herum, alle trugen goldene Hörner, die Männer hatten Bärte auf Oberlippe und am Kinn, und die Hörner der Frauen waren größer und krümmten sich über den Kopf hinweg vor bis zu den Wangen, und in der Mitte tanzte eine Gruppe Frauen mit kleineren Hörnern, alle nackt und schimmernd scharlachrot bemalt, und sie stolzierten herum und klatschten in die Hände, in rhythmischem Wechsel.

Die silbernen Reliefs der Anbetenden zu Jerusalem an den Wänden waren mit roten Tüchern verhängt, doch die Gestalten hoben sich deutlich in ihren Konturen ab, und die zum Gebet gefalteten Hände ließen trotz der Verhüllung ein demütiges Flehen erkennen. Blutige Ziegenköpfe waren über den Boden verstreut, und ein Haufen Hühner lag mit durchgeschnittenen Hälsen federstiebend in einer Ecke, und die Tänzer glitschten in rötlichem Schleim, und bei einem zweiten Tisch hielt sich eine Schar blutbesudelter Frauen küssend umschlungen, und auf der anderen Seite standen blutbespritzte Männer mit steifem Prügel, bereit, sich auf eine Frau zu stürzen. Auf dem Fußboden vor dem langen Tisch wälzten sich Paare in wollüstiger Vereinigung zwischen Eingeweiden und Kadavern von Ziegen und Hühnern, und scharlachrote Kröten hüpften, und Mäuse huschten, und schmutzstarrende Katzen krochen auf gebrochenen Hinterbeinen und wimmerten mit weit aufgerissenen Mäulern. Ein fettes Weib unter dem langen Tisch hielt ein Huhn mit schrillem Bittgesang über den Kopf, führte es dann langsam zum Mund und biß in die Federkrause, spuckte Blut und Federn in das Gesicht einer Frau, die von einem Mann zu Boden gezerrt wurde, und warf dann beide Hände mit langanhaltendem Geheul empor und ließ das Tier flügelschlagend entfliehen, und Blut sprudelte aus dem zerfetzten Hals.

Ganz hinten, fast verborgen vom blendenden Glanz der Kerzen, stand ein goldener Thron vor dem Fenster, mit juwelengeschmücktem Behang und Baldachin, und darum herum in scharlachroter Farbe das Gefolge, alles beleuchtet vom zuckenden Schein aus Feuerschalen am Fuße des Throns. Und Satan auf dem Thron trug einen Bart auf Oberlippe und am Kinn, lange goldene Hörner, einen schwarzen Umhang, eine spitze schwarze Kappe, und in seiner Rechten blitzte ein goldener Dreizack, in der Linken schimmerte ein weißer Totenschädel, und zahlreiche andere Schädel waren vor dem Thron und am Boden aufgereiht.

Sie alle verharrten reglos, als ob sie warteten. Die Körper und Gesichter erschienen gegen die Dunkelheit wie aus flimmerndem rotem Stein gemeißelt, und es sah fast so aus, als ob sie zu der Reihe lebensgroßer Statuen gehörten, männlicher und weiblicher, und männlicher und weiblicher Rümpfe auf einem Paar weiblicher Beine, und nur das Starren der gläsernen Augen unterschied diese von den Lebenden.

Am Fuß der Treppe schien eine Gruppe von Frauen mit Nähen beschäftigt zu sein, und es war, als ob sie sich erbrachen und dann wieder nähten, doch als sich der Rauch etwas verzog, sah er Kröten aus ihren Händen hüpfen, und andere wurden aus Körben herausgeholt, und irgendwelche Brocken, die die Frauen vorkauten, wurden in die Mäuler der Kröten gespien, und die Lippen wurden ein Stück zugenäht, und dann wurden wieder Brocken hineingespuckt, um den restlichen Platz zu füllen, und dann wurde das Maul ganz zugenäht, und Hände tauchten die Kröten in die scharlachrote *urucú*-Farbe und warfen sie auf den Boden, wo sie hüpften und rutschten.

Und nur der dumpfe Schlag der Trommeln war das Maß der Zeit. Der Rhythmus wechselte, die Schläge wurden weicher, steigerten sich wieder, dröhnten, hielten für einige wenige verzückte Augenblicke gänzlich inne, und der Sing-Sang, das Stöhnen, Speien, die Schreie der Menschen und die durchdringenden Klagetöne der sterbenden Katzen füllten die Pause, und die Trommeln prasselten und gingen in gleichmäßigen schmerzenden Pulsschlag über, der alle Bewegung zum Stillstand brachte, nicht aber die Ruhelosigkeit der Eulen und Tauben, der sich auf den Vorderpfoten hinschleppenden und mit weit geöffneten Mäulern bebenden Katzen, der endlos huschenden Mäuse und der überall scharlachrote Farbe verspritzenden hüpfenden Kröten.

Satan hob den Dreizack im Gefunkel scharlachroter Flammen, und mit Ausnahme der sich im roten Schleim am Boden wälzenden Paare wandten sich alle Anwesenden dem Thron zu, Köpfe reckend und heulend, die Arme erhoben, und die Hände vibrierten im Wirbel der Trommeln. Die Stimme schrie, und wieder reckten sich und heulten die Menschen und fielen wie auf Kommando auf die Knie, und ein Mann griff nach einer Kröte und stieß sie mit dem Kopf zwischen die Schenkel des fetten Weibes, aber sie rührte sich nicht.

Er seinerseits hatte nur noch das Verlangen, sich schreiend auf sie zu stürzen, einen nach dem anderen anzufallen, zu zerfleischen und zu vernichten.

Doch die Augen waren auf ihn gerichtet. Ein Stechen war in seinem Gehirn.

Die Zeit verstrich auf einer Uhr ohne Laut oder Licht, und die Tage verloren sich. Und er seinerseits spürte kein Verlangen mehr, keine Erinnerung, keinen Seelenkampf, nicht länger den Willen zu handeln, zu fühlen, zu denken oder zu sein.

«Sünde», sagte Tomomi vor Jahren, und doch war ihre Stimme so deutlich wie damals. «Was ist denn Sünde? Man führt dieses Wort so oft im Mund. Sind Katholiken wirklich echte Christen?»

«Die einzigen von Bedeutung», sagte er seinerseits, halb im Kissen versunken, halb in ihrem Haar. «Wo brennt's denn?»

«Weißt du», sagte sie und ließ den Blick zur Decke hinaufwandern. «Ich habe die Bibel gelesen.»

«Das ist gefährlich», sagte er seinerseits. «Das gefährlichste Stück Literatur, das es gibt. Nichts, um allein im stillen Kämmerlein gelesen zu werden. Von unwissenden Orientalen.»

«Ich bin keine Orientalin», sagte Tomomi, packte eine Handvoll Haar zwischen weißen Zähnen und verzog das Gesicht zu einer furchterregenden Maske. «Siehst du? Ich bin eine *brasileira*. Aus Santos und São Vicente. Ich bin eine Christin. Ich foltere. Ich verbrenne sie auf dem Scheiterhaufen. Ich lasse die Ungläubigen auf das Rad flechten.»

«Heute doch nicht mehr», sagte er seinerseits und zog sie näher zu sich heran. «Heutzutage spricht kein Mensch mehr über die Ungläubigen. Wenn du nicht mit einem oder über sie sprichst, gibt es sie gar nicht mehr.»

«Aber ich sündige doch», sagte Tomomi und schob sich das Haar aus dem Gesicht. «Wir beide sündigen. Was wir tun, ist doch Sünde, nicht wahr?»

«Ja», sagte er seinerseits. «Es ist schon Sünde. Zumindest in den Augen einiger Menschen. Aber es ist doch viel netter, überhaupt keine Notiz davon zu nehmen, nicht wahr?»

«Du bist ein Christ, aber du bist ein noch netterer Christ, wenn du keine Notiz nimmst», sagte Tomomi mit samtweicher Stimme. «Bist du nun ein netter Christ? Oder ist es eine nette Sünde?»

«Laß dich nicht von dem Wort ‚nett' durcheinanderbringen», sagte er seinerseits. «Es bedeutet etwas, was angenehm ist. Mit Sünde hat das gar nichts zu tun. In den Augen Gottes ist das ein Vergehen.»

«Und davor hast du keine Angst», sagte Tomomi. «Buddhisten kennen den Begriff der Sünde nicht. Ich halte das für viel besser. Wir haben keinen Gott. Es ist doch recht verwunderlich, damit rechnen zu müssen, daß ein schrecklicher Schatten im Himmel auf einen wartet. Mit einem dicken Buch. Und darin sind alle Sünden verzeichnet. Und es wird dauernd auf dem laufenden gehalten. Für all die netten Christen, die sündigen.»

«Du verzapfst mal wieder deinen typischen Märchenbuchunsinn», sagte er seinerseits, aber irgendwie spürte er, wie ihn Kälte ankroch. «Überlaß diese Dinge lieber den Priestern. Sie wissen genau, was Sünde ist. Denn sie müssen sie bekämpfen.»

«Priester dürfen keine Frau haben», sagte Tomomi. «Das wäre Sünde. Ist eine Frau Sünde?»

«Mehr als eine, ja», sagte er seinerseits. «Für uns. Gehört man nicht zur Priesterschaft, darf man eine Frau haben. Im Stande der heiligen Ehe. Mehr nicht.»

«Folglich sündigen wir», sagte Tomomi. «Arme Priester.»

«Nicht arm», sagte er seinerseits. «Sie kennen den Schrecken der Versuchung. Und den Sieg. Wenn es ein Sieg ist.»

«Wenn?» sagte Tomomi. «Ist es denn kein Sieg?»

«So du mich fragst, ist es keiner», sagte er seinerseits und nahm ihr Ohrläppchen zwischen die Lippen. «Nicht einmal das bißchen dürfte ich jetzt, wenn ich ein Priester wäre. In dem, es nicht zu tun, darin liegt der Sieg. Aber ich tu's lieber. Das nennt man, von seinem freien Willen Gebrauch machen.»

«Freier Wille ist Sünde», sagte Tomomi.

«Der Mißbrauch des freien Willens ist es», sagte er seinerseits.

«Wir mißbrauchen unseren freien Willen», sagte Tomomi. «Und dieser Mißbrauch ist Sünde, nicht wahr? Wäre denn eine Welt überhaupt denkbar, in der der freie Wille nicht mißbraucht wird?»

«Eine Welt ganz sicherlich», sagte er seinerseits. «Eine reine, herrliche Welt. Die buddhistische Welt.»

«O nein», sagte Tomomi. «Nein und nochmals nein. Nicht die buddhistische Welt. In unserer Welt gibt es keine Versuchung. Nur Weisheit. Es gibt keine unrechten Gedanken.»

«Augenblick mal», sagte er seinerseits. «Hast du jetzt in diesem Augenblick keinen unrechten Gedanken?»

«Nein», sagte sie. «Ich habe die Gedanken einer Frau.»

«Dann wollen wir an die anderen keine Zeit mehr verschwenden», sagte er seinerseits. «Tu, was du gerade denkst.»

«Ich werde morgen eine neue Chrysantheme pflanzen», sagte sie.

Als ob er schlaftrunken wieder zu sich käme, starrte er auf das scharlachrote Durcheinander, hörte das Kreischen und Geschrei, das Rasseln der Rumbakugeln, das blecherne Läuten vieler *agogó,* doch erst durch das tiefkehlige Dröhnen der mit Pferdehaut bespannten Trommeln riß er sich widerstrebend aus den kostbarsten Träumen von einer geliebten Frau und einem anderen Tag.

In jenem durchsichtigen Augenblick der Gnade, den kein Gedanke trübte, schlug er Das Zeichen über Stirn und Brust, doch noch ehe er sich die Finger küssen konnte, gebot ein einzelner Schrei, der Jubelschrei einer Frau, den Trommeln Einhalt, und alle Köpfe wandten sich herum.

Zu ihm seinerseits.

Eine rote, schimmernde Frau mit vielen Halsketten, die über die vollkommenen Brüste herunterhingen, und mit juwelenbesetzten Armspangen, die zu den Ellbogen hinaufreichten, näherte sich auf muskulösen Beinen tänzelnd der Treppe. Die Trommeln begannen wieder zu dröhnen, und die Kreise drehten sich weiter im Tanz, und Frauen fielen kreischend in gierige Männerarme.

Kein Zweifel, keiner – diese Formen des leuchtend rot bemalten Körpers, der dunkle, lächelnde Blick der Augen zu ihm hinauf, der Zug um den Mund, der Liebreiz dieser Brüste, das breitbeinige Aufwerfen des Unterleibs bei jedem Schritt!

Doch in diesem Augenblick begriff er, warum sie sonst Rüschenschlüpfer trug.

Zu einem Teil war sie zweifellos eine Frau. Aber an der einen Stelle war sie ganz offensichtlich ein halbentwickelter Knabe.

Maexsa hob die Arme, jedoch der splitternde Krach am Fenster ließ sie blitzschnell herumfahren. Die Menge der roten Gestalten wich zurück. Ein Stöhnen ging durch den Raum, und dann gellte ein Schrei, und kreischend wandte sich der scharlachrote Haufen zur Flucht.

Weiße Gestalten waren vor den Fenstern. Glas barst und fiel klirrend herunter. Die Trommler sprangen von ihrem Podest, und drüben auf der anderen Seite stürzten die Statuen krachend zu Boden. Eine riesige

Schlange glitt mit blitzend-weiß entblößten Zähnen die Stufen hinunter, eine behende, peitschende graue Wellenlinie, und die roten Gestalten schrien, doch die Schreie verhallten ungehört, und die Trommeln kippten um, kollerten die Stufen hinunter und brachten eine Frau zu Fall, und sie wollte wieder hoch kommen, glitt aus, und Entsetzen weitete weiß ihre Augen, als sich eine graue Windung um sie schlang, und noch eine, und die Schlange schien ohne sich zu bewegen zu dem Baum hinüber-zugleiten, wo sie sich, die Frau mit sich ziehend, in die Zweige hinauf-wand.

Paul in makellosem Weiß, kein Zweifel, er war es, brach mit vorge-streckten Händen durch das Fenster und sprang in ein paar gewaltigen Sätzen zu dem Baum, wo die Blätter regneten. Die Balkontür zersplit-terte und barst, und Democritas füllte den Eingang. Der Haufen an der Treppe stand stumm, zitternd.

Er seinerseits, gegen das Gitterwerk gepreßt, erkannte, daß die mei-sten immer noch in Trance waren, ungefährlich zwar, aber es war nicht möglich, zwischen ihnen hindurchzugehen.

Er wandte sich um, bahnte sich einen Weg durch jene, die bereits auf dem Treppenabsatz waren, und öffnete beide Türen zum Korridor.

Ephemia stand dort mit einer Menge Frauen, wartend.

«Holt Laken und bedeckt sie damit», sagte er seinerseits. «Alle sind total verrückt. Bist du schon oben gewesen?»

Ephemia nickte.

«Gut», sagte er seinerseits. «Dann fangt mit eurer Arbeit an. Vom Dachboden bis zum Keller. Wo ist Januario?»

Der Mann wartete in der Tür zum Leitrim-Zimmer, und er seinerseits schritt durch die Menge der Frauen und gab acht, nicht ihr weißes Lei-nen zu berühren, und dann stockte er beim Anblick der Einrichtung aus Chrom und Plastik, und schlagartig war ihm klar, daß er sie seit Jahren gehaßt hatte.

«Holt das ganze Zeug heraus», sagte er seinerseits. «Verschenkt oder verbrennt es. Bringt all die alten Stücke wieder zurück. Mãe Achero-pita weiß, wo sie sind. Wenigstens steht hier dann wieder ein bequemer Sessel, in dem man sitzen kann. Bringt mir etwas zu trinken ins Kaffee-Zimmer. Und sorgt dafür, daß der Hubschrauber bereitsteht. Tavares soll mir einen frischen Anzug herunterbringen. Ich ersticke in Wider-wärtigkeit. Innerlich und äußerlich. Das ganze Leben ist mir vergällt.»

Im Kaffee-Zimmer schwenkte Mãe Narcissa ein Weihrauchfaß, aus dem Schwaden blauen Rauchs hervorquollen, und reinigte eine Ecke.

«Hinaus mit dir», sagte er seinerseits. «Das kannst du tun, wenn ich nachher weg bin. Außerhalb der Kirche denke ich gar nicht daran, mir das Zeug in die Nase blasen zu lassen.»

«Herr, *urucú* ist an Ihnen», sagte Mãe Narcissa, von Weihrauch bläulich umwölkt, und kam mit dem pendelnden Fäßchen auf ihn zu. «Die Berührung liegt auf Ihnen.»

«Du bist mir ja tausendfach sympathisch, aber Die Berührung hat weder hier noch sonstwo Macht über mich», sagte er seinerseits. «Spar dir deine liebevolle Räucherei und warte, bis ich weg bin. Schluß damit, oder du verdirbst mir meinen Whisky, den ich noch nie so nötig hatte.»

Die Tür schloß sich leise hinter weiten weißen Röcken, und er wedelte mit beiden Armen den Rauch beiseite. Dann setzte er sich und schloß die Augen.

Er hatte keine Gedanken mehr. Erinnerung wirbelte scharlachrot, aber er riß sich davon los, von den Schatten. Eigentlich hätte er jetzt ein Weilchen schlafen sollen, aber er fühlte sich noch munter genug. Die roten Farbflecken auf seinem Anzug begannen zu trocknen. Jackett und Hose flogen in den offenen Kamin, und er schritt bedächtig auf den Spiegel zu, um sich zu betrachten.

Irgend etwas an seinen Augen kam ihm neu vor, aber er war sich nicht schlüssig, was, es sei denn, es war ein Leuchten der völligen Genugtuung darüber, daß Tiere entweder in den Käfig gehörten oder an die Leine.

Es klopfte, und Tavares kam herein, blaß vor Angst, und er lugte noch einmal auf den Korridor hinaus, ehe er die Tür schloß. Anzug und Wäsche legte er auf den Tisch, dann holte er einen Schuhanzieher aus der Tasche und kam mit den Schuhen herüber, kopfschüttelnd und schnalzend.

«Sei friedlich», sagte er seinerseits und legte ihm die Hand auf die bebende Schulter. «Hier braucht keiner mehr Angst zu haben. So etwas wird nie wieder vorkommen, das verspreche ich dir.»

Die Tür schwang auf, und Tavares fuhr entsetzt zusammen, doch Bruder Mihaul kam herein, ein breites Lächeln auf dem Gesicht.

«Na», sagte er, das Geheul übertönend, das von draußen zu ihnen drang. «Hat der Skeptiker seine Lektion verpaßt bekommen?»

«Um des alten Moses willen, mach die Tür zu», sagte Der O'Dancy. «Setz dich. Gleich kommt etwas zu trinken. Ich hab's dringend nötig. Hast du je schon so etwas erlebt?»

Bruder Mihaul nahm in dem mit schwarzer Ochsenhaut bezogenen Sessel Platz und schlug die Weite seines weißen Habits über den Knien zusammen.

«Nicht hier», sagte er in einem seltenen Anflug von Humor. «Die Sache war ja noch nicht sehr weit gediehen und beileibe nicht auf dem Höhepunkt angelangt. Die Frauen aus der Sakristei mußten erst heraufgebracht werden, und eine ganze Anzahl der übrigen Teilnehmer schlief fest draußen auf dem Balkon. Das, was du zu sehen bekommen hast, war folglich noch längst keine richtige Kultorgie. Die Leute waren ja auch erst ein paar Stunden im Gange. Normalerweise hätten sie weitergemacht, bis Herr Jesus Christus den Heiligen Geist aufgibt.»

«Das wäre demnach bis übermorgen?» sagte Der O'Dancy. «Wie halten die das bloß durch?»

«Sie wissen sich mit Rauschgift und Drogen aufzuputschen», sagte Bruder Mihaul. «Die Trance fördert einen bestimmten physischen Zustand, der meines Erachtens Körper und Geist Leistungen ermöglicht, die unter normalen Bedingungen nicht zu erreichen sind. Mir tun nur die armen Tiere leid. Sie machen Furchtbares durch. Und sie sind dem allen so hilflos ausgeliefert.»

Der O'Dancy hob die Handgelenke hoch, damit Tavares die Manschettenknöpfe befestigen konnte.

«Ich schäme mich», sagte er seinerseits. «Tiere mißhandelt. Noch nie ist das hier der Fall gewesen. *Culpa mea.* Ich bin mit schwerer Schuld beladen und muß sie wiedergutmachen. Ich sollte barfuß zu einem Heiligenschrein pilgern.»

Bruder Mihaul nickte, ausdruckslos.

«Es wäre für mich sehr aufschlußreich zu erfahren, wozu das wohl gut sein sollte», sagte er. «Meinst du nicht auch, daß drei Minuten später alles im alten Trott weitergehen würde?»

«Immer deine verdammte Besserwisserei», sagte Der O'Dancy. «Warum, um alles in der Welt, brechen die bloß den armen Katzen die Hinterbeine? Ob ich wohl je den Anblick ihres Schmerzes vergessen kann?»

«Die Katze hat in der Geschichte der Magie ihren festen Platz», sagte Bruder Mihaul. «Die Irrgläubigen brechen ihnen die Hinterbeine, um ihnen Schmerzen zu bereiten. Das Klagen der Katze ist ein Gebet um Erlösung. Und in diesem Gebet, in dem Schweigen sterbender Hühner und in der Kraft stummer Kröten, da ist die gleiche geistige Verwirrung, die annähernd genauso benutzt wird wie die Gebete gläubiger Menschen. Allerdings für andere Zwecke.»

Tavares half ihm in das Jackett, und Der O'Dancy band sich die Krawatte, stellte sich vor seinen Bruder hin und blickte auf ihn hinunter.

«Mihaul, jetzt bekenne mal Farbe», sagte er seinerseits. «Glaubst du an Satan?»

«Nicht ‚an'», sagte Bruder Mihaul und betrachtete die Perlen des Rosenkranzes. «Aber im Geiste, da gibt es ihn. Seit eh und je. Warum fragst du?»

«Als ich diesem Treiben zusah, fühlte ich – nur für ein, zwei Augenblicke, länger kann es nicht gewesen sein –, wie alles um mich herum versank», sagte Der O'Dancy. «Wie sich Geist und Seele vom Körper lösten, wenn du dir das vorstellen kannst. Ich war einfach weg.»

«Du warst völlig in Sicherheit, wenn man bedenkt, daß dich das gerettet hat», sagte Bruder Mihaul ohne Überraschung. «Nur wenige würden ein solches Schauspiel überstehen, ohne den Verstand zu verlieren. Das ist nämlich der Sinn dieser grausigen Riten. Den Verstand einzukerkern und alle wachen Gedanken dazu. Die Menschen geistig hörig zu machen. Eigentlich bin ich ziemlich stolz auf dich. Du machst einen ganz munteren Eindruck. Ich war auf weit Schlimmeres gefaßt.»

Er seinerseits hatte plötzlich das Bild Fransiscas vor Augen, wie sie unbeschwert unter den herabhängenden Wolfsmilchgewächsen hindurchschritt und der Regen silbern um ihre nackten Füße spritzte.

«Ich hatte einen Schutzengel», sagte er. «Wenn man die Gedanken an gute Frauen im Herzen trägt, so kann einem kein Leid geschehen.»

Bruder Mihaul setzte sich im Sessel um.

«Ich möchte mir darüber kein Urteil erlauben», sagte er. «Und wenn ich eins hätte, würde ich im Augenblick nichts davon verlauten lassen. Du hast dich so fein gemacht. Willst du noch irgendwohin?»

«Ich bin im Begriff, meinem leiblichen Sohn den Namen zu geben», sagte Der O'Dancy. «Du kannst gern meine Erklärung, die ich jetzt hier abgebe, offiziell zur Kenntnis nehmen. Ahatubai ist seine Mutter. Ihr Sohn ist mein Erbe. Noch ehe der Morgen graut, finde ich mich mit ihm in der Kirche ein.»

Januario kam mit dem Tablett herein, und das helle Läuten einer Glocke drang zu ihnen, ehe er die Tür wieder schloß.

«Miklos ist an der Arbeit», sagte Bruder Mihaul. «Sein Leben ist dem Gebet geweiht, und jeder Augenblick ist davon erfüllt. Weißt du, eigentlich haben wir noch Glück gehabt, daß du hier warst. Ohne dich wäre unser Feldzug vermutlich doch mißlungen.»

«Das Ganze war also von euch geplant», sagte er seinerseits.

«Ja», sagte Bruder Mihaul. «Diese Leute hatten die Ruhe des Friedhofs schon zu oft gestört. Das Maß war voll. Möglicherweise hätten wir sie dort erwischen können. Oder in der Sakristei. Doch bisher kamen wir fast immer zu spät. Uns blieb nichts als die Asche. Den Rest der Nacht verbringen die bedauernswerten Frauen im Frauenhaus und die Männer im Männerlogis. Zuerst müssen sie einmal gründlich abgescheuert werden. Dann spreche ich mit ihnen.»

«Du oder Padre Miklos?» fragte er seinerseits. «Wer ist denn nun eigentlich die geistliche Autorität hier?»

«Miklos», sagte Bruder Mihaul. «Ganz ohne Zweifel. Aber, wie du bereits gemerkt haben wirst, geht es hier an sich nicht um den Geist, sondern um eine Verirrung des Willens. Sobald sie dann im Geiste vorbereitet sind, wird Miklos seinen großen Tag haben. Lange genug hat er darauf gewartet.»

«Weißt du eine Erklärung für das alles?» fragte Der O'Dancy. «Gesetzt den Fall, daß unter diesen Leuten gebildete Menschen sind, oder auch vermögende, so bringe ich sie wegen Hausfriedensbruchs vor Gericht.»

«Wie gedenkst du, deine Anklage aufrechtzuerhalten?» fragte Bruder Mihaul. «Schließlich handelt es sich um Gäste deiner Frau. Oder deiner Tochter. Vor Gericht werden die recht gut dastehen, meinst du nicht auch? Und außerdem sind die meisten schon öfter hier draußen gewesen. Warum hast du denn nie etwas gesagt?»

«Ich habe nichts davon gewußt», sagte er seinerseits.

«Frage dich doch mal selbst, wer dir das glauben soll», sagte Bruder Mihaul. «Meinst du, irgendein Mensch nimmt dir das ab? Hättest du nicht vor wenigen Augenblicken alles mit eigenen Augen gesehen, würdest du auch nur ein Wort von all dem glauben? Worauf gründet sich bei dir der ‚Glaube'? Was ist überhaupt Glaube?»

«Meiner Meinung nach weiß ich ziemlich genau, was Glaube ist», sagte er seinerseits. «Ich bin nicht sehr gebildet. Doch ich bin viel herumgekommen. Ich habe viel durchgemacht. Ich habe viel erlebt. Und ich kann das, was ich bin, nur mit dem rechtfertigen, was ich in mir habe. Und das ist, wie ich jetzt gestehen muß, recht wenig. Ich kann mich noch an ein paar Gebete erinnern. An ein oder zwei Verse. An die Stimme Der Mama, und Der Herr segne einen jeden Augenblick, der mir von ihr noch im Gedächtnis geblieben ist. Ich könnte jederzeit bei der Messe dienen, und du würdest nichts an mir auszusetzen finden. Ich verstehe einiges von Kaffee. Einiges von einer ganzen Menge anderer Dinge. Ich weiß, wer ich bin. Ich weiß, was ich zu tun habe. Ich weiß, was ich tun werde.»

Bruder Mihaul nickte und knabberte an der Kuppe seines kleinen Fingers.

«Zweifellos», sagte er. «Doch bei allem, was du da redest, kommt das Wörtchen ‚ich' reichlich oft vor, nicht wahr? Was ist denn mit den anderen? Oder überhaupt mit den Dingen, die dich nicht unmittelbar betreffen? Zum Beispiel das Standbild dort drüben in der Ecke. Kannst du dafür nichts empfinden? Bei dieser Beleuchtung hier habe ich es gerade erst bemerkt.»

Der O'Dancy wandte sich halb zu der aus einem Baumstamm geschnitzten Madonna mit den betend gefalteten Händen um.

«Die gehörte Großmutter Xatina», sagte er. «Doch was hat die Madonna mit dem zu tun, was ich gesagt habe?»

«Dann sieh ein bißchen genauer hin», sagte Bruder Mihaul. «Ist die Statue nicht wie ein Teil des ewigen ‚ich' – ‚ich' – ‚ich'? Blind, außer gegen sich selbst.»

Der O'Dancy sah zu der ihm zeitlebens wohlvertrauten Statue hinüber. Sie war weiß angestrichen, doch überall blätterte die Farbe ab, und unten, wo sie die Lippen so vieler Pilger berührt hatten, war eine abgewetzte Stelle.

«Na und?» sagte er seinerseits. «Da steht sie. Was soll damit los sein?»

Aber irgend etwas war anders, ein fremder Zug oder Schimmer, und er seinerseits ging hinüber. Die Madonna war nicht mehr die zeitlos Segnende, die er von klein auf gekannt hatte.

Das Gesicht war bleich, satanisch. Das unbewegliche Starren Maexsas. Sie selbst hätte es sein können.

«Wachs», sagte Bruder Mihaul. «In den Gesichtszügen festgeklebt. Hättest du das je bemerkt? Nun, was hat das wohl mit dem zu tun, was du gesagt hast?»

Der O'Dancy ergriff die Zitronenzange, ging näher an die Statue heran und stach am Haaransatz in das Wachs. Es bröckelte, brach, fiel in Placken herunter, erst von der einen Gesichtshälfte, dann von Nase und Mund, vom Kinn, und schließlich kam das Gesicht der Madonna zum Vorschein.

«Möge die Heilige Muttergottes mir vergeben», flüsterte er seinerseits. «Wie lange hat sie hier wohl schon so verunglimpft gestanden? So fluchbeladen? Und Das Haus dazu?»

«Du weißt es nicht, und niemand sonst weiß es», sagte Bruder Mihaul. «Du achtest nicht darauf, folglich siehst du es auch nicht. Und was du nicht siehst, glaubst du nicht. Und selbst, wenn du auf deine Weise ,siehst', wenn man dich nicht auffordert, genauer hinzusehen, was ,siehst' du denn eigentlich? Was du zu sehen wünschst. Solange es mit dem übereinstimmt, was du ,glaubst'. Auf welcher Grundlage? Du hast gerade erklärt, du seiest nicht sehr gebildet. Verglichen mit anderen, stimmt das nicht. Was ist aber dann mit den anderen? Was ,glauben' die wohl? Auf welcher Grundlage?»

«Nun, vermutlich das, was sie wissen», sagte er seinerseits. «Und sie wissen nur das, was sie ,wissen'. Geht es uns nicht allen so?»

«Das ist wohl die allgemeine Ansicht», sagte Bruder Mihaul. «Die Leute ,wissen', was sie wissen. Sie ,wissen', was sie glauben. Und wenn du sie alle zusammenzählst, zu welcher Folgerung kommst du?»

Der O'Dancy blickte seinen eigenen Bruder an, und er sah ihn in seiner Erinnerung als kleinen Jungen in blauen Kniehosen, und er bohrte den Zeigefinger in eine Avocadofrucht, und als er ihn wieder herauszog, fiel die breiige Masse zu Boden, und er begann zu plärren und blickte mit tränenfeuchten Augen zu Rustra auf, und sie holte mit dem kleinen Finger etwas von dem Fruchtfleisch heraus, stopfte es ihm in den Mund,

und gierig schluckend verstummte er. Doch warum fiel ihm diese kleine Episode in Gegenwart eines Mannes ein, der jetzt in seinem weißen Habit vor ihm saß, der ihm nur verhaltene Zuneigung bekundete, der kühle Autorität ausstrahlte? Das Bild aus der Vergangenheit bedrückte ihn. Auf jeden Fall stärkte es nicht gerade sein Selbstvertrauen, daß jemand, der später geboren war als er seinerseits und die Welt weit weniger gut kannte, Der Ewigen Wahrheit — was immer das auch sein mochte — näher war.

«Je nun», sagte er seinerseits. «Zu welcher Folgerung soll man denn kommen? Von welcher Folgerung sprichst du überhaupt?»

«Von der, daß du bist, ,wer' du bist, nicht ,was' du bist», sagte Bruder Mihaul, immer noch den kleinen Finger zwischen den Zähnen. «Wer bist du denn eigentlich? Du führst deinen Stammbaum bis zu Urahn Leitrim zurück. Doch wer war vor ihm? Weißt du es? Auch er hatte einen Großvater. Wer war das? Es gibt Familien, die ihre Geschichte auf Grabsteine geschrieben haben. Andere auf Papier. Doch wie weit zurück? Zwölfhundert? Elfhundert? Neunhundert? Und was geschah vor dieser Zeit? Wer verströmte seinen Samen? Welcher Mann stand jeweils am Anfang einer neuen Ahnenreihe? Spielt das alles eine Rolle? Wir leben so oder so. Am Ende haben unsere Leute hier bessere Beweise ihrer Abstammung als die meisten anderen. Ihre Geschichte ist verzeichnet. Auf den Unterlagen von Sklavenversteigerungen. Wir haben Familien hier, die bis 1681 urkundlich nachgewiesen sind, einschließlich der erzielten Preise. Bis zurück nach Afrika. Sie können ihre Abstammung noch weiter zurückverfolgen als wir. Und warum macht sie das nicht zu Aristokraten?»

«Du redest genau wie Der Vater», sagte Der O'Dancy. «Vermutlich ist's eine Geldfrage.»

«Bis zu einem gewissen Grade», sagte Bruder Mihaul. «Doch Interesselosigkeit der Höhergestellten ist der Hauptgrund. Wir haben dafür gesorgt, daß sie ein Dach über dem Kopf hatten, etwas im Magen, etwas auf dem Leib und ihren Lohn. Uns selbst betrachteten wir als ihre Eigentümer. Als ihre Herren. Väterliche Gönnerschaft gegenüber den Männern. Engere Bindungen nur an die Frauen. Keine Aristokratie und keine privilegierte Ordnung verteidigt ihren Bestand so wütend wie die, die hier im Hause herrscht. Sollte es irgendeine von den Frauen hier nur wagen, Mãe Narcissa, zum Beispiel, im geringsten den Rang streitig zu machen, würden im gleichen Augenblick auch schon die Messer sprechen. Die Betreffende wäre entweder sofort tot, oder sie würde — was wahrscheinlicher ist — von Stund an langsam an irgendeinem Zauber sterben. Und alle anderen würden um sie herumstehen und zusehen, wie sie das Zeitliche segnet. Und das nicht etwa aus Unwissenheit. Sondern aus

Kenntnis der Dinge. Und aus Loyalität gegenüber ihren Leuten, dem Geschlecht, der Sippe, wie auch immer man es nennen mag. Das ist ihre Aristokratie. Sie ist stärker als alle anderen Bindungen, die wir kennen. Die Afrikaner erfreuen sich einer echten Aristokratie, wie du siehst. Name und Blut sind wichtig, ja. Doch die Mentalität spielt dabei eine ungleich größere Rolle. Es ist eine Frage der Seelenverfassung. Und das macht uns hier am meisten Kopfzerbrechen.»

«Ab heute nicht mehr», sagte Der O'Dancy. «Dafür sorge ich.»

«Red nicht wie ein Irrer», sagte Bruder Mihaul und setzte sich aufrecht hin. «Nur weil du hier im Haus ein paar Entartete auf frischer Tat ertappt hast, bildest du dir doch wohl nicht ein, daß du damit irgendeine Lösung für diese Dinge besitzt, oder? Von der Sorte gibt es Millionen. Das ganze Land wimmelt davon. Was kann man für sie tun? Die Kirchen werden von Tag zu Tag leerer. Mehr und mehr Menschen finden sich beim *candomblé* ein. Und zwar von der einen oder der anderen Art. Will das nicht in deinen Dickschädel hinein? Bisher hat sich die Welt, wenn auch vielleicht unvollkommen, im Rahmen einer christlichen Tradition entwickelt. Doch das hier hat nichts mehr mit Christentum gemein.»

«Und was ist mit deinen eigenen Prachtexemplaren bei diesem *Umbanda*-Unfug?» fragte er seinerseits.

«Es dauert nicht mehr lange, und ich führe sie in den Schoß Der Kirche zurück», sagte Bruder Mihaul. «Doch wenn ich sterbe, werden die meisten binnen Monatsfrist zu ihren eigenen Altären zurückgefunden haben. Was soll aus diesem Land in ein oder zwei Generationen werden? Nach welchen Grundsätzen werden sie leben? Nach welcher Ordnung? Was wird aus Moral und Sitte? In mancher Beziehung liegt es jetzt schon im argen damit. Und es wird von Tag zu Tag schlimmer. Und das in einer Zeit der christlichen Vorherrschaft. Beseitigt man das Christentum – was dann?»

«Sachte, sachte», sagte Der O'Dancy. «Die Kirche ist letztlich immer noch eine gewaltige Macht. Über Nacht wird sie nicht untergehen.»

«Und was war in Rußland?» fragte Bruder Mihaul. «Abgesehen von einigen wenigen, sehr wenigen und völlig bedeutungslosen Anhängern ist Die Kirche dort tot. In Kuba ist sie so gut wie tot. Ebenso wie in China, in Indien und Afrika. Eine andere Art des Denkens hat ihren Platz eingenommen, verstehst du? Und wie lange mag sie sich wohl noch in Europa halten? In den Vereinigten Staaten? Hier?»

«Aber du willst doch wohl nicht behaupten, daß auch dort dieser Humbug im Gange ist», sagte er seinerseits. «Ich sehe dort nichts, was vergleichbar wäre. Was haben Indien oder die Vereinigten Staaten von Amerika mit uns zu tun? Dazwischen liegen doch Welten.»

«Du schweifst schon wieder vom Thema ab», sagte Bruder Mihaul. «Das, was du Humbug nennst, ist der Mißerfolg unseres christlichen Denkens. Darum haben wir auch keinen Zulauf mehr. Der Akt der Taufe ist inzwischen nur noch ein Mittel, um gesellschaftsfähig zu bleiben und um den Anstand zu wahren. Ein Anlaß zu profaner Festlichkeit. Und die Trauung? Eine Modenschau. Der Tod? Oft eine Orgie der Tränen. Ein Schwelgen in Gefühlen. Die Kirche wird immer mehr zu einer Art bequemer Bus-Haltestelle für Ankommende und Abgehende. Und zwischendurch ist sie eine Stätte geselliger Zusammenkunft für alte Weiber. Selbst unsere Heiligen sind nicht mehr so wie früher. An sie werden heute andere Maßstäbe angelegt. Propheten haben in keinem Land mehr Geltung, am wenigsten in dem eigenen, es sei denn, sie wären Fußballer oder Schlagersänger. In Rußland und China hat man die Bildsäulen zertrümmert. Die heutigen Herren verkaufen sich besser auf Photographien. Und hier? Nun, du brauchst dich ja bloß einmal umzusehen. Altäre, wo du hinblickst. Standbilder aller Heiligen, Satan in allen Erscheinungsformen. Männlich und weiblich. Die Leute übernehmen einfach, was von Der Kirche übrigbleibt und benutzen es für ihre Zwecke.»

«Hat mir nicht Der Vater erzählt, daß sich Die Kirche am stärksten erweist, wenn sie den heftigsten Angriffen ausgesetzt ist?» sagte Der O'Dancy.

«Gegenwärtig müßte sie dann besonders stark sein, aber sie ist es nicht», sagte Bruder Mihaul. «Dank unserer eigenen Trägheit sind wir in einen Morast geraten. Und ich weiß wirklich nicht, wie wir dort je wieder herauskommen sollen. Die jungen Leute denken gar nicht daran, Priester zu werden. Niemand mehr empfindet Freude an dieser Berufung. Niemand mehr hält etwas vom kirchlichen Ritual. Niemandem mehr bedeutet der Gottesdienst etwas. Viel lieber gehen sie zu einem Fußballspiel. Oder mit einem Mädchen bummeln. Es gibt keinen Glauben mehr an die Allmacht Gottes. Der arme Miklos läuft mit dem heiligen Öl umher und salbt die Sterbenden. Der Betreffende stirbt. Dann wenden sich die Leute an Exú oder wen auch immer. Und der Betreffende lebt. Gibt es da noch einen Zweifel, was geschieht? Keinen.»

«Dann bist du der gleichen Ansicht wie Paul?» fragte er.

«Wenn das hier alles vorüber ist, setze ich mich mit Paul zusammen und stelle fest, in welchen Punkten wir nicht miteinander übereinstimmen», sagte Bruder Mihaul. «So wie ihn gibt es Tausende. Fest im Glauben, unerschütterlich im Denken, aber nicht gewillt, sich für Die Kirche einzusetzen. Und das ist der Punkt, wo sich unsere Wege trennen. Meine Pflicht ist es, nach Möglichkeiten zu suchen, all diese Verlorenen wieder zurückzuführen. Und aus diesem Grunde hat sich auch Miklos mir angeschlossen. Bist du ebenso bereit, mir zu helfen?»

«Ja», sagte Der O'Dancy. «Aber wie? Doch eins laß dir gesagt sein, mit diesem Hokuspokus von heute abend will ich nichts zu tun haben.»

«Der Hokuspokus ist nötig, um überhaupt erst einmal Menschen in größerer Zahl zu interessieren», sagte Bruder Mihaul. «Damit wirst du dich noch viele Jahre abfinden müssen, auch noch lange über meinen Tod hinaus. Wir haben es hier mit Gefühlen zu tun, die generationenlang verborgen wurden. Verborgen in den Sklavenquartieren. Man hat sie gezwungen, nach außen hin Christen zu sein. Doch wenn sie unter sich waren, dann wurden sie ganz etwas anderes. Jetzt sind wir dabei, Straßen zu bauen. Durch Bus und Eisenbahn wird das ganze Land erschlossen. Die Menschen reisen. Und ihre Gefühle, ihre Riten, die reisen mit. Sogar in den Kirchen finden Geisterbeschwörungen statt. Die Priester sind machtlos. Und das geschieht überall. Was willst du dagegen unternehmen?»

Der O'Dancy zuckte die Achseln und schenkte sich noch einmal ein, und wieder lehnte Bruder Mihaul sein Angebot, mitzutrinken, kopfschüttelnd ab.

«Ich weiß nicht, was ich davon halten soll», sagte er seinerseits. «Am besten, ich spreche mal ein paar Senatoren darauf an.»

«Du könntest ebensogut in den Wind sprechen», sagte Bruder Mihaul. «Aber dann wärest du zumindest dabei in frischer Luft. Kein einziger Senator oder sonst jemand im öffentlichen Leben wird dieses heiße Eisen anfassen. Sie werden abstreiten, daß so etwas überhaupt existiert. Und dieses Leugnen, dieses Totschweigen der Dinge ist wie ein schleichendes Gift, das uns alle ins Verderben stürzen wird. Bist du bereit, mitzuhelfen, das zu verhindern?»

«Erklär mir, welcher Art Hilfe du von mir erwartest, und ich lasse es mir durch den Kopf gehen», sagte Der O'Dancy. «Schließlich hat die ganze Sache ja ebenso ihren politischen Aspekt und muß reiflich überlegt werden.»

«Ich erwarte auch gar nicht von dir, daß du dich darauf wirfst wie auf eine Frau», sagte Bruder Mihaul. «Wir müssen uns an die breite Öffentlichkeit wenden. In ganz großem Stil. Man muß ihnen zeigen, was sie sind. Sie sollen sich selbst mit eigenen Augen sehen. Einen Spiegel vorgehalten bekommen. Mit Hilfe des Fernsehens und des Films. Die Zeitungen spielen dabei keine so große Rolle. Die meisten können ohnehin nicht lesen. Wir müssen ein Programm aufstellen, diesen Bedauernswerten lesen und schreiben beizubringen. Und das alles kostet Geld.»

«*Umbanda* im Fernsehen?» fragte Der O'Dancy. «Wer würde das zulassen?»

«Zulassen?» sagte Bruder Mihaul und lehnte sich zurück. «Die meisten Sender bringen das ohnehin schon. Was heißt da zulassen? Was wir am dringendsten brauchen, sind Leute, die sich darauf verstehen – sagen wir mal –, Seife an den Mann zu bringen. Verkaufskanonen. Keine religiösen Schwärmer. Keine Kreuzfahrer.»

«Was willst du denn aber diesen Seifenleuten zu verkaufen geben?» fragte er seinerseits.

Bruder Mihaul erhob sich und zog den Strick um seine Taille etwas enger.

«Ich habe das Habit seit meiner Jugend getragen», sagte er. «Und ich bin nicht gewillt, nur als Zuschauer die Hände in den Schoß zu legen und mich geschlagen zu geben. Wir müssen kundmachen, daß es bei uns immer noch Sklavenquartiere gibt. Wir haben uns nie davon befreit. Und es tut überhaupt nichts zur Sache, ob jemand lesen oder schreiben kann oder welchen Glauben er hat, diese Sklaven besitzen auch ein Stimmrecht und können wählen.»

Der O'Dancy erhob sein Glas.

«Jetzt geht mir ein Seifensieder auf», sagte er. «Ich mache mit. O ja, da bin ich dabei. Das paßt ganz ausgezeichnet in meinen eigenen kleinen Plan hinein. Was empfiehlst du, was mit Paul geschehen soll?»

«Überlaß ihn nur mir», sagte Bruder Mihaul. «Miklos wird sich um die anderen kümmern.»

«Heute nacht hat es Tote in Dem Haus gegeben», sagte er seinerseits.

«Man hat mir bereits berichtet», sagte Bruder Mihaul, Mitleid in den hellen Augen, blicklos, nachdenklich.

«Mord», sagte Der O'Dancy. «Begangen von einem jungen Mann, der bereits zwei andere umgebracht hat. Und, seinem eigenen Geständnis zufolge, auch noch mehr.»

«Der Junge ist sich nie über sich selbst ganz klargewesen», sagte Bruder Mihaul. «Wieso sollte er da über irgend jemanden anders eine klare Vorstellung haben? Nur der kann seines Bruders Hüter sein, der weiß, was er ihm als Hüter schuldig ist. Aber das wird er erst erkennen, wenn er weiß, was ein Bruder ist. Doch wenn er sich nicht einmal selbst kennt? Warum sollte er da um jemanden anders besorgt sein? Oder um einen Bruder? Was ist denn ein Bruder? Doch nur ein weiteres Stück Lehm, das irgendwo im Haus herumlungert, nicht wahr?»

«Du bist außerordentlich nachsichtig», sagte Der O'Dancy.

Bruder Mihaul nickte.

«Ich weiß ein wenig zu gut darüber Bescheid», sagte er. «An ihm hast du das zeitlose Beispiel des heutigen Tages, nicht wahr? Judas Ischariot brachte die ganze Tragödie in Gang. Petrus leugnete. Hätte irgend jemand an ihrer Stelle besser gehandelt? Steckten wir in Kyrillis' Haut, was würden wir wohl getan haben? Sollten wir nicht beide Brot und Salz essen und seine Sünden auf uns nehmen?»

«Gern, wenn ich mir vorstellen könnte, daß es irgendeinen Sinn hätte», sagte Der O'Dancy.

«Dann wollen wir morgen mittag ein Sühnemahl halten», sagte Bruder Mihaul. «Danach werden wir beschließen, was wir für ihn tun können und für den Rest der Familie. Wie willst du dich wegen deines neugeborenen Sohnes mit Divininha auseinandersetzen? Was meinst du, wie sie sich dazu stellt? Sie ist schließlich immer noch deine Frau. Wenn Miklos an ihr sein Werk getan hat und an Hilariana, so bedenke, daß beide dann ganz andere Frauen sind. Die Frauen nämlich, die du von früher kennst.»

«Ich will dafür beten», sagte Der O'Dancy. «Sobald ich's mit eigenen Augen sehe, entscheide ich mich. Doch wie die Dinge liegen, ist fürs erste Ahatubais Sohn mein Erbe.»

«Und wenn nicht, so ist es Kyrillis, nicht wahr?» sagte Bruder Mihaul.

«Ich kann keinen Erben gebrauchen, der für den Rest seines Lebens im Gefängnis sitzt», sagte Der O'Dancy.

Bruder Mihaul wandte ihm den Rücken zu.

«Und du erwägst nicht die Möglichkeit, ihn freizukaufen?» sagte er.

«Ich mag vieles schon getan haben, was das Tageslicht scheut», sagte er seinerseits. «Doch ich denke jetzt an die Frauen, die er mit dem Wagen, den ich ihm geschenkt habe, umgefahren und getötet hat. Er machte geradezu Jagd auf sie. Es war für ihn so ein ‚angenehmes' Gefühl. Wenn die Brüste barsten.»

Bruder Mihaul griff sich mit beiden Händen an den weißen Kopf, ging zur Tür hinüber und blieb dort stehen. Seine Arme sanken herab, er fiel auf die Knie, und seine Hände hingen schlaff herunter.

«So ist's recht», sagte Der O'Dancy. «Bete nur für ihn. Du und Miklos. Das ist genau der Grund, weshalb wir euch brauchen. Weil wir nämlich nicht beten können. Weder ich noch die anderen. Und ich bezweifle, daß es die Frauen gekonnt haben, die er umgebracht hat. Wie ist es bloß möglich, daß Daniel sein Vater ist?»

Bruder Mihaul faßte nach dem Türgriff und zog sich daran hoch.

«Vergiß nicht, daß wir uns morgen mittag zu einem Sühnemahl zusammenfinden», sagte er, ohne sich umzuwenden. «Der Junge ist seit seiner Geburt ein Krüppel. Drogen. Schwarze Magie. Weißt du eigentlich, was die Leute tun, wenn sie ein Kind loswerden wollen? Sie stoßen ihm eine Stricknadel in den Kopf. Kann man das dem Kind zum Vorwurf machen? Oder der Mutter? Oder uns?»

Er öffnete die Tür.

«Sieh zu, daß du Divininha und Hilariana noch sprichst, ehe sie sich schlafen legen», sagte er. «Sie kehren jetzt in diese Welt zurück. Da brauchen sie ein freundliches Wort dringend. Wir wollen deinen Sohn und seine Mutter in unsere Gebete einschließen. Und dich selbst.»

«Ob es wohl eine freie Seele gibt, die auch ein gutes Wort für diesen lieben Menschen, meinen eigenen Bruder, einlegt?» sagte er seinerseits. «Hat er es denn überhaupt nötig? Ich bin so weit weg, daß ich dich gar nicht mehr anzusprechen vermag. Könnte ich mich für dich ins Mittel legen? Wäre es wohl möglich, daß ich in meiner ganzen erbärmlichen Verwerflichkeit ein gutes Wort für dich finden könnte, das dir auch nur ein Körnchen Halt unter den Füßen gibt?»

Bruder Mihaul blickte sich um, und sein Gesicht war wie eine der braungefurchten Masken auf den Heiligenbildern.

«Du darfst nicht zuviel von dem Zeug trinken», sagte er. «Denk daran, daß du noch eine ganze Menge zu tun hast. Gute Nacht jetzt, und möge Der Herr deine Gedanken segnen. Bis morgen mittag.»

Januario öffnete die Tür ein wenig weiter. Der Mann konnte sogar lächeln. Hinter ihm war das emsige Schaben der Scheuerbürsten zu hören.

«Herr», sagte er. «Der junge Senhor Estevão hat angerufen. Sie werden dringend gebeten, zum Tomagatsu-Haus zu kommen. Aber es ist dort ziemlich neblig.»

«Warum hast du den Anruf nicht hierher durchgestellt?» fragte Der O'Dancy.

«Senhor Carvalhos Ramos junior hat uns unterbrochen», sagte Januario und schob die weißen Handschuhe glättend an den Fingern hinunter. «Er wollte ein Ferngespräch nach Brasilia führen.»

Der O'Dancy leerte ein Glas.

«Schon gut», sagte er. «Wo ist Dona Divininha?»

«Die Frauen sind alle im Frauenhaus drüben», sagte Januario. «Die Männer sind noch unten. Sie werden ins Männerlogis gebracht. Mit einigen Ausnahmen allerdings, die weggelaufen sind.»

«Richte Mãe Ephemia aus, daß ich mich mit allen über einen zusätzlichen Lohn unterhalten möchte, sobald ich zurück bin», sagte Der O'Dancy. «War Clovis da Souza unter denen, die weggelaufen sind?»

Januario schlug Das Zeichen, küßte sich die Finger und nickte.

«Der Teufel wird ihn auch nicht vor ein paar gebrochenen Knochen bewahren, wenn ich ihn zwischen die Finger kriege», sagte Der O'Dancy und hielt ihm das Glas hin. «Ich trinke auf die Katzen. Und Der Herr verfluche diese Erinnerung.»

33

Mãe Palmyde stand oben auf der Treppe, die Arme um Zilda gelegt, und die beiden stattlichen Frauen weinten, Zilda mit würgendem Schluchzen, Mãe Palmyde mit silberhellen Augen und bemüht, zu beruhigen.

«Zilda», rief Der O'Dancy. «Sieh nach, wo Dona Divininha ist, und kümmere dich von jetzt ab wieder um sie. Du möchtest doch wieder für sie sorgen, nicht wahr?»

Zilda blickte hoch, und ein Lächeln strahlte auf unter Schluchzen, und Mãe Palmyde drückte sie an sich und lachte himmelwärts.

«Haare wachsen wieder, Herr», sagte sie. «Und Zilda? Sie bringt jeden um, der ihr zu nahe kommt. Es hat ihr bald das Herz gebrochen, als sie das mit dem schönen Haar erfuhr.»

«Nicht nur ihr allein», sagte Der O'Dancy. «Warum hat man dich nach Hause geschickt?»

«Mãe Bro hat mich verflucht», sagte Zilda und schluckte. «Ich habe die Nadeln mit Wasser gefüllt. Wenn ich Gelegenheit dazu hatte.»

«Welche Nadeln?» fragte Der O'Dancy.

«Die Spritzen», sagte Zilda. «Jeden Tag zwei. Danach hat sie geschlafen. Und dann hatten sie eine Sitzung und flüsterten.»

«Was für eine Sitzung?» fragte Der O'Dancy. «Was haben sie geflüstert? Was für Spritzen? Nun red schon.»

«Aus den Flaschen, die sie vom Institut herüberschickten», sagte Zilda. «Mãe Bro hat mir manchmal das Spritzen überlassen. Dann drückte ich das Zeug heraus und zog statt dessen Wasser auf. Daraufhin schlief sie nicht und versuchte, sich Mãe Bro zu widersetzen. Doch eines Abends hat Mãe Bro mich dabei beobachtet. Und da hat sie mich nach Hause geschickt.»

«Warum bist du nicht zu mir oder zu Democritas gekommen?» fragte Der O'Dancy. «Wenn du gewußt hast, daß Dona Divininha gequält wird, warum hast du nichts unternommen?»

«Wer hätte mir denn geglaubt, wenn Mãe Bro das Gegenteil behauptet hätte?» sagte Zilda und breitete die hellen Handflächen aus. «Sie wären böse auf mich geworden und hätten alle davongejagt. Wohin sollten wir gehen?»

«Noch eins», sagte Der O'Dancy. «Worüber haben sie geflüstert?»

Zilda wischte sich mit dem spitzenbesetzten Halstuch die Augen.

«Über die Gesetze von *khimbanda*», sagte sie. «Sie war *iao* von Den Sieben Kreuzwegen. Wenn sie schlief, war sie in Trance. Wenn sie aufwachte, gab ihr Mãe Bro zu trinken und ließ sie die Gebete sagen. Viele Male habe ich ein Kruzifix versteckt. Aber immer haben sie es gefunden.»

«Und was hatte Dona Hilariana damit zu schaffen?» fragte Der O'Dancy.

«Sie war *iao* Des Gesperrten Weges», sagte Zilda, als ob jeder wissen müßte, was das bedeutete. «Vor Jahren hätte sie schon *iemanja* werden können, aber sie ging zu oft den jungen Senhor Paul besuchen. Die Kinder hatten's ihr angetan. Aber sie nahmen ihr die Macht.»

«Wie war denn das möglich?» fragte Der O'Dancy.

Zilda neigte den Kopf und hob die Brauen, als ob man ihr weh getan hätte.

«Kinder stehen unter dem Schutz Der Muttergottes», sagte sie. «Der junge Senhor Paul und Cleide haben sie zu überreden versucht, bei ihnen zu bleiben. Aber sie wußte, daß Dona Divininha sie brauchte. Und außerdem hatte sie ja ihre Arbeit im Institut. Dort hielten sie auch ihre Sitzungen.»

«Sie», sagte Der O'Dancy. «Wer?»

«Exú von dem Schwarzen Umhang», sagte Zilda und nickte zu Dem Haus hin. «Und die *iemanja* von Exú Quirimbo. Diese Mutter der Verderbnis.»

«Ich kann mir schon denken, wen du meinst», sagte Der O'Dancy. «Nur um Gottes, Des Allmächtigen, willen wüßte ich gern, was du da redest. Ist denn hier keiner mehr, der noch seine fünf Sinne beisammen hat? Glaubt ihr denn an solchen Unsinn?»

Die beiden sahen einander an, und es war ein Blick, der nichts und doch wieder alles sagte, und dann schauten sie zu Dem Haus hinüber. Mãe Palmyde nickte, kaum merklich, und ihre Augen waren dunkel, bejahend, und er seinerseits begriff, daß ein Lebensalter vielleicht gar nicht ausreichte, um jenes Wissen über das Okkulte in sich aufzunehmen, das sie so schwerelos wie den Duft ihrer Haare mit sich herumtrug.

«Die Katholiken glauben», sagte sie. «Alle Menschen glauben. Die Protestanten und die Sekten, sie glauben. Die Baptisten glauben. Andere glauben. Und *khimbandistas,* sie glauben auch. Wäre nicht an dem Glauben der *khimbandistas* etwas dran, warum macht sich dann Padre Miklos die Mühe, Das Haus zu reinigen? Warum läutet dann die Glokke?»

«Um die bösen Geister der Hölle auszutreiben», sagte er seinerseits, doch mit einem flauen Gefühl in der Kehle. «Wozu sonst wohl würde der geistliche Herr seine Zeit vergeuden?»

«Folglich glaubt auch er, Herr», sagte Mãe Palmyde. «Auch wir glauben. Wir haben Kardinäle und Bischöfe. Sie haben ihre Titel. Ebenso gibt es unter den *khimbandistas* Kardinäle und Bischöfe, doch sie haben ihre eigenen Bezeichnungen. Und wenn sie sich nun anders nennen, ist das ein Grund, nicht zu glauben?»

Der O'Dancy schüttelte den Kopf. Es behagte ihm nicht sonderlich, wenn man ihn Dinge fragte, auf die er keine Antwort wußte. Doch was ihn noch viel mehr aus der Fassung brachte, war die Bestimmtheit dieser Frau. Auge, Stimme, die selbstsichere Art, wie sie den Spitzenkragen ihrer weißen Leinenjacke glattstrich, alles an ihr deutete darauf hin, daß sie nicht den leisesten Zweifel hatte. Und Zilda, die nur halb so alt war, wirkte trotz ihrer feuchten Wimpern ebenfalls wie ein massiger Block der Ruhe und Gelassenheit.

Doch er spürte einen eisigen Schauder im Nacken, wenn er an das scharlachrote Gewühl im Silber-Zimmer dachte und daran, wie hilflos er war, dafür eine Erklärung zu finden, und wie er jetzt die überzeugenden Erörterungen und die offensichtliche Kenntnis zweier Frauen, die kaum ihren eigenen Namen zu schreiben wußten, widerstandslos hinnahm.

Ganz ohne Frage konnte man es weder bei ihnen noch bei jemandem anders ausbrennen oder irgend jemanden oder irgend etwas reinigen. Das Wissen wurde bereits mit der Muttermilch eingesogen und war ein wesentlicher Bestandteil ihrer selbst, gefeit, unzerstörbar.

«Misch dich nicht ein», sagte Der Vater, als Zinho dafür bestraft wurde, daß er seine Frau geschlagen und ihre Kleider verbrannt hatte. «Sie arbeiten für uns. Und zwar ausgezeichnet. Was sie nach der Arbeit tun, ist ihre Sache. Sie sind keine Sklaven. Werden sie krank, kommen sie in die Klinik. Wir bezahlen die Rechnung. Um alles andere kümmert sich Padre Miklos. Das Geld für die neuen Kleider, die Die Mama der Frau kauft, muß dieser Dummkopf in kleinen wöchentlichen Raten abzahlen. Es hat dem Mann leid getan, als er wieder nüchtern war. Das genügt.»

Doch nein, es genügte nicht.

Er seinerseits trug die Verantwortung, denn dieser Fäulnisherd mit all seinen empörenden Praktiken hätte schon längst erkannt und ausgerottet werden müssen. Solange es darum ging, daß er sich um das Seelenheil der anderen kümmern mußte, mochten immerhin einige Zweifel bestehen, doch die Verantwortlichkeit für seine eigene Seele und die Schuldigkeit gegenüber seinem eigenen Geist standen überhaupt nicht zur Erörterung.

«Du wirst immer wieder Menschen begegnen, denen Gespräche über die Seele unbequem sind», sagte Der Vater. «Die Religion an sich ist eine Angelegenheit, über die sich streiten läßt, das oder Ähnliches werden sie dir entgegenhalten. Laß dich niemals mit solchen Leuten ein. Bleib ihnen fern. Du hast nichts mit ihnen gemein. Knie ab und zu nieder. Betritt eine Kirche, wenn du Gelegenheit dazu hast. Du wirst viele Dinge mit ganz anderen Augen sehen. Das sind Werte. Verfalle nie dem Größenwahn. Denn passiert dir mal etwas, so bist du genauso ein Klumpen blutiges Fleisch wie der nächstbeste. Und stirbst du, bist du ebenso kalt wie jeder andere auch. Und riechst auch ganz genauso. Sieh zu, daß du sauber bleibst, an Körper und Seele. Denn nur dann kannst du hoffen, daß andere das tun, was du von ihnen forderst.»

Er seinerseits war sich nicht schlüssig, was ihn mehr verdroß, daß jene, denen er vertraute, ihm nie etwas erzählt hatten, oder daß er in all den Jahren nicht so gewitzt gewesen war, selbst zu sehen oder zu spüren, was vor sich ging.

Doch das Brenneisen qualmte am weißesten im Haar seines Stolzes, und er schwankte, ob er wohl fähig war, aus Wut über sich selbst zu weinen oder aus Kummer über all die, deren teure Gebeine für den Hexensabbat aus den Gräbern geholt worden waren.

Blind war er gewesen, vor lauter Vergnügen, Wohlstand und Oberflächlichkeit, und sofern er dann und wann einmal Augen hatte zu sehen, benutzte er sie jedoch nicht sinnvollerweise dazu, die lebendigen Herzen jener zu ergründen, denen er sich immer aufs engste verbunden gefühlt hatte, und wenn nicht körperlich oder geistig, so doch sicherlich aus Anhänglichkeit und moralischer Verpflichtung.

Einmal mußte der Tag kommen, wo man ihn, der einst sandstiebend auf Morenne zugelaufen war, in den Sarg legte und zum Hügel hinauftrug, doch seine Missetat würde an den Kindern heimgesucht werden bis in das dritte und vierte Glied, denn so lautete Das Gebot.

Von den Windeln bis zum Leichentuch beherrschte Blindheit das Leben, diese fröhliche Weise von der Nachsicht gegen sich selbst, und nur selten der Gedanke, anderen Gutes zu tun, nicht einmal den Nächsten und Liebsten, und das Ende vom Lied waren kahlrasierte Köpfe, Hilarianas Haar und das bronzeseidene Divininhas am Kreuz aufgehängt, und wenn es noch dabei geblieben wäre, doch die schlimmste Schande war der Haufen Kraushaar der Negerinnen, den schutzbedürftigeren Töchtern des Landes, die auf Grund ihrer Geburt den Beistand erwarten durften und auch dringend brauchten, den er seinerseits ihnen stets versagt hatte.

«Gott sei mir gnädig», sagte er. «Palmyde, bring Zilda zu Dona Divininha. Kümmert euch um beide. Sagt ihr, daß sie nicht mehr lange auf mich zu warten braucht. Ich habe nur nicht gerade Verlangen danach, sie in einem Zustand zu sehen, wo sie nicht die Frau ist, die sie ist.»

Mãe Palmyde bleckte lachend die weißen Zähne und klatschte in die Hände.

«Diese Frau bekommen Sie zu sehen, Herr», sagte sie. «Und sie wird auf der Weißen Seite sein. Ich höre Dona Aracý. *Oapi,* sie lacht. Ja, sie lacht, und sie ist bei uns. Exú ist fort.»

Er seinerseits spürte jetzt keineswegs mehr das Bedürfnis, Fragen zu stellen. Nur der Gedanke brannte in ihm, daß er viel mehr wissen sollte als diese Frau, und dennoch war jeder Augenblick, den er hier länger stand, ein weiteres Eingeständnis seiner Unkenntnis. Scham fraß an ihm, denn Der O'Dancy, dieser echte Brasilianer, hätte zumindest ebensoviel, wenn nicht mehr, wissen müssen als irgend jemand anders auf Dem Erbe und dazu jeden flüchtigen Gedanken hinter ihren Stirnen.

Er ging in Schweigen und Dunkelheit hinein, zum Hubschrauberlandeplatz hinunter, und er sah Lichter auf dem Friedhof und versuchte sich an den Text des Singsangs der Männer zu erinnern. Weiße Hosen und weißes Hemd näherten sich, und Euripedes verneigte sich und lachte.

«Na», sagte Der O'Dancy. «Dann wollen wir uns mal über etwas erfreulichere Dinge unterhalten. Womit betätigst du dich denn im Augenblick?»

«Ich mache den Zaun auf Zweiundachtzig fertig», sagte Euripedes. «Nächste Woche wird Hunderteins gepflügt.»

Der Mann bewegte sich wie ein Athlet.

«Willst du nicht bald den Besitz deines Vaters übernehmen?» fragte Der O'Dancy. «Und wann willst du eigentlich heiraten?»

«Nicht bevor mein Bruder heiratet», sagte Euripedes. «Er ist älter, und er nimmt einmal meines Vaters Platz ein. Ich muß noch den Militärdienst ableisten. Ursprünglich wollte ich meinem Onkel helfen, aber der hat sein Land verkauft.»

«Warum?» fragte Der O'Dancy. «Welchen Onkel meinst du?»

«Telesphoro», sagte Euripedes. «Er hat einen guten Preis dafür bekommen und ist nach Minas Gerais gegangen.»

«Aber er ist doch ein *paulista* in der vierten Generation», sagte Der O'Dancy. «Wie ist es bloß möglich, daß er da sein väterliches Erbe verkauft?»

Euripedes zuckte mit den Achseln.

«Er hat einen guten Preis dafür bekommen», sagte er. «Wäre er geblieben, hätte er langsam verhungern müssen. Ich habe vier Monate lang bei ihm gearbeitet. Aber dann ging es nicht mehr. Er schickte mich zurück. Keiner wollte ihm mehr etwas abkaufen. Denn die verkauften für die Hälfte oder noch weniger. Vor Langerweile haben wir unter dem

Verkaufsstand geschlafen. Er konnte mir keinen Lohn mehr geben. Er hat sie gehaßt, aber er hat an sie verkauft. Es war ein guter Preis.»

«Wer sind ‚die'?» fragte Der O'Dancy. «Was für ein Verkaufsstand?»

«Auf dem Markt», sagte Euripedes. «In São Paulo. Pilze, Tomaten, Sellerie, Flußfische. Neue Kartoffeln, Erbsen, Bohnen, Salat, alles. Aber die haben ihre Stände rings um uns herum aufgestellt und verkauften zum halben Preis. Wie kann ein Mensch dabei noch existieren? Diese Japaner, das ist die reinste Mafia. Mein Onkel wollte seine Ware an sie verkaufen. Doch sie boten ihm nur die Hälfte von dem, was sie ihren eigenen Leuten gaben. Und darum hat er verkauft. Sein Land und alles andere dazu.»

«Er hat sich nie an mich gewandt», sagte Der O'Dancy. «Ich werde der Sache nachgehen. Hier ist kein Platz für eine Mafia.»

Ein weißes Licht flammte auf, um den Weg zum Hubschrauber zu kennzeichnen, und die Fenster des Kontrollturms glommen dunkelgrün.

«Guten Abend, Senhor», rief der Pilot und kam näher. «Wir haben ziemlich viel Nebel, aber ich glaube kaum, daß uns das Schwierigkeiten macht.»

«Zuerst zum Institut», sagte Der O'Dancy. «Danach zum Haus von Dona Ahatubai und dann zum Tomagatsu-Besitz. In einer Stunde sind wir wieder zurück, und dann können Sie nach São Paulo abschwirren.»

«Vielen Dank, Senhor», sagte der Pilot. «Das Institut kenne ich, doch was war noch das zweite?»

«Wir weisen Sie ein», sagte Der O'Dancy.

Die elegante Uniform des Piloten und seine angenehmen Manieren erinnerten daran, daß im allgemeinen immer noch der gesunde Menschenverstand regierte. Die spielend leichten Reaktionen der Maschine erfüllten ihn mit der Zuversicht, daß Gefühlsverirrung und Unwissenheit, die sich in kleinen Bereichen austobten, durch Bildung und Können auf anderen Gebieten mehr als aufgewogen wurden. Und doch war es nur die Zuversicht des Augenblicks, aus Optimismus geboren, und wenn er seinerseits an all die Warnzeichen des Tages dachte, so war er seiner Sache nicht mehr ganz sicher, wenngleich der Lärm der Rotorblätter wie die Stimme eines neuen Propheten klang, der sein Volk aus der Wüste herausführt, ein himmelwärts strebendes Gedröhn, das aus Phantasie und Geschicklichkeit entstanden war, geschaffen aus Liebe oder vielleicht aus Verachtung für die Vergangenheit.

Euripedes saß vorn, unterhielt sich mit dem Piloten und sah hinunter auf den wallenden Nebel und auf die Lichtpünktchen.

«Du bist also zurückgekommen, um deinem Vater zu helfen», sagte er seinerseits. «Mochtest du nicht in der Stadt bleiben?»

«Mögen schon», sagte Euripedes. «Aber ich fand keine Arbeit. Zuhause verdiene ich mehr.»

«Für jeden von uns gibt es einen Platz, wo er sich nützlich machen kann», sagte er seinerseits. «Willst du jetzt ganz hierbleiben?»

Euripedes blickte auf die Lämpchen des Instrumentenbretts und wandte sich dann mit einem Jungengesicht zu ihm um.

«Ich möchte lernen, wie man Fernsehgeräte baut», sagte er. «Wir haben noch keins. Aber ich habe schon welche gesehen. Das würde mir Spaß machen.»

«Bist du denn bereits mit der Schule fertig?» fragte Der O'Dancy. «Wenn ich mich recht entsinne, so wußtest du mit der Schleuder noch immer am besten umzugehen, nicht wahr?»

Euripedes nickte.

«Aber man braucht ja nicht unbedingt lesen zu können, wenn man einen Fernsehapparat bauen will», sagte er. «Er kommt in fertigen Teilen an. Man muß nur lernen, wie alles zusammengebaut wird. Alle wünschen sich einen. Ich würde mir ein Geschäft einrichten. Einen Wagen kaufen. Ich würde arbeiten, damit meine Mutter in die Stadt nachkommen kann.»

Der O'Dancy lehnte sich zurück.

Der Junge war erst siebzehn oder achtzehn, in der Leidenschaft seiner Ideen weit über die Grenzen seines Verstands und seiner Hände hinaus entflammt. Doch in der Haltung seines Kopfes lag irgend etwas von der explosiven Eigenart des jungen Daniels, vielleicht war es nur das Knabenhafte oder ein Ideenreichtum, der vor lauter Schüchternheit unausgesprochen blieb, wenngleich der verborgene Kummer in der Stimme schon zu denken gab.

«Na schön», sagte er seinerseits. «Du sollst nicht behaupten können, daß ich dir nicht eine Chance gegeben habe. Fang gleich Montag in der Fabrik an. Sei morgen abend reisefertig. Aber ist deine Mutter nicht froh darüber, daß du wieder zu Hause bist?»

«Die Eltern setzen sich bald zur Ruhe», sagte Euripedes. «Sie wollen aber nicht aus dem Haus heraus.»

«Das müssen sie ja auch nicht», sagte Der O'Dancy. «Sie haben ihr Leben lang hart gearbeitet. Ich würde es nie zulassen, daß man sie dort hinaussetzt.»

«Zum Haus gehört aber ein großer Stall», sagte Euripedes über die Stöße und das Schwanken des Fluges. «Und ein Garten. Der Garten meiner Mutter. Senhor Clovis möchte vielleicht alles für sich haben.»

«Der Verwalter Pereira ist für sämtliche Häuser verantwortlich», sagte Der O'Dancy. «Was wird er dazu meinen?»

«Senhor Clovis wird einmal seine Stelle einnehmen», sagte Euripedes.

«Es ist wirklich erstaunlich, daß anscheinend jeder darüber Bescheid weiß außer mir», sagte Der O'Dancy. «Ist er nicht mit euch verwandt?»

Euripedes verzog den Mund, blickte hierhin und dorthin und nickte, und dann gab er zu, daß er der Urururenkel von Mãe Nueza sei.

«Mütterlicherseits», sagte er. «Er haßt uns. Wir sind Katholiken.»

«Oh», sagte Der O'Dancy. «Und er ist es nicht?»

Euripedes schüttelte den Kopf, kaum merklich, und dann sah er in die Dunkelheit hinunter, tippte dem Piloten auf den Arm und zeigte über die silbernen Windungen des Flusses hinweg.

«Dort ist Ahatubais Haus, wo wir auf dem Rückflug hin müssen», rief er beflissen.

«Gehört er nicht zu *Umbanda* oder wie das heißt?» fragte Der O'Dancy.

Euripedes blickte in die schwankende, lärmerfüllte Dunkelheit. Das jähe Schweigen des Jungen stand in so krassem Gegensatz zu seinem lebhaften, zähneschimmernden Ausruf beim Anblick des Hauses am Fluß, daß ihn seinerseits eine Gänsehaut überlief. Ernüchtert und überrascht rätselte er, wieso ihm bei der Erwähnung eines unbedeutenden Aufsehers mit tückischem Blick, schiefem Lachen, stelzendem Gang oder was immer es auch sein mochte, ein eiskalter Schreckensschauer den Rücken hinunterlief.

«*Khimbanda,* so heißt es doch, nicht wahr?» rief er seinerseits. «Los, red schon. Was weißt du darüber?»

Und Euripedes wußte ganz offensichtlich eine Menge darüber, denn in plötzlicher Eingebung war ihm seinerseits klargeworden, daß eine der jungen Frauen in dem Nebenraum der Kapelle entweder die Schwester oder die Cousine des Jungen gewesen war.

«Nymmia sollte heute nacht auch *iemanja* werden, stimmt's?» sagte Der O'Dancy.

Der Junge nickte, blickte zur Seite und streckte sich, doch nicht behaglich, sondern angespannt und auf der Hut.

«Wenn sie so weit gegangen ist, warum nicht auch du oder deine Eltern?» fragte Der O'Dancy. «Wieso nur eine der Familie, warum nicht die anderen auch?»

Euripedes setzte sich aufrecht hin, wandte sich halb um, klemmte die Hände zwischen die Knie und nickte.

«Das ist es eben», sagte er. «Einer muß es tun. Es war niemand anders da. Sie wendet es von uns ab. Es gibt keine andere Möglichkeit.»

«Erklär dich etwas deutlicher», sagte er seinerseits. «Was veranlaßt ein nettes, vernünftiges Mädchen wie Nymmia dazu, sich den Kopf kahlrasieren zu lassen und sich mit dem Höllenpack zu amüsieren?»

«Herr, es liegt nicht bei uns», sagte Euripedes, und seine Augen schimmerten weiß zu dem Piloten hinüber. «Es liegt in uns. Es kommt von oben.»

Unbeholfen fuchtelte er in der Luft herum, um seinen Worten Nachdruck zu verleihen.

«Wieso?» schrie Der O'Dancy. «Woher willst du das wissen?»

Euripedes blickte in das Dunkel hinaus, und sein Körper schüttelte sich verneinend und straffte sich wieder.

«Die *orixás* kommen», sagte er. «Man muß ihnen antworten.»

«Aber du hast doch gerade behauptet, ihr seid Katholiken», sagte Der O'Dancy. «Was haben die *orixás* mit Kindern Der Gottesmutter zu schaffen?»

«Es bleiben immer dieselben Kinder», sagte Euripedes. «Wenn wir sterben, dann führen uns die *orixás*.»

«Wie oft gehst du eigentlich zu Padre Miklos?» fragte Der O'Dancy.

Euripedes schüttelte knapp den Kopf, und es war wie ein Teil der wogenden Nacht, die nur erhellt wurde durch das Weiße seiner Augen, die ohne Lidschlag starrten.

Und die Bedeutung dieses starren Blicks lag ihm seit Generationen im Blut, eine Warnung.

«Hör mal», sagte Der O'Dancy, während der Hubschrauber in die Schräglage ging und schaukelte. «Warum hast du mir den Langbogen gebracht?»

«O Herr», schrie Euripedes und schlug die Hände vor das Gesicht. «Ich möchte alles über Fernsehapparate lernen und jetzt nicht an andere Dinge denken. Wenn man davor sitzt und zuschaut, *ai*, bequem und wunschlos glücklich, was kann es daneben noch anderes geben?»

«Erzähl mir von den *orixás*», sagte Der O'Dancy. «Was hat Mãe Nueza damit zu tun?»

«Sie kommt selbst», schrie Euripedes. «Meine Mutter spricht mit ihr.»

«Deine Mutter ist Mãe Narcissas Schwester», sagte Der O'Dancy. «In welcher Beziehung steht sie zu Ahatubais Mutter? Zu Jurema?»

«Sie ist *babá*», sagte Euripedes. «*Ialorixá*.»

«*Mãe-de-santo*?» fragte Der O'Dancy. «Jurema?»

Euripedes nickte, und in seinen Augen brannte die Angst.

«Und was ist dann Ahatubai?» schrie Der O'Dancy und rückte näher zu ihm heran. «Los, rede schon.»

«Sie ist *iao*», sagte Euripedes. «Nächstes Jahr könnte sie bereits *iemanja* sein.»

Der O'Dancy verkrallte sich in einer Faustvoll Stoff.

«Warum hast du mir den Langbogen gebracht?» schrie er und schüttelte den Burschen. «Rede oder ich werf' dich hinaus.»

Der Pilot ging in die Kurve und schaltete die Lichter an.

«Wir sind über dem Institut, Senhor», sagte er. «Wir landen jetzt.»

«Haben Sie eine Waffe dabei?» fragte Der O'Dancy und ließ das schlotternde Bündel los. «Behalten Sie diesen hier gut im Auge. Ich bin da drinnen in ein oder zwei Minuten fertig. Was haben Sie dabei?»

«Rote Raketen und eine Leuchtpistole», sagte der Pilot. «Für den Notfall habe ich aber noch ein Schnellfeuergewehr.»

«Geben Sie es her», sagte Der O'Dancy. «Haben Sie eine Stablampe?»

«Selbstverständlich, Senhor», sagte der Pilot und nahm das Gas weg. «Sollte es Ärger geben, denken Sie bitte daran, daß ich auch noch da bin.»

«Halten Sie die Augen offen», sagte Der O'Dancy. «Wenn Sie's schießen hören, brausen Sie so schnell Sie können zu Dem Haus und holen Bruder Mihaul.»

«Rechnen Sie damit, daß es Ärger gibt, Senhor?» fragte der Pilot.

«Ich bin zumindest darauf gefaßt», sagte Der O'Dancy und kletterte hinaus. «Umkreisen Sie das Gebäude. Wenn Sie sehen, daß irgend etwas Rotes hinein oder heraus will, wirbeln Sie dazwischen.»

Licht schimmerte hinter den grünen und blauen Glasfenstern, und Schatten bewegten sich. Der Hubschrauber erhob sich brüllend und knatternd in die Luft, flog einen Bogen über den Fluß und näherte sich wieder. Doch da war er seinerseits bereits auf der Treppe. Das Gewehr über die rechte Schulter gehängt, strebte er dem Portal zu.

Die Halle war nur matt durch Licht aus dem Innern des Hauses beleuchtet. Zwei Säcke lehnten an der Wand, und als er seinerseits das Knie dagegendrückte, merkte er, daß sie prall gefüllt waren, mit Blättern und Schößlingen. Der Verwahrloste fiel ihm ein, und er versetzte beiden Säcken einen Tritt, daß sich ihr grüner Inhalt auf den Boden ergoß und seinen Verdacht bestätigte. Es waren alles frische Hanf- und Kokapflanzen und Bündel anderer Gewächse, die er nicht kannte.

Die Tür schwang weit auf, und ein Scharlachroter kam heraus, und als er die am Boden liegenden Säcke sah und den Schatten Des O'Dancy gegen die gläserne Wand, schloß sich die Tür mit einem Schwall Luft, und der Rote flüchtete schreiend.

Er seinerseits lauschte noch einen Augenblick, aber er hörte nur den Lärm des Hubschraubers irgendwo ganz in der Nähe. Als er auf die Tür zutrat, öffnete sie sich automatisch, und er ging hinein und erblickte die Zeitschrift auf dem Diwan, wo sie Hilariana am Morgen hatte liegenlassen. Und dann fiel sein Blick in die erste Pflanzenkammer. Alle Beete waren aufgewühlt, schwarze Erde türmte sich am Boden, und kein grünes Pflänzchen war mehr zu sehen, weder hier noch im nächsten Raum, noch in allen anderen zu beiden Seiten – nur schwarze, überall verstreute Erde. Die grünen Reihen vom Morgen waren verschwunden.

Leise stieg Der O'Dancy die Treppe hinauf, kühl bis ans Herz, bereit zu töten.

Doch die oberen Räume waren in Ordnung, alle lagen in seltsamer verschiedenfarbiger Beleuchtung da. Beete mit hohen Gewächsen, die in Hilarianas Druckschrift gekennzeichnet waren, glühten in dunklem Grün. Der Hubschrauber draußen machte ungeheuren Lärm und ließ beim Niedergehen alle Fenster erzittern.

Er seinerseits öffnete die Terrassentür, und einen Augenblick lang hatte er Sorge, daß der plötzliche Temperaturwechsel den Pflanzen schaden könnte, doch dann ging er hinaus an die Luft. Das Geschrei, übertönt von dem Getöse des Hubschraubers, schien von der anderen Seite des Gebäudes zu kommen. Dunkle Gestalten rannten quer über den Rasen, über die Blumenbeete zu einer Gruppe von Bäumen, doch der Lichtschein wurde immer heller, und die brüllenden Rotorblätter peitschten, und der Hubschrauber kam um die Ecke wie ein riesiges flimmerndes Insekt, und der weiße Scheinwerferstrahl beleuchtete das Gelände bis in alle Einzelheiten, und Blätter wirbelten und Farnwedel krümmten sich und Blütenblätter strudelten. Der Lichtkegel erfaßte flüchtende scharlachrote Gestalten, eine ganze Meute, und eine von ihnen fiel zu Boden und kam mühsam wieder auf die Beine, und niemand wandte sich zurück, um zu helfen. Der Strahl gleißte weißer, je mehr sich der Hubschrauber näherte, und er ging noch tiefer herunter, preßte die Bäume flach, brach Äste von den Stämmen, drosch das Gras hellgrün und schien die kleinen scharlachroten Gestalten zu Boden zu drücken, und ein paar fielen und blieben regungslos liegen, und andere versuchten, dem weißen Kreis zu entkommen, doch der Hubschrauber schwenkte hinterher, und sie wurden wieder vom Licht erfaßt, groteske scharlachrote Figuren, dünnbeinig, armwedelnd, mit gespreizten Fingern, und dahinter die Dunkelheit am Rand der Klippe.

Doch mit einemmal waren sie verschwunden, und der Hubschrauber röhrte über dem Fluß, und das weiße Strahlenbündel wurde zur eilenden Wolke.

Der O'Dancy ging im Dunkeln die Treppe hinunter ins Erdgeschoß und noch ein paar Stufen zu den Kammern mit schwarzem oder rotem Licht, er seinerseits wußte selbst nicht, was es war, doch auf jeden Fall war es kein Licht, bei dem man etwas sehen konnte, und die Taschenlampe schleuderte einen weißen Kegel über Beete aus frisch geharkter Erde und über prallvolle, zugebundene Säcke. Es gab noch mehr Räume im Kellergeschoß, doch die Türen waren verschlossen. Ein Lichtschein drang aus Hilarianas Zimmer im Büroflügel. Die Schreibtische waren sauber aufgeräumt, die Aktenschränke zugeschoben, die Klimaanlage war abgestellt, und als er seinerseits den Gang mit den gläsernen Wänden hinunterging, staunte er über die Größe dieses Projekts, das ihm einst als ein Schulmädchentraum erschienen war, und er suchte nach einer plausiblen Erklärung, wieso eine Frau von soviel Verstand und Charakter den Wunsch verspürte, sich mit Frevlern gemein zu machen, nicht arglos oder verstohlen, sondern offen und mit voller Absicht, und dabei sogar so weit ging, ihren Körper zu erniedrigen und seine Schönheit zu besudeln.

Vielleicht trug er auch einen Teil der Schuld, weil er nicht besser aufgepaßt hatte. Doch er wußte nur zu gut, was womöglich geschehen wäre, hätte er einzugreifen gewagt. Der ganze Humbug mußte bereits in ihrer frühen Jugend begonnen haben, wo er seinerseits sich eigentlich zu jeder Minute des Tages hätte darum kümmern müssen, was sie trieb und, insbesondere, was sie lernte. Anstatt ihr all die hübschen Märchen vorzulesen, hätte er sie lieber fragen sollen, was in ihrem Kopf vorging. Stets hatte er nur an sich selbst gedacht, weil er es genoß, Abend für Abend zu ihr zu gehen, er, der arme Witwer, und sie die mutterlose kleine Prinzessin, und diese Vorstellung war ihm so teuer gewesen wie das leise Pochen seines eigenen Herzens.

Damals schon mußten diese Scheusale mit höhnisch lachenden Fratzen ganz in der Nähe gewesen sein, wenngleich sich auch alle sanft und unterwürfig gaben. Und doch trug womöglich gerade dieses scheinbar wohlgeordnete Paradies aus Samt und Seide dazu bei, daß er nicht mehr fähig war, in anderen zu sehen, was er seinerseits in sich selbst zu sehen verfehlt oder vermieden hatte.

«Deine Japsenhure kriegt alles», schrie Fransisca und kauerte sich in eine Ecke. «Nie hast du an mich gedacht. Nie hast du auch nur eine Sekunde lang an jemanden anders gedacht als an dich selbst. Ich bin blind. Und deshalb glaubst du, ich merke nichts. Ich bin ja blind. Auf mich kommt es auch nicht an.»

«Wer hat dir solch einen häßlichen Gedanken in den Kopf gesetzt?» sagte er seinerseits. «Wie ist es bloß möglich, daß jemand, der so schön ist, so etwas Häßliches denken kann?»

«Alles Häßliche an mir kommt von dir», schrie sie. «Alles, was häßlich in mir ist, habe ich dir zu verdanken. Du siehst es. Du hörst es. Es ist häßlich. Deine Japsin ist nicht häßlich, was? Sie ist ja auch nicht blind. O Heilige Mutter Gottes, warum bin ich bloß blind geboren?»

Später bekam er nahezu die gleichen Worte in fast dem gleichen Tonfall zu hören, an dem Abend, als ihn Jaci anflehte, sie als seine Frau in seiner Nähe zu dulden.

«Du kannst kommen und gehen, wann du willst, und ich würde dir nie eine Frage stellen», sagte sie schluchzend, flehend. «Nie, nie. Wir könnten glücklich sein in den Stunden, die uns bleiben. Ich schwöre es. Ich möchte Kinder haben. Ich bin verrückt nach Kindern. Wir könnten wundervolle Kinder haben.»

«Nein», sagte er seinerseits in einem der wenigen einsichtsvollen Augenblicke. «Das geht nicht. Ich sinke in die Knie, wenn ich an das Unrecht denke, das ich angerichtet habe. Ich mache es auch wieder gut. Aber weiter zusammenleben, das ist unmöglich.»

Er hörte heute noch, wie ihr Körper auf dem Boden aufschlug.

«Schwarz, schwarz», schrie sie und riß sich das Oberteil ihres Kleides vom Leib. «Deshalb nämlich. Das ist der einzige Grund. Darum können wir nirgendwo hingehen. Du kannst mich nicht mitnehmen. Schwarz, schwarz, schwarz. O Christi Blut und Wunden, warum bin ich bloß schwarz geboren?»

Das zu leugnen, gab es keine Worte, und es gab auch keine Hoffnung auf Abhilfe, aber wie bei einem großen Kummer war noch der Wunsch übermächtig, ins Grab sinken zu dürfen, sich im Dunkel still zum Sterben niederzulegen, Hände und Füße gekreuzt, und auf Das Licht Der Krippe zu warten und auf Die Auferstehung.

«HILARIANA FRANSISCA ARACY O'DANCY BOYS» stand auf der Tafel in erhabener Schrift zu lesen.

Die Tür öffnete sich.

Papiere waren am Boden verstreut, Schubladen herausgerissen, Stühle umgekippt, ein langer Tisch lag umgestürzt auf der Seite, dahinter waren ein Paar braune Füße.

Der Nachtwächter, Moacyrs jüngerer Bruder, starrte über einen Knebel aus Sackleinwand hinweg. Ein Riß, und der Mann war davon befreit, und die lange Schere zerschnitt die Stricke an Händen und Füßen und das Seil, das seine Arme an den Heizkörper fesselte.

«O Herr», der Mann weinte wie ein kleiner Junge. «Ich habe versucht, mich zu befreien, aber ich hatte nicht die Kraft. Ich kann nicht aufstehen.»

«Bleib ruhig liegen», sagte Der O'Dancy. «Warte, bis das Blut zurückkommt. Wer hat das getan?»

Heitor rieb sich die Handgelenke.

«Mindestens ein Dutzend waren es», sagte er, den Blick zu Boden gesenkt. «Ich habe sie noch nie gesehen. Männer und Frauen.»

«Was hatten sie an?» fragte Der O'Dancy und gab ihm eine Zigarette.

«Ich habe nicht darauf geachtet», sagte Heitor und holte mühsam Atem.

Ein Schlag fetzte die Zigarette aus seinem Mund.

«Alle waren in *urucú*», sagte Der O'Dancy. «Alle waren *khimbandistas*. Stimmt's?»

Heitor rollte sich herum, greinend, und versuchte, die abgestorbenen Hände und die verkrampften Füße zu bewegen.

«Das ist unser sicherer Tod», schnatterte er. «Die *ialorixá,* sie hat's mir gesagt. Ein Wort nur, und Sie müssen sterben. Ihre Kinder dazu. Ihr Haus wird abbrennen. Ihr Vieh im Feuer umkommen. Alles. O Herr, Die Berührung liegt auf mir.»

«Die einzige Berührung, die dir blüht, verpaßt dir gleich meine Stiefelspitze», sagte Der O'Dancy. «Steh auf jetzt. Morgen reden wir weiter. Padre Miklos kommt mit dem Kreuz. Gehörst du zu *Umbanda*?»

Heitor schüttelte den Kopf, sah ihm frei in die Augen, und er lächelte fast.

«Meine Frau, ja», sagte er. «Ich nicht.»

«Wie hast du es bloß geschafft, hier weiter in Stellung zu bleiben?» fragte Der O'Dancy. «Hast du gewußt, daß hier *khimbanda*-Versammlungen stattfinden?»

Heitor nickte kaum wahrnehmbar.

«Alle haben es gewußt, Herr», sagte er. «Aber ich habe meine Arbeit hier unten. Nie bin ich nach oben gegangen. Ich komme um sechs und verschwinde wieder um sechs durch den Hinterausgang. Ich bediene die Heizung und kontrolliere die Thermostaten. Bis heute abend habe ich noch nie Scherereien gehabt. Ich lag bereits am Boden, ehe ich überhaupt was merkte.»

«Und du kennst keinen einzigen von denen?» fragte Der O'Dancy.

«Nur die *ialorixá*», sagte Heitor.

«Und wieso kennst du sie?» fragte Der O'Dancy.

«Sie ist schon viele Male hier gewesen», sagte Heitor gepreßt.

«Du hast mir doch gerade erklärt, daß es alles Fremde waren», sagte Der O'Dancy. «Hast du sonst noch einen gesehen, den du kennst? Denk daran, daß morgen das Kreuz hier ist. *Khimbanda* ist heute abend im Weihwasser ertrunken. Wer war hier?»

Heitor versuchte, auf die Knie zu kommen, fiel aber wieder hin.

«O Herr», ächzte er. «Herr, wir fordern Die Berührung heraus.»

«Clovis war hier, stimmt's?» fragte Der O'Dancy. «Clovis da Souza. Der Herr Aufseher. Bis vor einer Stunde. Doch jetzt? Ein Niemand.»

«Ein Niemand», sagte Heitor. «Ein Niemand?»

«Wenn morgen das Kreuz hierherkommt, um das Reinigungswerk zu verrichten, dann wird er noch weniger sein als ein Niemand», sagte Der O'Dancy. «Und jetzt schließ hier ab und geh nach Hause.»

«Aber ich darf doch nicht, Herr», sagte Heitor. «Die Ananas treibt

Knospen. Der Kaffee blüht. Dona Hilariana würde mir in den Sack treten.»

«So», sagte Der O'Dancy und lachte. «Du scheinst ja einen recht guten Begriff von dem Temperament der Dame zu haben. Das ist gut zu wissen.»

Die Cruzeiroscheine im Clip bildeten ein dickes Bündel.

«Hier», sagte er seinerseits. «Kauf dir eine gute Flasche. Hab keine Angst. Mit *khimbanda* wird jetzt gründlich aufgeräumt. Damit ist endgültig Schluß.»

«Aber Dona Hilariana hat sich das Haar abgeschnitten», flüsterte Heitor, kniend. «Zusammen mit den anderen. Da draußen. Heute nachmittag. Die Kinder haben es gesehen.»

«Kinder», sagte Der O'Dancy. «Was für Kinder waren hier?»

«Viele, von allen Familien», sagte Heitor. «Man hat sie auf Lastwagen hergebracht. Die Kinder sämtlicher Leute, die hier arbeiten.»

Der O'Dancy packte ihn vorn am Hemd und hob ihn auf.

«Wer hat die Lastwagen bestellt?» zischte er seinerseits. «Wer?»

«Mãe Jurema», sagte er leise, und sein Atem war sauer von Blut. «Alcides' Frau. Für das Kinderfest.»

«Das ist doch erst morgen», sagte Der O'Dancy.

«Heute hatten sie ein Extrafest», flüsterte Heitor. «Morgen ist Judastag.»

Der O'Dancy ließ ihn fallen.

«Morgen?» sagte er seinerseits. «Der war doch heute.»

Heitor blickte auf, schüttelte den Kopf und zeigte auf den Kalender hinter dem Schreibtisch.

«Nein, Herr», sagte er. «Mit dem Glockenschlag der Uhr. Morgen ist Judastag.»

Kein Zweifel, der Mann hatte recht.

Man konnte eine Uhr zurückdrehen oder beiseite stellen, doch wenn man ehrlich war, so änderte sich nichts dadurch, und man ließ es am besten auf sich beruhen.

Die Messe gestern abend war zum Gedenken an ihren Todestag zelebriert worden, und die Kathedrale glühte in einem Orchideenmeer für Fransisca, die Ungezeichnete, Stille, die ihm vor langen Jahren genommen wurde, und er seinerseits war damals betrunken gewesen und randalierend umhergezogen, kein Zweifel, und betrunken auch die letzte Nacht, und über allem hatte er vergessen, daß seinerzeit noch eine Nacht vergangen war, bis die bleierne Umhüllung in Dem Haus aufgebahrt wurde.

Doch die Tage kamen und gingen in steter Folge, und ein jeder rückte in immer weitere Ferne oder kam näher, von einem jeden tröpfelte ein eigenes Gift, und allen haftete der flüchtige Hauch der Verwesung an, und sie alle verschlangen ihren auf die Sekunde genauen Anteil der Zeit und falteten eine genau gemessene Spanne des Leichentuchs, und er seinerseits ein Verlorener, auf der Wanderschaft zwischen hier und dort und diesem und jenem, und es war keiner da, der ihm die Augen öffnete, bis auf Tomomi – und alle seine Gedanken vereinten sich zu Garben ihrer Verklärung –, und sie riß ihn am Zügel, daß das Salz warm in den Mund rann.

Es war an jenem Tag in dem Haus am Strand, und er seinerseits wurde wie ein Kind genommen, gebadet, in einen Kimono gehüllt und mit Sandalen versehen, und sie ihrerseits war ganz in Schwarz, zum erstenmal, soweit er sich entsinnen konnte, denn sie war stets sehr für Farben gewesen, und sie nahm ihn bei der Hand, schob die Tür auf und blieb stehen, ohne Miene zu machen, hineinzugehen.

Ein Mädchen kniete neben dem Tisch.

Mitsuko, ein Bild zierlicher Anmut – alle blühenden Blumen mögen sich zu ihrem Andenken in einem Kuß vereinen –, und sie war still und sanft wie eine Kinderfrau, ja, bis eines Tages der Bach Hochwasser führte und sie mitgerissen wurde und ertrank.

«Was ist denn nun los?» sagte er seinerseits. «Was soll das?»

Tomomi neigte den schönen Kopf.

«Es gibt gewisse Bedürfnisse», sagte sie leise. «Du läßt mich ja auch im Bad allein, weil es Bedürfnisse gibt. Ein Mann muß einmal allein gelassen werden. Oder möchtest du als Toter weiterleben? Ein Mann ist doch nur lebendig, wenn er sich als Mann erweisen kann. Hört das einmal auf, ist er nicht mehr er selbst. Meinst du vielleicht, ich möchte dich in einem solchen Zustand sehen? Ich bin nicht mehr, was ich war. In meinem Kopf hämmert und sprüht es. Mein Körper empfindet nichts mehr. Meine Zeit ist gekommen. Doch die deine noch nicht. Mitsuko hat meinen Mund, meine Hände, mein Herz. Friede sei mit dir.»

Tomomi.

So war es gewesen.

Und doch hatte sie nicht daran gedacht, daß die Bedürfnisse des Körpers im Gleichgewicht mit denen des Geistes gehalten werden sollten, und Mitsuko und all die anderen hatten nichts außer ihrer Schönheit, und sobald er sie genossen hatte, fielen seine Gedanken von ihnen ab wie trockene Blätter, die einander seichte Erinnerungen zuflüsterten und gemeinsam im Echo der Reue raschelten.

«Man kann nicht einfach eine feinfühlige Frau nach dem Akt beiseite werfen», sagte Padre Miklos. «Sie nimmt Schaden an Herz und Seele. Und es bleibt bestimmt nicht aus, daß auch Sie, Arquimed, entsprechend

Schaden nehmen. Sie gehen nicht unbelastet daraus hervor, was immer Sie auch denken mögen. Die Schwäre ist nur eine Frage der Zeit, und sie breitet sich aus und verseucht Sie. Sie brauchen gar kein solches Gesicht zu machen. Ich bin es mehr gewohnt, mit einfachen und derben Menschen zu reden, nicht wahr? Und Sie sind ja doch ein Mann von Welt, was? Allererste Kiste, so sagt man ja wohl? Sie haben die Unerschrockenheit eines Grobians und die Gehässigkeit eines Zynikers. Ihr Hohnlächeln macht Sie nur noch widerwärtiger. Erst, wenn Sie in einer heilsameren Verfassung sind, kommen Sie wieder zu mir. Ihre innerliche Trägheit besudelt Sie wie Unrat.»

Heitor stand gegen den Tisch gelehnt und massierte sich Finger und Handgelenke.

«Wonach haben diese Leute hier gesucht?» fragte er seinerseits.

«Weiß nicht, Herr», sagte Heitor. «Sie hatten auch kaum Gelegenheit dazu. Irgendwer schrie von oben, und alle rannten davon. Kommt Dona Hilariana morgen wieder her? Ich sollte morgen einen freien Tag haben. Und übermorgen. Zum Kinderfest. Meine kriege ich nicht oft zu sehen.»

«Ich schicke jemanden anders her», sagte er seinerseits. «Meinst du, daß dir jetzt nichts mehr passieren kann?»

«Ich schließe hinter Ihnen ab», sagte Heitor und zögerte. «Stimmt das . . . das mit dem Herrn Aufseher?»

«Es stimmt», sagte Der O'Dancy. «Meine Hand drauf. Gute Nacht oder guten Morgen, je nachdem, wie spät du es hast.»

«Gute Nacht, Herr», sagte Heitor. «Gehen Sie mit Gott.»

«Ich hoffe, daß mir das vergönnt ist», sagte er seinerseits.

Die schwere Tür schloß sich hinter ihm, elektrische Sperriegel schnappten zu, und der Mann blieb dort unten in Ruhe und Frieden zurück. Er seinerseits sann ein paar Augenblicke lang über das Leben dieses Menschen nach, das in Fußbodenfegen, Bohnern, Fensterputzen und Heizen bestand, oder was er sonst noch tun mochte, Tag für Tag, durch Monate und Jahre hindurch, ohne die kleinste Abwechslung, ewig in jenem gedämpften Licht, immer zwischen Tischen und Stühlen, die von Leuten benutzt wurden, die er nie zu sehen bekam, er selbst ein Bestandteil des fortschrittlichsten Instituts dieser Art, und dennoch den Kopf voller Angst und durchaus bereit, an die Kraft eines Fluches zu glauben, zitternd vor der Prophezeiung eines Zwitters, einer Halbfrau, die sich mit roter Farbe angeschmiert hatte, und nur, weil sie – oder er – zu *khimbanda* gehörte und ihm und anderen das Grauen davor von Geburt an eingeimpft worden war.

Der Hubschrauber kreiste noch immer über dem Gebäude. Das Gedröhn der Rotorblätter kam näher, während er seinerseits die automatische Türverriegelung einstellte, dann auf die Treppe hinaustrat und die Stablampe aufblitzen ließ. Zur Bestätigung, daß er das Zeichen gesehen hatte, schaltete der Pilot den Scheinwerfer aus und ein und ging dann auf der Betonabdeckung des Wassertanks nieder.

Die Rotorblätter standen fast schon still, und er seinerseits war gerade im Begriff, hinüberzugehen, da stürzten aus der Treppe zum Kellergeschoß scharlachrote Gestalten hervor, springend, sich überschlagend, Macheten in silbrigen Wirbeln schwingend. Und sie waren schon beinahe bis zum Hubschrauber vorgedrungen, nur noch wenige Meter von ihm seinerseits entfernt, doch da gab der Pilot Gas, und die Maschine hob sich in einem donnernden Luftschwall vom Boden ab. Er seinerseits rannte davon, hinaus aus dem Kreis des Scheinwerferstrahls, und der Pilot ließ den Hubschrauber von einer Seite zur anderen kippen, und die scharfen Kanten der Rotorblätter drohten Köpfe abzuschlagen, doch die Scharlachroten warfen sich im Gewirbel weißen Staubs auf die Betonfläche nieder, brachten sich kriechend in Sicherheit und hetzten in die Dunkelheit hinein auf die Garage zu.

Der O'Dancy gab einen Feuerstoß über ihre Köpfe hinweg, um ihnen Beine zu machen, ging dann hinter ihnen her und bedeutete dem Piloten, ihm zu folgen. Das Dach der Garage war über dem Gebüsch zu erkennen, und die Benzinpumpen waren beleuchtet. Ein Lastwagen und zwei Autos standen ohne Licht auf der Fahrbahn, und die Schatten drängten sich dort zusammen und hinein, Türen schlugen zu, und der Lastwagen fuhr, gefolgt von den Autos, davon, und sie zogen eine Wolke von Staub hinter sich her.

Nichts regte sich mehr auf dem Platz vor der Garage, und an den beiden Benzinkanistern aus dem Lagerraum hatte er seinerseits ganz schön zu schleppen.

«Gott behüte», sagte der Pilot und half ihm. «Was war denn mit denen los, Senhor?»

«Ach, die wollten sich nur amüsieren», sagte Der O'Dancy. «Glauben Sie an Satan?»

«Darüber habe ich eigentlich noch nie nachgedacht», sagte der Pilot und machte sich an den Schalthebeln zu schaffen. «Der junge Bursche, Senhor, ich habe nicht gesehen, wohin er gelaufen ist.»

«Alles in bester Ordnung», sagte Der O'Dancy. «Dies ist so ein Augenblick, wo ich froh bin, daß wir hier noch keine Asphaltstraßen haben. Und auch nur Holzbrücken. Gehen Sie dort drüben auf der anderen Seite des Wassers wieder herunter.»

34

Sie flogen durch die Staubwolke der Fahrzeuge, überquerten den breiten Wasserlauf jenseits der ersten Brücke und gingen über der zweiten, wo der Fluß eine Biegung machte, hinunter. Der Hubschrauber landete, und Der O'Dancy ergriff einen der beiden Kanister, schritt auf den Bohlenbelag hinaus und tränkte die Hauptträger reichlich mit Benzin. Trockene Zweige ergaben eine gute Lunte, die Flamme sprang über, loderte auf, und die ganze Brücke zerbarst in einem riesigen gelben Funkenball.

«Und jetzt zurück zu der anderen Brücke», sagte Der O'Dancy. «Unsere amüsierwütigen Freunde können die Nacht bei dem Ungeziefer verbringen. Hier draußen gibt es eine ganz treffliche Auswahl davon. Und morgen geht's mit ihnen in aller Gemütlichkeit ab ins Gefängnis. Ich habe schon immer viel davon gehalten, meinen Gästen Auserlesenes zu bieten.»

Der Staub hinter den Fahrzeugen hatte sich noch nicht wieder gelegt, als der Inhalt des zweiten Kanisters die Stämme der Brücke durchtränkte und die Flamme funkenregnend emporloderte. Hinter den Baumwipfeln brannte die andere Brücke lichterloh, und die Staubwolke bewegte sich darauf zu.

«Gefangen zwischen zwei Feuern, und das Wasser ist höchst unwirtlich», sagte Der O'Dancy. «Und nun zum Haus von Dona Ahatubai, wenn Sie die Güte hätten.»

«Haben Sie eine Ahnung, was das für Leute sind, Senhor?» fragte der Pilot. «Mich hat ja fast der Schlag gerührt. Eine ganze Menge von denen ist drüben beim Institut in den Fluß gestürzt. Ich ahnte ja gar nicht, daß das Ufer dort so steil abfällt.»

«Daniels Aufgang», sagte Der O'Dancy. «Ich bin restlos zufrieden. Die Leute haben ein gründliches Bad genommen, falls ihnen nichts Schlimmeres passiert ist. Doch egal, was ist, ich bin in ausgezeichneter Stimmung.»

«Ich könnte aber wegen dieser Sache meine Lizenz verlieren, Senhor», sagte der Pilot bekümmert.

«Das mag schon sein», sagte Der O'Dancy. «Doch es würde Ihnen sicherlich die Sprache verschlagen, wenn Sie wüßten, wie viele Leute schon ihre Lizenz verloren haben, weil sie nicht das Maul halten konnten. Das Schweigen ist in meinen Ohren immer noch die süßeste Musik. Und mindestens ebensoviel wert wie ein Gebet.»

«Ich bete bereits, Senhor», sagte der Pilot und ging in die Kurve. «Irgend jemand dort unten hat ein Herz für uns. Man hat Licht gemacht.»

Der Hubschrauber setzte rumpelnd auf, rollte ein paar Meter und bremste.

«Irgendwie kommt mir dieses rote Gesindel sonderbar vor, Senhor», sagte der Pilot. «Ein paar davon sahen aus wie Neger oder zumindest wie eine ziemlich schwärzliche Mischung. Wir wären vermutlich besser dran, wenn man die alle vergiftete. Ich kann mir nicht denken, was mit denen geschehen soll.»

«Aber ich weiß, was mit ihnen geschehen soll», sagte Der O'Dancy. «Genau das gleiche, was mit Ihnen und uns allen geschieht. Man wird uns Gelegenheit geben, uns durch ganz normale Evolution von diesem Gift zu befreien. Falls es daran liegt. Und dann ist es nicht mehr nötig, Das Himmelreich aufzutun. Wir werden alle dort bereits geboren.»

Drei Männer eilten herbei, zogen die Hüte und verbeugten sich. Fakkeln aus Zeitungspapier knisterten und sprühten Funken.

«Wo ist Alcides?» rief Der O'Dancy und ging zu ihnen hinüber.

«Er ist zu Dem Haus gegangen, Herr», sagte Thuriel, ein Traktorfahrer. «Ahatubai hat ein Kind geboren.»

«Deshalb bin ich ja hier», sagte Der O'Dancy. «Einer von euch soll vorausgehen und einer hinterher. Du bleibst bei mir. Auf diese Weise fallen wir wenigstens nicht in ein Loch.»

«Hier gibt's keine Löcher, Herr», sagte Thuriel. «Nur Schlangen.»

«Trotzdem. Schlangen können davonkriechen, Löcher nicht», sagte Der O'Dancy. «Warum seid ihr drei nicht in Dem Haus?»

«Der Nebel hat uns hier festgehalten, Herr», sagte Thuriel. «Nach Sonnenuntergang ist er immer dicker geworden. Alcides ist schon heute morgen losgegangen.»

«Euripedes hat sich aber zurechtgefunden», sagte Der O'Dancy.

«Der junge Senhor Estevão hat ihn bis zur Wegkreuzung im Lastwagen mitgenommen», sagte Thuriel. «Sonst war keiner hier außer der Krankenschwester. Auch sie ist mit dem jungen Herrn zurückgefahren.»

«Und wer kümmert sich um Dona Ahatubai?» fragte Der O'Dancy.

«Ihre Mutter und noch ein paar andere Frauen», sagte Thuriel. «Sie hat alles, was sie braucht. Und die Riesenfreude. Der Junge ist ein Bulle. Ein Hengst der Nacht. Ein richtiger Mann. Seine Vorhaut war länger als die Nabelschnur. Umbringen wird er die Frauen mit dem Ding. Dahinraffen wird er sie.»

«Wohin wollte der junge Senhor Estevão?» fragte Der O'Dancy.

«Zum Haus des Tomagatsu», sagte Thuriel. «Den ganzen Tag über sind hier Wagen vorbeigefahren.»

«Warum mit dem Lastwagen?» sagte Der O'Dancy. «Wo ist denn sein eigenes Auto, und wo steckt Megistes?»

«Er ist in Dem Haus, Herr», sagte Thuriel.

«Du meinst, in Dem Haus Der Zwölf Apostel», sagte Der O'Dancy.

«Nichts bleibt dem Herrn verborgen», sagte Thuriel und klappte die Augendeckel nieder. «Das ist schon möglich.»

Jurema stand in der Tür, in einem weißen spitzenbesetzten Kleid mit Schürze, groß, hager, barfüßig, und Lampenschein spiegelte sich glitzernd in der goldgeränderten Brille. Ihr Haar war noch immer schwarz, sorgfältig gekämmt und im Nacken straff zu einem Knoten geschlungen, und sie trug eine Blume hinter dem rechten Ohr, eine Halskette aus Affenzähnen und ein Armband aus roten und schwarzen Beeren und Seemuscheln.

«O Herr», flüsterte sie und legte die Hände wie zum Gebet unter dem Kinn zusammen. «Betrachten Sie unser Haus als das Ihre. Ahatubai ist Mutter. Ein herrlicher Sohn. Ein dicker Sohn. Der junge Senhor Estevão hat ihm zur Welt verholfen. Dr. Gonçalves war nicht da. Aber Die Heilige Jungfrau stand uns bei. Er ist gesund und munter.»

«Schade, daß Alcides nicht hier ist, um mit mir anzustoßen», sagte Der O'Dancy. «Und wo ist sie?»

Die Luft im Zimmer war schwer von Weihrauch und den Gerüchen der Geburt. Nachtfalter tanzten um drei Kerzen.

Jurema führte ihn zu einem kleinen Raum, wo sich an den Wänden Frauen drängten. Eine Kerze brannte mit langer Flamme vor den geschlossenen Fensterläden.

Ahatubai lächelte ihm dunkel aus dem Kissen entgegen. Ihre Zöpfe waren länger als die Arme auf der Decke. Neben dem Bett schaukelte eine Frau einen Korb. Jurema machte eine Handbewegung, und alle Frauen gingen in weißem Rascheln hinaus.

«Na», sagte er seinerseits und nahm die zarten Finger auf, um sie zu küssen. «Gibt es wohl einen Augenblick im Leben eines Mannes, wo er weniger zu sagen weiß?»

«Ich habe um einen Sohn gebetet», sagte sie leise, und ihre Augen wirkten noch größer, als er sie in Erinnerung hatte, strahlend und völlig verklärt.

Der Korb knarrte, und Jurema hob ein längliches Bündel heraus und kam um das Bett herum, während sie das Kind in ein Umschlagtuch hüllte.

«Der junge Senhor Estevão war wunderbar», sagte Ahatubai. «Ich habe Dr. Gonçalves gar nicht gebraucht. Alles war ganz einfach.»

«Du hättest in die Klinik gehen sollen», sagte Der O'Dancy. «Warum wolltest du das nicht?»

«Hier, im Bett meiner Mutter, bin auch ich geboren», sagte Ahatubai. «Und hier hatte ich's mir gewünscht. Ist das nicht begreiflich? Und ich habe recht damit gehabt.»

Jurema warf das Umschlagtuch auf einen Stuhl und hielt das in Wolle gewickelte Bündel hoch.

Der O'Dancy stützte sich auf dem Bett ab und drehte sich um.

«Ich lasse Padre Miklos herkommen», sagte er seinerseits. «Alles wird ordnungsgemäß erledigt. Ich möchte nicht sagen, daß ich dich vergessen habe. Aber man kann nicht an alles denken. Jeder von uns hat Vergebung nötig. So, und jetzt zeig mir den Jungen.»

Jurema schob ein Stück Spitze zur Seite.

Das Kind schlief.

Ein Negerkind.

Der O'Dancy streckte die Hand aus, um die Wärme zu spüren.

In weiter Ferne, über krachende Brecher, die Sand zwischen die Zehen spülten, die in den Augen brannten und in den Ohren dröhnten, hörte er die Stimme Ahatubais, die von dem Gewicht des Kindes redete und von den schweißnassen Stunden und von ihrer Enttäuschung, daß es nur ein Kind war und nicht Zwillinge oder gar Drillinge, und Creonice lächelte und reckte ihm die Brustwarzen entgegen, und Morenne atmete tief und schüttelte sich, und Lua zog die Perlenkette durch die Zähne, und gleichwohl sah er das Kind, nicht Euro, nicht Indio, sondern Afro, unverkennbar, bis zu den rosigen Handflächen.

«Das ist nicht mein Sohn», sagte Der O'Dancy. «Er hat nichts, aber auch gar nichts von mir.»

Jurema hielt das Kind fest in beiden Armen.

«Aber Herr», sagte sie, und ihr Lächeln wurde gezwungener, hektischer, dünner. «Das ist der Sohn, auf den Sie gewartet haben.»

«Er hat nichts von mir», sagte Der O'Dancy. «Ich schlage bei allen Kindern durch.»

«Er hat aber doch das rote Haar», sagte Jurema, und aus Ahatubais Kehle brach ein wütender Laut.

Das Kraushaar wies eine Spur von Dunkelrot auf, doch die Locken sträubten sich, als er flüchtig darüberstrich.

«Das könnt ihr doch nicht einem Mann erzählen, der ein ersprießliches Leben lang mit Frauen zu tun gehabt hat, die sich mit Henna meisterhaft auskannten», sagte er seinerseits. «Wenn ich mich hier einmal umsähe, fände ich bestimmt verfärbte Finger und Topf und Packung dazu. Das ist Henna. Und kein rotes Haar. Aber vielleicht seid ihr so gut und zeigt mir das Grau in seinen Augen.»

Jurema sah über die Brillengläser hinweg, und noch immer lag ein Lächeln auf ihrem Gesicht, aber auch tödlicher Haß.

«Sie erkennen ihn also nicht an», sagte sie.

Der O'Dancy reichte über den Kopf im Bett hinweg und legte einen Finger auf das Kruzifix.

«Ich verweigere ihm einen Platz in meiner Familie», sagte er seinerseits. «Ich war dazu bereit. Ich hätte ihn mit mir genommen. Wenn er irgend etwas von mir gehabt hätte, ja. Doch wo bin ich in diesem Kind hier? Seht ihn euch doch an. Was hat er von mir? Warum habt ihr mir den Langbogen geschickt?»

Ahatubai schrie, stopfte sich einen Zipfel des Lakens in den Mund, biß, riß, und ihr Schreien blieb ihr in der Kehle stecken.

«Ist nicht Euripedes der Vater?» sagte er seinerseits, und er war sich seiner Sache gewiß. «Laßt es darauf beruhen. Für euch wird gesorgt. Padre Miklos kommt her, um alles wegen der Taufe und der Hochzeit zu besprechen. Euripedes soll haben, was er sich wünscht. So, und nun gute Nacht, ihr beide.»

Er seinerseits schritt durch die Menge der verstummten Frauen im Vorderzimmer hindurch, und hinaus in den Garten und den Weg hinunter dem weißen Licht des Hubschraubers entgegen.

«Zum Tomagatsu-Haus», sagte er seinerseits. «Haben Sie irgendwelchen Whisky dabei?»

«Nein, Senhor», sagte der Pilot. «Doch in der Bordapotheke ist ein Fläschchen Weinbrand.»

«Dann öffnen Sie es für einen ambulanten Patienten», sagte Der O'Dancy. «Keine Wunden. Keine Quetschungen. Nur ein leichter Bruch, und zwar der einer schönen Illusion. Wenn man einen vollkommenen Narren zum Narren halten will, so ist das schlecht möglich. Prost Henna. Ich habe schon bessere Verwendungsmöglichkeiten dafür erlebt, das kann man wohl sagen.»

Der Alkohol wärmte das erstarrte Gemüt, aber das war auch alles.

Er seinerseits allein, nicht mehr belebt von den Gedanken an einen erstgeborenen Sohn, nur noch die Zeitspanne vor sich, bis das sechste Granitkreuz aufgestellt werden würde. Keine liebevolle Hand oder Zärtlichkeit, kein Parfüm in der rebellischen Süße der Haare hinten im Nakken, zwischen den Brüsten, im Nabel, doch halt, nicht weiter hinunter, und nirgendwo ein Plätzchen für ihn.

Eine Leere von Tagen ohne Frauen.

«Aber gibt es denn niemanden außer dir?» sagte Bruder Mihaul damals, als der junge Carvalhos Ramos Fransiscas Testament verlas. «Denkst du denn niemals an andere Menschen?»

«Wenn ich's mir genau betrachte, nein», sagte er seinerseits. «Wenn nichts für mich herausspringt, dann lassen mich die anderen kalt.»

«Du bist ein selbstsüchtiger Mensch», sagte Bruder Mihaul.

«Der Herr möge mir vergeben, aber das bin ich», sagte er seinerseits. «So hat Er mich eben geschaffen. Du sollst keine anderen Götter neben Mir haben. Daran glaube ich. Bin ich denn nicht Ihm zum Bilde geschaffen?»

«Ich bezweifle deine Art der Auslegung», sagte Bruder Mihaul. «Wir alle genießen denselben Tag. Und wir sind es, die dazu einer Uhr bedürfen. Eine verrückte Idee, nichts anderes. Wir wurden geschaffen, ja, und Ihm zum Bilde, ja, aber ist es nicht die Verwirklichung eines Einfalls am sechsten Tag? ,Und Gott sah an alles' – merk dir: alles, aber nicht den Menschen –, ,was Er gemacht hatte, und siehe da, es war sehr gut. Und Gott, Der Herr, machte den Menschen aus einem Erdenkloß, und Er blies ihm ein den lebendigen Odem in seine Nase. Und also ward der Mensch eine lebendige Seele.' Bist du noch immer so überzeugt davon, daß du Ihm zum Bilde bist? Hast du denn noch nie ein Pfefferkuchenmännchen mit Korinthenknöpfen auf dem Wams gegessen? War das nicht auch ganz vortrefflich dir zum Bilde?»

«Spitzfindigkeiten», sagte Der O'Dancy.

«Lerne lesen», sagte Bruder Mihaul. «Du darfst dich nicht so sehr auf dein Wunschdenken verlassen. Versuch es doch zur Abwechslung mal mit ein wenig Nachdenken. Ein jedes Wort, das je ausgesprochen wurde, ist weitergegeben worden. Ein jeder Gedanke ist von Generation zu Generation umgewandelt und überliefert worden. Nichts ist untergegangen. Alles, mit Ausnahme der Seele, wird wieder zu Staub, aus dem wir gemacht sind. Warum bist du bloß so widerwärtig selbstsüchtig? Bist du denn nicht ein Pfefferkuchenmännchen, das seine Korinthenknöpfe ängstlich festhält? Würde es dir sehr viel ausmachen, sie alle wegzuschenken? Niemand hat größere Liebe. Deinen salbungsvollen Reden nach, hältst du dich für einen Christen, nicht wahr? Aber darauf, daß du zur Kirche gehst, kommt es gar nicht so sehr an. Willst du nicht einmal ehrlich sein?»

«Ich weiß, was recht und unrecht ist», sagte er seinerseits. «Ich halte mich an das, was recht ist, wenn ich kann. Falls ich einmal gezwungen bin, unrecht zu tun, so geschieht das aus gutem Grund. Ich mache es schon auf irgendeine Weise wieder gut. Oder ich stelle mich Dem Jüngsten Gericht.»

«Du hast gar keine Wahl», sagte Bruder Mihaul. «Das ist eine unumstößliche Gewißheit. Korinthenknöpfe sind nicht dazu angetan, Den Zorn zu besänftigen.»

«Rede nicht mit mir wie mit einer Waschfrau», sagte Der O'Dancy.

Bruder Mihaul schlug mit beiden Händen auf die Sessellehnen und lachte lauthals zur Decke hinauf.

«Ich sehe dich noch vor mir, wie du die Hosen voll hattest», sagte er. «Die Mama hat dir eine Ohrfeige gegeben. Ein schmutziger kleiner Junge. Oder warst du vielleicht nie ein schmutziger kleiner Junge? Hat es etwa nie eine Frau gegeben, die sich vom Tage deiner Geburt an um dich kümmerte? Warst du jemals etwas anderes als ein schmutziger kleiner Junge? Der eine Waschfrau dringend nötig hatte? Warum sollte ich dann mit dir anders reden als mit ihr?»

Der Pilot wandte sich zu ihm um, und die Maschine ging in die Kurve.

«Das Tomagatsu-Haus, Senhor», sagte er. «Da unten ist aber eine Menge Wasser.»

«Landen Sie dort drüben auf der dunklen Stelle», sagte er seinerseits. «Das ist ein Rasen.»

35

Alle Lichter im Hause brannten, und die Lampen im Garten und unter der Wasseroberfläche flammten ganz allmählich auf und verbreiteten gedämpftes Licht in vielen Farben zwischen Stauden und Hainen mit Zwergbäumen, doch das Grün der zahlreichen Teiche wandelte alles ins milchig Verschwommene, so daß das Ganze zu schweben schien. Hundert kleine Seen gehörten zu dem Garten, der auf einer geebneten Fläche um das Haus herum angelegt worden war, und mochten sie auch verschieden in Größe und Abstand zueinander sein, so fügten sich doch alle dem riesigen Rechteck des Besitzes ein und bildeten eine kühle Oase in heißen Nächten und ein Wasserreservoir für die trockenen Gebiete am Fuß des Bergabhangs. Das Haus war auf sechs flachen Stufen in rein japanischem Stil erbaut worden, mit einer breiten Tür in der Mitte und Fensterwänden, die von jedem Zimmer einen prachtvollen Blick freigaben, und auf dem Dach befand sich ein Orchideenhaus.

Sobald der Hubschrauber gelandet war, schob sich die breite Tür auf, und die Familie stand einige Augenblicke lang als Silhouette gegen die Täfelung der Halle, bis die aus Glasziegeln gebaute Treppe in blaßrosa Licht erglühte, und all die Kimonos schimmerten in klaren Farben. Simão und Ini kamen die Stufen herunter, verbeugten sich und knieten nieder, und die Mädchen kamen hinterher, nahmen ihm seinerseits die Schuhe ab und strafften ihm die Strümpfe um die großen Zehen, damit er in die japanischen Sandalen schlüpfen konnte, zogen ihm das Jackett aus und halfen ihm in einen Kimono, und sie klatschten dabei in die Hände und sangen ihre kleinen Lieder, und er bekam so viele Umarmungen und Küsse, daß ihm, hätte er ihre Namen alle im Kopf gehabt, nicht einmal Zeit blieb, sie einzeln zu begrüßen, doch ihrer aller Parfüm verweilte und war Balsam für sein Herz.

«Ich habe euch warten lassen», sagte Der O'Dancy. «Dafür gibt es keine Entschuldigung.»

«Sie erweisen dem Haus meines Ahnherrn die Ehre», sagte Simão und trat beiseite. «Die Familie ist versammelt, um die Gunst Ihrer Gegenwart auszukosten. Wir waren gerade dabei, den Tag unseres Gründers im Gebet zu würdigen.»

Er seinerseits ging zwischen lachenden Menschen hindurch, bestürzt über seine Nachlässigkeit, daß er den Jahrestag des alten Tomagatsu vergessen hatte, jenes Mannes mit den unermüdlichen Händen und der gütigen Seele, und jeder Busch weißer Chrysanthemen möge ihm zum Gedächtnis duften, des besten Freundes, den er je gehabt hatte, auch wenn er am Ende zu seinem erbittertsten Feind wurde.

Der Gedanke an Tomomi hielt ihn in den Klauen und zerfleischte ihn mit langen Krallen, und wie immer schossen ihm die Tränen in die Augen, und er spürte die Wärme ihres Mundes, ein Streicheln ihrer seidenweichen Hände.

Ihre Blüten standen überall in hohen weißen Vasen.

In der kleinen verschwiegenen Kapelle in seinem Herzen betete er seinerseits, jetzt nicht schwach zu werden, nicht zu straucheln, und wie zum Trost vernahm er das feine Rascheln ihrer Röcke in teuerstem Lebewohl.

Lebewohl, ja, und sein Kopf war gesenkt und seine Augen blind.

«Etwas zu trinken wird Ihnen sicherlich über Ihre Müdigkeit hinweghelfen», sagte Simão. «Sekt vielleicht oder Whisky?»

«Krone der Schöpfung», sagte Der O'Dancy. «Den ganzen Tag habe ich schon danach geschmachtet.»

Die Männer kamen herein, die meisten in feierlicher schwarzer Kleidung, einige in Grau, ein paar in Malvenfarbe, andere in geblümtem Grün und Rot, und sie versammelten sich um ihn und verneigten sich tief.

«Ich beglücke jetzt meine Lippen mit einem Schluck auf einen der drei vortrefflichsten Menschen, denen ich außerhalb meiner eigenen Familie begegnet bin», sagte Der O'Dancy, nahm mit gekreuzten Beinen an dem niedrigen Tisch Platz und hob das schwere Glas. «Er kam mit dem edlen Herzen, das Der Herr ihm gab, und er hinterließ uns die Erinnerung an ein durch sein Leben noch edler gewordenes Herz. Und ein Imperium. Aus dem wir alle heute unseren Nutzen ziehen. Auf Inoyushi Tomagatsu. Er war mir ein zweiter Vater. Ihm gilt meine ganze Zuneigung.»

Alle knieten nieder, während er seinerseits trank, und sobald das Glas wieder auf dem Tisch stand, erhoben sich alle und tranken, und die Mädchen ließen sich auf Sitzkissen nieder, wo sie gerade Platz fanden.

«Heute würde er das niemals geschafft haben», sagte Cheiko Tomagatsu. «Die Banken hätten ihm das Fell über die Ohren gezogen. An den Hypotheken hätte er sich totgezahlt.»

«Damals kontrollierten ja auch die yankis noch nicht die ganze Wirtschaft hier», sagte Kiminobu und schnupperte an seinem Whisky.

«Das ist auch heute nicht der Fall», sagte er seinerseits. «Sie behaupten das lediglich, um eine billige Entschuldigung zu finden.»

«Aber die Macht des Dollars ist doch wohl unbestreitbar», sagte Izumi. «Der Dollar kontrolliert alles, selbst den Wert unseres eigenen Geldes. Wie sollen wir uns dagegen wehren?»

«Lassen Sie die Finger von Dollargeschäften», sagte Der O'Dancy. «Sie bedienen sich des Dollars? Sie sind auf den Dollar aus? Und dann schimpfen Sie noch auf die Amerikaner. Warum denn? Weil sie den Dollar haben?»

«Aber, Senhor, sie reduzieren uns zu dem Status einer Kolonie», sagte Eitaro. «Mit jeder Investition, mit jeder kleinsten Dividende bemächtigen sie sich immer mehr unserer Wirtschaft. Ohne ihre Genehmigung können wir uns überhaupt nicht mehr rühren. Habe ich nicht recht?»

«Sie sind es doch, die hier kolonisiert haben», sagte Der O'Dancy. «Ihr ganzer Besitz ist eine Kolonie Ihres Landes. Sie tragen die Kleidung Ihres Landes. Warum benutzen Sie denn nicht auch das Geld Ihres Landes?»

«Unser Land ist Brasilien, Senhor» sagte Kiminobu. «Natürlich steckt japanisches Kapital in unseren Unternehmen. Ohne das hätten wir hier herzlich wenig. Doch das ist gering zu dem der *yankis*. Wir sind Brasilianer. Die aber nicht. Und deshalb nehmen wir ihnen ihre Einmischung übel.»

«Aber handelt es sich hier nicht um eine sehr gesunde Einmischung?» fragte Der O'Dancy. «Was hätten Sie denn hier ohne sie? Finden Sie nicht, daß unser Land blüht und gedeiht?»

«Nicht so sehr, wie wir es uns wünschen, nicht so schnell und auch nicht in der von uns angestrebten Richtung», sagte Simão im Blitzen seiner Brillengläser auf der anderen Seite des Tisches. «In den Tagen unseres Ahnherrn begann die ganze Welt zu erwachen. Überall wurde plötzlich Gold entdeckt. Man konnte billig Geld aufnehmen. Jetzt sind die Zinssätze hoch. Alle Preise klettern, weil selbst der Bettler mehr verlangt, um mehr kaufen zu können. Zinsen müssen gezahlt werden, und zwar nicht innerhalb des Landes, sondern nach draußen. Was dazu beitragen sollte, unser Land groß zu machen, wandert in andere Taschen. Und diese Taschen diktieren uns ihren Willen auf. Unsere Wirtschaft ist vom Dollar abhängig, ob wir wollen oder nicht. Wir sind Strafgefangene in einem Dollargefängnis. Doch unsere Währung ist der Cruzeiro. Und niemand scheint bisher daran gedacht zu haben, den Dollar an die Stelle des Cruzeiros zu setzen. Natürlich nicht. Dadurch würde so manches einträgliche Geschäft zum Teufel gehen. Einträglich, das heißt, nur außerhalb des Landes. Aber wir haben es bitter nötig, den Dollar als Währung zu übernehmen, denn tun wir es nicht, sind wir für Ausländer nichts als eine Milchkuh.»

«Das würde Ihnen sicher am besten in den Kram passen», sagte Der

O'Dancy. «Doch die Tatsache, daß wir bisher überhaupt so weit gekommen sind, haben wir allein der Hilfe des Dollars zu verdanken. Wollen Sie das vielleicht bestreiten? Hat Ihr eigener großer Ahnherr das nicht erkannt? Ist nicht sein ganzes Vermögen in Dollarwerten angelegt?»

«Nur eine Frage, sich eine vorteilhafte Marktlage zunutze zu machen oder nicht», sagte Toyashi, der älter war und stiller als die anderen. «Aber es wird nicht immer vorteilhaft bleiben. Der Tag, wo das nicht mehr der Fall ist, kommt mit Sicherheit. Wenn nämlich die Menschen hinreichend aufgebracht sind, daß sie dann den Kommunismus akzeptieren. Aus reiner Ungeduld.»

«Das ist ein Zauberwort», sagte Der O'Dancy. «Eine Menge Leute sind so fasziniert davon, daß jeder es auf andere Weise interpretiert.»

«Marxismus oder Leninismus oder Stalinismus genügen im allgemeinen als Spielarten», sagte Izumi. «Es läuft alles auf dasselbe hinaus. Nur unbedeutende Abweichungen, nichts weiter.»

«Hätten Sie etwas dagegen, uns den Unterschied zu erklären?» fragte Der O'Dancy. «Das Wort jagt Ihnen einen Schrecken ein. Anderen sollte es ebenso ergehen. Nicht wahr? Ist jemand hier, der die Werke von Marx gelesen hat?»

Alle verharrten im Schweigen kniender Farben, die meisten Gesichter hinter Brillen, die Augen auf den Tisch gesenkt, die Hände verborgen, wartend. Das Pergament in den Schiebetüren erglühte hinter ihnen, und in einer Ecke blühte ein Zweig weißer Orchideen.

«Mit geziemendem Bedenken möchte ich erklären, daß ich sie gelesen habe», sagte Simão. «Für meine Doktorarbeit. Ja, ich habe nichts Bemerkenswertes darin gefunden.»

«Das ist im Augenblick völlig belanglos», sagte Der O'Dancy. «Aber ist Ihnen eins dabei nicht aufgefallen? Wenn die Zehn Gebote nicht verkündet worden wären, wenn Christus nicht gelebt hätte, würde es vielleicht auch nie einen Marx gegeben haben. Er hatte das große Glück, am friedvollen Busen des Kapitalismus seiner Zeit zu leben. Er hat seinen Nutzen aus diesem Frieden gezogen. Und was für ein Frieden war es? Ein christlicher Frieden. Ohne das Christentum, ohne daß alles an seinem gebührenden Platz war, hätte man nie etwas von Marx gehört. Es gab bereits Leute vor ihm, die ähnlich dachten. Alle waren Produkte einer christlichen Gesellschaftsordnung. Alle im dichtesten Kampfgewühl zwischen dem, was Gottes, und dem, was des Kaisers ist. Und die meisten waren auf Seiten des Kaisers. Ist das nicht der Kernpunkt der Auseinandersetzung zwischen Moskau und Peking? Der Schatten des Kreuzes spaltet sie. Moskau hat stets unter dem Einfluß des christlichen Glaubens gestanden. Jesus Christus ist dort immer lebendig gewesen. Ob es einem paßt oder nicht. Sein Licht leuchtet. Er hinterläßt Seine

Spuren in den Herzen der Menschen. Peking hat nie diese Berührung mit dem Christentum gehabt. Das ist der grundlegende Unterschied. Die Chinesen sind rückständig. Die wahre christliche Ethik, die fehlt ihnen.»

Wieder Schweigen, wieder Stille, und in dem anderen Raum der Gedanke an Tomomis Blüten, die strahlenden, die ihre eigene Sprache sprachen, die nur sie kannte und in der sie sich flüsternd mit ihnen unterhielt, was ihm seinerseits wie mit feinen Messern in die Seele schnitt und mit Genuß verletzte, und ja, eine jede Träne, die hinunterrann, war ein gezacktes Stück Eis.

«Aber, Senhor», sagte Toyashi und verneigte sich. «Es gibt doch auch noch andere Religionen. Andere Glaubensrichtungen. Und diese stehen nicht immer im Einklang miteinander.»

«Das ist wahr», sagte Der O'Dancy. «Sehr wahr sogar. Ich rede aber nicht von Religionen. Ich rede von Marx. Es gibt allerdings Leute, die daraus eine Religion machen wollen. Doch der gute Mann konnte nicht in die Zukunft sehen. Er hat die Dinge von seiner Warte aus betrachtet, wie sie eben vor hundert Jahren waren. Aber die Welt hat sich mittlerweile geändert.»

«Vielleicht hat Marx diese Änderungen bewirkt, Senhor», sagte Toyashi und verneigte sich wiederum. «Wir wissen, daß sich die Welt geändert hat. Doch für die Menschen, die in Armut leben, hat sich nichts geändert. Sie sind noch immer hungrig. Und sie wissen nichts von Marx. Aber andere haben ihn gelesen und sprechen davon. Die Ideen von vor hundert Jahren sind noch immer gültig, weil auch die Armut immer noch die gleiche ist. Der Hunger schmeckt heute noch genauso wie gestern. Leere Mägen haben keine Geschichte. Sie sind vielmehr Geschichte. Und alles andere ist bloße Aufzeichnung oder Mutmaßung.»

«Sie reden genau wie . . . na, wie heißt er noch . . . wie Hiroki», sagte Der O'Dancy und sah sich im Raum um. «Ist er nicht hier? Ich hätte ihn eigentlich gern gesprochen.»

«Er macht Ihnen morgen seine Aufwartung», sagte Eitaro. «Bestimmt.»

«Oha», sagte Der O'Dancy. «Ist es Ihnen doch zu guter Letzt noch gelungen, ihn zur Raison zu bringen?»

Alle verbargen ein Lächeln, die Augen zu Boden geschlagen.

«Er ist heute abend in Santos», sagte Eitaro und hob das Glas. «Er spricht in einer Versammlung und versucht, einen Generalstreik abzuwenden. Vielleicht ist ihm kein Erfolg beschieden. Doch wenn es ihm gelingt, eine Minderheit in ihrer Entschlußkraft zu schwächen, so wäre das auch schon ein Erfolg. Wenn er jedoch die Mehrheit dazu überredet, sich gegen den Streik auszusprechen, so wird sein Einfluß als Wortführer der Arbeiterschaft ganz erheblich zunehmen. Dann werden Sie erleben, wie es vorwärtsgeht.»

«Er sondiert doch nur, wie weit er die Erpressung treiben kann», sagte Der O'Dancy. «Ich kenne diese Tour.»

«Nein, Senhor», sagte Toyashi sanft. «Er hält nichts vom Streik als Waffe. Statt dessen hält er sehr viel vom Arbeiten. Härter arbeiten, länger arbeiten. In jeder Stunde mehr produzieren. Theorie durch Praxis veranschaulichen. Produktion, Ersparnisse, Rücklagen, Investitionen. Das ist sein Kredo. Es ist schwer, Ungeschulte von etwas zu überzeugen. Besonders die Ungeschulten in hohen Regierungsämtern.»

«Ungeschult in welcher Hinsicht?» sagte Der O'Dancy. «Im Marxismus? Dann könnten Sie es mir ebenso gut vorwerfen, daß ich nicht im Buddhismus geschult bin. Er interessiert mich nicht. Sich seinen Bauchnabel zu betrachten oder über eine Lotosblume nachzudenken, ist für meine Begriffe genausowenig sinnvoll wie Marx' Forderung ‚Jedem nach seinen Bedürfnissen'. Wer soll denn das entscheiden? Hat schon mal jemand davon gehört, daß Bedürfnisgerichte gegründet worden sind? Bedürfnisse sind ganz zweifellos vorhanden. Wer soll sie befriedigen? Wenn alle Bedürfnisse befriedigt würden, wer hätte dann noch Lust zu arbeiten? Würde jemand Ziegelsteine schleppen wollen? Baumstämme zersägen? Lastwagen fahren? Oder Fußböden fegen? Nichts als Phantastereien, die man den Leuten vorgaukelt. Denn es steht geschrieben, ‚im Schweiße deines Angesichts', und das ist noch heute gültig. Und die Fürsten des Marxismus fahren derweil in ihren Luxusjachten spazieren. Sie alle hier sind aus den Lenden eines Arbeiters gezeugt worden. Und keiner von Ihnen kann eigentlich behaupten, daß es ihm schlechtgeht, oder?»

«Ich glaube, es wird uns bald noch viel besser gehen», sagte Simão. «Natürlich können wir gegen die Übermacht des Kapitals nichts ausrichten. Aber wir sind dabei, uns zu formieren. Erst wenn unsere soziale Position genügend gefestigt ist, können wir hoffen, die Wirtschaft wenigstens teilweise zu kontrollieren. Zum Nutzen aller übrigen. Wir brauchen maßgebliche Leute bei der Kirche, bei der Polizei, bei der Regierung. Das alles kostet Zeit. Doch mit jedem Tag kommen wir unserem Ziel näher.»

«Augenblick mal», sagte Der O'Dancy. «Meinen Sie etwa Die Christliche Kirche? Die Römisch-Katholische Kirche?»

«Sie ist die mächtigste gesellschaftsformende Kraft», sagte Eitaro.

«Mehr nicht?» sagte Der O'Dancy. «Eine Kraft?»

«Sie beherrscht einen ganz bestimmten breiten Bereich des Denkens», sagte Toyashi. «Und in dieser Hinsicht kann man sie durchaus als Kraft bezeichnen.»

«Mit gewissen Vorbehalten möchte ich Ihnen beipflichten», sagte Der O'Dancy. «Wenn ich Sie recht verstanden habe, so planen Sie auf lange Sicht, die richtigen Leute in die richtigen Positionen zu lancieren und dann die ganze Nation zu bearbeiten. Wenn Sie die Gouverneure von ein, zwei Staaten zu Ihren Leuten zählen, die Polizeichefs, einen Block von Politikern, einen Kardinal oder ein paar Erzbischöfe, eine dünne Schicht Industrieller und Bankiers, dann ist das Ihrer Ansicht nach schon für Sie von Vorteil, nicht wahr? Um gleich mit Der Kirche anzufangen, so glaube ich, daß Sie da ein Enttäuschung erleben werden. Sie müssen an die Intelligenz und Geisteshaltung der Generationen nach Ihnen denken. Sie lassen Adam und Eva ganz außer acht, die beide fleischlich sind. Nicht bloß Material für die Statistik. Oder etwas Totes auf dem Papier. Sie müssen sich vor Augen halten, daß Sie es mit einer lebendigen Kirche zu tun haben, wenn Sie keinen kapitalen Fehler machen wollen. Die Kirche befaßt sich mit den Seelen. Und auch Sie werden sich mit den Seelen beschäftigen müssen, ehe Sie davon träumen können, die Menschen in die Hand zu bekommen. Sonst hagelt es Ihnen selbst in die Bude.»

«Mit der Kirche, Senhor, meinen Sie natürlich die christliche Kirche», sagte Eitaro. «Andere Religionen haben aber auch ihren Platz, nicht wahr?»

«In Brasilien ist Platz für alle», sagte Der O'Dancy. «Und ich warne Sie vor verhängnisvollen Trugschlüssen. Jeder Gedanke daran, Die Kirche für politische Zwecke einzuspannen, ist ein Sakrileg. Sie würden damit nur die Öffentlichkeit gegen sich aufbringen. Das wäre unklug. Genauso unklug, wie Sie sich im Augenblick mit einigen Ihrer Geschäftspraktiken erweisen. Sie werden sich dabei noch die Finger verbrennen.»

«Wir müssen unseren Verstand gebrauchen», sagte Izumi. «Andere bauen mit oder ohne Hilfe der Allianz für den Fortschritt. Wir aber werden von ihren Fehlern profitieren. Wollen Sie uns das verwehren?»

«Ich verwehre keinem etwas», sagte Der O'Dancy. «Aber mir gefällt es nicht, daß Sie hier so eine Art Mafia aufziehen. Das ist ein Stück Unflat, das Tomagatsu nicht mit hergebracht hat.»

«Unflat», sagte Kingore von der Seite herüber. «Senhor, warum gebrauchen Sie ein solches Wort?»

«Weil es darauf paßt», sagte Der O'Dancy. «Am besten lassen Sie die Finger von derlei Praktiken. Wie es scheint, setzen Sie alles daran, den Markt für Obst, Gemüse und Fisch in die Hand zu bekommen. Sie unterbieten die anderen und zwingen sie, das Feld zu räumen. Das sind gerissene Methoden, aber es bringt Ihnen nur Haß ein. Die Leute rackern sich ab, um ihren Lebensunterhalt zu verdienen. Und sie haben ein Recht darauf, ihre Erzeugnisse für einen anständigen Preis zu verkaufen. Und außerdem ist es ihr Land. Warum geben Sie dem Mann auf der Straße einen vortrefflichen Grund, Sie zu hassen?»

«Man haßt uns, ob mit oder ohne Grund», sagte Simão. «Wir sind nie Sklaven gewesen, deshalb. Das ist der unausgesprochene Grund.»

«Ich wünschte, es würde dabei bleiben», sagte Der O'Dancy. «Der Sklave selbst hat keine Verbrechen begangen. Er wurde in das Gefängnis seines Daseins geworfen, und eine bloße Bezeichnung stempelte ihn zu dem, was er war. Und dennoch blieb er vor Dem Auge Des Herrn immer eine liebliche Seele. Manche behaupten, alle Russen und Chinesen seien Sklaven. Es macht ihnen sogar Freude, das zu behaupten. Und sind Sie nicht auch auf dem besten Wege, selbst in diesen Fehler zu verfallen? Hier in diesem Land, das Sie als das Ihre bezeichnen?»

«Wir nutzen nur, was sich uns bietet», sagte Taizo aus dem Hintergrund. «Es ist ein Saisongeschäft. Das Grünzeug fault. Fisch fault. Wir haben eine Menge Geld in Gefrieranlagen gesteckt. Und nur, weil irgendwer von diesem und jenem ein bißchen anbauen kann, soll das bereits Grund genug sein, einen von uns geschaffenen Markt zu übersättigen und dadurch die Preise zu drücken? Ist das die gesunde Basis für einen Markt?»

«Wenn Sie als Brasilianer in Japan arbeiteten, wie lange würden Sie sich da wohl halten?» sagte Der O'Dancy. «Und kommen Sie mir jetzt bloß nicht damit, daß Sie hier geboren sind. Wie lange wohl? Eine brasilianische Mafia in Japan? Ein absurder Gedanke, was? Aber wir sind ja Christen, und wir sind langmütig, und wir lassen Narren gewähren. Und Sie sind die Narren, die sich das zunutze machen. Tomagatsu hat nie so gedacht. Er ist sich selbst stets treu geblieben. Er hat nie ein falsches Spiel getrieben. Er war ein *daimio,* ein Edelmann. Warum sind Sie es nicht auch?»

«Es gibt hier keine Aristokratie», sagte Taizo. «Höchstens die des Geldes. Doch in unserem Status sind wir alle gleich.»

«Eine arme Seele, die so arme Gedanken ausspricht», sagte er seinerseits. «Das ist der Stolz befreiter Sklaven. Welch himmelweiter Unterschied zu dem Stolz freier Männer. Sie haben die Mentalität der Leute angenommen, über die Sie Herr zu werden hoffen. Der Stolz muß eine angeborene Selbstverständlichkeit sein, oder er macht zum Krüppel.»

Wie ein lichtvolles Wunder kam ihm plötzlich der Gedanke an Divininha, die herrliche, engelschöne Nackte, und ihr köstliches Haar loderte in einem bronzenen Wirbel, als sie sich ihm zuwandte.

«Liebster, mir ist da etwas durch den Kopf gegangen», sagte sie, und ein frischer Hauch ihres Parfums kam aus dem Badetuch. «Was bedeutet dir Stolz? Hast du je darüber nachgedacht? Ich meine jetzt Fransiscas

Stolz. Noch bevor sie von Tomomi erfuhr. Oder, sagen wir, Tomomis Stolz. Noch ehe sie dieses und jenes zu hören bekam. Von meinem Stolz wollen wir jetzt gar nicht erst reden. Damals, ehe ich von Lua und noch ein paar anderen erfuhr. Was bedeutet dir Stolz? Hast du je darüber nachgedacht?»

«Wie kommst du denn auf diese Idee?» fragte er seinerseits, im Bett mit seinen Zeitungen. «Hat dich eine neue Seife dazu inspiriert oder was?»

«Nein», sagte sie und frottierte sich liebevoll den Nacken. «Ich überlege nur, warum wohl Tomomi alles vernichtet hat. Die Photos zum Beispiel. Nachher gehe ich mit Amoru ein wunderschönes Geburtstagsgeschenk kaufen. Meiner Meinung nach gibt es kein vollkommeneres Mädchen. In jeder Beziehung. Ich wünschte, ich hätte Tomomi gekannt. War sie so wie Amoru?»

«Im Herzen ähneln sie sich», sagte er seinerseits, und insgeheim fühlte er sich jämmerlich dabei. «Rein äußerlich, nein. Tomomi war nur halb so groß. Sie hatte schwarzes Haar. Ich muß viele Hundert Photos von ihr gemacht haben. Und kein einziges ist mehr da.»

«Was meinst du, warum sie sie weggeworfen hat?» sagte Vanina und setzte sich auf die Fensterbank. «Amoru ist der Ansicht, daß sie die Familie gehaßt hat, weil die Familie sie haßte.»

«Weder in ihrem Herzen noch in ihren Gedanken war auch nur ein Fünkchen Haß», sagte er seinerseits. «Sie wollte ihr eigenes Leben führen. Ich weiß es jetzt. Weil sie ein einsames Leben führte. Sie widmete sich ganz ihrer großen Idee. Ein *brasileira* zu sein. Genügt das nicht? Ist es nicht durchaus möglich, daß sie alle Bilder von sich vernichtet hat, damit ihren Kindern außer der Erinnerung an sie kein Anhaltspunkt mehr blieb? Warum sollte ich das alles wieder aufrühren?»

«Aber wieso möchtest du nicht darüber sprechen?» sagte Vanina.

«Allein der Gedanke, auch nur ein Wort dazu äußern zu müssen, regt mich entsetzlich auf», sagte er seinerseits. «Wir sind nur einmal zwanzig, dreißig, vierzig Jahre alt, Gott sei Dank. Wir verschleißen unseren Organismus, und dann empfehlen wir uns.»

«Falls du jetzt eine zweite Tomomi fändest, würdest du sie haben wollen?» fragte Vanina.

Doch er warf nur die Zeitungen in raschelnden Wolken von sich und lachte, und sie lachte auch, aber es klang wie ein Weinen.

«Ich bin nicht rasiert und würde dich wund kratzen, wenn ich dich jetzt küßte», sagte er seinerseits. «Warum willst du ausgerechnet jetzt über Stolz sprechen? Wo ist denn dein eigener, daß du mir so zusetzt?»

«Das tu' ich ja gar nicht», sagte sie, rollte das Handtuch zu einer Wurst zusammen und legte es sich um den Rücken. «Ich frage ja nur, ob du sie haben wolltest. Würdest du uns beide als eine Frau ansehen? Wenn du das tätest, würdest du einen fürchterlichen Fehler begehen.»

«Es wäre weniger ein Fehler als vielmehr ein Wunder», sagte er seinerseits. «Ich bin bereits außer Konkurrenz.»

«Darauf würde ich mich an deiner Stelle nicht zu sehr verlassen», sagte sie und ging zur Tür. «Sind alle Frauen in deinen Augen nur einfach eine einzige Frau? Ist das deine Art der Rechtfertigung vor dir selbst?»

«Von Rechtfertigung kann gar nicht die Rede sein», sagte er seinerseits. «Wenn mich der Liebreiz einer Frau gefangennahm, so stieß ich in sie hinein, falls sie mich ließ. Wenn nicht, dann war die Sache für mich erledigt.»

«Was würdest du empfinden, wenn ein anderer Mann sich Amoru gegenüber so aufführte?» fragte sie. «Oder mir gegenüber? Was dem einen recht ist, ist dem anderen billig.»

«Man kann nicht in eine Frau hineinstoßen, wenn sie nicht will», sagte er seinerseits. «Es sei denn, sie ist so schwach, daß sie sich nicht mehr wehren kann. Doch keins von beidem habe ich je versucht. Wenn eine Frau nicht mit dem Herzen dabei ist, so ist ihr Körper nichts als ein Gummisack. Eine hilflose Frau ist noch schlimmer. Dann ist's nur noch Fleisch.»

«Welch ein Leckerbissen», sagte Vanina.

«Wenn ich Entgegenkommen spürte, kannte ich keine Skrupel», sagte er seinerseits. «Das ist doch logisch. Wenn ich von dem anderen überhaupt etwas bemerkte, nun, ich weiß nicht recht. Denn wenn man erst mal angefangen hat, dann ist kein Halten mehr.»

«Empfindest du denn wenigstens angemessene Reue, Liebster?» spottete sie, bereits in der Tür. «Solltest du nicht einen kleinen improvisierten Galopp über die Via Crucis einlegen?»

«Den Teufel werde ich», sagte er seinerseits. «Ich habe lediglich wie ein Mann von hohen Grundsätzen gesprochen. Hätte ich allerdings auch danach gelebt, wäre ich nicht der, der ich bin. Fransisca würde womöglich heute noch leben. Du könntest jetzt nicht mit Amoru einkaufen gehen. Amoru wäre gar nicht erst geboren. Nun, ist das eine klare Antwort oder nicht?»

Divininha hatte die Tür schon fast geschlossen.

«Breonha mußte sterben», sagte sie und beschwor einen Schatten aus einer anderen Welt herauf. «Sie wäre noch weitaus schöner geworden.»

«Ich rasiere mich heute eine Stunde früher», sagte er schmeichelnd. «Eigentlich sollte ich dich jetzt küssen. Nicht, weil ich ein reuiger Sünder wäre. Sondern weil ich ein verdammter Narr bin. Weiß man, was man so daherredet? Weiß das überhaupt einer? Ist nicht schon das Denken-Müssen Hölle genug? Wenn man sich vorstellt, daß alles einmal vorbei ist – hol's der Teufel.»

Ja.

Stille kniete ringsum im Raum, und die Familie wartete.

Die Farben, die weißen Wände, die kleinen *sake*-Krüge, alles war so wie in den berückenden Jahren in dem Haus am Strand.

Und doch war es nicht genauso.

«Man spricht bereits von höheren Steuern», sagte Yoichiro. «Die Lebenshaltungskosten verdoppeln sich alle sechs Monate. Die Gehälter und Löhne sollen durch Gesetz um achtzig Prozent gesteigert werden. Und zwar schon bald, sagt man. Wie lange wird es dauern, und sie klettern um weitere achtzig Prozent in die Höhe? Um hundert Prozent? Und dazu noch höhere Steuern. Wer soll das bezahlen?»

«Muß man mich denn immerzu mit Politik oder Finanzen belämmern?» fragte er seinerseits einen lieblichen Schatten, der zu seiner Linken kniend, das Licht fernhielt.

«Aber warum denn nicht?» sagte sie. «Wir sind doch ganz Ohr. Ich werde meinen Söhnen erzählen, daß ich dich gehört habe. Ich küsse deine Stimme.»

Alle Männer zollten Yoichiro Beifall, und die Mädchen gingen herum und schenkten *sake* und Whisky ein.

«Das ist der Tribut, den wir der Allianz für den Fortschritt zollen müssen», sagte Toyashi. «Doch für wessen Fortschritt? Mehr Steuern, mehr Geld, das man uns aus der Tasche zieht, mehr Anleihen, die wir von den Banken aufnehmen müssen, und die Bankiers verlangen höhere Zinsen. Ausländer, die hier investieren, ziehen ihren Nutzen aus höheren Dividenden. Das sauberste Gewerbe ist immer noch das Ausleihen von Geld gegen Zinsen. Und wer soll die Steuern eintreiben? Das ist der schwache Punkt. Die Leute dazu sind einfach nicht vorhanden. Ein Mann, der intelligent genug ist, Steuern einzuziehen, kann im Handel ungleich mehr verdienen, es sei denn, er läßt sich bestechen. In diesem Fall haben wir in ein paar Jahren eine neue Millionärsschicht.»

«Sie glauben also nicht, daß es unter uns auch noch ehrliche Menschen gibt?» sagte Der O'Dancy.

«Viele ehrliche Menschen sogar, Senhor», sagte Sessue. «Und zwar solche mit einer Menge Geld.»

«Folglich sind Sie alle ehrliche Menschen», sagte Der O'Dancy.

«Unter unseresgleichen steht's damit schon besser», sagte Simão und verneigte sich.

Aus der Ferne klang so etwas wie ein Maultierschrei herüber, doch sonst vernahm er keinen wirklichen Laut außer seinem eigenen Atem, und er hätte ihnen am liebsten jetzt ein paar unmißverständliche Wahrheiten an den Kopf geschleudert, aber wenn er auch die Worte dazu bereit hatte, so war doch ein wundervoller Abstand zwischen seinen Gedanken und seiner Zungenspitze, denn die Krone der Schöpfung hatte keine Zeit verschwendet.

Und er seinerseits lächelte lieber.

Alle lachten, die Farben flossen ineinander über, und die Brillengläser funkelten.

Was doch ein Scherz bewirken konnte.

Ach ja.

«Übrigens», sagte er seinerseits und sah auf den Teller mit kandierten Früchten. «Ich wollte eigentlich mit Koiokos Eltern sprechen. Koioko und Estevão. Das gibt eine Ehe, wie ich sie für mich selbst gewünscht hätte. Sollen wir gleich einen Tag in der nächsten Woche festlegen, wo wir uns über die geschäftliche Seite unterhalten können?»

Izumi verneigte sich.

«Ich telephoniere, Senhor», sagte er. «Koioko sollte eigentlich im Hause sein.»

«Die Mädchen heutzutage tun, was ihnen gefällt», sagte Mayaki. «Wie ist das bloß möglich? Ich hätte das nie gewagt.»

«Sie gehören eben zum falschen Teil der Familie», sagte Der O'Dancy. «Tomagatsu-Frauen haben stets nur das getan, was ihnen gefiel. Und das haben sie einer zu verdanken. Tomomi.»

Der liebreizende Schatten an seiner Seite streckte einen Arm aus und drückte seinen Kopf zärtlich an die Schulter, und wenn das Parfüm nicht das gleiche war, wen, zum Teufel, kümmerte es schon, denn der Arm war stark und beschützend, die Brüste waren nachgiebig, und das Bestreben war da, die eine Frau zu sein, die wunderbare, liebenswerte, doch es war nur ein Schatten, nicht mehr als ein Schatten derer, die vor Jahren dahingegangen war, und selbst die wirbelnde Leere des Whiskys schmälerte nicht den Schmerz, trübte keine Erinnerung an ein feines Lächeln im Halbdunkel, an den Klang des Kamms in langen, knisternden Strichen durch schwarzes Haar hinter den Pergamentwänden, das Klappern von hölzernen Sohlen, die sich mit honigsüßem Tee näherten, an den Druck der Knie auf der Matratze, an kühle Hände, ein heißes Handtuch, Arme in fleischlicher Umschlingung, an Wiegengeflüster auf japanisch, nie übersetzt, das sich aus einem Wasserfall in ihrem Herzen zu ergießen schien, und an die katzenhafte Anmut seidiger Muskeln, die ihn immer wieder dazu getrieben hatte, die bebend geöffneten Lippen in ihre Schulter zu vergraben.

«Väterchen, Lieber», sagte Serena irgendwo hinter ihm. «Nicht böse sein, bitte. Wir haben überall nach Stephen gefahndet, konnten ihn aber nirgendwo finden. Trotz des Nebels haben wir versucht, bis zu Ahatubais Haus durchzukommen. Schließlich sind wir hergefahren. Aber er anscheinend nicht. Wo könnte er denn deiner Meinung nach stecken?»

«Langsam», sagte er, riß sich von dem herzerwärmenden Schatten los und richtete sich auf. «Um Stephen geht es, nicht wahr? Vor ein paar Stunden ist er bei Ahatubai weggefahren. Warum eigentlich ist er nicht hier?»

Serena schwenkte dankend den Zeigefinger, als man ihr etwas zu trinken anbot und sie zum Sitzen aufforderte. Sie sah zu ihm seinerseits hinunter, die Finger unter dem Kinn verschränkt, den schlanken Körper in ein blaues Badetuch gewickelt und den lieblichsten Kopf im ganzen Raum mit einem blaukarierten Tuch umwunden.

«Er wollte sich mit Koioko treffen», sagte Mayaki. «Sie hat Blumen mitgenommen und ist im Jeep losgefahren. Sie wollten anschließend zu Dem Erbe hinüber.»

«Wir haben auf sie gewartet», sagte Serena. «Als sie nicht kamen, da dachte ich schon, es könnte etwas bei Ahatubai passiert sein. Doch wir sind ganz umsonst hingefahren.»

«Und du hast nichts von dem Kind gehört?» sagte er seinerseits.

«Doch», sagte Serena. «Stephen hat mich angerufen und machte sogar noch Witzchen. ,Wenn das Paps' Sohn ist, dann dreht sich der arme alte Mendel im Grabe herum.' Wir waren ziemlich fest davon überzeugt, daß das Kind von dir ist. Aus ganz bestimmtem Grund. Aber seine Mutter wollte es uns nicht zeigen. Doch sag, Väterchen, wo steckt Kyrillis?»

«Dort, wo man ihm das Übel austreiben wird», sagte Der O'Dancy und legte die Hand über das Glas, um nicht mehr nachgeschenkt zu bekommen. «Warte mal. Was ist eigentlich mit Stephen und Koioko? Wo sind die beiden?»

«Koioko hat sich heute nachmittag zum Schrein begeben, so wie es auch ihre Großmutter und ihre Mutter vor ihr getan haben», sagte Izumi und verneigte sich. «Mit Blumen, Senhor.»

Wieder herrschte Schweigen, und Serena stand vor ihm, die Hände unter dem Kinn gefaltet, und blickte auf ihn hinunter.

«Und was weiter?» sagte Der O'Dancy. «Ist sie mit ihm durchgegangen? Sind die zwei auf und davon? Ich würde es ihnen nicht einmal übelnehmen. Ich bin immer dafür gewesen, die Initiative zu ergreifen.»

«Väterchen, es ist Stunden her, daß er mich gebeten hat, bei der *cabaña* zu warten», sagte Serena. «Er ist die Straße am Fluß entlang gefahren, um Koioko zu treffen, und dann wollte er zu Dem Erbe, ein paar Noten holen, und anschließend herkommen.»

Das Schweigen so vieler Menschen umfing ihn.

Der O'Dancy stellte das Glas beiseite.

«Langsam», sagte er seinerseits. «Jetzt verstehe ich überhaupt nichts mehr. Tomagatsu ist doch keine Minute zu Fuß von hier beigesetzt.»

Serena hielt sich das Gesicht, als ob es auseinanderzubrechen drohte, und wandte sich halb ab.

«Senhor», sagte Simão im Gefunkel sich verneigender Brillengläser. «Es ist zu Ehren des Tages, an dem die Familie O'Dancy Dona Aracýs gedenkt. Mein Ahnherr hat stets sein Liebeswerk mit ihren Lieblingsblumen gefüllt.»

«Sein Liebeswerk?» sagte Der O'Dancy. «Wo ist denn das?»

«O Väterchen, der Pavillon unten am Fluß», sagte Serena, und dicke Tränen rannen ihr über das Gesicht. «Den er für sie gebaut hat.»

«Ein Spiegelbild seines Herzens», sagte Simão. «Er dachte dabei an den Schrein am Fuß des Fudschijamas.»

Irgendwo jenseits des Stimmengewirrs, jenseits der goldenen Leere des Whiskys, irgendwoanders, kalt und weit, weit entfernt, drehte sich ein Schädel mit langgeschwungenen Hörnern bleich im Flammenschein, und Spinnengeruch wogte in den Ausdünstungen schmutziger Weiber.

«Nichts wie raus jetzt», sagte Der O'Dancy und kam mühsam auf die Beine. «Schande über mein Haupt, daß ich den Ehrentag meiner eigenen Urgroßmutter vergessen habe. Nichts wie raus.»

36

Stimmen riefen, Hände versuchten, ihn zurückzuhalten, Serenas Tränen flehten, doch die Sandalen wurden von den Füßen geschleudert,
der Kimono flog beiseite, und die Steine unter den bestrumpften Füßen
waren nicht gerade angenehm, aber die Suche nach einem Weg durch die
grüne Düsternis der Teiche hielt alles Fühlen nieder, und der Pilot schaltete das Licht ein, und niemand wäre ihm seinerseits jetzt willkommener
gewesen.

«Zurück zum Fluß», sagte Der O'Dancy. «Doch zuerst zum Hügel
der Kreuze. Haben Sie auch genug im Tank?»

«Alles in bester Ordnung, Senhor», sagte der Pilot und half ihm beim
Einsteigen. «Das einzige ist nur dieser Nebel.»

Grünes Wasser glitzerte in farbsprühenden Schleiern im Schein der
gelben, rosa und blauen Lampen, und das Haus glitt unter ihnen hinweg,
und Blätter stoben von dunklen Baumkronen, und der Pilot nahm Kurs
auf den Fluß. Lange Wolkenspulen breiteten sich weiß über einen Teil
der Niederung, und der Fluß schimmerte dahinter auf, ein Blinzeln, ein
leuchtender Schnörkel, und dunkles Weideland, dunkler noch die Quadrate mit Zuckerrohr, etwas heller die Anbauflächen mit Bananen, die
fast schnurgeraden Reihen der Ananas und glänzendes Wasser, dort, wo
in der Nähe des Flusses Reis wuchs.

Der Hügel zeigte seinen schwarzen Buckel gegen den Himmel, noch
ein wenig zu weit entfernt, als daß man die Kreuze sehen konnte, und
der Nebel bauschte und blähte sich, einem Brautschleier gleich.

«Ganz tief unten im Bauch sitzt ein Gebet», sagte Der O'Dancy.
«Wenn ich's nur herausbrächte. Womöglich schaffe ich es auch, aber
dann kann es sein, daß ich das Gebet hinterher verwünsche.»

«Wie stark ist Ihr Glaube, Senhor?» fragte der Pilot.

«Ebenso stark wie Ihrer», sagte Der O'Dancy. «Warum fragen Sie?»

«Wir fliegen hier genau genommen nur kraft der Stärke unseres Glaubens», sagte der Pilot. «Wären Sie nicht der Chef, keine Macht der Welt
würde mich bei diesem Wetter vom Boden wegbringen. Besonders nicht
hier in dieser Gegend. Der Wind kann jeden Augenblick umschlagen,
und wir sehen überhaupt nichts mehr. Ich bin mit den hiesigen Boden-
verhältnissen wenig vertraut. Wenn wir irgendwo gegenbrummen, vergeben Sie mir und dann auf Wiedersehen im Himmel, Senhor.»

«Auf Wiedersehen, von mir aus», sagte Der O'Dancy. «Und wenn's denn sein soll, zum Teufel damit. Ich bin kein Fatalist. Ich glaube nicht daran, daß Dinge geschehen, weil sie unabänderlich sind. Ich halte nichts von ‚Sein oder Nichtsein' und habe das immer als die blödeste aller Spitzfindigkeiten empfunden. Wenn einem Das Sein zuviel wird, soll man Schluß damit machen. Und wenn einem Das Sein angenehm ist, soll man weitermachen. Alles übrige ist poetische Faselei. Und es gibt viel zu viele Faselhänse. Vor dem Spiegel, da können Sie solche Leute stets finden. Die bewundern, was andere nicht sehen. Bedauernswerte arme Hunde.»

Das Wasser unter ihnen strudelte, ein helles Band in der Nacht, hier und dort schimmernd, dann und wann glitzernd, genug, um ihnen zu sagen, daß sie sich über dem Fluß befanden.

«Gehen Sie tiefer hinunter», sagte Der O'Dancy. «Bis zur Insel und dann weiter geradeaus. Der Hügel ist hinter der Nebelbank da vorn.»

Der Pilot schaltete den Scheinwerfer ein, dessen weit auseinandergefächerter Strahl auf die weißen Ballen prallte, die unten wie Milchsuppe schwappten, doch plötzlich stieß er mitten in die Finsternis, auf schwarzes Blattwerk, und ein Pfad schimmerte rot, und rote Erde ragte vor ihnen empor und sank unter dem aufbrüllenden Motor wieder zurück.

«Das vor uns ist der Hügel, Senhor», sagte der Pilot, als ob es ihm erst nachträglich bewußt wurde. «Fast wären wir dagegengebraust.»

«Es ist aber nichts passiert, also keine Aufregung», sagte Der O'Dancy. «Und jetzt zu dem Haus da drüben, so tief Sie können. Doch geben Sie auf die Kokospalmen acht. Die sind ziemlich hoch.»

Als ob das Land plötzlich zu Ende wäre, so verbarg sich die rote Erde unter dem gezackten Rand des Gewimmels, das wogte, kreiste, niemals verharrte, wie brodelndes Pech.

Spinnen waren überall, vom Haus den Pfad hinauf bis zum Hügel.

«Bewegt sich da unten etwas?» fragte der Pilot und bündelte den Scheinwerferstrahl, doch nur so lange, bis er die hüpfende Masse in fürchterlichem Gedränge erblickte, und Beklemmung stand in seinen Augen.

«Ich habe ganz vergessen, Ihnen etwas mitzuteilen», sagte Der O'Dancy. «Ich glaube, Dona Koioko Tomagatsu ist dort unten. Und mein Sohn Estevão.»

Der Pilot setzte sich aufrechter, ließ das Scheinwerferlicht weiter auseinanderfächern, wendete die Maschine über die Höhe zurück und flog über die abgeflachte Kuppe mit den Gräbern. Die Reihe der Kreuze erhob sich dunkel gegen den Himmel, und als das Licht sie traf, waren sie mit einemmal scharfkantig, granitgrün und lächelten in die Nacht.

Das Gewimmel bedeckte fast schon die eine Seite des Hügels, ein riesiges schwarzes Mal auf Erde und Gras, das um die Treppe brandete, die zu dem Grabgewölbe hinaufführte.

«Dort unten ist ein Lastwagen, Senhor», sagte der Pilot und ging in die Schräglage, um zu wenden. «Und ein Jeep.»

Der Jeep lag umgekippt auf der Seite, und der Lastwagen stand dunkel mit offener Tür, und auf beiden wimmelte es schwarz. Der Pilot drückte die Maschine so tief hinunter, daß sie die Spinnen in ekelerregenden Einzelheiten sahen, und entweder verbreiteten die Rotorblätter Schrecken oder der wirbelnde Staub irritierte sie, denn im Handumdrehen waren die Fahrzeuge frei, und schweigend darüber schwebend überzeugten sie sich, daß niemand dort unten war.

«Dem Herrn im Himmel sei Dank», sagte der Pilot und stieß erleichtert den Atem aus. «Ich dachte schon, mit denen sei's vorbei.»

«Sie glauben also an Gott?» fragte Der O'Dancy.

«Ich bin dem Ende schon zu oft so nahe gewesen, als daß ich nicht an ihn glauben könnte», sagte der Pilot. «Nie hätte ich für möglich gehalten, daß es so etwas überhaupt gibt.»

«Sie sind eben ein Stadtmensch», sagte Der O'Dancy. «Ist das nicht Rauch da vorn?»

Bläuliche Wolken vermischten sich mit den weißen Dünsten über dem Fluß, und der Pilot flog einen weiten Bogen, tief unterhalb der Kreuze, hinüber zur Eingangspforte auf der anderen Seite, und das steinerne Geländer der Treppe schimmerte golden im Schein der Flammen. Das Gewimmel bildete einen schwarzen Teppich auf den unteren Stufen und hielt vor dem Feuer, das sich zu beiden Seiten durch Gras und Blumenbeete fraß.

Der Pilot flog höher, hinauf zum Kreuz Leitrims, und der Scheinwerfer strahlte in schwankendem Weiß, und Stephen hatte sein Hemd ausgezogen und stand oben auf dem Dach des Grabgewölbes, und Koioko hüpfte mit gefalteten Händen und geöffnetem Mund unten auf der Pflasterung herum.

«Ich gehe bei der ebenen Stelle gleich dort drüben herunter», schrie der Pilot. «Nehmen Sie das Schnellfeuergewehr, Senhor. Halten Sie mitten hinein, wenn sie über den Rand kommen.»

Die Maschine prallte auf, bremste, und er seinerseits sprang hinaus, und wenn auch die Pflasterung glatt aussah, so hatte sie doch scharfe Kanten, und Koioko mußte den größten Teil des Weges allein zurücklegen, um ihm in die ausgebreiteten Arme zu fallen. Stephen trabte herbei und streifte sich im Laufen das Hemd über, wobei er das Jackett zwischen den Zähnen hielt. Der Pilot zog Koioko in die Kanzel hinauf, und er seinerseits und Stephen kletterten hinterher, und der Hubschrauber schwang sich davon.

Der gleißende Kreis des Scheinwerfers richtete sich auf den Rand der Kuppe, und die Spinnen sprangen, die Vorderbeine emporgestreckt und gespreizt, zu Dutzenden, Hunderten, Tausenden, und eine Unzahl von Augen glitzerte bösartig in dem schwarzen Auf und Nieder.

Koioko saß neben dem Piloten, Stephen hinter ihr.

«Na, habt ihr den Abend genossen?» fragte er seinerseits, während sie einschwenkten und dem Flußlauf folgten.

«Ich bin nicht tapfer», sagte Koioko. «Die haben mir das Blut in den Adern gerinnen lassen.»

«Niemand auf der Welt ist tapferer», sagte Stephen und legte ihr die Hand auf die Schulter. «Ich hatte nur Angst, daß das Benzin nicht reichen würde, oder daß das Feuerzeug nicht funktionieren könnte. Wir wären in das Grabgewölbe geklettert, hätten die Tür hinter uns zugemacht und gehofft, daß morgen jemand den Lastwagen findet.»

«Ich bin mitten in sie hineingeraten», sagte Koioko. «Ich habe noch versucht, mit dem Jeep den Hügel hinaufzufahren, aber ich bin gegen einen Felsen geprallt. Ich konnte gerade noch abspringen, und der Jeep stürzte hinunter. Und dann wurde es auch bald dunkel.»

«Ich habe gebetet, als ich den Jeep sah», sagte Stephen. «Mir blieb noch gerade soviel Zeit, das Benzin zu holen. Gottlob bewegen sie sich alle gleichzeitig. Dadurch verlangsamt sich ihr Tempo.»

«Na?» sagte er seinerseits. «Was hältst du denn jetzt von ihnen? Heute morgen hattest du noch etwas eigenwillige Ansichten darüber, nicht wahr?»

«Wir wollten morgen mit den Kindern zum Picknick dorthin fahren», sagte Stephen, ohne sich zu ihm umzuwenden. «Ich hatte gar keine Ahnung, daß es so viele sind. Sie sprangen sogar noch, als die Flammen sie bereits erfaßt hatten. Wie kam es, daß du dort aufgekreuzt bist, Paps?»

«Koioko war längst überfällig», sagte er seinerseits. «Ihr hattet euch doch hier verabredet. Aber beantworte mir meine Frage. Würdest du sie am Leben lassen?»

Stephen schüttelte den Kopf.

«Ausrotten», sagte er. «Ich will es morgen gern selbst besorgen.»

«Ich bin noch vor Mittag unten, um mich davon zu überzeugen», sagte Der O'Dancy. «Nicht etwa, weil ich dir nicht traue. Aber ich möchte des Nachmittags friedlich schlafen können. Und vorher muß ich mich noch in eigener Sache um einiges Ungeziefer kümmern. Wir werden also beide allerhand Arbeit haben.»

«Bist du bei Ahatubai gewesen?» fragte Stephen, ohne sich zu ihm umzublicken.

«Ja», sagte Der O'Dancy. «Und ich habe versprochen, für sie und ihren Zukünftigen zu sorgen.»

Stephens Hinterkopf konnte man es ansehen, daß er lächelte.

«Ich wäre zu gern noch geblieben, um mir den Verlauf eures Gesprächs mit anzuhören», sagte er. «Sie hat vorher schon einmal ein Kind gehabt. Vermutlich ist es irgendwo auf einem Altar gelandet.»

«*Khimbanda*», sagte er seinerseits.

Stephen nickte kaum wahrnehmbar.

«Das ist nämlich das andere Ungeziefer», sagte er seinerseits. «Wie kann man das ausrotten?»

Diesmal wandte sich Stephen ganz zu ihm um.

«Erst, wenn wir selbst ein wenig gewachsen sind», sagte er. «Das Kind, das heute zur Welt kam, ist bereits darin verhaftet, ehe es noch von der Mutterbrust entwöhnt ist. Und wie viele andere auch? Es wird heute und morgen noch seinen Lauf nehmen. Keiner kümmert sich darum. Und sollte es doch jemand tun, so behält er es für sich. Deshalb habe ich mich mit Onkel Mihaul zusammengetan. Man muß es an den Tag bringen und die Leute erziehen. Und das ist mit ein Grund, warum Koioko meine Frau wird.»

«Und was sind die anderen Gründe?» fragte er seinerseits.

«Ich liebe sie», sagte Stephen. «Und seit heute nacht nur noch mehr. Wir heiraten, bevor ich von hier weggehe. Dann kann ich sie mitnehmen.»

«Koioko», sagte er seinerseits. «Gibt es irgend etwas, was du haben möchtest, damit deine schönen Augen wieder strahlen?»

«Ja», rief sie über die Schulter zurück. «Stephen.»

«Entschuldigen Sie, Senhor», sagte der Pilot. «Zum Tomagatsu-Haus oder zu Dem Erbe?»

«Zu Dem Erbe, bitte», sagte Koioko. «Ich muß mich um Dona Divininha kümmern. Sie braucht mich.»

«Der Herr möge dich in Sein Herz schließen», sagte Der O'Dancy. «Sie braucht dich wirklich. Geh du zuerst zu ihr. Ich sehe nach Hilariana. Was, um Himmels willen, ist da zu machen? Ob es irgend etwas gibt?»

«Deshalb arbeite ich doch mit Onkel Mihaul zusammen», sagte Stephen. «Wenn ein gerissener Kopf dieser Bewegung je eine politische Idee einimpft und so etwas sich bis zum Trancezustand steigert, wie könnte man da noch verhindern, daß diese Leute wählen, wie man es ihnen vorschreibt? *Umbanda* ist nichts weiter als primitivster christlicher Gottesdienst. Austreibung des Bösen, Heilung von Krankheit und Auferstehung der vermeintlich Gestorbenen, das ist Herzstück und Seele von *Umbanda*. Jetzt braucht bloß einer zu kommen und eine weitere christliche Idee einzubringen, wie zum Beispiel ‚die Elenden werden das Land erben'. Und dann ist's nur noch ein Schritt, bis unser Staat so gut wie kommunistisch ist. Was könnte eine solche Entwicklung aufhalten?»

«Entschuldigen Sie, Senhor», sagte der Pilot. «Sie glauben doch wohl nicht, daß das eine ernst zu nehmende Gefahr ist, oder? Ich weiß über *macumba* und diesen ganzen Unsinn recht gut Bescheid, aber das betrifft doch nur einen Teil der Schwarzen. Wenn die mal aus dem Ruder laufen, denken Sie nicht auch, daß wir mit denen noch allemal fertig werden?»

«Wir können mit Gewehren und Bomben ebensogut umgehen wie andere auch», sagte Stephen. «Draht gibt es genug, um Gefangenenlager damit zu umzäunen. Aber Märtyrer sterben für ihren Glauben. *Umbandistas* werden ohne zu murren sterben. Mit Vergnügen sogar. Denn den Tod erkennen sie nicht an. Für sie ist das nur der Beginn eines besseren Lebens. Die Geburt in die Welt, nach der sie alle verlangen. Die Welt, die sie bewohnen, wenn sie in Trance sind.»

«Aber ist das nicht eine Art Hypnose?» fragte der Pilot, nur zu offenbar anderer Meinung. «Betrunken oder berauscht, jenseits jeder normalen Geistesverfassung. Im Grunde genommen doch kaum etwas anderes als Tiere, meinen Sie nicht auch?»

«Ob ich das meine?» sagte Stephen, leicht wie eine Baumwollflocke. «Ich gehöre dazu. Und eine ganze Reihe meiner Freunde ebenfalls. Zumeist Akademiker. Ich kenne auch noch ein paar bei der Luftwaffe. Sind wir darum Tiere?»

Der Pilot zuckte mit den Achseln und hielt auf die Lichter des Landeplatzes zu.

«Zum erstenmal, daß ich so etwas höre», sagte er. «Sehr viele können das nicht sein.»

«Wir brauchen in diesem Land keine Leute, die den Kopf in den Sand stecken», sagte Stephen. «Doch in jedem von uns ist etwas von einem Vogel Strauß.»

«Und außerdem setzen Sie sich gegenüber den Schwarzen mal nicht so aufs hohe Roß», sagte Der O'Dancy. «Ohne sie wäre das Land hier zum größten Teil noch Dschungel. Von Städten wäre auch kaum etwas zu sehen. Nähmen Sie die Schwarzen und ihre Nachkommenschaft, was bliebe da noch viel?»

«Es war nicht meine Absicht, jemanden zu verletzen», sagte der Pilot und schwebte über dem Landeplatz ein, und seiner Stimme merkte man an, wie er bemüht war, zu besänftigen. «Es hat wenig Sinn, über die Hautfarbe zu reden, nicht wahr? Bei uns existiert dieses Problem ja nicht. Zumindest nicht in der Form wie bei den *yanquis*.»

«Ob es uns paßt oder nicht, es ist nun einmal da», sagte Der O'Dancy. «Wir tun so, als ob es nicht existierte. Doch es ist viel schlimmer. Es existiert im Verborgenen.»

«Aber darüber reden, heißt doch noch lange nicht, daß es bei uns ein Problem ist», sagte der Pilot. «Es gibt keinerlei Beweise dafür, nicht wahr?»

«Wie ist denn die Hautfarbe der Politiker oder sonstiger Persönlichkeiten hierzulande?» fragte Stephen. «Haben Sie schon mal einen Schwarzen erlebt, der einen führenden Posten bekleidet oder irgend etwas anderes Lohnendes getan hat?»

«Das ist eine Frage der Bildung», sagte der Pilot, ohne zu zögern und voller Überzeugung. «Ganz zweifellos gibt es bei uns ein Schulproblem. Umsonst bezeichnet man uns ja auch nicht als unterentwickelt. Doch aus einem Problem braucht man ja nicht gleich zwei zu machen, nicht wahr?»

«Zweihundert und noch mehr», sagte Stephen. «Keine Schulen, keine Akademiker. Keine Akademiker, keine Hoffnung auf Bildung. Keine Bildung, kein sozialer Aufstieg. Das alles sind in drei Sätzen zweihundert getrennte und eindeutige Probleme und noch mehr. Dazu kommt, daß wir in den meisten Teilen des Landes über die Hälfte von je tausend Neugeborenen einbüßen, und die meisten davon sind schwarz oder mischblütig.»

«Ein paar Stunden Flugzeit, und wir wären über dem nackten Brasilien», sagte Der O'Dancy. «Millionen. Ungezählt. Sehr viele können das nicht sein, sagten Sie? Wie viele meinen Sie wohl? Darüber reden, heißt noch lange nicht, daß das bei uns ein Problem ist, wie? Wir haben viel zuviel Angst, den Mund aufzumachen. Wir schämen uns viel zu sehr, ihre Existenz zuzugeben. Bloß weil sie sich zu malerisch ausnehmen? Oder weil sie arme Verwandte sind? In den Versammlungen der Weltorganisationen tun wir uns mit einer Menge hochtönender Ratschläge hervor, doch innerhalb unserer eigenen Landesgrenzen wissen wir uns selbst keinen Rat. Und wenn andere uns damit kommen, nehmen wir übel. Besonders, wenn es sich um die *yanquis* handelt.»

«Und von der Liebe spricht keiner», sagte Koioko leise. «Es geht nicht nur um die Männer. Es geht auch um die Frauen und Kinder. Diskussionen, Gesetze und Politik, das ist alles wunderschön, aber es wird einem himmelangst dabei. Was wir brauchen, ist Liebe. Es gibt so wenig Liebe. Und soviel Haß. Wie habe ich diese Spinnen gehaßt. Aber auch sie leben doch nach ihren eigenen Gesetzen. Wie sonst sollten sie denn leben? Es gibt Leute, die hassen die Schwarzen. Doch warum bloß? Weil sie leben? Oder weil sie genauso leben wollen wie wir? Wir machen sie zu dem, was sie sind. Wir sind selbst schuld an ihrem Elend. Es geht nicht darum, wie viele Schulen wir bauen müssen, um irgend etwas zu erreichen. Sondern darum, wie viele wir bauen müssen, bis der Haß ausgemerzt ist.»

«Ich hasse niemanden», sagte der Pilot, als ob er beleidigt wäre, und stellte den Motor ab. «Der Haß, dem ich bisher begegnet bin, war jedenfalls gutartig. Kein Blut. Kaum blaue Flecken. Nur viel Geschrei. Aber die werden es schnell müde. Eine Tasse Kaffee bringt vieles wieder ins Lot. Der Rest ist nicht so wichtig.»

«Vielen Dank für den Flug», sagte Stephen und half Koioko herunter.

«Wir schulden Ihnen unser Leben lang Dank», sagte sie. «Ich werde zum heiligen Christopherus für Sie beten.»

«Dem Herrn sei Dank für die *yanquis*», sagte Der O'Dancy und strich anerkennend über den Rumpf des Hubschraubers. «Einer von Ihnen soll Sonntag nachmittag herauskommen, um mich in die Stadt abzuholen.»

«Wird gemacht, Senhor», sagte der Pilot. «Ich hoffe nur, Sie haben mir mein Gerede nicht verübelt.»

«Im Gegenteil», sagte Der O'Dancy. «Man soll einen Menschen ruhig reden lassen, wenn man wissen will, was in seinem Kopf vor sich geht.»

Stephen und Koioko warteten jenseits des Lichtscheins vom Kontrollturm im Dunkel, aus dem sich weiter hinten Das Haus in strahlender Helligkeit heraushob, erleuchtet vom Keller bis zum Dachboden, Licht in jedem Fenster, und dazu der Schein der grünen, rosa und blauen Lampen zwischen den Bäumen und Sträuchern des Gartens.

«Ich glaube, Mihaul hat recht», rief Der O'Dancy den beiden schon von weitem zu. «Wenn wir die Sache nicht in die Hand nehmen, die großen Herren an den grünen Tischen scheren sich einen Dreck darum. Es gibt vermutlich noch viel, viel mehr zu tun, als wir es uns im Augenblick vorstellen. Koioko, wäre es dir lieber, wenn ich Portugiesisch spräche?»

«Ich bin dabei, Englisch zu lernen», sagte Koioko und schmiegte sich noch enger an Stephen. «Ich habe bereits einen Lehrer.»

«Wenn du's ganz richtig lernen willst, dann müßtest du bei mir Unterricht nehmen», sagte Der O'Dancy. «Was Das Haus betrifft, so glaube ich nicht, daß es je reiner war als im Augenblick. Ob es nächste Woche nicht noch einer Säuberung bedarf? Ach, lassen wir es gut sein, die Zimmer werden ohnehin täglich geputzt. Doch werden wir uns je ruhigen Herzens dort niederlassen können? Ich bin mir noch im Zweifel, ob wir nach allem das Silber-Zimmer überhaupt wieder benutzen sollen.»

«Im Augenblick glänzt es sicherlich vor Sauberkeit», sagte Stephen. «Aber du brauchst jemanden, der sich von nun an um das ganze Haus kümmert. Vanina war krank. Seelisch und körperlich krank. Doch ihr Geist ist nicht in Mitleidenschaft gezogen worden, deshalb erübrigt es sich, darüber zu sprechen. Alles wird jetzt ganz anders werden. Du findest eine völlig veränderte Frau vor. Nur mußt du etwas Geduld haben.

An vieles wird sie sich nicht mehr erinnern. Doch ich werde ihr helfen.»

«Wieder mit Hilfe der Trance», sagte Der O'Dancy. «Wenn ich bloß halbwegs genau wüßte, was du meinst. Schande über mich, aber wie fällt man in Trance? Was ist das eigentlich? Hast du Erfahrungen damit, ist es in deinen Augen etwas Angenehmes?»

«Beides möchte ich bejahen», sagte Stephen und legte den Arm um Koioko, und es war fast so, als ob er und nicht sie schutzbedürftig wäre. «Man fühlt sich dabei, als ob man in ein Meer von wärmender Elektrizität gespült wird. Kein Schmerz, keine Furcht, gar nichts. Und es kommt die Zeit, wo man es nicht mehr entbehren möchte. Man wünscht sich, wieder in diesen Zustand versetzt zu werden. Es verleiht einem ein Gefühl der Macht, doch einzig und allein über die Elemente. Es ist zweifellos Medizin für Leib und Seele.»

«Und man erinnert sich an nichts mehr?» fragte er seinerseits.

«Es ist ein Gefühl vollkommener Friedlichkeit», sagte Stephen. «Schon nach den ersten Sekunden ist jede Erinnerung an etwas Konkretes versunken. Und wenn man wieder daraus hervorkommt, so ist es, als ob man aus einem warmen Bad steigt. Ein paar flüchtige Gedanken, besser kann man es dir nicht beschreiben. Aber auch die sind bald wieder vergangen. Die Erinnerung scheint noch weniger nachzuwirken als an einen Traum.»

«Und bei diesen *khimbanda*-Leuten ist das genauso?» fragte er seinerseits.

«Nein, und darüber sollte man sich völlig im klaren sein», sagte Stephen. «*Umbanda* bedeutet, grob gesagt, eine Einheit, eine gemeinsame Ausrichtung auf ein gemeinsames Ziel oder zu einem gemeinsamen Zweck. Im wesentlichen bedeutet es Verehrung des Einen Gottes durch den Einen Heiligen Geist. *Khimbanda* ist genau das Gegenteil davon. Eine Menge Leute finden es bequemer. Ihnen sind die körperlichen Genüsse lieber. Doch sie vergessen dabei, daß sie bezahlen müssen. Gewiß geraten auch sie in Trance. Die Trunkenheit ist der einfachste Zustand der Trance. Delirium tremens ist ein tieferer, mit Halluzinationen verbundener Zustand. Es ist nicht schwer, Menschen in Trance zu bringen, wenn alle dasselbe tun, in demselben Rhythmus und in derselben Absicht.»

«Wie weit ist Padre Miklos in diese Sache verwickelt?» fragte er seinerseits.

Stephen lachte, und Koioko legte den Kopf zurück und lächelte hinauf zu den Wolken.

«Jeder Priester, der je eine Monstranz emporgehoben hat, kennt den Zustand der Trance, oder er hat als Priester nicht viel getaugt», sagte er. «Schon vor langer Zeit hat sich Die Kirche gegen öffentlich praktizierte Trance ausgesprochen. Es gab zu viele Heuchler. Zu viele Scharlatane. Padre Miklos hat den größten Teil seines Lebens damit zugebracht, *Umbanda, macumba* und *khimbanda* zu studieren, weil ihm gar nichts anderes übrigblieb. Er weiß genau, daß durch Edikte überhaupt nichts zu erreichen ist. Ich glaube, ich bin der erste in der Familie, mit dem er je darüber gesprochen hat. Die frühen Christen haben das Heidentum nicht dadurch ausgerottet, daß sie es ignorierten. Und Die Kirche wird nichts zuwege bringen, wenn sie ihre Drohungen ausstößt. Aber es ist in vielerlei Hinsicht eine ernst zu nehmende Sache, nicht nur im Hinblick auf die Religion oder die Moral. Wie viele Tage habe ich hier schon in der Klinik verbracht, ohne mehr zu tun zu haben, als höchstens eine Schnittwunde zu säubern oder jemandem eine Serumspritze zu geben. Doch zu den *Umbanda*-Versammlungen, da drängen sich die Menschen. Alle suchen bei den Medien Heilung. Und ganz unbestritten schaffen sie es auch, die Leute zu heilen. Sie haben die Kraft. Es berührt einen seltsam, wenn man dabei zusieht. Das Wunder unserer Zeit.»

«Aber diese künstliche Befruchtung, von der halte ich überhaupt nichts», sagte Der O'Dancy. «Mit einer Frau wie mit einem Stück Vieh zu verfahren, dafür habe ich kein Verständnis.»

«Mit *Umbanda* hat das nichts zu tun», sagte Stephen. «Die Frauen wollen die Schwangerschaft oder nicht. Afrikanische Frauen wünschen sich weiße Kinder. Darüber besteht nicht der leiseste Zweifel. Natürlich lieben sie auch ihre schwarzen Kinder. Doch viele sind ganz versessen darauf, sich mit Weißen zu vermischen. Aber oft geschieht das nur, um zu verdrängen, was sie wirklich empfinden. Sie sehnen sich nach weißen oder zumindest helleren Kindern. Sprich mal mit Cleide. Sie wird es dir erklären. Aber mit *Umbanda* hat das gar nichts zu tun.»

«Hast du schon einmal versucht, in Trance zu heilen?» fragte er seinerseits.

Stephen ging langsamer, und Koioko legte den Arm um ihn.

«Nein», sagte er. «Erstens wäre es nicht mit meiner Auffassung von Ethik zu vereinbaren. Und außerdem müßte ich noch mehr über die Seele wissen. Ich möchte genau wissen, was eigentlich ‚Trance' ist. Was dabei in der Seele vor sich geht. Welche Kräfte angewendet werden, die bis zu dem betreffenden Augenblick nicht existent erscheinen. Aber sie existieren tatsächlich. Es gibt sie. Und sie sind außerordentlich wirksam. Ich möchte eine Erklärung dafür finden, warum ein sonst durchaus vernünftiger Vater vor seiner fünfzehnjährigen Tochter auf die Knie fällt und sie um ihren Rat bittet. Nur weil sie in Trance ist. Ist es ein Körper, der von einem anderen Geist in Besitz genommen wird? Was ist ein Geist? Hat die christliche Theorie recht, oder haben wir zu irgendeiner

Zeit einmal etwas vergessen? Wenn wir sterben, so kommen wir vor Gottes Gericht. Stimmt das? Und warum ist es dann den ‚Geistern' gestattet, in die in Trance befindlichen Körper zu schlüpfen? Sind sie vom göttlichen Gericht freigelassen worden? Und wenn einer oder Tausende, warum nicht all die vielen Millionen von Toten? So viele Warum. Und bisher nur einige bequeme Theorien. Doch ohne jeden Gehalt.»

«Du hast ja wirklich sagenhafte Probleme», sagte Der O'Dancy. «Aber ich werde noch vor dir die Lösung erfahren. Das heißt natürlich nur, wenn Asche überhaupt noch etwas in Erfahrung bringen kann. Denn ich rechne damit, daß ich in dem Augenblick, wo man mir die Hände faltet, gleich im Fegefeuer losschmore. Was meint Koioko dazu?»

«Hätten Sie uns nicht heute nacht dort herausgeholt, würde ich gar nichts mehr meinen», sagte sie, den Kopf unter Stephens Kinn geschmiegt. «Wäre nicht jemand darauf gekommen, das Telephon zu erfinden, würden Sie jetzt nicht hier sein. Hätte Santos-Dumont mit etwas anderem herumexperimentiert, anstatt Flügel aus Leinwand zurechtzuschneiden, so gäbe es heute kein Flugzeug und auch keinen Hubschrauber. Was ich dazu meine? Ich meine, er muß tun, was er für richtig hält. Ihm bleibt gar nichts anderes übrig.»

«Mich würde nur interessieren, warum ich selbst noch nie in Trance gewesen bin», sagte er seinerseits.

Stephen wandte sich zu ihm um, blieb mitten auf dem Weg stehen und löste sich von Koioko.

«Aber, Paps, wir haben mit aller Macht darum gebetet, daß es nie geschieht», sagte er. «Überleg doch mal. Du kennst zwar das Altarritual Der Kirche. Doch der Körper einer Frau ist der einzig wahre Tempel, in dem du dich je wohl gefühlt hast. Wenn ein Tag vorüber war, in den Augenblicken des Überdrusses oder der Schwäche, hast du da nicht zur Flasche oder zu einer Frau Zuflucht genommen? Hat dein Geist in solchen Stunden noch an irgend etwas anderes denken können? Ist daraus nicht mit der Zeit ein gewisser Rhythmus geworden? Und das ist typisch für *khimbanda*. Die meisten Menschen merken es gar nicht. Doch die *khimbandistas* gehen sogar noch weiter. Sie schaffen ein Ritual, das ganz auf Der Kirche beruht, dieselben Gewänder, liturgischen Geräte, Gebete und Rhythmen. Der Verstand erliegt. Es bleibt keine Erinnerung. Einfach nur das Erlebnis an das, was für gemeinschaftlichen Genuß gehalten wird und bis zur völligen Erschöpfung ausgekostet werden muß. Das ist die niedrigste Erscheinungsform der Trance, doch sie ist sehr tief und im Grunde unheilvoll, weil das Unterbewußtsein an das Laster gewöhnt wird. Alle ethischen Errungenschaften des Zivilisationsprozesses gehen dabei verloren. Die Menschen sind zu jedem Verbrechen imstande. Es gibt kein Gewissen mehr.»

«Aber wie ist es denn möglich, daß sich Clovis da Souza so lange gehalten hat?» fragte Der O'Dancy. «Im Grunde genommen habe ich an dem Kerl eigentlich wenig auszusetzen gehabt. Er wirkte höchstens etwas verschlagen.»

«Und doch war es von Anfang an bekannt», sagte Stephen und ergriff die Hand, die ihm Koioko hinhielt. «Wie aber konnte einer von uns etwas unternehmen, wenn du für ihn Partei ergriffen hättest?»

«Den Teufel hätte ich», sagte Der O'Dancy.

«Den Teufel in allen Ehren, alter Herr, aber du hättest es doch getan», sagte Stephen. «Würdest du noch gestern etwas gelten gelassen haben, worüber du anderer Meinung warst? Die Leute hatten Angst, sich an dich zu wenden. Du hast sie angeschrien, oder etwa nicht? Du hast alles um dich herum in Stücke gehauen. Zertrümmert und niedergebrannt. Doch dann hat es dir wieder leid getan. Aber für wie lange? Arme Hil-oh. Damals hat es mit ihr angefangen. In jener Nacht. Wir haben uns alle Mühe mit ihr gegeben. Aber ich war noch zu klein, als daß ich viel hätte ausrichten können.»

«Willst du etwa mich für das verantwortlich machen, was heute mit ihr passiert ist?» sagte Der O'Dancy. «Was konnte ich denn von dem allen ahnen?»

«Du hast ihre Hochzeitsgeschenke in Stücke geschlagen», sagte Stephen, kaum hörbar. «Alles war bereit, und da kommst du zurück, betrunken. Das war die Nacht, wo ihr Morphium gespritzt werden mußte. Und damit hat dann alles andere angefangen.»

«Von mir aus belassen wir es dabei», sagte er seinerseits. «Und was hast du von Madame Briault gewußt?»

«Wenig», sagte Stephen. «Ihr Herz war schlecht, das war mir bekannt.»

«Das stimmt genau», sagte Der O'Dancy. «Und was ist mit Kyrillis?»

Stephen ergriff Koiokos Hand.

«Ein Psychopath», sagte er. «Sobald einmal ein Mann sexuell als Frau fungiert hat, ist kaum noch etwas zu machen. Und die Gefahr eines Rückschlags bleibt immer bestehen. Drogen können nur dämpfen. Niemals heilen.»

«Und Serena?» sagte er seinerseits.

«Die ist völlig in Ordnung», sagte Stephen. «Der eigenwilligste Dickschädel der Familie. Sie sieht nur so zart aus. Das ist aber auch alles. Sie weiß genau, was sie will, und sie setzt es auch durch. Auf ihre Weise. Sie hat viel von dir. In vierzig Jahren könnte sie gut und gern unser erster weiblicher Staatspräsident sein. Was gilt die Wette?»

«Ich frage mich nur, ob ich noch weitere vierzig Jahre leben darf und soweit bei Verstand bin, daß ich auch begreife, was um mich herum vorgeht», sagte er seinerseits und humpelte über einen Stein hinweg. «Ich werde auch diese Wege pflastern lassen. Jede Straße und jeder Weg auf Dem Erbe muß schleunigst asphaltiert werden. ‚Soll ich etwa nicht auch bestrumpften Fußes gelassen in mein eigenes Haus gehen können? O ja, das werde ich.' Aber ich war durchaus nicht gelassen unter den Kreuzen heute nacht.»

Stephen legte ihm seinerseits die Hand auf die Schulter.

«Es werden noch viele schöne Tage kommen», sagte er. «Was soll ich Der Mama ausrichten?»

«Bestell ihr, daß ich bald bei ihr bin», sagte er seinerseits. «Warum hast du nie etwas für die Arme tun können?»

«Aus dem gleichen Grund, wie du nichts für sie getan hast», sagte Stephen. «Ich habe erst davon erfahren, als es bereits zu spät war. Bei jeder Krankheit kommt einmal die Krise. Ich wußte, daß ich darauf zu warten hatte. Und nur deshalb habe ich die ganzen Monate hier herumgelungert. Und ich danke meinem Schöpfer, daß ich's getan habe, denn sonst würde ich Koioko nicht begegnet sein. Um Die Mama und Hil-oh brauchst du dir keine Sorgen zu machen. Es wird nicht mehr lange dauern. *Khimbanda* ist eine Krankheit der Seele, weiter nichts. Man muß sie behandeln, wenn das Fieber auf dem Höhepunkt ist, wie es heute der Fall war. Wahrscheinlich ist Cleide zur Stunde bereits in Trance, und Urgroßmutter Aracý hat alles fest in der Hand. Und falls sie Hilfe braucht, kann sie sich jederzeit an die anderen Ahnfrauen der Familie wenden. Sie alle sind bereit. Und wenn sie ihre Arbeit getan hat, dann ist *khimbanda* tot. Es sei denn, du tolerierst es.»

«Wenn ich dem allen nicht schon längst ein Ende gemacht habe, so nur deshalb, weil ich gar keine Ahnung davon hatte», sagte Der O'Dancy. «Und wie soll ich mich nach dem heutigen Tag vergewissern? Soll ich vielleicht bis in alle Ewigkeit auf Händen und Knien umherkriechen und nach *urucú* oder gerupften Hühnern und Zigarrenstummeln Ausschau halten?»

«Überlaß alles ruhig Onkel Mihaul und Padre Miklos», sagte Stephen. «Die beiden sind viel unerbittlicher als du denkst. Die Mama und Hil-oh können ebenfalls viel dazu beitragen. Und außerdem sind Democritas und Ephemia auch noch da. Efram. Und Dutzende anderer. Du brauchst dir nicht die geringsten Sorgen zu machen.»

«Warum muß ich bloß immerzu nur von anderen abhängig sein?» brüllte er seinerseits. «Bin ich denn solch ein Ignorant? Solch ein Trottel inmitten meiner eigenen Leute? Ich bin Der O'Dancy. Ich allein trage die Verantwortung. Ich bin es, der hier ja oder nein sagt. Bei Gott, jeder hier scheint sich in Trance zu begeben und mit diesem und jenem zu reden. Warum soll ich denn der einzige sein, dem das nicht vergönnt ist?»

Stephen nahm den Arm von Koioko und blieb wieder stehen. Das Licht von Dem Haus beschien die eine Hälfte seines Gesichts und das graue Auge, das heller war als alle anderen, und den charakteristischen roten Schimmer in seinem Haar.

«Paps», sagte er leise und behutsam. «Konzentrier dich doch einmal ganz ruhig und laß alles andere außer acht. Überlege, ob es im Verlauf deines Lebens nie Zeiten gegeben hat, wo du irgendwo im Körper Schmerzen empfandest, in den Muskeln, im Kopf. Wo dir ganz sonderbare Gedanken kamen. Sonderbar, doch nicht von Müdigkeit oder Alkohol. Wo du dich zu einem Arzt verfügtest, der aber bei dir nichts feststellen konnte und dich mit ein, zwei Pillen abspeiste. Denk doch mal genau nach. Hast du nicht so etwas schon erlebt?»

«Ja», sagte er seinerseits. «Viele Male sogar. Doch mir fehlte überhaupt nichts. Ich fühlte mich nur scheußlich.»

Stephen klatschte in die Hände.

«Das waren die *orixás,* die in dir arbeiteten, die dich vorzubereiten suchten», sagte er. «Aber sie haben es nie geschafft, dich in den entscheidenden Zustand zu versetzen. Du hast es stets rechtzeitig unterbunden. Mit Alkohol oder damit, daß du dir jemanden von der Straße aufgelesen und dich darin erschöpft hast. Doch sobald du dich einmal entschließen solltest, führen Paul und Cleide dich ein. Du wirst dann sehr viel glücklicher sein.»

«Ich möchte wissen, wie», sagte er seinerseits und spürte, daß das die Wahrheit war.

«Du fängst dann an, auf zwei Bewußtseinsebenen zu leben», sagte Stephen. «Auf der einen, an die du ohnehin gewöhnt bist, nämlich auf dieser jetzt, und auf der anderen, auf die man dich versetzt, und die dir schon immer offengestanden hat, wärst du dir nur dessen bewußt gewesen. Die meisten hier auf Dem Erbe sind als Menschen viel weiter fortgeschritten, haben sich diesem Dasein viel mehr angepaßt und sind auch viel glücklicher – was immer du darunter verstehen magst –, als du es bist. Wenn es dir bestimmt ist, ein Medium zu sein und Den Geist in dir aufzunehmen, so wirst du so lange körperlich und seelisch leiden, bis du die Erfüllung findest. Das ist unser fester Glaube.»

«Ich trau dem nicht ganz, was du da erzählst», sagte Der O'Dancy. «Aber ich werde mich damit befassen. Du lebst erst ein Drittel so lange wie ich. Du bist zwar aus meinem Samen, aber sozusagen erst in zweiter Linie. Doch vom Leben scheinst du eine Menge mehr zu verstehen als ich, nicht wahr?»

«Ich habe eben Medizin studiert, deshalb weiß ich mehr», sagte Stephen. «Koioko hat Geburtshilfe und Kinderpflege gelernt, und daher weiß auch sie mehr. Seit meinem sechsten Lebensjahr bin ich *Umban-*

dista. Darum weiß ich mehr. Besser noch. Darum habe ich Gewißheit.»

«Aber wie soll ich je wieder in eine Kirche gehen?» sagte Der O'Dancy. «Wenn ich in Trance falle und auf allen Vieren herumkrieche, wie kann ich da noch ein Gebet in mir haben? Wie kann ich je vor Das Auge hintreten?»

Stephen legte ihm seinerseits die Arme um die Schultern und drückte ihn an sich.

«Ach, Paps, willst du denn nicht zumindest versuchen zu begreifen?» sagte er. «Sieh doch mal. Was in uns hineingeboren wurde, muß doch wieder heraus. Ist es etwa nicht so? Wenn es heraus ist, wenn die Erinnerung an Rassenvorurteile und Jahrhunderte der Grausamkeit und die Verzweiflung von Generationen zur Ruhe gebettet worden ist, dann wartet Mutter Kirche auf uns. Ist nicht ein jeder Priester, der Der Liebe wert ist, durch das Feuer gegangen? Geht er nicht jeden Tag seines Lebens wieder aufs neue hindurch? Ist denn bei einem Mann die Versuchung etwas so Nebensächliches? Kommt er niemals in die Lage, das Zarteste und Liebste in seinem Herzen unterdrücken und vernichten zu müssen? Das Köstliche, das Leidenschaftliche, das Wunderbare? Muß er das etwa nicht? Ist denn die unsterbliche Seele nicht mehr als ein Schlagwort? Haben wir zeit unseres Lebens nur Unsinn geredet? Sind Gott, Der Vater, und Der Sohn und Der Heilige Geist einfach nur Redensarten? Alles nur Unsinn? Manche scheinen das zu denken. Manche kommen nur durch den Taufakt zu Der Kirche. Manche finden durch Leid zu ihr. Manche gehen in die Kirche, weil es ihnen zur Gewohnheit geworden ist. Andere betrachten es als eine Pflicht. Doch wenn wir zur Kirche gehen, so wissen wir, warum wir gehen. Wir wissen es, weil wir durch das andere hindurchgegangen sind und uns ein Recht darauf erworben haben. Die Mutter Kirche ist nicht bloß Architektur und liturgisches Gerät und Gemurmel. Ist sie nicht eine Stätte des Geistes, behütet von Männern und Frauen unter dem immerwährenden Druck der Versuchung? Sind sie solche sanften Seelen? Wohnen sie nicht in einem Körper? Ist der Körper so kraftlos? Wir und viele andere noch haben den Afrikaner und den Indio in uns. Wir haben vor langer Zeit einmal auf unsere Weise zu Gott, Dem Allmächtigen, gebetet. Christus ist mit den Freibeutern hierhergekommen. Mit Mördern, Sklavenhändlern und Dieben. Unsere Leute wurden verkauft und wiederverkauft. Nie durften sie sie selbst sein. Sie schöpften Kraft in der neuen Umwelt, und zwar nicht nur physisch. Wir in unserer Zeit müssen von diesen Gegebenheiten ausgehen. Wir müssen alle Anschauungen gründlich revidieren. Uns ganz neu orientieren. Wir müssen so viele zurückbringen, wie wir nur irgend können. Und wenn wir alle uns in Der Mutter Kirche finden, dann werden wir wissen, warum wir dort sind. Und ganz gewiß nicht ohne Grund.

Doch bis es soweit ist, sind wir verlorene Kinder auf der Suche nach einer Familie.»

«Warum bist du bloß nicht Priester geworden?» fragte Der O'Dancy.

«Die Medizin ist mein Priesteramt», sagte Stephen und nahm Koiokos Hand. «Wir beide haben eine Aufgabe, die wir gemeinsam lösen wollen. Es gibt so viele Probleme. Soviel Durcheinander. Aber wir haben Zeit, obwohl davon die Rede ist, daß die ganze Welt in die Luft gesprengt werden wird. Laß sie nur. Zumindest wir wissen, daß wir nicht auf dieses Leben angewiesen sind. Wir haben hier lediglich eine Pflicht zu erfüllen, das ist alles.»

«Es kommt mir so vor, als ob es erst fünf Minuten her wäre, daß ich dich in Ahn Phineas' rotem Schal im Arm hielt», sagte Der O'Dancy. «Und jetzt stehst du da und redest, daß ich selbst nicht mehr recht weiß, ob ich noch auf meinen beiden Beinen stehe oder bereits auf dem Kopf. Oder überhaupt, welcher Tag es ist, an dem ich in süßem Unheil dahinwandle, auf Strümpfen und ein bißchen umnebelt.»

«Es ist schon gut eine Stunde her, daß der ganz persönliche Tag Judas Ischariots angebrochen ist, des Schutzheiligen, des Bruders und Verteidigers aller Verräter, Mörder und Diebe vor Dem Allerhöchsten Richter bis an das Ende der Zeiten», sagte Stephen und legte den Arm um Koioko, und sie sah zu ihm auf und lehnte lächelnd den Kopf an seine Schulter, und der Anblick der schrägliegenden Augen erweckte wieder jenes sehnsüchtige Verlangen – o *mavrone* – nach Tomomi, und irgendwo dort lächelte Fransisca, und über allem der Gedanke an Divininha, ja, an Vanina, die auf ihn wartete in ihrer ganz besonderen Welt, von der er so wenig wußte. «Es war an diesem Tag vor vielen, vielen Jahren, daß er nach Golgatha hinaufstieg und sich einen Ölbaum auswählte, und er schlang ein Seil und sprang mit hängenden Armen hinunter, den Lichtern Jerusalems entgegen. Der bittere Saft seiner Tränen ist noch heute in den Früchten dieses Baumes. Wir essen eine Olive, wir beten mit Ischariot, und während wir den Stein ausspucken, wird wieder einem armen Sünder ein Hindernis auf dem Weg in Das Himmelreich fortgeräumt.»

«Es gibt wohl nicht den leisesten Schatten eines Zweifels, daß du nach mir Der O'Dancy sein wirst, und denen, die es angeht, wird das unmißverständlich klargemacht werden», sagte er seinerseits. «Wenn du dann eine Olive ißt, denkst du da auch einmal an den, der dort oben unter dem sechsten Kreuz liegt?»

«Bestimmt», sagte Stephen. «Aber du hast noch viele schöne Tage vor dir.»

«Auf jeden Fall werde ich sie dringend nötig haben», sagte Der O'Dancy, drückte Koioko an sich und legte die Hand auf Stephens Schulter.

«Empfindest du es nicht auch als einen wahren Segen für uns, daß eine Frau ein solches Wunder ist? Hast du noch nie darüber nachgedacht, was wohl wäre, wenn Der Herr sie anders geschaffen hätte? Oder wenn sie anders über uns dächte als mit dem Herzen einer Mutter? Und ist uns nicht jetzt, wo wir hier miteinander reden, ein köstlicher neuer Morgen geschenkt? Seht hinüber zu Dem Haus, wie still dort alles ist. Eine jede Blume in tiefem Schlaf, bis hinunter in die Wurzel. Ich selbst bin ein glücklicherer Mensch, bis auf den Sand, den mir die Rotorblätter zwischen die Zähne gewirbelt haben. Und den habe ich von Kindheit auf gehaßt. Soll ich mich noch ein bißchen mehr beklagen? Warum habt ihr mir nicht gesagt, daß ich im Irrtum war, als ich die ganze Zeit vom Judastag faselte?»

«Hätte es denn einen Sinn gehabt, wenn du dir einmal etwas in den Kopf gesetzt hast?» sagte Stephen. «Und wozu auch? Irgendwann wärst du von selbst darauf gekommen. So ist uns wenigstens deine Brüllerei erspart geblieben.»

«Meine Brüllerei?» fragte er seinerseits. «Man stelle sich das vor. O mein Sohn. Ich bin ein schlechter Vater gewesen.»

Stephen lächelte und schüttelte langsam den roten Schopf.

«Nein, alter Herr», sagte er. «Du warst ein Mann deiner Zeit.»

ENDE

Die wichtigsten Personen des Romans
DER JUDASTAG

Arquimed Rohan O'Dancy Boys, genannt Der O'Dancy	Brasilianischer Milliardär, lebt auf seinem riesigen Besitz, genannt Das Erbe, in der Nähe von São Paulo
Fransisca	seine erste Frau
Divininha, genannt Vanina	seine zweite Frau
Daniel Paul Hilariana, genannt Hil-oh	seine Kinder aus erster Ehe
Stephen, genannt Steb	sein Sohn aus zweiter Ehe
Belisaria Kyrillia Shaun	Adoptivkinder Fransiscas
Serena	Tochter Daniels
Tomomi Tomagatsu	Arquimeds japanische Geliebte, mit der er mehrere Kinder hat
Bruder Mihaul	Arquimeds leiblicher Bruder
Padre Miklos	seit mehr als sechzig Jahren Priester auf Dem Erbe
Carvalhos Ramos	Anwalt der Familie O'Dancy
Democritas Pereira	Verwalter auf Dem Erbe
Maexsa	Besitzerin einer Bar
Madame Briault, genannt Bri-Bro	Gouvernante der O'Dancy-Kinder

Vorfahren der Familie O'Dancy

Urahn Leitrim	kam 1811 aus Irland nach Brasilien
Ahn Phineas	Leitrims ältester Sohn, heiratete nacheinander acht Frauen
Urgroßvater Shaun	Phineas' ältester Sohn, wurde hundert Jahre alt und hatte sieben Frauen, darunter Aracý
Großvater Connor	Shauns ältester Sohn, hatte drei Frauen, darunter Xatina
Der Vater, Cahir	Connors ältester Sohn

In der «Süddeutschen Zeitung» ist am 23. Dezember 1965 nachstehender Artikel von Carlos Widmann erschienen:

Brasilien zwischen vorgestern und übermorgen

EINE ZWEITRELIGION KANN SICH HIER JEDER LEISTEN...

Macumba, der aus Afrika stammende Ritus der Armen und Neger, unterwandert den Katholizismus

Rio de Janeiro, im Dezember

Unheimlich ist die Gemütlichkeit: Wenn der Geist in die willenlosen Körper ihrer Mütter fährt, sie zu Tanzverrenkungen treibend, heben die Kinder kaum den Blick von ihren Spielsachen; als ein Dienstmädchen in Trance gerät und haareraufend zu Boden sinkt, vermag das ihre Freundinnen nicht beim Abendplausch zu stören; während der Priester halbnackt und mit Indianerschmuck stampfend durch den Saal wirbelt, schlürfen die Hausfrauen ihr Täßchen Kaffee. Später, nach der Geisterbeschwörung, gibt es sogar etwas zu essen – Knochenmark mit Rührei in einer schleimigen Soße.

Milchiges Mondlicht spiegelt sich in den Wassertümpeln nach dem Tropenregen, als kurz vor Mitternacht der Höhepunkt der Macumba erreicht wird. Die schlanken, meterhohen Trommeln haben stundenlang unter den Schlägen flinker Hände gebebt; ein Teil der Anwesenden ist zur Trance bereit. Da peitschen feuchte Baumzweige das Fell der Atabaque-Trommeln, Eisenstäbe schlagen auf die Agogó-Glocken, nackte Fußsohlen stampfen den Holzboden. Lautstärke und Tempo der Musik werden mit einemmal verdreifacht. Der Effekt ist unwahrscheinlich: Eine Riesenhand scheint die Leiber an der Wirbelsäule zu packen und durchzuschütteln. Die entspannten Körper der Tanzenden werden durchschauert von plötzlichen Krämpfen, die Glieder verrenken sich, das Weiße in den Augen tritt hervor, die Gesichter verwandeln sich in unfreundliche Masken.

Manche Frauen müssen festgehalten werden, damit sie sich keine Knochen brechen, wenn der Geist mit ihren Leibern Schindluder treibt. Dennoch verlassen viele humpelnd und entrückt den Saal. Das Unheimliche vollzieht sich in einer durchaus familiären, entspannten Atmosphäre; die Geister aus dem Jenseits sind nicht bei einer Gemeinde von versunkenen Spiritisten zu Gast, sondern bei fröhlichen Zechern. Wer nicht gerade «tomado» – besessen ist, hockt rauchend und trinkend auf den Seitenbänken, unterhält sich mit dem Nachbarn über die steigenden Lebensmittelpreise, während die Kinder unter den Stühlen ihre Miniaturautos vor sich herschieben. Der Priester thront, eine 30 Zentimeter lange Zigarre zwischen den Zähnen, über einem gelockerten Hexensabbat; als geübter Beichtvater kennt er die

Nöte der einzelnen Gemeindemitglieder und gibt nebenbei Rezepte gegen den bösen Blick, gegen Unfruchtbarkeit und Zahnweh.

Vor der Tür stehen einige Straßenkreuzer. Sie legen Zeugnis davon ab, daß der junge Macumba-Priester João Renato recht wohlhabende Gläubige unter seinen Stammkunden hat. Zum Teil ist das seiner Herkunft und seinem exquisiten Lebensweg zu verdanken: João, der ohne Indioschmuck und Jenseitspose wie ein lässiger Playboy vom Ipanema-Strand wirkt, ist der Sohn eines Arztes und hat auf einem katholischen Seminar Theologie studiert. Kurz vor der Priesterweihe ist er abgesprungen – auf Geheiß seines Schutzheiligen, wie er versichert. Möglicherweise ist er jedoch nur bei einem Examen durchgefallen. Heute jedenfalls leitet er, kaum dreißig Jahre alt, einen der bestbesuchten Macumba-Kultplätze im kleinbürgerlichen Norden von Rio.

Frauen sind anfälliger

Es ist selten, aber nicht ganz ungewöhnlich, daß ein Weißer als oberster Geisterbeschwörer fungiert. Das ist nur eines von vielen Anzeichen dafür, daß die Umbanda, die Sammelorganisation der afrobrasilianischen Religionsarten, ihre Anhänger in fast allen Schichten der Bevölkerung rekrutiert. Sicher: Je ärmer und schwärzer ein Brasilianer, desto wahrscheinlicher wird seine Zugehörigkeit zur Macumba-Gemeinschaft; doch auch wohlhabende Weiße sind oft zu Gast beim «pai-de-santo» – anfangs aus Neugier und Snobismus, später als selbstverständlich mitmachende Stammkunden. Zwar sind Frauen «anfälliger» als Männer, aber wenn sie erst einmal vom Geist besessen waren, dann vermögen sie es auch, den skeptischen Gatten auf den *Terreiro* mitzuschleifen; wiederum wollen die Männer ja gerne wissen, ob der abendliche Umgang ihrer Frauen tatsächlich bloß übersinnlicher Art ist.

Grobe, wenn auch keineswegs übertriebene Schätzungen sprechen von 20 bis 25 Millionen Anhängern der Macumba in Brasilien. Mindestens ein Viertel der Bevölkerung nimmt regelmäßig oder gelegentlich, aktiv oder passiv an ihren Riten teil, und die Zahl der Priester, Eingeweihten, Medien und Kultdiener dürfte bereits die halbe Million überschritten haben. Das heißt jedoch keineswegs, daß ein großer Teil der Brasilianer sich ausschließlich zu diesem Ritus bekehrt hätte: Die überwiegende Mehrheit der Umbandeiros praktiziert Macumba nur als Zweitreligion. Nach ihrem Glaubensbekenntnis gefragt, bezeichnen sie sich ohne Zögern als Katholiken. Der brasilianische Katholizismus wird also auf breitester Ebene buchstäblich von einem etwas ungeordneten Geisterkult unterwandert.

Wo die Not am größten ist, zeigt sich die Macumba am stärksten. In den *favelas*, den Elendsvierteln auf den Hügeln der Großstädte, hat sie den meisten Zulauf. Das Marktforschungsinstitut «Ipeme» hat nach gewissenhaften Untersuchungen eine Statistik veröffentlicht, die Aufschluß gibt über die verwickelten Glaubensverhältnisse unter den Armen. Von den Einwohnern der *favelas* sind den Nachforschungen zufolge 9 Prozent praktizierende, 7 Prozent gläubige, 40 Prozent laue und 44 Prozent gleichgültige Katholiken; in dieser Glaubensstaffelung sind 5 Prozent der praktizierenden, 25 Prozent der gläubigen, 24 Prozent der lauen und 31 Prozent der gleichgültigen Katholiken regelmäßige und empfängliche Macumba-Gäste. Wie weit unter den Armen der Einfluß der Umbanda wirklich geht, erhellt aus der Tatsache, daß außerdem mehr als die Hälfte der praktizierenden (also der besten) Katholiken wenigstens Vertrauen in die medizinischen Heilfähigkeiten der Macumba-Priester hat.

Brachliegende Religiosität

Der katholische Geistliche Bonaventura Kloppenburg, einer der eifrigsten und gescheitesten Macumba-Analytiker, zieht daraus den Schluß, es gebe in Brasilien eine starke «brachliegende Religiosität», die von der Kirche erst gründlich genutzt werden müsse. Diesem optimistischen Vorhaben steht allerdings eine Entwicklung im Wege, welche die Kirche als «Verheidnung des Christentums» geißelt. Und die Faszination der afrobrasilianischen Riten zeigt sich vorerst den Reinigungsversuchen der Kirche durchaus gewachsen. Zyniker erklären das so: Der Unterhaltungswert einer Macumba sei eben höher als der einer katholischen Messe, und die nur symbolische Vereinigung mit Gott sei weniger wirkungsvoll als der fühlbare Umgang mit Geistern aller Art.

Ferner ist die Anziehungskraft der Macumba zurückzuführen darauf, daß sie eine ganze Reihe von Riten vereinigt, die schon für sich allein recht attraktiv wären, zusammen aber nicht leicht von einer traditionellen Religion zu schlagen sind. Macumba beinhaltet: primitive Religionen der Afrikaner, heidnische Glaubenselemente der Indios, alten europäischen Aberglauben und Hexenwahn, die katholische Heiligenverehrung und – damit nicht genug – auch noch den Spiritismus.

Den Hauptteil freilich liefert Afrika. Die Millionen der aus dem Sudan, aus Dahomey und Senegal importierten Negersklaven brachten im 16., 17. und 18. Jahrhundert den fetischistischen Gege-Nagó-Kult mit, in welchem gewisse Geister (Oxalá, Xangó, Ogum, Jemanyá) als Mittler zwischen dem Gott Olorum und den Gläubigen auftreten. Im Trancezustand wird man von diesen Geistern, die man vorher mit Musik und Tanz herbeilocken muß, «besessen». Danach kehrt man gestärkt in den Alltag zurück.

Aber die Sudanesen waren nicht die einzigen Religionsbringer aus Afrika. In der Philosophie der *Bantus* ist das Sein identisch mit Kraft. Sie glauben an die Seele, «muntu» genannt, betrachten sie aber nicht als ein statisches, sondern als dynamisches, kontaktfreudiges Etwas. Ein Toter ist für sie erst dann wirklich tot, wenn seine Seele keine Beziehungen zu den Lebenden mehr zu knüpfen vermag. So brachten die aus dem Kongo und Mozambique in den Nordosten Brasiliens eingeführten Bantus die Gewohnheit mit, Zwiesprache zu pflegen mit den Geistern ihrer Vorfahren. Da beide afrikanische Einwanderungsgruppen es gewohnt waren, die Jenseitigen mit Hilfe von Tanz und Musik herbeizurufen, fanden ihre Kulte trotz aller Verschiedenheit bald zusammen.

In den Gesindehäusern der Zuckerplantagen, in den Elendsvierteln der wachsenden Städte und in den sogenannten Bruderschaften (einer primitiven Art von Gewerkschaften, in denen sich die Sklaven zusammenschlossen) schlugen zu den «guten Zeiten» – um Mitternacht, am Freitagabend oder bei Vollmond – die Trommeln der Macumba. Afrika war nicht unterzukriegen, und die Portugiesen versuchten es auch gar nicht. Umbanda, die heutige Sammelbezeichnung der Macumba-Gemeinschaften, ist nichts anderes als das phonetisch ausgeschriebene Bantu-Wort *mbanda*, das soviel wie Priester oder Medizinmann bedeutet.

Der Katholizismus der Portugiesen kam den Sklaven auf seine Weise entgegen. Beim katholischen Volk sind die Heiligen überall in der Welt Mittler zwischen Gott und den Menschen; man kann sie anrufen und um Fürsprache bitten. Die gleiche Aufgabe wird den Geistern zugeschrieben, mit denen die Sudanesen und Nigerianer Umgang pflegten. So fiel es den Sklaven leicht, die religiösen Bräuche ihrer portugiesischen Herren einzubeziehen: der Geist Ogum wurde mit dem heiligen Georg identifiziert, Xangó mit dem heiligen Hieronymus, die Wassergöttin Jemanyá mit der Jungfrau Maria, und so fort. In den Kulthütten der Neger fanden Heiligenbilder und -statuen bald als Verehrungsgegenstände ihren Platz. Die oberflächliche Christianisierung durch überlastete katholische Priester hat zu dieser Entwicklung einiges beigetragen.

Aber auch die Indios durften einen Beitrag leisten zur Macumba. Kein Naturvolk ist völlig gottlos, und die Indios hatten ihren Tupan, der von einer Reihe untergeordneter Gottheiten umgeben war; Hausgeister, Ahnenseelen und Tiergötzen vervollständigten die etwas konfuse übersinnliche Menagerie. Besonders die äußeren Merkmale der Indioreligion (farbenprächtiger Schmuck, furchterregende Symbole, lärmerzeugende Instrumente) machten sie attraktiv für die Macumba-Priester, die bei der Wahl ihrer Kultelemente ohne jede Diskriminierung vorgingen. Die Methoden zur Erreichung des Trancezustandes waren bei Indios und Negern ohnehin die gleichen: Tabak, Tanz, Alkohol und Rhythmus. Einer Vereinigung stand nichts im Wege; sie vollzog sich langsam, fast unmerklich, und ist heute noch nicht völlig abgeschlossen.

Mit allem übersinnlichen Rüstzeug versehen

Im 16., 17. und 18. Jahrhundert waren Hexerei und Aberglaube in Europa nichts Fremdes, und Portugal machte da keine Ausnahme. So wurde allerlei Hokuspokus auch von den Weißen nach Brasilien importiert und prompt von der Macumba aufgenommen. Im 19. und 20. Jahrhundert kamen dann die neuesten spirituellen Errungenschaften Europas hinzu: der «wissenschaftlich begründete» Spiritismus des Belgiers Alain Kardec, dessen kahlköpfige Bronzebüste heute noch auf dem Pariser Friedhof Père Lachaise das Wallfahrtsziel übersinnlich veranlagter Damen ist, vermischte sich mit der Macumba und versuchte, ihr einen intellektuellen Anstrich zu geben. Jetzt fehlt eigentlich nur noch, daß der Buddhismus der japanischen Einwanderer von der Macumba «einbezogen» wird.

Schlechthin mit allem übersinnlichen Rüstzeug versehen, erweitert die Umbanda von Jahr zu Jahr die Gemeinde ihrer Anhänger. Gestützt auf den Artikel 141 der brasilianischen Verfassung, der völlige Religionsfreiheit garantiert, können die «pais-de-santo» meist ungehindert ihre Schäfchen um sich sammeln. Konflikte mit der Obrigkeit entstehen nur durch die Strafgesetzbuch-Paragraphen, die Kurpfuscherei und ruhestörenden Lärm verbieten. Die zunehmende «Intellektualisierung» der Macumba vermag ihr Neugierige und Gläubige auch aus den gebildeten Schichten zuzuführen. Die Regierung betrachtet die Umbanda als eine folkloristische Erscheinung und unterstützt sie im Dienste des Fremdenverkehrs. Da die Umbanda-Priester auf das Wählervolk einen ähnlichen Einfluß ausüben wie in manchen Landstrichen Europas die Dorfpfarrer, werden sie von vielen Politikern umschmeichelt und unterstützt. Für die Herbeiführung von bestimmten Wahlresultaten sind die «pais-de-santo» nahezu unentbehrlich. Kaum ein Lokalpolitiker, der es sich leisten könnte, von den Geistern völlig ignoriert zu werden.

Mit ihnen in fühlbaren Kontakt zu treten ist allerdings für den Nicht-Eingeweihten ziemlich selten. Doch diesmal macht der «pai-de-santo» eine Ausnahme, er bietet mir, dem Fremden, nachdem er die notwendigen Respektbezeigungen gleichmütig hinnahm, einen Trank aus irdener Schale an. Während seine Gemeinde neugierig zuschaut und die Trommeln einen Augenblick verstummen, nehme ich kniend einen kräftigen Schluck von der braunroten Flüssigkeit. Es schmeckt entsetzlich. Später erfahre ich, daß sich um eine Mischung aus frischem Hühnerblut und Zuckerrohrschnaps handelte. Der Pflichteifer des Reporters bleibt jedoch unbelohnt: Kein Geist hat sich seiner bemächtigt. Neues aus dem Jenseits gibt es für heute also nicht zu berichten.